MIRA®

Der Preis dieses Bandes versteht sich einschließlich der gesetzlichen Mehrwertsteuer.

Umwelthinweis:
Dieses Buch wurde auf chlor- und säurefreiem Papier gedruckt.

Liebesreise nach Australien

MIRA®

MIRA® TASCHENBUCH
Band 15027
1. Auflage: Dezember 2008

MIRA® TASCHENBÜCHER
erscheinen in der Cora Verlag GmbH & Co. KG,
Valentinskamp 24, 20350 Hamburg
Deutsche Taschenbucherstausgabe

Titel der englischen Originalausgaben:
A Difficult Man

erschienen bei: Mills & Boon Ltd., London

Mistress By Contract

erschienen bei: Mills & Boon Ltd., London

The Hero Trap

erschienen bei: Mills & Boon Ltd., London

Published by arrangement with
HARLEQUIN ENTERPRISES II B.V./S.àr.l.

Konzeption/Reihengestaltung: fredebold&partner gmbh, Köln
Umschlaggestaltung: pecher und soiron, Köln
Redaktion: Ivonne Senn
Titelabbildung: Getty Images, München
Satz: Buch-Werkstatt GmbH, Bad Aibling
Druck und Bindearbeiten: CPI – Ebner & Spiegel, Ulm
Printed in Germany
ISBN 978-3-89941-515-5

www.mira-taschenbuch.de

Lindsay Armstrong

Ein schwieriger Mann

Roman

Aus dem Amerikanischen von
Arne Krone

MIRA®

1. KAPITEL

„Wer um alles in der Welt sind Sie?“

Wie betäubt starrte Juanita Spencer-Hill auf den hochgewachsenen Mann, der wütend, aber auch ein wenig überrascht die Haustür aufriss. Die junge Innenarchitektin hatte sich gerade mit dem Messing-Türklopfer an dem schweren Eichenportal der Villa als Besucherin bemerkbar gemacht. Der hochgewachsene Mann, der daraufhin öffnete, war eindeutig der höchst verstimmte Hausherr.

Juanita Spencer-Hill kannte ihn bisher nur aus dem Fernsehen: Gareth Walker, Autor zahlreicher Bücher mit Millionen-Auflagen, war erst vor Tagen in einer TV-Talkshow über seinen neuesten Bestseller interviewt worden. Die Sendung hatte nachträglich für Schlagzeilen in den Zeitungen gesorgt, weil Gareth Walker die ebenfalls sehr prominente TV-Moderatorin – bekannt vor allem für unerschütterlich kühle Gelassenheit – regelrecht in Grund und Boden geredet hatte. Gareth Walker war dies mit einer höchst anregenden Mischung aus Scharfsinn, Schlagfertigkeit und Humor gelungen, zu der sich obendrein der hintergründig verhaltene Charme eines Mannes im besten Alter gesellte, der mit Frauen offenbar recht weitreichende Erfahrungen hatte.

Während der spektakulären TV-Show hatten sich außer Juanita Spencer-Hill vermutlich Millionen anderer Fernsehzuschauerinnen insgeheim gefragt, wie dieser Mann wohl im Bett wäre. Als Juanita kurz darauf erfahren hatte, dass sie Walker in ihrer Eigenschaft als Innenarchitektin aufsuchen sollte, war sie von vornherein auf Überraschungen vorbereitet.

Die Überraschung fiel auf den ersten Blick größer aus als erwartet: In Wirklichkeit sah Gareth Walker noch attraktiver aus als auf dem Bildschirm – woran auch sein offenbar entnervter Gemütszustand nichts änderte. Sein etwas schmuddeliges Hemd und die ausgeblichenen Bluejeans wirkten zwar nicht gerade vorteilhaft, umso mehr aber die fantastisch männliche Figur, die sich darunter abzeichnete. Er war deutlich über einsachtzig groß, hatte breite Schultern und kein Gramm zu viel auf den Rippen. In seinem markanten Gesicht stachen unter glattem dunkelblondem Haar besonders die tiefblauen Augen hervor – im tiefsten Blau, das Juanita je gesehen hatte.

„Ich wiederhole meine Frage“, zeigte sich Gareth Walker gereizt. „Wer sind Sie, warum stören Sie mich, und warum glotzen Sie mich wie ein Weltwunder an?“

„Das ... das tue ich doch gar nicht!“ Juanita hatte Mühe, ihre Verlegenheit zu überspielen. Ein wenig unbeholfen streckte sie dem Bestseller-Autor die Hand entgegen. „Guten Tag! Mein Name ist Juanita Spencer ... Spencer-Hill von der Firma ‚BLUEMOON-Inneneinrichtungen‘. Wir hatten für heute, zehn Uhr, einen Termin vereinbart.“

„Sieh mal einer an: Spencer-Hill!“ Gareth Walker betonte jede Silbe ihres Namens. „Angekündigt war aber der Besuch einer Dame, die schlicht ‚Hill‘ heißen soll.“

Geflissentlich übersah Walker Juanitas ausgestreckte Hand. Nur für den Bruchteil einer Sekunde streifte sein Blick ihre feingliedrigen Finger und das zierliche Handgelenk, an dem sie außer der Uhr einen goldenen Armreif trug. Zusammen mit einem Siegelring am kleinen Finger war dies der einzige Schmuck, den sie angelegt hatte.

Mit geradezu anmaßender Gründlichkeit musterte Gareth Walker die Besucherin von Kopf bis Fuß. Sein Blick glitt von ihrem glänzenden dunklen Haar, das im Nacken zusammengebunden war, zu ihren ebenfalls dunklen Augen und weiter über den eleganten, langen schwarzen Rock, der ihre schlanke Figur besonders vorteilhaft zur Geltung brachte. Dann verharrte sein Blick einen Augenblick lang an dem Stock, auf den Juanita sich leicht stütze. Was er dabei dachte, blieb zunächst unklar.

„Also – wer sind Sie? Miss Hill? Oder Mrs. Spencer-Hill?“

Juanita schluckte. „Bei... beides, Mr. Walker. Ich arbeite unter dem Namen ‚Hill‘, obwohl mein vollständiger Familienname eigentlich ‚Spencer-Hill‘ lautet.“

„Dann gehören sie vermutlich“, stellte Gareth Walker mit unüberhörbarer Ironie fest, „zu dieser ruhmreichen Familie gleichen Namens, die sich damit brüstet, hauptsächlich aus Künstlern und Sportlern zu bestehen.“

„Mein ... mein Vater ist Filmschauspieler, meine Mutter Porträtmalerin, und mein Bruder fährt Formel-1-Rennen. Das ... das ist völlig richtig“, gab Juanita zu. „Aber unter anderem Namen arbeite ich wirklich nur, weil ich die Popularität meiner Familie nicht für persönliche berufliche Belange ausnutzen möchte.“

„Oder weil Sie Gründe haben, sich von Ihrer Familie zu distanzieren.“ Gareth Walkers gereizter Gesichtsausdruck wich dem Anflug eines Lächelns.

Juanita holte tief Luft. „Ich habe weder vor, mit Ihnen über meine Familie zu diskutieren, noch mich von Ihnen beleidigen zu lassen. Ich komme rein beruflich als Beauftragte der Firma BLUEMOON zu Ihnen – aber offenbar bringen Sie mir ein so hohes Maß spontaner Ablehnung entgegen, dass ich eigentlich nicht glaube, Sie zufriedenstellen zu können. Deshalb gehe ich. Guten Tag, Mr. Walker!“

Juanita schickte sich an, zu ihrem parkenden Wagen zurückzugehen, als Gareth Walker sie mit einer unerwarteten Antwort überraschte.

„Bravo!“, sagte er ohne jede Ironie. „Sie haben gerade nicht ein einziges Mal gestottert. Aber warum gehen Sie am Stock?“

Juanita blieb wie angewurzelt stehen. „Was geht Sie das an?“

Walker lächelte entwaffnend. „Wollen wir uns lieber dem zuwenden, was mich wirklich etwas angeht – meinem Auftrag? Dann kommen Sie bitte ins Haus!“

Er machte ihr Platz, wobei er sie mit belustigtem Seitenblick musterte. „Wie alt sind Sie, Miss Spencer-Hill?“

„Auch das“, wiederholte Juanita ungerührt, „geht Sie nicht das Geringste an, Mr. Walker.“

„Ich glaube doch“, widersprach er. „Immerhin sind Sie hier, um sämtliche Räume meiner Villa vom Keller bis zum Dachboden zu renovieren – und angesichts der nicht gerade geringen Größenordnung meines Auftrages hätte ich schon ganz gerne etwas genauer gewusst, wem ich ihn anvertraue. Übrigens: Ich bin 36, und Sie schätze ich auf ... etwa 28.“

„Ich bin 25“, gab Juanita ungewollt die Information preis.

„Schrecklich!“ In fast jungenhafter Manier verdrehte Walker die Augen. „Ich meine nicht Ihr Alter, sondern meine miserable Schätzgabe. Das Alter einer Frau zu hoch zu taxieren, ist die einzig zuverlässige Methode, Frauen zu verletzen. Was kann ich tun, um mich zu bessern?"

„Nichts. Dass ich eine Frau bin, ist absolut nicht von Bedeutung."

„Auch in diesem Punkt muss ich Ihnen leider widersprechen. Das Geschlecht eines Menschen ist nie gleichgültig. Daran ändern auch radikale Feministinnen nichts, die dies gern bestreiten. Gehören Sie zu dieser besonderen Gruppe von Frauen, Miss Spencer-Hill?"

„Nicht im Geringsten", entgegnete sie frostig.

„Das freut mich – aus zwei Gründen!" Gareth Walker nickte Juanita zufrieden zu. „Erstens kann ich den Ansichten radikaler Frauen ohnehin nichts abgewinnen. Und zweitens hätte ich Sie glatt für eine Lügnerin gehalten, wenn Sie sich als engagierte Feministin ausgegeben hätten. – Aber nun treten Sie wirklich ein, Miss Spencer-Hill! Statt im Stehen vor der Haustür können wir unser Gespräch unter erheblich komfortableren Bedingungen in meinem Arbeitszimmer fortsetzen. Kommen Sie!"

Gareth Walker ging voran, um ihr den Weg zum Arbeitszimmer zu weisen, das dem Eingang gegenüber am hinteren Ende der beeindruckend großen Diele lag.

Juanita musterte ihren prominenten Kunden irritiert von hinten, bevor sie ihm zögernd folgte. Immerhin ging es um eine berufliche Chance besonderer Art: um ihren ersten größeren Auftrag als Innenarchitektin, den sie – ganz auf sich gestellt – für die Firma BLUE-MOON abwickeln sollte.

„Bitte nehmen Sie Platz!"

Gareth Walker wies auf einen schweren schwarzen Ledersessel, während er sich hinter einem gewaltigen Mahagoni-Schreibtisch gemütlich rekelte. „Bequem?"

Juanita nickte.

Walker beobachtete – halb interessiert, halb belustigt – ihre kerzengerade Sitzhaltung. „Bitte entschuldigen Sie meine unfreundliche Begrüßung, Miss Spencer-Hill. Erstens habe ich – frei heraus gesagt – den heutigen Termin mit Ihnen schlicht vergessen. Und zweitens – das erklärt den ersten Punkt – beschäftigt mich heute Morgen eine bemerkenswerte Fülle literarischer Ideen. Sie wissen wahrscheinlich, dass ich Schriftsteller bin."

Juanita nickte erneut. „Das ist mir bekannt."

„Dann sehen Sie mir meine emotionalen Entgleisungen bei der Begrüßung hoffentlich nach. Als Kind einer Künstler-Familie wissen Sie ja selbst ..." Walker schmunzelte. „... wie unberechenbar Freischaffende sind. Bei der Gelegenheit: Wie geht es Ihrer Mutter? Ihre und meine Wege haben sich in der Vergangenheit verschiedentlich gekreuzt."

„Es geht ihr gut, danke", erwiderte Juanita.

„Und ist die sogenannte offene Ehe Ihrer Eltern noch immer so offen wie früher?"

Juanita schwieg verstört.

„Ich habe immer geglaubt", fuhr Gareth Walker unbeirrt fort, „dass Kinder solcher Eltern am meisten unter deren regelwidrigen Vereinbarungen zu leiden haben. Erklärt dies möglicherweise Ihr zeitweiliges Stottern, Miss Spencer-Hill?"

Der Hieb auf Juanitas Elternhaus saß. Sie wurde aschfahl im Gesicht. „Wie Sie in meine Privatsphäre einzudringen versuchen, ist unerträglich, Mr. Walker", sagte sie mühsam beherrscht. „Wa... was gibt Ihnen das Recht, mich auf so aufdringliche Weise aushorchen zu wollen?"

Gareth Walker ließ sich mit seiner Antwort Zeit. Doch während er über Juanitas Frage ernsthaft nachzudenken schien, musterte er sie so eindringlich, dass ihr unbehaglich zumute wurde.

„Ich kann es wahrscheinlich einfach nur nicht ertragen", gestand Walker schließlich, „der Unaufdringlichkeit zuliebe um den heißen Brei herumzureden. Können Sie das, Miss Spencer-Hill?"

„Ich? N... nein!", entgegnete sie, zögerte sekundenlang und fügte leise hinzu: „Trotzdem finde ich, dass Sie in Ihrer Direktheit um einiges zu weit gehen."

„Wirklich?" Gareth Walker sah Juanita ernst an. „Ich glaube, man kann die Dinge auch anders, mehr von der praktischen Seite sehen. Es ist doch so: Jeder normale Mensch fragt sich unwillkürlich nach den

Gründen, warum eine so junge Frau wie Sie am Stock geht. Die Ursachen sind für fast alle Leute tabu. Sie wagen danach ebenso wenig zu fragen wie nach den Gründen Ihres zeitweiligen Stotterns. Doch gerade weil diese Fragen unbeantwortet im Raum stehen, beschäftigen sie einen. Erst wenn die Ursache klar und die Frage beantwortet ist, ist sie kein Thema mehr und damit aus der Welt."

Mit einer so entwaffnend ehrlichen Erklärung hatte Juanita nicht gerechnet. Trotzdem hielt sie es für besser, Gareth Walker klarzumachen, dass es Grenzen gab. „Wir reden aneinander vorbei. Unerträglich finde ich vor allem, wie Sie meinen, meine Familie beleidigen zu können."

„Auch das sollte kein Thema mehr sein." Aus tiefblauen Augen sah er sie ebenso offenherzig wie belustigt an. „Ich wollte wirklich weder Sie noch Ihre Familie beleidigen. Trotzdem bin ich mir ganz sicher, dass Sie gute Gründe haben, mit dem Decknamen ‚Hill' Ihre Zugehörigkeit zu der bekannten Familie ‚Spencer-Hill' zu leugnen. Der Name ‚Spencer-Hill' weckt nur die Neugier der Leute, deren Wissbegier vor allem Ihren Eltern gilt. Sie sind solch ein … hochprofiliertes Paar, nicht wahr?"

Einen Augenblick lang schwieg Juanita unter dem irritierenden Blick aus diesen bemerkenswert blauen Augen ihres prominenten Kunden. „Ich habe", erwiderte sie dann, „ein bestimmtes Gefühl bei Ihnen, Mr. Walker."

„In welcher Beziehung?"

„Dass Sie außerordentlich talentiert sind, sehr eigenwillige Ansichten zu entwickeln und …"

„Woraus schließen Sie das?"

„Würden Sie mir bitte nicht ins Wort fallen?"

„Natürlich nicht!" Gareth Walker setzte eine höflich-interessierte Miene auf.

„Sie müssen sich", sagte Juanita mühsam beherrscht, „offenbar gezielt in Szene setzen. Hauptsächlich daraus erkläre ich mir Ihre geradezu unglaubliche Neugier, die offenbar vor allem meiner Familie gilt. Um diese grenzenlose Neugier zu befriedigen: Meine Eltern sind in der Tat hochbegabte Künstler. Einige Dinge, die sie in der Vergangenheit getan haben, sind nur aus ihrem ungewöhnlich individuellen Naturell erklärbar. Ich liebe sie beide, und Ihnen, Mr. Walker, stände es gut zu Gesicht, sich bei Gelegenheit auf Ihr eigenes Naturell mit all seinen Ecken und Kanten zu besinnen, statt …"

„Sprechen Sie ruhig weiter!"

„… statt andere Menschen zur Zielscheibe Ihrer sonderbaren emotionalen Ausbrüche zu machen." Juanita verharrte einen Augenblick lang, bevor sie, ohne zu stottern, mit fester Stimme fortfuhr: „Nachzutragen bleibt allenfalls noch, dass ich nur deswegen nicht auf der Stelle gehe, weil es für meine berufliche Zukunft schädlich sein könnte, Ihren Auftrag zu verlieren. Und um Ihre Neugier zu befriedigen, weshalb ich am Stock gehe: Ich hatte einen Autounfall. Die Folgen sind fast überstanden. Lediglich meine linke Hüfte ist noch nicht besonders belastbar. Und was meinen leichten Sprachfehler angeht: Gestottert habe ich schon immer. Können wir uns jetzt vielleicht den geschäftlichen Dingen zuwenden, Mr. Walker?"

Gareth Walker rückte den schweren schwarzen Schreibtischledersessel zurück und stand auf. „Selbstverständlich! Ich bin, offen gestanden, froh darüber, dass Sie sich so freimütig geäußert haben. Wo fangen wir bei den wirklich wesentlichen Dingen an? Vielleicht bei der naheliegenden Frage: Bleiben Sie über Nacht?"

„Eigentlich waren sogar mehrere Übernachtungen vorgesehen." Die Worte waren heraus, noch bevor sich Juanita der Tragweite bewusst war.

„Warum nicht? Eine ausgezeichnete Idee!" Mit verschränkten Armen blieb Gareth Walker vor seinem Schreibtisch stehen und sah sie amüsiert an.

„Eine Alternative bestände darin", versuchte Juanita einen vorsichtigen Rückzieher, „in einem Motel in der Umgebung zu übernachten."

„Auf keinen Fall", wehrte Walker ab. „Ich bin zwar in mancher Beziehung ziemlich weltfremd, aber im Augenblick halte ich es nicht gerade für praktisch, Geld für ein Motel auszugeben, obwohl sich hier in meiner Villa zehn Personen verirren könnten, ohne dass es jemand merkt. Apropos Geld ausgeben: Ich habe Ihrer Firma versichert, jeden erdenklichen Preis für die bevorstehende Renovierung zu entrichten – unter der Bedingung, dass die damit verbundenen Arbeiten so rasch wie möglich durchgeführt werden."

„Ich werde mit Sicherheit mein Bestes tun, mit einem Minimum an Zeit auszukommen", versicherte Juanita. „Allerdings ist nicht auszuschließen, dass Sie an meinen Ideen, die Räume neu zu gestalten, überhaupt keinen Gefallen finden. Dies ist der Anlass meines heutigen ersten Besuchs, der darauf zielt, eine Reihe vorläufiger Skizzen und Pläne in Absprache mit Ihnen zusammenzutragen."

Gareth Walker musste unwillkürlich schmunzeln. „Sie gehen mit einer Gründlichkeit zu Werke, als sei statt einer simplen Hausrenovierung mindestens eine Besteigung des Mount Everest geplant. Warum?"

„Das lässt sich leicht erklären. Häuser zu renovieren ist kein Problem, Mr. Walker – aber ihre Eigentümer stellen oft eins dar."

„Gut ausgedrückt, Miss Spencer-Hill", lobte Walker und lachte. „Ich bewundere Ihre Offenheit ebenso sehr wie einige andere Dinge an Ihnen. Hat Ihre Mutter Sie je gemalt?"

Juanitas Blick verriet Verwirrung. „Nein", erwiderte sie zögernd. „Warum sollte sie?"

„Na, ich bitte Sie. Ihnen müsste eigentlich bekannt sein, wie attraktiv Sie sind!"

„Bin ... bin ich überhaupt nicht", widersprach Juanita. „Ich bin viel zu groß, viel zu schmal und habe einen viel zu blassen Teint. Mög... möglicherweise werde ich Zeit meines Lebens obendrein stottern und am Stock gehen."

„Das ist noch nicht alles", stellte Gareth Walker ungerührt fest. „Darüber hinaus haben Sie wundervolles Haar und ausdrucksvolle Augen, und alles, was Ihre Haut braucht, ist ein bisschen Sonne, um Ihren Teint wie Elfenbein wirken zu lassen. Zu dünn sind Sie übrigens auch nicht. Im Gegenteil – Ihre Taille verrät das Idealgewicht. Vor allem aber umgibt Sie – zusätzlich zu all diesen Vorzügen – ein Hauch von Eleganz. Ich kann mir nicht vorstellen, Miss Spencer-Hill, dass Ihnen dies alles bisher noch nie ein Mann offenbart hat."

Vergeblich versuchte Juanita, ihre Verlegenheit zu verbergen. Sie wurde rot – und fing prompt an zu stottern. „Noch ... noch nicht richtig. Ich … ich meine …“

„Ist Ihnen eigentlich bewusst, dass Sie nur stottern, wenn Sie nervös sind?“, wollte Gareth Walker wissen. „Sobald Sie wütend werden, sprechen Sie ganz normal und flüssig. Mich verwirrt allerdings, dass Sie auf ehrliche Komplimente so nervös reagieren.“

Bilde ich mir das nur ein, durchschoss Juanita der Gedanke, oder unternimmt dieser Mann einen echten Annäherungsversuch?

„Nein, ganz und gar nicht. Noch nicht“, sagte Gareth Walker leise.

Juanita glaubte ihren Ohren nicht zu trauen. „Wo … woher wi… wissen Sie …“

Er lächelte verhalten. „Ihr Gesicht verrät Ihre Gedanken.“

Sie runzelte die Stirn. „Was soll das heißen?“

„Das soll nur heißen, dass …“

„Sehen Sie mich dabei bitte an, Mr. Walker!“

„Nennen Sie mich einfach Gareth“, forderte er sie freundlich auf.

„Nein, das werde ich nicht, Mr. Walker“, widersprach Juanita.

„Ich wüsste nicht, was daran anrüchig wäre.“ Er sah sie belustigt an. „Haben Sie etwa Angst davor, dass ich mich zu dem Versuch hinreißen lassen könnte, Sie … anzubaggern?“

„So weit werde ich es nicht kommen lassen“, antwortete Juanita betont kühl. „Es tut mir leid, Mr. Walker, aber unter diesen Bedingungen kann ich selbstverständlich nicht mit Ihnen zusammenarbeiten.“

Er hob die Augenbrauen. „Unter welchen Bedingungen?“

„Ich glaube, Sie wissen, was ich meine.“

„Keineswegs.“ Ebenso arglos wie offenherzig sah er sie an. „Natürlich gibt es Männer, die Frauen aus Gewohnheit anbaggern. Aber zu dieser Sorte von Männern gehöre ich nicht.“

Juanita atmete schwer. „Das sagen Sie! Gleichzeitig sind Sie aber derjenige, der das Thema ‚Annäherungsversuch‘ überhaupt ins Gespräch gebracht hat.“

„Und Sie, Miss Spencer-Hill, waren diejenige, die als Erste zwar nicht darüber gesprochen, aber immerhin daran gedacht hat“, konterte Gareth Walker. „Ich habe mir nicht mehr zuschulden kommen lassen, als Ihnen in aller Aufrichtigkeit zu sagen, wie interessant und attraktiv

Sie als Frau auf mich wirken. Und ich habe mir wirklich nichts dabei gedacht, als ich die beiden fatalen kleinen Worte ‚noch nicht' benutzt habe – was Sie nicht daran hinderte, auf das hohe Ross zu steigen und Verdächtigungen übelster Art gegen mich zu hegen. Doch ich kann Sie beruhigen, Miss Spencer-Hill: Bevor ich mit einer Frau intim werde, pflege ich diese Frau um einiges besser zu kennen als Sie!"

Die Wut, die Juanita empfand, machte sie einen Augenblick lang sprachlos.

„Hat es Ihnen die Sprache verschlagen?", erkundigte sich Walker spöttisch. „Falls es so ist, darf ich dann ..."

„Nein, Sie dürfen nicht", fand Juanita die Worte wieder. „Ich bin nicht bereit, Ihr albernes Spiel und die damit verbundenen Wortklaubereien weiter mitzuspielen."

„Wieso?"

„Wieso was?"

„Wieso klammern Sie automatisch die Möglichkeit aus, dass dieses Spiel, wie Sie es nennen, dazu führt, uns gegenseitig kennen- und vielleicht lieben zu lernen?"

„Weil ich mich nicht den lieben langen Tag über auf Partnerschaftssuche begebe – und erst recht nicht, während ich geschäftliche Termine wahrnehme", erwiderte Juanita wütend. „Letztmalig meine Frage, Mr. Walker: Können wir jetzt bitte endlich zum konkreten Anlass meines Besuchs kommen?"

„Natürlich." Seine Stimme verriet unerschütterliche Gelassenheit. „Aber sagen Sie: Kommen Ihnen eigentlich bei dem berühmten letzten Wort, das Sie sich offenbar gern gönnen, nie nachträgliche Bedenken?"

Ebenso wütend wie abrupt erhob sich Juanita – was ein Fehler war, wie ihre Hüfte sie im gleichen Augenblick spüren ließ. Noch bevor Juanita nach dem Stock greifen konnte, der sicheren Halt versprach, stolperte sie.

„Hoppla!" Hilfsbereit legte Gareth Walker die Hand um Juanitas Taille, stützte sie kurz – und zog, kaum dass sie das Gleichgewicht zurückerlangt hatte, sofort die Hand zurück, um Juanita den Stock zu reichen.

„Danke", sagte sie steif.

Nur wenige Zentimeter trennten Juanita von Gareth Walker, und als ihr Blick seinem begegnete, erschien ihr die Situation irgendwie unwirklich – was nichts an der Wärme auf ihrer Haut änderte, die sie erst nur auf den Wangen, Sekunden später am ganzen Körper spürte. Ihr Herz schien schneller zu schlagen, während Walker sie besorgt ansah.

Juanita dachte unwillkürlich daran, was der bekannten TV-Reporterin Linda Hennessey während der Talkshow mit Gareth Walker widerfahren war. Er hatte Mrs. Hennessey, die nicht gerade auf den Mund gefallen war, in Grund und Boden geredet, bis ihr buchstäblich nichts mehr einfiel. Dass Walker dabei kein einziges Mal laut, grob oder aggressiv geworden war, stattdessen durchgängig Humor, Charme und Schlagfertigkeit unter Beweis gestellt hatte, sprach für sich und für Gareth Walkers persönliche Ausstrahlungskraft. Juanita spürte in diesem Augenblick, dass auch sie sich dieser Ausstrahlungskraft nicht entziehen konnte – trotz aller Abneigung gegen Männer, die, wie Walker, den eigenen Charme wie eine Waffe gebrauchten.

Juanita fühlte sich unfähig, den Blick von seinen tiefblauen Augen zu wenden. Seine Hände hatten sich auf ihrer Taille unerwartet sanft – ja, zärtlich angefühlt und wirkten wie eine wortlose Verständigung zwischen Mann und Frau. Die Sprache der Sinne, dachte Juanita erregt und: Warum begehrt er ausgerechnet mich?

Ein plötzliches Klopfen an der Tür riss sie aus ihren Gedanken. Gareth Walker wandte den Blick von ihr ab und sah zur Tür. „Herein!"

Ein Mädchen, kaum älter als neunzehn, trat ins Arbeitszimmer. „Gareth, sind Besucher im Haus? Ich kann sie nirgendwo finden. Oh, Entschuldigung!" Das Mädchen hatte Juanita entdeckt. „Dann sind Sie bestimmt die Fahrerin des kleinen Cabrios draußen auf der Garagenauffahrt. Ich bin Wendy, die Haushälterin."

Juanita musste unwillkürlich in sich hineinlächeln. Wendy wirkte nicht im Entferntesten wie eine Haushälterin. Zu engen Bluejeans trug sie ein pinkfarbenes Hemd, und das lange blonde Haar hatte sie mit einem ebenfalls pinkfarbenen Band zu einem Pferdeschwanz zusammengebunden. Das sommersprossige Gesicht des Mädchens strahlte Frische und Fröhlichkeit aus.

„Haushälterin im ersten Lehrjahr", korrigierte Gareth Walker trocken. „Meine reguläre Haushälterin ist Wendys Mutter, die aber im Augenblick im Krankenhaus liegt. Sie führt hier bei uns normalerweise ein strenges Regiment. Jetzt hält Wendy die Stellung." Er wandte sich zu dem Mädchen um. „Wendy, dies ist Miss Spencer-Hill. Sie ist Innenarchitektin, wird eine Weile bei uns bleiben und wahrscheinlich für allerhand Unruhe sorgen."

„Na und?" Wendy strahlte. „Dann kommt hier endlich mal richtig Leben in die Bude. Super! Auch Ma wird sich darüber freuen."

Walker verdrehte die Augen. „Ich bin ja so glücklich." Ein fast jungenhaftes Lächeln huschte über sein Gesicht, als er Wendy fragte: „Und wo stecken deine schrecklichen Geschwister?"

Fast wie ein Echo auf die Frage wirkte der Lärm heftig zankender Kinder, der in diesem Augenblick so schrill von draußen ins Zimmer drang, dass Gareth, Juanita und Wendy unwillkürlich ans Fenster eilten. Von dort war der kiesbedeckte Vorhof des Anwesens mitsamt einem prachtvoll angelegten Gartenteich und der dazugehörenden Fontäne zu sehen.

Überrascht riss Juanita die Augen auf, als sie im Vorhof zwei Kinder von etwa sieben Jahren ein Duell ausfechten sah, bei dem nicht nur geboxt wurde. Obendrein zerrten die beiden kleinen, heftig streitenden Widersacher wechselseitig wie wild am Haar des Kontrahenten.

„Meinen Sie die Zwillinge?", reagierte Wendy schmunzelnd auf Walkers Frage. „Dort sind sie!" Ihr Blick streifte Kleidung und Gesichter des Geschwister-Duos, die während des hitzigen Gefechts nicht gerade an Sauberkeit gewonnen hatten. „Ich werde die beiden am besten gleich mal in die Badewanne stecken."

„Nein, das übernehme ich", widersprach Gareth Walker. „Und du, Wendy, zeigst Miss Spencer-Hill inzwischen das Gästezimmer." Er sah kurz auf die Uhr, dann wieder die beiden Frauen an. „Danach sehen wir uns alle zum Mittagessen wieder."

Auf dem Weg zum Gästezimmer redete Wendy unentwegt auf Juanita ein. „Innenarchitektin – das wäre ich auch wahnsinnig gern! Ist bestimmt ein tierisch aufregender Job, oder? Aber man muss garantiert auch ein Superwissen drauf haben", sprudelte sie ebenso frisch wie unbefangen hervor. „So, hier sind wir. Aber – Sie haben ja gar keinen Koffer oder so dabei."

„Mein Gepäck liegt noch im Auto", erklärte Juanita. „Bevor ich meinen Koffer ins Haus hole, wollte ich mich Mr. Walker zunächst vorstellen und habe das Gepäck dann ganz vergessen."

„Ich hole es Ihnen eben."

„Nein, das brauchen Sie nicht, Wendy", wehrte Juanita ab. „Ich hole es selbst herein."

„Mach' ich aber gern für Sie, Miss Spencer-Hill. Ich muss schon sagen …" Wendy warf ihr einen bewundernden Seitenblick zu. „… so elegant wie Sie würde ich auch echt gerne aussehen! Aber irgendwie kriege ich das einfach nicht so richtig hin. Gareth behauptet zwar immer, das brauche mich nicht zu beunruhigen. Er stände sowieso nicht auf Frauen, die aussehen, als wären sie einem Modejournal entsprungen. Aber Männer verstehen davon eh nichts, oder was meinen Sie? So, nun setzen Sie sich aber erst einmal hin und gönnen Ihren armen Beinen eine Verschnaufpause. Sie humpeln ein bisschen, Miss Spencer-Hill. Haben Sie den Knöchel verstaucht oder so?"

„Meine Hüfte ist nicht ganz in Ordnung", gab Juanita Auskunft, setzte sich und durchforstete die Handtasche nach den Autoschlüsseln. „Aber keine Sorge, ich bin dabei ganz mobil. Machen Sie also wirklich keine …"

„… Panik? Mach' ich eh nicht!" Keck steckte Wendy die Daumen beider Hände in die hinteren Jeans-Taschen. „Ihr Gepäck ist gleich da." Und schon sauste sie wie ein geölter Blitz von dannen.

Ein richtig netter Teenager, dachte Juanita und lächelte in sich hinein, kaum dass die Zimmertür hinter Wendy ins Schloss gefallen war. Und Ihnen, Mr. Walker, missfallen elegante Frauen? Weshalb?

Sie erhob sich, humpelte ohne Stock zum Fenster – und entdeckte dort die atemberaubend schöne Aussicht, die der Blick vom Gästezimmer auf die farbenfrohe Szenerie der Städtchen Bowral und Mittagong südlich von Sydney freigab. Neusüdwales präsentierte sich ganz im goldenen Glanz des Sommers sowie – Juanita schnupperte genießerisch den Geruch – im betörenden Duft der reifen Saat der Felder.

Doch nicht nur die Ferne, auch der Nahbereich – nämlich Mr. Walkers weitläufiges Anwesen – nahm sich höchst attraktiv aus. Auf einer umzäunten Koppel weideten Pferde, und davor lag ein verwilderter, aber wunderschöner Garten. Zu Rabatten und Rasenflächen gesellten sich ganze Gruppen baumhoher Kautschukpflanzen, die in der erwachenden Hitze des Vormittags angenehm kühlen Schatten verbreiteten.

Der weitaus größte Teil der Villa war vom Gästezimmer aus gut zu überblicken. Die Außenwände waren aus Naturstein auffallend zierlicher Größe errichtet und verrieten eine ebenso nostalgische wie aufwendige Form der Baukunst. Lang und flach schmiegte sich der beeindruckend schöne Bau an einen sonnigen Hang. Mehrere Schornsteine lugten fast vorwitzig aus dem Schieferdach hervor, und hübsche Bogenfenster zierten die Fassaden.

Das bereits recht hohe Alter der Villa änderte nichts an dem offenbar grundsoliden Zustand der Bausubstanz. Allerdings – Juanitas Finger glitten über die verblichenen Vorhänge, und ihr Blick streifte den fadendünnen Teppich – war eine komplette Instandsetzung der Inneneinrichtung längst überfällig.

Trotz der geradezu traumatischen Erlebnisse bei der Ankunft und dem eher exzentrischen Eindruck, den Gareth Walker auf Anhieb erweckte, spürte Juanita wachsendes Interesse an den Aufgaben, die in nächster Zeit vor ihr lagen.

Die Villa entsprach nicht nur voll und ganz dem persönlichen Geschmack der jungen Innenarchitektin, sondern erwies sich obendrein als willkommenes Betätigungsfeld für ihre Vorliebe, die nüchterne Sachlichkeit moderner Wohnkultur mit Anmut und Reiz vergangener Zeiten planvoll zu verbinden.

Für Juanita beinhaltete der Auftrag eine doppelte Herausforderung: Zum einen galt es, Mr. Walker als Auftraggeber zufriedenzustellen – und zum anderen, sich ihrer eigenen Familie gegenüber zu beweisen, in der sie jahrelang als schwarzes Schaf gegolten hatte.

„Dies ist Steven – und das Rebecca!“, stellte Gareth Walker die siebenjährigen Zwillinge vor – dieselben Kinder, die sich noch vor gut einer Stunde heftig gezankt hatten, nun aber frisch gewaschen und wie aus dem Ei gepellt geradezu geläutert wirkten. „Und dies, Kinder, ist Miss Spencer-Hill.“ Hilfesuchend wandte sich Walker Juanita zu. „Wie war doch gleich Ihr Vorname? Irgendetwas Ungewöhnliches, nicht wahr?“

Juanita gab die gewünschte Auskunft und begrüßte dann die Zwillinge: „Hallo Steven und Rebecca!“

„Hallo“, echoten die Zwillinge wie aus einem Munde. Die Ähnlichkeit mit ihrer älteren Schwester Wendy war verblüffend: Auch an Steven und Rebecca stach auf den ersten Blick nicht nur das hellblonde Haar hervor, sondern auch die Unzahl an Sommersprossen im Gesicht.

„Den Namen ‚Juanita‘ habe ich noch nie gehört!“ Die kleine Rebecca wirkte unbefangen wie ihre große Schwester. „Warum gehen Sie am Stock, Miss Spencer-Hill?“

„Rebecca“, warnte Wendy, die gerade den Tisch deckte. „Du warst heute Morgen ungezogen genug. Treib es jetzt nicht noch mit Neugier auf die Spitze!“

„Ich frag’ doch nur“, rief Rebecca trotzig.

„Das stimmt.“ Gareth Walker rückte einen Stuhl für Juanita an den Esstisch. „Bitte setzen Sie sich, Miss Spencer-Hill. Hoffentlich stört es Sie nicht, mit uns in der Küche zu essen.“ Dann wandte er sich der kleinen Rebecca zu. „Weißt du“, erklärte er ihr, „Juanita ist ein spanischer Name, der natürlich auch spanisch ausgesprochen wird. Obwohl der Name ‚J-u-a-n-i-t-a‘ buchstabiert wird, spricht man das ‚J‘ mehr wie ein ‚CH‘ aus, und die Buchstaben ‚U‘ und ‚A‘ kommen fast gleichzeitig über die Lippen. Das hört sich dann so an …“ Langsam und deutlich sprach Walker Juanitas Namen aus. „Habt ihr ihn jetzt richtig verstanden?“

Die beiden kleinen siebenjährigen Blondschöpfe nickten andächtig.

„Gut“, fuhr Gareth Walker fort, „und der Grund, weshalb Miss Spencer-Hill am Stock geht, hängt mit ihrer Hüfte zusammen.“

„Wieso?“, krähte der kleine Steven.

„Weil …“, hob Walker an, bevor er sich selbst ärgerlich unterbrach. „Nun reicht es aber! Kinder mit zu vielen Fragen lassen sich die wirklich guten Sachen meist entgehen – zum Beispiel das Essen.“

Hastig machten sich Steven und Rebecca über das Mittagessen her, das aus kaltem Fleisch und Salat bestand. Danach gab es noch Obst und Käse, und während gemeinsam gegessen wurde, erfuhr Juanita, dass der Vater von Wendy, Steven und Rebecca kurz nach der Geburt der Zwillinge gestorben war. Die Mutter, Mrs. Spicer, war froh, mit ihren drei Kindern kurz darauf bei Gareth Walker aufgenommen zu werden, der gerade eine Haushälterin suchte. Mrs. Spicer und ihre Kinder zogen in ein zu Walkers Villa gehörendes Nebengebäude. Während sich Mrs. Spicer einer Operation unterziehen und anschließend eine Kur antreten musste, versuchte Wendy, ihre als Haushälterin ebenso tüchtige wie resolute Mutter zu vertreten – kein leichter Job für Wendy, denn ausgerechnet zum Zeitpunkt, als die Mutter ins Krankenhaus kam, erkrankten auch die Zwillinge an Windpocken, die zum Glück inzwischen nahezu überstanden waren. Zur Schule allerdings brauchten die Zwillinge noch nicht wieder zu gehen.

„Jetzt, Miss Spencer-Hill“, sagte Walker und schmunzelte, „sind Sie über die Menschen, die hier mit mir zusammenleben, umfassend informiert.“ Behaglich lehnte er sich zurück, während Wendy bereits damit begann, das Geschirr zu spülen. Vergnügt summte sie dabei vor sich hin. Auch die Zwillinge hatten den Tisch bereits verlassen, sodass sich nur noch Juanita und Walker gegenübersaßen.

„Nun mal ganz ehrlich“, fragte er sie augenzwinkernd. „Glauben Sie, hier bei mir vernünftig arbeiten zu können – oder fürchten sie noch immer, in Blaubarts düsterem Schloss gelandet zu sein?“

„Ich habe Ihre Villa bisher nicht für Blaubarts Schloss gehalten.“ Juanita war fest entschlossen, sich von Gareth Walker nicht noch einmal aus der Fassung bringen zu lassen. „Wollen Sie“, kam sie zur Sache, „mit mir zusammen die Räumlichkeiten besichtigen? Dann könnten Sie mich dabei gleich über Ihre persönlichen Vorstellungen von der künftigen Inneneinrichtung informieren. Oder soll ich den Rundgang allein antreten, um Ihnen später eigene Ideen zu präsentieren?“ Juanita konnte sich nicht verkneifen, ein wenig ironisch hinzuzufügen: „Falls Sie noch immer ganz unter dem Eindruck Ihrer literarischen Eingebungen stehen, Mr. Walker, erspart Ihnen die Möglichkeit, mich allein durch die Villa gehen zu lassen, allerhand Zeit."

„Andererseits", reagierte er gelassen, ohne die Ironie zu erwidern, „habe ich einige verbindliche Vorgaben, wie die Räume eingerichtet werden sollen. Deshalb werden wir den Rundgang gemeinsam antreten."

Juanita nickte Gareth Walker höflich zu – ganz so, als wollte sie ihm sagen: Wie Sie wünschen, schließlich geht es um Ihr Geld.

Er erhob sich, hielt – als sie ebenfalls aufstand – hilfsbereit ihren Stuhl und reichte ihr gleich darauf den Stock. Sekundenlang standen Walker und Juanita sehr dicht beieinander.

Die Erkenntnis durchzuckte sie erneut, dass dieser Mann eine geradezu unglaubliche Ausstrahlung besaß – und diese Ausstrahlung wie eine Waffe einzusetzen wusste, gegen die Juanita sich kaum wehren konnte … oder wollte.

Zum Kuckuck mit dir, Gareth Walker, dachte Juanita insgeheim, während sie ihn höflich bat: „Sind Sie so freundlich, voranzugehen?"

2. KAPITEL

Dies“, erklärte Gareth Walker, „ist das Schlafzimmer des Hausherrn.“

„Was für ein wundervoller Raum!“ So spontan Juanita die Bemerkung entfuhr, hätte sie sich im nächsten Moment am liebsten auf die Zunge gebissen.

Walker reagierte mit einem spöttischen Blick.

„Das Schlafzimmer ist wirklich schön“, beharrte Juanita. „Ich weiß überhaupt nicht, warum Sie mich so ansehen, Mr. Walker. Mit Räumen – gleich welcher Art – habe ich immerhin beruflich zu tun.“

„Sicher“, stimmte Gareth Walker Juanita zu. „Mich wundert nur, dass der einzige Raum, der Ihr Temperament stimuliert, ausgerechnet ein Schlafzimmer ist.“

Juanita spürte Wut in sich aufsteigen. Während der bisherigen Hausbesichtigung war sie bewusst zurückhaltend aufgetreten. Das spontane Entzücken über Walkers Schlafzimmer war Juanita selbst ein wenig peinlich. Immerhin – es handelte sich tatsächlich um einen schön geschnittenen Grundriss, und auch die Ausstattung bestach auf den ersten Blick. Zur Einrichtung gehörten unter anderem eine Sitzgruppe am Fenster, ein eigener Kamin und sogar ein Solarium. Obwohl die Möbel offensichtlich ihre beste Zeit hinter sich hatten, der Teppich dünn wie ein Faden wirkte und seine ursprünglichen Farben kaum noch erkennbar waren, repräsentierte der Raum irgendwie eine Art Mittelpunkt des Hauses.

„Ich versichere Ihnen, dass mich Ihr Schlafzimmer keineswegs aus den Gründen interessiert, um die Ihre Gedanken ständig zu kreisen scheinen, Mr. Walker.“ Juanitas Stimme klang voller Verachtung.

„Lassen Sie uns darüber nicht diskutieren“, erwiderte Walker mit leisem Lächeln. „Fest steht jedenfalls, dass Sie dieser Raum regelrecht zu faszinieren scheint. Deswegen bin ich gut beraten, Ihnen bei der Neugestaltung völlig freie Hand zu lassen.“

„Warum diese Freiheit?“, erkundigte sich Juanita.

„Warum sollte ich sie Ihnen nicht einräumen?“

„Weil …“ Juanita warf einen kurzen Blick auf die Notizen, die sie während der bisherigen Hausbesichtigung gemacht hatte. „Weil Sie selbst vorhin von persönlichen Vorgaben sprachen. Bedenken Sie im Übrigen, dass meine Einrichtungsideen erheblich von Ihren Vorstellungen abweichen könnten. Deswegen wäre es von Vorteil, wenn Sie vorab entscheiden, ob Ihnen an einer eher weiblich orientierten Innenausstattung gelegen ist. Gerade bei dem Design dieses Raumes sollte übrigens die Dame des Hauses ein Wort mitsprechen."

„Das gilt für alle Zimmer", gab Walker zu bedenken. „Aber es gibt keine Dame des Hauses."

„Wie problematisch! Und wer war die letzte Lady, die hier übernachtet hat?"

„Meine Frau."

Juanita sah Walker erschrocken an. „Ich wusste nicht, dass Sie verheiratet waren."

„Woher hätten Sie dies auch wissen sollen?", gab er ungerührt zurück.

„Kein … keine Ahnung."

Gareth Walker versuchte zu lächeln, aber seine Augen wirkten ernst wie seine Stimme. „Zu Ihrer Information, Miss Spencer-Hill: Meine Frau hatte – wie Sie – einen Verkehrsunfall, der – wie bei Ihnen – einige Jahre zurückliegt. Anders als bei Ihnen endete der Unfall meiner Frau allerdings tödlich."

„Das tut mir aufrichtig leid", erwiderte Juanita leise.

„Sämtliches Mobiliar hier im Haus stammt zwar aus der Zeit, bevor meine Frau verunglückte. Aber wir lebten nicht lange genug zusammen, als dass meine Frau den Räumen eine individuelle Note hätte verleihen können. So können Sie bei aller gestalterischen Freiheit, die ich Ihnen gewähre, keine sichtbaren persönlichen Erinnerungen an meine Frau zerstören."

Juanita nickte. „Ich verstehe. Aber …"

„Vielleicht hilft es allerdings weiter, wenn ich Ihnen einfach verrate, dass ich Rüschen und Falbeln ebenso verabscheue wie Tressen, Seide und Satin. Ich mache Ihnen allerdings durchaus keine Vorwürfe, wenn Sie derartige Dinge mögen. Irgendwie hoffe ich aber, dass Ihr persönlicher Geschmack einfach feiner ist – und eleganter."

Das Wort „elegant" machte Juanita hellhörig. „Ich verstehe, Mr. Walker", wiederholte sie. „Mich irritieren allerdings gewisse Widersprüche, die zwischen Ihren spontanen Äußerungen und tatsächlichen Ansichten über Eleganz zu klaffen scheinen. Was halten Sie beispielsweise in Wahrheit von Frauen, die aussehen, als wären sie einem Modejournal entsprungen? Meine äußere Erscheinung haben Sie als elegant gelobt, Wendy dagegen erklärt, wie sehr Sie Eleganz verabscheuen."

Walker wahrte Gelassenheit. „Es war und ist tatsächlich so, dass ich Frauen aus Modemagazinen nicht mag. Dies habe ich Wendy zu einem Zeitpunkt erklärt, als sie Anstalten machte, sich die Eleganz eines dreißigjährigen Vampirs zuzulegen, von der sich allerdings Ihre Eleganz deutlich unterscheidet, Miss Spencer-Hill. Also glätten Sie bitte den geschwollenen Kamm, bevor wir die Hausbesichtigung fortsetzen."

„So, jetzt haben Sie sämtliche Räume gesehen. Erschöpft?"

Juanita schüttelte auf Walkers Frage zwar den Kopf, war aber in Wahrheit froh, sich setzen zu können.

Die Hausbesichtigung endete im Arbeitszimmer. „Nun – was sagen Sie nach diesen ersten Eindrücken?", wollte Gareth Walker wissen.

Juanita überflog die Notizen, die sie während der Besichtigung angefertigt hatte. „Es geht um ein gewaltiges Projekt ..."

„Das schon vor Jahren hätte in Angriff genommen werden müssen, wie man sehen kann. Immerhin ist die Bausubstanz in solidem Zustand."

Juanita nickte bestätigend.

„Trauen Sie sich zu, den Auftrag durchzuführen?" Ein Anflug von Ungeduld war in Walkers Stimme erkennbar. „Oder entsprechen meine Einrichtungsideen nicht Ihrem persönlichen Geschmack?"

Juanita billigte Gareth Walkers Gesamtkonzept, das er während der Besichtigung grob skizziert hatte, voll und ganz. Seine Vorstellungen zielten darauf, möglichst viele antike Möbelstücke zu behalten, ohne dass dabei jedoch die bisherige Inneneinrichtung wiederzuerkennen sein sollte. „Meine Villa", hatte Walker wörtlich geäußert, „soll nicht wie ein Museum wirken."

„Ihr Konzept trifft durchaus meinen eigenen Geschmack", stellte Juanita klar. „Aber wissen Sie – Räume zu renovieren erfordert mehr als die Festlegung von Farbschemen und Ähnlichem. Ich würde mir ganz einfach gern ein wenig Zeit lassen, gewisse Dinge zu begutachten, die für die endgültige Gestaltung von Bedeutung sein werden. Dazu gehören beispielsweise die Lichtverhältnisse ebenso wie die Atmosphäre der jeweiligen Räume zu den verschiedenen Tageszeiten. Letztendlich lässt sich ein Haus – wie die Menschen, die darin leben – regelrecht fühlen."

„Sie haben die Freiheit, dies alles zu tun", bot Walker an.

„Dafür brauche ich Zeit", erklärte Juanita. „Sie dagegen möchten sämtliche Renovierungsarbeiten so rasch wie möglich fertiggestellt wissen. Alles in allem halte ich dafür einen Zeitraum von mindestens einem Monat für realistisch, was eher knapp bemessen ist."

Juanita zögerte kurz, bevor sie fortfuhr: „Es ist natürlich nicht so, dass ich mich die ganze Zeit über durchgängig hier aufhalten muss, aber ..."

„Soll das heißen, dass Sie während der Renovierungsphase nicht hier im Haus wohnen wollen?"

„Ich will damit lediglich sagen", erwiderte Juanita ruhig, „dass eine zu enge räumliche Nähe zu Problemen zwischen uns führen könnte."

„Für eine Berufsanfängerin, deren künftige Karriere einen empfindlichen Knick erleiden dürfte, falls dieser Auftrag flöten geht, wirken Sie geradezu selbstzerstörerisch, Miss Spencer-Hill." Die Ironie in Walkers Stimme war unüberhörbar. „Warum sollte es Probleme zwischen uns geben, wenn Sie hier wohnen?"

„Weil Sie sehr wahrscheinlich in Ihren Bemühungen fortfahren werden, mich ständig aus der Fassung zu bringen."

„Wirke ich wirklich so negativ auf Sie?" Gareth Walker begann unwillkürlich zu lachen. „Zugegeben: Vielleicht bin ich heute Morgen wirklich mit dem sprichwörtlich falschen Fuß zuerst aufgestanden. Es mag auch sein, dass ich mich allzu unbedacht in Ihrer Gegenwart zu Spielen habe hinreißen lassen, die zwischen Mann und Frau seit ewiger Zeit gespielt werden. Aber ich habe mich dabei wirklich von keinen unlauteren Motiven leiten lassen – außer vielleicht von der Feststellung, dass Sie sehr zielstrebig Hiebe verbaler Art auszuteilen verstehen, beim Einstecken derartiger Hiebe umgekehrt aber sehr verletzlich zu sein scheinen. Darf ich Ihnen dies einmal in aller Deutlichkeit sagen?"

„Darf ich Ihnen in gleicher Deutlichkeit sagen, dass ich Ihre praktischen Methoden, in die Spiele von Mann und Frau zu verfallen – wie Sie es zu nennen belieben –, zutiefst verachte?" Juanita konnte vor Wut kaum noch an sich halten.

Walker blieb ungerührt. „Wer sind Sie? Eine Nonne?"

„Natürlich nicht – nur eine Frau, die nicht im Traum daran denkt, wochenlang an Ihren Spielchen beteiligt zu sein."

„Wenn Sie mir als Auftraggeber die Absicht unterstellen wollen, mit Ihnen wochenlang nur spielen zu wollen, liegen Sie voll daneben, Miss Spencer-Hill. Nehmen Sie jetzt den Auftrag an oder nicht?"

Juanita zögerte.

Gareth Walker lehnte breitschultrig an einem Bücherschrank. Nicht weniger als zwei ganze Wände füllten die Regale mit weiteren Büchern im Arbeitszimmer. Computer und Drucker standen auf einem zweiten Schreibtisch. Ungezählt viele Akten, Manuskripte und Broschüren füllten eine Reihe weiterer Regale. Wo die Wände nicht mit Regalen vollgestellt waren, hingen Ölgemälde – darunter ein geschmackvolles Landschaftsmotiv, in Gold gerahmt, auf dunkelgrünen Tapeten. Einen Teil des Fußbodens bedeckte eine Brücke in Grün, Gold und gedämpftem Rubin. Anders als die übrigen Räumlichkeiten wirkte das Arbeitszimmer eher unordentlich als aufgeräumt – und bestach doch durch seine anregende Atmosphäre.

Juanita wurde plötzlich bewusst, dass dieser Raum vor noch nicht langer Zeit neu eingerichtet worden war – nach gestalterischen Gesichtspunkten, die Juanitas eigenen Vorstellungen nahezu vollkommen entsprachen. Sollte Gareth Walker selbst am Werk gewesen sein, entsprach sein Geschmack fast völlig ihrem.

„Haben Sie vor nicht allzu langer Zeit das Arbeitszimmer neu eingerichtet?", erkundigte sich Juanita.

„Ja.“ Walker hob die Augenbrauen. „Irgendwelche Einwände?“

Etwas verwirrt schüttelte sie den Kopf. Wieder einmal wirbelten ihre Gedanken ungewollt durcheinander. Wie kann dieser Mann solch eine unerhörte Wirkung auf mich entfalten? Was gibt ihm das Recht, so mit mir zu spielen? – Egal, dachte Juanita, ich weiß jetzt, woran ich bin, und stehe der Situation deshalb nicht hilflos gegenüber.

„Ich nehme den Auftrag an“, sagte sie unvermittelt. „Nur eines möchte ich vorher noch gern wissen.“

„Ich höre.“ Fragend sah Walker Juanita an.

„Leben Sie hier ganz alleine?“

„Warum wollen Sie das wissen?“

„Mir fällt einfach auf, dass die Villa irgendwie weitgehend unbewohnt wirkt. Zimmer sind zwar überreichlich vorhanden, doch die meisten von ihnen werden offenbar seit Jahren nicht mehr benutzt. Kaum ein Raum ist von Leben beherrscht, wie es der Fall wäre, wenn eine Frau hier wohnen würde, die sich meistens mehr als ein Mann im Haus aufhält. Kurz gesagt: Nicht lebendige Gegenwart, sondern tote Vergangenheit bestimmt die Atmosphäre auffallend vieler Zimmer Ihrer Villa.“

Aufmerksam und ruhig hatte Gareth Walker Juanita zugehört. Er räusperte sich, bevor er antwortete. „Sie haben recht, und gerade deswegen weiß ich es zu würdigen, wenn Sie das Haus beleben. Die Villa ist in der Tat momentan meist mehr oder weniger unbewohnt. Sehen Sie, ich verbringe viel Zeit im Ausland, wo ich weite Teile des Jahres mit Recherchen für meine Bücher befasst bin. Meine übrigen Familienangehörigen – ich habe noch sechs Brüder und Schwestern – gehen ihre eigenen Wege, auch wenn sie gelegentlich vorbeischauen. Was der Villa seit Jahren wirklich fehlt, ist – über die Existenz einer Haushälterin hinaus – die Obhut einer Frau. Dabei wird es aber auch bleiben, denn ich beabsichtige keine erneute Heirat.“ Gedankenverloren glitt Gareth Walkers Blick aus dem Fenster, und er schwieg einen Augenblick, bevor er mit leiser Stimme fortfuhr: „Dies ändert aber alles nichts daran, dass die Villa mit all ihren Räumlichkeiten in früherer Zeit ein Zentrum des Glücks und der Geborgenheit darstellte. Sollte es Ihnen als Innenarchitektin auch nur im Ansatz gelingen, den Glanz dieser Vergangenheit und die damalige Atmosphäre wiederaufleben zu lassen – vielleicht obendrein noch um einige persönliche Akzente zu bereichern –, ich glaube, dann …" Walker räusperte sich erneut. „… dann wäre wirklich das Beste bewerkstelligt, was unter den gegebenen Umständen geleistet werden kann, nicht wahr?"

Sprachlos sah Juanita ihn an. Dieser Mann, der druckreif sprach, diese Fähigkeit aber allzu oft für Ironie und Zynismus missbrauchte, hatte eben gerade ein ganz anderes Gesicht präsentiert. Walker war offensichtlich imstande, nicht nur herablassend, sondern auch offen, fair und freundlich anderen Menschen gegenüberzutreten.

Juanita riss sich aus ihren Gedanken. „In Ordnung. Ich werde jetzt auf der Stelle mit meiner Arbeit beginnen. Sie selbst haben sicher auch zu tun, Mr. Walker."

„Womit fangen Sie an?"

„Mit einigen Skizzen und Fotos. Außerdem gibt es allerhand auszumessen. Die früheren Baupläne sind sicherlich nicht mehr vorhanden, oder?"

„Erfreulicherweise doch", antwortete Walker.

„Oh, wunderbar!" Juanita strahlte. „Übrigens habe ich im Auto mehrere Mustermappen und Warenproben liegen, die Sie sich vielleicht einmal ansehen möchten. Es eilt aber nicht."

„Ich brauche weder Mustermappen noch Warenproben zu sehen", wehrte Walker ab. „Alle Entscheidungen, auch die Wahl der Materialien oder was immer ausgesucht werden muss, sind Ihnen überantwortet." Er lächelte, als er fortfuhr. „Sie wirken auf mich wie ausgewechselt, kaum dass der Enthusiasmus Sie so richtig gepackt hat. Mir kommt es vor, als hätte ich es plötzlich mit einem völlig anderen Menschen zu tun, der höchst lebendig und absolut zauberhaft auf mich wirkt. – Wie lange liegt Ihr Unfall zurück, Juanita?"

Sie sah zu ihm auf. „Drei Jahre."

„Also schon eine Weile her."

„Schon", bestätigte Juanita, „aber Knochenbrüche brauchen nun einmal eine Weile, bis sie keine Beschwerden mehr bereiten. Bei mir waren es ziemlich viele Brüche. Eine Zeit lang konnte ich überhaupt nicht gehen, aber allmählich kommt alles wieder in Ordnung."

„Und vor dem Unfall?“, erkundigte sich Walker.

„Was meinen Sie?“

„Wie haben Sie davor gelebt?“

Juanita senkte den Blick. „So wie viele andere auch“, antwortete sie ausweichend.

„Wollten Sie schon immer Innenarchitektin werden?“

„Ich ... nein, ich war mir nicht so ganz sicher, wo meine Begabungen liegen und welchen Beruf ich ergreifen möchte.“

„Das“, stellte Gareth Walker fest, „deutet auf einen Mangel an Selbstsicherheit hin.“

„Finden Sie? Es gibt viele Menschen ohne berufliche Orientierung“, gab Juanita zu bedenken.

„Aber in Ihrem speziellen Fall kam noch die Fehleinschätzung hinzu, über absolut keine persönlichen Begabungen zu verfügen.“

Juanita wusste, wie sehr Walkers Worte ins Schwarze getroffen hatten. Hoffentlich, schoss es ihr durch den Kopf, ist ihm das nicht bewusst. Doch dann gab sie sich einen Ruck. „Stimmt, Mr. Walker. Daraus erklärt sich – jedenfalls teilweise – wahrscheinlich auch mein zeitweiliges Stottern.“

„Spielen dabei noch andere Gründe eine Rolle?“

Juanita zögerte. „Ich weiß nicht, warum Sie den möglichen Ursachen meines Sprachfehlers so große Bedeutung beimessen. Ich denke, in erster Linie hängt mein Stottern damit zusammen, dass ich schon immer eines dieser besonders schüchternen Kinder war, die aus Angst vor dem Leben von Geburt an vor sich hinkränkeln. Zweifellos war ich das einzige untalentierte Kind in unserer Familie. Ich sprach zu undeutlich und wirkte ebenso unbeholfen wie schlaksig. Manchmal drängte sich geradezu der Gedanke auf, ich sei direkt nach der Geburt vertauscht worden, zumal ich nicht einmal äußerlich Ähnlichkeit mit den übrigen Familienangehörigen hatte. Im Lauf der Jahre wurde aus mir ein schüchterner, unbeholfener Teenager. Später passierte dann der Unfall, den ich zum Glück überlebt habe. Während ich für eine Weile an den Rollstuhl gefesselt war, wurde mir bewusst, wie glücklich ich – trotz allem – vorher war. Nach und nach reifte mein Entschluss, mich nicht aufzugeben. Statt in einem Meer von Selbstmitleid zu versinken, beschloss ich, aus meinem Leben, das ich trotz aller schweren Unfallverletzungen am Ende behalten durfte, von nun an etwas zu machen."

„Bravo!" Walkers Stimme klang ein bisschen belegt. „Und wie haben Sie später die Stelle bei BLUEMOON bekommen? Ich meine, BLUEMOON ist ein Unternehmen von besonders hohem Renommee. Mitarbeiter wie Kundschaft – beides nur vom Feinsten." Er schmunzelte. „So jedenfalls ist es mir zugetragen worden."

„Ich habe Kunst studiert und mein Magisterexamen bestanden, bevor ich den Unfall erlitt. Mehr oder weniger durch Zufall bin ich während der langen Rehabilitationsphase dazu gekommen, ein Architektur-Fernstudium zu beginnen. Obwohl ich dabei zu Anfang eigentlich nur etwas wie einen Zeitvertreib suchte, erwarb ich am Ende mein Diplom als Innenarchitektin. Meine Vorliebe für Holz allgemein, für Möbel im Besonderen und die dazugehörigen Fachkenntnisse sicherten mir dann meine erste Stelle – bei BLUEMOON, wo ich nun versuche, meinen Weg zu machen."

„Mit Erfolg, wie man sieht", kommentierte Gareth Walker. „Immerhin ist es nicht gerade alltäglich, als Fünfundzwanzigjährige so selbstständig zu arbeiten und mit Aufträgen dieser Größenordnung betraut zu werden."

Juanita lächelte unmerklich. „Dies ist mein erster größerer Auftrag überhaupt – und damit auch eine Art Vertrauensgeste, die mir BLUEMOON entgegenbringt. Nun will ich aber wirklich mit der Arbeit beginnen."

Unverhofft stellte sich Gareth Walker Juanita in den Weg und griff – eine Sekunde vor ihr – nach der Türklinke.

„Irgendwie spüre ich noch immer Ihre Voreingenommenheit gegen mich. Weshalb diese Vorbehalte?", fragte Walker. „Haben Sie irgendetwas Nachteiliges über mich gehört oder gelesen? Ich kann Ihnen versichern: Neunzig Prozent dessen, was Leuten wie mir nachgesagt wird, ist frei erfunden."

„Ich habe keine Vorbehalte gegen Sie", wehrte Juanita ab. „Meine bisher einzigen Informationen über Sie stammen aus dem Fernsehen. Ich habe nicht einmal Bücher von Ihnen ge… gelesen."

„Das sollten Sie ruhig tun. Meine Bücher sind wirklich gut!"

„Mag sein, aber ich glaube nicht, dass sie meinem Lesegeschmack entsprechen."

„Woher wollen Sie das wissen, ohne je eine Zeile von mir gelesen zu haben?"

Juanita holte tief Luft. „Na gut, ich werde die Lektüre nachholen. Und jetzt lassen Sie mich bitte gehen."

„Sie wirken", sagte Walker, „schon wieder verärgert."

Statt zu antworten, warf Juanita – von jäher Wut überwältigt – das Klemmbrett mit ihren Notizen nach Walker, verfehlte aber das Ziel.

Die Stille, die plötzlich eintrat, hatte etwas Betäubendes an sich. Juanita war über ihre eigene Reaktion sprachlos, und auch Gareth Walker hüllte sich einen Augenblick lang in Schweigen. Reglos beobachtete er, wie Juanita tief durchatmete, während sich ihre Brüste hoben und senkten. Als sie sich umdrehen wollte, um sich seinen Blicken zu entziehen, legte er unvermittelt die Hand um ihre Hüfte und umschlang sie. Es war Juanita nicht möglich, sich diesem Griff zu entwinden.

„Ich lasse Sie nicht gehen, bevor Sie mir nicht sagen, warum Sie sich so sonderbar verhalten", erklärte Walker entschlossen.

„Weil Sie geradezu grenzenlos aufdringlich, indiskret und neugierig sind", entgegnete Juanita wütend, während sie vergeblich versuchte, Ruhe und Gelassenheit zurückzugewinnen. „Hören Sie endlich damit auf, mich mit Fragen zu löchern."

„Ich bin Schriftsteller – und damit automatisch auf Menschen neugierig. Das gehört zu meinem Beruf." Gareth Walker lockerte den Griff, mit dem er Juanitas Hüfte umschlungen hielt, ohne sie völlig loszulassen. „Tief in Ihrem Inneren, Juanita, wühlt mehr, als Sie sich anmerken lassen wollen. Gab es eigentlich je Männer in Ihrem Leben?"

„Das ist einzig und allein meine Sache! Wie würden Sie eigentlich reagieren, wenn ich Ihnen ebenso ungeniert Fragen stellen würde, die mich nicht zu interessieren haben? Warum Sie beispielsweise nicht wieder heiraten. Oder warum …" Juanita zögerte, während sie in Sekundenschnelle überlegte, mit welcher weiteren vorwitzigen Frage sie Walker attackieren könnte – und war selbst überrascht, worauf sie ihn im nächsten Augenblick gezielt ansprach: „… oder warum Sie sich vor laufender Kamera erdreisten, auf einer Fernsehmoderatorin so lange herumzuhacken, bis sie unter dem Eindruck Ihrer grenzenlosen Wortgewalt nicht mehr moderieren, sondern nur noch verlegen lächeln und am ganzen Körper zittern kann."

„Wenn Sie damit auf den Vorfall mit der TV-Moderatorin Laura Hennessey anspielen wollen: Ich habe es in der Sendung nicht darauf angelegt, die Dame zur Idiotin zu degradieren", rechtfertigte sich Walker. „Die Geschichte hat einen Hintergrund, den man kennen muss, um sie richtig zu verstehen: Wie mir zugetragen wurde, hat Laura Hennessey einige Zeit vor dieser Fernsehsendung meine Bücher als oberflächlich und viel zu leichte Lesekost bezeichnet, die bei Weitem nicht die Popularität verdient, der sich meine Bücher erfreuen."

„Woher wussten Sie, dass Mrs. Hennessey Ihre Bücher so negativ beurteilt?", fragte Juanita.

Gareth Walker lächelte. „Von ihrer Sekretärin."

„Und als Ihnen die Sekretärin diese Information zugespielt hatte, war für Sie die Einladung in Mrs. Hennesseys TV-Talkshow willkommene Gelegenheit, Mrs. Hennessey nach allen Regeln Ihrer begnadeten Ausdrucksgabe nicht nur rund, sondern regelrecht fertig zu machen."

„Durchaus nicht", widersprach Walker Juanita. „In der Sendung wollte ich eigentlich nur mein Recht verteidigen, zu schreiben, was ich mag – und das Recht meiner Leser, Bücher zu kaufen, die ihnen gefallen. Dass meine Bücher Anklang finden, belegen die Auflagen, die sich immerhin nach Millionen bemessen. Natürlich habe ich Mrs. Hennessey während der Livesendung gefragt, weshalb sie meinen Veröffentlichungen literarische Qualitäten abspreche. Darauf fiel ihr nichts Naiveres ein, als auf das fehlende ‚L' hinzuweisen, das – im Gegensatz zu meinen Büchern – die Einbände bestimmter Klassiker ziert. Dieses groß gedruckte ‚L' steht für das Wort ‚Literatur', und zwar oft genug für literarische Werke, die sich heute nicht mehr besonders gut verkaufen. Dies alles habe ich Mrs. Hennessey vor laufender Kamera erklärt und mit der abschließenden Feststellung verbunden, dass ich auf den unscheinbaren Buchstaben ‚L' ungleich lieber als auf Millionen treuer Leser verzichten mag. Wenn diese Bemerkung eine prominente Moderatorin vom Format Laura Hennesseys so sehr aus dem Konzept geworfen hat, dass ihr buchstäblich nichts mehr einfiel, dann können Sie mich dafür wirklich nicht verantwortlich machen, Juanita."

„Höchstens etwas daraus lernen", ergänzte sie mit leiser, fast tonloser Stimme, schloss sekundenlang die Augen und wunderte sich, weshalb sie – wenn auch kaum hörbar – spontan geäußert hatte, was eigentlich nur ein unausgesprochener Gedanke hätte sein sollen.

„Sagten Sie etwas?" Gareth Walker sah Juanita aus tiefblauen Augen an und streichelte ganz sanft ihre Hüfte.

Was zu sagen wäre, dachte Juanita, *ist nicht für Ihre Ohren bestimmt, Mr. Walker. Unterschätzen Sie nie die Macht Ihrer überaus männlichen Ausstrahlung! Aber eigentlich bin ich mir sicher, dass Sie sich dieser Macht voll und ganz bewusst sind – und damit ganz schön gewissenlos umgehen.*

„Nichts Wichtiges", beantwortete Juanita die Frage eher ausweichend als aufrichtig. „Bitte lassen Sie mich jetzt gehen."

Gareth Walker ließ Juanita los und musterte kurz deren Hüfte. „Hoffentlich habe ich Ihnen keine blauen Flecken zugefügt. Sie hätten ruhig eher zugeben können, dass Sie solch ein Laura-Hennessey-Fan sind. Und offenbar obendrein, entgegen vorheriger Behauptung, wohl auch überzeugte Feministin."

„Bin ich überhaupt nicht." Juanita presste die Lippen zusammen. „Jedenfalls nicht mehr als die meisten anderen Frauen. Und wie Sie mit Ihren Kritikern umgehen, kann mir gleichgültig sein."

„Mir nicht – ebenso wenig wie der Eindruck, den Sie von mir gewinnen." Gareth Walker lächelte. „So, und jetzt lassen Sie sich bitte nicht länger von Ihrer Arbeit abhalten. Nur ein Wort noch: Haben Sie keine Hemmungen, alle Annehmlichkeiten zu nutzen, die mein Anwesen bietet. Hinter dem Haus finden Sie beispielsweise nicht nur einen Swimmingpool, sondern auch Reitpferde – und manches mehr."

„Danke, ich reite nicht", erwiderte Juanita kühl.

„Vielleicht schwimmen Sie gern?"

„Schon eher."

„Na schön." Walker warf einen kurzen Blick auf die Uhr. „Wir sehen uns heute Abend gegen sieben beim Essen."

3. KAPITEL

Stunden später überraschte Wendy Juanita mit der Nachricht, dass sie abends alleine mit Gareth Walker würde essen müssen.

Juanita hatte gerade die Arbeit dieses ersten Tages beendet, als Wendy ins Gästezimmer stürmte, um sich zu erkundigen, ob Juanita mit allem Notwendigen versorgt sei – und natürlich um die Neuigkeit loszuwerden, die Juanita mit Unbehagen erfüllte.

„Oh nein, bitte“, bat sie, „wollen wir nicht lieber – wie heute Mittag – alle gemeinsam essen?“

„Wir essen normalerweise immer zusammen, aber ich möchte gern eine Ausnahme machen, wenn Gareth Besuch hat“, erklärte Wendy mit ebenso wichtiger wie ernster Miene. Doch plötzlich verzog sie das sommersprossenübersäte Gesicht zu einem vergnügten Lächeln. „Bisher ist es noch nie so weit gekommen“, gestand sie. „Wissen Sie, ich brenne geradezu darauf, in Mas Abwesenheit ein richtig gutes Menü zuzubereiten und den Tisch im Esszimmer total festlich zu decken. Dies habe ich Gareth erzählt, und er sagte prompt: ‚Warum nicht?‘ Ich koche nämlich wahnsinnig gerne, und sobald Ma zurückkommt, werde ich an einem Lehrgang teilnehmen, bei dem es nicht nur um Kochen, sondern auch um die Kunst geht, eine Tafel richtig zu decken. Gareth beteiligt sich an den Lehrgangskosten, aber ich habe natürlich vor, ihm das Geld zurückzuzahlen.“

Wendys Gesicht strahlte so große Vorfreude darauf aus, schon an diesem Abend eine Kostprobe ihres Könnens zu geben, dass Juanita es einfach nicht fertigbrachte, ihr zu widersprechen und es abzulehnen, mit Walker allein zu tafeln. „Vielen Dank, Wendy“, erwiderte Juanita. „Ich glaube, Sie sind ganz schön glücklich, Ihre Mutter, während sie im Krankenhaus liegt, so würdig zu vertreten.“

„Wir waren in diesem Haus vom ersten Tag an glücklich“, gestand Wendy. „Gareth ist so gut zu uns. Als meine Mutter ins Krankenhaus kam und die Zwillinge einen Tag später an Windpocken erkrankten, hätte ich ohne Gareth gar nicht gewusst, wie ich alleine mit allem hätte fertig werden sollen.“

„Er hat Ihnen geholfen?“, erkundigte sich Juanita interessiert.

„Ja, Gareth hat sich mit mir zusammen um die Zwillinge gekümmert. Er kann echt toll mit Kindern umgehen.“ Wie zur Bekräftigung ihrer Worte wippte Wendy mit dem Pferdeschwanz. „Gareth hat ihnen etwas vorgelesen, mit ihnen Puzzles gelegt und so, und niemand sonst – nicht einmal Ma – versteht es so gut wie Gareth, Steven und Rebecca zu beruhigen. Es ist wirklich ein Jammer ...“

„Was ist ein Jammer?“, fragte Juanita überrascht.

„... dass Gareth sein eigenes Kind so früh verloren hat – zusammen mit seiner Frau. Beide kamen bei einem Unfall ums Leben, der passiert ist, bevor wir hierher kamen. Das Kind war noch ein Baby, ein kleiner Junge. – Aber jetzt sollte ich mich besser sputen, damit mein Abendessen für Gareth und Sie echt toll und keine mittlere Katastrophe wird.“ Wendy zögerte, bevor sie hinzufügte: „Werden Sie sich zum Essen ... umziehen?“

Juanita lächelte. „Aber natürlich!“

Wendy strahlte und sauste davon.

Was ziehe bloß ich an, überlegte Juanita, nachdem sie geduscht hatte. Die Auswahl war nicht gerade groß. Bei der Zusammenstellung der mitgebrachten Garderobe hatte Juanita die Einladung zu einer festlichen Tafel nicht in Erwägung gezogen. Am brauchbarsten schien ein rehbrauner Rock zusammen mit einer ärmellosen cremefarbenen Seidenbluse zu sein. Gut dazu machte sich eine leuchtend bernsteinfarbene Stola – und doch bestätigte Juanita ein prüfender Blick in den Spiegel, dass sich ihr äußeres Erscheinungsbild nicht allzu deutlich vom Aussehen bei der Arbeit abhob. Auch die breite goldene Perlenkette, die Juanita noch anlegte – ein Erbstück ihrer Großmutter, das sie mit anderen Schmuckstücken zusammen zum 21. Geburtstag geschenkt bekommen hatte –, brachte nicht den erhofften Effekt. Noch immer wirkte ihr Äußeres zu ernst – ja, streng.

Aus dem Esszimmer drang Stevens Stimme. „Darf ich die Kerzen anzünden, Wendy?“, krähte der kleine Blondschopf aufgeregt.

Juanita schmunzelte in sich hinein und löste mit entschlossenem Griff das im Nacken zusammengebundene Haar, das schon im nächsten Moment auf ihre Schultern fiel und mit seinem schwarzen, matten Glanz ihr Gesicht umrahmte. Juanitas Gesichtszüge wirkten plötzlich noch feiner, die Augen größer und die Haut unter dezentem Make-up überhaupt nicht mehr blass, sondern hell, glatt und klar.

Während Juanita sich selbst über die erhebliche Veränderung wunderte, die ein einziger Handgriff bewirkt hatte, streifte ihr Blick die kleine Vase mit Kamelien, die Wendy auf den Frisiertisch gestellt hatte. Ohne zu zögern, zog Juanita eine Pflanze aus der Vase, trocknete den Stängel mit einem Taschentuch, kürzte ihn ein kleines Stück mit der Nagelschere und steckte sich die Blüte ins Haar.

„Toll!“, rief Rebecca, als Juanita im Esszimmer erschien, wo alle anderen bereits versammelt waren.

„Sie sehen großartig aus“, stellte Steven fast ehrfurchtsvoll fest.

„Stimmt!“ Stolz führte Wendy Juanita zu dem kleineren von zwei Tischen in dem riesigen Esszimmer. Er stand vor einem Bogenfenster und war höchst akkurat für zwei Personen gedeckt. Auf einer pinkfarbenen, gestärkten Damast-Tischdecke glänzten im Kerzenschein Porzellan, Silber und Kristall. Teller, Bestecke, Gläser – alles war in großer Sorgfalt angeordnet. Die Mitte des Tisches zierte ein aufwendiges, wirklich wunderschönes Kamelien-Gesteck mit dunkelgrünen Zweigen. Bereits aufgedeckt waren zwei ebenso reichhaltig wie kunstvoll zusammengestellte Salatplatten, offensichtlich die Vorspeise.

Gerührt betrachtete Juanita den liebevoll gedeckten Tisch. „Das kann kein noch so gutes Restaurant überbieten, Wendy. Ganz großartig haben Sie das gemacht!“

Wendy wirkte geschmeichelt. „Das Essen steht auf Warmhalteplatten auf dem Sideboard, wo Sie sich selbst bedienen können. Ich glaube, so ist es besser, als wenn ich hier dauernd herumhusche. Aber falls Sie irgendeinen Wunsch haben, brauchen Sie nur nach mir zu rufen.“ Dann wandte sich Wendy den Zwillingen zu. „Und ihr kommt jetzt mit mir mit!“

„Aber“, wagten die Zwillinge scheuen Protest in Stereo, „können wir denn nicht …“

„Nein!“

Sie murrten zwar ein bisschen, gingen dann aber doch, und Juanita nahm nun erst richtig Gareth Walker wahr, der bisher ohne ein Wort zu äußern ein wenig abseits gestanden hatte. Auch er hatte sich inzwischen umgezogen und trug jetzt zu einer dunklen Hose ein weißes Hemd mit blauer Krawatte. Frisch frisiert, groß und kultiviert stand er da – und amüsierte sich offenbar über die Blume in Juanitas Haar.

„Denken Sie sich nichts dabei", bat sie Walker. „Auch wenn es Sie vielleicht ein bisschen belustigt: Ohne wirklich elegante Garderobe dabeizuhaben, wollte ich mich Wendy zuliebe einfach so gut es eben geht so festlich zurechtmachen wie sie die Tafel."

Walker nickte. „Ich verstehe. Aber nun nehmen Sie bitte Platz, Miss Spencer-Hill." Er entkorkte den Wein und schenkte ein. „Vielleicht wird dieser gute Tropfen helfen."

„Helfen – wobei?" Verkrampft nestelte Juanita an der Serviette.

„Dabei helfen, die festlich gedeckte Tafel um die Gemütlichkeit zu bereichern, die Wendy uns wünscht."

Doch die Gemütlichkeit wollte sich, während wortlose Stille den als Vorspeise servierten Salat-Gang begleitete, einfach nicht einstellen. Als Juanita den Salat halb verzehrt hatte, hielt sie die beklemmende Stille nicht länger aus.

„Ich habe Ihnen heute gleich nach meiner Ankunft so viel über mich und mein Leben berichtet, Mr. Walker. Was halten Sie davon, diese Geste zu erwidern und ein wenig über Ihr Leben zu berichten?"

Walker sah überrascht hoch. „Was möchten Sie gern wissen?"

„Zum Beispiel, wie Sie Schriftsteller geworden sind."

Er ließ die Gabel sinken. „Ähnlich wie bei Ihnen, Miss Spencer-Hill, gab es auch bei mir eine Zeit, in der ich mir über meine beruflichen Ziele nicht recht im Klaren war. Doch bei mir ging es mehr um das Problem, mich für eine von mehreren Möglichkeiten zu entscheiden. Mich lockten hauptsächlich zwei Gebiete: der Journalismus und die Politik. Eigentlich beherrschte mich obendrein eine dritte Leidenschaft – die Reiselust. Nachdem ich Journalismus und Politik studiert und das Examen bestanden hatte, half mir ein glücklicher Zufall, in der Auslandsredaktion einer größeren Zeitung beschäftigt zu werden. So konnte ich alles, woran ich interessiert war, sinnvoll unter einen Hut bringen. Jahrelang reiste ich um die Welt – stets auf der Suche nach neuen Storys über politische und andere aktuelle Ereignisse."

„Ist das schon", wunderte sich Juanita, „die ganze Geschichte?"

Walker lächelte. „Mehr oder weniger. Irgendwann habe ich dieses Anwesen geerbt und damit eine unerwartete Verantwortung übernommen. Mein Vater unterhielt hier früher eine Ponyzucht, die er jedoch mit zunehmendem Alter immer mehr heruntergewirtschaftet hatte. Die Ausgaben überstiegen am Ende die Einnahmen, und so stand ich nach der Erbschaft vor der Wahl, entweder alles zu verkaufen oder einen Neubeginn zu wagen. Ich entschied mich für die zweite Möglichkeit, kündigte meine gut bezahlte Auslandstätigkeit und kehrte nach Australien zurück, um mich hier niederzulassen – was sich allerdings als wesentlich schwieriger erwies, als es sich im Nachhinein anhört."

„Das glaube ich", erwiderte Juanita. „Und dann haben Sie sich entschlossen, Ihre früheren Berufserfahrungen und die dabei gewonnenen Kenntnisse zu nutzen, spannende Romane mit politischem Hintergrund zu schreiben, ja?"

„So ungefähr lässt es sich zusammenfassen", bestätigte Walker. „Ich schrieb wie besessen, erschloss mir allerdings gleichzeitig noch eine zweite Erwerbstätigkeit, indem ich Polo-Ponys trainierte. Als sich einige Zeit später die ersten schriftstellerischen Erfolge einstellten, begann ich systematisch, die Villa zu renovieren. Sie bekam ein neues Dach, die Schornsteine wurden instand gesetzt, die Warmwasserversorgung auf Vordermann gebracht und so weiter. Als Nächstes wollte ich eigentlich sämtliche Sanitäranlagen modernisieren, bis mir der Gedanke kam, vor allen weiteren Renovierungsmaßnahmen den fachkundigen Rat eines Innenarchitekten einzuholen."

Eine kurze Pause entstand. „Ist es nicht eigentlich", erkundigte sich Juanita dann, „ein sehr einsames Leben, das Sie leben?"

„Überhaupt nicht." Walker schüttelte den Kopf. „Erst hat meine jüngste Schwester Xanthe, die jetzt 22 geworden ist, Turbulenz in meinen Alltag gebracht, indem sie hier für einige Zeit einzog. Nach Xanthes Auszug erzielte ich durch meine Bücher zwischenzeitlich so hohe Honorare, dass ich meiner weiteren Leidenschaft, der Reiselust, ausgiebig nachkommen konnte. Sie lässt sich übrigens ausgezeichnet mit meiner ständigen Suche nach neuen Stoffen für meine Bücher verbinden. Jetzt sollten wir uns aber wirklich den zweiten Gang gönnen."

Gareth Walker stand auf, ging zum Sideboard und servierte gleich darauf Hähnchenschenkel mit Sesamkruste, Sojasoße und pikant gewürztem Kräuterreis. Das Gericht lockte nicht nur mit verheißungsvollem Duft – es schmeckte auch ausgezeichnet.

„Ich glaube", sagte Juanita genießerisch, „Wendy ist auf dem richtigen Weg."

„Bestimmt", zeigte sich Walker überzeugt. „Sie ist wirklich ein liebes Mädchen."

„Offensichtlich sind Sie aber auch sehr nett zu ihr."

„Das fällt mir nicht schwer."

Wieder herrschte eine Weile Schweigen, das andauerte, bis Walker Wein nachschenkte.

„Waren Sie eigentlich schon einmal richtig verliebt?", fragte er dabei fast beiläufig.

Halb überrascht, halb ärgerlich sah Juanita zu ihm auf. „Das geht …"

„Mich gar nichts an, ich weiß." Walker lächelte.

„Wenn Sie es genau wissen wollen: Nein, so richtig gepackt hat es mich bisher nie", räumte Juanita trotzig ein. „Was absolut nicht bedeutet, dass ich nicht oft genug in Männer verknallt war. Umgehauen hat mich allerdings keiner von ihnen – weder am Anfang noch am Ende einer Beziehung."

„Und wie eng waren diese Beziehungen?", forschte Walker weiter. „Haben Sie sich ein einziges Mal vollkommen fallen lassen können, um einem Mann wirklich nahe zu sein?"

Juanitas Blick flackerte. „Nein, bisher no … noch nicht", brachte sie stockend hervor.

„Sie sind also ohne Zweifel noch Jungfrau", sagte ihr Gareth Walker auf den Kopf zu.

Juanita glaubte, ihren Ohren nicht zu trauen. „Und Sie, Mr. Walker", sagte sie mühsam beherrscht, „tun fast so, als sei dies eine schreckliche Krankheit."

„In Ihrem Alter noch Jungfrau zu sein", gab er ungerührt zurück, „ist absolut keine schreckliche Krankheit – aber jammerschade." Versonnen sah Walker auf die glatte, helle Haut ihrer entblößten Arme, auf den schlanken Hals und das seidenmatt glänzende, fast schwarze Haar, das ihr bis auf die Schultern fiel. „Na gut", riss er sich dann abrupt aus seinen Gedanken, „wollen wir jetzt den Nachtisch probieren?"

„Nein", erwiderte Juanita aufgebracht. „Sie können nicht einfach derartige Feststellungen treffen und danach das Thema wechseln, Mr. Walker."

„Was möchten Sie denn gern?"

„Ihnen am liebsten eine schallende Ohrfeige verpassen!" Wütend warf Juanita die Serviette zur Seite und machte Anstalten, aufzustehen und das Esszimmer auf der Stelle zu verlassen.

„Bitte lassen Sie uns das Abendessen nicht so beenden – auch, aber nicht nur Wendy zuliebe", bat Walker, schob seinen Teller zur Seite und sah Juanita aus tiefblauen Augen so eindringlich an, dass sie unwillkürlich der Gedanke durchzuckte, dies alles sei in Wahrheit sehr viel mehr als nur ein vordergründiges Spiel.

Juanita sank auf den Stuhl zurück. „Was soll das jetzt wieder heißen?"

„Seien wir doch ehrlich zueinander", sagte Gareth Walker nüchtern. „Die Wahrheit ist: Wir sind beide neugierig aufeinander. Ich als Mann auf Sie und Sie als Frau auf mich." Wieder traf Juanita ein bedeutungsvoller Blick aus bemerkenswert blauen Augen, bevor Walker fortfuhr: „Aber aus Gründen, die nur Sie selbst kennen, Juanita, macht Sie diese Wahrheit wütend – und aus Gründen, die ausschließlich mir bekannt sind, macht umgekehrt dieselbe Wahrheit mich einfach nur zynisch. Doch weder Ihre wütende noch meine zynische Reaktion ändert irgendetwas an der zugrunde liegenden Wahrheit – an unserem wechselseitigen Interesse aneinander. Und so ..." Walker hob sein Glas und prostete Juanita lächelnd zu. „... können wir beide getrost hochinteressanten Zeiten entgegensehen!"

Als für Juanita die Arbeit des nächsten Tages begann, fiel es ihr schwer, die Erinnerung an das ärgerliche Tischgespräch vom Vorabend abzuschütteln. Glücklicherweise war Wendy, noch bevor das Dessert serviert wurde, mit Kaffee ins Esszimmer gekommen. Gareth hatte ihr vorgeschlagen, als Dritte am Tisch Platz zu nehmen, und sich selbst bald darauf zurückgezogen und sich für den Rest des Abends nicht mehr blicken lassen. Juanita war Wendy noch beim Abwasch behilflich, anschließend früh zu Bett gegangen – und ebenfalls recht früh in den neuen Tag gestartet.

Vogelgezwitscher hatte Juanita in der Morgendämmerung geweckt, und als sie aufstand und in die Küche ging, um sich eine Tasse Tee zu machen, entdeckte sie dort – sorgfältig gebündelt – die Baupläne des Hauses mitsamt den Unterlagen über alle später vorgenommenen Änderungen.

Juanita wusste zwar nicht, ob die in der Küche deponierten Baudokumente klar darauf hindeuteten, dass Walker ihr an diesem herrlich klaren Sommermorgen keine weiteren Gespräche aufdrängen wollte. Aber sie reagierte hocherfreut darauf, sich auf der Stelle und vorerst völlig unbehelligt ans Werk begeben zu können.

Nach gründlichem Studium der Baupläne war Juanita den ganzen Vormittag lang in den vier Badezimmern der Villa beschäftigt, in denen größere Umbauten vorgenommen werden sollten.

Wendy und die Zwillinge brachen im Lauf des Vormittags auf, um ihrer kranken Mutter einen Besuch abzustatten. Das Mittagessen hatte Wendy bereits vorbereitet und versprochen, am frühen Abend zurückzukehren.

Gareth Walker war in seinem Arbeitszimmer beschäftigt. Bis zum Mittag hatte Juanita ihn noch immer nicht zu Gesicht bekommen. Sie verspürte wenig Neigung, mit ihm zusammen zu essen, und so entschloss sie sich, nach Mittagong zu fahren, wo sie nach einem kleinen Imbiss die örtliche Repräsentanz der Firma BLUEMOON aufsuchte. Gemeinsam mit dem zuständigen Gebietsvertreter erörterte Juanita anhand der Baupläne alle bisher skizzierten Renovierungsideen. Gleichzeitig wurde auch bereits besprochen, wie viele Arbeitskräfte benötigt würden, um diese Ideen praktisch umzusetzen.

Gegen vier Uhr nachmittags kehrte Juanita in Walkers Villa zurück. Die angenehmen morgendlichen Temperaturen waren längst sengender Hitze gewichen. So heiß wie die Sonne vom Himmel brannte, wirkte der Swimmingpool im Garten wie eine Oase in der Wüste.

Einen Augenblick lang zögerte Juanita. Gareth Walker war weder zu sehen noch zu hören. Rasch zog sie sich um und humpelte im Bikini zum Pool.

Das Wasser war wunderbar erfrischend und Schwimmen gleichzeitig ein hervorragendes Training für ihre Hüfte. Ausgelassen begann Juanita nach einer Weile, unter Wasser zu schwimmen. Gerade hatte sie die Strecke bis zur Treppe am anderen Ende des Pools tauchend zurückgelegt und hob den Kopf aus dem Wasser, als sie Gareth Walker am Beckenrand stehen sah.

„Entschuldigung, ich wollte Sie wirklich nicht erschrecken!" Walker half Juanita aus dem Wasser.

Klatschnass stand sie vor ihm. Das Wasser perlte auf ihrer Haut, und mit der Hand strich sie, schwer atmend, das lange dunkle Haar zurück. „Ich da... dachte eigentlich, hier ganz allein zu sein."

„Waren Sie ja auch." Walker reichte Juanita ein Handtuch. „Ich komme gerade in dieser Minute aus den Stallungen zurück."

Obwohl er in himmelblauem T-Shirt, heller Reithose und langen braunen Stiefeln staubig und verschwitzt wirkte, strahlte er Schwung und Unternehmensgeist aus. Fasziniert sah Juanita auf seine breiten Schultern, auf die sonnengebräunte Haut und die schlanken Hüften. Wie er wohl auf einem Pferd aussah?

„Es war so wa... wahnsinnig heiß", erklärte Juanita stockend. Ihre Worte klangen – was Walker offenbar nicht entging – wie eine Entschuldigung.

„Kein vernünftiger Mensch kann an solch einem heißen Tag dem Pool widerstehen", antwortete Walker. „Warum sollten Sie nicht schwimmen? Was Sie übrigens wie eine Wassernixe können ..."

„Woher wissen Sie das? Gerade eben haben Sie noch behauptet, in genau dieser Minute gekommen zu sein."

„Nur so eine Redensart", stellte Gareth Walker klar. „Länger als drei Minuten habe ich hier wirklich nicht am Beckenrand gestanden."

Unbefangen musterte er Juanita, deren knapper Bikini kaum etwas von ihrem Körper und auch nur wenig von ihren Brüsten verbarg. „Oder halten Sie mich etwa für einen Voyeur?"

Immerhin, dachte Juanita, sieht er mich mehr oder weniger nackt. Ungewollt erregte sie dieser Gedanke. Das Handtuch entglitt ihren Händen und fiel zu Boden. Sie wollte sich danach bücken, um es aufzuheben, doch Walker reagierte schneller. Die Blicke der beiden begegneten sich.

„Juanita?"

„Würden Sie mir bitte das Handtuch zurückgeben?", erwiderte sie steif.

„Natürlich. Hier!" Er reichte ihr das Frotteetuch und berührte dabei wie zufällig ihre Finger. Juanita durchlief es heiß und kalt, und auch dies schien Walker wahrzunehmen.

„Ein kühler Drink wäre jetzt für Sie wie für mich genau richtig", schlug er lächelnd vor. „Ich hole uns zwei Gläser." Einladend wies er auf einige Stühle und den Gartentisch im Schatten eines Lorbeerbaumes am Beckenrand. „Bitte nehmen Sie Platz."

Als Gareth Walker mit den Getränken zum Pool zurückkehrte, hatte Juanita sich abfrottiert, eine Topasbluse übergezogen und das Haar mit den Händen glatt gestrichen.

„Ihr Aussehen, Juanita, sollte Sie mit viel größerem Selbstbewusstsein erfüllen." Vorsichtig stellte Walker ein Tablett mit zwei Gläsern und einer Fruchtsaft-Karaffe auf den Gartentisch. „Sie sind wirklich nicht hager, sondern einfach nur schlank – und wenn Sie in einem meiner Bücher vorkämen, würde ich Ihre Figur mit voller Überzeugung als wunderbar schlank bezeichnen. Hervorheben würde ich obendrein Ihre niedlichen kleinen Brüste, die irgendwie an ganz zarte Knospen erinnern. So zierliche Hüften wie Ihre habe ich schon lange nicht mehr gesehen, und ..." Walkers Blick glitt tiefer. „... um so schön geformte Schenkel würde manch eine andere Frau Sie glühend beneiden."

Juanita fühlte, dass sie ungewollt errötete. „Ich komme weder in Ihren Büchern vor, noch habe ich Sie gebeten, mein Aussehen zu beschreiben."

Walker schmunzelte. „Pure Angewohnheit – wie bei fast allen

Schriftstellern. Übrigens – irgendwelche Narben scheint Ihr Unfall nicht hinterlassen zu haben, oder?"

„Davon ist nicht mehr viel zu sehen. Auch insoweit habe ich Glück gehabt", erwiderte Juanita.

„Und was genau ist mit Ihrer Hüfte?"

Juanita zögerte.

„Ich möchte es wirklich gern wissen", sagte Walker leise.

„Die Sehnen und Bänder sind in Mitleidenschaft gezogen. Ich bin mehrfach daran operiert worden."

„Besteht Aussicht auf völlige Heilung?"

Juanita presste die Lippen zusammen. „Die Ärzte wagen momentan noch keine zuverlässige Prognose. Ich muss Geduld haben."

In diesem Augenblick drang von der Garagenauffahrt das Geräusch eines vorfahrenden Wagens herüber, der auf dem Kiesweg hart bremste.

„Wer kommt denn da?", fragte Walker überrascht.

Noch war niemand zu sehen, doch kaum dass die Wagentür hörbar ins Schloss fiel, rief eine weibliche Stimme: „Gareth?"

Walker schien die Stimme zu kennen. Seine Miene verfinsterte sich. „Ich bin am Pool, Xanthe", rief er zurück. „Was um alles in der Welt ist denn jetzt schon wieder?"

Sekunden später eilte eine bildhübsche junge Frau über den Rasen auf Gareth Walker zu und fiel ihm weinend in die Arme. „Er hat mir den Laufpass gegeben", schluchzte sie. „Ich bin völlig fertig."

„Xanthe", sagte Walker ebenso energisch wie überrascht, „wer hat dir den Laufpass gegeben?"

„Weißt du das wirklich nicht?" Xanthe Walker sah ihren Bruder aus verweinten blauen Augen an. „Du hast mich immer davor gewarnt, mich noch weiter auf ihn einzulassen. Aber ich liebe ihn nun mal."

„Du bist wirklich ein Dummkopf", grollte Gareth Walker. „Du sprichst von Damien Spencer-Hill, ja?"

Fassungslos ließ Juanita das Glas sinken.

4. KAPITEL

„Du versuchst jetzt erst einmal, ein bisschen zur Ruhe zu kommen", sagte Gareth Walker Minuten später zu seiner Schwester. Gemeinsam mit Juanita hatte er die völlig erschöpft wirkende Xanthe in die Küche gebracht, wo er ihr jetzt einen doppelten Weinbrand reichte. „Trink", sagte er schroff, „damit du ruhiger wirst." Zu Juanita gewandt meinte er: „Und Sie setzen sich am besten auch erst mal hin."

„Ich ... ich ..."

„Nach allem, was ich weiß", fuhr Gareth Walker Juanita barsch ins Wort, „hat Ihr verdammter Bruder diese Situation herbeigeführt."

Xanthe sah Juanita aus auffallend schönen blauen Augen an. Sie wirkte immer noch tief deprimiert, gleichzeitig aber neugierig. „Sind Sie Juanita, das Familienmitglied, das alle übrigen Angehörigen mit Schuldgefühlen erfüllt? Was tun Sie hier? Haben Sie eine Nachricht für mich?"

Juanita schloss eine Sekunde lang die Augen und schüttelte wortlos den Kopf. Xanthe vergrub daraufhin das Gesicht in den Händen und begann erneut zu weinen.

Gareth reichte ihr das Weinbrandglas. „Trink jetzt, Popcorn." Er führte das Glas an ihre Lippen. „Ich habe dich gewarnt, nicht wahr? Und eigentlich habe ich dir mit mittlerweile 22 Jahren ein bisschen mehr Verstand zugetraut."

Xanthe fuhr mit den Händen durch das tränenüberströmte Gesicht und nippte an dem Weinbrandglas. „Ich habe doch Verstand."

„Offenbar gerade nicht", widersprach Gareth trocken, bevor er sich Juanita zuwandte. „Ihrem Bruder sollte einmal gründlich der Marsch geblasen werden. Ich halte es für eine Frechheit sondergleichen, wenn ein Mann wie er, der über Ansehen und Erfahrung verfügt, ein so naives, labiles Wesen wie Xanthe regelrecht zum Narren hält."

„So labil bin ich gar nicht", beteuerte Xanthe unter Tränen. „Und außerdem hat Damien selbst zugegeben, sowieso viel mehr auf flippige Frauen wie mich zu stehen."

Juanita zuckte zusammen.

„Ich glaube, Sie haben jetzt selbst einen Eindruck gewonnen, Miss Spencer-Hill, oder?“ Gareth Walkers Stimme klang zwar beherrscht, doch war offensichtlich, dass ihn die arglose Offenbarung seiner Schwester nur noch wütender machte.

„Ich bin nicht meines Bruders Hüterin“, erwiderte Juanita kühl. „Xanthes Situation tut mir zwar leid – aber schuld daran bin ich nicht.“

„Nein, daran trägt sie wirklich keine Schuld“, schniefte Xanthe. „Damien und seine Schwester verstehen sich ohnehin nicht besonders gut.“

„Dann wissen Sie von dieser ganzen Geschichte gar nichts?“, fragte Gareth Walker Juanita.

„Absolut nichts. Ich habe weder ein einziges Mal vorher Ihre Schwester zu Gesicht bekommen, noch pflege ich mich mit den Liebschaften meines Bruders zu befassen.“

„Was ... was machen Sie überhaupt hier?“, erkundigte sich Xanthe bei Juanita und warf einen verstohlenen Blick auf Gareths unheilvolle Miene.

„Miss Spencer-Hill ist Innenarchitektin“, beantwortete Walker an ihrer Stelle die Frage. „Und da die Dame ausschließlich Innenarchitektin, nicht hingegen Hüterin ihres Bruders ist, wäre ich ihr sehr zu Dank verbunden, wenn sie uns jetzt für eine Weile allein lassen würde.“

So zynisch die Worte klangen – Juanita wollte sich die Wut darüber nicht anmerken lassen. Mühsam wahrte sie äußerliche Gelassenheit. „Mit Vergnügen, Mr. Walker“, erwiderte sie und verließ hocherhobenen Hauptes die Küche.

Mit der aufkommenden Abenddämmerung wurde es kühler. Juanita hatte sich umgezogen und dann auf die Terrasse gesetzt, um den Sonnenuntergang zu beobachten und dabei ihre Ruhe zurückzugewinnen.

Unwillkürlich kreisten ihre Gedanken immer wieder um ihren Bruder Damien. Der Altersunterschied von sechs Jahren war nicht der einzige Grund, weswegen die Geschwister sich nie sonderlich nahegestanden hatten.

Während der Ehe der Eltern, die sich mehrfach getrennt und wieder versöhnt hatten, stand Damien stets auf der Seite des Vaters. Von ihm hatte er auch das bemerkenswert gute Aussehen und die besondere Anziehungskraft auf Frauen geerbt. Juanita hingegen stand ihrer Mutter näher, die zwar ebenfalls alles andere als ein Engel war, jedoch nach Juanitas Einschätzung nicht die Hauptschuld an der berühmten „offenen Ehe" der Eltern trug.

So sehr Damien aufgrund immer neuer Liebschaften auch charakterlich dem Vater ähnelte, beherrschte ihn eine andere Leidenschaft noch weitaus mehr: schnelle Autos und hohe Geschwindigkeiten. Schon immer hatten ihn Sportwagen und der Nervenkitzel professioneller Rennen so stark fasziniert, dass daraus schließlich sein Beruf geworden war.

Automatisch musste Juanita an ihren eigenen Beruf denken, der sie in Walkers Villa geführt hatte. Walker hatte offensichtlich von der Beziehung zwischen Damien und Xanthe gewusst und diese Beziehung absolut missbilligt. Aber warum hatte er ihr die Affäre zwischen ihrem Bruder und seiner Schwester bisher verschwiegen?

Eine mögliche Erklärung wühlte Juanita auf: Wollte Walker sie vielleicht gezielt umgarnen, um ihr später den Laufpass zu geben – als eine Art Racheakt für die vergleichbar schlimme Erfahrung, die Xanthe mit Damien machen musste?

Juanitas Aufmerksamkeit wurde abgelenkt, als plötzlich aus einem der über der Terrasse liegenden Schlafzimmerfenster Stimmen drangen.

„Wirst du jetzt schlafen?" Das war eindeutig Walkers Stimme.

„Ich will es versuchen", erwiderte eine andere Stimme, deren Kläglichkeit verriet, dass sie zu Xanthe gehörte. „Warum habe ich bloß geglaubt, dass Damien mich genauso liebt wie ich ihn?"

„Du hast dich ganz einfach in ein Wunschdenken hineingesteigert, das mit der Wirklichkeit nicht das Geringste zu tun hatte", antwortete Gareth. „Damien Spencer-Hill ist ein Playboy der übelsten Sorte. Wenn du bedenkst, dass er als Rennfahrer regelmäßig die Todesgefahr nur deshalb sucht, um dabei Nervenkitzel zu erleben, dann wirst du sehen, dass er auch in Zukunft stets und ständig nach neuem Nervenkitzel suchen wird. Vergiss diesen Kerl ein für allemal. – Wie kommst du übrigens mit deinem Job zurande?"

„Ich ... habe die Stelle aufgegeben, um mehr mit Damien zusammen zu sein", schniefte Xanthe. „Ich dachte, unsere Bindung wird dadurch noch enger. Oh, Gareth, ich bin so wahnsinnig niedergeschlagen und verwirrt."

„Schon gut. Ich will dir jetzt auch keine weiteren Vorwürfe wegen irgendwelcher Fehler in deiner Vergangenheit machen – unter einer Bedingung", erwiderte Walker. „Hörst du, Popcorn?"

„Ja, Gareth."

„Du bleibst jetzt erst einmal eine Zeit lang hier und ..."

„Aber ...", wandte Xanthe ein, doch Gareth Walker ließ sie nicht zu Wort kommen.

„Kein ‚aber', kleine dumme Schwester. Dir bleibt gar keine andere Wahl. Du hast keine Arbeit und deshalb auch kein Geld, und ich habe nicht vor, dir etwas zu leihen."

„Das ...", stieß Xanthe weinerlich hervor, „... das ist gemein."

„Tatsächlich?", tat Walker erstaunt. „Und wer hat dir zum einundzwanzigsten Geburtstag einen Wagen geschenkt?"

„Du! Aber ich finde ..."

„Xanthe!"

Eine kurze Pause trat ein. „Na gut,", seufzte Xanthe schließlich. „Aber was soll ich hier machen? Es wird furchtbar langweilig für mich sein."

„Überhaupt nicht", widersprach Walker. „Du kannst Wendy im Haushalt helfen, bis Mrs. Spicer zurückkommt. Das wird dir guttun."

„Hm." Xanthe schien von dem Vorschlag nicht gerade begeistert zu sein. „Vielleicht", meinte sie dann mit weniger mürrischer Stimme, „kann ich Damiens Schwester behilflich sein, solange sie noch hier ist."

„Darauf würde ich an deiner Stelle nicht spekulieren", entgegnete Gareth Walker. „Ich habe begründete Zweifel, ob Miss Spencer-Hill hier noch lange bleiben wird."

Juanita stand am nächsten Morgen mit sehr gemischten Gefühlen auf. Entweder werde ich heute gefeuert, dachte sie, oder ich werde neue Merkwürdigkeiten in diesem ohnehin recht merkwürdigen Haus erleben.

Abends zuvor hatte Juanita nach dem zufällig aufgeschnappten Gespräch zwischen Walker und seiner Schwester noch einen kurzen Spaziergang unternommen und bei der Rückkehr Wendy und die Zwillinge wiedergesehen.

Vor dem Abendessen hatte Wendy Juanita verstohlen zur Seite gezogen, als gehörte sie zur Familie. „Wenn Xanthe hier ist, geht es immer ein bisschen dramatisch zu. Ist sie Ihnen schon über den Weg gelaufen?“

„Ja, ich habe Xanthe gleich bei ihrer Ankunft zu Gesicht bekommen.“

„Irgendwie geht es ihr momentan nicht besonders gut. Gareth hat ihr eine Schlaftablette gegeben und will in seinem Arbeitszimmer zu Abend essen. Dort will er nicht gestört werden – es sei denn, dass Xanthe ihn sprechen will.“ Wendy verdrehte die Augen. „Alles in allem – Gareth ist nicht gerade besonders gut drauf.“

„Na und?“ Juanita lächelte Wendy zu. „Was wesentlich wichtiger ist – Ihr Sesam-Hähnchen gestern Abend war toll. Verraten Sie mir das Rezept?“

Es wurde noch ein richtig gemütlicher Abend – ohne Walker und seine Schwester. Bevor die Zwillinge zu Bett gingen, spielten Wendy und Juanita mit ihnen noch mehrere Runden „Schwarzer Peter“, und während des Geschirrabwaschs, bei dem Juanita Wendy half, unterhielten sich beide angeregt über ihre Lieblingsrezepte.

Zur gleichen Zeit wie Wendy ging auch Juanita früh zu Bett. Gareth Walker war und blieb den ganzen Abend über in seinem Arbeitszimmer verschwunden.

Juanita hatte geduscht und sich angezogen. In einer smaragdgrünen Twillhose, zu der sie ein weißes T-Shirt trug, verließ sie das Gästezimmer und ging in die Küche, um sich einen Tee zu machen. Alle anderen schienen noch zu schlafen, und so setzte sie sich ganz allein in die

Wohndiele, wo sie fast eine Stunde lang friedlich und von niemandem gestört arbeitete.

Auf ihrem Zeichenblock war bereits eine Reihe weiterer Ideen skizziert, als die ersten Besucher erschienen – Rebecca und Steven. Wissbegierig erkundigten sich die Zwillinge, was Juanita denn gerade zeichne. Sie erhielten nicht nur die gewünschte Auskunft, sondern obendrein Porträts von sich selbst, die Juanita im Handumdrehen mit dem Bleistift skizzierte.

Ebenso aufgeregt wie lautstark schnatternd wollten die hocherfreuten Zwillinge, die Porträts wie einen Schatz gegen die Brust gepresst, gerade wieder abziehen, als Wendy in die Wohndiele kam. Lachend ermahnte sie ihre kleinen Geschwister, Juanita – auch wenn sie von nun an lebenslänglich als allerbeste Freundin gelte – nicht bei der Arbeit zu stören und vor allem nicht so wahnsinnig laut zu sein.

Als Letzter erschien schließlich Gareth Walker.

In Jeans, ohne Hemd und Schuhe, unrasiert und ungekämmt, lehnte er mit breiten Schultern am Türrahmen und musterte Juanita aus tiefblauen Augen.

„Oh, der Hausherr persönlich. Guten Morgen!", begrüßte sie ihn und ließ die Kamera sinken, mit der sie gerade das Esszimmer fotografiert hatte.

„Guten Morgen", erwiderte Gareth Walker den Gruß. „Sind Sie mir noch böse wegen gestern Abend?"

„Ich hätte guten Grund dazu." Gespielt gleichgültig blätterte Juanita in einer Mappe mit Tapetenmustern. „Finden Sie nicht auch", fügte sie mit zuckersüßer Stimme hinzu, „dass dieser Raum über einen wunderbaren Grundriss verfügt?"

Walker würdigte weder die Tapetenmuster noch das geräumige Esszimmer eines einzigen Blickes. Stattdessen sah er Juanita forschend an. „Ist Ihnen zwischen gestern und heute irgendwann der naheliegende Gedanke gekommen, dieses Haus auf Nimmerwiedersehen zu verlassen?"

Juanita lächelte Walker so freundlich sie konnte zu. „Durchaus und – wie Sie richtig sagen – naheliegenderweise. Aber Ihre Villa und was ich auftragsgemäß daraus machen soll beeindruckt mich um einiges mehr als mein verständlicher Ärger über Sie. Können Sie das verstehen?“

Ein so hohes Maß an Ironie schien Gareth Walker zu dieser frühen Morgenstunde glatt zu überfordern. Verdutzt starrte er Juanita an und schwieg. „Ich …“, hob er schließlich zögernd an – und wurde unterbrochen, denn die Zwillinge stürmten ins Zimmer.

„Sieh mal hier, Gareth!“ Der kleine Steven streckte Walker Juanitas Zeichnung entgegen und hüpfte dabei aufgeregt vor ihm auf und ab. „Kann die da“ – er deutete auf Juanita – „nicht toll malen?“

„Und das hier bin ich!“, krähte Rebecca nicht weniger aufgeregt und drückte Walker ihr Porträt in die andere Hand.

„Ein schreckliches Geschwister-Duo!“ Walker sah auf die beiden Bleistiftzeichnungen und seufzte theatralisch laut auf. „Die schlimmsten Kinder, die mir je über den Weg gelaufen sind – und die lautesten obendrein, vor allem frühmorgens.“

„Es hat wirklich keinen Zweck, Gareth irgendetwas vor dem Frühstück zu zeigen. Bevor er nicht gefrühstückt hat, kann man nicht mal mit ihm reden. Das habe ich dir doch gleich gesagt!“, schimpfte Rebecca prompt mit ihrem kleinen Bruder. Dann wandte sie sich Juanita zu: „Könnten Sie vielleicht auch unseren Hund noch zeichnen? Wenn wir ganz lieb sind, Sie nicht bei der Arbeit stören und uns nicht zanken?“

Juanita schmunzelte. „Das lässt sich bestimmt machen.“

Voller Begeisterung stürmten die Zwillinge davon.

„Das Frühstück ist fertig“, rief Wendy vergnügt, die in diesem Augenblick ins Zimmer trat. „Übrigens, Gareth, ich fände es echt toll, wenn wir nur noch Gäste wie Juanita hätten. Sie hilft, wann und wo immer sie kann. Dabei fällt mir ein …“ Sie zögerte. „Soll ich Xanthe zum Frühstück wecken oder sie schlafen lassen?“

Walker warf Wendy einen missbilligenden Blick zu. „Lass Xanthe schlafen.“

Juanita wartete einen Augenblick, bis Wendy den Raum verlassen und die Tür hinter sich geschlossen hatte. „Sie machen heute Morgen einen bemerkenswert mürrischen Eindruck, Mr. Walker“, wandte sie sich dann an Gareth.

„Ja, ist denn das ein Wunder?“, erwiderte er wütend. „Was zum Donnerwetter bezweckt Wendy mit dem Vorschlag, nur noch Gäste Ihres Schlages und praktischen Nutzens zu beherbergen, und der anschließenden Frage, ob meine Schwester geweckt werden soll? Aber mir missfällt nicht nur, dass mein eigener Haushalt mittlerweile meinen Händen zu entgleiten droht. Vor allem missfällt mir die Methode, wie Sie, Miss Spencer-Hill, gestern Abend versucht haben, die Dreistigkeit Ihres Bruders zu bemänteln.“

„Dann lassen Sie uns darüber offen miteinander sprechen, Mr. Walker“, schlug Juanita betont kühl vor. „Vorausschicken möchte ich, dass mir mein Bruder wirklich nicht besonders nahesteht. Dies ändert allerdings nichts an der Tatsache, dass Ihre Schwester Xanthe offenbar nicht gerade ein Musterbeispiel für Vernunft und Verstand bietet. Deshalb täten Sie bei Ihrer Jagd nach dem Schwarzen Peter gut daran, ihn nicht allein bei meinem Bruder zu suchen. Weisen Sie einen Teil der Schuld getrost auch Ihrer Schwester zu.“

„Und warum?“, erkundigte sich Walker erbost.

„Weil es meinem Bruder nicht nur anzumerken ist, sondern er sogar offen zugibt, nur einer einzigen Liebesbeziehung dauerhaft Treue zu halten – seiner Liebe zu Rennwagen. So ungewöhnlich, ja verrückt diese Leidenschaft anmutet, hätte sie Xanthe leicht zu der Einsicht verhelfen können, sich auf eine Beziehung mit meinem Bruder lieber nicht einzulassen“, erklärte Juanita.

Während sie ihre Sicht der Dinge darlegte, traf sie unvermittelt ein ebenso interessierter wie offener Blick aus Gareths tiefblauen Augen. Da passierte es: Juanita, die an diesem Tage bisher noch nicht ein einziges Mal gestottert hatte, sprach plötzlich nicht mehr flüssig wie vorher. „Wa… was ma… macht Xanthe eigentlich beruflich?“, fuhr sie stockend fort.

„Inzwischen wieder mal überhaupt nichts mehr“, erwiderte Walker. „Xanthe hat ihren Job aufgegeben, um mehr Zeit für Ihren Bruder zu haben. Aber zur Arbeitswelt hat meine Schwester ohnehin noch nie einen besonders intensiven Draht gehabt.“

„Vielleicht“, sagte Juanita und mied den direkten Blickkontakt zu Walker, „hat Xanthe Interesse, bei der Renovierung Ihrer Villa behilflich zu sein."

„Lieber nicht", wehrte er ab. „Wer weiß, was dabei am Ende herauskommt – wahrscheinlich eine Mischung aus Harem und Südseeparadies. Xanthes Ideen erweisen sich mitunter als sehr ausgefallen."

„Und wenn sich ihre Mitwirkung bei der Renovierung auf das Zimmer beschränkt, das sie selbst bewohnt?", bohrte Juanita weiter. „Xanthe hätte dann wenigstens eine Aufgabe, solange sie hier wohnt." Ein wenig zögernd fügte sie hinzu: „Ich kann mir nicht helfen, Mr. Walker: Vielleicht gesellt sich bei Ihrer Schwester zu der eigenen Langeweile einfach nur ein hohes Maß an Liebebedürftigkeit. Das ist keine Sünde. Der richtige Mann wird ihr noch zur richtigen Zeit begegnen."

„Was für Worte aus Ihrem Munde, Juanita!" Walker lächelte ironisch. „Sie selbst leiden nicht unter einem Übermaß an Liebebedürftigkeit, nein?"

„Denken Sie doch, was Sie wollen, Mr. Walker", erwiderte Juanita leise. „Und sprechen Sie auch ruhig aus, was immer Sie wollen: Ob ich Ihren Auftrag planmäßig durchführen soll oder ob Sie ihn zurückziehen. Und ob, wenn Sie mich wirklich feuern, der wahre Grund dafür einzig und allein mein Name und diese unglückselige Beziehung zwischen Ihrer Schwester und meinem Bruder ist."

„Ich habe nicht vor, Sie zu feuern, Juanita!" Walkers Ironie wich unerwarteter Sanftheit. „Wissen Sie eigentlich, dass ich seit Ihrer Ankunft sehr viel über Sie nachgedacht habe?" Ohne ihr Gelegenheit zu einer Antwort zu geben, fuhr er fort: „Unter anderem darüber, dass Ihr Name wirklich gut zu Ihnen passt. Nicht nur Ihr dunkles Haar, auch die Art, wie Ihre dunklen Augen mitunter regelrecht aufblitzen, legt unweigerlich den Gedanken an eine feurige Spanierin nahe. Obendrein haben Sie geradezu unglaublich lange Wimpern – nicht weniger schön als Ihre wunderbar schlanke Taille. Und: Sie haben für einen Mann wie mich die ideale Größe."

Juanita wusste kaum, wie ihr geschah, als Gareth sie ganz sanft berührte. Seine Hände glitten über ihre Taille und wanderten unmerklich langsam höher. So wunderbar warm, wie sie sich anfühlten, schien das T-Shirt, das Juanita trug, völlig überflüssig zu sein. Unwillkürlich musste sie daran denken, wie schön es wäre, in diesem Augenblick nichts als Spitze auf der Haut zu tragen, eine spanische Mantille vielleicht, die nur knapp bis zur Brust reichte, Gareth zuliebe, der sie aus tiefblauen Augen voller Begehren ansah.

Sie seufzte fast unhörbar leise, während ein Gefühl der Wärme ihren ganzen Körper durchströmte und ihr Herz schneller schlagen ließ.

Sekundenlang schloss Juanita die Augen und ließ in der Fantasie ein sehr lebendiges Bild Gareth Walkers entstehen, der sie so eng an sich zog, dass sie seinen muskulösen Oberkörper hautnah spüren konnte. Doch in dieses Bild mischte sich plötzlich die düstere Vision des Vorabends – von einem in Wahrheit nur auf Rache sinnenden Gareth Walker, der es einzig und allein darauf anlegte, Juanita erleben zu lassen, was seine Schwester durchlitten hatte.

„Nein!“ Juanita schlug die Augen auf und ließ es nicht länger zu, von Walker berührt zu werden. „Was fällt Ihnen eigentlich ein?“

Er sah sie überrascht an. „Das könnte ich ebenso gut Sie fragen. Gerade eben haben Sie eigentlich den Eindruck erweckt, sich sehr wohlzufühlen. Ich wollte Sie wirklich weder belästigen noch Ihre Gefühle verletzen.“

Damit wandte sich Gareth von ihr ab und sah gedankenverloren aus dem Bogenfenster des Esszimmers in die Ferne.

Während sie ihn von hinten betrachtete, spürte Juanita plötzlich einen dicken Kloß im Hals. Walker erweckte in dieser Minute eigentlich ganz und gar nicht den Eindruck, ihr übel mitspielen zu wollen, sondern schien genauso wie sie selbst aus der Fassung geraten zu sein.

Fast im gleichen Augenblick stürmte Xanthe ins Esszimmer und riss Juanita aus ihren Gedanken.

„Gareth? Oh, da bist du ja.“

„Guten Morgen. Wie geht es dir?“, begrüßte er sie.

„Ein bisschen besser.“ Neugierig musterte Xanthe Juanita.

„Miss Spencer-Hill wird doch noch eine Weile bei uns bleiben“, erklärte Walker, dem die offenkundige Neugier seiner Schwester nicht entgangen war. „Im Übrigen scheint Miss Spencer-Hill Gedanken lesen zu können. Sie hat nämlich von sich aus deinen Vorschlag aufgegriffen, bei der bevorstehenden Renovierung der Villa zu helfen – in gewissen Grenzen zwar, aber du kannst, wenn du möchtest, dein eigenes Zimmer neu einrichten."

„Sie haben wirklich nichts dagegen, wenn ich bei der Renovierung mithelfe?" Mit dieser Frage versuchte Xanthe nachmittags im Esszimmer mit Juanita ins Gespräch zu kommen.

Juanita sah von ihrem Zeichenblock auf und lächelte. „Ganz und gar nicht. Wie geht es Ihnen?"

„Ich bin immer noch traurig, denn ich dachte doch, die Liebe meines Lebens gefunden zu haben." Xanthe schien schon wieder weinen zu wollen.

„Ich glaube fast", erwiderte Juanita rasch, „dass es anderen Frauen vor Ihnen schon so ähnlich ergangen ist."

Xanthe ließ die Worte auf sich wirken. Neugierig erkundigte sie sich dann: „Mit Ihrem Bruder haben Sie, soweit ich weiß, kaum Kontakt. Warum eigentlich nicht?"

„Wir standen uns nie sehr nahe – wahrscheinlich weil wir grundverschieden sind. Er war stets der strahlende Held und ich eher das hässliche Entlein."

„Und jetzt haben Sie von Ihrem Bruder und seinem Heldentum wahrscheinlich die Nase gestrichen voll", forderte Xanthe Juanita zur Kritik an ihrem Bruder heraus.

„Nein, so stark haben sich die Fronten zwischen ihm und mir bisher nicht verhärtet", erwiderte Juanita mit Bedacht. „Er ist immer noch mein Bruder."

„Na ja", kommentierte Xanthe nahezu schwermütig, „Männer sind meist nur schwer zu verstehen, finden Sie nicht auch?"

„Da muss ich Ihnen allerdings zustimmen." Juanita dachte dabei automatisch mehr an Xanthes als an ihren eigenen Bruder. „Eigentlich gibt es nur eine Methode, mit Männern klarzukommen."

Xanthe riss die Augen auf. „Und zwar?"

„Man muss ihnen die Möglichkeit lassen, Jäger zu sein."

Enttäuscht senkte sich Xanthes Blick. „Mit dieser Einstellung", meinte sie niedergeschlagen, „ende ich womöglich als alte Jungfer." Fast trotzig fügte sie hinzu: „Und außerdem finde ich diese Ansicht reichlich altmodisch."

„Seien Sie nicht so sicher! Es gibt einige Dinge im Leben, die nur deshalb altmodisch wirken, weil sie sich nie ändern", gab Juanita zu bedenken. „Dazu gehört vielleicht auch der männliche Jagdinstinkt. Wenn Männer auf Jagd gehen und am Ende erfolgreich sind, gibt ihnen dies das gute Gefühl, einen Sieg errungen zu haben."

In Xanthes eben noch interessiert blickenden Augen tauchte nun ein Zweifeln auf. „Ich sehe das nicht so."

„War auch nicht mehr als nur ein Gedanke von mir." Juanita lächelte Xanthe zu. „Wollen wir jetzt mal in Ihr Zimmer schauen und überlegen, was genau verändert werden soll?"

„Wo steckt denn überhaupt euer Hund?", erkundigte sich Juanita später am Nachmittag bei den Zwillingen.

Rebecca wies auf die westliche Begrenzung des weitläufigen Grundstücks. „Ganz hinten im Garten – da, wo die Stallungen sind. Der Hund darf nicht ins Haus."

„Und warum nicht?"

Der kleine Steven grinste von einem Ohr zum anderen. „Weil er lauter schlimme Sachen macht – alles, was verboten ist. Er buddelt große Löcher im Garten, und wenn Besuch kommt, springt er die Leute so stürmisch an, dass sie zu Tode erschrecken. Dabei will er doch nur nett zu den Besuchern sein, und er ist ja auch noch ein ganz junger Hund. Neulich zum Beispiel hat uns der Pastor besucht, und seine Frau hat er auch mitgebracht. Sie ist sehr dick, und Gareth sagt immer, sie sieht aus wie eine aufgetakelte Fregatte. Unser Hund hat die dicke Frau so freudig begrüßt, dass sie vor Schreck in den Gartenteich gefallen ist."

Rebecca kicherte. „Gareth ist dann auch in den Gartenteich gestiefelt, um die dicke Pastorenfrau herauszuziehen. Mensch, war die sauer! Sie hat so doll geschimpft, dass Gareth ihr gesagt hat, sie sei eine richtige alte Gewitterziege. Da wurde sie noch wütender."

„Und seitdem", fügte der kleine Steven traurig hinzu, „ist Gareth gar nicht mehr gut auf unseren Hund zu sprechen. Er meint, jetzt sei das Maß endgültig voll."

„So, meint er das", murmelte Juanita. Ein unbehagliches Gefühl überkam sie. „Um ehrlich zu sein – vor Hunden habe ich eigentlich immer ein bisschen Angst."

„Oh, brauchen Sie aber nicht! Unser Hund wird Ihnen nichts tun, weil wir doch dabei sind", versprach Steven, und stolz fügte er hinzu: „Die Ställe bewacht er aber trotzdem prima. Was meinen Sie, wie gut unser Hund zupacken kann! Gareth erzieht ihn jetzt auch."

„Streift der Hund hier irgendwo herum?" Verstohlen lugte Juanita nach links und rechts. Das unbehagliche Gefühl verstärkte sich.

„Nein, nein", wehrten die Zwillinge nahezu gleichzeitig ab.

„Die Stallungen sind umzäunt", erklärte Steven, und Rebecca ergänzte: „Sehen Sie, wir müssen durch das Gatter dort hinten gehen."

„Und wie heißt euer Hund?", erkundigte sich Juanita.

„Westminster", riefen die Zwillinge in Stereo.

„So, so – Westminster", wiederholte Juanita nachdenklich. „E… es handelt sich um einen ziemlich großen Hund, ja?"

„Groß ist gar kein Ausdruck", stellte Steven voller Stolz klar. „Westminster ist ein richtiger Riese!"

„Den Namen hat Gareth sich ausgedacht", berichtete Rebecca vergnügt. „Er meinte, unser Hund, der ja noch ganz jung ist, würde nicht nur so groß wie sein Haus, sondern riesig wie das britische Parlamentsgebäude in London werden. Und es sieht fast so aus, als hätte Gareth recht."

Juanita blieb wie angewurzelt vor dem Gatter stehen, das den Garten von den Ställen und damit von Westminsters Revier trennte. „Kinder, ganz im Ernst – ich werde jetzt keinen Schritt weitergehen."

„Aber …", wandten die Zwillinge wie aus einem Munde ein.

„Kein ‚aber'! Ich bleibe hier vor dem geschlossenen Gatter stehen, ihr holt Westminster und bleibt mit ihm auf der anderen Seite des Zauns, ja?" Hastig fügte sie hinzu: „Während ihr Westminster holt, fange ich damit an, seinen englischen Namensvetter zu zeichnen." Sie setzte sich ins Gras, griff nach dem Zeichenblock und begann mit mutigen Strichen, Big Ben und das britische Parlamentsgebäude zu skizzieren.

Es dauerte einige Minuten, bis die Zwillinge zurückkamen. Doch nicht nur Westminster begleitete sie, sondern auch Gareth Walker.

Westminster erwies sich als deutsche Dogge von noch furchterregenderen Ausmaßen, als Juanita sie erwartet hatte. Obwohl es sich augenscheinlich tatsächlich um einen noch sehr jungen Hund handelte, reichte seine Schulterhöhe schon jetzt an gut einen Meter heran. Die Dogge hatte ein gelbbraun geflecktes Fell, einen bemerkenswert aufrechten Gang – und einen Blick, der unweigerlich Respekt einflößte.

„Keine Angst, Juanita!" Walker lächelte ihr aufmunternd zu. „Seit Westminster der Frau unseres Pastors zu einem unfreiwilligen Bad verholfen hat, macht die Erziehung dieses freundlichen Vierbeiners täglich Fortschritte. Sitz, Westminster!"

Gehorsam setzte sich der riesige Hund. Sein Blick war unablässig auf Juanita gerichtet, während sich sein Nackenfell sträubte und er sie mit einem markerschütternd lauten Gebell begrüßte.

Juanita zuckte zusammen.

„Glauben Sie mir, er ist wirklich ein durch und durch liebenswerter Kerl. Westminster will nur genau wissen, mit wem er es zu tun hat, bevor er ein lebenslanger treuer Freund ist." Gareth grinste spitzbübisch, als er auf den Zaun zuschritt, der Juanita von dem Revier der beängstigend großen Dogge trennte. „Und deswegen, Miss Spencer-Hill, werde ich Sie jetzt förmlich vorstellen."

Juanita schluckte. „Ich … ich glaube, Westminster ist der einzige Freund, auf den ich getrost verzichten kann."

„Das glaube ich ganz und gar nicht", widersprach Walker. Sein Lächeln verstärkte sich. „Sie werden sich, wie es aussieht, eine Weile in meinem Haus aufhalten, und deshalb wäre es nicht nur klug, sondern auch sehr vorteilhaft, vielleicht sogar lebensnotwendig für Sie, sich mit Westminster anzufreunden. Also bitte, kommen Sie!"

Juanita erhob sich, zögerte aber, auch nur einen Schritt näher an den Zaun heranzutreten.

„Haben Sie vor Hunden grundsätzlich Angst – oder nur vor diesem besonders großen Vierbeiner?", forschte Gareth Walker.

Juanita warf ihm einen vernichtenden Blick zu, während die Zwillinge das Geschehen am Zaun mit offensichtlich größtem Interesse verfolgten.

„Ich bitte Sie, Mr. Walker“, erwiderte Juanita frostig. „Vor diesem Ungetüm von Dogge dürften neun von zehn Menschen Angst haben.“

„Womit allenfalls bewiesen wäre“, konterte Gareth Walker, „dass die Mehrheit mitunter irrt.“ Er streckte ihr die Hand entgegen und bat erneut: „Kommen Sie, Juanita.“ Und so leise, dass die Zwillinge es nicht hören konnten, fügte er hinzu: „Man kann nicht allem und jedem ängstlich gegenüberstehen. Ich verspreche, Ihnen wird wirklich nichts passieren!“

Zögernd, Schritt für Schritt, setzte sich Juanita in Bewegung, während Walker das Gatter öffnete. Ihr war ein wenig benommen zumute, doch die unverhohlene Spannung der Zwillinge machte ihr Mut.

Noch einmal durchzuckte Juanita eine Sekunde lang die Vision eines in Wahrheit nur von heimtückischen Racheabsichten beherrschten Gareth Walker.

Dann atmete sie tief durch und durchschritt das geöffnete Gatter.

Mit ebenso lauerndem wie furchteinflößendem Blick sah ihr Westminster entgegen.

Vielleicht, dachte Juanita, ist dies das Ende.

5. KAPITEL

Sehen Sie – es war überhaupt nicht weiter schlimm, oder?" Juanita nickte Gareth zu. „Nein, war es wirklich nicht", bestätigte sie erleichtert. Erst wenige Minuten waren verstrichen, seit ihr die riesige Dogge zur Begrüßung höflich die Pfote gereicht hatte. „Westminster wird jetzt für immer Ihr Freund sein, Juanita", hatte Walker ihr augenzwinkernd versichert.

Jetzt tollten die Zwillinge mit dem fast ponygroßen Hund durch die Gegend, und Juanita registrierte nicht ohne Rührung, wie behutsam Westminster mit den beiden siebenjährigen Geschwistern umging.

„Dabei ist Westminster selber noch ein Kind – wenn auch ein ganz schön großes", sagte Gareth, der Juanitas Gedanken zu erraten schien, schmunzelnd.

„Heißt das etwa, dass Westminster noch größer wird?", erkundigte sich Juanita ungläubig.

„Hoffentlich nicht – aber wer weiß", erwiderte Walker.

Beide saßen nebeneinander auf einem gefällten Baumstamm. Juanita hielt ihren Zeichenblock im Schoß, und während das Bild bereits allmählich Konturen annahm, unterhielt sich Walker angeregt mit ihr – unter anderem über die Familie, in der er aufgewachsen war. Von insgesamt sechs Geschwistern war Xanthe mit Abstand das jüngste – ein Nachkömmling, der wie ein Einzelkind aufgewachsen war und so schon immer eine Sonderstellung eingenommen hatte. „Das ist", schloss Walker seine Schilderung, „bis heute so geblieben, denn Xanthe ist unter all meinen Geschwistern als Einzige unverheiratet. Alle anderen leben mit ihren Familien kreuz und quer über den australischen Kontinent verteilt."

„Dann sind Sie also der Einzige, der sich ein bisschen um Xanthe kümmert?", erkundigte sich Juanita, während sie weiterzeichnete.

„Mehr oder weniger." Gareth nickte und sah auf das fast fertige Bild. „Alle Achtung", staunte er. „Sie haben erstens offenbar das malerische Talent Ihrer Mutter geerbt, und zweitens merke ich gerade …" Walker begann schallend zu lachen. „… dass Sie auch Humor haben."

„Was? Ach so, ja!“, sagte Juanita zerstreut und sah auf die Zeichnung, die auf dem Skizzenblock eher unbewusst und automatisch entstanden war, während sie Walker gespannt zugehört hatte.

Das Bild zeigte eine Karikatur, auf der Juanita unter anderem sich selbst verewigt hatte: winzig klein vor einer Staffelei stehend und mit komischem Entsetzen auf ein Gemälde starrend, worauf wiederum – überlebensgroß – Westminster mit grimmig gefletschten Zähnen zu sehen war.

Noch immer herzlich lachend, suchte Gareth den Blickkontakt zu Juanita, als plötzlich die Zwillinge angerannt kamen. Westminster tollte ausgelassen hinter ihnen her.

„Schaut mal her“, rief Walker Rebecca und Steven zu. Während die beiden unter lautem Gelächter und Jauchzen erst selbst das Bild begutachteten und es schließlich auch Westminster zeigten, ermutigte Gareth Juanita: „Streicheln Sie ihn ruhig einmal!“

Behutsam tätschelte sie das gelbbraun gefleckte Fell der gar nicht grimmig dreinblickenden Dogge, die sich für die Streicheleinheit mit einem höflichem „Wau“ hocherfreut bedankte.

„So, Kinder, jetzt bringt Westminster fort“, sagte Walker, bevor er sich Juanita zuwandte: „Wollen wir gemeinsam zurückgehen?“

Auf dem Rückweg zur Villa gingen Gareth und Juanita minutenlang schweigend nebeneinander her. Die Sonne ging gerade leuchtend rot unter, und der wunderschöne, wenn auch verwilderte Garten war wieder einmal von Vogelgesang erfüllt. Juanita erinnerte sich plötzlich daran, von einem naturnahen Leben wie hier – umgeben von Bäumen, Pflanzen und Tieren statt von großstädtischer Hektik – schon als Kind geträumt zu haben.

„Woran denken Sie?“, durchbrach Gareth das Schweigen.

Juanita schrak aus ihren Gedanken hoch. „Nur da… daran, dass es mir hier gefällt.“

„Trotz meiner Anwesenheit?“, erkundigte sich Walker mit gutmütigem Spott. „Darf ich das so verstehen, dass Sie mir mein Verhalten von gestern Abend und heute Morgen verzeihen?“

„Darüber muss ich noch nachdenken.“

„Na schön. Jedenfalls reagieren Sie auf meine Launen gelassener, als ich erwartet habe.“

„Tatsächlich? Dabei habe ich geglaubt, für Sie ein völlig offenes Buch zu sein“, gab Juanita gespielt unschuldsvoll zurück. „Gerade weil Sie als Schriftsteller doch Student der menschlichen Natur sind und offenbar alles bestens überblicken.“

„Danke für den Seitenhieb. Um ihn spontan zu erwidern: Könnte es angehen, dass Sie sich nur deshalb so auffallend zugeknöpft und leidenschaftslos geben, weil Sie trotz Ihres attraktiven Aussehens dazu neigen, Ihre sexuellen Wünsche zu verdrängen?“

Juanita blieb wie angewurzelt stehen. Ihr Gesicht war von einer Sekunde zur anderen aschfahl geworden.

„Was ist?“, fragte Walker mit offenbar echtem Erstaunen.

„Nichts.“ Juanitas Stimme klang eisig. „Ich gehe jetzt in mein Zimmer.“

„Mit meinen Worten wollte ich Ihnen keine Gefühlskälte unterstellen.“ Beschwichtigend legte Walker die Hand auf Juanitas Arm, die sie jedoch wütend wegstieß.

„Versuchen Sie nicht, mich aufzuhalten, geschweige denn mich noch ein einziges Mal zu berühren. Anderenfalls könnten Sie an sehr empfindlicher Stelle Bekanntschaft mit meinem Spazierstock machen.“

„Mir scheint, ich habe umgekehrt Sie ebenfalls sehr empfindlich getroffen. Wenn ich einen wunden Punkt angesprochen und Sie dabei, ohne es zu wollen, verletzt habe, tut mir leid!“

Ärgerlich wollte Juanita sich gerade abwenden, als Wendy am Eingang erschien. „Bist du es, Gareth? Bitte komm schnell! Xanthe ist total verstört.“

Xanthe lag bäuchlings auf dem Bett, hatte das Gesicht im Kissen vergraben und machte keine Anstalten, auch nur den Kopf zu heben, als ihr Bruder ins Zimmer trat.

„Wenn du es bist, Gareth, kannst du gleich wieder gehen“, sagte sie hemmungslos weinend. „Was du mir sagen wirst, weiß ich jetzt schon – nämlich dass ich ein Dummkopf bin. Vielleicht hast du damit sogar recht. Aber ich kann nichts daran ändern. Und überhaupt bin ich fertig mit der Welt.“

„Jetzt hör mir mal gut zu, Popcorn!“ Gareth Walker setzte sich auf die Bettkante und sprach beruhigend auf seine Schwester ein. „Glaubst du denn wirklich, ich selbst sei nie ein Dummkopf gewesen? Dann solltest du jetzt erfahren, was ich dir bisher nie erzählt habe: Als ich ungefähr so alt war wie du, habe ich mich in eine zehn Jahre ältere Frau verliebt. Ich habe ihr nicht nur Liebesgedichte geschrieben, sondern mich in völlig abwegige Träume und Zukunftsträume hineingesteigert und …“

Juanita und Wendy, die Gareth ins Zimmer seiner Schwester gefolgt waren, machten auf dem Absatz kehrt und schlossen behutsam die Tür.

„Stimmt diese Geschichte mit der zehn Jahre älteren Frau tatsächlich?“, fragte Juanita spontan.

„Keine Ahnung“, erwiderte Wendy. „Möglicherweise spricht Gareth von seiner verstorbenen Frau, die älter als er war. Aber wichtig ist ja eigentlich auch nur, dass es ihm gelingt, Xanthe zu trösten. Soweit ich weiß, ist sie wegen irgendeines Mannes so fertig.“

„Es geht nicht um irgendeinen Mann, sondern um meinen Bruder“, erklärte Juanita trocken.

Wendys Gesicht verriet echte Überraschung. „Du meine Güte!“

„Eine reichlich unglückselige Verstrickung“, fuhr Juanita fort. „Mein Bruder hat offenbar – nahezu zeitgleich mit dem Auftrag, der mich in Mr. Walkers Haus führt – seiner Schwester den Laufpass gegeben.“

Die beiden Frauen waren inzwischen in der Küche angekommen, wo sie ihr Gespräch fortsetzten.

„Mr. Walker spricht nie über seine verstorbene Frau, nicht wahr, Wendy? Nirgendwo erinnert ein Bild oder was auch immer an sie. Es scheint fast so, als wolle er in Zukunft vergessen, verheiratet gewesen zu sein.“

Wendy nickte. „Das sehe ich auch so. Aber nach den Gründen wage ich einfach nicht zu fragen. Vielleicht war Gareths Frau die ganz große Liebe seines Lebens, und er kann es nicht ertragen, daran erinnert zu werden.“ Sie begann, die Zutaten für das Abendessen aus dem Kühlschrank zu nehmen. „Ich bin gespannt, mit wie vielen Personen wir heute zu Abend essen werden."

Tatsächlich waren es alle, die sich bald darauf um den Küchentisch versammelten. Sogar Xanthe hatte sich eingefunden, und obwohl sie sich sehr wortkarg zeigte, aß sie immerhin eine Kleinigkeit. Als kurz darauf das Telefon klingelte und eine Freundin lange mit ihr telefonierte, hellte sich ihre Miene ein wenig auf.

Juanita half Wendy nach dem Abendbrot, die Küche aufzuräumen, während sich Walker in sein Arbeitszimmer zurückzog. Auch er hatte beim Essen nur wenig gesagt und wirkte irgendwie gedankenverloren.

Obwohl Juanita später am Abend eigentlich noch ein bisschen arbeiten wollte, merkte sie bald, dass ihr die Konzentration fehlte. So ging sie zu Bett – und beschloss, am nächsten Morgen in dic Stadt zurückzukehren.

Walker reagierte wenig überrascht, als sich Juanita morgens gegen kurz nach neun in seinem Arbeitszimmer mit der Ankündigung abmeldete, die nächsten Tage in der Stadt zu verbringen. Sie musste vor Ort klären, ob die Materialien, die für die Renovierung benötigt würden, lieferbar seien.

Obwohl Juanita die nächsten Tage tatsächlich damit verbrachte, mehrere Möbelhäuser und Zulieferfirmen aufzusuchen, gab es noch einen weiteren Grund für die vorübergehende Rückkehr in die Stadt, den sie Walker allerdings nicht preisgegeben hatte: Sie brauchte einige Tage Zeit, um Ordnung in das Wirrwarr ihrer Gefühle zu bringen. Einerseits hatte Walker sie verärgert und zugleich in Verlegenheit gebracht, doch dies änderte nichts daran, dass sie sich immer stärker zu ihm hingezogen fühlte. Ihr selbst war unverständlich, weshalb dieser Mann sie trotz seines Verhaltens so unglaublich faszinierte. Ohne es zu wollen, musste sie immer wieder an ihn denken.

Als Juanita drei Tage später in Walkers Villa zurückkehrte, wurde sie dort von Wendy und den Zwillingen wie eine lange vermisste Freundin begrüßt. Auch Xanthe zeigte sich erfreut, während Walker sich bedeckt gab. Er erkundigte sich lediglich mit höflichem Lächeln, ob es für Juanita wirklich so hilfreich wie erhofft gewesen sei, die benötigten Baumaterialien mit eigenen Augen zu sehen, statt deren Lieferbarkeit telefonisch zu erfragen.

Juanita wäre Walker liebend gern ins Gesicht gesprungen. Stattdessen begann ihr Herz prompt schneller zu schlagen, kaum dass sie ihn wiedersah: Groß und unbekümmert stand er vor dem Tisch in der Wohndiele, wo er gerade die Post durchsah.

Die Einsicht, noch immer keine Ordnung in die eigenen Gefühle gebracht zu haben, machte Juanita insgeheim so wütend, dass sie den ganzen Tag über wie besessen arbeitete. Sämtliche bisher erarbeiteten Renovierungsideen mussten nun nach der endgültigen Wahl der Materialien noch einmal genau überdacht und aufeinander abgestimmt werden.

In Juanitas Fleiß mischte sich ein so hohes Maß an Bekümmertheit, dass sie abends nicht einschlafen konnte. Sie humpelte ans Fenster des Gästezimmers und atmete tief die frische Abendluft ein. Unentwegt kreisten ihre Gedanken um Gareth Walker. Wer war dieser Mann wirklich, und was hatte er vor? Wann würde er sein wahres Gesicht und seine Absichten preisgeben? Zielten sie wirklich auf Rache?

Wahrscheinlich werde ich besser schlafen können, wenn ich noch etwas Heißes trinke, dachte Juanita und entschloss sich, rasch noch einmal in die Küche zu gehen.

An der Zimmertür zögerte sie einen Augenblick. Das ganze Haus lag ruhig da, nirgendwo war etwas zu hören. Die Küche befand sich in nächster Nähe des Gästezimmers, während sowohl Walkers Arbeits- als auch sein Schlafzimmer ganz am anderen Ende der geräumigen Villa gelegen waren. Wie alle übrigen Räume schien auch die Küche dunkel zu sein.

Dass sie tatsächlich nur fast, aber eben nicht ganz dunkel war, bemerkte Juanita erst, als sie die Küchentür öffnete. Am entgegengesetzten Ende des ungewöhnlich großen Raumes brannte Licht – und natürlich saß genau der Mensch am Tisch, den Juanita zu dieser Stunde am wenigsten zu sehen wünschte, und trank Tee: Gareth Walker.

Ohne das leiseste Anzeichen von Überraschung hob er den Kopf und sah Juanita an.

„Ich wusste nicht, dass Sie hier sitzen." Zögernd blieb sie im Türrahmen stehen und ärgerte sich darüber, dass ihre Worte fast wie eine Entschuldigung klangen.

„Woher sollten Sie auch?“, erwiderte Gareth leicht ironisch.

„Ich … ich wollte nur noch etwas Heißes trinken, um besser schlafen zu können.“

„Dann lassen Sie sich einladen. Ich selbst trinke gerade einen Tee, kann Ihnen aber auch Kakao oder eines von Mrs. Spicers Spezial-Rezepten anbieten: beispielsweise Whisky mit Milch – was abenteuerlich klingt, aber wirkt. Natürlich nur in Notfällen. Schließlich verkörpert Mrs. Spicer den personifizierten Anstand.“

„Wie schön.“ Juanita musste sich zwingen, die Küche nicht fluchtartig zu verlassen.

„Nicht wahr?“ Walker lehnte sich bequem zurück. „Schade, dass Mrs. Spicer momentan nicht hier ist.“

Juanita nahm eine Tasse aus dem Schrank und füllte Tee ein. „Wendy macht ihre Sache auch sehr gut.“

„Das tut sie in der Tat. Aber wäre die Mutter hier, könnte ich einige Tage mit Xanthe irgendwohin fahren.“

„Glauben Sie, das würde ihr helfen?“

„Bestimmt. Sonst würde ich nicht auf die Idee verfallen.“

„Vielleicht wäre es wirklich eine Hilfe – jedenfalls vorläufig. Ansonsten vertraue ich mehr auf die Zeit. Irgendwann wird irgendetwas oder irgendwer Xanthes Interesse völlig neu in seinen Bann ziehen“, gab Juanita zu bedenken.

„Hoffentlich behalten Sie recht.“ Walker stemmte die Hände in die Taschen seiner Jeans.

„Wa… was macht Ihr Buch?“

„Welches?“, erkundigte er sich ironisch.

„Das“, erklärte Juanita, „an dem Sie gerade arbeiten.“

„Es geht im Augenblick überhaupt nicht voran.“ Walkers Miene verfinsterte sich.

„Das macht die Dinge natürlich nicht leichter.“ Nachdenklich nippte Juanita an der Teetasse und vergegenwärtigte sich Walkers Situation: Der Tod seiner Frau, den er womöglich nicht überwinden konnte; eine psychisch völlig aufgelöste Schwester, um die er sich kümmerte; bisherige berufliche Erfolge, deren Fortbestand jedoch unter Umständen infrage gestellt war ...

„Nichts ist beständig – meistens jedenfalls nicht“, versuchte Walker Gelassenheit zu zeigen. „Sehnen Sie sich manchmal – bezogen auf Ihr Leben – nach Beständigkeit?“

„Bisher eigentlich kaum. Allerdings habe ich mich mitunter schon einmal gefragt, wie es wäre, verheiratet zu sein – und mit wem“, gab Juanita zu.

„Mein Gefühl verrät mir, über welche Eigenschaften der Mann Ihrer Träume verfügen müsste“, erwiderte Gareth Walker. „Der für Sie ideale Mann müsste hochintelligent, herzlich und ein bisschen zurückhaltend im Wesen sein – vielleicht ein wenig verträumt, eher ruhig und dabei herzensgut.“

„Nur eine überaus weise Persönlichkeit oder ein ausgesprochener Dummkopf dürfte sich nach so kurzer Bekanntschaft wie unserer zu einer derartigen Feststellung befähigt fühlen“, gab Juanita kühl zurück.

Walker lächelte verhalten. „Ich nehme für mich weder in Anspruch, überaus weise zu sein, noch halte ich mich für einen Dummkopf. Welche Eigenschaften Sie sich bei dem Mann Ihrer Träume auch immer wünschen, Juanita, begehen Sie nur nicht den Fehler, seinen Charakter an den Unzulänglichkeiten Ihrer eigenen Familienangehörigen zu messen. Und jetzt will ich zu Bett gehen.“

„Nein!“ Juanita sprang auf. Das Blut pochte ihr vor Wut in den Adern. „Sie können nicht solch eine Frechheit ausposaunen und anschließend zu Bett gehen. Was gibt Ihnen eigentlich das Recht, mir wieder einmal Gespräche über Dinge aufzudrängen, die Sie nichts angehen? Über charakterliche Unzulänglichkeiten meiner Familie, den Mann meiner Träume, seine Herzensgüte, Intelligenz und Z... z...“ Juanita atmete tief durch und fuhr sich verwirrt mit dem Handrücken über den Mund, bevor sie erneut das Wort hervorzubringen versuchte. „Z... z... Ich ... kann es momentan nicht aussprechen.“

Juanitas Wut wich so plötzlich, wie sie entstanden war, einer ungeheuren Niedergeschlagenheit über den lästigen Sprachfehler, der es ihr in dieser Minute verwehrte, Gareth Walker in seine Schranken zu verweisen. Resigniert beugte sie sich über die Teetasse und kämpfte mit immer schwächerem Widerstand gegen die aufsteigenden Tränen an. Benommen registrierte sie, dass Gareth sie behutsam auf den Küchenstuhl zurückzog und sich im nächsten Augenblick neben sie setzte.

„Entschuldigen Sie“, sagte Juanita mit versteinerter Miene.

„Wofür entschuldigen Sie sich?“, fragte Gareth überrascht.

„Für den plötzlichen Gefühlsausbruch“, antwortete Juanita unter Tränen.

„Finden Sie so etwas schlimm? Ich nicht!“

„Danke.“ Verstohlen wischte Juanita die Tränen aus dem Gesicht.

„Gefühlsausbrüche können mitunter sogar sehr nützlich sein“, sagte Gareth leise. „Ich finde, bei Gefühlen ist zu große Zurückhaltung genauso falsch wie übertriebene Hysterie.“

„Z… Zurückhaltung – genau das ist das Wort, das ich gerade eben nicht flüssig aussprechen konnte“, erklärte Juanita und schniefte.

Einen Augenblick lang herrschte völlige Stille.

„Wissen Sie eigentlich, dass wir heute Vollmond haben“, durchbrach Gareth das Schweigen.

„Tatsächlich?“

„Ja. Als Kind habe ich, wenn Vollmond war, wahnsinnig gerne draußen auf einer Treppe gesessen und zum Himmel geschaut. Hätten Sie Lust, es heute Abend mit mir gemeinsam zu tun?“

„Ich …“ Juanita zögerte.

„Zu kalt ist es nicht.“

„Ein… einverstanden!“

Das fahle Licht des Vollmonds verzauberte den Garten in eine Märchenlandschaft und bewirkte eine Atmosphäre der Ruhe und Entspannung. In seltener Eintracht saßen Juanita und Gareth nebeneinander auf der Terrassentreppe und ließen den Zauber in fast andächtiger Stille auf sich wirken.

„Ich spreche darüber normalerweise nicht und finde es auch falsch, Eltern Vorwürfe zu machen“, sagte Juanita auf einmal leise. „Ich meine, man muss irgendwann einfach alt genug sein, sich selbst so zu akzeptieren, wie man ist – ohne die Eltern dafür verantwortlich zu machen.“

Gareth Walker ahnte, dass Juanita die völlige Ruhe dieser Minuten nutzen wollte, mehr als bisher aus sich herauszugehen und sich mitzuteilen. „Erzählen Sie mehr“, ermunterte er sie mit ungewohnt sanfter Stimme.

„Trotz aller Merkwürdigkeiten meiner Familie, die Ihnen missfallen, haben mich meine Eltern von klein auf geliebt. Das eigentliche Problem bestand darin, dass ich irgendwie anders als alle anderen war. In meiner Kindheit habe ich mich ungezählt oft danach gesehnt, ähnlich wie hier zu leben. Ich wünschte mir so sehr den Zusammenhalt der Familie, mehr Gemeinsamkeit, ab und zu Ruhe statt immer nur Stress auf der Jagd nach Erfolg. Gleichzeitig wünschte ich mir jedoch, populär wie mein Vater und talentiert wie meine Mutter zu sein. Auch mein Bruder Damien, der nahezu alles konnte, bot ein Vorbild. Mir war mitunter zumute, als sei meine Seele mit all ihren Wünschen in zwei Stücke gerissen, die überhaupt nicht zusammenpassen. Wissen Sie, was ich damit meine?“

„Voll und ganz“, bestätigte Gareth mit rauer Stimme.

„Später erlitt ich, wie Sie ja wissen, den Unfall und fühlte mich minderwertiger als je zuvor. Doch gleichzeitig wuchs in mir etwas wie Wut. Ich stand den Lebenseinstellungen meiner Familie plötzlich eher kritisch gegenüber. Sie verloren an Glanz, und ich wusste auf einmal: Ich will nicht leben wie die anderen in der Familie und ihnen noch länger nacheifern.“

„Das war wie eine jähe Ernüchterung für Sie – und der Grundstein zur Selbstständigkeit, nicht wahr?“ Gareth räusperte sich. „Sie haben sich von Ihrer Familie abgewandt, den bisherigen Doppelnamen kurzerhand halbiert und damit Ihre Familie ebenso überrascht wie schockiert. So unverhofft, wie Ihre Angehörigen mit der Entschlossenheit des bisherigen Nesthäkchens konfrontiert wurden, begannen sie sich plötzlich Vorwürfe zu machen. So war es doch, oder?“

Juanita senkte den Blick. „Ja. Von den Selbstvorwürfen habe ich allerdings erst jetzt erfahren. Xanthe sagte mir kurz nach ihrer Ankunft, wegen mir würden alle anderen in der Familie an Schuldgefühlen leiden. Aber wie ich schon sagte: Irgendwann muss man alt genug sein, sich selbst zu akzeptieren – ohne Schuldzuweisungen an andere. Und ich glaube, dieses Stadium habe ich jetzt erreicht."

„Akzeptieren Sie an sich selbst auch Ihre auffallende Zurückhaltung gegenüber Männern?", fragte Gareth. Seine Stimme verriet Behutsamkeit und nicht den leisesten Anflug von Ironie.

„Für diese Zurückhaltung gibt es einen guten Grund." Juanita wunderte sich selbst, wie offen sie dem Mann, der im Mondlicht dicht neben ihr saß und sehr aufmerksam zuhörte, ihre geheimsten Gedanken plötzlich anvertrauen mochte. „Ich bin mir meiner Behinderungen bewusst. Um die Dinge klar beim Namen zu nennen: Ich hinke und stottere. Wenn ich sehr aufgeregt bin – Sie haben es ja selbst gerade erlebt –, kriege ich kein Wort mehr heraus. Unter diesem Vorzeichen muss ich dankbar sein, wenn sich überhaupt ein Mann für mich interessiert – und mich dafür erkenntlich zeigen, indem ich mit ihm ins Bett gehe. Und das ..." Juanita senkte die Stimme. „... will ich ganz einfach nicht, weder jetzt noch später. Wenn Sie so wollen, ist diese Einstellung für mich ein Stück Beständigkeit in meinem Leben."

Wieder war es einen Augenblick lang ganz still. Eine dunkle Wolke hatte sich vor den Mond geschoben und wanderte langsam weiter, bis der Garten wieder ganz in fahles Silberlicht getaucht war und ihn in eine Zauberlandschaft zurückverwandelt hatte.

„Sie selbst", sagte Juanita in die Stille hinein, „haben vorhin in der Küche angedeutet, an nichts Beständiges im Leben zu glauben. Sehnen Sie sich denn eigentlich danach?"

„Nach Beständigkeit in meinem Leben?" Gareth wirkte fast ein wenig verlegen. „Um ehrlich zu sein, Juanita: Wonach ich mich wirklich sehne, weiß ich im Moment selbst nicht so genau. Wenn es mir gelingt, mein neues Buch fertigzustellen und mit dem Ergebnis zufrieden zu sein – mag sein, dass ich dann feststelle, eigentlich wunschlos glücklich zu sein. Ich sehne mich nach Beständigkeit beim Schreiben. Wenn es – wie jetzt zurzeit – überhaupt nicht vorangeht mit dem Buch, an dem ich gerade arbeite, haut mich das glatt um."

„Vielleicht sind Sie einfach zu sehr durch Xanthes augenblickliche Situation belastet?", gab Juanita zu bedenken. „Oder beispielsweise auch durch die Wut auf meinen Bruder?"

„Ich wünschte mir, es wäre nur das.“ Walker lächelte, aber seine Stimme klang ernst. „Es wird Sie womöglich amüsieren, Juanita, aber der Grund, weswegen ich mich momentan beim Schreiben regelrecht blockiert fühle, hängt mit der prominenten Dame mit den ‚großen L-Ansichten‘ zusammen.“

Juanita verschlug es fast die Sprache. „Sie meinen ... mit Laura Hennessey – der Fernsehmoderatorin, die Ihnen in der Talkshow vorgeworfen hat, Ihren Büchern würde das groß gedruckte ‚L‘ auf dem Einband fehlen, das die echte Literatur auszeichnet?“

„Genau diese Dame ist gemeint“, gab Gareth unumwunden zu.

Juanita rang nach Luft. „Aber ... aber Sie haben Laura Hennessey und ihre Ansicht über die Bedeutung des großen ‚L‘ vor aller Öffentlichkeit in Grund und Boden geredet und ...“

„Und trotzdem ändert das überhaupt nichts daran, dass Mrs. Hennessey mich irgendwie doch an einem ganz schön wunden Punkt getroffen hat“, fuhr Gareth fort. „Wissen Sie, Juanita, ich bin kein Graham Greene. Meine Bücher, so erfolgreich sie sind, beruhen auf einem ganz bestimmten Rezept oder – wenn Sie so wollen – Strickmuster, das meinen Lesern gefällt. Aber ... Literaturpreise gibt es dafür leider nicht.“

„Sie haben doch immer wieder betont“, wandte Juanita ein, „sich die Freiheit nicht nehmen zu lassen, zu schreiben, was Ihren Lesern gefällt ...“

„Und dabei vermutlich immer wieder unbewusst gehofft, nicht nur hohe Auflagen zu erzielen, sondern auch Anerkennung in Form einer entsprechenden Auszeichnung zu finden“, erklärte Gareth. „Bewusst wird mir dieser heimliche Wunsch aber erst jetzt, nach der TV-Talkshow – und besonders nach dem Gespräch mit Ihnen.“ Sekundenlang hielt Gareth inne, bevor er in fast pathetischem Ton hinzufügte: „Ja, danach sehne ich mich wahrscheinlich wirklich. Nach echten literarischen Ehren. Meine Güte, wie komme ich trotz aller Verkaufserfolge bloß zu so hirnrissigen Wünschen?“

Juanita konnte plötzlich nicht länger an sich halten. Fast verlegen hielt sie die Hand vor den Mund, während sie, ohne sich dagegen wehren zu können, leise zu lachen begann.

Überrascht fuhr Gareth zu ihr herum. „Lachen Sie mich an oder aus?“

„Das weiß ich selbst nicht so genau“, erwiderte Juanita und lachte lauter. „Jedenfalls klang Ihr Eingeständnis eben richtig süß.“

„So – süß?“, sagte Gareth gedehnt, bevor auch er zu lachen begann und wie selbstverständlich seinen Arm um Juanitas Schulter legte. „Sie scheinen alles bestens zu überblicken, ja?“

„Vielleicht beherrschen wir diese Kunst beide ganz gut“, konterte Juanita. „Sie, weil Sie als Schriftsteller, auch ohne bisher einen Literaturpreis bekommen zu haben, Student der menschlichen Natur sind. Und ich, weil man, solange man am eigenen Leben vorbeilebt, doch immerhin eine Menge beobachtet.“

Unvermittelt wurde Gareth wieder ernst. „Mag sein. Aber ist Ihnen klar, Juanita, wie selbstzerstörerisch es für Sie wäre, weiterhin an Ihrem eigenen Leben vorbeizuleben?“

Juanita schluckte und wandte sich ab. Auf einmal fühlte sie erneut Tränen in sich aufsteigen, die sie nicht zeigen wollte. „Ich werde in Zukunft versuchen, es nicht mehr zu tun“, versprach sie heiser.

„Bitte schauen Sie mich dabei an“, bat Gareth sie leise. „Weinen Sie etwa?“

„N... nein“, schniefte Juanita.

Er zog sie ganz dicht zu sich heran und strich mit zärtlicher Geste ihre Tränen fort. „Es gibt so einen Satz, Juanita. Ich weiß nicht, warum er mir ausgerechnet jetzt einfällt, aber vielleicht passt er zu der Situation dieser Sekunde: Verraten Sie mir, wofür die Buchstaben ‚K.U.S.S.‘ stehen!“

„Weiß ich nicht.“ Juanitas Tränen verebbten.

„Dann werde ich es Ihnen sagen: Die Buchstaben ‚K.U.S.S.‘ bedeuten einfach nur ‚Kann und soll so sein‘ – als eine Art Ermutigung, im richtigen Moment den richtigen Menschen ruhig zu küssen. Mit dieser Ermutigung im Hinterkopf und Hochachtung im Herzen vor der Tapferkeit, die Sie sich trotz allem bewahrt haben, möchte und werde ich Sie jetzt küssen.“

„Oh, ich ...“, wollte Juanita widersprechen, doch Gareth ließ sie gar nicht weiter zu Wort kommen.

Er küsste Juanita einfach – und mit geradezu unglaublicher Selbstverständlichkeit. Obwohl Juanita es bisher nie sonderlich genossen hatte, geküsst zu werden, widersetzte sie sich nicht. Warum war bei Gareth alles anders? Lag es an den unerwartet zärtlichen Worten vor seinem Kuss – oder einfach nur an seinen festen, schön geschwungenen Lippen?

Er versuchte nicht, mit der Zunge in Juanitas Mund zu dringen. Sein Kuss wirkte wie eine ungewohnt zärtliche Begrüßung, die Wünsche weckte, ohne sie zu erfüllen.

Juanita stöhnte leise, als sich Gareths Lippen von ihren lösten, und strich mit den Fingerspitzen behutsam über sein Gesicht.

Einen Augenblick lang war es ganz ruhig.

„Juanita“, sagte Gareth ganz leise in die Stille hinein, „Sie …“

„Ich könnte alles Weitere bedauern: Das wollen Sie mir doch wohl sagen“, flüsterte sie. „Aber ob ich es wirklich bedaure, kann ich nicht wissen, solange ich es nicht ausprobiert habe. Vielleicht wirst du etwas wie ein Lehrer für mich sein.“ Und während Juanita diese Worte aussprach, wurde ihr bewusst, Gareth Walker zum ersten Mal geduzt zu haben.

„Sieh mich doch nicht so erwartungsvoll an!“ Ein leises Lächeln huschte über Gareths Gesicht, als er das Du aufgriff und sie fest in seine Arme nahm.

Minutenlang saßen beide Arm in Arm einfach nur da, und so verwirrt sich Juanita fühlte, so wohlig empfand sie die plötzliche Wärme, die ihren ganzen Körper durchströmte und immer leidenschaftlicheres Verlangen nach dem Mann erweckte, der sie in seinen Armen hielt.

Juanita entging nicht, dass sie trotz der wunderbaren Wärme ein wenig zitterte. Aus Freude darüber, wie schön dieser Mann und die Situation dieses Augenblicks war? Juanita konnte und wollte darüber nicht nachdenken. Sie sah in Gareths tiefblaue Augen, und unwillkürlich – fast wie eine Einladung – teilten sich ihre Lippen.

Einige endlose Sekunden lang zögerte Gareth. Dann begann er Juanita noch weitaus leidenschaftlicher zu küssen, als sie insgeheim zu hoffen gewagt hatte. Ihre Arme verselbstständigten sich und suchten seinen Rücken, um ihn voller Hingabe zu liebkosen. Gareth zog Juanita noch fester an sich und hob kurz den Kopf, um sie gleich darauf fast noch leidenschaftlicher erneut zu küssen.

Die Sprache der Sinne war so wunderbar klar, dass jedes noch so leise Wort den Zauber dieser Minute zerstört hätte.

Juanita schreckte hoch, als eine schrille Stimme durch die Dunkelheit gellte.

„Gareth! Was fällt dir eigentlich ein? Schämst du dich nicht, mir erst Moralpredigten zu halten – und dann dies? Oh, ich fasse es einfach nicht!"

Gareth fuhr herum, und der eben noch sanfte Druck seiner Hände, mit denen er Juanita umschlungen hielt, verhärtete sich von einer Sekunde zur anderen.

Juanita zuckte zusammen. Sie fror plötzlich am ganzen Körper.

Ebenso leise wie unverhofft und deswegen unbemerkt war Xanthe auf der Terrasse erschienen und zeterte dort in einem Tonfall, der völlige Überreizung verriet.

„Xanthe", schnitt Gareth ihr barsch das Wort ab, „was du hier meinst, heimlich beobachten zu müssen, ist wirklich nicht das Gleiche, worüber wir gesprochen haben!"

„Nicht das Gleiche!" Verachtung mischte sich in Xanthes unverändert schrille Stimme. „Hast du mir nicht vorgeschwindelt, mit Damiens Schwester nur im Zusammenhang mit der Hausrenovierung zu tun zu haben? Und bei mir tut die Dame noch ganz so, als sei sie tatsächlich nur in ihrer Eigenschaft als Innenarchitektin hier. Von dir, Gareth, werde ich mir nie wieder irgendwelche Moralpredigten anhören. Ich ... ekel mich vor dir."

Mit diesen Worten hastete Xanthe theatralisch laut aufschluchzend in die Villa zurück und knallte die Terrassentür hinter sich zu.

Juanita fühlte sich noch immer wie erstarrt und versuchte, sich aus Gareths Umarmung zu lösen.

„Nein", bat er leise.

„Doch." Juanitas Miene verriet Verwirrung und Bestürzung. „Deine Schwester hat recht."

„Das hat sie nicht“, widersprach Gareth. „Xanthe ist im Augenblick lediglich völlig durcheinander und nur noch ein Schatten ihrer selbst.“

Doch diese Worte hörte Juanita schon nicht mehr. Sie hatte sich Gareth Walkers Umarmung mit Gewalt entwunden und war, so schnell es ihre Hüfte zuließ, ins Haus zurückgehastet.

6. KAPITEL

Eine lange, einsame Nacht begann.

Juanita schloss sich im Gästezimmer ein – unnötigerweise, denn niemand beabsichtigte, sie aufzusuchen. Ihr verzweifelter Versuch, Erklärungen für das eigene Verhalten zu finden, führte einmal mehr zu der alten, aber noch immer unbeantworteten Frage, was Gareth Walker diese unwiderstehliche Anziehungskraft gab.

Doch weitere Fragen kamen neu und drängend hinzu: Was hielt Gareth von ihr und dem vielleicht doch allzu unbedachten Rückzug? War er tatsächlich bereit, ihr Lehrer zu sein, und aus welchem Motiv? Aus Liebe oder nur aus Mitleid? Hatte er nicht ohnehin bereits genug Menschen um sich, die seine Hilfsbereitschaft vereinnahmten? Standen ihm nicht seine Schwester Xanthe und die drei vaterlosen Geschwister erheblich näher als sie? Oder hatten Gareths intime Küsse nichts mit Mitleid, sondern mit Liebe zu tun?

Immer neue Fragen drängten sich auf – und immer größere Unsicherheiten. Juanitas Gedanken wirbelten durcheinander. Sie starrte in die Dunkelheit und fiel erst mit Einbruch der frühen Morgendämmerung in einen unruhigen Halbschlaf, ohne zu ahnen, mit welcher dramatischen Nachricht der neue Tag beginnen sollte.

„Bitte sagen Sie das noch einmal!“ Juanita riss ungläubig die Augen auf und rührte gedankenverloren in der Kaffeetasse. Die fast schlaflos verbrachte Nacht hatte deutliche Spuren in ihrem Gesicht hinterlassen.

„Es stimmt wirklich“, erwiderte Wendy, die Juanita gegenübersaß. „Xanthe ist spurlos verschwunden und hat lediglich eine kurze Notiz für Gareth hinterlassen. Darin heißt es nur, er solle sie ein für alle Mal in Ruhe lassen. Gareth ist total sauer und sofort losgefahren, um Xanthe zu suchen.“

„Ha… hat er gesagt, wohin er gefahren ist?“ Juanitas flackernder Blick verriet Unruhe.

„Nicht direkt.“ Auch Wendy wirkte nervös. „Gareth hat nur gesagt, Xanthe würde einen schweren Fehler begehen, wenn sie sich wieder ... na ja, Ihrem Bruder an den Hals wirft."

Unwillkürlich schloss Juanita die Augen.

„Ma, ich muss unbedingt wissen, wo Damien ist. Ich möchte ihn so rasch wie möglich sprechen." Juanita umklammerte den Telefonhörer so heftig, dass die Fingerknöchel weiß hervortraten.

„Das überrascht mich, Liebling", erwiderte Juanitas Mutter. „Zwischen Damien und dir bestand doch bisher so gut wie gar kein Kontakt."

„Ja, richtig."

„Was ist passiert? Bitte sag es mir."

„Das kann ich jetzt nicht", wehrte Juanita ab. „Weißt du, wo ich Damien vielleicht erreichen kann?"

„Lass mich überlegen ... Steht nicht in den nächsten Wochen der ‚Adelaide Grand Prix' an? Normalerweise findet er ungefähr zum Zeitpunkt des ‚Melbourne Cups' statt – oder verwechsele ich ihn jetzt mit dem ‚Gold Coast Indy Grand Prix'? Genaueres müsste dein Vater wissen."

„Und wo kann ich Vater erreichen?"

Juanita hörte ihre Mutter verhalten lachen. „Du weißt doch, wie schwer das bei ihm zu sagen ist."

„Macht nichts, Ma, dann werde ich eben als Nächstes versuchen, Ort und Termin aller bevorstehenden Grand-Prix-Rennen zu erfragen."

„Das wird wohl am besten sein", bestätigte Juanitas Mutter. „Und unabhängig davon werde ich, sobald ich von Damien höre, ihm deinen dringenden Wunsch nach einem Gespräch ausrichten. Liebling, ich habe dich schon so lange nicht mehr gesehen. Was macht deine Arbeit? Und wie geht es dir?"

„Alles bestens", log Juanita. „Wir ... wir werden uns sicher bald einmal wiedersehen, Ma."

„Das würde mich freuen. Als Mutter war ich zwar nie ein Glucken-Typ, aber ..."

„Ma, ich muss jetzt leider Schluss machen", fiel ihr Juanita hastig ins Wort. „Aber ich schau bestimmt bald einmal vorbei. Ist fest versprochen! Tschüs."

Juanita führte mehrere weitere Telefongespräche, die Aufschluss darüber gaben, dass als nächstes Autorennen der „Adelaide Grand Prix Cup" in wenigen Wochen bevorstand. Doch nicht einmal Damiens Sponsor-Firma wusste Näheres über seinen augenblicklichen Aufenthalt – außer dass er wohl irgendwo in der Gegend um Adelaide zu finden sei.

Immerhin, dachte Juanita, wird es für Xanthe ebenso schwer wie für mich sein, herauszufinden, wo genau Damien im Augenblick steckt. Mit diesem beruhigenden Gedanken versuchte Juanita, sich ihrer Arbeit zuzuwenden. Aber irgendwie wollte nichts so richtig klappen. Statt sich – wie eigentlich beabsichtigt – auf Detailplanungen zu konzentrieren, irrte Juanita von einem Raum in den anderen und versuchte, sich möglichst viele Einzelheiten einzuprägen, die noch überdacht werden mussten.

Immer wieder drängte sich der Gedanke an Gareth in ihr Bewusstsein und nahm ihr ungewollt die Konzentration.

„Das war Gareth", sagte Wendy, als sie den Telefonhörer auflegte. Erleichtert fügte sie hinzu: „Er hat Xanthe gefunden. Zum Abendessen werden beide zurück sein."

„Oh", machte Juanita überrascht, die mit Wendy und den Zwillingen gerade zu Mittag aß. „Ist das wirklich wahr?"

„Ja", erwiderte Wendy und wandte sich gleich darauf ihrem kleinen Bruder zu. „Übrigens, Steven, besteht ein Butterbrot mehr aus Brot als aus Butter und nicht umgekehrt. Und ein halbes Glas Marmelade gehört auch nicht unbedingt auf ein Brot."

„So viel an Butter und Marmelade habe ich aber doch gar nicht auf mein Brot geschaufelt", erhob Steven prompt Protest.

„Sogar viel zu viel", stellte Wendy mit strenger Stimme klar. „Denk daran, was Ma erzählt hat. Als sie noch Kind war, durfte sie entweder nur Butter oder Marmelade aufs Brot streichen, nicht beides zusammen."

Gekränkt sah der kleine Steven seiner Zwillingsschwester Rebecca über die Schulter, als wollte er sich vergewissern, ob auch wirklich nicht der leibhaftige Geist der Mutter im Zimmer schwebte, bevor er trotzig auftrumpfte: „Wäre bloß schon Gareth wieder hier! Der weiß wenigstens, was ein Junge braucht, wenn er endlich groß werden will!"

Stevens Wunsch nach möglichst rascher Rückkehr Gareths berührte Juanita auf seltsame Weise und gab den Anlass zu einer spontanen Entscheidung. „Ich werde heute nicht über Nacht hierbleiben, sondern wieder in die Stadt fahren, Wendy", erklärte Juanita so beiläufig wie möglich. „Aber dafür werden ja Gareth und Xanthe bei euch sein."

Wendy wirkte ziemlich überrascht. „Aber Sie werden doch wiederkommen, oder?"

Juanita lächelte ihr zu. „Bis ich meinen Auftrag komplett erledigt habe, dauert es noch eine Weile – und lange genug, dass ihr froh sein werdet, wenn ich endlich weg bin."

Wie aus einem Munde erhoben Wendy und ihre Zwillingsgeschwister entschiedenen Protest, der Juanitas Seele zwar einerseits gut tat, gleichzeitig aber auch Angst vor dem Augenblick weckte, wenn es endgültig Abschied zu nehmen galt …

„Weiß Gareth überhaupt, dass Sie für einige Tage weg sein werden?", erkundigte sich Wendy.

Juanita zögerte. „Nein, noch nicht, aber ich hinterlasse ihm eine entsprechende Nachricht. Außerdem denke ich, dass es für Gareth und seine Schwester in der augenblicklichen Situation ganz gut sein wird, in den nächsten Tagen keine Fremde im Haus zu haben." Und rasch wechselte sie das Thema.

Als Juanita gut eine Stunde später davonfuhr, winkten Wendy, Rebecca und Steven ihr noch lange nach. Warum macht mich das traurig, dachte Juanita mit nachdenklichem Blick in den Rückspiegel. Warum entwickele ich familiäre Gefühle für Menschen, die ich doch in Wahrheit kaum kenne? Und warum kneife ich jetzt? Vielleicht …

„Hier also arbeitest du!"

Gareth Walker stand im Türrahmen und blickte das winzige Büro, das kaum mehr Möbeln Platz bot als dem Schreibtisch, an dem Juanita gerade arbeitete. Drei Tage waren vergangen, seit sie Walkers Villa verlassen hatte.

„Ha... hallo!“ Juanita sah überrascht hoch. Mit Gareths Besuch in ihrem Büro bei BLUEMOON hatte sie wirklich nicht gerechnet.

„Hallo Juanita!“ Mit anerkennendem Blick musterte Gareth ihren stilvollen einreihigen Blazer, worunter sie ein mintfarbenes Shirt trug, dessen Farbe sich in ihrem Haarband wiederholte. „Woran arbeitest du gerade, wenn ich fragen darf?“

„An ... an den Plänen für deine Villa natürlich“, erwiderte Juanita mit kurzem Blick auf die Zeichnungen vor ihr auf dem Schreibtisch.

„Schön, das zu hören.“ Gareth zeigte sich erleichtert. „Nachdem ich bis auf die kurze Notiz tagelang nichts von dir gehört habe, dachte ich schon, dich würde mein Auftrag nicht mehr interessieren. Um wie viel Uhr machst du Feierabend?“

„Eigentlich wollte ich noch bis sechs arbeiten.“

„Gut, ich hole dich dann ab.“

Wie gebannt sah Juanita Gareth an. „Warum?“

Er lächelte. „Sag mal, hast du den Kuss schon vergessen? Ich möchte dich zum Abendessen einladen und mit dir über einige Dinge sprechen. Umzuziehen brauchst du dich übrigens nicht. Du siehst blendend aus.“

Pünktlich um sechs Uhr abends holte Gareth Juanita bei BLUEMOON ab und fuhr mit ihr in einem Taxi zu dem Restaurant, das er ausgesucht hatte.

Gareth wirkte eleganter, als Juanita ihn je gesehen hatte. Zu einem weißen Hemd und heller Krawatte trug er einen bordeauxroten Anzug, der seine ohnehin sportliche Statur besonders vorteilhaft zur Geltung brachte. Im ganzen Restaurant gab es nur wenige Frauen, die ihm nicht ab und zu einen scheinbar zufälligen Blick zuwarfen.

„Wie geht es Xanthe?“, erkundigte sich Juanita und nippte an dem Drink, den der Kellner gerade gebracht hatte.

„Sie befindet sich momentan in Perth“, erklärte Gareth.

Juanita stutzte. „In Perth? Das ist eine ganze Ecke von Adelaide entfernt.“ Vorschnell war damit ausgesprochen, was Juanita eigentlich nur unwillkürlich gedacht hatte.

„Adelaide – wo dein Bruder Damien sich aufhält? Ja.“ Gareth lächelte. „Und in Perth wohnt meine älteste Schwester. Dorthin habe ich Xanthe gebracht.“

„Und sie ist freiwillig mitgekommen?“

„Mehr oder weniger. Den Ausschlag hat eigentlich ein Bild in der Zeitung gegeben, das Damien in Begleitung seiner neuen Flamme zeigt – übrigens auch noch ein Mädchen, das Xanthe kennt und das sie schon lange im Kampf um die Gunst deines Bruders auszustechen versucht. Gut, dass Xanthe dieses Duell verloren hat. So war sie wenigstens bereit, sich nach Perth bringen zu lassen.“ Gareth griff nach seinem Glas und nahm einen großen Schluck.

„Mir tut diese ganze Sache so wahnsinnig leid – auch wenn ich damit eigentlich überhaupt nichts zu tun habe“, gestand Juanita leise. „Ich … ich habe inzwischen mit meinem Bruder telefoniert und versucht, ihm klarzumachen, wie rücksichtslos er mit den Gefühlen anderer umgeht. Er …“ Juanita setzte ihr Glas ab und senkte den Blick. „Eigentlich spielt es jetzt sowieso keine Rolle mehr, wie Damien reagiert hat.“

„Doch. Hat er Überraschung geheuchelt? Oder sich verteidigt?“, forschte Gareth.

„Beides. Mein Bruder behauptet, Xanthe nie darüber im Zweifel gelassen zu haben, dass er keine feste Bindung wünscht. Selbst wenn diese Behauptung stimmt, rechtfertigt dies nicht im Geringsten sein Verhalten, und das habe ich ihm auch überdeutlich gesagt.“

Gareth sah Juanita nachdenklich an. „Heißt das – du hast die Beziehung zu deinem Bruder abgebrochen?“

Sie zuckte die Schultern. „Wir haben uns nie nahegestanden.“

„Nun …“ Gareth Walker griff zur Menükarte und versuchte, von dem für Juanita offenbar unliebsamen Thema abzulenken. „Was essen wir? Empfehlen kann ich Chateaubriand, die Spezialität des Hauses.“

„Ein… einverstanden!“, stimmte Juanita verlegen zu.

Nachdem der Kellner die Bestellung entgegengenommen hatte, lehnte Gareth sich bequem zurück und fragte: „Kannst du dir vorstellen, worüber ich mit dir noch gern sprechen möchte?“

Juanita zögerte, bevor sie nickte.

„Wollen wir“, schlug Gareth vor, „erst in aller Ruhe essen, bevor wir darüber reden?“

Wortlos nickte Juanita erneut.

Das Restaurant, in das Gareth Juanita zum Abendessen eingeladen hatte, befand sich in „Rocks Area“, der Altstadt von Sydney. Eine zum Restaurant gehörende Terrasse bot einen fantastischen Blick auf den Hafen der Millionenstadt, auf das weltberühmte Opernhaus und die gigantische Hafenbrücke von Sydney. Hier tranken sie nach dem ausgezeichneten Essen noch einen Kaffee.

Die Dunkelheit war inzwischen hereingebrochen, und unter sternenklarem Himmel spiegelte sich das fahle Licht des Mondes auf dem Wasser. Die Silhouette der Millionenstadt im Hintergrund mit ihren unzähligen Lichterketten wirkte zu dieser Stunde noch beeindruckender als tagsüber.

Gedankenverloren blickte Juanita über den Hafen.

„Wo wohnst du?“, erkundigte sich Gareth.

„Auf der anderen Seite des Hafens – an der ‚Lavender Bay‘. Meine Eltern haben mir dort eine Eigentumswohnung gekauft.“

„Und von dort fährst du jeden Tag mit dem Wagen ins Büro?“

Juanita schüttelte den Kopf. „Viel einfacher ist es, den Bus nach Chatswood zu nehmen.“

„Gefällt es dir, wo du wohnst?“, fragte Gareth Walker weiter.

„Ja, durchaus“, gab Juanita eher gedehnt als überzeugt zurück. „Ich mag meine Wohnung, den Ausblick von dort und die Möglichkeit, sogar mit der Fähre hier herüberkommen zu können, und natürlich ist die Nähe zum Opernhaus sehr angenehm und …“

„Und was ist mit deiner Sehnsucht nach dem Leben auf dem Land?“, fiel Gareth Juanita ins Wort. „Könntest du dir vorstellen, in meiner Villa zu wohnen?“

„Ich glaube, ich habe dir, was das Landleben betrifft, schon allerhand von meinen Kindheitsträumen erzählt.“ Juanita spürte, dass sie, ohne es zu wollen, errötete.

„Ja, du hast davon berichtet.“

„Dann ist deine Frage doch wohl beantwortet.“

Gareth beugte sich vor. „Vielleicht. Aber ich habe den Eindruck, dass du dich von deinen eigenen Träumen mitunter mit Gewalt lossagst, Juanita. Zum Beispiel, als du vor drei Tagen einfach sang- und klanglos weggefahren bist, obwohl es dir doch angeblich in meinem Haus gefällt. Oder zum Beispiel, als du dich in der Vollmondnacht den Berührungen buchstäblich entrissen hast, die du doch eigentlich selbst liebend gern wolltest."

Juanitas Verlegenheit verstärkte sich. „Ich ... ich möchte einfach nicht, dass du außer Xanthe, Wendy und den Zwillingen auch mich noch am Hals hast. Aber diese Einsicht habe ich wirklich erst gewonnen, als in der besagten Vollmondnacht Xanthe auf der Terrasse erschienen ist und uns plötzlich angeschrien hat."

Gareths Gesicht verriet völlige Verblüffung. „Was soll das denn heißen – außer Xanthe, Wendy und den Zwillingen auch dich noch am Hals zu haben?"

Juanita schluckte. „Sieh mal, Gareth", sagte sie leise, „du hast nicht nur die Arbeit an deinem Buch, die dir im Augenblick schwer zu schaffen macht. Du hast Xanthe, um die du dich nach Kräften kümmerst. Und du hast gleichzeitig obendrein Wendy und die Zwillinge um dich, denen du den Vater zu ersetzen versuchst. Ihnen allen tust du Gutes, weil du mit ihnen fühlst. Und ich ..." Juanita zögerte, während sie gegen die aufsteigenden Tränen mit Macht ankämpfte. „Ich will dein Mitgefühl nicht obendrein auch noch vereinnahmen."

„Warum?" Gareth betonte, fassungslos wie er war, beide Silben mit ungeheurem Nachdruck.

„Warum – was?"

„Warum sollte ich Mitleid mit dir haben, Juanita?"

Sie senkte den Blick. „Weißt du das denn wirklich nicht, Gareth?"

„Weil du hinkst und manchmal stotterst – willst du darauf hinaus? Das sind Dinge, die mich nicht im Geringsten stören ..."

„Aber dich doch bestimmt irgendwann stören werden", erwiderte Juanita mit fast tonloser Stimme.

Gareth schüttelte entschlossen den Kopf. „Mit Sicherheit nicht. Schau mal, deine Gehbehinderung ist wirklich geringfügig, und dein Sprachfehler wird nur erkennbar, wenn du nervös wirst – und beides zusammen, Gehbehinderung und Sprachfehler, geben dir in dieser kaum wahrnehmbaren Ausprägung fast so etwas wie ... zusätzlichen Charme. Wobei ..." Gareth sah Juanita tief in die Augen. „... ich mich allerdings insgeheim auch schon gefragt habe, ob deine Gehbehinderung etwas mit mangelndem Selbstvertrauen zu tun haben könnte."

Juanita riss die Augen auf. „Du meinst – meine körperliche Behinderung geht in Wahrheit auf seelische Ursachen zurück?"

„Möglicherweise", erwiderte Gareth. „Gibt es denn irgendwelche organischen Befunde, die das Gegenteil belegen?"

„Ich ...", gab Juanita zögernd zu, „war schon lange nicht mehr beim Arzt. Auch meine Mutter drängt bereits seit einiger Zeit darauf, dass ich mich endlich neu untersuchen lasse. Aber irgendwie habe ich mich bisher instinktiv immer wieder dagegen gesträubt."

„Du hast wahrscheinlich nach allem, was hinter dir liegt, von Ärzten und Krankenhäusern einfach die Nase voll", gab Gareth zu bedenken. „Trotzdem wäre es nur gut für dich, möglichst bald einen Arzt aufzusuchen. Aber jetzt sollten wir aufbrechen. Es sieht sehr nach Regen aus."

„Du bist nicht mit dem Wagen hier?"

„Doch, eigentlich schon. Aber der Motor ist nicht in Ordnung. Irgendetwas stimmt mit dem Vergaser nicht. Die Autowerkstatt in Mittagong kann den Fehler nicht finden. Jetzt habe ich den Wagen hier in Sydney in eine Vertragswerkstatt gebracht, wo ich ihn aber erst morgen wieder abholen kann."

Juanita spürte einen kleinen Stich im Herzen. Gareth war nicht allein ihretwegen, sondern auch wegen einer Autoreparatur nach Sydney gekommen. Ob er über Nacht in der Stadt bleiben wollte?

„Für den Rückweg nach Hause werde ich mir ein Taxi nehmen", erklärte Gareth, als hätte er Juanitas Gedanken erraten.

„Und ich werde von hier die Fähre nehmen. Für mich ist das der kürzeste Weg nach Hause." Juanita zögerte einige Sekunden, bevor sie hinzufügte: „Hast du Lust, noch auf einen Sprung mit zu mir zu kommen? Dann siehst du, wie und wo ich wohne. Das Taxi kannst du ebenso gut von ‚Lavender Bay' aus bestellen."

Gareth nickte. „Einverstanden."

Vom Restaurant aus war es nur ein Fußweg von wenigen Minuten bis zum Fähranleger. Inzwischen waren dichte Wolken aufgezogen und verdeckten den Mond. Schwüle Luft lastete über Sydney und ließ ein bevorstehendes Gewitter erahnen. In der Ferne grollte es bereits bedrohlich. Juanita war froh, gemeinsam mit Gareth den „Circular Quay" gerade noch rechtzeitig zu erreichen, bevor die Fähre ablegte.

Doch genau in dem Augenblick, als Juanita und Gareth auf der gegenüberliegenden Hafenseite das Schiff wieder verließen, brach schlagartig das Gewitter los. Gleichzeitig schien der Himmel sämtliche Schleusen zu öffnen, und ein Platzregen setzte ein, der Juanita und Gareth in Sekundenschnelle bis auf die Haut durchnässte.

Schützend legte Gareth den Arm um Juanita. „Wo geht es lang?"

„Hier, diese Stufen hoch. Meine Wohnung befindet sich in dem Block genau vor uns", erwiderte Juanita atemlos.

„Du siehst aus, als wärest du schon halb ertrunken." Gareth schmunzelte.

„So fühle ich mich auch. Du siehst übrigens auch nicht viel besser aus. Dein Anzug dürfte hinüber sein."

„Das glaube ich nicht", widersprach Gareth und ergänzte gespielt erstaunt: „Schafe werden schließlich auch nass, ohne dass ihre Wolle darunter leidet."

Eine Minute später hatten Gareth und Juanita Schutz vor dem Unwetter in ihrer Wohnung gefunden, die bemerkenswert stilvoll eingerichtet war. Anerkennend glitt Gareths Blick über Tapeten und Teppiche, auf denen lichtgraue Farbtöne dominierten. Exakt darauf war das leuchtende Blau der Ledergarnitur abgestimmt die – wie das übrige Mobiliar – so gruppiert war, dass die Wohnung noch wesentlich größer wirkte, als sie tatsächlich war. Vor allem aber bestach die gesamte Inneneinrichtung durch die optimale Abstimmung mit dem fantastischen Ausblick, den fast alle Fenster auf den Hafen von Sydney boten. Die Wohnung bewies eindrucksvoll, wie sehr Juanita zu ihrem Beruf als Innenarchitektin befähigt war.

Während Juanita duschte, hatte Gareth versucht, seinen klatschnassen Anzug so gut es ging mit dem Wäschetrockner auf Vordermann zu bringen. Danach hatte er sich ein wenig in der Wohnung umgesehen und schließlich telefonisch ein Taxi bestellt. Als Juanita aus dem Badezimmer kam, stand Gareth gedankenverloren vor dem Wohnzimmerfenster und sah auf den von immer neuen Gewitterblitzen erhellten Hafen. „Deine Wohnung gefällt mir."

„Danke", sagte Juanita. „Wann kommt dein Taxi?"

„Erst in gut einer Stunde. Bei dem schlechten Wetter sind alle Wagen im Einsatz." Gareth musterte Juanita, die jetzt – mit noch immer etwas feuchtem Haar – weiße Jeans, eine schwarze Bluse und Silbersandaletten trug. „Makellos wie immer", kommentierte er lächelnd.

„Das sehe ich nicht so." Juanita wies einladend auf die blaue Ledergarnitur. „Setz dich doch. Möchtest du etwas trinken?"

„Nein danke." Gareth nahm auf einem der Sessel Platz. Auf der Rücklehne hing noch das Handtuch, mit dem er sich Minuten zuvor notdürftig das Haar trockengerieben hatte. „Im Restaurant haben wir über mehrere wichtige Dinge gesprochen. Aber ein Punkt ist noch offen geblieben."

Juanita spürte ein eigenartiges Kribbeln im Bauch. „Nämlich?"

„Nämlich der eigentlich bedeutsamste Punkt überhaupt: dass wir beide ein Auge aufeinander geworfen haben – und zwar bemerkenswerterweise von der ersten Minute an."

Atemlos schwieg Juanita.

„Dies ist vor allem deshalb erstaunlich", fuhr er mit ruhiger Stimme fort, „weil ich gleich bei unserer ersten Begegnung ganz unter dem Eindruck des Vorurteils stand, es wieder einmal mit einem Menschen zu tun zu haben, der so rücksichtslos egoistisch, arrogant und gemein wie beispielsweise dein Bruder ist. Damit habe ich dich allein aufgrund deiner Zugehörigkeit zur Spencer-Hill-Familie automatisch, aber völlig zu Unrecht, auf eine Stufe mit Damien gestellt, auf den ich wütend war und wütend bin ..."

„Ohne allerdings die Beziehung zwischen ihm und deiner Schwester Xanthe auch nur mit einem Wort zu erwähnen", ergänzte Juanita spitz und dachte daran, wie herablassend Gareth sie gleich bei der Begrüßung in seiner Villa behandelt hatte.

„Richtig. Aber von der Beziehung zwischen Xanthe und Damien habe ich bei dieser ersten Begegnung mit dir nur deshalb kein Wort erwähnt, weil es zu diesem Zeitpunkt so aussah, als hätte Xanthe deinen Bruder längst vergessen."

„Wieso das denn?" Juanita wirkte ehrlich verblüfft.

Gareth sah sie ernst an. „Weil ich meiner Schwester in vielen vorangegangenen Gesprächen versucht habe klarzumachen, wie gut es für sie wäre, mit deinem Bruder so schnell wie möglich Schluss zu machen."

„Aber das hat Xanthe doch offenbar nicht getan?"

„Sie hat mir versprochen, die Beziehung zu Damien zu beenden", erklärte Gareth. „Allerdings zweifelte ich daran, dass sie dieses Versprechen halten würde. Insgeheim befürchtete ich, sie könnte sich deinem Bruder doch wieder an den Hals werfen."

„Und so war es ja wohl auch", bemerkte Juanita.

„Eben nicht", widersprach Gareth. „Dein Bruder ging wegen irgendwelcher Autorennen nach Übersee, und meine Schwester blieb hier. So wenig ich damit gerechnet hatte, so sehr war ich daraufhin davon überzeugt, dass zwischen Xanthe und Damien tatsächlich Schluss sei."

„Und dann?", fragte Juanita gespannt.

„Und dann habe ich – beruhigt wie ich war – mein neues Buch zu schreiben begonnen. Ich stürzte mich so stark in Arbeit, dass ich die aktuellen Entwicklungen überhaupt nicht mehr mitbekam."

„Welche aktuellen Entwicklungen?"

„Dein Bruder kam aus Übersee nach Australien zurück. Und meine Schwester hatte nichts Eiligeres zu tun, als wieder mit ihm zu gehen. Doch davon ahnte ich nichts, als du und ich uns das erste Mal in meiner Villa begegnet sind. Ich befand mich in dem Irrglauben, die leidige Beziehung zwischen Xanthe und Damien sei Schnee von gestern und es würde nur längst verheilte Wunden aufreißen, dich darauf anzusprechen. Dass meine Schwester zu diesem Zeitpunkt die Beziehung zu deinem Bruder wieder aufgenommen hatte und schließlich von ihm den Laufpass bekommen hat, das habe ich erst an dem Tag erfahren, als du und ich am Swimmingpool saßen und Xanthe plötzlich in völlig aufgelöstem Zustand erschien."

Juanita riss die Augen auf. „Dann hattest du nicht von Anfang an vor, kaum dass sich unsere Wege kreuzten, an mir Rache zu nehmen?"

„Rache – wofür?" Gareths Gesicht verriet echte Überraschung, und Juanita spürte, dass diese Überraschung nicht gespielt war.

„Rache dafür, dass mein Bruder mit deiner Schwester offenbar immer wieder reichlich rücksichtslos umgegangen ist."

Gareth Walker schüttelte entschieden den Kopf. Dann lächelte er plötzlich. „Ganz im Gegenteil! Trotz der unbegründeten Vorbehalte, die ich dir in deiner Eigenschaft als Spencer-Hill-Familienangehörige zunächst entgegenbrachte, hast du mich irgendwie von Anfang an bezaubert – und ich denke, das habe ich dir auch deutlich genug signalisiert. Aber ..."

„Aber gleichzeitig denkst du noch immer an deine verstorbene Frau, nicht wahr?", sagte Juanita leise. Jetzt war endlich die Frage gestellt, die sie oft genug insgeheim beschäftigt und ebenso oft wieder verdrängt hatte. „Deine Frau bedeutete für dich die Liebe deines Lebens, und du kannst sie einfach nicht vergessen: So ist es doch, oder?"

Gareth ließ sich mit seiner Antwort Zeit. „Nun, neun Jahre sind eine lange Zeit, um Erinnerungen in Liebe verbunden zu bleiben", sagte er schließlich. „Dies gilt erst recht, wenn man – wie ich – nur zwei Jahre verheiratet war, bevor ..." Gareth Walker räusperte sich. „... dieser schreckliche Verkehrsunfall auf dunkler, regennasser Fahrbahn passiert ist. Als ich Linda heiratete, habe ich geglaubt, sie mehr als mein eigenes Leben zu lieben. Aber schon nach einiger Zeit fühlte ich, wie sehr ich in Wahrheit meine bisherige Freiheit vermisste. Und auch Linda wurde bereits bald immer unglücklicher."

„Warum?", flüsterte Juanita.

„Obwohl wir ein Haus in Rom hatten, war ich kaum zu Hause. Mein Beruf brachte es mit sich, dass ich rund um den Erdball reiste. Ich war nicht einmal zu Hause, als unser kleiner Sohn geboren wurde. Bald merkte ich selbst, dass ich eigentlich kein Mann zum Heiraten bin."

„Aber du hast doch dieses ruhelose Leben als Journalist inzwischen längst aufgegeben", wandte Juanita leise ein. „Ich sage das nicht, weil ich dich zu einer Wiederheirat ermutigen will, aber ..."

Gareth sah Juanita an, als könnte er in ihre Seele blicken. Behutsam schüttelte er den Kopf. „Ich bin bis heute kein Mann zum Heiraten, denn meinen früheren Lebensstil habe ich keineswegs vollständig aufgegeben. Auch wenn ich inzwischen nicht mehr als Journalist tätig bin, ist die Reiselust geblieben, die jetzt lediglich anderen Zwecken dient, nämlich den Recherchen für meine Bücher. Mir macht es immer noch Spaß, heute hier und morgen dort zu sein. Im Übrigen gibt es Perioden, in denen ich unausstehlich bin."

„Vor ähnlichen Problemen dürften viele verheiratete Frauen stehen", gab Juanita zu bedenken. „Schließlich gibt es genug Männer, bei denen die Karriere an erster Stelle steht, während die eigene Frau sich mit dem zweiten Rang begnügen muss. Wenn du ehrlich bist, Gareth, hält dich sicher noch ein völlig anderer Grund davon ab, erneut zu heiraten."

Arglos hob er die Augenbrauen. „Nämlich?"

„Nämlich die Einsicht, dass Treue nicht gerade deine Stärke ist. Eine Gemeinsamkeit, die dich mit Damien verbindet."

„Ich gehe jedenfalls mit Frauen keineswegs so rücksichtslos um wie dein Bruder", wehrte Gareth ab. „Oder willst du etwa darauf hinaus, ich sei ein Typ wie er?"

Ohne lange nachzudenken, beschloss Juanita von einer Sekunde zur nächsten, aufs Ganze zu gehen. „Und willst du etwa darauf hinaus, dass wir eine Liebesbeziehung beginnen, die keine Zukunft hat?"

Die Blicke der beiden begegneten sich.

„Du sprichst genau den springenden Punkt an, Juanita", entgegnete Gareth ebenso leise wie eindringlich. „Eine Liebe, die keine Zukunft hat, ist genau das, was ich dir nicht zumuten will. Deswegen möchte ich dir in aller Offenheit sagen, dass ein Verhältnis zwischen uns undenkbar ist. Nicht weil du es mir nicht wert wärest, sondern umgekehrt: Ich, ganz allein ich bin derjenige, der kein Verhältnis wert ist."

Endlos lange Sekunden herrschte geradezu beklemmende Stille. Gareth schwieg, Juanita schwieg, und nur von draußen drang das dumpfe Grollen des allmählich abziehenden Gewitters in die Wohnung.

„Meinst du nicht", sagte Juanita schließlich leise, „dass du die Dinge reichlich einseitig siehst? Ich denke nämlich ganz anders darüber."

„Und ich möchte nicht – ich sage es dir noch einmal –, dass du auf eine Liebe hoffst, die sich einfach nicht erfüllen kann", hielt Gareth ihr entgegen. „Ich kenne dich zwar noch nicht lange, aber immerhin bereits gut genug, um genau zu wissen, wie wichtig für dein weiteres Leben Werte wie beispielsweise Beständigkeit und Familienleben sein werden – Dinge, die ich dir, wie ich aus meiner Ehe mit Linda weiß, wirklich nicht bieten kann, ohne mich selbst unglücklich zu machen. Und gerade weil ich diese Werte nicht gewährleisten kann, werde ich nicht wieder heiraten. Weder dich noch eine andere Frau."

„Und wenn ich selbst gar nicht heiraten, sondern nur ein Verhältnis haben möchte ...?", hob Juanita heiser an, wurde aber von Gareth fast schroff unterbrochen.

„Es wäre töricht von dir, dich auf eine zweitbeste Lösung einzulassen, solange die beste für dich ohne Weiteres erreichbar ist. Ich bin doch nicht blind und weiß ganz genau, dass du – attraktiv wie du bist – den Mann deiner Träume auf kurz oder lang finden und heiraten wirst; und nicht nur Männer, die gern mal mit dir ins Bett gehen würden. Ich gehöre im Grunde auch dazu, bin aber immerhin ehrlich genug, es auch offen zuzugeben."

Während es Juanita nur mühsam gelang, die aufsteigenden Tränen zu unterdrücken, schoss ihr unwillkürlich ein gewagter Gedanke durch den Kopf. Doch bevor sie ihn aussprach, warnte eine innere Stimme: Sag es nicht! Warum denn nicht? dachte Juanita. Sie holte tief Luft und sprach – gegen die Warnung der inneren Stimme – den Gedanken aus.

„Vielleicht ha... hast du recht, und es ist für uns beide besser so. Aber be... bestimmt wäre es unter den gegebenen Umständen auch be... besser, wenn ich von der weiteren Auftragsabwicklung a... absehe und du eine a... andere Firma mit der Renovierung deiner Villa beauftragst. We... wenn sich die Wege trennen, dann ganz!"

Nachdenklich sah Gareth Walker Juanita an. „Wie würde sich das auf deine Position bei BLUEMOON auswirken?"

Juanita spürte einen Stich im Herzen – nicht aus Angst um ihren Job, sondern weil Gareth ungleich gelassener als erwartet reagierte.

„Wahrscheinlich überhaupt nicht“, gab sie sich gleichgültig. „Aufträge haben wir schließlich mehr als genug.“

„Wirklich?“ Gareth sah Juanita skeptisch an. „Wie auch immer. Solltest du trotzdem auch nur die geringste Schwierigkeit mit deiner Firma befürchten, kann ich von mir aus mein Interesse an der Erteilung des Renovierungsauftrages mit der Begründung zurückziehen, mir sei die Sache unterm Strich zu teuer. Daraus kann BLUEMOON dir schließlich keinen Vorwurf machen, oder?“

„Mach dir keine Sorgen.“ Juanita winkte betont unbeschwert ab. „Danke, dass du mir helfen willst. Nötig ist es aber wirklich nicht.“

In ihre Worte mischte sich ungeduldiges Hupen vor dem Haus. Offenbar war das Taxi vorgefahren.

Er stand auf und strich Juanita behutsam über das Haar. „Wäre es dir lieber gewesen, wenn ich dir das, was zu sagen war, erst gesagt hätte, nachdem wir zusammen im Bett gewesen wären?“

Juanita schwieg.

„Zwei Dinge zu guter Letzt.“ Gareth versuchte zu lächeln, aber seine tiefblauen Augen wirkten ernst. „Ich werde dich als ebenso attraktive wie tapfere Frau in Erinnerung behalten. Und: Dein erster Eindruck von mir war völlig richtig. Falsch waren nur deine Vermutungen, warum ich mich dir gegenüber so und nicht anders verhalte. Adieu, Juanita!“

Noch einmal strich er ihr ganz sanft über die Wangen und war im nächsten Augenblick auch schon verschwunden.

7. KAPITEL

Gleich am nächsten Tag führte Juanita ein Gespräch mit ihrem Chef bei BLUEMOON – einem Mann, der zugleich Teilhaber der Firma war. Neben Umsicht, Sachkunde und kaufmännischem Geschick zeichnete ihn seine Offenheit als Gesprächspartner aus.

„Was um alles in der Welt erwarten Sie von mir, Juanita?“, erkundigte sich ihr Chef stirnrunzelnd. „Aufträge soll man sich nicht leichtfertig entgehen lassen – erst recht nicht, wenn es sich wie bei Ihnen um den ersten selbstständig wahrgenommenen Auftrag überhaupt handelt. Die Chance dazu wird Ihnen eher geboten als anderen Berufsanfängern.“

„Die Firma wird den Auftrag nicht verlieren“, erwiderte Juanita.

„Wenn Sie ihn nicht ausführen – wer dann? Keiner hier bei uns im Haus hat momentan Kapazitäten frei. Und niemand außer Ihnen verfügt über spezielle Fachkenntnisse auf dem Gebiet der Renovierung alter Landhäuser.“

„Ich weiß Ihr Vertrauen in mich wirklich sehr zu schätzen“, wandte Juanita ein, „aber ...“

„Welcher Grund bewegt Sie zu der Bitte, von der weiteren Durchführung dieses Auftrages freigestellt werden zu wollen?“

Juanita zögerte.

„Überfordert Sie die Größenordnung?“, erkundigte sich ihr Chef, und als Juanita die Frage verneinte, forschte er weiter: „Gibt es Probleme mit Gareth Walker? Hat er ein Auge auf Sie geworfen? Das sollte sein und nicht Ihr Problem sein!“

„Wahrscheinlich mangelt es mir einfach an Selbstbewusstsein“, sagte Juanita leise und dachte unwillkürlich daran, dass sie lernen musste, ihre Emotionen zu zügeln, wenn sie im harten Geschäftsleben bestehen wollte.

„Jetzt zeigen Sie mir am besten zunächst einmal Ihre bisher erarbeiteten Entwürfe“, schlug Juanitas Chef vor. „Wir sehen uns die Unterlagen gemeinsam an, und danach werde ich Ihnen sagen, was ich davon halte.“

Genau eine Stunde später stand sein Urteil fest.

„Juanita, Sie haben erstklassige Arbeit geleistet“, lobte der Chef. „Und jetzt nehmen Sie bitte all Ihren Mut zusammen und suchen Gareth Walker auf. Zeigen Sie ihm die Präsentationsmappe mit Ihren Entwürfen, und seien Sie ganz sicher: Er wird ebenso begeistert wie ich reagieren.“

Hoffentlich, dachte Juanita, will Gareth Walker mich überhaupt wiedersehen.

„Du wunderst dich bestimmt, dass ich wieder hier bin.“

Es war ein verregneter Nachmittag, zwei Tage später, als Juanita Gareth in dessen Arbeitszimmer gegenüberstand. Wendy hatte die Haustür geöffnet – überhaupt nicht überrascht, aber hocherfreut, Juanita wiederzusehen.

„Setz dich doch!“ Gareth fuhr sich mit der Hand durch das Haar. Er wirkte blass und müde.

„Mit meiner Vermutung, ein Kollege könnte die weitere Betreuung deiner Hausrenovierung übernehmen, lag ich falsch“, erklärte Juanita, während sie Platz nahm. „Meine Firma wünscht, dass ich mit diesem Auftrag betraut bleibe.“

„Ich verstehe.“ Gareth Walker nickte.

„Zur weiteren Abwicklung des Auftrages bin ich auch bereit“, fuhr Juanita fort. „Inzwischen glaube ich selbst, dass es für mein Ansehen in der Firma wichtig sein wird, am Ball zu bleiben. Deswegen bin ich hier.“ Juanita öffnete ihren Aktenkoffer und zog einen Schnellhefter hervor. „Ich habe dir eine komplette Präsentationsmappe mitgebracht. Sie enthält sämtliche Vorschläge zur Renovierung der einzelnen Räume einschließlich Zeichnungen, Materiallisten und Kostenkalkulationen. Möchtest du dir die Mappe einmal ansehen?“

„Aber gerne.“

„Der unterschriftsfertig vorbereitete Vertrag ist ebenfalls in der Mappe abgeheftet.“

„Gut“, sagte Gareth und vertiefte sich in den Schnellhefter. Es dauerte zwanzig Minuten, bis er die Unterlagen komplett studiert hatte. Hin und wieder stellte er eine ergänzende Frage, konzentrierte sich sonst aber schweigend auf die Lektüre des Schnellhefters.

Schließlich schaute er hoch. „Gut hast du das gemacht – sogar sehr gut. Du bist wirklich hochtalentiert, Juanita!" Mit diesen Worten griff er zum Füllfederhalter und schickte sich an, den Vertrag zu unterzeichnen.

„Noch ein wichtiger Hinweis vor deiner Unterschrift", sagte Juanita. „Während der Dauer der Renovierungsarbeiten sind in gewissen Grenzen noch Auftragsänderungen möglich. Allerdings können sie bei bestimmten Materialien – beispielsweise bei Teppichböden – unter Umständen teuer werden. Wir weisen unsere Kunden gern vorher darauf hin."

„Mach dir darüber keine Sorgen." Gareth sah Juanita belustigt an. „Ich weiß, was ich will, und gehöre ganz gewiss nicht zu den problematischen Kunden, die sich einfach nicht entscheiden können, ob die Toilettenbrille rosa oder doch lieber blau sein soll."

Schwungvoll setzte Gareth Walker seinen Namenszug unter den Vertrag und stellte gleich im Anschluss daran einen Scheck aus. Beides überreichte er Juanita.

„Vielen Dank", sagte sie förmlich. „Ich ... ich werde mein Möglichstes tun, den Auftrag zügig abzuwickeln."

„Gut." Gareth erhob sich hinter dem Schreibtisch. „Übrigens weiß niemand sonst von deiner ursprünglichen Absicht, nicht wiederzukommen. Auch Wendy und den Zwillingen habe ich nichts weiter gesagt. Du kannst also wie gewohnt über das Gästezimmer verfügen."

„Prima." Juanita holte tief Luft. „Ich werde während der Renovierungsphase bemüht sein, dich nicht zu sehr zu stören. Aber wenn es dir zu viel wird, kannst du dich ja zum Glück in dein Arbeitszimmer zurückziehen."

„Im Moment bin ich froh um jede Sekunde, die ich nicht da verbringen muss", gestand Gareth. „Die Arbeit an meinem Buch läuft nämlich immer noch mehr schlecht als recht."

„Vielleicht ändert sich das bald", versuchte Juanita ihn aufzumuntern. „Meine Mutter sagt immer: Wenn man es am wenigsten erwartet, kommt plötzlich die ganz große Eingebung."

Am nächsten Vormittag fuhr Juanita nach Mittagong, um mit einigen Geschäftsleuten und Zulieferern endgültige Vereinbarungen zu treffen. Der Regen hatte über Nacht aufgehört und es herrschte wieder warmes, sonniges Wetter.

Als Juanita nachmittags zurückkehrte, parkte direkt neben dem Brunnen vor Gareths Villa ein leuchtend gelbes Cabriolet. Juanita hatte keine Ahnung, wem dieses Auto gehören könnte – aber sie sollte es bald erfahren. Denn in dem Moment, wo sie aus ihrem Wagen stieg, erschien Gareth mit einer Frau an seiner Seite auf dem Zuweg zur Villa: Laura Hennessey! Begleitet wurden Walker und die Fernsehmoderatorin von Westminster, der Juanita stürmisch begrüßte, bevor er wieder in den Stall verbannt wurde.

„Darf ich vorstellen?", wandte sich Gareth galant seiner Begleiterin zu. „Laura, dies ist Juanita Spencer-Hill – übrigens eine Ihrer Verehrerinnen."

Laura Hennessey lächelte. Sie wirkte schlank, aber kleiner als auf dem Bildschirm und strahlte perfekte Eleganz aus. Ihr attraktives Gesicht, an dem außer dem tadellosen Make-up besonders die leuchtend braunen Augen auffielen, war von blondem lockigen Haar umrankt. „Hallo Juanita", grüßte Laura Hennessey mit samtweicher Stimme. „Wie geht es Ihnen?"

Juanita fühlte sich völlig verwirrt. Was wollte Laura Hennessey bei Gareth? Weshalb besuchte sie ausgerechnet den Mann, der sie vor laufender Kamera in Grund und Boden geredet hatte? War Mrs. Hennessey womöglich gar nicht bewusst, wie sehr Gareth sie in der Öffentlichkeit regelrecht heruntergeputzt hatte? Unvorstellbar! – Aber was geht mich das eigentlich an, dachte Juanita plötzlich. Warum verfolge ich alles, was in diesem Haus geschieht, mit so großem Interesse?

„Eine Tasse Tee würde uns allen guttun", schlug Gareth vor. „Würde es Ihnen etwas ausmachen, Laura, den Tee in der Küche zu trinken? Ein Großteil des Lebens spielt sich bei uns merkwürdigerweise in der Küche ab."

„Warum sollte mir das etwas ausmachen?" Laura Hennessey lächelte erneut und hakte sich so selbstverständlich bei Gareth Walker ein, dass Juanita einen kleinen Stich im Herzen spürte.

„Gareth hat mir bereits allerhand über Sie berichtet, Juanita", erklärte Laura Hennessey später beim Tee in der Küche. „Was für ein wundervolles Haus – und welch reizvolle Aufgabe für Sie, es nach eigenen Ideen neu zu gestalten. Übrigens habe ich in der Vergangenheit Ihre Mutter, Ihren Vater und sogar Ihren Bruder für das Fernsehen interviewt. Wahrhaftig eine prominente Familie!"

„Danke", erwiderte Juanita, die nicht wusste, was sie sonst hätte sagen sollen. Irgendwie fühlte sie sich unbehaglich und zugleich gehemmt gegenüber Mrs. Hennessey, die nicht nur durch herausragende Eleganz, sondern auch durch Unbefangenheit bestach. Insgeheim fühlte Juanita Enttäuschung und Verbitterung darüber, sich bei Gareth nicht mit so lässiger Selbstverständlichkeit wie diese Frau unterhaken zu können ...

„Ihre literarische Arbeit macht mich neugierig", wandte sich Laura Gareth zu. „Wenn Sie es tatsächlich satt haben, weitere politische Thriller zu schreiben – warum versuchen Sie sich dann nicht an einem Stoff mit mehr Tiefgang? Talent haben Sie doch, oder?" Die letzte Frage klang reichlich schnippisch.

Gareths Antwort ließ nicht das leiseste Anzeichen von Unmut oder Verärgerung erkennen. „Wer klug ist", erwiderte er ruhig, „kennt seine Grenzen."

„Klugheit erfordert auch, die eigenen Grenzen unerschrocken zu erforschen", konterte Laura herausfordernd. Dann lächelte sie plötzlich. „Übrigens – ich verbringe mit Freunden ganz in der Nähe eine Urlaubswoche. Vielleicht sehen wir uns in den nächsten Tagen öfter?"

Bald darauf verabschiedete sich Mrs. Hennessey.

Wendy war bisher nicht zurückgekehrt. Sie wollte die Zwillinge abholen, die an diesem Tag erstmals nach den Windpocken wieder zur Schule gegangen waren. Kurzerhand entschloss sich Juanita, in Wendys Abwesenheit schon einmal das Teegeschirr abzuwaschen. Gerade hatte sie damit begonnen, als Gareth in die Küche kam.

„Was machst du denn da?", erkundigte er sich ironisch.

„Nichts, was von Bedeutung wäre." Sorgfältig trocknete Juanita eine Teetasse ab.

„Wenn du in meinem Haus Geschirr abwaschen kannst, fühlst du dich in Zukunft hoffentlich auch imstande, dich an einem zivilisierten Gespräch zu beteiligen, wenn Besuch anwesend ist." Gareths Seitenhieb saß. Juanitas Schweigsamkeit während Lauras Aufenthalt hatte ihm offenbar nicht gepasst.

Sein zusätzlicher Groll über Laura Hennesseys teilweise recht herausforderndes Auftreten wirkte verspätet, aber durchaus nicht unverständlich. Doch warum sollte dieser nachträgliche Groll ihr gelten?

„Meinst du nicht, dass du jetzt ziemlich ungerecht bist?“, fragte sie bemüht ruhig. „Dabei liegen die Dinge doch sonnenklar: Du bist nicht gut auf Laura Hennessey zu sprechen. Sie hätte umgekehrt eigentlich gute Gründe, auf dich ebenfalls nicht gut zu sprechen zu sein, denn du hast sie im Fernsehen regelrecht heruntergeputzt. Damit hast du ihr ein klares Motiv gegeben, sich zu rächen – und nicht nur das. Du hast Laura gleichzeitig neugierig auf dich gemacht.“ Juanita stellte die trockene Tasse in den Schrank zurück und griff zur nächsten.

„Neugierig auf mich gemacht“, brauste Gareth auf. „Wenn du das so meinst, wie ich es verstehe, liegst du falsch.“

„Dann liege ich eben falsch“, antwortete Juanita und fragte sich insgeheim, ob Gareth nur so tat oder wirklich nicht wusste, welche Wirkung er als Mann augenscheinlich auf die meisten Frauen hatte. „Und wie deutest du Lauras Besuch und ihre teilweise recht schnippischen Bemerkungen?“

„Ich weiß es wirklich nicht.“ Gareth strich sich das Haar aus der Stirn. „Eines allerdings weiß ich ganz genau: Diese Frau bringt ein heilloses Chaos in meine Arbeit, obwohl ich normalerweise überhaupt nicht der Typ bin, der sich bei der eigenen Arbeit beirren lässt.“

„Das glaube ich dir“, sagte Juanita leise. „Vielleicht sind wirklich zu viele Dinge in Bewegung, die dich beim Schreiben blockieren. Wir haben darüber vor Tagen schon einmal gesprochen und …“

In dieser Sekunde flog die Küchentür auf, und der kleine Steven kam atemlos hereingestürzt. „Gareth, Gareth! Komm schnell, Wendy hat sich verletzt!“

Rasch stellte sich heraus, was passiert war: Wendy hatte das Garagentor öffnen wollen – was normalerweise die Zwillinge taten – und war aus dem Wagen ausgestiegen. Der starke Regenfall vom Vortage hatte den Zuweg zur Garage aufgeweicht. Wendy rutschte vor dem Garagentor so unglücklich aus, dass sie sich am Knöchel verletzte. Ob er nur verstaucht oder sogar gebrochen war, ließ sich nicht sofort feststellen.

„So ein Pech!", sagte Wendy niedergeschlagen, als Gareth sie behutsam in die Küche trug. „Siehst du dir den Knöchel mal an? Es ist gerade eben erst passiert."

Vorsichtig entfernte Gareth den Schuh und warf einen kurzen Blick auf Wendys stark anschwellenden Fuß. „Wir brauchen Eis zum Kühlen – und Dr. Smidts Rat. Ich rufe ihn gleich an."

Der Arzt diagnostizierte eine starke Verstauchung, die einige Tage strenge Bettruhe erforderte, um möglichst bald abzuklingen.

„Unmöglich. Das geht doch gar nicht", protestierte Wendy.

„Und ob das geht!", widersprach Gareth Walker. „Du kannst mit dem verstauchten Fuß weder auftreten noch ohne Hilfe stehen. Mach dir keine Sorgen, Wendy. Auch diese Situation werden wir meistern."

„Aber wie?"

„Als Hausmann bin ich nicht so unpraktisch, wie ich manchmal wirke", erwiderte Gareth schmunzelnd. „Und nun ab ins Bett mit dir und keine Widerrede!"

Juanita half Wendy in deren Zimmer, sich auszuziehen und ins Bett zu kommen.

„Bisher lief alles so gut – und jetzt das!" Wendy machte ein unglückliches Gesicht. „Wie will Gareth die Haushaltsarbeit in den Griff bekommen, wenn er schon so schwer mit seinem neuen Buch beschäftigt ist?"

„Ich ... ich werde ihm behilflich sein", versprach Juanita.

Wendys Miene hellte sich auf. „Wirklich?"

„Wenn Mr. Walker mich lässt ...", erwiderte Juanita gedehnt und dachte daran, dass schon der Abwasch des Teegeschirrs Gareth offensichtlich missfallen hatte.

„Warum sollte er Sie nicht lassen?", fragte Wendy verblüfft.

Juanita verkniff sich eine Antwort.

„Eine Frage hätte ich noch. Ich wollte Sie schon vor Tagen darauf ansprechen." Wendy druckste ein wenig herum. „Würde es Ihnen etwas ausmachen, mich zu duzen?"

Juanita lächelte. „Auch das geht in Ordnung. Aber dann musst du mich umgekehrt auch duzen, Wendy."

In dem Durchgang, der die Villa mit den Nebengebäuden verband, traf Juanita Gareth. „Alles in Ordnung?“, erkundigte er sich.

„Ja“, erwiderte sie. „Allerdings habe ich Wendy versprechen müssen, im Haushalt zu helfen.“

„Tatsächlich?“

Juanita verzog das Gesicht. „Ja, tatsächlich – trotz deiner Abneigung gegen meinen Geschirrabwasch vorhin. Aber ich halte es unter den gegebenen Umständen für vernünftig, wenn ich mich ums Kochen, um die Wäsche und ein paar andere Dinge kümmere. Sonst dürfte in deinem Haus demnächst gewaltige Unordnung herrschen.“

„Na gut“, stimmte Gareth Walker zu und sah Juanita eindringlich an, als er fortfuhr: „Über einen Punkt sollte allerdings absolute Klarheit herrschen: Wenn sich durch deine Hilfe im Haushalt die Durchführung meines Renovierungsauftrages verzögern sollte, kannst du den Vertrag mitsamt Scheck getrost zerreißen. Du bist bei mir in erster Linie als Innenarchitektin und nicht als Haushälterin tätig. Beides gleichzeitig zu sein könnte, um es klar zu sagen, ziemlich hart für dich werden.“

„Ich werde dieser Doppelbelastung gewachsen sein“, zeigte sich Juanita zuversichtlich. „Aber vorher möchte ich wissen, was du eigentlich willst. Wenn es dir lieber ist, kann ich das Haus in zehn Minuten verlassen haben – und diesmal endgültig.“

Gareth reagierte nicht mit der erwarteten Ironie. „Bleib hier, Juanita“, sagte er leise. „Ich weiß, wie gereizt ich momentan manchmal bin. Aber es wäre schön, wenn du trotzdem bleiben würdest.“

„Gut, in einer Stunde können wir zu Abend essen.“ Juanita bemühte sich um einen möglichst schwungvollen Tonfall. Insgeheim aber fragte sie sich, ob sie im Hin und Her ihrer Gefühle nicht in Wahrheit nervlich ähnlich angespannt und durcheinander wie Gareths Schwester Xanthe war – ohne es sich freilich anmerken lassen zu wollen.

Eineinhalb Tage lang lief alles überraschend gut. Dann ließ sich Gareth erneut nur noch zu den Mahlzeiten sehen. Die Zwillinge dagegen halfen, so gut sie konnten. Doch auch sie waren gerade nicht da, als mittags gegen zwei Gareth fluchend in der Küche erschien, wütend darüber, dass ein Handwerker direkt unter dem Fenster des

Arbeitszimmers Lärm machte.

Juanita saß von zahlreichen Papieren umgeben, die die Renovierung betrafen, am Küchentisch. „Ach, das ist nur der Klempner“, versuchte sie Gareth zu beschwichtigen. „Er bringt gerade …“

„Das interessiert mich nicht! Ich will nur, dass der Radau auf der Stelle aufhört“, wetterte Gareth. „Und überhaupt – wieso werde ich nicht darüber informiert, dass heute der Klempner kommt? Wer beaufsichtigt seine Arbeit?“

„Dafür bin ich zuständig.“ Wieder einmal fiel es Juanita schwer, ruhig zu bleiben.

„In Zukunft bitte ich um Nachricht, wenn derartige Dinge anstehen.“ Nervös fuhr sich Gareth Walker mit der Hand durch das Haar.

„Du bittest um Nachricht?“, fragte Juanita verbittert. „Warst du nicht gerade derjenige, der von vornherein darum gebeten hat, während der Hausrenovierung nicht wegen jeder Kleinigkeit behelligt zu werden?“

„Natürlich will ich nicht wegen jeder Kleinigkeit gestört werden“, erwiderte Gareth ungehalten. „Aber ich bin auch nicht bereit, tatenlos am Schreibtisch sitzen zu bleiben, wenn irgendwelche Handwerker das halbe Haus abreißen und gar keinen Überblick mehr haben, was sie überhaupt tun.“

Juanita hätte am liebsten mit dem Fuß aufgestampft. „Niemand ist dabei, das halbe Haus abzureißen“, sagte sie mit schneidender Stimme, „und der Einzige, der keinen Überblick über die laufenden Arbeiten hat, bist du. Und damit du wenigstens ab jetzt klar im Bilde bist: Der Klempner transportiert Rohre und anderes Material ins Gäste-Badezimmer, wo im weiteren Tagesverlauf Installationsarbeiten verrichtet werden.“

„Jedenfalls“, grollte Gareth noch immer ungehalten, „möchte ich in Zukunft genau wissen, wann welche Renovierungsarbeiten stattfinden.“

„Toll!“ Juanitas Stimme klang ironisch und keineswegs begeistert. „Ich werde dir ab sofort lauter kleine Zettel an die Tür deines Arbeitszimmers heften, damit du stets bestens im Bilde bist, wann und wo im Haus welche Handwerker schätzungsweise wie lange und mit welchem mutmaßlichen Geräuschpegel arbeiten werden.“

Beim Abendessen fiel es Juanita schwer, Gareth normal und unbefangen gegenüberzutreten. Erleichtert wurde die Situation durch die Anwesenheit Wendys, die – wenn auch auf Krücken – erstmals das Bett verlassen durfte und nach dem Abendessen die Schulaufgaben der Zwillinge durchsah.

Auch Juanita vertiefte sich in ihre Papiere. Es gab noch so viele verzwickte organisatorische Vorbereitungen zu treffen, damit sich Maler und Maurer, Tischler, Teppichbodenverleger und Dachdecker nicht in den nächsten Tagen wechselseitig in die Quere kamen. Immerhin würden in etlichen Räumen der riesigen Villa Arbeiten unterschiedlicher Art gleichzeitig stattfinden, und ein Chaos, das Gareth erneut in Rage versetzen konnte, ließ sich nur durch absolut präzise Planung vermeiden. Auf die Stunde genau musste festgelegt werden, wann in welchem Raum welche Handwerker eingesetzt werden sollten.

Juanita arbeitete noch immer, als Wendy und die Zwillinge bereits zu Bett gegangen waren. Müde und überreizt stieß sie plötzlich alle Papiere von sich und vergrub das Gesicht in den Händen. *Was habe ich mir da bloß alles eingebrockt*, dachte sie. *Und um die Wäsche muss ich mich auch noch kümmern. Und endlich, endlich mit meinen Gefühlen ins Reine kommen.*

„Falls du niedergeschlagen bist, regt sich bei mir ein verdammt schlechtes Gewissen“, ließ sich unvermittelt eine leise Stimme vernehmen.

Langsam hob Juanita den Kopf. Gareth stand ihr gegenüber, die Hände tief in den Hosentaschen vergraben, mit müden Augen, die zugleich die eigene Unzufriedenheit verrieten.

„Vielleicht“, erwiderte Juanita, „bin ich einfach nur darüber verärgert, wie wenig du hilfst. Ich kann nämlich, falls du es noch nicht gemerkt hast, auch ein richtiger kleiner Tyrann sein.“

Die Worte zauberten unverhofft ein leises Lächeln in Gareths Gesicht. „Das muss etwas mit deiner Künstlernatur zu tun haben, beruhigt mein Gewissen aber trotzdem nicht.“

„Es wird sich schon noch beruhigen.“ Juanita bündelte die über den Tisch verteilten Papiere.

„Warum arbeitest du noch so spät?“

„Ich versuche, durch immer engere Terminplanungen die erwartete Gesamtdauer der Hausrenovierung zu verkürzen. Aber so allmählich ähneln meinen Bemühungen einem Drahtseil-Akt." Juanita machte eine hilflose Geste.

Gareth schwieg einen Augenblick lang, während er sie nachdenklich musterte. „Noch eine andere Frage: Kommt es mir eigentlich nur so vor, oder stimmt meine Beobachtung tatsächlich, dass du in den letzten Tagen wesentlich seltener als bisher am Stock gehst?"

Juanita presste die Lippen zusammen. „Es kommt dir nicht nur so vor."

„Was ist passiert?"

„Ich ... ich bin inzwischen b... bei einem Facharzt gewesen, der mir bestätigt hat, dass ich die frühere Physiotherapie zu früh aufgegeben habe. A... aber gleichzeitig hat mir der Arzt auch Mut gemacht. Noch ist es nicht zu spät, die Therapie wieder aufzunehmen. Dabei werde ich Geduld aufbringen müssen – und den Mut, mich weniger als bisher an den Stock zu klammern."

„Ich bin stolz auf dich", sagte Gareth leise.

Juanita sah ihm tief in die Augen. „Danke."

„Auch das flüssige Sprechen scheint dir immer leichter zu fallen."

„Vielleicht liegt das daran", vermutete Juanita, „dass ich in letzter Zeit ..."

„Ziemlich oft wütend bist", ergänzte Gareth. „Meinst du wirklich, dass es daran liegt?"

Juanita verzog das Gesicht. „Du selbst hast mir einmal gesagt, ich würde, sobald ich wütend bin, viel flüssiger sprechen."

„Wie auch immer", sagte Gareth mit ruhiger, leiser Stimme. „All dies wird eines Tages für dich nur noch Erinnerung sein."

„Das glaubst du." Juanita erhob sich unvermittelt und spürte, wie nahe sie den Tränen war. „Ich glaube eher, dies alles wird immer ein Albtraum für mich bleiben. Aber ob so oder so: Ich gehe jetzt zu Bett."

Gareth blieb scheinbar reglos stehen. Jedenfalls unternahm er keine Anstalten, Juanita aufzuhalten.

8. KAPITEL

Am nächsten Morgen war Gareth spurlos verschwunden. „Wo kann er sein?“ Besorgt sah Juanita Wendy an. „Es wird Zeit, die Zwillinge zur Schule zu bringen.“

Wendy kräuselte die Stirn und dachte angestrengt nach. „Hast du schon in den Stallungen angerufen? Dort gibt es auch einen Telefonanschluss.“

Juanita nickte. „Schon versucht – vergeblich. Natürlich kann auch ich Rebecca und Steven fahren. Aber ich bin ehrlich beunruhigt.“

In Wendys Augen blitzte es plötzlich auf. „Gareths Arbeitszimmer! Dort könnte er stecken.“

„Offenbar nicht. Ich habe an die Tür geklopft – keine Reaktion.“

Ein keckes Lächeln huschte über Wendys sommersprossenübersätes Gesicht. „Geh ruhig einfach in den Raum und schau nach. Ich bin mir ziemlich sicher, dass Gareth dort ist. Manchmal schreibt er nämlich fast die ganze Nacht über und schläft dann im Arbeitszimmer ein.“

So war es wirklich: Angezogen, mit dem Kopf auf den Armen ruhend, lag Gareth ausgestreckt auf der Couch im Arbeitszimmer. So unbequem das kleine Sofa als Lagerstatt auch wirkte, schien er trotzdem tief und fest zu schlafen.

Er wurde nicht wach, als Juanita leise die Tür öffnete und auf Zehenspitzen ins Arbeitszimmer schlich. Der Raum bot ein Bild des Chaos’: Überall lagen einzelne Manuskriptseiten herum – fast so, als hätte Gareth ein oder zwei Kapitel seines neuen Buches fertiggestellt, für miserabel befunden und sämtliche Seiten wutentbrannt durchs ganze Zimmer geschleudert.

Unwillkürlich wandte sich Juanitas Blick dem schlafenden Gareth zu. Sein Gesicht konnte sie nicht sehen, nur das schöne dunkle Haar, das in diesem Augenblick reichlich zerzaust wirkte. Er bot nicht gerade das Bild des strahlenden Bestsellerautors wie wenige Wochen zuvor in der TV-Talkshow – und trotzdem einen Anblick, der Juanitas Herz schneller schlagen ließ. Ihr gestern empfundener Zorn wich wiedererwachender Leidenschaft.

Auf der Fahrt zur Schule, wohin Juanita kurz darauf die Zwillinge brachte, war sie ungewohnt in sich gekehrt. Steven und Rebecca focht das nicht an. Fröhlich und ohne auch nur eine Sekunde lang zu schweigen, schnatterten die Zwillinge vor sich hin. Ihr Repertoire erwies sich als unerschöpflich: das lange Wochenende, das in zehn Tagen bevorstand; die bange Frage, ob Wendys Fuß bis dahin wieder in Ordnung wäre; der Plan, zu dritt in Sydney einen Bekannten der Mutter zu besuchen und sie so drei Tage lang besuchen zu können – und: ob Juanita so lange die Stellung halten würde.

„Wirst du dich um Gareth kümmern?“, erkundigte sich der kleine Steven mit großen Kinderaugen. Und ganz ernst, fast feierlich fügte er hinzu: „Er braucht doch im Moment jemand, der auf ihn aufpasst.“

„Ich ... ich ... Mal sehen!“, erwiderte Juanita und atmete auf, als die Schule in Sicht kam, bevor die Zwillinge ihr ein definitives Versprechen erfolgreich entlocken konnten.

Gareth ging ihr auch im weiteren Tagesverlauf einfach nicht aus den Kopf – unter anderem deshalb nicht, weil Juanita während ihres mehrtägigen Aufenthaltes in Sydney ein früheres Versprechen wahr gemacht, eines seiner Bücher gekauft und inzwischen auch gelesen hatte.

Womit Juanita zu Beginn der Lektüre nicht gerechnet hatte: Es machte tatsächlich Spaß, das Buch zu lesen. Auch wenn Gareth Walker kein Graham Greene war, gelang es ihm doch, nicht nur durch interessante Landschaftsbeschreibungen, sondern vor allem durch eine Handlung zu begeistern, die den Leser bis zur letzten Seite in Atem hielt. Was Juanita fast noch mehr als die spannende Handlung fesselte, waren Lebensnähe und Glaubwürdigkeit der Helden des Romans: ein eher unbedeutender Waffenhändler und dessen Freundin, eine Cellistin, die in leidenschaftlich entbrannter Liebe gelegentlich für ihren Geliebten Waffentransporte im Cello-Kasten ausführte.

Gerade die beiden Hauptfiguren hatte Gareth so anschaulich beschrieben, dass sich bei der Lektüre seines Romans durchgängig das Bild lebendiger Menschen aufdrängte. Besonders beeindruckte Juanita der männliche Held des Romans, ein Mann, der zwischen politischen Theorien und praktischem Waffeneinsatz, zwischen Mitteln der Macht und dem Versuch einer Rechtfertigung hin- und hergerissen war.

Die ebenso glaubhafte wie lebendige Darstellung des männlichen Romanhelden brachte Juanita auf einen Gedanken, der ihr den ganzen Tag lang nicht mehr aus dem Kopf ging. Nachmittags hielt sie es einfach nicht länger aus.

Juanita gab sich einen Ruck und suchte Gareth in dessen Arbeitszimmer auf.

Er reagierte auf ihren unverhofften Besuch überrascht. „Irgendein Problem?"

„Nein. Doch, eigentlich schon. A… aber kein Problem, das mich betrifft." Zögernd blieb Juanita im Türrahmen stehen. „Darf ich hereinkommen?"

„Ja, natürlich. Aber hoffentlich geht es nicht wieder um den Klempner."

„Keine Angst", bestätigte Juanita hastig. „Mit den Handwerkern gibt es keine Probleme."

Gareth lächelte ihr zu. „Fein. Setz dich doch!"

Während Juanita Platz nahm, glitt ihr Blick durch das geräumige Arbeitszimmer. Von dem morgendlichen Chaos war nichts mehr zu sehen. Keine fliegenden Blätter lagen auf dem Fußboden, alles wirkte sauber und aufgeräumt.

„Was führt dich zu mir?" Erwartungsvoll sah Gareth Juanita an.

„Etwas, wa… was eigentlich allein dich be… betrifft", hob Juanita aufgeregt an, atmete tief durch und fuhr etwas ruhiger fort: „Vielleicht wird es dir lächerlich vorkommen."

Gareth schmunzelte. „Aber nicht, bevor du verrätst, worum genau es geht."

„Um dein neues Buch, an dem du arbeitest."

Gareths Gesicht verriet echte Überraschung. „Damit habe ich allerdings wirklich nicht gerechnet."

„Ich habe inzwischen einen deiner früheren Romane gelesen", gestand Juanita fast verlegen.

„Auch das überrascht mich", erwiderte Gareth. „Und welchen?"

Juanita nannte den Titel und erklärte dann: „Das Buch hat mir unheimlich gut gefallen. Der Held deines Romans war mit einem echten Konflikt konfrontiert."

„Das war er in der Tat."

„So wie du einem Konflikt ausgesetzt bist, Gareth."

Er sah Juanita verwirrt an. „Einem Konflikt – deinetwegen?"

„Nicht meinetwegen", wehrte sie hastig ab.

Gareth kräuselte die Stirn. „Die Begegnung mit dir und alles, was folgte, stellt immerhin einen Konflikt dar, mit dem ich konfrontiert bin. Tagtäglich!"

„Dabei gibt es aber doch obendrein noch etwas völlig anderes, was dich schwer beschäftigt. Tag und Nacht!", sagte Juanita leise. „Dein neues Buch ..."

Gespannt sah Gareth sie an.

„Ich frage mich – auch wenn dies vielleicht nur ein verrückter Gedanke ist –, ob dein augenblickliches Problem, ein neues Buch zu schreiben, nicht bereits Bestandteil der Handlung sein kann. Womöglich mit einem Schriftsteller als Held, der deinen eigenen Konflikt erlebt – hin- und hergerissen zwischen dem, was wirklich gern gelesen wird, und dem, was mit dem Prädikat ‚Literatur', dem berühmten großen ‚L', ausgezeichnet wird! Lass doch einfach eine Fantasiefigur deinen persönlichen Konflikt erleiden – und bewältigen. Strick eine spannende Handlung drum herum und entwickel dabei – für deinen Helden wie für dich selbst – unerwartete neue, originelle Perspektiven. Schreib dir von der Seele, was dich momentan belastet. Dann bist du dein Problem los – und hast dein neues Buch fertig."

Juanita hatte während ihrer beeindruckenden kleinen Rede nicht gewagt, Gareths Blick zu erwidern. Stattdessen rieb sie mit gesenktem Blick und sehr verlegen unentwegt die Hände. Aber das Ziel war erreicht: Juanita hatte Gareth etwas für ihn womöglich Wichtiges, weil Zukunftsweisendes mitgeteilt. Und sie hatte dabei, so sehr ihr Herz auch klopfte, nicht ein einziges Mal gestottert.

Die völlige Stille in Gareth Walkers Arbeitszimmer, die schlagartig eintrat, kaum dass Juanita schwieg, schien unendlich lange anzuhalten.

So beklommen sich Juanita fühlte, konnte sie schließlich nicht anders, als hochzuschauen. Eine merkwürdige Veränderung fiel ihr in Gareths Gesicht auf: Er sah sie noch immer an, schien sie aber gar nicht richtig wahrzunehmen. Es war fast, als würde Gareth durch Juanita hindurchschauen. Fahrig fuhr er mit der Hand durch die Luft, und plötzlich begannen seine tiefblauen Augen zu leuchten.

„Warum …“, hob er heiser an, räusperte sich und wiederholte leise: „Warum um alles in der Welt bin ich auf diese naheliegende und dabei geradezu geniale Idee nicht selbst gekommen? Daraus lässt sich etwas machen – und daraus werde ich etwas machen.“

„Dann habe ich dir weiterhelfen können?“, fragte Juanita erwartungsvoll.

Gareth sah sie mit unverändert leuchtender Miene an. „Ich bin mir so gut wie sicher – auch wenn ich in dieser Minute nur laut denke.“

„Dann will ich dich dabei nicht weiter stören.“ Zufrieden stand Juanita auf, wandte sich zur Tür und wollte gerade das Arbeitszimmer verlassen, als Gareths Stimme sie zurückhielt.

„Juanita …“

Sie drehte sich zu ihm um. Gareth sah sie sekundenlang gedankenverloren, aber offenbar glücklich an.

„Danke“, sagte er plötzlich ganz leise.

Juanita lächelte. Es fiel ihr unendlich schwer, den Blick von seinen tiefblauen Augen zu wenden, die noch immer vor Freude leuchteten. „War mir ein Vergnügen!“

Drei Tage später herrschte in Gareth Walkers Villa hektische Betriebsamkeit. In mehreren Räumen hatten die Maler mit ihrer Arbeit begonnen, während gleichzeitig andere Zimmer von den Mitarbeitern einer Teppichboden-Firma vermessen wurden. Obendrein hatte sich auch noch – absolut termingerecht – eine Dachdecker-Kolonne eingefunden.

Ausgerechnet zu diesem Zeitpunkt kam zu einem weiteren unangemeldeten Besuch die Fernsehmoderatorin Laura Hennessey – diesmal nicht im sportlich tiefer gelegten gelben Cabrio, sondern hoch zu Ross auf einem weißen Lipizzaner-Hengst.

Juanita zuckte regelrecht zusammen, als sie vom Fenster der Wohndiele aus Mrs. Hennessey im hocheleganten Reiterdress angaloppiert kommen sah. Offenbar nutzte sie die Nähe ihres Urlaubsortes und das gute Wetter zu einem raschen Ausritt zur Walker-Villa – natürlich zu einem Zeitpunkt, wie er unpassender nicht hätte sein können.

Gareth schrieb im Arbeitszimmer seit drei Tagen wie besessen an seinem neuen Roman, ohne sich durch die immer größere Zahl von Handwerkern im Haus auch nur im Geringsten gestört zu fühlen. Hätten zehn Klempner mit viel Lärm direkt unter dem Fenster des Arbeitszimmers gewerkelt – Gareth hätte davon kaum Notiz genommen. Meist erschien er nicht einmal mehr zu den Mahlzeiten, was Juanita und Wendy veranlasste, ihm zwischendurch ein Tablett mit kleinen Snacks ins Arbeitszimmer zu bringen. Praktisches Ergebnis der grundlegend geänderten Umstände des Zusammenlebens unter einem Dach war friedliche Harmonie im Haus – und das, obwohl sich das Haus selbst wegen der Fülle laufender Renovierungsarbeiten in einem absolut chaotischen Zustand befand.

Dass sich das Chaos in den nächsten Stunden vergrößern, die Harmonie dagegen deutlich abnehmen könnte, fürchtete Juanita, kaum dass sie Mrs. Hennessey begrüßte.

„Hallo Juanita!“ Routiniert setzte Laura ihr Fernseh-Lächeln auf, während sie vom Pferd stieg. „Hier scheinen sich die Handwerker ja mittlerweile zu einem Stelldichein zu versammeln.“ Sie deutete auf die zahlreichen Firmenfahrzeuge, die rund um den Brunnen parkten.

„So ist es“, bestätigte Juanita höflich. „Ich bemühe mich um eine möglichst rasche Durchführung der Renovierung.“

Lauras geübtes Lächeln verstärkte sich. Sie würde auch als Fotomodell für Zahnpasta-Werbung ein gutes Bild abgeben, dachte Juanita unwillkürlich.

„Ist der große Meister zu Hause?“, erkundigte sich Mrs. Hennessey affektiert.

„Falls Sie Mr. Walker meinen: Er ist zwar hier, aber sehr intensiv mit der Arbeit an seinem neuen Buch beschäftigt.“ Juanitas Stimme klang kühl.

„Warum habe ich nur den Eindruck, nicht willkommen zu sein?“ Plötzlich lächelte Laura Hennessey überhaupt nicht mehr. Nur der affektierte Tonfall blieb. „Und – verzeihen Sie die weitere Frage, Miss Spencer-Hill: Obliegt Ihnen die Entscheidung, darüber zu befinden, wen der Hausherr zu sehen wünscht und wen nicht?“

„Natürlich nicht.“ Ohne es zu wollen, errötete Juanita.

„Sehen Sie.“ Lauras Lächeln kehrte zurück. „Dann werden Sie jetzt gewiss so freundlich sein, mich zu Mr. Walker zu führen, auch ohne als Empfangsdame in seinen Diensten zu stehen.“

„Lass in Zukunft keine ungebetenen Gäste mehr ins Haus, Juanita“, erboste sich Gareth Walker Stunden später.

Juanita, die noch am Küchentisch saß, sah hoch. Das Abendessen war gerade beendet und Wendy mit den Zwillingen wenige Minuten zuvor zu einem Schulkonzert aufgebrochen, als Gareth unverhofft in der Küche erschienen war.

„Deiner Bitte liegt offenbar eine doppelte Fehleinschätzung zugrunde“, konterte Juanita kühl. „Erstens bin ich nicht deine Haushälterin. Und zweitens hätte es nicht einer einzigen, resoluten Haushälterin, sondern einer ganzen Armee bedurft, Laura Hennessey von dem beabsichtigten Hausbesuch abzuhalten.“

„Hättest du ihr denn nicht sagen können“, grollte Gareth, „ich sei gerade irgendwohin gefahren?“

„Du bist wirklich unmöglich“, erwiderte Juanita. „Soll ich dir zuliebe lügen?“

„Du weißt doch ganz genau, was ich von dieser aufgetakelten Fernsehtante halte und wie gut es ihr in der Vergangenheit gelungen ist, mich in meiner Arbeit zu beirren.“ Spöttisch fügte Gareth hinzu: „Kannst du mich nicht zukünftig aus Gründen der Nächstenliebe vor dieser furchtbaren Frau bewahren?“

„Nein, das kann ich nicht“, widersprach Juanita schroff. „Du hast keine Ahnung, wie dreist mir Laura Hennessey entgegengetreten ist.“

„Wieso, was hat sie denn gesagt?“

„Nichts, was wert wäre, wiedergegeben zu werden.“ Juanita, die damit begonnen hatte, den Tisch abzuräumen, knallte ein kleines Silbertablett mit Gewürzen so wütend auf das Sideboard, dass Dosen und Fläschchen auf dem Tablett heftig klapperten.

„Mich hat Mrs. Hennessey jedenfalls vor dir gewarnt“, berichtete Gareth.

„Gewarnt? Vor mir?“ Ungläubig fuhr Juanita zu ihm herum.

„Sogar nachdrücklich gewarnt! Laura hat mir wörtlich gesagt: ‚Lieber Gareth, mit deiner Innenarchitektin wirst du noch allerhand Schereien erleben. Die junge Dame ist unsterblich in dich verliebt."'

„Warum gibst du ungeniert wieder, was Laura Hennessey dir unter vier Augen gesagt hat? Doch nur, um mir wehzutun! Du bist keinen Deut besser als die Männer, die ..." Ohne den Satz zu beenden, griff Juanita – von jäher Wut gepackt – nach dem Senfglas und schleuderte es über den Tisch. Klirrend fiel es zu Boden und zerbarst.

Sekundenlang herrschte betretenes Schweigen.

„Gareth ...", durchbrach Juanita mit unsicherer Stimme die Stille.

„Hmm?"

„Bi... bist du mir jetzt böse?"

„Vielleicht sollte ich es sein", antwortete Gareth mit einem leichten Anflug von Ironie. „Weil du mich für nicht besser als andere Männer hältst. Weil du, seit du das erste Mal vor meiner Tür aufgetaucht bist, immer wieder meine Gedanken auf dich lenkst. Und weil du – mal mit einem Klemmbrett, mal mit einem Senfglas und oft genug mit wütenden Worten – um dich wirfst." Unvermittelt lächelte Gareth und strich über Juanitas Wangen. „Aber vielleicht willst du damit einfach nur ausprobieren, wie weit du bei mir gehen und mein Leben nach und nach gründlich umkrempeln kannst."

Ernst und ein wenig verlegen sah Juanita ihn an. „Ich will dein Leben nicht umkrempeln. Ich will dich ebenso wenig irgendwelchen unliebsamen Zwängen aussetzen. Und ich will auch nicht, dass sich wiederholt, was du in deiner Ehe erlebt hast." Juanitas Stimme wurde noch leiser. „Ich ersehne mir nicht mehr als einfach nur eine Chance für unsere Liebe. Wenn es wirklich so ist, wie du einmal gesagt hast – dass wir beide ein Auge aufeinander geworfen haben –, dann ... dann muss damit doch auch etwas wie Hoffnung verbunden sein. Ich kann dir nicht sonderlich viel bedeuten, wenn ich dein Leben nicht irgendwie auch ... um ein Stück Hoffnung im Herzen reicher mache."

Wieder war es einen Augenblick lang ganz ruhig. Doch diesmal verband Juanita und Gareth kein betretenes Schweigen, sondern ein wortloser Blickwechsel. Lange und tief sahen sich beide in die Augen, und plötzlich lag Juanita in Gareths Armen. Er strich ihr sanft über das Haar und flüsterte immer wieder ihren Namen, während sie an seiner Schulter weinte.

„Jetzt ist mir etwas leichter zumute", sagte Juanita Minuten später und schniefte. Noch immer rannen Tränen über ihre Wangen.

Gareth hob Juanita behutsam hoch und trug sie in sein Arbeitszimmer. Er nahm neben ihr auf dem Sofa Platz, zog sie zu sich auf den Schoß und wiegte sie wie ein Kind so lange hin und her, bis die letzten Tränen verebbten. Die ganze Zeit über sagte Gareth kein einziges Wort, aber immer wieder strich er zärtlich über Juanitas dunkles Haar.

„Vielleicht hätte ich dir nicht sagen sollen, wonach ich mich so sehr sehne", flüsterte Juanita. „Aber ich mag die Hoffnung auf eine gemeinsame Zukunft einfach nicht aufgeben. Und dabei weiß ich nicht einmal, ob aus deiner Sicht, wenn es diese Zukunft tatsächlich geben sollte, Mitleid eine Rolle spielen würde."

„Habe ich dir nicht schon einmal gesagt, dass ich gar nicht weiß, warum ich dich bemitleiden sollte?" Gareth zog Juanita noch näher zu sich heran und sah ihr erneut tief in die Augen. „Weshalb hast du weniger Selbstachtung als andere Frauen?"

„W… weil …"

„Das Sprechen? Der Stock?", fragte Gareth leise.

Juanita schüttelte den Kopf. „Es … es gibt noch einen weiteren Grund. Nach meinem Unfall werde ich möglicherweise nie Kinder zur Welt bringen können. Obwohl es nicht völlig sicher ist, muss ich jedes Mal daran denken, sobald ich ein Baby sehe. Und jedes Mal tut der Gedanke aufs Neue weh, denn ich mag Kinder. Deswegen hänge ich auch so an Rebecca und Steven."

„Gerade weil du Kinder magst, kann ich gut verstehen, wie weh diese Ungewissheit tut, Juanita." Gareths Stimme klang unverändert ruhig, aber zärtlicher als zuvor. „Eines allerdings kann auch die schmerzhafte Ungewissheit, ob du je Kinder bekommen kannst, überhaupt nicht ändern: dass du eine absolut vollwertige Frau bist und eine höchst attraktive obendrein. Eine Frau, die Sehnsüchte weckt – auch in mir."

„Ich habe mich oft gefragt", erwiderte Juanita leise, „ob ich einem Mann jemals so sehr gefalle, dass er sich nur noch als halber Mensch fühlt, sobald ich nicht in seiner Nähe bin. Und ob umgekehrt ich einen Mann ebenso intensiv mit Leib und Seele lieben kann. Und schließlich: Ob eine so ungeheuer starke Bindung zueinander die Wahrscheinlichkeit, nie eigene Kinder haben zu können, irgendwie wieder wettmacht. Wenn es so wäre – wenn ich diese Situation mit einem Mann erleben würde –, dann könnte ich mich vielleicht wie eine völlig normale Frau fühlen."

Juanita schwieg sekundenlang und musste sich einen Ruck geben, um weitersprechen zu können – und tat es, obwohl ihr Herz heftig klopfte, ohne ein einziges Mal zu stottern. „Natürlich sind dies alles nur Vermutungen. Vielleicht würde es, wenn ich so sehr liebe und geliebt werde, in Wahrheit noch schlimmer sein, keine eigenen Kinder haben zu können. Eines allerdings weiß ich ganz genau, Gareth: dass ich es selbst kaum glauben kann, dir dies alles anvertraut zu haben. Und dass ich dir dieses Vertrauen nur schenken konnte, weil du der einzige Mann bist und wohl immer bleiben wirst, den ich wirklich liebe."

Gareths tiefblaue Augen wirkten dunkler denn je, als er unendlich sanft und zärtlich Juanitas Nacken zu streicheln begann. „Ich glaube zwar, dass es schön wäre, mit dir zusammen Kinder zu haben. Aber ich weiß auch, wie viel unsagbar Schönes es noch gibt – an dir, Juanita. Dein Haar zum Beispiel. Erinnerst du dich an den Abend, als ich es in ganzer Fülle, gekrönt von einer Kamelienblüte, gesehen habe? Der Anblick hat Sehnsucht in mir geweckt – so wie in dieser Minute dein Mund ..."

„Gareth", flüsterte Juanita, als er sich unerwartet zu ihr herabbeugte, um sie leidenschaftlich zu küssen. „Ich ... ich wollte dir nur die Wahrheit sagen und nicht ..."

„Auch ich möchte dir die Wahrheit sagen: dass ich dich liebe und begehre wie noch keine Frau vor dir, Juanita", sagte Gareth leise, und sie spürte die Wahrheit dieser Worte wie seinen warmen Atem auf der Haut. „Hab keine Angst! Erinnerst du dich, Juanita, dass wir schon einmal dicht davor standen – und wie schön es für uns beide war?"

„Aber wir haben damals nicht miteinander geschlafen ..."

„Wollen wir es jetzt tun, Juanita?"

Wie eine Blume, die erst im warmen, hellen Licht der Sonne zu vollem Leben und unverwechselbarer Schönheit erwacht, reagierte Juanita auf Gareths Berührungen, die Leidenschaft und Zärtlichkeit gleichermaßen verrieten. Er schenkte damit nicht nur Juanitas Körper, sondern ebenso ihrer Seele das immer brennendere Verlangen, ihm nach endlos langen Tagen unerfüllter Sehnsucht nun endlich ganz nahe zu sein – und immer näher zu kommen.

Gareth weckte Juanitas Leidenschaft ohne jede Eile. Er nahm sich Zeit, mit Händen, Lippen und Zunge nach und nach ihren Körper zu erforschen und so zu berühren, wie es für sie am erregendsten war.

„Du bist ein wunderbarer Liebhaber, Gareth", stöhnte Juanita leise und schlang die Arme um ihn – begierig, ihn ganz zu spüren: seine Muskeln unter der sonnengebräunten Haut, seine kräftigen, breiten Schultern und die im Vergleich dazu fast schmale Taille. „Du bist wirklich wunderbar."

Ein leises Lächeln huschte über Gareths Gesicht. „Wenn ich gut bin, dann nur, weil du großartig bist. Und wenn du nicht großartig bist, ist das ganz allein meine Schuld."

„Aber …"

„Pst!" Spielerisch legte Gareth den Zeigefinger auf Juanitas Mund. „Sag nur etwas, falls ich dir wehtun sollte."

„Oh nein, das wirst du nicht." Voller Verlangen fuhr Juanita mit den Fingern durch Gareths Haar und atmete immer heftiger. Sie war wie von Sinnen und bog sich ihm entgegen, als er endlich in sie eindrang.

Wie flüssiges Feuer schoss das Blut durch Juanitas Adern, und stöhnend gab sie sich der grenzenlosen Lust hin, die ihren bebenden Körper ergriff, kaum dass Gareth ganz bei ihr war. Plötzlich zählte für Juanita nur noch das Gefühl grenzenloser Leidenschaft – und die Lust, es zu genießen.

Und als sich beide schließlich nur noch in den Armen lagen, fühlte Juanita sich erschöpft, aber zugleich von einem Gefühl des Glücks durchströmt, wie sie es noch niemals zuvor erlebt hatte. Worte waren unmöglich und eigentlich auch ganz überflüssig.

Wie ein Kind schlief sie in Gareths Armen ein.

9. KAPITEL

Der frühmorgendliche Vogelchor war längst verstummt, und helles Sonnenlicht flutete bereits ins Zimmer, als Juanita – später als sonst – erwachte. Benommen wie sie noch war, dauerte es sekundenlang, bis sie sich vergegenwärtigte, im Bett des Gästezimmers zu liegen. Kerzengerade richtete sie sich auf. Wie war sie hierhergekommen?

Genau in diesem Augenblick öffnete sich die Tür, und Gareth trat mit einem Frühstückstablett ein. „Ah, ich habe den Zeitpunkt offenbar gut abgepasst. Guten Morgen, Juanita!“ Er stellte das Tablett ab und setzte sich zu ihr auf die Bettkante.

„Guten Morgen! Sag mal, bin ich Schlafwandlerin geworden – oder warum bin ich hier im Gästezimmer?“

Gareth griff nach Juanitas Händen und sah ihr liebevoll ins Gesicht. „Ich habe dich hierhergetragen, nachdem du eingeschlafen warst.“

Beunruhigt dachte Juanita an Wendy und die Zwillinge. „Haben die Kinder irgendetwas gemerkt?“

„Mach dir keine Sorgen.“ Gareth strich über Juanitas Hände. „Wendy, Rebecca und Steven sind gar nicht hier im Haus, sondern inzwischen bereits bei einem Bekannten ihrer Mutter in Sydney. Ich habe alle drei heute Morgen dorthin gefahren. Der Besuch in Sydney war sowieso geplant, und jetzt ist er um eine Woche vorverlegt. Dass Rebecca und Steven einige Tage in der Schule fehlen, dürfte nicht weiter tragisch sein. Ich habe den Kindern gesagt, wie sehr ihre Mutter sie vermisst – und wie gut es wegen der laufenden Renovierungsarbeiten ist, wenn sich möglichst wenige Personen im Haus aufhalten.“

„Und wie haben Wendy und die Zwillinge darauf reagiert?“, erkundigte sich Juanita gespannt.

„Alle drei waren hellauf begeistert, etwas länger als eine Woche täglich ihre Mutter sehen zu können“, entgegnete Gareth. „Und der kleine Steven hat mit großem Ernst betont, sich um mich keine Sorgen machen zu müssen, weil du ja hier bist und aufpasst.“

Juanita lächelte. „Hoffentlich enttäusche ich Stevens Erwartungen nicht allzu sehr.“

„Dann passen wir eben gegenseitig aufeinander auf." Gareth schlug die Bettdecke zurück, streifte die Schuhe ab und legte sich neben Juanita. Ihr nicht gerade energischer Protest glitt nahtlos in einen langen, leidenschaftlichen Kuss über.

Dann rückte Gareth die Kissen in eine für ihn wie für Juanita bequemere Position und fragte leise: „War es schön gestern Abend und – richtig?"

„Ob es richtig war, weiß ich nicht." Juanita kuschelte sich an Gareths Schulter, dachte an das gemeinsame Erlebnis mit ihm und fügte flüsternd hinzu: „Aber es war märchenhaft schön, mehr, als ich je erwartet hätte – hoffentlich auch für dich."

„Auch für mich", bestätigte er und streichelte sie sanft. „Du bist so schön warm, weich und anschmiegsam, Juanita, dass es mir schwerfällt, aufzustehen und dir das fertig vorbereitete Frühstück zu servieren. Aber gleich wird es hier im Haus wieder vor Handwerkern wimmeln – und wehe, sie kommen mir in die Quere!"

Juanita kicherte.

„Das amüsiert dich auch noch?" Gespielt streng sah Gareth sie an.

„Und wie!"

„Du bist noch schöner", sagte Gareth zärtlich, „sobald du lachst."

Juanita küsste ihn an der Innenseite des Handgelenks. „Darf ich Sie, Mr. Walker, zum Abendessen einladen, wenn der letzte Handwerker das Haus verlassen hat?"

„Das wäre mir ein großes Vergnügen", versicherte Gareth feierlich. „Vielen Dank für die Einladung, Miss Spencer-Hill!" Und seine tiefblauen Augen leuchteten erwartungsvoll.

Erst gegen sechs Uhr abends beendeten die Handwerker die Arbeit dieses Tages.

Juanita setzte sich an den Küchentisch, um endlich einen Augenblick lang zu verschnaufen. Ein ebenso anstrengender wie rastloser Arbeitstag lag hinter ihr.

„Richtig niedlich siehst du aus!" Gareth, der unbemerkt in der Küche erschienen war, musterte Juanita belustigt. Sie trug alte, ausgeblichene Bluejeans und ein farbenbekleckstes T-Shirt. Unter einem weißen Kopftuch, das die Haare schützte, wies auch ihr Gesicht Farbspritzer auf.

„Ich habe doch eigentlich nur eine Innenarchitektin anheuern wollen, die die Renovierungsarbeiten plant und leitet, nicht aber obendrein höchstpersönlich ausführt." Gareth schmunzelte, stupste spielerisch den Zeigefinger auf Juanitas Nase, zog ihn zurück und betrachtete – scheinbar nachdenklich – die Fingerspitze.

„Farbe?", fragte Juanita.

Gareth nickte. „Farbe!"

„Auch wenn ich aussehe, als hätte ich alle Anstriche selbst ausgeführt: In Wirklichkeit habe ich nur die jeweiligen Farben gemischt", gestand Juanita. „Schließlich sollen alle Farbtöne hundertprozentig stimmen."

„Und wie, bitte, erklärt sich", forschte Gareth mit gespieltem Ernst, „dass ich vom Arbeitszimmer aus Frau Innenarchitektin höchstpersönlich beim Abschleifen eines schweren Holzbalkens beobachten konnte?"

„Da bin ich doch nur dem Zimmermann ein bisschen zur Hand gegangen", wehrte Juanita bescheiden ab.

„Jedenfalls siehst du richtig glücklich aus!" Behutsam zog Gareth Juanita zu sich heran und küsste ihre Lippen.

„Das bin ich auch – besonders, wenn ich dir so nahe bin." Sie schmiegte sich an ihn und streichelte zärtlich seinen Rücken.

Minutenlang verharrten beide Arm in Arm.

„Ich bin überhaupt noch nicht dazu gekommen", gestand Juanita nach einer Weile, „das Abendessen vorzubereiten."

„Das bringt mich auf eine gute Idee." Gareth lächelte. „Was hältst du davon, wenn wir uns vor dem Abendessen ein Bad im Pool und vielleicht einen Drink gönnen?"

Juanita strahlte. „Au ja!"

Es war ein herrlich erregendes Gefühl, gemeinsam im Pool zu baden. Immer wieder kam es im Wasser zu wechselseitigen Berührungen, die Juanita eine bisher nicht erlebte, neue Form der Sinnlichkeit erschloss.

„Allmählich sollten wir aber ans Abendessen denken", sagte Juanita atemlos eine halbe Stunde später, als beide den Pool verlassen hatten und sich gerade zu einem Drink an den Gartentisch am Beckenrand setzen wollten.

„Jetzt schon? Warum?“ Übermütig hob Gareth Juanita hoch.

„Man muss schließlich zu gewohnter Stunde etwas essen“, rief Juanita heftig zappelnd.

Sanft ließ er sie wieder zu Boden gleiten. „Gilt das auch für seelische Nahrung?“

Juanita strich mit der nassen Hand über Gareths Wangen und genoss das raue Gefühl, das sich dabei in den Fingerspitzen einstellte. „Du meinst, du möchtest jetzt ...?“

Gareth nickte mit leuchtenden Augen. „Ich kann es kaum erwarten.“

„Mir fällt gerade ein altes Sprichwort ein.“

Verträumt sah Juanita Gareth an, der, nackt wie sie, neben ihr auf dem französischen Bett im Gästezimmer lag – einem der wenigen Räume im ganzen Haus, den die Handwerker während der bisherigen Renovierungsarbeiten noch nicht in Beschlag genommen hatten.

„Ein altes Sprichwort?“ Mit kleinen kreisenden Bewegungen der rechten Hand streichelte Gareth Juanitas Nacken. „Und welches?“

„Das Sprichwort heißt: ‚Setze nie zweimal nacheinander auf dasselbe Rennpferd.‘ Gemeint ist damit, dass ein Pferd, das nach gewonnenem Rennen erneut an den Start geht, nicht noch einmal siegen wird.“

„Ich ...“, sagte Gareth zögernd, „... verstehe den Zusammenhang nicht ganz.“

Juanita schwieg sekundenlang, bevor sie leise erklärte: „Ich denke einfach nur gerade daran, wie schön es gestern war. Dass es dir auch gefallen hat. Und ob ich heute so sein werde wie gestern.“

„Ganz bestimmt. Glaub es mir!“ Gareths Hand glitt tiefer, und ein wohliges, lustvolles Gefühl durchströmte Juanita, als seine Fingerspitzen – ebenso zärtlich wie erregend – erst ihre eine, dann die andere Knospe streichelten.

Juanita küsste Gareths Schulter und genoss es, seinen wunderbar männlichen Körper erneut zu sehen und zu spüren. Welch faszinierende

Gegensätze: seine schlanke und doch muskulöse Statur im Vergleich zu ihrer eigenen Zierlichkeit ... Seine starken, großen Hände gegenüber ihren feingliedrigen Händen ... Seine sonnengebräunte Haut im Vergleich zu ihrem so viel helleren Teint ...

Vor lauter versonnener Faszination vergaß Juanita fast zu antworten. „Na gut, wenn du meinst ...", flüsterte sie.

„Du kannst und wirst dich absolut geborgen fühlen – frei von jeder Angst und Unsicherheit. Ich werde dir ganz bestimmt nicht wehtun, und du wirst sehen: Es wird genau so schön wie gestern", versprach Gareth mit leiser, zärtlicher Stimme.

Und er versprach nicht zu viel.

Gareths Nähe, die immer leidenschaftlicheren Berührungen seiner Hände und Lippen versetzten Juanita zunehmend in ein Gefühl der Ekstase, das Angst und Unsicherheit in immer größere Ferne drängte – wie einen Schattenriss, dessen Konturen nach und nach vollständig verschwanden.

Erregt übersäte Juanita Gareths Brust mit Küssen und grub die Lippen in das Brusthaar seines Körpers, der so stark, so fest, so durch und durch männlich war. Nie konnte es einen anderen Mann geben, der an ihn heranreichte. Nicht für Juanita.

„Es ist so schön – das schönste Gefühl überhaupt", stöhnte sie leise.

Als Gareth ganz zu ihr drang, war sie in atemloser Erregung bereit für ihn und begann sich im rhythmischen Einklang mit ihm zu bewegen. Schneller und schneller schien sich die Welt zu drehen und ihren gewohnten Bahnen immer weiter zu entweichen ...

Gareth war schließlich derjenige, der das Abendessen, zu dem er ja eigentlich eingeladen war, zubereitete. Vorher hatte Juanita gemeinsam mit ihm geduscht, und zärtlich hatte er ihr danach seinen lila Bademantel umgehängt, damit sie nicht fror. Dann waren beide in die Küche gegangen, wo Gareth Juanita bat, sich auf dem Sofa auszuruhen, während er sich am Herd zu schaffen machte.

Als Ergebnis seiner Kochkünste präsentierte er schließlich Rühreier mit Schinken – sein größtes Leibgericht überhaupt, wie er fast glaubhaft beteuerte. Dazu gab es gebackene Bananen, Brot und Tomatensalat, sodass es sich immerhin um ein recht umfangreiches Menü handelte, das zu guter Letzt von einem besonders starken Kaffee abgerundet wurde.

Juanita zeigte sich ungewohnt schweigsam, während sie den Kaffee trank.

„Müde?" Besorgt legte Gareth seinen Arm um ihre Schultern.

Juanita schüttelte zwar den Kopf, doch ihr Gesicht wirkte blasser als sonst.

„Du hast heute den ganzen Tag über entschieden zu viel gearbeitet." Gareth küsste Juanitas Haar. „Weißt du was? Morgen ist doch Samstag. Kommen da auch Handwerker?"

„Kein einziger."

„Hervorragend!" Gareth wirkte ebenso erleichtert wie zufrieden. „Dann gönnen wir uns ein richtig ruhiges Wochenende ganz ohne Arbeit."

„Und dein Buch?", erkundigte sich Juanita.

„Kein Problem", winkte Gareth ab. „Dank deiner Idee komme ich mit dem Manuskript so gut voran, dass eine zweitägige Arbeitspause überhaupt kein Problem für mich darstellt."

„Das ist schön", sagte Juanita leise, während sie das Gähnen nur mühsam unterdrücken konnte.

„Und jetzt solltest du wirklich zu Bett gehen."

„Gern! Mit … dir?"

Gareth schmunzelte. „Mit wem sonst? Oder möchtest du lieber allein schlafen?"

„Bloß nicht!", wehrte Juanita fast entrüstet ab.

„Hoffentlich bedauerst du das morgen früh nicht. Manchmal bin ich nämlich ein richtiger Morgenmuffel."

„Halten Sie den Mund, Gareth Walker!", fuhr ihn Juanita in gespieltem Kommandoton an. „Und bringen Sie mich auf der Stelle zu Bett!"

So schön es kurz darauf war, den Übergang vom Wachsein zu immer größerer Schläfrigkeit in Gareths Armen zu genießen – richtig einschlafen konnte Juanita nicht. Ihre Hüfte hatte zu schmerzen begonnen.

Gareth entging nicht, dass etwas nicht stimmte. „Was ist?“, fragte er leise.

„Meine Hüfte tut so weh.“

„Kein Wunder, du hast heute wie ein gestandener Handwerksmeister gearbeitet, und das war wirklich zu viel für dich.“ Behutsam strich Gareth über Juanitas Hüfte. „Wie gut, dass ich Experte im Massieren bin. Wusstest du das schon?“

„Bisher nicht.“

„Praktische Erfahrung als Masseur habe ich zwar bisher nur bei der Behandlung von Pferden gewonnen. Aber jetzt bist du dran.“ Und schon begann Gareth mit sanftem Druck, Juanitas schmerzende Hüfte zu massieren. „Wie fühlst du dich?“, fragte er nach einer Weile.

„Besser als nach einer Rosskur“, murmelte Juanita mit geschlossenen Augen, „nämlich ganz wunderbar.“ Und fünf Minuten später lag sie auch schon in tiefem Schlaf.

Ohne viel zu unternehmen, genossen Juanita und Gareth während der beiden nächsten Tage ein rundum schönes Wochenende.

Juanita zeigte sich offener als je zuvor und fand Spaß daran, mit Gareth über immer neue Themen zu plaudern. Wenn es regnete, schliefen beide miteinander, und schien die Sonne, schwammen sie oft und gern im Pool. Zwischendurch genossen sie schöne Musik und exzellente Mahlzeiten, die Juanita auf den Tisch zu zaubern verstand.

„Schade, dass es schon vorbei ist“, bedauerte Juanita am Sonntagabend. Gemeinsam mit Gareth lag sie auf der Teppichbrücke im Arbeitszimmer und spielte mit ihm Scrabble. Dicht vor ihnen knisterte ein kleines Kaminfeuer gemütlich vor sich hin, während der Regen draußen heftig gegen die Fensterscheiben prasselte.

„Was ist schon vorbei?“, fragte Gareth verwirrt.

„Das Wochenende“, erwiderte Juanita, „und damit die Ruhe und der Frieden im Haus. Ab morgen wimmelt es hier wieder von Handwerkern.“

„Ach so, ja natürlich. Ich hatte eben … an etwas anderes gedacht.“

Juanita ahnte Gareths Gedanken, die auch ihr Sorge bereiteten. „Darüber … sollten wir miteinander sprechen.“

Er sah sie nachdenklich an und begann, sanft ihre Hand zu streicheln. „Ich glaube, wir müssen uns ehrlicherweise beide eingestehen, wie schön und erfüllend die Gemeinsamkeit der letzten Tage war. Bitte lass uns die Beziehung zueinander, die dabei entstand, noch für kurze Zeit auskosten, ja? Es ist früh genug, irgendwann in den nächsten Tagen darüber nachzudenken, wie es weitergehen soll …“

Gareth sah Juanita tief in die Augen, und sie wusste seinen Blick zu deuten. Fast gleichzeitig spürte sie – erst nur in der Brust, schnell aber am ganzen Leib – erneut jene einzigartige und seit Tagen so intensiv und oft erlebte Empfindung, die auf Erfüllung drängte.

„Gareth“, flüsterte Juanita fast hilflos.

Doch er legte nur spielerisch seinen Zeigefinger auf ihren Mund und begann bereits Sekunden später, sie langsam auszuziehen. Bluse, Jeans und Dessous glitten auf den Teppich. Der flackernde Schein des Kaminfeuers ließ Juanitas nackte helle Haut wie Gold glänzen und die Brustspitzen wie zarte Rosenknospen.

Es war ein ungeheuer stimmungsvoller Augenblick, als Gareth gemeinsam mit Juanita auf dem Teppich vor dem Kamin kniete, den Kopf zu ihr hinabsenkte, ihre Brüste küsste und mit der Zunge die empfindlichen Spitzen zu liebkosen begann. Aufreizend verführerisch streiften Gareths Hände über Juanitas Haut, erst über ihre Schultern, dann immer tiefer, bis seine Finger ihre empfindlichste Stelle berührten.

Stöhnend bäumte sich Juanita auf und legte dabei den Kopf in den Nacken, sodass ihr das lange offene Haar wie ein dunkler Vorhang über den Teppich floss.

Unter immer erregenderen Berührungen klammerte sie sich atemlos an Gareths Schultern, glitt gemeinsam mit ihm in höchster Ekstase zu Boden und bog sich ihm von grenzenlos lustvollem Verlangen erfüllt sehnsüchtig entgegen.

Sie stöhnte vor Wonne, als er endlich ganz bei ihr war und sie das Gewicht seines muskulösen Körpers spürte. Je kraftvoller sich Gareth in ihr bewegte, desto berauschender wirkten die immer neuen Wogen der Lust, deren höchsten Gipfel beide in ein und demselben Augenblick erreichten.

Als die Leidenschaft gestillt war und die Wellen der Erregung verebbten, löste sich Gareth von Juanita. Sie fühlte sich, kaum dass die intime Nähe zu ihm nicht mehr bestand, unverhofft allein und fast ängstlich.

Wortlos, als würde Gareth Juanitas unausgesprochene Gedanken erahnen, nahm er sie in die Arme. Ihr Herz klopfte wild, und dass es Gareth nicht anders ging, verriet sein noch immer heftiger Atem.

In diesem Augenblick wusste Juanita, dass ihn das Erlebnis der Liebe gleichermaßen stark erfüllte.

Und doch: Ein leises Gefühl von Zukunftsangst wollte einfach nicht weichen. Ich habe jetzt, dachte Juanita, tagelang immer wieder so schwindelerregend schöne Höhen erlebt, dass ich nie mehr in die Einsamkeit meines früheren Lebens zurückfallen möchte. Was kann ich bloß tun, um das Glück und die Geborgenheit der Gegenwart auch in der Zukunft festzuhalten?

Die neue Woche brachte die alte Arbeit zurück: Gareth schrieb tagsüber an seinem neuen Buch, während Juanita von morgens bis abends den planmäßigen Fortgang der Renovierung beaufsichtigte. So verbrachten beide den größten Teil des Tages völlig unabhängig voneinander. Allerdings: Sie aßen zusammen, sie lagen jede Nacht zusammen in einem Bett – und immer wieder liebten sie sich. Was dabei wuchs, war nicht nur körperliche Intimität, sondern darüber hinaus eine intensive seelische Nähe.

Juanita erfuhr, was Gareth am liebsten aß, wie er sich mit seinen Geschwistern verstand und mit welchen besonderen Belastungen der Beruf des Schriftstellers verbunden war. Umgekehrt erfuhr Gareth vieles aus Juanitas privatem Leben, dessen sie sich eigentlich erst nach dem Unfall richtig bewusst geworden war.

Und Gareth entdeckte immer neue Vorlieben, die mit Juanita in Zusammenhang standen: ihr Haar zu bürsten, die hübsche Kleidung zu bewundern, sie auszuziehen, ihre Hüfte zu massieren und Hilfestellungen bei dem krankengymnastischen Training zu leisten, das Juanita inzwischen mit dem Ziel begonnen hatte, in Zukunft so wenig wie möglich auf den Gehstock angewiesen zu sein.

Vor lauter liebevoller Zuwendung, die Juanita auf immer neue Art von Gareth Walker erfuhr, geriet mitunter die heimliche Sorge um ein künftiges Leben ohne ihn ganz in Vergessenheit. Aber es gab umgekehrt auch Momente, in denen diese Zukunftsangst schlagartig wieder in Juanitas Bewusstsein rückte. Mittwochmorgen zum Beispiel, als sie Gareth das Frühstück ans Bett brachte …

„Steven und Rebecca werden nach ihrer Rückkehr ganz schön überrascht sein“, sagte Juanita und stellte das Frühstückstablett auf den Nachttisch.

„Und warum?“, erkundigte sich Gareth.

Juanita schmunzelte. „Weil Mr. Walker mittlerweile überhaupt kein Morgenmuffel mehr ist und man ihn so ruhig schon mal vor dem Frühstück ansprechen darf.“

„Bin ich morgens tatsächlich nicht mehr so muffelig wie sonst?“

„Sag bloß“, tat Juanita entrüstet, „das hast du noch gar nicht bemerkt.“

„Eigentlich“, gestand Gareth, „habe ich nur eine Änderung bemerkt, die das Leben am frühen Morgen betrifft.“

„Und was ist neu in deinem Leben frühmorgens?“

„Meine Lust, noch ein bisschen im Bett zu bleiben und mit dir zu schlafen.“

„Das ist nur an Wochenenden erlaubt!“, wehrte Juanita mit gespielt strengem Gesichtsausdruck ab, während Gareth vergeblich versuchte, sie zu sich ins Bett zu ziehen. „Weißt du, dass in zehn Minuten die ersten Handwerker kommen und es hier im Haus heute richtig rundgehen wird? Du ruinierst mir noch meinen lieben langen Arbeitstag! Gedulde dich gefälligst bis heute Abend!“

Juanita gab Gareth einen Kuss und verließ lachend das Schlafzimmer. Doch kaum dass sie im Flur stand, holte sie der plötzliche Gedanke an alles Bevorstehende ein: das Ende der Renovierung, das Ende des Auftrages und des damit verbundenen Aufenthaltes in dieser Villa – und das mögliche Ende der Beziehung zu Gareth.

Unvermittelt wie dieser Gedanke war Juanitas Reaktion. Sie lachte nicht länger, und die plötzlichen Tränen in ihren Augen waren keine Freudentränen.

„Morgen kommen Wendy, Rebecca und Steven aus Sydney zurück", sagte Gareth wenige Tage später, als er mit Juanita gerade in der Küche saß und zu Mittag aß. Es gab Spaghetti Bolognese und gemischten Salat.

„Ja", erwiderte Juanita, sonst nichts.

„So schweigsam heute?" Besorgt sah Gareth sie an.

Juanita holte tief Luft. „Gareth, ich ... ich muss dir etwas sagen. Es kann nicht so weitergehen wie bisher. Ich halte das einfach nicht länger aus!"

Bestürzt sah er sie an: „Was denn um alles in der Welt?"

„Diese quälende Ungewissheit: Wie alles wird, wenn die Renovierung beendet ist und ich nicht mehr hier sein werde. Bisher habe ich vor dir zu verbergen versucht, wie sehr mich dieser Gedanke beschäftigt – ja, belastet. Bitte lass uns darüber sprechen, wie es weitergehen soll, und lass es uns jetzt tun."

„Gerne", erwiderte Gareth. „Unter einer Bedingung: dass ich dir eine Frage stellen darf und du diese Frage absolut aufrichtig beantwortest."

„Und welche Frage wäre das?"

„Bist du bereit, Juanita", sagte Gareth Walker mit ungewohnt leiser, aber sehr fester und fast feierlicher Stimme, „mich zu heiraten?"

Sekundenlang herrschte völlige Stille – und Juanita bemerkte, wie ihr sämtliches Blut vom Kopf in die Beine zu sacken schien. Einen Moment fühlte sie sich nur furchtbar schwindlig. Dann wurde ihr schwarz vor Augen.

„Gareth?"

„Ja, Juanita?" Er beugte sich über sie, und seine tiefblauen Augen wirkten besorgter als je zuvor.

„Was ist passiert?"

Gareth streichelte ganz sanft ihr Gesicht. „Du bist ohnmächtig geworden. Genau in dem Augenblick, als ich dich gefragt habe, ob du mich heiraten willst."

Juanita versuchte, sich auf dem Sofa, auf das Gareth sie gelegt hatte, ein wenig aufzurichten, doch er drückte sie behutsam in die Rückenlage zurück. „Bleib bitte liegen. Alles, was hier im Haus in so kurzer Zeit passiert ist, war zu viel für dich – viel zu viel: die Arbeit, die du bis zur körperlichen Erschöpfung geleistet hast ... der ständige seelische Druck ... die Angst, mich zu verlieren ... Und dann mein plötzlicher Heiratsantrag."

„Warum willst du mich heiraten, Gareth?" Juanitas Stimme klang noch immer ein bisschen schwach, aber das Gesicht war nicht mehr so blass.

„Weil ...", erwiderte Gareth heiser und räusperte sich, bevor er neu begann: „Weil ich mir dieses Haus und ein Leben ohne dich darin einfach nicht mehr vorstellen kann. Weil ich Angst davor habe, dass du mein Bett nicht mehr mit mir teilen könntest. Weil sich, seit wir uns kennen- und lieben gelernt haben, so vieles in meinem Leben geändert hat und schöner geworden ist. Weil ich meine Absicht, nicht wieder zu heiraten, inzwischen aufgegeben habe. Und das alles, weil ich dich liebe, Juanita, so sehr liebe, wie ich noch nie im Leben eine Frau geliebt habe und nie mehr eine andere Frau lieben werde."

„Woher willst du das so genau wissen?" Ein leises Lächeln huschte über Juanitas Gesicht. „Wir kennen uns doch noch gar nicht so lange."

Zärtlich strich ihr Gareth über das Haar. „Die Erfahrungen einer ganz kurzen Zeit können zuweilen zuverlässiger als die Beobachtungen langer Jahre sein. Es kommt immer darauf an, wie intensiv die Zeit durchlebt wird – und unsere Zeit zusammen, Juanita, war geradezu unglaublich intensiv. Was an Zuneigung und Zärtlichkeit, an Liebe, Vertrauen und Geborgenheit zwischen uns entstanden ist, entwickelte sich eigentlich innerhalb einiger weniger Stunden. Und das Einzige, was sich inzwischen verändert hat, ist, dass unsere Liebe zueinander immer stärker wurde – die körperliche Intimität genau wie die seelische Nähe."

„Und es würde dir wirklich nichts ausmachen", flüsterte Juanita, „wenn wir nie gemeinsame Kinder haben sollten?"

Gareth Walker lächelte. „Es geht mir nicht um Kinder, auch wenn ich sie noch so gerne mag. Es geht mir einzig und allein um dich, Juanita, denn dich liebe ich – so wie du bist."

„Und du meinst“, sagte sie leise, „dass sich daran nie etwas ändern wird?“

„Solange du dir ganz sicher bist, keinen anderen Mann zu lieben …“

Juanita griff nach seiner Hand. „Ich werde nie einen anderen Mann lieben. Immer nur dich.“

Seine tiefblauen Augen leuchteten dunkler als je zuvor. „Sind damit die Würfel über unsere gemeinsame Zukunft gefallen, Juanita?“

10. KAPITEL

Als Juanita zwei Tage später nach Sydney fuhr, schmückte ein bildschöner Saphir-Ring ihre linke Hand – der Verlobungsring. Das Schmuckstück hatte früher einmal Gareths Mutter gehört, die noch gelebt hatte, als er in erster Ehe verheiratet gewesen war. Deshalb hatte seine Frau diesen Ring nie getragen. Gareth hatte ihn Juanita am gleichen Abend aufgesteckt, als sie erstmals Fotos von Linda, seiner ersten Frau, zu sehen bekam.

Gareth war mit Juanita ins Arbeitszimmer gegangen, hatte dort eine Schrankschublade aufgeschlossen und die Bilder hervorgeholt, die sonst nirgendwo im Haus zu sehen waren – nicht nur Fotos von Linda, sondern auch von dem mit ihr zusammen verunglückten Sohn, der wenige Tage nach dem Unfall ein Jahr alt geworden wäre. Der Junge sah auf den Bildern bezaubernd aus – und seinem Vater sehr ähnlich.

„Warum schließt du diese Fotos weg?", fragte Juanita. „Sind deine Erinnerungen noch immer so schmerzlich?"

„Nein", erwiderte er. „Auch wenn man es selbst zunächst kaum glauben mag: Die Zeit heilt tatsächlich Wunden. Aber all das, woran diese Fotos erinnern, geschah in einem Lebensabschnitt, auf den ich nicht sonderlich stolz bin. Wahrscheinlich ist das der Grund, warum ich mich nicht so gern zurückerinnern mag. Das ändert aber nichts daran, dass ich das Grab meiner Frau und meines Sohnes regelmäßig besuche."

„Daran soll sich auch in Zukunft nichts ändern", erwiderte Juanita leise und warf noch einmal einen Blick auf die Fotos von Linda. „Sie sah wirklich wunderschön aus."

„Ja", war alles, was Gareth darauf antwortete, bevor er die Bilder wieder in der Schublade verschloss. Dann griff er behutsam nach Juanitas Hand, um sie gleich darauf zu seinem Mund zu führen und zu küssen – eine kleine Geste, die Juanita sehr rührte.

Am selben Abend waren Wendy und die Zwillinge aus Sydney zurückgekehrt. Gareth hatte darauf gedrängt, dass alle drei gleich nach der Ankunft zu Hause von den Heiratsabsichten erfuhren, mit denen sich Juanita und Gareth trugen.

Hatte Juanita mit etwas bangem Gefühl eine eher erschrockene Reaktion der drei Geschwister erwartet, erwies sich diese heimliche Sorge als absolut unbegründet: Wendy, Rebecca und Steven reagierten hocherfreut – und gar nicht sonderlich überrascht.

„Ich wusste es schon vorher“, erklärte die kleine Rebecca mit fester Stimme.

„Was wusstest du?“, fragte Gareth Walker verblüfft.

„Dass ihr heiratet. Ich hatte es im Gefühl.“

„Gar nicht wahr“, widersprach der kleine Steven und warf seiner Zwillingsschwester einen schwer gekränkten Blick zu. „Du hast mir schließlich gar nichts davon gesagt.“

„Weil Jungs sowieso nicht so viel wie Mädchen davon verstehen“, gab Rebecca hochmütig zurück.

„Ich muss zugeben“, mischte sich Wendy ein, „dass ich zwar nichts geahnt, aber doch irgendwie gehofft habe, dass ihr beide heiraten werdet.“

Woraufhin der kleine Steven eine noch ratlosere und gekränkte Miene als zuvor aufsetzte.

Gareth hatte Mitleid mit ihm. „Ich habe den Eindruck, junger Mann“, wandte er sich Steven zu, „dass du und ich in Zukunft noch viel mehr als bisher zusammenhalten müssen. Uns beiden droht offenbar Gefahr, von den Frauen total untergebuttert zu werden.“ Und damit legte er den Arm zur sichtlichen Erleichterung und Genugtuung des kleinen Jungen um dessen Schultern.

„Möchtest du, dass ich dich begleite?“

Mit dieser Frage hatte Gareth auf Juanitas Ankündigung reagiert, am nächsten Tag nach Sydney fahren zu wollen. Doch Juanita hatte den Kopf geschüttelt.

„Nein, Gareth, das meiste, was ich zu erledigen habe, ist rein geschäftlicher Natur. Ich hätte mich eigentlich schon längst in der Stadt um einige Dinge kümmern müssen. Die Gardinen, Vorhänge und Tagesdecken sind so gut wie fertig, und ich möchte mich vergewissern, ob Material, Farbe und Zuschnitt stimmen. Außerdem bin ich mit einer Tapetenlieferung nicht ganz glücklich. Ich muss mich erkundigen, ob ein Umtausch möglich ist. Vor allem aber muss ich BLUEMOON den üblichen Wochenbericht über den Fortgang der Renovierungsarbeiten erstatten. Und du brauchst deine Zeit schließlich auch – für dein neues Buch …"

„Das ist schon richtig", erwiderte Gareth zögernd, „aber du willst doch die Fahrt nach Sydney auch mit einem Besuch bei deinen Eltern verbinden. Wie werden sie auf unsere Heiratspläne reagieren, wenn du alleine zu ihnen kommst?"

„Wärst du mir böse, wenn ich meinen Eltern die Neuigkeit im Alleingang unterbreite?", fragte Juanita behutsam. „Vielleicht ist es für mein Selbstbewusstsein wichtig, mit der Reaktion meiner Eltern zunächst ganz allein konfrontiert zu sein."

„Ich weiß wirklich nicht, ob das gut wäre. Könnte es sein, dass deine Eltern unsere Heiratspläne missbilligen?"

Juanita lächelte. „Ich weiß es wirklich nicht. Ebenso gut kann es passieren, dass die Begeisterung meiner Eltern keine Grenzen kennt."

„Das bezweifele ich", zeigte sich Gareth skeptisch. „Hast du vielleicht irgendetwas vor, wovon ich nichts weiß?"

Juanita gab sich keck. „Und wenn es so wäre?"

Gareth zögerte einen Augenblick, bevor er antwortete. „Ich glaube, selbst dann wäre ich nicht beunruhigt, denn ich habe völliges Vertrauen zu dir." Und während er sie zärtlich in die Arme nahm, fügte er leise hinzu: „Bitte vergiss das nie, Juanita!"

Juanita hatte vorsorglich den Verlobungsring von der linken Hand abgenommen, als sie eine Stunde später ihrem Chef bei BLUEMOON gegenübersaß und über den Fortgang der Renovierungsarbeiten in der Walker-Villa Bericht erstattete.

Mitten im Satz wiederholte sich plötzlich, was Juanita bereits zwei Tage zuvor widerfahren war: Sie wurde von einer Sekunde zur nächsten ohnmächtig.

Zwar schien schon wenige Minuten später alles überstanden und wieder in Ordnung zu sein, doch da es sich immerhin um den zweiten Vorfall dieser Art in so kurzer Zeit handelte, begann Juanita allmählich doch, sich zu beunruhigen. Sie suchte sofort ihren Arzt in Sydney auf, bei dem sie seit dem Unfall in Behandlung war.

Nach einer gründlichen Untersuchung und Auswertung sämtlicher Laborbefunde überraschte der Arzt Juanita mit einer geradezu unglaublichen Diagnose ...

„Juanita – ich freue mich mit Ihnen und darf gratulieren: Sie werden Mutter."

„Was?" Einen Augenblick lang war Juanita völlig fassungslos. „Bisher hieß es doch immer, ich könne keine Kinder bekommen ...", sagte sie schließlich leise.

„Nun", erwiderte der Arzt, „die Rede war bisher von einer außerordentlich hohen Unwahrscheinlichkeit – und diese Prognose war angesichts der Art und des Umfanges Ihrer Unfallverletzungen einwandfrei richtig und begründet. Aber wissen Sie, Juanita, der menschliche Körper ist etwas Wunderbares und überrascht sogar uns Ärzte immer wieder mit oft unerwarteten Selbstheilungsmechanismen. Mir ist beispielsweise aus meiner Praxis der Fall einer Frau bekannt, der ebenfalls prognostiziert wurde, mit an Sicherheit grenzender Wahrscheinlichkeit nie Kinder bekommen zu können. Gemeinsam mit ihrem Mann entschloss sich diese Patientin daraufhin, ein Kind zu adoptieren. Nach der Adoption vergaß die Frau nach und nach den bisherigen Kummer über die kinderlose Ehe – und wurde, womit sie selbst am allerwenigsten gerechnet hatte, bald darauf schwanger."

Der Arzt hielt einen Augenblick lang inne und musterte Juanita lächelnd. „Vielleicht sind bei Ihnen – ähnlich wie bei der Patientin, von der ich eben berichtete – Ereignisse eingetreten, die ein so hohes Maß an seelischer Entlastung bewirkt haben, dass Ihr Körper darauf reagiert. Diese Vermutung drängt sich unweigerlich auf, denn gerade die Schwangerschaft der Frau bietet eines der beeindruckendsten Beispiele dafür, wie stark Körper und Seele zusammenwirken und sich wechselseitig beeinflussen."

Der Arzt warf einen kurzen Blick auf die Laborbefunde. „In Ihrem Fall, Juanita, deutet momentan alles auf einen bevorstehenden, völlig normalen Schwangerschaftsverlauf hin. Trotzdem empfehlen sich selbstverständlich mit Blick auf den vorangegangenen Unfall regelmäßige fachärztliche Untersuchungen während der Schwangerschaft."

„Natürlich." Juanita war noch immer verwirrt und fassungslos. „Was ich allerdings nicht verstehe: Weshalb werde ich jetzt immer wieder ohnmächtig?"

„Die Ohnmachtsanfälle haben mit Ihrer Schwangerschaft überhaupt nichts zu tun", erklärte der Arzt. „Die Laborbefunde zeigen, dass Sie an einer leichten Blutarmut leiden, die sich allerdings völlig problemlos behandeln lässt. Und diese Blutarmut – vermutlich in Verbindung mit einem Übermaß an Arbeit – war und ist Ursache Ihrer Ohnmachtsanfälle. Die Schwangerschaft hat damit nicht das Geringste zu tun."

„Heißt das ...", fragte Juanita leise, „... dass Sie meine Schwangerschaft zufällig festgestellt haben?"

„So ist es in der Tat", bestätigte der Arzt lächelnd.

„Ma, ob du es glaubst oder nicht: Ich bin schwanger!"

Juanita hatte, kaum dass sie im Anschluss an den Arztbesuch zu ihrem Elternhaus weitergefahren war, Sturm geklingelt. Nur ihre Mutter war zu Hause. Ihr Vater hielt sich in Adelaide auf, wo er das Grand-Prix-Rennen sehen wollte, an dem Damien teilnahm.

Mrs. Spencer-Hill reagierte auf die unverhoffte Nachricht, dass ihre Tochter ein Kind erwartete, ähnlich fassungslos wie Juanita selbst. „Das ... das ist ja ... nicht zu fassen!" Und dann breitete Mrs. Spencer-Hill nur noch wortlos die Arme aus, in die Juanita förmlich hineinflog.

Es dauerte Minuten, bis sich Mrs. Spencer-Hill – noch immer fassungslos, doch offensichtlich glücklich – leise erkundigte- „Wer ist der Vater? Und überhaupt: Wie ist das alles gekommen? Wir haben uns lange nicht mehr gesehen, und du scheinst inzwischen allerhand erlebt zu haben. Vor allem viel Gutes, denn du siehst wirklich aus wie das blühende Leben!"

Und Juanita erzählte. Zu ihrer eigenen Überraschung berichtete sie ihrer Mutter beinahe alles: von ihrem ersten selbstständig wahrgenommenen Auftrag und den anfänglichen Problemen mit dem Auftraggeber – bis hin zu der jetzt gefassten Absicht, ihn zu heiraten. Nur eines erwähnte Juanita vorerst nicht: den Namen Gareth Walker.

Noch bevor Mrs. Spencer-Hill sich danach erkundigen konnte, wie Juanitas künftiger Mann hieß, klingelte in der Diele das Telefon. „Ausgerechnet jetzt", sagte Mrs. Spencer-Hill.

Es war nur ein kurzes Telefongespräch, das sie mit ihrem Mann in Adelaide führte – aber dass es eine Hiobsbotschaft beinhaltete, wusste Juanita, als ihre Mutter den Hörer aufgelegt hatte und mit schreckensbleicher Miene ins Wohnzimmer zurückkam.

„Juanita", sagte Mrs. Spencer-Hill mit fast tonloser Stimme. „Es ist etwas Schreckliches passiert. Damien ist beim Grand Prix in Adelaide verunglückt."

Juanita wurde blass. „Ist er … ich meine …"

„Er lebt", erklärte Mrs. Spencer-Hill. „Aber sein Zustand ist äußerst kritisch."

Mit der nächsten erreichbaren Maschine flogen Juanita und ihre Mutter noch am selben Abend von Sydney nach Adelaide. Erst im Flugzeug wurde Juanita bewusst, in der Eile des Aufbruchs den Gehstock vergessen zu haben, den sie allerdings in den letzten Tagen ohnehin immer seltener benutzt hatte.

Habe ich den Stock wirklich vergessen, wollte ich ihn vergessen oder – will ich ihn in Zukunft vergessen, dachte Juanita unvermittelt. Habe ich diesen Gehstock nicht lange genug unbewusst vor allem auch deshalb gebraucht, weil ich mir selbst und allen Menschen um mich herum demonstrieren wollte, anders als andere zu sein: gehandicapt, unselbstständig, nicht vollwertig? War der Stock etwas, woran ich mich ebenso stark geklammert habe wie an mein Vorurteil, nie einem Kind das Leben schenken zu können?

Nach der Landung auf dem Flughafen von Adelaide sah Juanita nicht nur ihren Vater wieder, der sie und ihre Mutter in Empfang nahm. In der Abfertigungshalle des Flughafengebäudes entdeckte Juanita – ohne darüber wirklich überrascht zu sein – auch Gareths Schwester Xanthe. Sie war nahezu auf die Minute zeitgleich mit der Maschine aus Perth gelandet und kam aschfahl und mit Tränen in den Augen auf Juanita zugestürmt.

„Oh Juanita, was für ein Glück, dich hier zu treffen“, schniefte Xanthe. „Ich … ich habe die Fernsehübertragung des Rennens mitverfolgt und weiß, dass Damien verunglückt ist. Gleich mit der ersten Maschine bin ich hierhergeflogen, obwohl ich gar nicht weiß, ob ich zu ihm darf. Ich …“ Sie weinte noch heftiger. „… ich habe mir schon überlegt, ob ich mich als Krankenschwester verkleide, um ihn sehen zu können. Aber ich weiß nicht, ob das eine gute Idee ist. Ich weiß nur, dass ich auf schnellstem Weg ins Krankenhaus und zu Damien möchte. Bitte, Juanita, nimm mich mit.“ Und hemmungslos schluchzend fiel Xanthe ihr in die Arme.

Im Krankenhaus von Adelaide, wo Juanita gemeinsam mit ihren Eltern und Xanthe eine halbe Stunde später eintraf, begann für alle vier eine harte Nervenprobe: In Erfahrung zu bringen war nur, dass ein Ärzteteam seit Stunden um Damiens Leben kämpfte, das an einem seidenen Faden hing. Niemand konnte im Krankenhaus Auskunft darüber geben, wie lange die Operation noch dauern würde. „Sie werden auf alle Fälle sofort informiert, sobald wir Näheres sagen können“, hatte ein junger Assistenzarzt erklärt. „Bitte haben Sie Geduld.“

Quälende Stunden des Wartens begannen – Stunden, in denen Juanita eine erstaunliche Beobachtung machen konnte: Xanthe schien eine plötzliche innere Stärke zu entwickeln, die Juanita ihr nie zugetraut hätte. Welch eine geradezu unglaubliche Veränderung, dachte Juanita und beobachtete aus den Augenwinkeln, wie Xanthe beruhigend auf Mr. und Mrs. Spencer-Hill einredete. Immer wieder griff Xanthe nach der Hand von Juanitas Mutter und streichelte sie behutsam. „Damien wird es schaffen. Ich weiß, er wird es schaffen“, sagte Xanthe wiederholt mit ruhiger, zuversichtlicher Stimme, die nicht im Geringsten mehr an jenes allzu oft hemmungslos weinende Mädchen erinnerte, als das Xanthe bisher in Erscheinung getreten war. Unter dem Eindruck eigener Angst um Damiens Leben schien Xanthe über sich selbst hinauszuwachsen, und tatsächlich gelang es ihr – ausgerechnet ihr –, mit ihrer scheinbar unerschütterlichen Ruhe sowohl Juanita als auch ihre Eltern anzustecken …

Erst nach etwa vier Stunden quälender Warterei durften Juanita, ihre Eltern und Xanthe nach beendeter Operation zu Damien. „Aber wirklich nur für einige wenige Minuten", sagte der Chefarzt, unter dessen Leitung Damien erfolgreich operiert worden war. „Auch wenn der Patient über den Berg zu sein scheint, lässt sich ein längerer Besuch zur Stunde noch nicht verantworten."

Hoffentlich, dachte Juanita, reagiert Damien nicht abweisend, wenn er Xanthe sieht.

Damien schlug die Augen auf, als sich die Tür zum Krankenzimmer öffnete und vier Personen ganz leise eintraten.

„Xanthe", sagte er mit fast tonloser Stimme und versuchte, die Hand nach ihr auszustrecken. „Bist du es wirklich? Ich ... ich habe mich so nach dir gesehnt ..."

„Gareth!"

Xanthe stürzte auf ihren Bruder zu, der gerade den Krankenhauseingang passiert hatte, als sie zusammen mit Juanita und ihren Eltern das Gebäude verlassen wollte.

Bevor Juanita Gareth in den Arm fiel, wandte sie sich lächelnd zu ihren Eltern um. „Das ist er!"

„Wer?", fragten Mr. und Mrs. Spencer-Hill wie aus einem Munde.

„Mein künftiger Mann – und euer Schwiegersohn."

Für Juanitas Vater war die Überraschung noch um einiges größer als für seine Frau, die im Gegensatz zu ihm ja bereits von Juanitas Heiratsplänen wusste. Dennoch war die Überraschung auch für sie sehr groß.

„Gareth Walker?", fragte sie verblüfft. „Der Schriftsteller Gareth Walker, den ich noch aus der Zeit kenne, als er Journalist und nicht so berühmt wie heute war, wird mein Schwiegersohn?"

Gareth lächelte. „Falls Ihre Tochter es sich nicht noch anders überlegt ..."

Zehn Minuten später fuhren Mr. und Mrs. Spencer-Hill in das Hotel, in dem Juanitas Vater bereits seit Tagen wohnte. Auch Xanthe wollte sich dort einquartieren, um in unmittelbarer Nähe Damiens bleiben zu können.

Gareth drängte dagegen darauf, sich mit Juanita zusammen ein

Zimmer in einem anderen Hotel zu nehmen. „Wir beide brauchen ein bisschen Zeit, um ganz unter uns zu sein", begründete er den Wunsch, für den Juanitas Eltern Verständnis zeigten. „Alles Weitere, worüber im Zusammenhang mit der Hochzeit gesprochen werden sollte, lässt sich in den nächsten Tagen nachholen."

Auf der Taxifahrt ins Hotel erfuhr Juanita, weshalb Gareth so unverhofft nach Adelaide gekommen war.

„Ich habe mir wirklich Sorgen um dich gemacht, weil du mich aus Sydney nicht angerufen hast", berichtete Gareth Walker. „Daraufhin rief ich bei BLUEMOON an, weil ich glaubte, dich dort erreichen zu können. Stattdessen erfuhr ich, dass du die Firma zwar aufgesucht, dort aber einen weiteren Ohnmachtsanfall erlitten hast. Mein Versuch, deine Eltern telefonisch zu erreichen, schlug fehl. Niemand meldete sich. Und als ich dann im Radio hörte, dass dein Bruder beim Grand-Prix-Rennen in Adelaide verunglückt ist, war mir klar, wo ich dich finde. Gleich mit der nächsten Maschine bin ich dann nach Adelaide geflogen. Ich bin so in Sorge wegen deiner Ohnmachtsanfälle ..."

„Du brauchst dir keine Sorgen zu machen", erwiderte Juanita und streichelte Gareths Hand. „Ich war inzwischen beim Arzt. Es ist wirklich nichts Schlimmes, nur eine leichte Blutarmut, die problemlos behandelt werden kann. Aber mich quält eine ganz große Sorge, die dich betrifft ..."

Erst im Hotel – unter vier Augen – mochte Juanita Gareth von der Sorge berichten, von der sie sich bisher nicht freimachen konnte. „Ich wünsche mir einerseits nichts sehnlicher, als dich zu heiraten, Gareth. Aber gleichzeitig habe ich Angst davor, dass du ... Mitleid mit mir hast."

„Warum sollte ich das?" Gareth nahm Juanita zärtlich in den Arm. „Abgesehen davon, dass es mich nie gestört hat, wenn du manchmal nicht völlig flüssig gesprochen hast, stelle ich fest, dass du, seit wir das erste Mal miteinander geschlafen haben, nicht ein einziges Mal mehr gestottert hast. Und noch etwas ist mir aufgefallen – gleich im ersten Augenblick, als ich dich hier in Adelaide wiedergesehen habe: dass du nicht mehr am Stock gehst. Ich bin so wahnsinnig stolz auf dich, Juanita – und ahne, dass du den Stock nie wieder brauchen wirst."

„Ich hoffe, du behältst recht.“ Juanita lächelte.

„Bleibt als einziger Grund, warum ich Mitleid empfinden könnte, ohne es allerdings zu tun: deine Ungewissheit, ob du je Kinder zur Welt bringen kannst …“

„Es ist keine Ungewissheit mehr“, erwiderte Juanita. „Wie gesagt, ich war inzwischen beim Arzt …“

„Gut“, sagte Gareth, „also auch wenn zwischenzeitlich feststeht, dass du nie schwanger wirst …“

„Wieder falsch.“ Juanitas Lächeln vertiefte sich. Sie nahm Gareths Hand, führte sie zum Mund und küsste sie.

„Wieso?“, fragte Gareth Walker verblüfft. „Also … jetzt verstehe ich überhaupt nichts mehr.“

Juanita schmiegte sich eng an ihn. „Es ist auch tatsächlich schwer zu begreifen – und dennoch wahr, Gareth: Ich bekomme ein Kind von dir.“

Er ließ sich auf einen Stuhl sinken. „Sag das noch mal.“

„Wir werden“, sagte Juanita leise, „nicht nur miteinander verheiratet, sondern auch Eltern sein.“

„Ich bin …“, hob Gareth leise an.

„Fassungslos?“

„Und glücklich, wahnsinnig glücklich“, fuhr Gareth fort. „Übrigens – für dich habe ich auch noch eine Überraschung.“ Er öffnete seinen Aktenkoffer und zog einen Schnellhefter hervor. „Lies mal!“

Überrascht überflog Juanita die maschinengeschriebenen Seiten, die eine Zusammenfassung des Buches beinhalteten, an dem Gareth arbeitete. Der Roman handelte von einem Schriftsteller, in dem Juanita sofort Gareth wiedererkannte, sowie von einer Frau, die …

„Das … das bin ja ich …“, rief Juanita.

„Und das ist unsere Geschichte“, sagte Gareth lächelnd, „beginnend in dem Augenblick, als du bei mir aufgetaucht bist und ein hochgewachsener Mann in offensichtlich sehr entnervtem Zustand die Haustür öffnete. Mein Verleger ist übrigens von der Story begeistert. Ich habe gerade gestern mit ihm gesprochen, auch darüber, welche Dinge noch ein bisschen verfremdet werden müssen, damit niemand die wahren Beteiligten wiedererkennt: dich und mich.“

Juanita nahm Gareths Hand und führte sie unter die Bluse zwischen ihre Brüste, wo an einer kleinen Goldkette ihr Verlobungsring hing. „Ich liebe dich, Gareth", sagte sie leise, „und ich freue mich auf das Leben mit dir."

Er küsste sie zärtlich. „Ich liebe dich ebenso sehr, Juanita. Und irgendwie komme ich mir vor wie ein Mann, der nach Jahren aus der Wüste heimkehrt. Ich glaube, du und ich – wir sind die glücklichsten Menschen auf Erden. Bitte lass mich nie mehr allein."

– ENDE –

Helen Bianchin

Eine außergewöhnliche Frau

Roman

Aus dem Amerikanischen von
Dr. Susanne Hartmann

MIRA®

1. KAPITEL

Rafael ließ Wasser in die Glaskanne laufen, warf dabei einen kurzen Blick aus dem Küchenfenster und sah, dass die Sonne schien. Er drehte den Hahn zu, füllte das Wasser in den Tank der Kaffeemaschine, schob die Kanne auf die Warmhalteplatte, löffelte frisch gemahlenen Kaffee in den Filter und schaltete die Maschine ein.

Eier und Toast waren fertig. Spontan stellte er alles auf ein Tablett und trug es nach draußen auf die Terrasse. Er kehrte in die Küche zurück, trank den Orangensaft aus, nahm die Kaffeekanne und die Morgenzeitung mit und wagte sich in die erste Frühlingssonne.

Sich Zeit für ein gemütliches Frühstück zu nehmen war ihm zur Gewohnheit geworden. Der schönste Teil des Tages, dachte er zufrieden, während er sich das Essen schmecken ließ, die Schlagzeilen überflog und las, was ihn interessierte. Die Wirtschaftsseiten ging er sorgfältig durch, dann betrachtete er flüchtig die Fotos der Gesellschaftskolumnen und wollte gerade umblättern, als er in der unteren rechten Ecke ein Bild von sich entdeckte. Sasha sah fantastisch aus. Das Lächeln war genau richtig, die Haltung eingeübt, damit sie sich so attraktiv wie nur möglich präsentierte. Rafael las die Bildunterschrift und kniff die Augen zusammen.

Zur Feier der jüngsten Firmenübernahme durch „Aguilera" genießen der Multimillionär und Unternehmer Rafael Velez-Aguilera und Sasha Despojoa einen Abend im Restaurant „Déjeuner".

Rafael lächelte schwach. Ja, ich kann von mir behaupten, reich und geschäftstüchtig zu sein, dachte er mit grimmiger Genugtuung. Er wohnte in einem schönen Haus in einem der vornehmen Vororte Sydneys und besaß ein beneidenswertes Investmentportfolio sowie Immobilien in mehreren Hauptstädten.

Dem Anschein nach hatte er alles.

Seinen Werdegang hatte der Kolumnist allerdings nicht berücksichtigt. Die Armut, in der er aufgewachsen war, die alles andere als gesunde Schule, in der die Starken überlebt hatten und die Schwachen aufgegeben worden waren. So weit er zurückdenken konnte, hatte er mehr gewollt als ein Dasein im falschen Teil der Stadt. Mehr, als ständig vor der Polizei auf der Hut, einen Schritt voraus und schlagfertig sein zu müssen. Er hatte alles gesehen und nur weniges nicht getan.

Er hatte aus der Welt herausgewollt, in der Überleben das einzige Ziel war. Gerissenheit hatte dazugehört. Und Bildung, um die er gekämpft hatte. Er hatte Stipendien erhalten und sein Studium mit Auszeichnung abgeschlossen. Nicht um des Ruhms und der Ehre willen. Nicht, um seine Eltern zu erfreuen. Er hatte es für sich getan.

In den folgenden Jahren war er sehr erfolgreich gewesen. Jetzt, mit sechsunddreißig, war er genau da, wo er sein wollte. Er konnte sich jede Frau nehmen, die er begehrte. Und häufig tat er es, aber wählerisch.

Seine neueste Freundin deutete eine dauerhafte Beziehung an, er jedoch verspürte keinen Wunsch, sich festzulegen, auch wenn sie ihm im Bett gefiel.

Gab es überhaupt die eine Frau für einen Mann? Die Einzige? Er bezweifelte es.

Das Klingeln des Handys riss ihn aus seinen Gedanken. „Velez-Aguilera."

„*Buenos dias, querido*", flüsterte eine Frau verführerisch.

Sie war hinterhältig. Der erotische Klang ihrer Stimme sollte ihn erregen und daran erinnern, was er am vergangenen Abend ausgeschlagen hatte. „Sasha."

„Störe ich dich, Darling?"

Das war nun wirklich eine zweideutige Frage. „Nein", erwiderte Rafael wahrheitsgemäß.

„Ich dachte, wir könnten heute Abend zusammen essen."

Er wusste den Eifer einer Frau durchaus zu schätzen, war jedoch lieber selbst der Jäger. „Ich muss mir die Einladung für später gutschreiben lassen."

„Dann also ein anderes Mal?"

Sie hatte sich schnell erholt, musste aber noch einmal hören, dass er darauf zurückkommen würde. Rafael ignorierte ihr Bedürfnis, beruhigt zu werden. „Vielleicht“, sagte er und beendete das Gespräch.

Nachdenklich ließ er den Blick über die gepflegten Gartenanlagen mit den Blumenbeeten und Sträuchern, das schimmernde blaue Wasser des Swimmingpools und den Tennisplatz gleiten, bevor er sich wieder der Zeitung zuwandte.

Er schenkte sich noch eine Tasse Kaffee ein, sah auf seine Armbanduhr und bestrich die letzte Scheibe Toast mit Marmelade. Fünf Minuten später trug er das Tablett in die Küche, räumte das Geschirr in die Spülmaschine und ging nach oben, um sich anzuziehen. Er hatte viele Designeranzüge, und an diesem Tag entschied er sich für einen italienischen. Nachdem er die Weste zugeknöpft und die Seidenkrawatte gebunden hatte, zog er das Jackett an, schlüpfte in handgearbeitete italienische Schuhe, nahm Aktenkoffer und Laptop und kehrte ins Erdgeschoss zurück. Er stellte die Alarmanlage ein, dann ging er in die Garage und stieg in seinen Mercedes der obersten Preisklasse.

Rafael besaß Büroräume in einem oberen Stockwerk eines der Hochhäuser aus Beton, Stahl und Glas im modernen Stadtzentrum Sydneys. Das Gebäude war ein architektonisches Meisterwerk und hatte eine herrliche Aussicht auf den Hafen. Es herrschte starker Verkehr, und als er an einer Ampel lange warten musste, öffnete er den Laptop, überprüfte seine Termine für diesen Tag und notierte sich, seine Sekretärin zwei Anrufe machen zu lassen.

Fünfzehn Minuten später fuhr Rafael in die für ihn reservierte Parklücke in der Tiefgarage, schaltete den Motor aus, nahm Aktenkoffer und Laptop und stieg aus.

„Rafael Velez-Aguilera“, sagte eine Frau hinter ihm.

Er drehte sich langsam um und blickte sie gelassen an. Nichts deutete darauf hin, dass er in Wirklichkeit wachsam und bereit war, beim ersten Anzeichen eines Überfalls zuzuschlagen.

Blond, zierlich, schlank, grüne Augen, hübsches Gesicht. Sie schien keine ernst zu nehmende Gegnerin zu sein, aber andererseits besagte Aussehen nichts. Rafael war sich darüber im Klaren, was jemand anrichten konnte, der in Kampfsportarten ausgebildet war, und er wusste, dass Größe und Geschlecht keine Rolle spielten. Hatte sie eine Waffe? Er achtete darauf, wie sie ihre Handtasche festhielt. Wenn sie ein Messer oder eine Pistole darin hatte, konnte er sie bei der ersten Bewegung entwaffnen. Verdammt, das ganze Gebäude wurde von Wachmännern kontrolliert. Wie war die Frau überhaupt hier hereingekommen?

„Ja."

„Ich muss mit Ihnen reden."

Rafael beobachtete sie wachsam und schätzte ihren nächsten Schritt ab. „Ich bin ein viel beschäftigter Mann." Er sah demonstrativ auf seine Armbanduhr.

„Fünf Minuten." Sie hatte die Sätze geübt und die Zeit gestoppt. Wenn nötig, würde sie es in weniger als fünf schaffen.

„Machen Sie mit meiner Sekretärin einen Termin ab."

„Das habe ich versucht." Nichts, was in den Medien über diesen Mann berichtet wurde, konnte richtig vermitteln, wie er war und was für eine Autorität er ausstrahlte. Sie rang sich ein Lächeln ab. „Ihre Sicherheitsvorkehrungen sind unüberwindbar."

„Es ist Ihnen gelungen, in die Tiefgarage zu gelangen." Er würde sofort jemand mit der Untersuchung des Vorfalls beauftragen.

„Mit einem Trick." In Wirklichkeit hatte sie einem Wachmann die Wahrheit gesagt und ihn verzweifelt gebeten, sie durchzulassen. Sie konnte nur hoffen, dass er nicht ihretwegen seinen Job verlor.

Rafael musste einräumen, dass sie Mumm hatte. „Den Sie jetzt bei mir anwenden wollen?"

„Noch mehr Zeit verschwenden?"

Er war neugierig geworden. „Zwei Minuten. Wie heißen Sie?"

„Mikayla." Was sie als Nächstes sagte, würde eine vernichtende Wirkung haben. „Joshua Petersens Tochter."

Rafael Velez-Aguilera presste die Lippen zusammen. „Nein", sagte er kalt.

Genau die Reaktion hatte sie erwartet, aber sie blieb hartnäckig. Sie musste. „Sie haben mir zwei Minuten gegeben."

„Ich könnte Ihnen zwanzig geben, und die Antwort wäre immer noch Nein."

„Mein Vater stirbt."

„Wollen Sie mein Mitgefühl?"

„Nachsicht."

Seine Gesichtszüge wurden härter, und er blickte sie durchdringend an. Unnachgiebig. Gefährlich. „Sie wagen es, um Nachsicht für einen Mann zu bitten, der in meinem Unternehmen mehrere hunderttausend Dollar unterschlagen hat?"

„Mein Vater ist ins Krankenhaus eingeliefert worden. Er hat einen inoperablen Gehirntumor. Wenn Sie fordern, dass Anklage gegen ihn erhoben wird, verbringt er die letzten Wochen seines Lebens im Gefängnis."

„Nein." Rafael aktivierte die Alarmanlage des Autos, steckte die Schlüssel ein und ging auf die Fahrstühle zu.

„Ich tue alles." Es war ein letzter verzweifelter Versuch. Zwei durch Boten zugestellte Briefe waren ignoriert, Anrufe nicht erwidert worden.

Er blieb stehen, drehte sich um und taxierte unverschämt ihre schlanke Figur. „Es wäre viel mehr nötig, als Sie geben können."

„Das wissen Sie nicht."

„Doch", sagte er spöttisch, „ich weiß es."

Wenn er in den nur mit einem Schlüssel zugänglichen Fahrstuhl stieg, würde sie ihn verlieren. „Bitte."

Rafael ging weiter, ließ den Lift kommen und blickte sich um. „Sie haben eine Minute. Wenn Sie sich dann noch in der Tiefgarage aufhalten, werden Sie wegen unbefugten Betretens des Gebäudes verhaftet." Er rechnete damit, dass sie wütend wurde, vielleicht sogar versuchte, ihn anzugreifen. Oder ihm einen Weinkrampf vorspielte. Stattdessen hob sie stolz das Kinn und rang um Beherrschung. Nur eine einzige Träne rollte ihr über die Wange. Ein Piepton meldete die Ankunft des Fahrstuhls. Rafael öffnete mit dem Schlüssel die Türen, betrat die Kabine und steckte den Schlüssel in den Schlitz. „Dreißig Sekunden." Die Türen glitten zu, und er wurde rasch nach oben zu seinen Geschäftsräumen befördert.

Er nickte der Brünetten zu, die an dem ultramodernen geschwungenen Empfangstisch arbeitete, grüßte seine Sekretärin und ging in sein

Büro. Ein elektronisches Genie zu sein hatte ihm ein Vermögen eingebracht. Die Computertechnologie entwickelte sich rasend schnell, und das Internet war seine Stärke.

Zwei Stunden später sicherte Rafael die Datei, an der er gearbeitet hatte, und öffnete die Petersen-Datei. Er hatte zu viel erlebt, um sich noch von irgendetwas aus der Ruhe bringen zu lassen, aber das Gesicht einer jungen blonden Frau und die eine Träne, die ihr über die Wange gerollt war, drängten sich ihm immer wieder auf, und er wollte die Bilder loswerden.

Joshua Petersen, Witwer, ein Kind, Mikayla, fünfundzwanzig, ledig, Lehrerin. Adresse, Telefonnummer, der Name der Schule, an der sie unterrichtete, und Hobbys waren aufgeführt. Rafael zog die Augenbrauen hoch. Taekwondo? Er ging die Liste durch, druckte sie aus, faltete das Blatt Papier und steckte es in die Innentasche seines Jacketts. Dann telefonierte er. „Beschaffen Sie mir alles über Joshua Petersen und seine Familie."

Der Mann hatte Spielschulden als Grund für seine Unterschlagung angegeben. Damals hatte Rafael nicht weiter nachgeforscht.

Eine Stunde später hatte er die Informationen. Was Mikayla Petersen über den Gesundheitszustand ihres Vaters gesagt hatte, entsprach den Tatsachen. Rafael druckte den Bericht aus und las ihn noch einmal durch. Joshua Petersen hatte mit dem Geld die Pflege seiner Frau in einer Privatklinik bezahlt, wo sie nach einem Autounfall monatelang im Koma gelegen hatte, bevor sie gestorben war. Rafael blickte auf das Datum ... Vor einem halben Jahr. Der Mann wäre fast damit davongekommen. Aber dann waren bei einer Buchprüfung nicht ordnungsgemäße Einzahlungen entdeckt worden: Joshua Petersens Bemühen um Wiedergutmachung. Und im Spielkasino war er nur einige Male im Zeitraum von vier Wochen gewesen. Der letzte verzweifelte Versuch, das ganze Geld zu gewinnen und zurückzuzahlen?

Rafael lehnte sich in seinem Sessel zurück, schloss die Augen und überlegte, was er als Nächstes tun sollte.

Du lieber Himmel, woran dachte er denn da? Der Vater war ein Dieb. Warum sollte ihn die Tochter interessieren?

Sie weckt meine Neugier, korrigierte er sich später an diesem Nachmittag. Zwischenmenschliche Beziehungen. Loyalität gegenüber der Familie. Wie weit ging ihre? Er beschloss, es herauszufinden. „Wenn Mikayla Petersen anruft, stellen Sie sie durch“, wies er seine Sekretärin über die Sprechanlage an.

Es dauerte vierundzwanzig Stunden. Dass er richtig geschätzt hatte, befriedigte ihn. Er hielt das Gespräch kurz. „Halb acht.“ Er nannte ein Restaurant.

Mikayla hatte sich auf eine weitere Zurückweisung vorbereitet und war einen Moment lang hin und her gerissen zwischen Hoffnung und Verzweiflung. „Ich kann nicht.“

„Warum nicht?“

„Ich arbeite abends.“

„Melden Sie sich krank.“

Du lieber Himmel. Sie konnte es sich nicht leisten, den Job zu verlieren. „Ich habe um elf Schluss“, sagte sie standhaft.

„Als Lehrerin?“, fragte er ungläubig.

„Als Serviererin.“

Ein kurzes Schweigen folgte. „Wo?“

„Kein Treffpunkt für Sie.“

„Wo?“ Er war schon in Spelunken gewesen, die sie sich nicht einmal vorstellen konnte.

Sie sagte es ihm.

„Ich hole Sie dort ab.“

Rafael ging um halb elf in das Lokal. Er setzte sich an einen Tisch, bestellte Kaffee, sah sich die Gäste an und beobachtete, wie Mikayla Petersen mit ihnen fertig wurde. Es machte sie nervös, und genau das hatte er beabsichtigt. Amüsiert verfolgte er, wie sie versuchte, ihn zu ignorieren, ärgerte sich jedoch ein bisschen, als ein Gast, der zu viel getrunken hatte, die Hand über ihren Po gleiten ließ. Rafael brauchte nicht zu hören, was sie sagte. Sie wurde rot vor Wut, und ihre Augen funkelten gefährlich.

War sie voller Groll, weil sie einen zweiten Job hatte annehmen müssen? Nahm sie ihrem Vater übel, dass er sie in diese Lage gebracht hatte? Vielleicht nicht. Mikayla Petersen hatte Mut und Stolz gezeigt.

Eigenschaften, mit denen sich Rafael identifizierte und die er bewunderte. War das nicht der Grund, warum er hier war?

Um elf trug Mikayla einen Stapel Geschirr in die Küche und erklärte, sie könne keine Überstunden machen. Sie band die Schürze ab und hängte sie an den Haken, dann besserte sie ihr Make-up auf und kehrte ins Restaurant zurück. Rafael Velez-Aguilera ist kein Mann, den ich warten lassen darf, dachte sie flüchtig. Er stand an der Tür, und sie ging vor ihm nach draußen und blieb auf dem Bürgersteig stehen. Er deutete auf die andere Straßenseite. Erst nach einigen Minuten fand sich eine Lücke im Verkehr.

Das Auto war groß und luxuriös. Rafael Velez-Aguilera drehte den Zündschlüssel und fädelte sich in den Strom der Autos ein. Er hatte gesagt, sie würden Kaffee trinken. In der Innenstadt sicher nicht. Das Schweigen machte Mikayla nervös, aber sie hielt den Mund. Aus welchen Gründen auch immer, sie bekam eine Chance. Sie riskierte nicht, sie zu vergeben.

Es dauerte nicht lange, aus der Innenstadt herauszukommen, in der das Nachtleben erst im Morgengrauen endete. Schnell erreichten sie das elitäre Double Bay, das Viertel der Reichen und Berühmten, in dem die exklusivsten Läden für australische, französische und italienische Designermode waren und die Mitglieder der Schickeria in Straßencafés bei Espresso und Milchkaffee über vergangene, aktuelle und zukünftige gesellschaftliche Ereignisse sprachen oder sogenannte Freunde und Bekannte kritisierten.

Natürlich war genau dort eine Parklücke, wo Rafael Velez-Aguilera sie brauchte. Mikaylas Anspannung nahm noch zu, als sie aus dem Auto stieg. Wie viel Zeit würde sie das Gespräch kosten? Sie musste noch Aufgaben für den Unterricht am nächsten Tag zensieren. Von der Schule war sie direkt zum Krankenhaus gefahren und von dort rechtzeitig nach Hause, damit sie eine Kleinigkeit essen und sich umziehen konnte, bevor sie zur Arbeit musste. Du lieber Himmel, ihre Füße brachten sie um. Sie musste die Pumps mit den Stilettoabsätzen im Restaurant tragen, ebenso wie die dünne schwarze Strumpfhose, den kurzen Rock und das knappe Top, und sie hasste die Dienstkleidung fast ebenso sehr wie den Job.

Rafael Velez-Aguilera führte sie zu einem schicken Café, und Mikayla biss die Zähne zusammen und passte sich trotz ihrer schmerzenden Füße seinem schnellen Gang an. Er wählte einen Tisch auf dem Bürgersteig, und kaum saßen sie, als auch schon ein Ober kam, um die Bestellung aufzunehmen. Mikayla bat um einen Milchkaffee, entcoffeinierten, weil sie sonst die halbe Nacht wach bleiben würde.

„Essen Sie", befahl Rafael, sobald die Sandwiches gebracht wurden, die er bestellt hatte. Er kannte den Tagesablauf gut. Essen im Laufschritt, wenn sie Glück hatte. Wahrscheinlich oft nicht einmal das. Er lehnte sich zurück und beobachtete, wie sie sich große Mühe gab, ihren Hunger nicht hastig zu stillen. „Ich schlage vor, dass Sie Ihre Sache vortragen", sagte er, nachdem sie zwei Sandwiches gegessen und ein Drittel ihres Kaffees getrunken hatte. Er sah, dass sie mitten in der Bewegung verharrte, bevor sie die Tasse hinstellte.

Mikayla ballte die Hände auf dem Schoß zu Fäusten. Sie hasste Rafael Velez-Aguilera fast ebenso sehr wie sich selbst für das, was sie sagen würde. „Ich unterrichte fünf Tage die Woche in der Schule, an sieben Abenden arbeite ich in dem Restaurant. Am Wochenende arbeite ich tagsüber in einem Laden. Zieht man Miete, Essen, Strom, Gas und Wasser ab, würde es ein ganzes Leben dauern, Ihnen zurückzuzahlen, was mein Vater Ihnen schuldet." Du lieber Himmel, wie konnte sie nur so etwas tun? Verdammt, sie hatte keine andere Wahl. „Ich habe nur mich selbst anzubieten. Als Ihre Geliebte. Ich würde Ihnen ein Jahr lang sexuell und gesellschaftlich zur Verfügung stehen."

Rafael verspürte den Wunsch, sie zu schütteln, und er dachte lieber nicht darüber nach, warum. „Das ist Ihr Angebot?", fragte er gefährlich leise.

Furcht ließ sie schaudern. Würde er es annehmen? Was, wenn er es nicht tun würde? „Ich bin bereit zu verhandeln."

Er blickte sie prüfend an, bis sie kurz davor war zu schreien. „Nennen Sie Ihre Bedingungen."

„Ich unterschreibe einen Vertrag, der festlegt, dass ich während unserer Beziehung, bei ihrem Ende und für den Rest meines Lebens keinen Anspruch auf Ihr Vermögen habe. Dafür verzichten Sie auf eine

Anklage und die Zurückzahlung des Geldes."

„Solch eine Loyalität ist bewundernswert", sagte Rafael spöttisch. „Aber sind Sie auf die Realität vorbereitet?"

Mikayla kam fast um vor Verlegenheit und Qual. Sie zwang sich, ihn anzusehen, wirklich anzusehen. Er war groß, mindestens einen Meter siebenundachtzig, hatte dunkles Haar, breite Wangenknochen, ein energisches Kinn, dunkle Augen und einen sinnlichen Mund. Mit seinem teuren Anzug und dem selbstbewussten Auftreten erweckte er einen geschäftstüchtigen, erfolgreichen Eindruck, aber die skrupellose Härte, die er ausstrahlte, hatte damit nur wenig zu tun. Sie ging tiefer und beunruhigte Mikayla. Intuitiv wusste sie, dass er ein Mann war, der viel erlebt und noch mehr überstanden hatte. Es machte ihn gefährlich. Eine Eigenschaft, die in seiner Biografie nicht erwähnt war und in den Berichten und auf den Fotos der Medien nicht sichtbar wurde.

„Ich könnte ein höllisch guter Liebhaber sein", sagte Rafael sanft und beobachtete, wie sie erstarrte und sich dann schnell fasste.

„Oder ein lausiger."

Er lächelte belustigt über ihre Kühnheit.

Zweifellos ist er erfahren, dachte Mikayla besorgt. Er sah aus wie ein Mann, der mit sich zufrieden und sicher war, einer Frau Lust bereiten zu können. Wie sollte sie es nur schaffen, die Sache durchzuziehen? Aber so weit war es ja noch nicht. Die Chancen standen gleich null, dass er einen so exzentrischen Vorschlag annehmen würde. Verzweiflung raubte ihr fast den Atem. Sie hatte nichts anderes anzubieten. Sie hatte ihre Wohnung verkauft und nur die nötigsten Möbel behalten, ihr Auto gegen einen alten Gebrauchtwagen eingetauscht und ihr Bankkonto geleert, um ihrem Vater zu helfen. Es hatte nicht einmal einen Bruchteil seiner Schulden abgedeckt.

„Sie fordern einen hohen Preis für Ihre Dienste", sagte Rafael und fragte sich, ob sie wusste, wie leicht sie zu durchschauen war. Schulden mit Sex abzutragen war nicht neu. Es ging Jahrhunderte zurück. In der heutigen Gesellschaft wurde es als Nötigung betrachtet. Nur dass es ihr und nicht sein Vorschlag gewesen war. Wodurch die Sache ein ganz anderes Gesicht bekam und zu den rechtlichen Fragen der Situation führte.

Der Gedanke war faszinierend. Keine Missverständnisse, kein Streit. Es könnte sich sogar als interessant erweisen. Männliche Genugtuung. Nicht gerade der wünschenswerteste Grund für eine Beziehung. Andererseits wollte er Mikayla Petersen unter sich haben, sie bis zur Raserei treiben und sie um Erlösung flehen hören. Immer wieder. Sexuelle Anziehungskraft, dachte er und fragte sich, ob er es riskieren sollte, sie zu verfolgen. Er beobachtete, wie Mikayla das letzte Sandwich aß und ihren Kaffee austrank. „Noch einen Kaffee?“

„Nein, danke“, erwiderte sie höflich. Sie war müde, wollte endlich nach Hause und hoffte verzweifelt, dass er ihr eine Antwort geben würde. Zog er ihr Angebot in Erwägung, oder spielte er nur ein grausames Spiel mit ihr? War ihm klar, wie viel sie im vergangenen Monat durchgemacht hatte? Sie hatte von der Torheit ihres Vaters gewusst und darauf gewartet, dass er angeklagt werden würde. Vor Angst, was dabei herauskommen könnte, hatte sie kaum geschlafen und gegessen.

„Ich fahre Sie nach Hause.“

Mikayla wurde völlig mutlos. „Ich kann mit einem Taxi zu meinem Auto fahren“, erwiderte sie steif. Sie hatte gerade noch genug Geld dafür im Portemonnaie.

„Ich bringe Sie hin“, sagte Rafael energisch.

Sollte sie sich bedanken? Es schien ihr überflüssig zu sein. Sie nickte nur, und er ließ den Ober kommen, bezahlte die Rechnung und stand auf.

Im Auto schwieg Mikayla. Der Verkehr war nicht mehr so dicht, und sie fuhren zügig zu dem Café, in dem sie arbeitete.

„Wo haben Sie geparkt?“, fragte Rafael.

„Die nächste Straße links, auf halber Strecke auf der rechten Seite.“

Kurz darauf hielt er hinter dem alten, gerade noch verkehrssicheren Mini.

Mikayla öffnete die Tür und sah Rafael an. „Ich nehme an, mein Vorschlag interessiert Sie nicht?“

Er musste sich mit seinem Anwalt beraten, bevor er ihr seine Entscheidung mitteilte. Außerdem würde es nicht schaden, wenn sie warten musste. „Ich melde mich in den nächsten Tagen."

Es war besser als ein Nein. „Danke." Mikayla flüchtete, sich bewusst, dass er noch dablieb, während sie in ihr Auto stieg und den Motor einschaltete. Er folgte ihr zur Hauptstraße, wo sie in eine Richtung und er in die andere abbog.

2. KAPITEL

Rafael nahm den Vertragsentwurf, der ihm vor wenigen Stunden durch Boten zugestellt worden war. Der Vertrag war geschickt formuliert und rechtsgültig aufgesetzt, er enthielt so viele Klauseln, dass jede Eventualität berücksichtigt war, und noch mehr. Er überflog die Seiten. Fünfzehn Monate. Wie war er eigentlich auf den seltsamen Einfall gekommen, den zeitlichen Rahmen zu vergrößern? Verdammt, vielleicht wollte er der Sache viel früher ein Ende machen. Was kein Problem war. Er hatte sogar eine Klausel ausarbeiten lassen, in der dieser Punkt behandelt wurde.

Das zweite Dokument war eine Verzichtserklärung, in der er alle Beschuldigungen und Ansprüche gegen Joshua Petersen fallen ließ.

Ein drittes Dokument war ein privater Vertrag zwischen Rafael Velez-Aguilera und Mikayla Petersen.

Die Frage war, ob er die Verträge erfüllen wollte. Er wägte das Für und Wider ab und hielt sich an sein Gefühl. Wie er es bei jeder anderen Entscheidung in seinem Leben getan hatte.

Eine Geliebte hatte den Vorteil, dass die Grenzen klar festgelegt waren. Es war nicht viel anders als ein Geschäftsabschluss. Rafael nahm seinen Füller und drehte ihn geistesabwesend zwischen den Fingern, dann warf er ihn auf den Tintenlöscher, sah auf die Uhr und drückte die Sprechanlage. Er teilte seiner Sekretärin mit, er werde eine Zeit lang weg sein und sie solle ihn nur in dringenden Fällen anrufen, dann zog er sein Jackett an, schnappte sich Handy und Schlüssel und verließ das Büro.

Erleichtert hörte Mikayla die Klingel, die das Ende der letzten Stunde signalisierte. Sechzehnjährige in englischer Literatur zu unterrichten war eine Kunst für sich. Noch wieder etwas anderes war es, ihr Interesse zu wecken und dafür zu sorgen, dass sie es nicht verloren. Normalerweise machte es ihr Spaß, doch an diesem Tag war sie nicht in Form, weil sie nicht genug geschlafen hatte, es ihrem Vater schlechter ging und sie sich ständig ängstlich fragte, ob sich Rafael Velez-Aguilera wohl melden würde. Es war drei Tage her, seit sie spätabends

Kaffee mit ihm getrunken hatte. Die Anspannung nahm sie allmählich sichtlich mit.

„Vergesst nicht, dass ihr morgen Aufgaben abgeben müsst", erinnerte sie die Schüler, die schon auf dem Weg zur Tür waren. Sie strich einen Stapel Aufsätze glatt, schob ihn in ihre Schultasche und hängte sie sich über die Schulter, dann stützte sie mehrere Lehrbücher an ihrer Hüfte ab und folgte den Schülern nach draußen. Zum Glück brauchte sie nicht das Nachsitzen zu beaufsichtigen. Sie konnte sofort nach Hause fahren, den Unterricht für den nächsten Tag vorbereiten, duschen, etwas essen und einen kurzen Besuch im Krankenhaus machen, bevor sie zum Restaurant fuhr.

„Hallo, Miss Petersen."

Sie sah auf und lächelte den Schüler an, der sie gegrüßt hatte. „Hallo, Sammy."

„Soll ich die Bücher tragen?"

„Wenn du möchtest." Sie überließ ihm einige und steckte die Hand in die Jackentasche. Es schien die Last irgendwie auszugleichen.

„Glauben Sie, dass Shakespeare für Geld geschrieben hat?"

Mikayla warf Sammy einen sarkastischen Blick zu. „Transpiration statt Inspiration?"

„Ja."

Sie gingen den gepflasterten Weg entlang, der durch die Anlagen führte. Die Nachmittagssonne schien durch das Laub der hohen Bäume und sprenkelte die Steine. „Einige seiner Stücke waren Auftragsarbeiten." Und in einem aus Verzweiflung hervorgerufenen Ausbruch schöpferischer Kraft geschrieben worden.

„Das dachte ich mir."

Mikaylas Mini stand auf einer für sie reservierten Stellfläche auf dem Schulparkplatz in der Nähe des Eingangstors.

„Sind Sie in Schwierigkeiten?"

„Nein. Warum?", fragte sie verblüfft.

„Bei Ihrem Auto wartet irgendein hohes Tier auf Sie."

Sie sah auf und wurde blass. Rafael Velez-Aguilera.

„Soll ich ihn mir vorknöpfen?"

Der Gedanke war lachhaft, aber Mikayla lächelte nicht einmal.

„Nein, ist okay."

Sammy blickte erst sie und dann den Mann an, der so ruhig und lässig dastand, als hätte er alle Zeit der Welt. „Sind Sie sicher?", fragte er zweifelnd. Wusste seine Lehrerin, was für ein Kaliber sie vor sich hatte? Er hatte es erkannt und respektierte es. „Ich kann Hilfe holen."

„Ich kenne ihn." Eigentlich tat sie es nicht. Was in den Medien über ihn berichtet wurde, verriet nicht, wie er wirklich war. „Danke, dass du meine Bücher getragen hast." Sie nahm sie ihm ab und unterdrückte ein resigniertes Seufzen, als Sammy mit ihr zum Auto ging und zusah, während sie die Tür aufschloss und die Bücher und ihre Tasche auf den Beifahrersitz legte. „Danke, Sammy", sagte sie energisch.

Er warf ihr einen langen, durchdringenden Blick zu, bevor er auf dem Absatz kehrtmachte.

„Sie haben einen tapferen Beschützer", spottete Rafael.

„Ja." Er war am Zug. Sie musste nur darauf warten, dass er handelte.

Er zog die Augenbrauen hoch. „Können wir uns irgendwo unterhalten?"

„Nicht weit von hier ist ein Park."

„Ihre Wohnung wäre besser."

Natürlich wusste er, wo sie wohnte. Er hatte bestimmt Erkundigungen über sie eingezogen. „Die Hausbesitzerin ist dagegen, dass ihre Mieter Gäste empfangen."

Das konnte er sich vorstellen. „Steigen Sie ein, Mikayla. Ich fahre hinter Ihnen her."

Fünf Minuten später hielt er vor einem zweistöckigen Backsteingebäude, das ziemlich heruntergekommen aussah. Der Zaun musste repariert werden, von der Briefkastenanlage blätterte die Farbe ab, und der Rasen verwandelte sich allmählich in Unkraut.

„Im ersten Stock." Mikayla schloss die Haustür auf und ging zur Treppe. Sie war sich nur allzu bewusst, dass Rafael Velez-Aguilera dicht hinter ihr folgte.

Essensgerüche drangen durch die Wohnungstüren, und Rafael bezweifelte, dass die Wände irgendwann in den vergangenen zwanzig Jahren gestrichen worden waren.

Mikaylas Apartment war nur ein Zimmer mit einer Kochnische. Sie hatte einen tragbaren Kocher, eine Spüle und eine Steckdose. Unter der Arbeitsfläche war ein Barkühlschrank. Eine Tür führte in das vermutlich sehr kleine Badezimmer.

Eine Bettcouch, ein Tisch, auf dem ein Laptop stand, ein Stuhl. Rafael hatte schon in schlimmeren Buden gehaust.

„Möchten Sie sich setzen?", fragte Mikayla höflich.

„Ich bleibe lieber stehen."

War ihm klar, wie klein er das Zimmer erscheinen ließ? Er war zu groß, zu breitschultrig, zu viel.

Rafael spürte, wie angespannt sie war, und bewunderte ihre Selbstbeherrschung. „Ich muss bei meinem Anwalt einen Termin für Sie abmachen."

„Ist das ein Ja, Mr. Velez-Aguilera?"

„Ich habe meine Bedingungen ausführlich dargelegt. Es ist wichtig, dass Sie sie völlig verstehen."

Ein Ja, das allein auf seinen Forderungen beruhte. Warum in aller Welt hatte sie gedacht, es könnte anders sein? „Ich kann nur zwischen halb vier und fünf."

Rafael zog sein Handy heraus, tippte eine Nummer ein und führte ein kurzes Gespräch. „Vier Uhr, morgen Nachmittag." Er schrieb den Namen und die Adresse seines Anwalts auf die Rückseite einer Visitenkarte und gab sie ihr.

„Danke. Sonst noch etwas?"

„Im Moment nicht."

„Dann müssen Sie mich entschuldigen." Mikayla öffnete die Tür und wartete.

Rafael lächelte belustigt, als er an ihr vorbei ins Treppenhaus ging.

Sie schloss die Tür und lehnte sich dagegen, bis sich ihr Herzschlag wieder normalisiert hatte, dann setzte sie sich an den Tisch und nahm ein Lehrbuch aus ihrer Schultasche. Der Unterricht für den nächsten Tag musste vorbereitet werden. Nachdem sie sich die Punkte notiert hatte, auf die sie besonderen Nachdruck legen wollte, machte sie sich Toast mit Baked Beans und ging dann duschen.

Der Zustand ihres Vaters war unverändert. Mikayla blieb eine

Dreiviertelstunde bei ihm, bevor sie nach Darlinghurst fuhr. Das Restaurant war stärker besucht als sonst, und sie arbeitete länger, um den italienischen Besitzer zu besänftigen, der an diesem Abend besonders reizbar war. In der Küche wurde geflucht und geschrien, Teller gingen kaputt, und sogar die Stammgäste stellten wortreiche Forderungen.

Erleichtert ging Mikayla nach dem Ende ihrer Schicht zu ihrem Auto. Sie war nur noch wenige Meter vom Mini entfernt, als sie von zwei Jugendlichen angegriffen wurde. Der eine griff nach ihrer Umhängetasche, der andere hielt irgendetwas in der Hand. Mikaylas Tritt war ein Volltreffer, aber gegen zwei Gegner hatte sie keine reelle Chance. Sie spürte einen stechenden Schmerz im Arm. Das Scheinwerferlicht eines sich nähernden Autos bewahrte sie vor noch Schlimmerem. Die Jugendlichen rannten weg, die Tasche ließen sie in ihrer Eile zurück. Mikayla hob sie auf und ging schnell zu ihrem Wagen. Sie stieg ein, verriegelte die Türen und fuhr los, ohne nach ihrem Arm zu sehen. Erst zu Hause bemerkte sie, wie stark sie blutete. Die tiefe Schnittwunde musste genäht werden.

Wen konnte sie so spät noch anrufen und um Hilfe bitten? Niemanden, dachte sie grimmig. Sie wickelte sich ein Handtuch um den Arm, nahm ihre Tasche und ging zurück zum Auto. Nicht allzu weit entfernt gab es ein kleines staatliches Krankenhaus. In der Notaufnahme war viel los, andere, dringendere Fälle hatten Vorrang, und sie musste über zwei Stunden warten. Danach folgte dann die Aussage bei der Polizei, sodass es bereits nach drei Uhr nachts war, als sie in ihre Wohnung zurückkehrte. Sie nahm das Beruhigungsmittel, zu dem ihr der Arzt geraten hatte, zog die Bettcouch aus und glitt unter die Decke.

Die Schmerztabletten halfen Mikayla, den Schultag zu überstehen. Ihre langärmlige Jacke verdeckte die Verletzung am Arm, die mit sechzehn Stichen genäht worden war und höllisch wehtat.

Rechtzeitig machte sie sich auf den Weg, um Rafael Velez-Aguileras Anwalt aufzusuchen. Seine Kanzlei lag im oberen Stockwerk eines der Bürotürme aus Beton, Stahl und Glas in der Innenstadt. Mikayla stellte das Auto in einem Randbezirk ab und fuhr mit dem Bus ins Zentrum. Um eine Minute vor vier meldete sie sich beim Empfang an. Kaum hatte sie Platz genommen, als eine elegant gekleidete Frau sie abholte und in ein luxuriös eingerichtetes Büro führte.

Ein tadellos angezogener Mann Ende dreißig stand auf, um sie zu begrüßen. „Miss Petersen. Setzen Sie sich." Er zeigte auf einen der vier bequemen Lehnstühle und setzte sich wieder an den Schreibtisch. „Rafael verspätet sich, aber wir können schon ohne ihn anfangen." Er hatte drei Dokumente vor sich liegen und gab Mikayla drei Kopien. „Als Erstes werde ich den Vertrag mit Ihnen durchgehen."

Er war gründlich und erklärte ihr eine Klausel nach der anderen. Jede Eventualität war berücksichtigt. Bestürzt stellte Mikayla fest, dass sie im Haus von Rafael Velez-Aguilera wohnen sollte. Normalerweise lebte ein Mann doch wohl nicht mit seiner Geliebten zusammen. Er hielt sie sich in einem Apartment, und sie stellte sich auf Wunsch zur Verfügung.

Rafael Velez-Aguilera hatte auch die Zeitspanne von zwölf auf fünfzehn Monate geändert und damit ihre Strafe verlängert. Wieso hatte sie eigentlich geglaubt, sie könne irgendetwas zur Bedingung machen und Klauseln bestimmen?

Er hatte außerdem das Recht, die Beziehung zu jeder Zeit vor dem Ablauf der fünfzehn Monate zu beenden. Sie hatte dieses Recht nicht. Wenn er sich dazu entschließen sollte, würden die restlichen Monate in Prozente umgewandelt und gegen den gesamten geschuldeten Betrag aufgerechnet. Sie würde die Summe dann innerhalb einer festgesetzten Zeit zurückzahlen müssen.

Ihr blieb nichts anderes übrig, als den Vertrag zu akzeptieren. Sie hatte nichts zu verhandeln. Rafael Velez-Aguilera hatte sie in der Hand.

Er kam herein, während sie das zweite Dokument durchsah. Sie warf ihm einen flüchtigen, kühlen Blick zu. Der private Vertrag war wirklich privat, denn in ihm wurden Gesundheitsfragen behandelt. Bluttests wurden von ihr verlangt. Mikayla war gekränkt, fast beleidigt. Es besänftigte sie nur bis zu einem gewissen Grad, dass sich Rafael Velez-Aguilera solchen Tests bereits unterzogen hatte.

„Eine notwendige Vorsichtsmaßnahme“, sagte der Anwalt, der sah, wie sie rot wurde und sich versteifte.

Er ging die Verzichterklärung mit ihr durch, und Mikayla las sie sorgfältig und stellte sicher, dass sie die Klauseln genau verstand.

„Es steht Ihnen natürlich frei, die Unterzeichnung der Dokumente abzulehnen.“

Wenn sie den Weg wählte, würde sie eine halbe Million Dollar Schulden erben, was bedeutete, dass über ihr Vermögen der Konkurs verfügt werden würde. Dann wären ihre Chancen gering, die Stellung als Lehrerin zu behalten. Fünfzehn Monate waren nicht die Welt, und danach würde sie wieder ihr eigenes Leben führen können.

Der Anwalt unterbrach ihre Grübeleien. „Haben Sie Fragen zu den Verträgen?“

Sie musste sich bemühen, geschäftsmäßig zu sein. „Nein“, sagte sie ruhig, obwohl sie fast zusammenbrach.

„Ihr Termin beim Arzt ist im Anschluss an diese Besprechung. Ich habe auch arrangiert, dass Sie von einem unabhängigen Anwalt beraten werden. Die Testergebnisse müssten in achtundvierzig Stunden vorliegen. Eine Kopie wird Ihnen ausgehändigt.“

Sie hatte es hier mit Professionalität und Effizienz in Höchstform zu tun. Also warum fühlte sie sich, als wäre sie gerade in eine Achterbahn gegangen? Sie bekam doch genau das, was sie gewollt hatte. Ihr Vater würde nicht angeklagt werden, und die Schulden wurden ihm erlassen. Außerdem würde sie nicht mehr jeden Abend als Serviererin arbeiten müssen und aus der schäbigen Einzimmerwohnung herauskommen. „Danke.“ Mikayla stand auf.

Der Anwalt drückte ihr zwei Karten in die Hand. „Die Arztpraxis ist im dritten Stock. Mein Anwaltskollege hat seine Kanzlei im zehnten Stock.“

Alles im selben Haus. Wie praktisch. So sparte sie Zeit und konnte pünktlich zur Arbeit erscheinen. Mikayla nickte Rafael zu und ging zur Tür, die der Anwalt ihr aufhielt. Seine Sekretärin begleitete sie zu den Fahrstühlen.

Der Anwalt schloss die Tür und drehte sich zu Rafael um. „Ich hoffe, du weißt, was du tust.“

„Du hast doch sichergestellt, dass alles unanfechtbar ist", erwiderte Rafael spöttisch und winkte ab, als sein alter Freund zum Barschrank ging.

Eiswürfel, ein Schuss Whisky und Sodawasser, dann sah der Anwalt wieder den Mann an, der gemeinsam mit ihm den Aufstieg zum Erfolg geschafft hatte. „Diesmal hast du es mit einem Menschen zu tun, nicht mit Aktien, Bonds und Immobilien."

„Das Geschäft interessiert mich. Ebenso wie die Frau."

„Du verzichtest auf viel Geld."

„Man kann nur hoffen, dass die Belohnung dafür angemessen sein wird."

Der Anwalt trank einen großen Schluck. „Ich wünsche dir Glück."

„*Gracias, amigo.*"

Pünktlich um sechs Uhr abends war Mikayla im Restaurant, zog die Pumps mit den Stilettoabsätzen an, band sich eine Schürze um und machte sich an die Arbeit. Sie hatte keine Zeit, über die Ereignisse des Nachmittags nachzudenken. Der Schlafmangel der letzten Nacht wirkte jedoch nach, sodass sie unkonzentriert war und zwei Bestellungen verwechselte, was ihr den Zorn des Besitzers einbrachte. Ihr Arm pochte vor Schmerz, nachdem sie stundenlang schwere Tabletts voller Teller und Schüsseln getragen hatte, und gegen zehn schwor sie sich, dass sie einfach gehen würde, wenn ihr noch ein einziger Gast einen Klaps auf den Po geben würde.

An diesem Abend war sie so lange um den Block gefahren, bis sie eine Parklücke auf der Hauptstraße gefunden hatte. Um elf nahm sie ihre Handtasche und die Lohntüte und verließ das Restaurant.

„Mikayla."

Die Stimme erschreckte sie. Der Mann noch mehr. Im Licht des bunt blinkenden Neonschilds traten seine markanten Gesichtszüge noch schärfer hervor. „Was wollen Sie hier?"

Rafael Velez-Aguilera warf ihr einen harten Blick zu. „Ich kündige Ihre Stellung."

„Sie können nicht …"

„Passen Sie mal auf." Er ging ins Restaurant und war nach wenigen

Minuten zurück. „Steigen Sie in Ihr Auto. Ich folge Ihnen bis nach Hause."

Mikayla hob trotzig das Kinn, und ihre Augen funkelten. „In zwei oder drei Tagen können Sie mir sagen, was ich tun soll. Noch lasse ich mich nicht von Ihnen herumkommandieren."

„Mutige Worte, *pequeña.* Waren Sie auch so mutig, als Sie gestern Abend überfallen wurden?"

Der Arzt, vermutete sie. Er hatte sie nach dem bandagierten Arm gefragt. „Neuigkeiten sprechen sich schnell herum."

„Sie sind um Mitternacht ins Krankenhaus gegangen und haben es um drei verlassen."

Du liebe Güte, er war gründlich. „Ihre Informationsquellen sind bewundernswert."

„Als Nächstes wollen Sie mir wohl weismachen, Sie könnten selbst auf sich achtgeben."

„Das tue ich sogar schon eine ganze Weile."

„Steigen Sie ins Auto, Mikayla."

Sie tat es und fuhr nach Hause, stellte den Mini ab und behauptete sich auf dem Bürgersteig gegen Rafael, der hinter ihr anhielt und zu ihr kam. „Ich bin zu müde für eine nachträgliche Analyse."

„Nehmen Sie ein Schmerzmittel. Und melden Sie sich morgen früh telefonisch krank."

„Ja und Nein. Gute Nacht." Mikayla wandte sich ab.

Rafael ließ sie gehen. Er wartete, bis er das Licht in ihrem Zimmer angehen sah, dann stieg er ins Auto und fuhr davon. Das Wochenende lag vor ihm. Am Montag würden die Testergebnisse verfügbar sein, und er würde dafür sorgen, dass die Dokumente unterschrieben wurden. Als er auf die Hauptstraße abbog, fragte er sich plötzlich, warum er sich Sorgen um eine zierliche Blondine mit grünen Augen machte. Sie bedeutete ihm nichts. Er hatte allen Grund, sie nicht zu mögen und ihr zu misstrauen. Verdammt, sein Anwalt fand es schon verrückt, so ein Abkommen überhaupt in Erwägung zu ziehen. Aber er wollte die Sache durchziehen und gab auch noch seinem Beschützerinstinkt nach. Bis zu diesem Tag hätte er geschworen, keinen zu haben.

Er fuhr nach Hause, streifte ruhelos durchs Erdgeschoss, kochte sich Kaffee, trank die Hälfte davon und schüttete die andere weg, dann ging er ins Arbeitszimmer, schaltete den Laptop ein und arbeitete hart, bis ihn die Müdigkeit ins Bett zwang.

Mikayla wachte in der Nacht mehrmals auf, da die pochenden Schmerzen im Arm nicht aufhörten. Um drei Uhr stand sie auf und nahm noch zwei Tabletten, danach schlief sie fest, bis um acht der Wecker klingelte.

Ihr Frühstück bestand aus Orangensaft, Cornflakes und Kaffee. Bevor sie duschen ging, wickelte sie sich Plastikfolie um den Arm, damit die Wunde nicht nass wurde. Sie zog Jeans und ein weites Baumwolltop an, band ihr Haar im Nacken mit einem lilafarbenen Band zusammen, wickelte einen lilafarbenen Schal um den Verband und streifte mehrere silberne Armreifen über. Dann fuhr sie zu dem New-Age-Laden in The Rocks, in dem ihre Freundin Maisie Duftkerzen, Ohrringe, CDs und Glaswaren verkaufte, um ihre Schicht zu übernehmen.

„Darling, klasse Accessoires", sagte Maisie. „Total superschick."

Mikayla lächelte nur und überlegte, ob sie vielleicht einen neuen Trend geschaffen hatte. Der Arm tat ihr noch immer weh, aber nicht mehr so schlimm.

Am Sonntag ließen die Schmerzen merklich nach. Ein weiterer Tag bei Maisie im Laden lenkte sie ab, und da sie nicht nach Hause hetzen und sich für die Arbeit im Restaurant umziehen musste, ging sie nach Ladenschluss mit ihrer Freundin ins nahe Einkaufszentrum, wo sie an der Reformkosttheke Salat und Karottensaft bestellten. Sie hätte sich Maisie gern anvertraut, doch was sollte sie sagen? Dass sie aus ihrem Einzimmerapartment in eine Luxusvilla umzog? Sie war gerade erst vor sechs Monaten aus einer komfortablen Wohnung in das schäbige Zimmer umgezogen. Nicht ganz von Reichtümern zu Lumpen, aber fast. Für die nächsten fünfzehn Monate kehrte sie den Vorgang um.

Es war besser zu schweigen. Noch waren die Verträge nicht unterzeichnet. Wie schnell würde Rafael Velez-Aguilera die Beziehung zementieren wollen? Sag doch, was du wirklich meinst! spottete eine innere Stimme. Wann würde sie zum ersten Mal ihren Verpflichtungen als seine Geliebte nachkommen müssen? Der Gedanke raubte ihr den Atem. Für so viel Geld würde Rafael Velez-Aguilera Service verlangen. Wie oft? Jede Nacht? Verdammt, er würde erwarten, dass sie jeden nur denkbaren Trick brachte.

Mikayla schob den halb gegessenen Salat und das Glas Karottensaft beiseite.

„Keinen Hunger?“

„Nein.“ Sie hatte immer noch die Möglichkeit, zurückzutreten. Ein Anruf genügte.

„Darling, hör auf mich. Iss. Du kannst es dir nicht leisten abzunehmen.“

„Ich esse später etwas.“ Mikayla legte einen Geldschein unter das Glas. „Ich muss los.“

Sie fuhr direkt zum Krankenhaus, nahm den Aufzug und ging den Korridor entlang zu dem Zimmer, in dem ihr Vater zusammen mit drei anderen Patienten lag. An der Tür blieb sie wie angewurzelt stehen. Er hatte Besuch. Nicht von einem Freund. Von Rafael Velez-Aguilera.

Ihre grimmige Miene änderte sich, sobald sich ihr Vater umwandte und sie sah.

Rafael beobachtete mit zusammengekniffenen Augen, wie sie zu ihm ging, seine Hände nahm, sich vorbeugte und ihn auf die Wange küsste.

„Du hast Maisie geholfen“, sagte Joshua Petersen ein bisschen undeutlich.

Sein Lächeln war schwach und unaufrichtig, und es zerriss Mikayla das Herz, was die Krankheit aus diesem früher einmal so stolzen Mann gemacht hatte.

„Sieh, wer zu Besuch ist“, sprach er heiser weiter.

Mikayla warf Rafael einen warnenden Blick zu. Wenn er irgendetwas gesagt hatte, was ihren Vater aufregte …

Sie ist wie eine Löwin, die ihr hilfloses Junges verteidigt, dachte Rafael. „Ich bin sicher, Sie möchten lieber allein sein.“ Er nickte erst Joshua, dann Mikayla zu und verließ das Zimmer.

Sie fragte sich verwundert, warum er gekommen war. Dankbar,

dass ihr Vater ziemlich munter war, blieb sie eine Stunde. Als sie ging, war die Besuchszeit fast zu Ende. Beinahe erwartete sie, Rafael auf dem Korridor oder bei den Aufzügen zu treffen, doch es war nichts von ihm zu sehen. Sie fuhr nach Hause, machte sich ein Omelett mit Käse und Tomate und aß, während sie sich Notizen machte, was sie am nächsten Tag im Unterricht durchnehmen wollte.

3. KAPITEL

Am Montag passierte nichts. Rafael wartete nicht neben dem Mini, als Mikayla nach der letzten Stunde zum Schulparkplatz kam. Sie fuhr direkt zum Krankenhaus, und dort war er auch nicht. Er rief nicht an, sodass sie schließlich eine weitere unruhige Nacht hatte, am nächsten Morgen verschlief und fünf Minuten zu spät zum Unterricht erschien.

Um zehn brachte ihr jemand aus dem Büro einen Zettel mit einer Telefonnummer und richtete ihr aus, sie solle Rafael Velez-Aguilera anrufen. Die Schüler rannten nach draußen, sobald es zur Pause klingelte. Mikayla sammelte ihre Lehrbücher ein, schob die Unterlagen in die Schultasche und bahnte sich einen Weg zum Münzfernsprecher. Es war eine Handynummer, und die Münzen wurden erschreckend schnell aufgebraucht. Offensichtlich störte sie Rafael bei einer Besprechung, denn er war kurz angebunden und kam sofort zur Sache.

„Um vier Uhr in der Kanzlei meines Anwalts. Geht das?"

„Heute Nachmittag?"

„Ja."

„Ich kann es versuchen." Sie hatte keine Münzen mehr und legte den Hörer auf.

Nach der Schule fuhr sie mit dem Bus in die Innenstadt. Es war billiger, als die astronomischen Parkgebühren zu bezahlen. Nur dass sie fast fünfzehn Minuten zu spät kam.

Rafael war schon da. Sie betrat das Büro, sank auf einen Stuhl und nahm ein Glas Mineralwasser an.

Der Anwalt musterte sie nachdenklich. „Waren Sie mit der Beratung meines Kollegen zufrieden?"

„Er hat mir alle Klauseln erklärt." Die Erläuterungen hatten sich nicht von seinen unterschieden.

„Die Ergebnisse der medizinischen Tests liegen inzwischen vor", sprach Rafaels Anwalt weiter. „Und sie sind in Ordnung."

Mikayla nickte nur.

„Sind Sie bereit, die Dokumente zu unterschreiben?"

Die Falle schnappte zu. Mikayla dachte an ihren Vater und blendete alles andere aus. „Ja.“ Es dauerte nur Minuten. Ihre Unterschrift, dann Rafaels, notariell beglaubigt von seinem Anwalt. Sie musste hier heraus. Noch zu bleiben und belanglose Höflichkeiten auszutauschen, traute sie sich nicht zu. „Wenn Sie mich bitte entschuldigen würden?“ Sie stand auf. „Ich werde im Krankenhaus erwartet.“

„Ich gehe mit.“ Rafael stand auf, schüttelte dem Anwalt die Hand und folgte Mikayla nach draußen. „Wo steht dein Auto?“, fragte er, als sich die Fahrstuhltüren schlossen.

„Auf dem Schulparkplatz. Ich bin mit dem Bus gekommen.“

„Dann fahren wir zum Krankenhaus und holen deinen Wagen später.“

„Es ist nicht notwendig, dass du meinen Vater besuchst.“ Sie musste allein sein, um das Ungeheuerliche in sich aufzunehmen, das sie gerade getan hatte.

„Ich habe auf der anderen Straßenseite geparkt.“

Er war so verdammt unerschütterlich. Sie hätte am liebsten mit den Fäusten auf ihn eingeschlagen, um ihn wenigstens einmal aus der Fassung zu bringen. „Nein.“

Der Aufzug hielt im Erdgeschoss, und sie gingen durch die Eingangshalle nach draußen auf den Bürgersteig. „Die Tinte ist kaum trocken, und schon willst du mit mir streiten?“, fragte Rafael leise, aber stahlhart.

Mikayla beachtete die Warnung. „Ich würde meinen Vater lieber allein besuchen. Ich würde es auch vorziehen, heute Nacht noch in meiner Wohnung zu schlafen.“ Du lieber Himmel, der nächste Tag würde früh genug kommen. „Ich muss packen, sauber machen und mit der Vermieterin sprechen.“ Die nicht gerade erfreut sein würde, vierundzwanzig Stunden vor dem Auszug die Kündigung zu erhalten, und zweifellos die Miete für den Rest des Monats verlangen würde.

Rafael betrachtete Mikayla lange nachdenklich.

Sie behauptete sich. „Ich werde den Vertrag einhalten.“

„Das hoffe ich doch“, sagte er drohend. „Sei dir darüber im Klaren, dass ich ein harter Gegner bin.“

Die Ampel zeigte Grün, und sie überquerten die Straße. Im Auto saß Mikayla regungslos auf dem Beifahrersitz und sagte während der

Fahrt zur Schule kein Wort. Sobald Rafael auf dem Parkplatz anhielt, stieg sie aus und ging zu ihrem Mini. Sie schloss auf, setzte sich ans Steuer, wollte die Tür zuziehen und stellte fest, dass Rafael ihr gefolgt war und die Hand auf dem Rahmen hatte. „Was ist jetzt noch?"

„Es wäre vielleicht ganz hilfreich, wenn du meine Privatadresse hast."

Mikayla nahm Notizblock und Kugelschreiber aus der Schultasche und schrieb sich die Adresse auf.

„Ich erwarte dich dort morgen Nachmittag."

„Nach Schulschluss. Wenn ich meinen Vater besucht habe."

„Sechs. Nicht später", sagte Rafael.

Sie drehte den Zündschlüssel, schloss die Tür, fuhr vom Parkplatz und fädelte sich in den Verkehr ein. Es war fast dunkel, als sie im Krankenhaus ankam. Sie blieb bei Joshua, bis die Besuchszeit endete, wünschte ihm eine gute Nacht und fuhr nach Hause. Da sie seit dem Frühstück nichts gegessen hatte, machte sie sich mal wieder Baked Beans auf Toast und kochte Tee, bevor sie ihre Vermieterin anrief. Sie hatte damit gerechnet, dass sie noch weiter würde Miete zahlen müssen, weil sie die Kündigungsfrist nicht einhielt; die wüsten Beschimpfungen jedoch hatte sie nicht vorhergesehen. „Ziehen Sie die Miete von der Kautionssumme ab", sagte sie ruhig. Sie wusste nur allzu gut, dass die Vermieterin irgendetwas auszusetzen haben und sowieso die gesamte Kaution behalten würde.

Nach dem Gespräch packte sie, dann putzte sie die Wohnung, bis ihr die Arme wehtaten. Um Mitternacht duschte sie und fiel todmüde ins Bett.

Als sie am nächsten Morgen aufwachte, regnete es stark. Ein Vorzeichen? Sie zog sich schnell an und frühstückte im Laufschritt, weil sie wusste, dass jeden Moment die Vermieterin kommen und kämpfen würde.

Eine freundliche Beschreibung, dachte Mikayla eine halbe Stunde später. Die Frau hatte sich die Kaution und die Möbel gesichert.

Mikayla trug ihre Habseligkeiten nach unten, lud sie in den Mini und fuhr davon, ohne zurückzublicken.

Der Schirm schützte sie nicht vor dem Nieselregen, und ihre Sachen wurden feucht, während sie vom Parkplatz zum Schulgebäude ging. Im Lauf des Tages wurde sie immer nervöser, und am Ende der letzten Unterrichtsstunde war die Anspannung fast unerträglich.

Im Krankenhaus gab sie der Stationsschwester ihre neue Adresse und Telefonnummer, bevor sie Joshua besuchen ging. Sein Zustand war unverändert, und ihr blutete das Herz bei seinem Anblick. Den ganzen Tag hatte sie überlegt, wie sie ihm sagen sollte, dass er keine Anklage mehr zu befürchten und Rafael Velez-Aguilera auf die Rückzahlung der Schulden verzichtet hatte. Ihr Vater brauchte die Wahrheit nicht zu erfahren, aber er war noch immer ein scharfsinniger Mann. Sie konnte ihm nicht weismachen, dass sie im Lotto gewonnen oder es irgendwie geschafft hatte, so eine hohe Geldsumme aufzutreiben.

Von Zweifeln gequält, wägte Mikayla ab, wie viel Wissen gut für ihn war. Sie beschloss, sich an ein Körnchen Wahrheit zu halten. Wahrheit durch Auslassung, dachte sie zynisch. „Ich habe erfreuliche Neuigkeiten", sagte sie sanft, während sie sich einen Stuhl an sein Bett zog. Sie nahm seine Hand. „Ich habe Grund zu glauben, dass Rafael Velez-Aguilera nicht auf einer Anklage gegen dich bestehen wird."

Joshuas Mund zitterte. „Aber das Geld ..."

Sie würde sicherstellen, dass er niemals von der Abmachung zwischen Rafael und ihr erfuhr. „Ich denke, es wird sich eine Lösung finden lassen."

„Hat er mich deshalb besucht?"

Mikayla griff verzweifelt danach. „Es ist doch sehr unwahrscheinlich, dass er sonst gekommen wäre, stimmt's?"

„Wie?"

Sie tat nicht so, als würde sie nicht verstehen, was er meinte. „Wir reden darüber, wenn ich mehr weiß."

Eine Schwester kam mit dem Abendessen ins Zimmer.

„Ich gehe jetzt", sagte Mikayla. „Schlaf gut. Bis morgen."

Es war fast halb sechs, als sie auf dem Krankenhausparkplatz in den Mini stieg und sich auf den Weg nach Woollahra machte. Sie erreichte den Vorort, hielt an, sah auf dem Stadtplan nach, wo sie abbiegen musste, und fuhr schnell weiter. Vor Nervosität bekam sie Magenschmerzen, während sie durch die angegebene Straße fuhr und die Hausnummern überprüfte. Die Seiten wurden von alten Bäumen gesäumt, die das leuchtende Grün des Frühlings zeigten. Vor hohen, reich verzierten schmiedeeisernen Toren hielt sie an und stieg aus. An einem Pfeiler hing eine Überwachungskamera. Mikayla drückte den Klingelknopf, und fast sofort wurde der Tormechanismus ausgelöst. Hastig stieg sie wieder ins Auto.

Die breite, geschwungene Auffahrt führte durch gepflegte Gartenanlagen zu einem wunderschönen zweistöckigen Haus im mediterranen Stil, das cremefarben verputzt war, ein mit terrakottafarbenen Ziegeln gedecktes Dach und große Bogenfenster hatte. Es war geschmackvoll und vornehm. Mikayla hielt hinter Rafaels Mercedes unter einem mit Ziegeln gedeckten Säulengang. Jetzt war es so weit. Ihr Herz begann zu hämmern, als sie ausstieg. Bevor sie die massiven getäfelten Doppeltüren erreichte, wurde ein Flügel geöffnet, und Rafael kam aus dem Haus.

Was sollte sie sagen? Alles würde banal klingen, deshalb nickte Mikayla nur und kehrte um. „Meine Sachen sind im Auto." Er folgte ihr und hob mühelos beide Koffer heraus. „Ich bringe den Rest mit." Ihre Schultasche und zwei Kartons mit Büchern waren ihr gesamter Besitz.

„Lass die Kartons", befahl Rafael. „Sie sind zu schwer für dich. Ich hole sie."

Wie waren sie denn wohl ins Auto gekommen? „Das geht schon."

„Einen", gab er nach. „Ich hole den anderen."

„Ich kann beide tragen." Sie war noch nicht einmal im Haus, und sie stritten sich bereits.

„Dein Können habe ich nicht angezweifelt", sagte Rafael spöttisch. „Ich habe nur an deine Armverletzung gedacht."

Die Eingangshalle war groß. Mikayla betrachtete den Fliesenboden, die Mahagonimöbel, die geschwungene Doppeltreppe, den prächtigen Kristalllüster und die Leuchter und Kunstwerke an den Wänden. Reichtum, wohin sie auch sah.

„Wir bringen deine Sachen nach oben."

Bitte sag mir, dass ich mein eigenes Zimmer habe! dachte sie, während sie neben ihm die breite Treppe in den ersten Stock hinaufstieg.

Das war doch wohl nicht zu viel verlangt?

Oben waren mindestens fünf Schlafzimmer, wie Mikayla feststellte, als sie rasch die geschlossenen Türen zählte. Rafael stieß eine davon auf, ging hinein und stellte die Koffer ans Fußende des Betts. Ein sehr großes Bett. Aber vielleicht war dies ihre Suite, die Rafael nur betreten würde, wenn er ihre Dienste wünschte.

„Auf jeder Seite sind ein begehbarer Kleiderschrank und ein Bad. Ich benutze die rechte, du kannst die linke nehmen."

„Ich hätte lieber ein eigenes Zimmer", sagte Mikayla stoisch.

Rafael warf ihr einen harten Blick zu. „Nein. Nichts zu machen."

„Normalerweise hat eine Geliebte eine eigene Wohnung. In diesem besonderen Fall sind getrennte Schlafzimmer doch wohl nicht zu viel verlangt?"

„Nein", wiederholte er gefährlich leise. „Ich habe schon geduscht und mich umgezogen. Ich schlage vor, du tust dasselbe. Wir gehen essen."

Sie blickte auf die Koffer. „Ich muss auspacken."

„Dafür hast du morgen Zeit."

„Nein, habe ich nicht", widersprach sie vorsichtig. Es sei denn, sie stand im Morgengrauen auf.

„Hast du in der Schule nicht gekündigt?"

„Das wurde in keinem der Dokumente erwähnt, die ich unterschrieben habe. Du arbeitest. Was soll ich den ganzen Tag machen, während du im Büro bist?" Mikayla hob herausfordernd das Kinn. „Oder erwartest du von mir, dass ich dir auch dort zur Verfügung stehe?"

Rafael stellte es sich vor und lächelte fast. „Ich ziehe Bequemlichkeit vor, bin jedoch bereit, mich deiner Vorliebe für andere Orte als das Schlafzimmer anzupassen. Wenn das dein Ding ist."

Verdammt, sie hatte kein „Ding"! Mikayla öffnete einen der Koffer, nahm einen knitterfreien smaragdgrünen Abendanzug, BH, Slip und einen Kulturbeutel heraus und ging in das Bad auf der linken Seite.

„Ich hole den anderen Karton und schließe dein Auto ab", sagte Rafael, aber sie hatte schon die Tür hinter sich geschlossen.

Es war ein schöner Raum. Marmorfliesen, Einbauschränke mit

vielen Schubladen, ein Toilettentisch, eine luxuriöse Duschkabine, flauschige Handtücher. Zwanzig Minuten später holte sie ihre Make-up-Tasche aus dem Schlafzimmer. Sie war geschickt darin, sich zu schminken, und brauchte nicht lange. Das Haar hatte sie sich hochgesteckt. Die Seidenjacke des Hosenanzugs hatte lange Ärmel und verhüllte den verbundenen Arm. Das Outfit war nicht die neueste Mode, sie hatte es sich jedoch angewöhnt, eher auf Qualität als auf Quantität zu setzen, und achtete auf Stil und Stoff, wenn sie sich Sachen kaufte.

Rafaels Aussehen spiegelte wider, was er war: Ein erfolgreicher Mann, dessen weltgewandtes, intellektuelles Image eine gewisse Skrupellosigkeit verbarg. Kultiviert, aber stahlhart, dachte Mikayla, als sie ins Schlafzimmer zurückkehrte und den dunklen Anzug, das weiße Hemd und die Seidenkrawatte in sich aufnahm.

Sie war sich nur allzu bewusst, dass er sie musterte. Wenn er sie verwirren wollte, gelang es ihm. Es fiel ihr nicht im Traum ein, sich ihre Besorgnis anmerken zu lassen.

„Gehen wir", sagte er.

Während sie Richtung Innenstadt fuhren, vermutete Mikayla, dass sie ein geistreiches Gespräch beginnen sollte. Gehörte das nicht zum Repertoire einer Geliebten? Oder war es Rafael lieber, wenn sie schwiegen? „Frage ich dich nach deinem Tag?"

„Interessiert es dich?"

Sie warf ihm einen kurzen Blick zu. „Ich weiß natürlich, was du machst. Aber ich habe keine Ahnung, was alltäglich dazugehört."

„Klar denken, sich konzentrieren, nachforschen. Sich ständig bemühen, den Konkurrenten einen Schritt voraus zu sein."

„Du bist sehr erfolgreich." So viel war allgemein bekannt.

„Ja."

Die meisten Männer hätten der Gelegenheit nicht widerstehen können, alle ihre Leistungen aufzuzählen. Rafael tat es nicht.

„Und deiner?"

„Meiner?"

„Dein Tag."

„Womit soll ich anfangen? Ich habe die Vermieterin aus der Hölle zu bieten. Einen Streit zwischen zwei Schülergruppen. Den Versuch, Sechzehnjährige davon zu überzeugen, dass man zwei literarische Größen miteinander vergleichen kann."

„Ich bin sicher, es war spannend", sagte Rafael spöttisch, während er in ein Parkhaus in Darling Harbour fuhr, eine früher verkommene Hafengegend, die nach der Sanierung zu einem attraktiven Komplex mit einem Kongresszentrum, Ausstellungshallen, Parks, Museen, einem großen Einkaufszentrum und vielen Restaurants geworden war.

O ja, das ist mein Schultag immer, dachte Mikayla ironisch. Sie hatte es nicht mit der Elite einer Privatschule zu tun. Ihre Schüler kamen aus der Unterschicht, aus einer Wohngegend, wo fünfundsiebzig Prozent der Eltern geschieden waren, die Arbeitslosigkeit fünfzig Prozent betrug, die Hälfte der Eltern nicht wusste, ob ihre Kinder die Schule besuchten, und sich die andere Hälfte nicht dafür interessierte. Ihr Job war ein harter Kampf, und sie konnte nur etwas erreichen, indem sie ihre Schüler mit Respekt behandelte und sich bemühte, ihnen einzuprägen, dass Bildung das Mittel war, um über ihr Milieu erhaben zu sein.

Rafael fand eine Parklücke, und sie gingen zum Hafen in eins der vielen Restaurants. Der Oberkellner begrüßte sie überschwänglich und führte sie zu einem reservierten Tisch.

Das Essen und der Wein waren hervorragend. Mikayla aß mit Genuss, lehnte jedoch ein zweites Glas Chardonnay ab. „Du kommst oft hierher." Sie wurden überaus aufmerksam bedient, und die Angestellten kannten Rafael mit Namen.

„Ungefähr einmal wöchentlich."

Mikayla lehnte sich zurück und sah ihn prüfend an. „Nicht allein."

„Stimmt."

„Gibt es eine Frau in deinem Leben, die wir mit unserem ... Abkommen verletzen werden?"

Rafael lächelte. „Verletzen, nein. Überraschen, ja."

„Ist es wahrscheinlich, dass sich ihr Zorn gegen mich richtet?"

„Ich fühle mich nicht verpflichtet, irgendeiner Frau etwas zu erklären. Möchtest du Kaffee?"

„Ich würde gern auf der Promenade spazieren gehen“, erwiderte Mikayla ruhig. „Vielleicht die Fußgängerbrücke überqueren.“ Die frische Seeluft einatmen, den Wind im Gesicht spüren.

„Und später irgendwo Kaffee trinken.“

„Ja.“

Rafael bezahlte die Rechnung, und sie verließen das Restaurant. Die Luft war kühl und schmeckte nach Salz. Das Licht aus Hochhäusern, Hotels, Bürotürmen und Apartments spiegelte sich im dunklen Hafenwasser, aus den Bars und Cafés drang leise Musik, Menschen unterschiedlicher Kulturen kamen ihnen entgegen, und einige Brocken Italienisch, Griechisch, Japanisch und Koreanisch waren zu hören. Vom eleganten Abendkleid bis zu Freizeitkleidung war alles zu sehen. Läden und Märkte hatten noch geöffnet und waren gut besucht. Über allem funkelten die Sterne an einem dunkelblauen Himmel.

Mikaylas Hochsteckfrisur begann zu verrutschen, und Rafael verspürte den unwiderstehlichen Wunsch, sie zu lösen.

Sie sah, dass er die Hand ausstreckte. Unfähig, normal zu atmen, stand Mikayla völlig still, während er die Nadeln herauszog, sodass ihr das aschblonde Haar kaskadenförmig über die Schultern fiel.

Er wollte die Finger hindurchgleiten lassen, ihr Gesicht anheben und sie küssen, doch er unterdrückte das Verlangen. Sie gingen weiter, kehrten nach einer Stunde um und setzten sich in ein Café am Wasser.

„Danke“, sagte Mikayla auf dem Weg zum Auto leise.

„Wofür? Ein gutes Essen?“

„Das auch.“

Rafael schaltete die Alarmanlage des Wagens aus und schloss auf, dann sah er Mikayla über das Autodach hinweg an. „Steig ein.“

Es klang fast grimmig, und sie saß schweigend neben ihm, während er aus dem Parkhaus fuhr, sich durch den Innenstadtverkehr kämpfte und Richtung Woollahra abbog. Je näher sie dem Vorort kamen, desto nervöser wurde sie, und als Rafael in der Garage anhielt, war Mikayla in einem schlimmen Zustand.

In der Eingangshalle warf er ihr einen nachdenklichen Blick zu. Er spürte ihre Nervosität und wunderte sich darüber. Wenn sich beide dazu bereit erklärten, war Sex zwischen zwei Erwachsenen eine Entdeckung der Sinne, eine gegenseitige Erforschung, die Lust weckte. Auf der Treppe runzelte Rafael die Stirn. Um Himmels willen, was erwartete Mikayla? Dass er ihr die Kleidung vom Leib reißen, sie aufs Bett werfen und vergewaltigen würde? Er wollte eine willige, leidenschaftliche Frau, nicht eine, die nervös und schüchtern war.

Im Schlafzimmer schaltete er die Lampen ein, dann zog er das Jackett aus, band die Krawatte ab und beobachtete mit zusammengekniffenen Augen, wie Mikayla Schuhe und Jacke auszog, ein Baumwoll-T-Shirt aus ihrem Koffer nahm und aufs Badezimmer zusteuerte. „Wozu sich damit abgeben?“, fragte er spöttisch. „Du wirst es nicht lange tragen.“

Sie blieb stehen, dann ging sie weiter und schloss die Tür hinter sich. Es dauerte nur wenige Minuten, sich abzuschminken, die Zähne zu putzen und umzuziehen. Das T-Shirt, das sie als Nachthemd benutzte, betonte ihre Brüste und schmiegte sich an die Hüften, wie sie verärgert feststellte. Immer noch besser als nichts. Trotz Rafaels spöttischer Bemerkung dachte sie nicht im Traum daran, nackt durchs Zimmer zu laufen.

Er hatte anscheinend keine Bedenken, das zu tun. Mikayla blieb wie gelähmt in der Türöffnung stehen. Er hatte einen herrlichen Körper. Sie betrachtete die muskulösen Schultern, die Bizepse, die schmalen Hüften, den knackigen Po, die kräftigen Oberschenkel, und sie kam fast um vor Verlegenheit, als sich Rafael umdrehte und sie ansah. Sie ließ den Blick über das dunkle Haar auf seiner Brust tiefer gleiten. Du lieber Himmel, wie konnte sie ihn nur aufnehmen?

Rafael ging zum Bett, schlug die Decke zurück, legte sich hin, stützte sich auf den Ellbogen und klopfte auf den leeren Platz neben sich.

Sie wollte davonlaufen. Aber wohin? Verdammt, dumm wie sie war, hatte sie es selbst vorgeschlagen. Jetzt musste sie es bis zum Ende durchführen.

Das Bett war riesig. Zumindest konnte sie hinterher zur Seite rutschen und ungestört schlafen. Immer einen Schritt nach dem anderen, befahl sie sich und tat genau das. Sie erreichte die Bettkante, glitt auf die Matratze und lag still.

„Schüchtern zu sein ist eine Sache, *pequeña*“, sagte Rafael spöttisch. „Aber du hast keinen Grund, dich vor mir zu fürchten.“

Wetten, dass? Mikayla atmete zittrig ein. „Wir haben uns nicht gerade unter den günstigsten Umständen kennengelernt.“

Rafael lachte leise. „Dann würdest du dich also wohler fühlen, wenn ich die Initiative ergreife?“

„Ja.“

„Es würde helfen, wenn du erst einmal näher kommen würdest.“

Amüsierte er sich über sie? Sie sagte sich, es sei ihr gleichgültig. Langsam rutschte sie ein Stück auf ihn zu.

„Ein bisschen weiter.“

Sie ballte die Hände zu Fäusten und rückte noch einige Zentimeter über die Matratze. „Dir macht das Spaß, stimmt’s?“

„Nicht besonders.“

Du meine Güte. Sie musste ihn zufriedenstellen, oder er würde sie nicht behalten wollen. Und wenn sie nicht bei ihm blieb, würde sie die Schulden ihres Vaters zurückzahlen müssen. Sie schob sich an Rafael heran, bis sie ihn fast berührte und die Wärme seines Körpers spürte.

„Besser“, sagte Rafael leise und streichelte ihr sanft die Wange. Er sah die dunklen Schatten unter ihren Augen und wusste, dass er sie schlafen lassen würde, wenn er irgendetwas für sie empfinden würde. Stattdessen beugte er sich über sie, küsste sie auf den Mund und umfasste eine Brust. Er reizte die empfindliche Spitze, ließ die Hand tiefer gleiten, unter das T-Shirt, und hörte Mikayla laut nach Atem ringen, als er ihre empfindlichste Stelle berührte. „Das werden wir los, ja?“ Er hob sie hoch und zog ihr das T-Shirt über den Kopf.

War es möglich, am ganzen Körper rot zu werden? Zweifellos fühlte es sich so an. Mikayla sah Rafaels Augen dunkler werden, während er ihre zarte, glatte Haut streichelte. Dann liebkoste er mit dem Mund ihre Brüste, ihren Bauch und glitt noch tiefer. Er konnte nicht. Er würde doch nicht … Aber er tat es, bis sich eine brennende Hitze in ihr ausbreitete und sie zwischen Myriaden von Empfindungen gefangen war.

Ob sie sich der Laute bewusst war, die sie von sich gab? Ihrer hektischen Bewegungen? Sie erschauerte, war fast außer Kontrolle. Rafael trieb sie weiter, dann schob er sich auf sie und drang tief in sie ein.

Und hielt still. Du lieber Himmel.

Mikayla schrie auf, als aus Lust plötzlich Schmerz wurde.

Sich nicht zu rühren ließ Rafael am ganzen Körper beben. Es dauerte mehrere Sekunden, bis er sprechen konnte. „Warum, zum Teufel, hast du es mir nicht gesagt?“, fragte er rau, während er sich auf die Ellbogen stützte. Verdammt, sie sah verletzt aus und unglaublich zerbrechlich.

„Du hättest mir nicht geglaubt.“

Damit hatte sie recht. „Warum?“ Es gelang ihm gerade noch, Ärger und Reue zu unterdrücken.

„Ich habe niemals einen Mann kennengelernt, für den ich so viel empfunden habe, dass ich intim mit ihm werden wollte. Was für einen Unterschied macht das?“

Heiliger Strohsack. „Ich hätte vorsichtiger sein können.“ Und viel liebevoller.

„Würdest du dich bitte zurückziehen, wenn wir das jetzt nachträglich analysieren wollen?“ Wenn sie nicht ein bisschen Humor in die Situation brachte, würde sie in Tränen ausbrechen.

„O nein, *pequeña*“, sagte Rafael ruhig. „Ich bin bei Weitem noch nicht fertig.“

„Ich bin es.“

„Nein“, widersprach er freundlich. „Vertrau mir.“

Ihm vertrauen? Wie könnte sie das?

Seine sanften, forschenden Küsse erregten sie von Neuem. Er war so erfahren, dass sie vergaß, wer er war und warum sie mit ihm im Bett lag. Sie stöhnte auf, als er erst eine, dann die andere Brustspitze in den Mund nahm.

Rafael spürte, wie Mikayla reagierte, zog sich ein bisschen zurück und stieß vorsichtig zu. Er wiederholte die Bewegung langsam und merkte, dass sie seinen Rhythmus aufnahm. Es dauerte eine Weile, bis sie im Einklang waren, und es stellte seine Beherrschung auf die

Probe. Er trieb sie bis an den Rand, hielt sie dort und brachte sie dann zum Höhepunkt.

Hinterher schob er ihr das zerzauste Haar aus dem Gesicht und lächelte, als er sah, dass sie kurz davor war, einzuschlafen. Er stand auf, ließ Wasser in die große runde Badewanne laufen und aktivierte die Jetdüsen. Einige Minuten später trug er Mikayla ins Badezimmer und stieg mit ihr in die Wanne.

Sie spürte das Wasser, die Seife und den Schwamm an ihrer Haut, während sie von Rafael langsam und sinnlich gewaschen wurde, und kam zu dem Schluss, dass sie träumen musste.

Er hob Mikayla aus der Wanne und trocknete sie vorsichtig ab. Nur halb wach, protestierte sie kaum hörbar, als er sie ins Bett legte, neben sie glitt und sie an sich zog.

4. KAPITEL

Mikayla wachte auf und war einen Moment lang in heller Panik, bevor die Erinnerung einsetzte. Ein kurzer Blick sagte ihr, dass sie allein in dem großen Bett lag. Sie sah auf den Digitalwecker, stand auf und raste ins Badezimmer, um sich in aller Eile anzuziehen und zu schminken. Nur Minuten später schnappte sie sich die Schultasche und rannte nach unten. Am Fuß der Treppe blieb sie plötzlich stehen, weil Rafael in der Eingangshalle auftauchte.

„Wir frühstücken auf der Terrasse."

Mikayla stellte fest, dass sie unfähig war, ihn anzusehen. „Ich habe keine Zeit."

„Doch, hast du." Rafael kam auf sie zu.

„Nein."

Er lächelte sarkastisch. „Streitest du immer als Erstes am Morgen?" Er nahm ihr die Tasche weg und ließ sie auf den Fliesenboden fallen, dann schob er ihr die Hand ins Haar, neigte den Kopf und küsste sie.

Oh, du lieber Himmel. Sie erwiderte den Kuss unwillkürlich, bevor sie sich losriss. Was ihr nur gelang, weil Rafael es zuließ, wie sie vermutete. „Ich werde zu spät kommen." Verdammt, sie konnte ihn noch in sich spüren, und er lächelte, als wüsste er es.

„Cornflakes mit Obst und Kaffee kosten dich nur Minuten."

„Bist du morgens immer so diktatorisch?"

„Gewöhn dich daran."

Anscheinend musste sie sich an so einige Dinge gewöhnen! Nicht zuletzt an den Mann selbst. Allein an die vergangene Nacht zu denken war nervenaufreibend. Kapitulation war wohl das Klügste, außerdem hatte sie Hunger.

Ohne Zeitdruck hier zu sitzen und die Aussicht zu genießen, wäre himmlisch, dachte Mikayla, während sie eine Banane in eine Schüssel mit Cornflakes schnitt.

„Was macht dein Arm?"

„Okay." Er tat nur noch weh, wenn sie ihn zu viel bewegte. „Ich gehe morgen ins Krankenhaus und lasse die Fäden ziehen."

„Ich werde dir einen Termin bei meinem Arzt besorgen."

„Das ist nicht nötig", sagte sie ruhig und bestimmt.

Rafael lehnte sich in seinem Rattansessel zurück und betrachtete sie nachdenklich. „Es wird dir das stundenlange Warten in einem Krankenhaus des staatlichen Gesundheitssystems ersparen."

So viel stimmte, aber sie wollte keine Vorzugsbehandlung. „Sie wollen in der Klinik sicher meine Akte vervollständigen." Sie aß die Cornflakes auf, trank ihren Kaffee aus und stand auf. „Ich muss los." Sie stellte Teller und Schüsseln auf ein Tablett und trug es in die Küche. Eine sehr große moderne Küche, wie sie neidisch sah. Die zweite Tür führte in die Eingangshalle, und Minuten später saß Mikayla in ihrem Mini. Sie fuhr durch die offenen Tore, bog nach rechts ab und erreichte kurz darauf die Hauptverkehrsstraße in die Innenstadt.

In der ersten Stunde waren die Schüler unruhig. In der dritten hatte Mikayla das Gefühl, dass irgendetwas vorging. Als es zur Mittagspause klingelte, zog sie Sammy beiseite. Sie hatte einen guten Vorwand, denn sie hatte ihm einen schmalen Band mit einigen Stücken von Shakespeare mitgebracht.

„Danke, ich werde darauf aufpassen."

Sie waren allein im Klassenzimmer, die Tür war geschlossen. „Hast du mir irgendetwas mitzuteilen?"

„Nicht, wenn ich kein gebrochenes Bein haben will."

„Ich habe in der Mittagspause Aufsicht. Sollte ich irgendwo besser nicht vorbeikommen?"

Sammy antwortete nicht.

„Soll ich dich nachsitzen lassen?"

Er sah einen Moment lang erleichtert aus, dann schüttelte er resigniert den Kopf. „Ich muss dort sein."

„Du kannst beschließen, nicht hinzugehen."

„Ja, klar." An diesem Tag, am nächsten, sie würden ihn trotzdem erwischen. „Ich muss los." Sammy ging hinaus und schloss leise die Tür hinter sich.

Mikayla konnte sich das Wo und Wie ziemlich gut vorstellen. Sie nahm ihre Schultasche und suchte sich in der Kantine der Lehrer einen Verbündeten. Gemeinsam begannen sie einen Rundgang. Bandenkämpfe waren alltäglich, und Wachmänner patrouillierten auf dem Schulgelände. Aber die Jugendlichen waren schlau. Schlauer, als gut für sie ist, dachte Mikayla, als sie die Schlägerei vor dem Kunstraum bemerkte. Der Köder. Der echte Kampf fand woanders statt. Und sie ahnte, wo.

Es half nicht, dass sie recht hatte. Sie sah, wie Sammy fast zu Brei geprügelt wurde, und schreckte nicht zurück. Ein Drogengeschäft, das schiefgegangen war. Oder zwei Gangs, die ihren Bezirk absteckten. Es spielte keine Rolle, worum es ging. Es musste gestoppt werden. Zusammen mit ihrem Kollegen und den herbeigerufenen Wachmännern tat Mikayla genau das und bekam für ihre Mühe einen gezielten Schlag in die Rippen. Sammy wurde in den Erste-Hilfe-Raum gebracht und dann ins Krankenhaus. Seine Mutter war nicht zu erreichen, und sein Vater war nicht in der Stadt. Mikayla fuhr im Krankenwagen mit.

Sammy wurde geröntgt, zusammengeflickt und stationär aufgenommen. Es war fast sechs, als Mikayla die Station verließ. Sie fand einen Münzfernsprecher und wählte Rafaels Handynummer.

„Velez-Aguilera", meldete er sich nach dem dritten Klingeln.

„Ich bin's, Mikayla. Ich bin im Krankenhaus. Es dauert mindestens noch eine halbe Stunde, bis ich …" Um alles in der Welt konnte sie nicht „zu Hause" sagen. „Bis ich da bin."

„Dein Vater?"

„Sammy ist zusammengeschlagen worden."

„Welches Krankenhaus?"

Sie nannte ihm den Namen. „Ich nehme mir ein Taxi."

„Warte dort." Rafael beendete das Gespräch, verkniff sich einige Flüche und ging nach draußen zum Auto.

Fünfzehn Minuten später hielt er vor dem Haupteingang. Mikayla wartete draußen auf ihn. Sie umarmte sich schützend, ihr Haar war völlig zerzaust, sie sah müde und gestresst aus. „Bevor ich von hier wegfahre … Ich hoffe, du bist nicht verletzt?", fragte er, als sie einstieg.

Sie warf ihm einen vielsagenden Blick zu. „Meinst du, ich habe mich dazwischengeworfen und den Kampf beendet?"

Es würde ihn nicht überraschen, wenn sie mitgeholfen hätte, das

Blutbad zu stoppen. „Dann warst du also nicht unmittelbar beteiligt?"

Mikayla sah, dass sich ihnen ein Wachmann näherte. „Wenn du nicht losfährst, bekommst du Ärger."

Rafael verließ das Krankenhausgelände und beschleunigte auf der Hauptstraße Richtung Woollahra. „Du hast meine Frage nicht beantwortet."

Sie zuckte die Schultern. „Ich unterrichte dort. Ich hatte Dienst. Die Wachmänner haben es erledigt. Dafür werden sie bezahlt."

„Und Sammy?"

„Er hat vier gebrochene Rippen, einen gebrochenen Arm und eine Gehirnerschütterung", sagte sie matt. Sie hatte einen seiner Knochen brechen hören. „Wir müssen erst zur Schule fahren, damit ich mein Auto holen kann", erinnerte sie Rafael. Sie wollte duschen, etwas essen und früh schlafen gehen.

Zwanzig Minuten später war sie bei Ersterem und wusch sich auch gleich die Haare. Sie trocknete sich ab, zog Jeans und ein Baumwolltop an, verzichtete aufs Föhnen und Schminken und ging nach unten in die Küche. Rafael grillte Steaks. „Kann ich helfen?"

„Salatzutaten sind im Kühlschrank."

Mikayla machte einen gemischten Salat mit Avocados, Tomaten und Sellerie und röstete Brot im Backofen. Gerade als sie die Schüssel und den Korb auf den Tisch stellte, ließ Rafael die Steaks auf die Teller gleiten.

Das Fleisch war saftig und zart. Mikayla genoss jeden Bissen.

„Du hast kein Mittagessen gehabt", stellte Rafael trocken fest, während er ihnen einen ausgezeichneten Pinot noir einschenkte.

Sie nickte nur, brach sich ein Stück Brot ab und aß weiter, bis sie halb fertig war. Erst dann trank sie einen Schluck Wein. „Das Essen ist gut."

„*Gracias.*"

„Morgen Abend koche ich." Es war nur fair.

„Wir gehen essen."

Die Gabel auf halbem Weg zum Mund, verharrte Mikayla in der Bewegung. „Allein oder in Gesellschaft?"

„Ein Wohltätigkeitsball in einem Hotel in der Innenstadt."

„Du wirfst mich gleich ins Nichtschwimmerbecken." In den vergangenen sieben Monaten hatte sie nur gearbeitet. Für ein gesellschaftliches Leben hatte sie keine Zeit gehabt.

„Wir gehen morgen einkaufen."

„Ich habe etwas, was ich anziehen kann."

„Daran zweifle ich nicht", erwiderte Rafael sanft.

„Du willst, dass ich Eindruck mache", sagte Mikayla. „Und du bist bereit, Geld auszugeben, damit ich es tue. Soll ich begeistert sein?"

Er warf ihr einen belustigten Blick zu. „Bist du es?"

„Das hängt ganz davon ab."

„Wovon?"

„Ob es unter geleistete Dienste fällt oder zu meinen Schulden hinzugerechnet wird."

„Können wir vielleicht darauf verzichten, der Sache ein Etikett aufzukleben?"

„Fürs Erste", gab Mikayla nach.

Rafael aß sein Steak auf, lehnte sich zurück und beobachtete, wie sie ihren Teller leerte. „Erzähl mir, warum du Lehrerin geworden bist."

„Weil ich dachte, ich könnte etwas ändern."

„Und? Denkst du es noch immer?"

Sie sah ihn fest an. „Ich hoffe es. Ich bemühe mich."

Er nahm sein Glas und trank einen Schluck. „Hast du dir die Schule ausgesucht, oder hat sie dich ausgesucht?"

„Eine Stelle ist frei geworden." Mikayla zuckte die Schultern. „Ich habe mich beworben und sie bekommen."

„Wie viele Mitbewerber hattest du?"

„Nicht viele." Nur wenige wollten an eine Schule mit schlechtem Ruf.

„Macht es dir Spaß, schwierige Schüler zu unterrichten?"

„Willst du auf etwas Bestimmtes hinaus, oder machst du nur Konversation?"

„Ist nicht beides möglich?" Rafael trank sein Glas aus und faltete die Serviette zusammen.

Mikayla betrachtete seine Hände und dachte daran, wie verheerend es sich auf ihre Sinne ausgewirkt hatte, von ihm liebkost zu werden. Sie hielt den Atem an, als sie sich vorstellte, was diese Nacht bringen würde. Empfindungen breiteten sich in ihrem ganzen Körper aus, bis sie nicht länger still sitzen konnte. „Ich kümmere mich ums Geschirr." Sie stand auf, deckte den Tisch ab und stellte resigniert fest, dass Rafael ihr in die Küche folgte.

Es dauerte nur Minuten, den Grill zu reinigen und die Teller und Bestecke in die Geschirrspülmaschine zu räumen. Aus Gewohnheit wischte Mikayla auch noch die Arbeitsplatte und die Spüle.

„Du musst dich mit dem Haus vertraut machen." Rafael ging voraus und hielt ihr die Tür auf. „Salon, offizielles Esszimmer, Wohnzimmer, Küche und Waschküche auf dieser Seite der Eingangshalle. Auf der anderen Bibliothek und Arbeitszimmer, Computerraum, Spielzimmer, Garagen."

Mikayla bewunderte die schöne Einrichtung des Hauses. Kostbare Möbel und Stoffe, Marmorfliesen, Orientteppiche, gedämpfte Farben, Drucke und Gemälde an den Wänden.

„Unten sind Vorratskammern und ein Fitnessraum."

Drei Geschosse? Doch, es war möglich. Das Grundstück war abschüssig.

Oben waren ein Wohn- und sechs Schlafzimmer, die alle ein angrenzendes Bad hatten. Für eine Person war es ein großes Haus.

„Ich habe eine Putzfrau und einen Gärtner."

„Es ist auch schwer vorstellbar, dass du die Wochenenden mit Putzen und Gartenarbeit verbringst", sagte Mikayla humorvoll.

„Es passt nicht zu mir?"

Sie blieb auf der Treppe stehen. „Das will ich nicht behaupten."

Rafael zog fragend die Augenbrauen hoch und ging weiter.

„In dir steckt mehr, als einem auffällt", meinte sie nachdenklich und folgte ihm zurück ins Erdgeschoss.

„Ein vielschichtiger Mann?"

Der, außer bei einigen Auserwählten, sehr darauf achtete, die meisten Aspekte seiner Persönlichkeit zu verbergen. Was wusste sie über ihn? Wenig. Sein Erfolg, und wie er ihn erreicht hatte, war allgemein bekannt. Er ging mühelos mit dem Drum und Dran des Reichtums um. Aber war das schon immer so gewesen? Unter der Oberfläche hatte er etwas Ursprüngliches an sich, das nichts mit körperlicher Kraft zu tun hatte. Er strahlte Macht aus. Was Mikayla wirklich beunruhigte, war die Skrupellosigkeit. Sie schauderte. Er würde ein guter Freund, aber ein gefährlicher Gegner sein.

„Du hast morgen um halb zehn einen Termin bei meinem Arzt", sagte Rafael, als sie ins Wohnzimmer gingen. Er schaltete das Fernsehgerät ein und zeigte auf einen ganzen Schrank voll DVDs. „Such dir aus, was du sehen möchtest."

Mikayla las die Titel. „Ich kann die Fäden ohne Weiteres im Krankenhaus ziehen lassen."

„Den Streit hatten wir schon."

Sie drehte sich um und blickte Rafael an. „Dann haben wir ihn eben noch mal."

„Dir sind mindestens zwei Stunden in einem staatlichen Krankenhaus lieber als fünf Minuten in einer Privatpraxis?"

So ausgedrückt, schien es lächerlich zu sein, sich ihm zu widersetzen. Außerdem musste sie ihren Vater besuchen. Sammy war ja auch noch da. Und Rafael wollte mit ihr einkaufen. Sie ging zu ihm und gab ihm die DVD, die sie ausgewählt hatte. „Okay."

Er sah sie flüchtig an und schob sie in den DVD-Rekorder. „Kapitulation?"

„Ja." Mikayla ließ sich in einen bequemen Sessel sinken, streifte die Turnschuhe ab und zog die Füße hoch. Der Film schilderte die wahre Geschichte einer mutigen jungen Frau, die gegen die Gesellschaft und das Rechtssystem gekämpft und eine hohe Abfindung für mehrere von Wasserverschmutzung betroffene Menschen erreicht hatte. Mikayla war seit fast einem Jahr nicht mehr im Kino gewesen. Die Schauspieler waren großartig, und sie sah sich den Film über eine Stunde lang hingerissen an, dann fielen ihr vor Müdigkeit immer wieder die Augen zu, und sie musste sich anstrengen, wach zu bleiben.

Geistige und körperliche Erschöpfung forderten schließlich ihren Tribut, und sie schlief im Sessel ein.

Rafael wandte die Aufmerksamkeit vom Bildschirm ab und betrachtete Mikaylas zierlichen Körper. Sie sah täuschend zerbrechlich aus. In der vergangenen Nacht ... Erregung durchflutete ihn, während er daran dachte, wie es gewesen war, diese schlanke junge Frau zu nehmen. Die schockierende Entdeckung, ihr Schmerz und dann, als er sie darüber hinausgeführt hatte, war es so schön gewesen wie seit Langem nicht mehr.

Er ließ die DVD bis zum Ende laufen, schaltete den Fernseher aus, ging zum Sessel und hob Mikayla hoch. Nachdem er die Alarmanlage angestellt hatte, trug er Mikayla nach oben ins Schlafzimmer, legte sie aufs Bett und öffnete den Reißverschluss ihrer Jeans. Sie wachte nicht auf, und er schob ihr erst die Hose, dann den Slip hinunter. Als Nächstes zog er ihr Top und BH aus. Mit zusammengekniffenen Augen sah er sich die Prellung auf ihren Rippen an. Hatte er etwa ...? Nein, er war vorsichtig gewesen. Grob zu sein hatte noch nie zu seinem sexuellen Repertoire gehört.

Also muss es heute im Lauf des Tages passiert sein, dachte er grimmig. Er musste nicht lange raten, wo und wie.

Er deckte Mikayla zu, ging auf seine Seite des Betts, zog seine Sachen aus und glitt neben sie. Nachdem er eine Weile gelesen hatte, spürte er, wie sie sich bewegte, und hörte sie leise stöhnen. Ein Albtraum? Durchlebte sie im Unterbewusstsein noch einmal, was in der Schule vorgefallen war? Er legte das Buch beiseite, schaltete das Licht aus und zog Mikayla an sich. Sie schmiegte sich im Schlaf an ihn. Mondlicht schien durch die nur teilweise geschlossenen Jalousien ins Zimmer. Rafael schob ihr das Haar aus dem Gesicht, dann beugte er sich über sie und drückte ihr einen sanften Kuss auf die Schläfe.

Mikayla erwachte kurz vor Tagesanbruch. Einen Moment lang lag sie völlig still, dann wandte sie langsam den Kopf und sah Rafael an. Im Schlaf verloren seine Gesichtszüge ein bisschen von ihrer Härte. Sie betrachtete die schwarzen Wimpern, die olivfarbene Haut, den dunklen Schatten der Bartstoppeln am Kinn und verspürte den Wunsch, die Hand auszustrecken und die Fingerspitzen über seine Wange zum Mund gleiten zu lassen. Was würde Rafael tun, wenn sie der Versuchung nachgeben würde? Zum Teil wollte sie von ihm geküsst werden und die Zärtlichkeit erleben, die er gezeigt hatte, nachdem er sie das erste Mal in Besitz genommen hatte. Seine Hände fühlen, während er ihre erogenen Zonen erforschte.

„*Buenos dias.*“

Ihre Augen wurden groß. „Ich dachte, du schläfst.“

Sollte er ihr verraten, dass er sogar im Schlaf wachsam war, sich des leisesten Geräuschs und der schwächsten Bewegung sofort bewusst wurde? Es war ihm in Fleisch und Blut übergegangen, und selbst jetzt, nach so vielen Jahren, konnte er es sich nicht abgewöhnen. Er hatte sich fünf Minuten von Mikayla beobachten lassen, ohne sich zu rühren. „Du hast gut geschlafen.“

Wie konnte er das wissen? „Ich bin mitten im Film eingeschlafen.“ Was bedeutete, dass er sie nach oben getragen, ins Bett gebracht und ausgezogen haben musste. „Es ist wohl ein bisschen spät …“

„Verlegen zu sein“, ergänzte Rafael, der ihren Gesichtsausdruck richtig deutete. Er lächelte. „Ja, ein bisschen.“

„Ich sollte aufstehen.“

„Nein“, widersprach Rafael sanft, „solltest du nicht.“ Ihre smaragdgrünen Augen wurden dunkler, als er sich über sie beugte. Er küsste sie auf den Hals und spürte, wie sie reagierte. Langsam bewegte er sich tiefer, liebkoste ihre Brüste und nahm eine empfindliche Spitze in den Mund.

Hitze durchflutete Mikayla, und ihre Hemmungen verschwanden. Sie wollte, musste Rafael noch näher sein. Zaghaft berührte sie seine Brust, dann ließ sie die Finger zu seiner Hüfte gleiten. Sie wollte fühlen, was sie schockiert und ihr Lust bereitet hatte.

Rafael merkte, wie sie zögerte. Er legte die Hand auf ihre und führte sie. Mikaylas Berührung war so zart wie ein Schmetterlingsflügel, und er unterdrückte ein Stöhnen, während sie ihn vorsichtig erforschte. Wo der Mann am verwundbarsten ist, dachte er.

Im nächsten Moment riss er die Bettdecke weg, zog ihr Bein über seine Hüfte und streichelte Mikayla so eingehend, dass sie fast rasend wurde. Sie klammerte sich an ihn, als er langsam in sie eindrang und sich die Empfindungen mit jeder seiner Bewegungen steigerten, bis sie von einem verzehrenden Rhythmus erfasst wurde und nur noch der Mann, der Moment und die Leidenschaft existierten.

Es schien eine Ewigkeit zu dauern, sich zu beruhigen und in einen Zustand wundervoller Erschöpfung zu treiben.

Rafael ließ die Hand von ihrer Hüfte zur Kniekehle gleiten und an der Innenseite des Oberschenkels dorthin zurück, wo sie noch immer vereint waren. Sie reagierte äußerst empfindlich auf seine Liebkosungen. Eine Berührung genügte, und ihr Verlangen erwachte von Neuem. Du lieber Himmel, was machte er jetzt? Es war unwiderstehlich, atemberaubend sinnlich, und Mikayla erklomm Gipfel, die zu erreichen sie niemals für möglich gehalten hatte.

Sie staunte über Rafaels Selbstbeherrschung. Er atmete nicht einmal schneller, und sie hätte geschworen, dass sein Herz nicht so hämmerte wie ihres. Wie konnte er anscheinend unberührt davon bleiben, während sie am ganzen Körper bebte?

Wenn sie Rafael lieben würde, dann hätte sie vielleicht gelächelt und ihn ein bisschen geneckt, sich die Freiheit genommen, ihn zu küssen und zu reizen, bis er aufgestöhnt und die Kontrolle an sich gerissen hätte. So aber war die Intimität zwischen ihnen zu neu, zu zerbrechlich, als dass sich Mikayla dazu ermutigt gefühlt hätte, und sie lag still da, während Rafael sie beruhigend streichelte und flüchtige Küsse auf ihre Schulter drückte.

Sie musste eingeschlafen sein. Beim Aufwachen war sie allein im Bett. Sie hörte die Dusche laufen und sah auf den Digitalwecker, dann stand sie auf, suchte frische Wäsche heraus und ging ins Badezimmer.

5. KAPITEL

Rafael bestand darauf, Mikayla in die Praxis zu begleiten. Noch schlimmer, er blieb bei ihr, während der Arzt ihren Arm untersuchte und die Fäden zog. Und dann tat er etwas wirklich Unverzeihliches und erwähnte die Prellung. Sie warf ihm einen Blick zu, der Bände sprach, und wurde noch wütender, weil er abschätzend zusah, als der Arzt die Schwellung gründlich abtastete und verkündete, dass keine Rippe gebrochen sei.

„Du bist unmöglich diktatorisch!", sagte Mikayla frustriert und ärgerlich, sobald sich die Fahrstuhltüren schlossen.

Rafael zog die Augenbrauen hoch. „Bist du fertig?"

„Nein, bin ich nicht."

Der Aufzug hielt im Erdgeschoss. Sie verließen das Gebäude und gingen zum Auto. Auf dem Weg nach Double Bay schwieg Mikayla. Sie wusste, dass in den Boutiquen dort Designermode verkauft wurde und die Preise astronomisch waren.

Rafael fand eine Parklücke, und sie stiegen aus. „Ich denke nicht …", begann Mikayla.

„Ich verlange nicht von dir, dass du denkst", sagte er spöttisch.

Sie blickte ihn wütend an. „Du willst in einem der teuersten Viertel der Stadt mit Plastik angeben? In Ordnung!"

Er hatte einen sehr guten Geschmack, das musste sie zugeben. Nach zwei Stunden besaß sie zwei lange Abendkleider, zwei Cocktailkleider, einen eleganten Hosenanzug und zu jedem Teil die passenden Schuhe.

„Mittagessen", sagte Rafael, während er die Tragetaschen in den Kofferraum des Autos legte und es abschloss. Er führte sie ins „Ritz-Carlton", wählte à la carte und lächelte belustigt, als sie eine Suppe und Räucherlachs bestellte. „Kein Hauptgericht?"

„Ich wäre auch mit einem Sandwich und Kaffee zufrieden gewesen."

„Du bist nicht beeindruckt?"

Mikayla hielt seinem Blick stand. „Sollte ich es sein?"

„Es war nicht meine Absicht."

Sie bemerkte, dass einige andere Gäste sie beide verstohlen beobachteten. „Wolltest du gesehen werden?“, wagte sie zu fragen.

„Eigentlich nicht.“

Sie trug einen engen Rock, eine Seidenbluse und eine modische Jacke. Es war kein Designeroutfit, aber sie sah elegant aus. „In dem Fall … Danke.“

„Für was?“

„Die Sachen. Das Essen.“

War es Theater? Rafael glaubte es nicht. „Ich werde dafür sorgen, dass du mir dankst.“

Dass er ihr schöne Dinge kaufte, war eine angenehme Zugabe. Verwechsle es nicht mit etwas anderem, schalt sich Mikayla. Es gehörte einfach zu ihrem Abkommen. Schließlich musste eine Geliebte gut angezogen sein.

Die Suppe war köstlich, der Lachs himmlisch. Mikayla lehnte Wein ab und begnügte sich mit Obstsaft. „Ich würde gern meinen Vater besuchen“, sagte sie, als sie beim Kaffee waren. „Ich bin gestern nicht dazu gekommen. Und dann ist da noch Sammy.“

„Sie liegen in verschiedenen Krankenhäusern.“

„Ich passe auf, dass ich rechtzeitig zurück bin, wenn du mir mitteilst, wann wir losfahren müssen.“

„Kurz nach sechs.“

Mikayla sah auf ihre Armbanduhr. Es war nach zwei. „Normalerweise besuche ich Joshua jeden Tag. Und Sammy hat niemanden.“ Niemanden, der sich um ihn kümmerte.

Rafael bezahlte die Rechnung und fuhr Mikayla nach Woollahra. „Ich erwarte, dass du um halb fünf zu Hause bist“, warnte er, als sie in ihr Auto stieg.

Die Parkplatzsuche in der Nähe beider Krankenhäuser war das Allerletzte, denn am Wochenende kamen viele Besucher. Aber die besorgte Miene ihres Vaters heiterte sich auf, sobald sie an sein Bett ging, und das war jeden Ärger wert. Sie verbrachte eine halbe Stunde bei ihm, dann fuhr sie mehrere Meilen zu dem Krankenhaus, in dem Sammy lag. Er sah ziemlich schlimm aus, da sich die Prellungen inzwischen deutlicher zeigten.

„Sie kommen mich besuchen“, sagte er staunend.

Sie hatte ihm einen Roman von Dickens und eine Flasche Fruchtsaft mitgebracht. „Ich kann nicht lange bleiben."

„Das ist okay."

Auf dem Weg nach draußen erkundigte sie sich bei der Stationsschwester nach Sammys Fortschritten und fragte, wann er entlassen werden würde. Dann musste sie fast eine halbe Meile zurück zu ihrem Auto laufen.

Um kurz nach halb fünf betrat Mikayla das Haus, rannte nach oben und begann, sich auszuziehen, sobald sie im Schlafzimmer war. Ihre Koffer hatte sie nach dem Frühstück an diesem Morgen ausgepackt. Sie nahm frische Wäsche, ging duschen, wusch sich die Haare, wickelte sich ein Handtuch um und machte sich daran, sich zu schminken. Danach föhnte und steckte sie sich das Haar hoch, bevor sie ins Schlafzimmer zurückkehrte, um sich anzuziehen. Das pfauengrüne und blaue Abendkleid war wunderschön. Es saß eng, hatte einen tiefen Ausschnitt und schmale Träger. Dazu gehörte ein Schal, der, geschickt drapiert, die heilende Wunde an ihrem Arm verbarg. Ihr einziger Schmuck waren eine Goldkette mit einem kleinen Diamantanhänger und die dazu passenden Ohrringe – ein Geschenk ihrer Eltern zum einundzwanzigsten Geburtstag. Gerade als sie die blauen Abendschuhe mit den hohen Absätzen anzog, kam Rafael herein.

Er war frisch rasiert, und sein Haar war noch ein bisschen feucht vom Duschen. In einer maßgeschneiderten schwarzen Hose und einem weißen Smokinghemd sah er aus wie der Inbegriff der Weltgewandtheit. Er war ein imposanter Mann. In jeder Hinsicht. Mikaylas Herz schlug schneller, während sie seine eleganten, geschmeidigen Bewegungen beobachtete, die ein Zeichen seiner Fitness waren.

Minuten später hatte Rafael die Manschettenknöpfe geschlossen, die Fliege umgebunden und die Smokingjacke angezogen.

„Erzähl mir etwas über den Abend", bat Mikayla auf der Fahrt in die Innenstadt. Es war kühl, und die Straßen waren nass von dem Regenschauer, der vor Kurzem niedergegangen war. „Über die Wohltätigkeitsorganisation."

„Es ist die ‚Leukaemia Foundation'", sagte Rafael.

„Eine gute Sache."

„Sie gehört zu denen, die ich unterstütze."

Er hielt vor dem Haupteingang des Hotels und bat einen Hausdiener, den Mercedes in die Tiefgarage zu fahren. Der Aufzug brachte sie ins Foyer des prachtvollen Ballsaals im obersten Stock. Ober und Serviererinnen arbeiteten sich durch den Raum und boten Wein, Orangensaft und Champagner an, während die gesellschaftliche Elite der Stadt tratschte und ein Auge auf die eintreffenden Gäste hatte.

„Darling. Da bist du ja."

Mikayla drehte sich um und sah eine große dunkelhaarige junge Frau auf Rafael und sie zukommen. Alles an ihr war perfekt, von ihrer Frisur bis zu den aus Europa importierten Schuhen. Oh, du liebe Güte. Die lackierten Fingernägel, das Abendkleid, der Schmuck … Bildete sie sich das nur ein, oder wurde Rafael wachsam?

„Sasha", grüßte er gelassen.

„Willst du uns nicht miteinander bekannt machen?"

„Natürlich. Sasha Despojoa. Mikayla Petersen."

Die Fünfsekundenmusterung, dachte Mikayla. Sie war sich bewusst, dass sie eingeschätzt und abgetan wurde.

„Ich glaube nicht, dass wir uns schon begegnet sind", säuselte Sasha. „Sind Sie neu in der Stadt?"

Neu in diesem Teil der Stadt, hätte sie fast gesagt. „Nein", erwiderte sie lächelnd.

Sasha zog die Augenbrauen hoch. „Ich nehme an, Sie und Rafael kennen sich ziemlich gut?"

„Rafael ist …" Mikayla machte eine Pause und lächelte ihn an. „Ein besonderer Freund." Sie fühlte sich durchaus in der Lage, es mit Sasha aufzunehmen.

Die Neugier war offensichtlich. „Ich verstehe."

Nein, tust du nicht, dachte Mikayla.

„Wir unterhalten uns noch."

Man brauchte nicht dreimal zu raten, über welches Thema. Sasha sah aus, als wolle sie Rafael verschlingen. Wie sie lächelte, wie sie ihm die Hand auf den Arm legte, wie sie sich die Lippen befeuchtete. Es war eine attraktiv verpackte, erotische Einladung.

„Ich glaube, wir sitzen am selben Tisch", teilte ihnen Sasha mit.

Mikayla senkte den Blick. Das würde ja ein lustiger Abend werden!

„Entschuldigst du uns?“, sagte Rafael. „Ich möchte Mikayla gern mit einigen Freunden bekannt machen.“

„Die schöne Sasha ist eine von deinen Ehemaligen, stimmt's?“, fragte Mikayla leise. „Der jüngsten Vergangenheit, vermute ich.“

Rafael warf ihr einen gelassenen Blick zu. „Ja.“

„Muss ich mich vorsehen?“

„Ich habe ihr nichts versprochen.“

„Aber ich wette, sie hat im Geiste schon dein Haus neu eingerichtet.“

„Dazu kennt sie es nicht gut genug. Ich lade nur selten eine Frau ein, über Nacht bei mir zu bleiben.“

Und warum war sie erleichtert, dass nicht schon viele andere mit ihm in dem Bett gelegen hatten, das sie mit ihm teilte? „Du ziehst ein Hotel oder ihre Wohnung vor, ja?“

„Das geht ...“

„Mich nichts an.“ Mikayla lächelte zuckersüß. „Ich weiß.“

Rafael wollte sie küssen und dafür sorgen, dass ihre Augen nicht mehr vor Boshaftigkeit, sondern vor Leidenschaft funkelten. „Treib es nicht zu weit“, warnte er spöttisch.

„Das würde mir nicht im Traum einfallen.“

Sie mischten sich unter die Leute und plauderten, bis die Türen des Ballsaals geöffnet wurden und Angestellte des Hotels den Gästen halfen, den richtigen Tisch zu finden. Sobald alle saßen, wurde die Vorspeise serviert, und Mikayla aß den Garnelencocktail mit Genuss. Rafael bestellte einen ausgezeichneten Chardonnay, von dem sie vorsichtig trank, während der Sprecher der wohltätigen Stiftung eine einführende Rede hielt.

An jedem Tisch saßen zehn Personen, und es amüsierte Mikayla, dass es Sasha gelungen war, sich Rafael direkt gegenüberzusetzen. Die Frau hätte Schauspielerin werden sollen, dachte sie, während sie beobachtete, wie Sasha mit sorgfältig einstudierten Gesten und Blicken versuchte, Rafaels Aufmerksamkeit zu erregen. Und die jedes anderen Mannes in Sichtweite.

Während der Hauptgang serviert wurde, Hähnchenbrustfilet in einer schmackhaften Soße mit kunstvoll angeordnetem Gemüse, führten Models auf dem Laufsteg Haute-Couture-Kleider vor. Ein Komiker und ein Sänger unterhielten die Gäste, und auf einem großen Bildschirm wurde ein fünf Minuten dauernder Videofilm über an Leukämie erkrankte kleine Kinder gezeigt. Es war ergreifend und eine deutliche Mahnung an die Gäste, großzügig zu spenden.

Der Abend war gut organisiert, das Programm zeitlich festgelegt, sodass sich kaum eine Gelegenheit für Gespräche bot, bis das Licht heller gestellt wurde und die Ober begannen, das Dessert und Kaffee zu servieren. Die ersten Gäste standen auf, gingen zwischen den Tischen umher und tauschten Neuigkeiten mit Bekannten aus. Rafael wurde von einem Geschäftsfreund abgelenkt, und sofort setzte sich Sasha auf einen vorübergehend frei gewordenen Platz neben Mikayla.

„Kennen Sie Rafael schon sehr lange?“

Das Verhör geht weiter, dachte Mikayla sarkastisch. „Nein.“

„Besonders mitteilsam sind Sie ja nicht gerade, Darling.“

„Wie mitteilsam soll ich denn sein?“

„Sie müssen mir verzeihen, wenn ich neugierig erscheine. Rafael und ich sind schon eine Zeit lang gut befreundet.“

„Wirklich?“

„Eng befreundet“, sagte Sasha nachdrücklich.

„Also … Hände weg?“

„Ich wusste, Sie würden es verstehen.“

„Sollten Sie nicht besser mit Rafael darüber sprechen?“

„Ich denke nicht. Er will mich ärgern, deshalb ist er heute Abend mit Ihnen hierhergekommen.“

Mikayla versuchte, Mitleid mit Sasha zu haben, doch es gelang ihr nicht. „Wenn Sie mich bitte entschuldigen würden?“ Sie nahm ihre Tasche, stand auf und rettete sich in die nächstgelegene Toilette.

Rafael sah Mikayla den Ballsaal verlassen, bemerkte Sashas zufriedenes Lächeln und war sicher, das Gespräch zwischen den beiden wortwörtlich erraten zu können. Er wusste, dass Sasha eine spitze Zunge hatte. Andererseits zweifelte er nicht daran, dass sich Mikayla gegen sie behaupten konnte.

Warum haben Frauen nur immer das Bedürfnis, ihr Make-up in

Ordnung zu bringen?, überlegte er. Die meisten Männer fanden doch einen natürlichen Look viel erregender. Bei dem Gedanken erinnerte er sich deutlich an die zierliche, bezaubernde Blondine, die in den frühen Morgenstunden in seinen Armen aufgewacht war und ihn mit ihrer zaghaften Erforschung fast an den Rand getrieben hatte. Sie war eine willige Schülerin. Wenn er sie auf eine sexuelle Entdeckungsreise führte, reagierte sie erst überrascht und dann begeistert.

Rafael beendete sein Gespräch, als Mikayla zurück in den Ballsaal kam. Er war sich bewusst, dass nicht nur er beobachtete, wie sie sich dem Tisch näherte.

Der Laufsteg wurde demontiert und Platz für eine Tanzfläche geschaffen, während ein Discjockey auf einer Seite der Bühne seine Anlage aufbaute.

Mikayla setzte sich auf ihren Stuhl und trank einen Schluck Eiswasser.

„Noch einen Kaffee oder ein Glas Wein?"

Sie erwiderte Rafaels Blick ruhig. „Nein, danke."

Der DJ spielte die erste Platte, und einige Paare gingen auf die Tanzfläche.

Sofort stand Sasha auf und ging auf Rafael zu. „Tanz mit mir, Rafael."

Mikayla staunte über Sashas Unverfrorenheit und lächelte Rafael an. „Viel Spaß."

Er verbarg seine Belustigung schnell und führte die strahlend schöne Sasha charmant und höflich auf die Tanzfläche.

Mikayla musste zugeben, dass die beiden gut zusammen aussahen. Fast zu gut. Sie wirkten ungezwungen und vertraut miteinander, was ein seltsames Gefühl in ihr weckte. Sofort klammerte sie aus, dass es Eifersucht oder Neid sein könnte.

„Ich mag es nicht, wenn eine schöne junge Frau allein dasitzt."

Mikayla wandte sich um und lächelte höflich den attraktiven Mann an, der sich neben sie setzte.

„Kann ich Ihnen noch ein Glas Wein holen? Eine Tasse Kaffee?"

Interessant, dachte Mikayla. Es war eine Zeit lang her, dass ein Mann versucht hatte, sie auf einer Gesellschaft anzuquatschen. Vielleicht sollte sie den Ball einfach zurückspielen und die Situation genießen. „Nein, danke."

„Sind Sie mit jemand zusammen?"

Also das war eine Frage! Sie konnte der Antwort wohl einige Minuten aus dem Weg gehen. „Ich habe Ihren Namen nicht verstanden."

„Verzeihen Sie. Anthony Moore-Jones. Und Sie sind?"

„Nichts für Sie", sagte Rafael gefährlich sanft.

Anthony reagierte überrascht und entsetzt. Er stand hastig auf. „Tut mir leid. Ich hatte keine Ahnung ..."

„Jetzt haben Sie sie", unterbrach ihn Rafael trügerisch freundlich.

„Ja. Ja, natürlich." Es war fast komisch, wie erpicht er darauf aus war, wegzukommen. „Wenn Sie mich entschuldigen würden?"

„Isst du abends normalerweise junge Männer?", fragte Mikayla, als sich Rafael auf den Stuhl setzte, den Anthony so schnell geräumt hatte.

„Nur diejenigen, die in meine Spielfeldhälfte eindringen."

„Nett, meinen Platz zu kennen."

„Sei nicht witzig", tadelte Rafael, der sich Sashas Neugier bewusst war.

„Und was ist Mikaylas Platz?", fragte die auch sofort nach.

Mikayla sah Rafael an und zog fragend die Augenbrauen hoch.

Er lehnte sich zurück. „Sie wohnt bei mir."

Sashas Blick wurde härter. „Als dein Gast?"

Er versuchte nicht, den Schlag abzuschwächen. „Als meine Geliebte."

Sasha rang nach Atem. Flüchtig wurde sichtbar, dass sie fuchsteufelswild war, dann verbarg sie ihre Wut schnell wieder. „Wirklich, Darling? Du hättest es mir sagen können."

„Wir sind gelegentlich miteinander ins Bett gegangen", erwiderte Rafael ruhig. „Dann, wenn wir beide dazu aufgelegt waren. Eine feste Beziehung war es niemals."

„Dein Fehler", meinte Sasha kühl. Sie nahm ihre Abendtasche und ging.

„Das war grausam."

„Eine andere Wahrheit versteht Sasha nicht."

Mikayla blickte Rafael an und sah die Stärke, die Autorität und die Skrupellosigkeit. „Ich glaube, ich mag dich nicht."

„Dass du mich magst, wird nicht von dir verlangt."

„Nein. Nur dass ich dich befriedige, solange ich meine Strafe absitze."

„Vorsichtig, *pequeña*", warnte er sanft, fasziniert davon, wie ihre grünen Augen dunkler wurden.

„Ich habe keine Angst vor dir."

„Mutige Worte."

„Wenn ich könnte, würde ich gehen und mir ein Taxi nehmen." Sie hob trotzig das Kinn. „Aber ich habe kein Geld bei mir, und deshalb muss ich dich ertragen." Sie verspürte den Wunsch, ihn zu schlagen, als er versonnen lächelte.

Er stand auf, nahm ihre Hand und zog Mikayla hoch. „Tanz mit mir."

„Das ist wohl ein Scherz!", sagte sie ungläubig. Aber sie hatte keine Wahl, wenn sie nicht Aufsehen erregen wollte, indem sie sich ihm offen widersetzte.

Die Musik wechselte gerade von Rock zu einer Ballade. Rafael zog Mikayla fest an sich, küsste sie flüchtig auf die Stirn und ließ den Mund zu ihrer Schläfe gleiten. Die Wut verschwand, obwohl Mikayla versuchte, sie sich zu bewahren. Hitze durchflutete sie, und sie dachte, wie einfach es wäre, sich an Rafael zu schmiegen und das verräterische Beben zu fühlen, wenn er ihren Hals liebkoste. Doch sie blieb starr und teilnahmslos, während sie tanzten. Und sie hätte schwören können, dass sie Rafael leise lachen hörte. Die Versuchung war groß, ihm absichtlich auf die Zehen zu treten. Sie litt. Er wusste, dass sie litt, und das ärgerte sie noch mehr.

Es war lange nach Mitternacht, als Rafael in der Garage hielt. Mikayla hatte leider nicht das Vergnügen, vor ihm ins Haus zu stolzieren, aus dem einfachen Grund, weil sie weder einen Schlüssel hatte, noch den Code wusste, mit dem sich die Tür öffnen ließ. Sobald sie in der Eingangshalle waren, ging Mikayla zur Treppe und war eine halbe Minute vor Rafael oben im Schlafzimmer. Sie schlüpfte aus den Schuhen, nahm die Kette und die Ohrringe ab und griff nach dem Reißverschluss des Abendkleids. Darunter trug sie einen bodenlangen Unterrock und einen Slip, aber keinen BH. Sie zog sich ein T-Shirt über den Kopf, hängte sorgfältig das Kleid auf und ging ohne ein Wort zur Tür.

„Denk nicht einmal daran, in einem anderen Zimmer zu schlafen."

Mikayla drehte sich um und sah Rafael an. Er hatte die Jacke und die Smokingschleife abgelegt, das Hemd aufgeknöpft und war dabei, die Hose auszuziehen. „Ich will heute Nacht nicht im selben Bett mit dir liegen."

„Weißt du, wie schnell ich dich dazu bringen kann, deine Meinung zu ändern?"

Sie ging hinaus und schloss leise die Tür hinter sich. Würde er ihr folgen? Sie sagte sich, es sei ihr gleichgültig und es spiele auch keine Rolle, dass sie nicht gegen ihn gewinnen könne. Ich tue dies aus Prinzip, versicherte sie sich, während sie eins der anderen Zimmer im oberen Stockwerk betrat und sich ans Fenster stellte. Es war eine mondlose Nacht, und von den Gartenanlagen waren nur Schatten zu sehen. In der Ferne kennzeichneten Lichter die Vorortstraßen, und die strahlende Helligkeit von Neonreklame erleuchtete die Dunkelheit.

Auch wenn sie ihn nicht hereinkommen hörte, spürte Mikayla sofort, dass Rafael auf sie zukam und sich hinter sie stellte. Verdammt, sie hatte es ihm nicht schwer gemacht, sie zu finden. Ohne ein Wort drehte er sie um, küsste sie und spielte mit ihrer Zunge. Mikayla wollte nicht reagieren, aber eine süße Hitze breitete sich langsam in ihr aus, obwohl er sie außer mit dem Mund nicht berührte. Seufzend kapitulierte sie und legte ihm die Arme um den Nacken. Rafael umfasste ihr Gesicht und küsste sie leidenschaftlicher, dann schob er eine Hand unter ihr T-Shirt und ließ die Finger in sie hineingleiten.

War es wichtig, dass sie dem Zauber der Berührung nachgab? Dass sie verlor, wenn er gewann? Nein, dachte Mikayla. So ein Verlieren war kein Verlust.

Rafael trieb sie immer weiter und brachte ihre leisen Schreie mit einem Kuss zum Verstummen, als sie den Höhepunkt erreichte. Er hob sie hoch, und sie legte ihm die Beine um die Hüften. Sie war ganz Hitze und Leidenschaft, und er drang tief in sie ein, zog sich zurück und machte es immer wieder, bis er spürte, wie sie erlöst erschauerte.

Mikayla barg das Gesicht an seinem Hals, während Rafael sie zurück in ihr gemeinsames Schlafzimmer trug und mit ihr aufs Bett sank. Einen Moment später rang sie nach Atem, denn Rafael drehte sich auf den Rücken und setzte sie rittlings auf seine Hüften. Er liebkoste sanft eine Brust, umkreiste sie und reizte die Spitze, bevor er die Hand zu ihrem Mittelpunkt gleiten ließ, ihre empfindlichste Stelle suchte und sie streichelte, bis sie rasend wurde.

Sie bezweifelte, dass sie noch viel mehr aushalten konnte, aber er bewies ihr, dass sie es sehr wohl konnte, als er ihr die Macht gab, den Ritt ihres Lebens zu machen. Hinterher sank sie auf ihn und war zu erschöpft, um sich zu rühren. Den Kopf an seiner Schulter, schlief sie ein und merkte nicht, dass Rafael sie vorsichtig neben sich legte und an sich zog.

In der Nacht hatte Mikayla einen Traum, in dem sie durch eine dunkle Gasse gejagt wurde, und ganz gleich, wie schnell sie rannte, der Mann war direkt hinter ihr. Sie wurde gepackt und festgehalten, versuchte schreiend, sich zu befreien, und hörte einen Fluch. Licht blendete sie, die Gasse verschwand, als Mikayla das Schlafzimmer erkannte.

Rafael hielt sie fest an sich gedrückt und spürte, wie sie allmählich aufhörte zu zittern. „Du lieber Himmel, vor was oder wem bist du davongelaufen?“ Sie antwortete nicht. Tränen schimmerten in ihren Augen. „Mikayla?“

„Ich weiß nicht. Ich habe sein Gesicht nicht gesehen.“

Der Jugendliche, der sie mit dem Messer verletzt hatte? Einer von denen, der bei dem Bandenkampf Sammy verprügelt hatte? Oder Rafael Velez-Aguilera? Du meine Güte, das Letztere stand ihm schlecht an. Das Unterbewusstsein konnte einem übel mitspielen. Manchmal wachte er schwitzend vor Angst auf, wenn er von seiner schwierigen und oft grausamen Jugend träumte, von den Jahren, die ihn hart gemacht und zu dem Mann geformt hatten, der er jetzt war. „Du bist bei mir“, sagte er beruhigend. „Niemand kann dir hier wehtun.“

Fürs Erste, räumte Mikayla zittrig ein, während sie ihre Gedanken bewusst auf glücklichere Zeiten ihres Lebens richtete.

6. KAPITEL

Mikayla wachte auf, drehte sich auf die Seite, sah auf die Uhr und raste ins Badezimmer. Rafael folgte ihr in die Duschkabine und hinderte Mikayla daran, sich hastig einzuseifen, was ihm einen missbilligenden Blick einbrachte. „Wozu die Eile?“

„Ich habe vergessen, Maisie anzurufen. Ich soll in ihrem Laden in The Rocks aushelfen. O verdammt!“ Mikayla fluchte und bückte sich, um die Seife aufzuheben.

Rafael nahm sie ihr aus der Hand. „Jetzt steh still“, befahl er. „Und erklär.“

„Maisie ist meine Freundin. An den Wochenenden arbeite ich für sie. Ich hatte ihr gesagt, ich könne am Samstag nicht kommen, aber an heute habe ich nicht gedacht. Sie wartet auf mich, und bestimmt wird viel zu tun sein.“ Mikayla wurde sich bewusst, was Rafael mit der Seife anstellte, und versuchte, seine Hand wegzustoßen. „Würdest du bitte damit aufhören?“

Er lächelte. „Nein.“

„Rafael …“ Sie verstummte, als sie unwillkürlich auf das reagierte, was er tat.

Er gab ihr die Seife. „Du kannst den Gefallen erwidern.“

Das würde gefährliche Folgen haben. „Ich glaube, lieber nicht.“

„Der Arm heilt gut.“

Nur noch eine dünne rote Linie war zu sehen, die Male der Fäden begannen zu verblassen. Mikayla blickte Rafael an, erkannte die schlummernde Leidenschaft und wusste, dass sie eine Weile nicht wegkommen würde, wenn sie jetzt noch blieb. „Ich muss wirklich los.“

Er küsste sie lange. „Dann geh, *pequeña.*“

„Ich bin bis zum späten Nachmittag im Laden.“

„Und danach wirst du deinen Vater besuchen. Ich koche das Abendessen.“ Rafael sah sie zögern und sagte leise: „Zehn Sekunden, Mikayla, oder du wirst noch mindestens eine Stunde hier im Haus aufgehalten.“

Sie flüchtete. Minuten später zog sie Jeans, ein weites Top und

Turnschuhe an, band sich das Haar zum Pferdeschwanz zusammen, schnappte sich ihre Handtasche und die Autoschlüssel und rannte die Treppe hinunter.

Es wurde wirklich ein hektischer Tag. Mikayla und Maisie hatten keinen Moment Zeit für ein privates Gespräch. Erst am Nachmittag lief das Geschäft ruhiger, sodass Mikayla Gelegenheit hatte, Maisie von ihrem Umzug zu erzählen und ihr zu sagen, dass sie in Zukunft wahrscheinlich nicht mehr aushelfen könne.

„Woollahra? Du nimmst mich auf den Arm, stimmt's?" Maisie kniff die Augen zusammen. „Und du wohnst bei ihm und hast Sex?" Sie stieß einen Pfiff aus. „Mensch, das muss ja einer sein. Du hast doch geschworen, du würdest es ohne Ring nicht tun."

Mikayla zuckte die Schultern. „Eine Frau kann ihre Meinung ändern."

„Du nicht, Schätzchen. Du hattest immer so starke Grundsätze."

Sie wollte sagen, sie habe keine Wahl gehabt, aber je weniger Maisie wusste, desto besser.

„Warum machst du nicht früher Schluss und fährst zum Krankenhaus? Es ist ruhiger geworden, und mit den Kunden, die jetzt noch kommen, werde ich allein fertig."

„Bist du sicher?"

„Geh, Mikayla. Ruf mich mal an, ja? Verlier nicht den Kontakt mit mir."

„Tue ich nicht."

Joshua war sehr müde, und Mikayla verlor ein bisschen den Mut. Die Oberschwester wollte sich nicht festlegen und sagte nur, es sei unvermeidlich, dass sich sein Zustand allmählich verschlechtere. Mikayla blieb eine Weile bei ihm und half, ihn zu füttern. Es dauerte lange, denn er zeigte kaum Interesse am Essen, was sie entsetzte.

Als sie nach Hause kam, warf Rafael ihr einen Blick zu und traf sofort die Entscheidung, mit dem Essen noch zu warten. „Was ist los?" Er drehte die Temperatur der Herdplatte kleiner und ging zu Mikayla. „Dein Vater?"

Sie erzählte ihm, wie es im Krankenhaus gewesen war. Natürlich wusste auch Rafael, wie es enden würde.

„Hast du zu Mittag gegessen?" Sie war blass und hatte dunkle Schatten unter den Augen.

Sie konnte sich kaum erinnern. „Wir hatten viel zu tun. Ein Sandwich, glaube ich."

Er war plötzlich wütend und frustriert, wunderte sich flüchtig darüber und unterdrückte die Gefühle. „Ich habe Pasta mit Meeresfrüchten gemacht." Er nahm ein zweites Glas aus dem Schrank, schenkte Wein ein und gab es Mikayla.

„Davon werde ich müde", protestierte sie.

Vielleicht wäre das ganz gut. „Trink." Er stieß mit ihr an und beobachtete, wie sie ein bisschen Wein trank.

„Ich sollte duschen und etwas anderes anziehen."

„Tu das doch, während ich hier alles fertig mache."

Sie stellte das Glas auf die Arbeitsplatte und ging nach oben. Zehn Minuten später kam sie wieder in die Küche. Sie hatte eine gut sitzende Hose und eine Bluse angezogen, das Haar offen gelassen und Lippenstift benutzt. Rafael war dabei, das Essen auf zwei Teller zu verteilen. Der verlockende Duft von geröstetem Knoblauchbrot machte ihr Appetit, als sie ihr Glas holte und sich an den Tisch setzte. „Das schmeckt gut!", lobte sie nach dem ersten Bissen.

„*Gracias.*" Rafael nahm sich eine Scheibe Knoblauchbrot, riss ein Stück ab und aß es.

Mikayla beobachtete ihn und wollte plötzlich mehr über ihn erfahren. „Bist du in Australien geboren?"

„Neugierig auf meine Wurzeln?"

„Es interessiert mich", verbesserte sie.

„Ich bin das jüngste von drei Kindern, deren Eltern von Barcelona nach New York ausgewandert sind und für die sich der amerikanische Traum nicht erfüllt hat." Es war sinnlos, ihr von der schreienden Armut zu erzählen, die darauf gefolgt war. „Mein Vater hat es schließlich geschafft, einen Job in Sydney zu bekommen. Er hat hart gearbeitet und die Familie einige Jahre später nachgeholt." Das Leben hatte ihn mehr gelehrt, als er jemals wissen wollte.

Mikayla betrachtete ihn aufmerksam. Ihr war klar, dass die Geschichte Lücken hatte, und sie hätte gern mehr gewusst. „Du hast hier die Schule beendet und bist auf die Universität gegangen."

„Ja." Rafael schob seinen leeren Teller beiseite. „Und du?"

„Mittelklassefamilie, Privatschule, Sport, Universität, Freunde, ein ganz normales Leben." Mikayla zuckte die Schultern. „Nichts von Bedeutung."

„Bis deine Mutter einen Unfall hatte und an ein Beatmungsgerät angeschlossen im Koma gelegen hat."

Der Verlust war traumatisch gewesen. Und dann war die Unterschlagung ihres Vaters entdeckt worden, und sein Gesundheitszustand hatte sich schnell verschlechtert. Beides zusammen hatte sie dazu gebracht, sich verzweifelt dem Mann anzubieten, der ihr gegenübersaß. „Es ist kein gutes Jahr gewesen." Das war die größte Untertreibung aller Zeiten.

„Und jetzt bist du mir verpflichtet." Rafael sah, wie sie das Kinn hob. Stolz. Und mutig.

„Ja." Noch vierzehn Monate, drei Wochen und vier Tage. Mehr als vierhundert Nächte mit einem Mann, der begann, ihr unter die Haut zu gehen. Mit einem Mann, den sie hassen wollte. Stattdessen genoss sie seine erfahrenen Berührungen und erlebte sinnliche Höhen, die sie nicht einmal in ihren wildesten Träumen für möglich gehalten hätte. Sie musste Abstand zwischen sie beide bringen. Sie stand auf, sammelte das Geschirr ein und trug es zur Spüle.

Rafael beobachtete sie, sah die gestrafften Schultern, die sorgfältig kontrollierten Bewegungen, während sie die Spülmaschine füllte, und widerstand dem Wunsch, zu ihr zu gehen, sie an sich zu ziehen und zu küssen. Sie hatten die Nacht, die er nutzen würde. „Du hast Sport erwähnt. Irgendeinen besonderen?"

„Tennis, Schwimmen." Mikayla blickte ihn nicht an. Sie nahm einen Topf und schrubbte ihn mit einer übertriebenen Gründlichkeit, die Rafael nicht entging. „Taekwondo."

„Auf dem Grundstück sind Tennisplatz, Swimmingpool und Fitnessraum. Such dir eins aus." Jetzt sah sie in seine Richtung, und er bemerkte flüchtig Überraschung, schwaches Interesse.

„Tennis."

Rafael nickte. „In einer halben Stunde?"

„Okay."

Mikayla war schon dort, als er hinkam. Sie wärmten sich mit einigen Volleys auf, bevor sie ernsthaft spielten.

Er gewann, natürlich. Sie hatte nichts anderes erwartet, denn er besaß die Größe, die Schulterbreite, die Kraft, um sie hoch zu besiegen. Nur dass er es nicht tat, und sie hatte nicht das Gefühl, dass er sich absichtlich zurückhielt.

„Genug", rief er. „Noch länger zu spielen ist nicht gut für deinen Arm."

Sie gingen ins Haus und stiegen die Treppe hinauf.

„Kommst du mit mir in den Whirlpool?", fragte Rafael.

Mikayla warf ihm einen flüchtigen Blick zu und schüttelte den Kopf. „Ich dusche lieber."

Sie muss noch ihre Hemmungen verlieren, dachte Rafael und freute sich auf den Tag, an dem sie beim Sex die Initiative ergreifen würde. Er wünschte sich, von ihr berührt und gereizt zu werden, ihr leises, heiseres Lachen zu hören, während sie ihn bis an den Rand trieb und dann hielt, wenn er in ihren Armen hilflos erschauerte. War sie sich bewusst, wie viel Macht sie hatte? Irgendwie bezweifelte er es. „Schade", sagte er spöttisch und steuerte auf sein Badezimmer zu.

Mikayla suchte frische Wäsche, Jeans und ein Stricktop heraus und ging duschen. Sie genoss es, sich langsam einzuseifen und lange unter dem warmen Wasserstrahl zu stehen, bevor sie sich abtrocknete, anzog und sich das Haar hochsteckte. Auf Make-up verzichtete sie. Als sie ins Schlafzimmer zurückkehrte, blieb sie unvermittelt stehen. Rafael hatte nicht einmal den Anstand gehabt, sich ein Handtuch um die Hüften zu wickeln.

Er sah auf, bemerkte ihren Gesichtsausdruck und lächelte spöttisch. „Erregt meine Nacktheit Anstoß bei dir?" Er ging zur Kommode, nahm einen Seidenslip heraus und zog ihn an.

Aber da hatte Mikayla schon das kleine orientalische Symbol auf seinem Po gesehen.

„Es bedeutet ‚Ehre über alles'", erklärte Rafael ruhig.

„Sollte ich jetzt fragen, warum?"

Er schwieg einen Moment lang. „Damals habe ich es passend gefunden."

„Und später hast du dich dafür entschieden, die Tätowierung nicht entfernen zu lassen."

Sie war eine deutliche Erinnerung an eine andere Zeit, an ein anderes Leben. „Ja." Er zog schwarze Jeans und ein schwarzes Polohemd an.

Ganz in Schwarz sah er gefährlich skrupellos aus, und Mikayla bekam flüchtig einen Eindruck davon, wie er früher gewesen sein könnte. Wie er werden könnte, wenn man ihn zu weit trieb. „Ich habe einige Prüfungsarbeiten zu zensieren", sagte sie ruhig. „Und den Unterricht für morgen vorzubereiten. Es dauert wohl ein bis zwei Stunden."

Er würde die Zeit im Computerraum nutzen. „Ich koche uns Kaffee."

Mikayla gefiel die freundliche Atmosphäre der Küche. Sie breitete ihre Unterlagen auf dem Tisch aus, nahm sich erst die Prüfungsarbeiten vor, bereitete sich dann auf den nächsten Tag vor und wägte den Lehrplan der Schulbehörde gegen den Unterricht ab, den sie erteilen wollte. Um elf schob sie alle Unterlagen und Lehrbücher in die große Umhängetasche und streckte die Arme hoch, um die verspannten Muskeln zu lockern. Minuten später schaltete sie das Licht aus und ging nach oben.

Von Rafael war nichts zu sehen. Mikayla zog sich aus, legte sich ins Bett und schlief fast sofort ein.

Seine Liebkosungen weckten sie irgendwann in der Nacht. Er streichelte ihre Hüfte und die Brüste, küsste sie auf den Hals und ließ den Mund tiefer gleiten. Mikayla unterdrückte ein Stöhnen, als er ihr den intimsten aller Küsse schenkte. Es war eine schamlose Verführung, die sie so erregte, dass sie aufschrie, ihn anflehte, sie zu nehmen, und heiser mit ihm schimpfte, weil er sie warten ließ.

Rafael wollte sie leidenschaftlich und gedankenlos. Er spürte, wie sie mit den Fäusten auf seine Schultern eintrommelte und sich ihm verzweifelt entgegenbog. Dann schob er sich auf sie, drang in sie ein und baute den Rhythmus auf, bis sie beide von Hitze verzehrt wurden und völlig eins waren.

Es dauerte eine Weile, herunterzukommen. Mikayla bezweifelte, dass sie sich rühren konnte. Rafael küsste sie so sanft, dass sie fast weinte. War das Nachspiel immer von so einer süßen Verträumtheit erfüllt? Seine zärtlichen Berührungen weckten ihre Leidenschaft schließlich von Neuem, und während sie sich liebten, langsam diesmal, wurde Mikayla ein bisschen traurig bewusst, dass sie wahrscheinlich niemals seinesgleichen kennenlernen würde.

Hinterher schlief sie ein und wurde am Morgen von Rafael geweckt.

„Es ist halb acht." Er hatte schon geduscht, war rasiert und teilweise angezogen. „Ich kümmere mich ums Frühstück."

Mikayla stand auf, nahm frische Wäsche und ging ins Badezimmer. Fünfzehn Minuten später lief sie in einer schicken Hose, einem langen Stricktop und Stiefeln mit flachen Absätzen die Treppe hinunter und in die Küche. Sie nahm beide Teller von der Arbeitsfläche und trug sie zum Tisch, dann kehrte sie zurück, um den Kaffee zu holen.

Orangensaft, Rührei, gegrillte Tomaten, Toast ... Mikayla aß einen Bissen und seufzte. „Du machst das wirklich sehr gut."

„Nur Essen, Mikayla?"

Sie erwiderte seinen humorvollen Blick und rümpfte die Nase. „Auch."

Rafael legte einen Schlüsselbund neben sie, zusammen mit einer Fernbedienung und einem Handy. „Die Tore. Garage. Haus. Bevor wir losfahren, zeige ich dir, wie du die Alarmanlage programmieren musst." Er nahm das Telefon hoch. „Ich schlage vor, dass du diese Nummer im Krankenhaus angibst."

Das Wort „Krankenhaus" wirkte ernüchternd auf Mikayla. „Danke."

„Ich werde erst gegen sieben zu Hause sein." Rafael trank seinen Kaffee aus und schenkte sich noch eine Tasse ein.

„Ich koche heute Abend. Ich mache ein großartiges thailändisches Curryhuhn mit Reis."

Rafael griff nach seiner Brieftasche und zog einen Geldschein heraus. „Für alles, was du dazu brauchst."

„Ich habe Geld." Nicht viel, aber genug.

Er kniff die Augen zusammen. „Nimm ihn."

„Nein." Mikayla aß den letzten Bissen, trank ihren Kaffee aus, stand auf und trug die Teller zur Spüle.

Rafael legte den Geldschein auf den Tisch und folgte ihr. Die Bratpfanne hatte er schon abgewaschen, und es dauerte nur Minuten, die Teller und Bestecke, die sie kurz abspülte, in die Maschine zu räumen. Während Mikayla ihre Schultasche holte, nahm er das Jackett vom Stuhl, zog es an und bückte sich nach seinem Aktenkoffer und Laptop. Bevor er hinausging, warf er einen Blick auf den Tisch. Der Geldschein lag immer noch dort.

Er lag genau an derselben Stelle, als Rafael am Abend nach Hause kam. „Habe ich Zeit zu duschen und mich umzuziehen?"

„Fünfzehn Minuten", sagte Mikayla, die gerade Reis abmaß und in leicht kochendes Wasser gab. „Die Wahl des Weins überlasse ich dir."

Bei seiner Rückkehr mischte sie gerade den knackigen grünen Salat. Der Reis war, getreu ihrer Berechnung, locker und weich.

„Du hast recht", sagte Rafael, nachdem er das Curryhuhn probiert hatte. „Das ist großartig. Was hast du sonst noch kulinarisch auf Lager?"

„Pekingente, Garnelenrisotto, Filet mignon, Burgunderbraten ... Soll ich noch mehr aufzählen?"

„Hast du einen Kochkurs gemacht?"

„Meine Mutter hat gern gekocht. Ich habe es von ihr geerbt."

„Wie geht es deinem Vater heute?" Rafael hielt es nicht für nötig, ihr zu verraten, dass er jeden Tag einen auf den neuesten Stand gebrachten Krankenbericht bekam.

„Unverändert."

„Und Sammy?"

„Er müsste in ein oder zwei Tagen entlassen werden."

Rafael schenkte ihr Wein ein und füllte sein eigenes Glas. „Dann kehrt er ins selbe Milieu zurück."

„Er ist intelligent und will lernen." Ich hoffe nur, er schafft es, dachte Mikayla.

„Er hat kaum eine Chance."

„Doch, wenn er darum kämpft." Man merkte ihr an, wie sehr sie sich für ihn einsetzte.

„Willst du dafür sorgen, dass er es tut?", fragte Rafael trügerisch freundlich.

„Ich versuche es."

Sein Blick wurde finster, und seine Gesichtszüge verhärteten sich. „Schutzengel können erschossen werden."

„Ich bin nicht naiv, was die Jugend von heute betrifft."

„Doch", widersprach Rafael sanft, „bist du."

„Nein", sagte Mikayla ärgerlich. „Bin ich nicht. Außerdem kann ich selbst auf mich aufpassen."

„Möchtest du mir das vielleicht beweisen?", fragte er spöttisch.

„Jederzeit."

„Im Fitnessraum, in einer Stunde?"

„Okay."

Sie kümmerten sich schweigend ums Geschirr, und danach nahm Mikayla die Lehrbücher aus der Schultasche und machte sich Notizen für den Unterricht des nächsten Tages, bevor sie nach oben ins Schlafzimmer ging, um sich umzuziehen. Rafael wartete schon auf sie, als sie in Jeans und Top in den Fitnessraum kam. Sie war darauf gefasst gewesen, dass er erfahren in asiatischen Kampfsportarten war, hatte jedoch nicht damit gerechnet, dass er jeden ihrer Angriffe abblockte und konterte. Im Grunde übten sie wirkungsloses Handeln ... ihres.

„Jetzt wirst du lernen", sagte Rafael schließlich.

Sie war ganz schön ins Schwitzen geraten, während er nicht einmal schneller atmete. „Hast du keine Angst, ich könnte mitten in der Nacht einige der Techniken bei dir anwenden?"

„Ich habe einen sehr leichten Schlaf", versicherte Rafael ihr spöttisch.

„Wirklich?" Mikayla wollte auf ihn herabblicken, aber dafür war sie nicht groß genug. „Weißt du, dass du schnarchst?"

„Netter Versuch, *pequeña*", sagte er lachend. „Also? Wollen wir scherzen oder trainieren?"

Er zeigte ihr Tricks, die in keiner Kampfsportschule gelehrt wurden. Und sie musste sie immer wieder üben. Nach einer Stunde machte er Schluss. Er schaltete das Licht aus, nahm ihre Hand, führte Mikayla nach oben in sein Badezimmer, füllte den Whirlpool und ließ ihr keine andere Wahl, als mit ihm in das sprudelnde Wasser zu steigen.

Die Entspannungstherapie hätte funktioniert, wenn sie allein gewesen wäre. Sie war sich Rafaels Nähe äußerst bewusst und brauchte nur auf seinen Mund zu blicken, um sich deutlich daran zu erinnern, wie es war, wenn er sie küsste, wenn er sie nahm. Genau das wurde immer mehr zum Problem! Sie wollte nicht zugeben, dass sie seine Umarmungen genoss, seinen Körper an ihrem, die ungestümen Empfindungen, die dieser Mann so mühelos in ihr weckte.

Mikayla wusste, dass sie keinen Grund hatte, Rafael zu mögen. Noch weniger Anlass, ihn gernzuhaben. Aber er hatte etwas an sich, was ihr unter die Haut ging und ihre Gefühle aufrührte. Sehr guter Sex, sagte sie sich. Sie durfte es nicht mit etwas anderem verwechseln.

Sie bedeutete Rafael nichts. Für ihn war sie ein neues Sexspielzeug, nichts weiter. Und neue Spielsachen wurden irgendwann langweilig. Genau das würde mit ihr auch passieren. Vorausgesetzt, dass er nicht schon vorher genug von ihr hatte, würde ihre Beziehung in vierzehn Monaten vorbei sein, wenn sie die Schulden ihres Vaters als Rafaels Geliebte abgearbeitet hatte.

Lass dich emotional nicht mit ihm ein!, dachte sie und wiederholte es wie ein Mantra.

„Das Schulhalbjahr endet diesen Freitag, stimmt's?", fragte Rafael.

„Ja. Zwei Wochen Ferien."

„Ich fliege am Sonntag für mehrere Tage nach New York. Du kommst mit."

Mikayla wollte etwas sagen und unterließ es doch.

Er zog die Augenbrauen hoch. „Du hast hoffentlich einen gültigen Reisepass?"

„Ja." New York. Sie versuchte, ruhig zu bleiben. „Mir war nicht klar, dass Reisen dazugehören."

Rafael verzog keine Miene. „Es steht nicht konkret im Vertrag."

Was sollte das heißen? Dass er sie bei sich haben wollte? Idiotin!, schalt sie sich.

„Du hast ausdrucksvolle Gesichtszüge", sagte er spöttisch.

„Während deine ein Buch mit sieben Siegeln sind."

„Ärgert dich das?"

„Ja", erwiderte sie kurz angebunden. „Es gibt dir einen Vorteil." Sie griff nach einem Handtuch, stand auf und wickelte es sich um.

Rafael ließ sie gehen. Als er ins Schlafzimmer kam, saß sie an die Kissen gelehnt im Bett, las ein Lehrbuch und machte sich auf einem linierten Schreibblock Notizen.

Er glitt zwischen die Laken, und sie sah auf. „Ich muss das erledigen. Wenn es dich stört, nehme ich mein Zeug mit nach unten und arbeite in der Küche."

„Wie lange wird es dauern?"

„Fünfzehn Minuten, vielleicht zwanzig."

„Zwanzig", sagte Rafael. „Dann legst du das Buch weg."

Mikayla hob den Schreibblock, um ihn damit zu schlagen.

Rafael packte sie am Handgelenk. „Versuch das ja nicht", warnte er leise.

Sie warf ihm einen finsteren Blick zu. „Ich gehe damit nach unten." Sie wollte aufstehen und stellte fest, dass Rafael sie nicht losließ.

„Mach es hier fertig."

„Du bist unmöglich!"

„Das ist mir schon gesagt worden", erwiderte er gelassen.

„Ich könnte dich umbringen!", stieß sie mit zusammengebissenen Zähnen hervor und wurde noch wütender, als er lachte.

„Vier Minuten der Zeit sind schon um." Er ließ ihr Handgelenk los.

Mikayla verkniff sich ein unfeines Wort und ging wieder an die Arbeit.

Er verschränkte die Arme und beobachtete sie. Ob sie sich bewusst war, dass sie die Angewohnheit hatte, sich gelegentlich die Lippen zu befeuchten, wenn sie sich konzentrieren musste? Eine Haarsträhne fiel ihr ins Gesicht, und er unterdrückte den Wunsch, sie ihr hinters Ohr zu klemmen. Das T-Shirt musste weg. Er dachte an ihre Reaktion, wenn er das vorschlagen würde, und ein schwaches Lächeln umspielte seinen Mund.

Jede andere Frau, die er kannte, hätte ihre Reize in Seide oder Satin verpackt oder überhaupt nichts getragen, um sein Interesse zu wecken.

Rafael schloss die Augen und richtete seine Gedanken auf das Geschäft, das er abschließen wollte. Wenn die Verhandlungen erfolgreich verliefen, würde sich sein Privatvermögen beträchtlich vermehren.

Mikayla blätterte zur letzten Seite des Kapitels um, das sie am nächsten Tag im Unterricht durchnehmen würde. Schnell machte sie sich noch eine Notiz. Wenn sie einen besonders wichtigen Punkt mit einem amüsanten Beispiel verdeutlichte, würden ihn die Schüler behalten. Ja, so werde ich an die Sache herangehen, entschied sie zufrieden. Sie klappte den Schreibblock zu, schob ein Lesezeichen an den Anfang des Kapitels, legte Block, Bleistift und Buch auf den Nachttisch und sah Rafael an. Das durfte ja wohl einfach nicht wahr sein! So viel dazu, sich mit der Unterrichtsvorbereitung zu beeilen.

Sein Gesicht im Schlaf faszinierte sie, und sie betrachtete es lange. Die breiten Wangenknochen, das energische Kinn und zuletzt den sinnlichen Mund. Dann bewunderte sie seine Bizepse, die kräftigen Unterarme, die muskulöse Brust und überlegte, was er tun würde, wenn sie den Finger vorsichtig über seinen Mund gleiten lassen würde.

In diesem Moment öffnete Rafael die Augen und blickte sie ungerührt an. „Bist du schon fertig?"

Hatte er bemerkt, dass sie ihn beobachtet hatte? Hoffentlich nicht. „Ja."

„Gut." Er griff nach ihr und weckte ihre Leidenschaft mit einem sanften Kuss.

Wird es immer so sein? fragte sich Mikayla, während sie jede Zurückhaltung aufgab und Rafael seinen Willen ließ. Wenn er sie berührte, breitete sich Hitze wie ein süßer Zauber in ihrem Körper aus, bis nur noch seine Besitznahme die Sehnsucht lindern konnte, die sie zu verzehren drohte.

Rafael brachte sie in eine bequemere Lage und machte es langsam. Er erforschte jede erogene Zone, und Mikayla wurde so zügellos, dass sie sich selbst kaum wiedererkannte.

Hinterher lag sie mit geschlossenen Augen da und versuchte vergeblich, die Tränen zu unterdrücken.

Rafael sah sie, und es ging ihm zu Herzen. Er spürte ihnen erst mit den Fingerspitzen und dann mit dem Mund nach.

7. KAPITEL

Sydney im Frühling versprach warmes Wetter mit sonnigen Tagen, gemäßigten Temperaturen und kühlem Wind. Es war eine große Stadt mit sich ausbreitenden Vororten, deren Randgebiete direkt an den Klippen lagen, wo die Grundstückspreise am höchsten und die Häuser oft luxuriös waren. Im Zentrum erhoben sich Bürotürme aus Beton, Stahl und Glas, Hotels und Apartmenthäuser, und in den Straßen herrschte dichter Verkehr. Die Bevölkerung war sehr kosmopolitisch, die vielen Einwanderer aus fast allen Teilen der Welt machten Sydney zu einer multikulturellen Stadt und sorgten für die lebendige Atmosphäre.

Mikayla liebte Sydney. Hier war sie geboren und aufgewachsen, zur Schule und auf die Universität gegangen. Sie hatte sich immer gewünscht, nach Amerika und Europa zu reisen, aber während des Studiums hatte sie keine Zeit für Fernreisen gehabt. In den Ferien war sie mit Freunden in Neuseeland und auf den Fidschi-Inseln gewesen, viel mehr hatte sie von der Welt jedoch nicht gesehen.

Daher war es eine aufregende Aussicht, nach New York zu fliegen. Bis es so weit war, hatte sie in der Woche vor dem Ende des Schulhalbjahres noch viel zu tun, und jeden Nachmittag besuchte sie ihren Vater im Krankenhaus. Nachts hatte sie Rafael. Manchmal fragte sie sich, was das zwischen ihnen eigentlich war. Sie schliefen miteinander und lebten zusammen, aber zwei Menschen, die sich nicht wirklich gern hatten, konnten keine richtige Beziehung haben.

Ihr habt ein Abkommen, flüsterte eine innere Stimme zynisch. Mehr nicht.

New York war unglaublich. Mikayla liebte das Tempo, den Lärm und die Hektik der Stadt. Das Hotel war luxuriös, die Suite prachtvoll und der Service umwerfend.

„Ich habe für den Rest des Tages Sitzungen“, sagte Rafael, während er die E-Mails auf seinem Laptop überprüfte.

Nichts konnte Mikaylas Begeisterung dämpfen. „Ich gehe ins ‚Metropolitan Museum of Art‘.“ Dort konnte sie einen ganzen Tag verbringen, und dann warteten noch anderen Museen und viele Sehenswürdigkeiten, ganz zu schweigen von den großen Warenhäusern.

Rafael warf ihr ein Handy zu. „Trag es ständig bei dir, und ruf mich an, wenn irgendetwas los ist." Er blickte sie scharf an. „Zu jeder Zeit. Benutz nicht die U-Bahn, sondern nimm dir ein Taxi, wenn du irgendwohin willst. Verstanden?"

„Ich wohne schon mein ganzes Leben in einer Großstadt."

Seine Miene wurde härter. „New York ist nicht Sydney." Er griff nach seinem Jackett, zog die Brieftasche heraus und hielt ihr ein Bündel Banknoten hin.

Mikayla rührte sich nicht. „Ich habe Geld." Urlaubsgeld, das sie in amerikanische Dollar umgetauscht hatte.

„Nimm es."

Sie sah Rafael vorsichtig an und bemerkte seine Entschlossenheit, den unbeugsamen Willen. „Ich brauche es nicht."

Er fluchte leise. „Warum musst du streiten?"

„Warum du?", erwiderte sie. „Ich bin keine Idiotin. Ohne Geld für Taxi und Essen werde ich das Hotel nicht verlassen. Wenn es mir ausgeht, sage ich es dir. Okay?"

Rafael öffnete den kleinen Wandsafe und legte die Banknoten hinein, schloss ihn ab und gab Mikayla einen Schlüssel. „Das macht es einfach."

Er irrte sich. „Danke."

„Ich muss los. Bleibst du noch eine Weile in der Suite, oder willst du sofort die Stadt besichtigen?"

„Besichtigen", sagte sie ohne Zögern.

Und das tat sie. Wie sie es geplant hatte, begann sie mit dem „Metropolitan Museum of Art". Rafael rief sie am Mittag an, gerade als sie in einen Hotdog mit Senf und Mayonnaise biss. In dieser Stadt konnte man so viel sehen und unternehmen. Sie wollte nicht wertvolle Zeit mit Essen in einem Café verschwenden.

„Ich bin wahrscheinlich gegen halb sechs zurück im Hotel. Wir gehen essen", sagte Rafael ohne Einleitung.

„Okay."

„Wo bist du?"

„An einem Hotdog-Stand."

Ein kurzes Schweigen folgte. „Und wo ist der?"

„Tja, da haben wir's", sagte sie humorvoll. „Ich kann nirgendwo einen Straßennamen sehen."

„Mikayla ...", begann Rafael warnend.

„Ich habe einen Stadtplan", unterbrach sie ihn. „Ich habe ihn nur noch nicht benutzt." Sie hörte, wie er Atem holte. „Wenn ich mich verlaufe, frage ich jemand." Sie beendete das Gespräch.

Rafael schob das Handy in die Jacketttasche, schüttelte den Kopf und ging zurück zu seinen drei Geschäftspartnern, die ihn in eins der besten Restaurants der Stadt eingeladen hatten. Dabei unterdrückte er den plötzlichen Wunsch, auf Spitzenwein und erlesene Gerichte zu verzichten, um mit einer zierlichen Blondine auf der Straße einen Hotdog zu essen.

Mikayla hatte Spaß. Sie ging im Central Park spazieren, machte einen Schaufensterbummel und fuhr dann mit der U-Bahn. Am helllichten Tag konnte doch nichts passieren. Außerdem fügte sie sich in Jeans, Pullover und Jeansjacke gut ein und lenkte keine Aufmerksamkeit auf sich. Niemand fiel über sie her, und sie fühlte sich zu keinem Zeitpunkt bedroht. Einige Haltestellen weiter südlich kam sie nach oben auf die Straße. Nicht so gut, stellte sie sofort fest. Sie konnte es nicht erklären, aber die Atmosphäre war anders, und ihr Gefühl warnte sie davor zu bleiben. Wink ein Taxi heran, und dann weg hier!, sagte sie sich, nur war keins in Sicht. Also ging sie wieder nach unten in die U-Bahn-Station und nahm einen Zug in die Richtung, aus der sie gekommen war.

Das hätte einfach sein sollen, und das wäre es auch gewesen, wenn sie nicht eine Haltestelle zu weit gefahren wäre. Gerade als sie den Bahnhof verließ, klingelte das Telefon. „Rafael?"

„Wo, zum Teufel, bist du?"

Er hörte sich so wütend an, dass sie zusammenzuckte. Ein Taxi fuhr vorbei und sie winkte verzweifelt. Der Fahrer hielt, und sie war fast außer sich vor Erleichterung. „Ich steige gerade in ein Taxi. Ich bin bald da."

Dreißig Minuten Stop-and-go-Verkehr auf einer Strecke, die ein

Drittel der Zeit hätte dauern sollen.

Mikayla lief in die Hotelhalle, fuhr mit dem Lift nach oben, eilte den Flur entlang und schob die Sicherheitskarte ins Türschloss. Rafael warf ihr einen Blick zu, der ihr den Atem raubte.

„Weißt du, wie spät es ist?", fragte Rafael leise.

Es wäre erträglicher gewesen, wenn er laut geworden wäre. „Tut mir leid."

Die Entschuldigung beschwichtigte ihn nicht. „Würdest du mir bitte erklären, warum du so spät kommst?"

„Ich bin mit der U-Bahn gefahren und wollte an der nächsten Haltestelle aussteigen und mir ein Taxi zurück zum Hotel nehmen. Nur bin ich eine Haltestelle zu weit gefahren."

„Ich hatte dich gebeten, nicht mit der U-Bahn zu fahren." Bei dem Gedanken, dass sie ohne Rücksicht auf die Richtung leichtsinnig irgendeinen Bahnhof gewählt hatte, konnte er sich gerade noch davon abhalten, ihr den Hals umzudrehen. „Ich hatte dir gesagt, ich würde gegen halb sechs zurück im Hotel sein. Ist dir nicht in den Sinn gekommen, dass ich mir Sorgen machen könnte, wenn du nicht hier bist? An der Rezeption war keine Nachricht für mich, keine Voicemail und kein Anruf. Und als ich angerufen habe, hast du dich nicht gemeldet."

„Ich habe das Klingeln nicht gehört."

„Das wundert mich nicht."

„Okay, von jetzt an nehme ich Taxis", gab Mikayla nach.

„Von jetzt an lässt du dich vom Fahrer einer gemieteten Limousine überallhin bringen", sagte Rafael kalt.

„Das ist lächerlich."

Er schob die Hände in die Hosentaschen. „Entweder das, oder du bleibst im Hotel."

Mikayla sah ihn ungläubig an. „Ich fasse es einfach nicht! Was für ein Recht hast du …?"

„Das Recht eines Mannes, der für deine Dienste bezahlt."

Es war, als hätte er sie geschlagen. „Natürlich", erwiderte sie ruhig. „Wie dumm von mir, es zu vergessen." Sie ging zur Kommode und suchte frische Wäsche heraus. „Ich werde nicht lange brauchen, mich fertig zu machen." Essen war Nebensache, aber alles war besser, als in der Suite zu bleiben.

Fünfzehn Minuten später kam Mikayla geschminkt und frisiert aus dem Badezimmer. Sie ging zum Kleiderschrank, wählte eine schwarze Abendhose aus Seide, ein schwarzes Bustier und eine mit Perlen verzierte rote Jacke. Sie zog Pumps mit Stilettoabsätzen an und nahm ihre Handtasche.

Rafael beobachtete Mikayla unverwandt, bemerkte das stolz erhobene Kinn und den kühlen Blick und fragte sich, ob sie eine Vorstellung davon hatte, was sie ihm in der Stunde zugemutet hatte, in der er in der Suite auf und ab gegangen war und darauf gewartet hatte, dass sie auftauchte oder anrief.

„Wollen wir los?", fragte sie und verließ vor ihm das Zimmer.

Schweigend fuhren sie mit dem Lift nach unten. Rafael führte sie in das exklusive A-la-carte-Restaurant des Hotels. Der Maître d'hôtel wies ihnen einen Tisch zu und winkte den Weinkellner heran.

Rafael bestellte einen ausgezeichneten Weißwein, dann las er die Speisekarte. Mikayla wählte zwei Vorspeisen aus, eine Suppe und anschließend einen Salat. Er blickte sie mit zusammengekniffenen Augen an, als sie dem Ober ihre Bestellung aufgab.

„Hast du keinen Hunger?"

„Nein."

Rafael hob sein Glas und trank einen Schluck. „Planst du, nur mit den Antworten Ja und Nein Konversation zu machen?"

Mikayla lächelte gekünstelt. „Wie war dein Tag? Ist die Sitzung gut ausgegangen?"

Er lehnte sich zurück. „Du läufst Gefahr zu übertreiben."

„Wirklich? Ich dachte, du wolltest, dass ich höfliche Konversation mache."

„Bringen wir das hinter uns, ja?"

„Was genau?"

„Den Streit, den wir haben."

„Ich mag es nicht, Aufsehen zu erregen."

„Ich denke doch, wir können zivilisiert darüber sprechen."

„Es gibt nichts, über das wir sprechen müssen", sagte Mikayla.

„Doch“, widersprach Rafael spöttisch.

Der Ober brachte die Suppe für Mikayla und die Meeresfrüchte für Rafael.

„Nein. Ich bin mir über deine Rechte auf meine ‚Dienste‘ völlig im Klaren.“ Mikayla nahm den Löffel und ignorierte Rafaels grüblerischen Blick. „Wollen wir essen?“

„Du hast diese ‚Dienste‘ vorgeschlagen, erinnerst du dich?“

„Ja, natürlich. Und ich entschuldige mich dafür, dass ich meine Stellung vorübergehend vergessen habe. In Zukunft werde ich anrufen, wenn ich mich verspäte, und da ich die New Yorker U-Bahn allein bei Tag erlebt habe, verspreche ich dir hiermit, das nicht noch einmal durchzumachen. Bist du damit zufrieden?“

„Jetzt bist du witzig.“

Mikayla nickte. „Wie scharfsinnig von dir, meine Absicht zu erkennen.“

Sie beendeten ihre Vorspeisen, und der Ober brachte den Hauptgang.

„Da ich weiß, wie eigensinnig du bist, hätte ich dich hier überhaupt nicht frei herumlaufen lassen sollen“, sagte Rafael sarkastisch.

Mikayla blickte ihn wütend an. „Ich bin nicht eigensinnig.“

„Doch.“

„Nein.“

Rafael zog die Augenbrauen hoch. „Willst du Volleyball mit Worten spielen?“, fragte er spöttisch.

„Sei nicht gönnerhaft, verdammt noch mal!“

„Bin ich das?“

„Du behandelst mich wie ein Kind.“

„Mikayla, ich danke täglich dafür, dass du alles andere als ein Kind bist.“ Rafael beobachtete, wie sie rot wurde. „Kein Kommentar?“

„Ich überlege noch, ob das ein Kompliment ist oder nicht.“

„Vielleicht solltest du dich aufs Essen konzentrieren“, schlug er vor.

„Mir ist der Appetit vergangen.“ Sie legte ihr Besteck hin.

Er spießte einen Champignon auf, schnitt ein Stück Filet mignon ab und bot es ihr an. „Probier das.“

Sie sah den Bissen auf der Gabel an und schüttelte den Kopf.

Um kurz vor elf kehrten sie in die Suite zurück. Mikayla zog die Jacke aus und drehte sich zu Rafael um, bevor sie nachdenken und den Mut verlieren konnte. „Lass mich dir helfen." Sie schob ihm das Jackett über die Schultern, löste die Krawatte und öffnete den obersten Hemdknopf.

„Was soll das?"

„Ich bin erstaunt, dass du fragst", sagte sie ruhig, während sie weitermachte, bis alle Knöpfe offen waren. Sie griff nach der Gürtelschnalle. „Ich tue, was eine Geliebte normalerweise tut."

„Ihrem … Wohltäter Lust bereiten?"

Mikayla sah auf. „Ja."

Er warf ihr einen Blick zu, den sie nicht deuten konnte. „Bitte sehr."

Der spöttische Ton bestärkte sie in ihrem Entschluss, die Rolle zu spielen, die sie ihm vor mehr als drei Wochen so verzweifelt angeboten hatte. Langsam zog sie das Bustier und die Abendhose aus, sodass sie in BH, Slip und Pumps vor ihm stand. Die Stilettoabsätze verschafften ihr einen Vorteil, denn sie machten sie größer und wirkten raffiniert und sexy. „Du hast zu viel an."

„Ich nehme an, das wirst du ändern", sagte Rafael rau.

O ja. „Schuhe und Socken", befahl Mikayla und zog sie ihm aus, als er erst den einen und dann den anderen Fuß hob. Der Rest war einfach. Sobald sie den Reißverschluss öffnete, fiel die maßgeschneiderte Hose zu Boden. Mikayla schob ihm mühelos den schwarzen Seidenslip über die Hüften, und Rafael trat aus beiden heraus und stand nackt vor ihr. Und erregt.

Seine Augen funkelten. Wenn sie spielen wollte, ließ er sie nur allzu gern gewähren.

Sie begann zögernd, streichelte seine Brust und den Bauch, ließ die Hände zu den Innenseiten seiner Oberschenkel gleiten und umfasste ihn.

Rafael kontrollierte angespannt seine Atmung. Als Mikayla ihn sanft streichelte, trieb sie ihn fast bis an die Grenze.

Lieber Himmel, dachte sie zittrig. Traute sie sich, ihm den intimsten aller Küsse zu geben? Er hatte ihr diese Lust bereitet. Warum sollte sie den Gefallen nicht erwidern? Sie wollte ihn sexuell in die Knie zwingen. Ihn stöhnen hören, sehen, wie er die Beherrschung verlor und rasend wurde, so wie sie es in seinen Armen tat.

Sicheres Gespür und Fantasie brachten ihn bald dazu, sie hochzuziehen und leidenschaftlich zu küssen. Er sank mit ihr aufs Bett, drehte sich herum, sodass sie unten lag, und drang tief in sie ein. Dann begann er, sich zu bewegen, hart und schnell, und er nahm sie mit sich, bis sie sich ihm entgegenbog und sie beide den Höhepunkt erreichten.

Mikayla spürte, wie Rafael erschauerte. Als sie beide wieder normal atmen konnten, küsste er sie, und sie legte ihm die Arme um den Nacken, schob ihm die Finger ins Haar, erwiderte den Kuss und trieb ihn zu einer neuen Dimension. Völlig versunken darin, war sie sich kaum bewusst, dass sich Rafael auf den Rücken rollte und sie mit sich trug, und dann war es plötzlich sein Spiel. Er nahm eine ihrer Brustspitzen in den Mund und brachte Mikayla an die Grenze zwischen Lust und Schmerz, während er sie mit der Hand dort reizte, wo sie noch vereint waren, bis sie völlig die Kontrolle verlor.

Hinterher sank sie auf ihn, so befriedigt, dass sie sich nicht rühren konnte. Rafael legte die Arme um sie, und sie seufzte, schloss die Augen und schlief ein.

Rafaels Besprechung am nächsten Tag war erst um zwei Uhr nachmittags. Nach einem gemütlichen Frühstück rief Mikayla im Krankenhaus in Sydney an und fragte, wie es ihrem Vater ging. Sehr zu ihrer Erleichterung war sein Zustand unverändert.

Um neun nahmen sie den Lift nach unten in die Halle und stiegen vor dem Hotel in die Mietlimousine. Rafael wies den Fahrer an, eine Tour durch die Innenstadt zu machen.

„Du bist nicht in Spanien, sondern hier geboren", sagte Mikayla, die merkte, wie gut er die Stadt kannte.

„Ja."

„In welchem Teil?"

„Einem der am wenigsten reizvollen." In der Südbronx, wo der städtische Verfall Jahrzehnte alt und die Straßen voller quälender Erinnerungen waren. Das Leben, das er damals geführt hatte, war weit weg, vergessen würde er es jedoch niemals.

Die kurze Antwort sagte alles. Und nichts. Die Leere ging Mikayla zu Herzen. Sie hörte sie heraus, spürte sie und wusste intuitiv, dass er ein Junge gewesen war, der auf der Straße überlebt hatte. „Lass uns aussteigen und spazieren gehen."

„Central Park, Fifth Avenue", sagte Rafael zum Fahrer.

Nachdem sie gemütlich durch den Central Park spaziert waren, aßen sie in einem der vielen Cafés zu Mittag, dann setzte der Fahrer Rafael vor dem Gebäude ab, in dem die Konferenz stattfand, und Mikayla ließ sich nach Greenwich Village bringen, wo sie in den Kunstgewerbegeschäften kleine Geschenke für zu Hause kaufte. Um fünf kehrte sie ins Hotel zurück, duschte und war gerade dabei, sich anzuziehen, als Rafael in die Suite kam.

Sie fuhren zum Abendessen zurück nach Greenwich Village, wo es viele Restaurants gab und das Nachtleben lebhaft und unkonventionell war. Mikayla bewunderte die Atmosphäre und überredete Rafael zum Besuch einer kleinen Theateraufführung. Danach gingen sie noch in ein Café in der Nähe.

Es waren zauberhafte Tage, und Mikayla genoss die Besichtigung der Sehenswürdigkeiten. Gelegentlich konnte Rafael den Morgen mit ihr zusammen verbringen, und einmal nahmen sie die Fähre nach Staten Island und erkundeten die botanischen Gärten. Jeden Abend gingen sie essen, ins Kino oder Theater.

Die Nächte waren etwas anderes, denn mit jeder wurde sich Mikayla ihrer verräterischen Empfindungen und Bedürfnisse mehr bewusst. Sie hatte ein Gefühl der Erfüllung, wie sie es niemals für möglich gehalten hatte, ein sinnliches Wissen, das sich tief in ihr entwickelte und Geist, Körper und Seele bereicherte.

Schenk ihm nicht dein Herz, warnte eine innere Stimme, doch Mikayla ignorierte sie, weil sie sicher war, ihre Emotionen beherrschen zu können.

Viel zu schnell kam der Tag der Abreise. Früh am Sonntagmorgen landeten sie in Sydney. Am Nachmittag fuhr Mikayla zu ihrem Vater ins Krankenhaus. Er sah müde aus, und seine Gesichtsfarbe hatte sich verändert. Oder war sein Anblick so ein Schock, weil sie eine ganze Woche nicht bei ihm gewesen war? Beunruhigt blieb sie bis zum Ende der Besuchszeit, dann fuhr sie nach The Rocks und verbrachte eine halbe Stunde mit Maisie, bevor sie nach Woollahra zurückkehrte.

Rafael war im Arbeitszimmer und tippte Daten in den Computer ein. Er warf Mikayla einen Blick zu, bemerkte ihre Blässe und die dunklen Schatten unter den Augen und beendete seine Aufgabe. „Bett, denke ich“, sagte er leise.

„Ich bin nicht müde.“

„Doch.“

„Nein.“

Er hob sie mühelos hoch, trug sie nach oben ins Schlafzimmer, legte ihre und seine Sachen ab und glitt mit ihr zwischen die Laken. „Schlaf“, befahl er, und sie tat es, fest und lange.

Kurz vor Tagesanbruch wachte sie auf, und sie liebten sich mit solcher Sorgfalt, dass Mikayla fast weinen musste.

8. KAPITEL

Der Beginn der Schule bedeutete die Rückkehr in den Alltagstrott. Sammy nahm wieder am Unterricht teil. Prahlerisches Benehmen war ein Markenzeichen von Teenagern, und Sammy war ganz groß darin. Mikayla beobachtete ihn belustigt und verzweifelt zugleich. Im zweiten Schulhalbjahr mussten viele größere Prüfungen vorbereitet werden, was den Stress für Schüler und Lehrer gleichermaßen erhöhte. Ein Tag schien in den anderen überzugehen, während Mikayla arbeitete, jeden Nachmittag ihren Vater besuchte und an Rafaels Seite den Gesellschaftszirkus mitmachte.

Dass er sich mit ihr als Partnerin auf Dinnerpartys und Bällen zeigte, löste Spekulationen aus, und obwohl niemand wagte, Rafael Velez-Aguileras Wahl anzuzweifeln, war die Neugier hinsichtlich ihres Hintergrunds und gesellschaftlichen Rangs offenkundig.

Gleich null im Vergleich zu den elitären Gästen hier, dachte Mikayla einige Wochen später auf einer Dinnerparty, die von einer der Wortführerinnen der Oberschicht von Sydney und hingebungsvollen Geldsammlerin für wohltätige Zwecke gegeben wurde.

„Und was machen Sie?“

„Ich bin Lehrerin für englische Literatur“, erwiderte Mikayla höflich.

„Wie interessant. An einer Privatschule, nehme ich an?“

„Einer staatlichen“, sagte Mikayla und bemerkte, dass die Frau ein bisschen die Augen zusammenkniff. Rafael Velez-Aguilera gebot Achtung. Er spendete große Summen und musste um jeden Preis bei guter Laune gehalten werden. Mikayla konnte geradezu sehen, wie sich die Räder drehten, und es amüsierte sie.

In diesem Moment wandte sich Rafael zu ihr um. „Noch einen Drink?“

„Nein, danke.“

„Worüber amüsierst du dich?“

„Wenn alle anwesenden Frauen den Schmuck stiften würden, den sie tragen, wäre das Spendenziel der Wohltätigkeitsorganisation für das ganze Jahr schon heute Abend erreicht.“

„Vielleicht solltest du den Vorschlag machen", sagte Rafael.

Mikayla warf ihm einen Blick zu. „Und einen Skandal verursachen? Ich denke nicht." Wo sie gerade davon sprach, skandalös war der Auftritt der schönen Sasha, die über eine Stunde zu spät kam und an ihrem Begleiter klebte wie eine Kletterpflanze. Eine geplante Verspätung, dachte Mikayla und bewunderte Sashas schauspielerisches Können. Das Ziel war Rafael, Eifersucht die Waffe.

Anscheinend funktionierte es nicht, und Mikayla hatte fast Mitleid mit ihr, als sie sich zum Essen hinsetzten. Der Tisch war lang und mit feinem Porzellan, funkelndem Silberbesteck und Kristallgläsern perfekt gedeckt. Zufall? Oder hatte Sasha vorher dafür gesorgt, dass sie den Platz neben Rafael bekam? Mikayla versicherte sich, es sei ihr gleichgültig.

Ober servierten ein köstliches Fünfgängemenü, und während des Essens führte sie mit dem Mann neben ihr ein interessantes Gespräch über staatliche Gelder für Schulen und Universitäten. Es half ihr, Sasha zu ignorieren, die Rafael immer wieder die Hand auf den Arm legte, verführerisch lächelte und heiser lachte.

Rafael war in Höchstform und bemühte sich charmant um Mikayla, die liebevoll und herzlich reagierte. Wir spielen beide eine Rolle, dachte sie.

„Noch ein bisschen Wein?", fragte er.

Sie blickte ihn an. Seine Augen funkelten belustigt. Ihm machte das Spaß! Sie wollte ihn schlagen. Stattdessen lächelte sie, legte ihm die Hand auf den Oberschenkel und ließ sie höher gleiten, während sie ihn streichelte. „Nein, danke."

„Vorsichtig, *pequeña*", warnte er leise.

„Ich weiß nicht, was du meinst", sagte sie gespielt unschuldig.

„Wirst du auch noch so mutig sein, wenn wir allein sind?"

„Verlass dich darauf."

„Du würdest mich herausfordern?"

„Anscheinend tut es niemand sonst."

„Und du meinst, es wäre vielleicht gut für mich", sagte Rafael spöttisch.

„Ja", erwiderte sie schlicht und wunderte sich über sein Lächeln.

Der Kaffee wurde in einem großen Salon serviert, der für den eigentlichen Zweck des Abends vorbereitet war. Zahlreiche interessante Gemälde, kleine Kunstgegenstände und Schmuck wurden zur Versteigerung angeboten. Mikayla fand das Bieten faszinierend, denn es schien nicht so sehr um die Dinge selbst zu gehen als vielmehr darum, wer wen überbot.

„Siehst du irgendetwas, was dir gefällt?“, fragte Rafael.

Sie zeigte auf ein kleines Bild von Pro Hart.

„Biete, wenn es an die Reihe kommt.“ Er nannte ein Limit.

Sie warf ihm einen erschrockenen Blick zu. „Ist das dein Ernst?“

„Sonst würde ich es nicht vorschlagen.“

Als das Gemälde dran war, gab sie das Erstgebot ab. Sasha bot mit, und bald wurde den anderen Gästen klar, dass sie einen Privatkrieg miterlebten. Es ist für einen guten Zweck, sagte sich Mikayla immer wieder, während der Preis um weitere einhundert Dollar stieg. Rafael konnte es sich leisten. Über das von ihm genannte Limit wollte sie jedoch nicht gehen. Der Auktionator hob den Hammer, und sie vermied es, in Sashas Richtung zu sehen.

„Zum Ersten, zum Zweiten …“

„Eintausend.“

Rafael brachte mit seinem Gebot alle zum Schweigen, die über die beiden Frauen tuschelten. Mikayla sah ungläubig zu, wie Sasha die Herausforderung annahm und der Preis für das Gemälde noch weiter in die Höhe getrieben wurde. Niemand im Raum zweifelte daran, dass es ein Kampf zwischen der Exfreundin und der Geliebten war.

„Dreitausend Dollar. Zum Ersten, zum Zweiten … Verkauft.“

An Rafael Velez-Aguilera.

„Sollte das irgendetwas beweisen?“, fragte Mikayla leise.

Er blickte sie amüsiert an. „Ja, ich glaube schon.“

„Musste es vor so vielen Leuten sein?“

„Du hast das Bild bewundert. Ich habe es gekauft. Das Geld geht an eine wohltätige Einrichtung. Ende der Geschichte.“

„Nein“, sagte Mikayla.

„Ich finde deine Argumentation faszinierend“, erwiderte er ironisch. „Gratuliere, Darling.“

Beim vertrauten Klang der verführerischen Stimme drehten sie sich beide um.

„Ein hübsches kleines Ding. Ich hoffe, Mikayla weiß es zu schätzen", säuselte Sasha.

„Ich fühle mich geschmeichelt", sagte Mikayla.

Sasha schmollte. „Rafael ist sehr großzügig, stimmt's, *querido?*" Sie sah ihren Begleiter an und stellte ihn vor. „Enrico Alvarez."

Er nahm Mikaylas Hand, hob sie an den Mund und küsste sie ein bisschen zu lange. „Ich bin entzückt."

Mikayla lächelte höflich und entzog ihm die Hand. Rafael nickte Enrico nur zu. Die spannungsgeladene Atmosphäre war unerträglich. Mikayla entschuldigte sich, verließ den Salon und suchte die Gästetoilette.

Fünf Minuten später kam sie wieder heraus und stellte fest, dass Sasha in der Eingangshalle auf sie wartete.

„Da sind Sie ja. Rafael macht sich schon Sorgen um Sie."

„So?"

„Ich kapiere nicht, was für einen Reiz Sie haben, aber wenn Sie Rafael fesseln können, muss es ja wirklich etwas sein."

„Vielleicht ist der Sex gut?"

Sashas Blick wurde härter. „Seien Sie nicht zu selbstgefällig, Darling."

„Das Wort gehört nicht zu meinem Vokabular." Mikayla atmete tief ein, um sich zu beruhigen. „Wenn dieser Hinterhalt einen Zweck haben soll, würden Sie gut daran tun, zur Sache zu kommen."

„Enrico ist bezaubert von Ihnen."

„Ein Tauschhandel?" Das war unglaublich. „Sie bieten mir Enrico an, und dafür soll ich auf Rafael verzichten?"

„Enrico ist reich und charmant."

„Und solange das Geld fließt ...?"

Sasha lächelte. „Ich sehe, wir verstehen uns."

„Nein, tun wir nicht", widersprach Mikayla.

„Dann wollen Sie also nicht mitmachen?"

„Nicht bei irgendeinem Ihrer Spiele." Mikayla ging an Sasha vorbei zurück in den Salon.

Rafael beobachtete, wie Mikayla auf ihn zukam. Sie hatte etwas an sich, was ihn aufwühlte. Verlangen durchflutete ihn, und er kniff die Augen zusammen, als er sah, dass sich ihr Enrico Alvarez in den Weg stellte. Eifersucht? Das war kein Gefühl, das ihm gut zu Gesicht stand. Außerdem entbehrte es jeder Grundlage. Mikayla lächelte Enrico höflich an, wich ihm geschickt aus und ging weiter. „Soll ich dir noch einen Kaffee holen?"

Sie setzte sich wieder auf ihren Platz. „Etwas Stärkeres?"

Rafael lächelte. „Lass mich raten. Sasha wollte dir noch etwas sagen."

„Ich finde das nicht lustig."

„Die Versteigerung ist fast zu Ende."

„Dann können wir gehen?"

Rafael lachte leise. „Ich bin überwältigt von deinem Eifer, nach Hause zu fahren."

„Es ist eine Frage der Alternativen", erwiderte Mikayla zynisch.

Er legte ihr die Hand um den Nacken und massierte sanft die verspannten Muskeln. „Zehn Minuten, *pequeña.*"

Rafael wartete, bis sie im Auto saßen und vom Grundstück ihrer Gastgeber auf die Straße abbogen. „Willst du es mir erzählen?"

Mikayla konnte in der Dunkelheit seinen Gesichtsausdruck nicht erkennen. „Reichtum hat seine eigenen Regeln."

„Erklär."

„Tja, also, lass mich mal sehen. Zwei reiche Männer, zwei Frauen. Spielt es eigentlich eine Rolle, wer mit wem zusammen ist? Sasha war ein bisschen verärgert, weil ich ihr den Gefallen nicht tun wollte, auf ihren Tauschhandel einzugehen." Mikayla warf Rafael einen kurzen Blick zu und sah im Licht eines entgegenkommenden Autos, dass sein Mund zuckte. „Es ist nicht witzig", sagte sie kühl. Wenn er lachte, würde sie ihn schlagen. Aber er tat es nicht. Für den Rest der Fahrt schwiegen sie beide.

Rafael beobachtete, wie Mikayla mit hocherhobenem Kopf vor ihm die Treppe hinaufstieg.

Mikayla hängte das Abendkleid auf, ging ins Badezimmer, schminkte sich ab, putzte sich die Zähne und zog ihr T-Shirt an. Als sie herauskam, war Rafael schon im Bett. Sie glitt zwischen die Laken und drehte sich geflissentlich weg von ihm auf die Seite. Sekunden später hörte sie das Klicken der Lampe, und das Zimmer lag im Dunkeln. Sie atmete bewusst gleichmäßig und versuchte, sich zu entspannen, während sie im Geiste die Minuten zählte. Zwei, drei, vier … zehn, elf, zwölf. Zwanzig. Verdammt, warum ging ihre Fantasie mit ihr durch? Gib es zu, du begehrst ihn, brauchst seine Küsse und Liebkosungen, spottete eine innere Stimme. Erinnerungen quälten sie, und Mikayla drehte sich vorsichtig auf den Rücken und bewegte sich, als würde sie unruhig schlafen. Vielleicht, wenn sie die Hand ausstreckte und ein bisschen herumtastete …

„Völlig erledigt?“ Rafael zog Mikayla auf sich, umfasste ihren Nacken und küsste sie lange leidenschaftlich, während er ihr den Rücken und den Po streichelte. Dann zog er ihr das T-Shirt über den Kopf, setzte sie rittlings auf sich und hörte sie stöhnen. Er bewegte sich sanft, bis sie sich seinem Rhythmus anpasste.

Sie konnte sich nur festhalten, als Rafael sie härter nahm. Er überraschte sie, indem er sich mit ihr herumrollte, sodass sie unten lag. Du lieber Himmel, jedes Mal, wenn sie zusammenkamen, glaubte sie, mehr sei nicht möglich, doch irgendwie war es das. Er suchte mit dem Mund eine Brustspitze, und Mikayla schrie auf, bog sich ihm entgegen und vergaß alles bis auf den Mann, den Moment und die Leidenschaft.

Erst lange später folgte ein sanftes Nachspiel. Rafael streichelte Mikayla beruhigend, liebkoste mit den Lippen ihren Hals und ließ sie zu ihrer Brust gleiten.

Vor einer Woche war Joshua in ein Privatzimmer verlegt worden. Als Mikayla an jenem Tag ins Krankenhaus gekommen war, hatte sie gefragt, warum, und man hatte ihr gesagt, es sei auf Anweisung von Rafael Velez-Aguilera geschehen.

Am Abend hatte sie eine Erklärung verlangt.

„Möchtest du nicht, dass dein Vater ein eigenes Zimmer hat und in Würde sterben kann?“, hatte Rafael kühl gefragt.

„Doch, natürlich. Aber …"

Er hatte sie zum Schweigen gebracht, indem er ihr einfach die Hand auf den Mund gelegt hatte. „Kein Aber, *pequeña.* Ich erledige das."

Noch etwas, was sie ihm schuldete. Sie führte eine Liste mit allen Sachen, die er ihr kaufte. Wenn sie ihn verließ, wollte sie ihm so viel zurückzahlen, wie sie sich leisten konnte. Es war eine Frage des Stolzes.

Die Besuche im Krankenhaus begannen, sie sehr mitzunehmen, denn Joshua schien mit jedem Tag schwächer zu werden. Es brach ihr das Herz, als sie an einem Montag in sein Zimmer ging und feststellte, dass er an ein Beatmungsgerät angeschlossen und nur noch gelegentlich bei Bewusstsein war. Sie wollte ihn nicht verlassen, und nachdem sie mit der Oberschwester gesprochen hatte, zog sich Mikayla in den für Mobilfunk vorgesehenen Bereich zurück und rief Rafael an.

„Probleme?", fragte er leise. Hinter ihm war Stimmengewirr zu hören.

Sie hatte ihn in einer Sitzung gestört und entschuldigte sich schnell. „Joshua. Ich würde gern bei ihm bleiben." Mehr brauchte sie nicht zu sagen.

Rafael sah auf seine Armbanduhr und überlegte, welche Termine er verschieben konnte. „Melde dich wieder."

„Ja." Mikayla unterbrach die Verbindung und blickte starr auf das bunte Poster an der Wand, ohne es wirklich zu sehen. Sie wusste seit Monaten, dass es so kommen würde, aber nichts hätte sie auf den Tag vorbereiten können, an dem ihr Vater tatsächlich sterben würde. Langsam ging sie zurück in sein Zimmer, setzte sich zu ihm und hielt seine Hand.

Eine Stunde später kam Rafael, und er blieb bei Mikayla, bis Joshua kurz vor Mitternacht seinen letzten Atemzug tat.

Rafael führte sie aus dem Zimmer, zog sie an sich und hielt sie einfach nur fest. Sie konnte nicht weinen, und nach einigen Minuten sah sie auf und trat einen Schritt zurück. „Mir geht es gut."

Nein, es ging ihr überhaupt nicht gut. Sie war blass, und ihr gequälter Blick tat ihm weh. Er hätte alles dafür gegeben, ihr die Trauer nehmen zu können. Nachdem er sich um die Formalitäten gekümmert hatte, fuhr er mit ihr nach Hause. Er ließ Wasser in den Whirlpool laufen, holte eine Flasche Wein und zwei Gläser, entkleidete Mikayla und sich, setzte sich mit ihr in das Becken und nahm sie in seine Arme.

„Willst du reden?", fragte er leise.

Sie schüttelte den Kopf, war aber dankbar für den Trost, den Rafael ihr bot. Und sie protestierte nicht, als er sie später im Bett an sich zog.

Die folgenden Wochen hatten etwas Unwirkliches. Mikayla stürzte sich in die Arbeit. Nach Unterrichtsschluss plante sie komplizierte Gerichte, die mit stundenlangen Vorbereitungen verbunden waren. Rafael beobachtete, wie sie immer blasser und dünner wurde, und entschied eines Tages, dass es jetzt reichte. Er führte einige Telefongespräche und sorgte dafür, dass er zu Hause war, als sie am nächsten Nachmittag aus der Schule kam.

„Du bist früh da", sagte Mikayla erstaunt.

Sie sah zerbrechlich aus, und Rafael schob die Hände in die Hosentaschen, um sich davon abzuhalten, sie an sich zu ziehen. „Wir fliegen für das Wochenende an die Gold Coast."

Ihre Augen wurden groß. „Du machst Witze."

„Nein. Wir müssen in einer Stunde am Flughafen sein."

„Wir können nicht einfach plötzlich verreisen", protestierte Mikayla.

„Doch." Rafael ging zur Treppe. „Also? Packst du selbst für dich, oder soll ich es tun? Wie du willst."

„Warum?"

Er stieg bereits die Stufen hinauf. „Brauchst du einen bestimmten Grund?"

„Ja, verdammt noch mal!" Mikayla folgte ihm, und ihre Wut nahm mit jedem Schritt zu.

Mit ihrer Wut wurde er fertig. Unter die Haut gegangen war ihm die apathische Gelassenheit, die sie seit Joshuas Tod gezeigt hatte.

Auf der langen Fußbank oben im Schlafzimmer standen zwei Reisetaschen, die eine gepackt, die andere leer. „Verdammt! Ich will nirgendwo hinfliegen."

„Versuch nicht, es zu verschleppen. Das wird sich als sinnlos erweisen."

Mikayla warf ihm einen bösen Blick zu. „Ich hasse dich."

„Ich habe ein dickes Fell, *pequeña.* Hass mich, so sehr du willst." Rafael öffnete ihren begehbaren Kleiderschrank.

Sie sah ungläubig zu, wie er Sachen aufs Bett warf. „Was soll das?"

„Ich packe für dich. Wir verlassen in zehn Minuten das Haus."

Sie ging rasch zum Schrank und schlug ihm auf die Hände. „Weg da!" Kurz darauf hatte sie alles wieder auf Bügel gehängt und in Schubladen gelegt, was Rafael ausgewählt hatte. „Es würde helfen, wenn du mir verraten würdest, ob es eine Geschäfts- oder Urlaubsreise ist."

„Urlaub."

Schnell suchte Mikayla heraus, was sie brauchen würde, faltete die Sachen zusammen und legte sie in die Reisetasche. „Du machst mich rasend! Du bist der unmöglichste Mann, den ich zu meinem Unglück jemals kennengelernt habe."

„Unglück, Mikayla?"

„Das ist nicht ganz richtig", gab sie leise zu.

„*Gracias*", sagte Rafael sarkastisch und sah zu, wie sie Toilettenartikel, Make-up und Schuhe in die Reisetasche warf.

Sie schafften es gerade noch rechtzeitig zum Flughafen und waren die Letzten, die an Bord gingen. Nach knapp über einer Stunde landeten sie in Coolangatta, einem der Badeorte an dem Küstenstreifen in Queensland, der Australiens populärste Ferienregion war. Rafael holte den Leihwagen ab, und sie fuhren noch dreißig Kilometer weiter nach Norden. Es war schon dunkel geworden, und die hohen Hotels und Apartmentgebäude schienen wie beleuchtete Wachen die sanft geschwungene Küste zu säumen. Rafael fuhr durch Main Beach zum „Sheraton Mirage Resort", einem architektonisch meisterhaften Flachbau direkt am Meer.

Die Suite war groß und hatte eine umwerfende Aussicht. Zur Begrüßung gab es Champagner, Blumen, frisches Obst und Pralinen.

„Dekadent", sagte Mikayla versonnen lächelnd, während sie am Fenster stand und über die Lagune mit den Verbindungsstegen und der Inselbar blickte.

Rafael sah erleichtert, dass Mikayla ein bisschen Farbe bekommen hatte. Und allein ihr Lächeln war Belohnung genug für die Umstände, die es gemacht hatte, seine Termine zu verschieben, damit er dieses Wochenende völlig frei hatte.

„Können wir eine Weile dort draußen herumlaufen?“

Dann würden sie den Champagner eben später trinken. „Wenn du es gern möchtest.“

Mikayla drehte sich zu ihm um. „Willst du mich zufriedenstellen?“

„Dir nachgeben.“

„Das ist vielleicht gefährlich.“

„Mach daraufhin deine Pläne.“

„Ich finde, wir sollten spazieren gehen“, sagte sie ernst.

Rafael lachte heiser.

Sie gingen zur Meerseite, und Mikayla protestierte nicht, als Rafael ihre Hand nahm, während sie am Strand entlangliefen, bis der in Flutlicht getauchte Bereich endete. Dort kehrten sie um, durchquerten die Hotelhalle und nahmen die Fußgängerbrücke über die Straße zum Jachthafen mit seinen Restaurants, Cafés und Boutiquen, an den sich der luxuriöse „Palazzo Versace“ anschloss, ein Bau, bei dem keine Kosten gescheut worden waren. Sie setzten sich in ein Straßencafé, tranken einen Likörkaffee und sahen sich den Jachthafen mit den an ihren Liegeplätzen vertäuten Booten an. Die elegante und gleichzeitig ungezwungene Atmosphäre war offensichtlich sehr beliebt, denn viele Menschen hielten sich in diesem Gebiet auf.

Mikayla spürte, wie ihre Anspannung langsam verschwand. Lag es vielleicht an der Seeluft? Oder war es die Aussicht, zwei ganze Tage mit Rafael zusammen zu sein, ohne dass irgendetwas Geschäftliches dazwischenkam? Weil nichts auf dem gesellschaftlichen Terminkalender stand? Nur Brandung, Sonne und Strand, dachte sie, und zum ersten Mal seit Wochen empfand sie wieder Freude.

Rafael bewunderte Mikayla unverhohlen. Das hochgesteckte Haar begann sich zu lösen, und er unterdrückte den Wunsch, die Nadeln herauszuziehen, sodass es ihr offen über die Schultern fiel. Er wollte ihr zartes Gesicht umfassen, sie küssen und in einem Vorspiel zum Sex die Zunge in ihren Mund gleiten lassen. In diesem Moment blickte ihn Mikayla an. Rafael sah, dass sie rot wurde. Dann lächelte sie, und es war, als würde sich sein Herz zusammenziehen. „Du bist müde", sagte er.

„Ja?"

„Ganz bestimmt."

„Irgendwie habe ich das Gefühl, du meinst, ich sollte ins Bett, aber nicht schlafen."

Er streichelte ihr die Wange, dann stand er auf, nahm ihre Hand und zog Mikayla hoch. „Letzten Endes schon. Ich verspreche dir, dass ich die ganze Arbeit übernehme."

Sein Blick verriet Leidenschaft. Und noch etwas anderes. Mikayla schnürte es plötzlich die Kehle zu. „Tja, dann. Das ist eine Erleichterung."

Besser kann Sex sicherlich nicht sein, dachte sie viel später verträumt. Rafael besaß das Einfühlungsvermögen, das Können und die Erfahrung, um eine Frau rasend zu machen. Er brauchte sie nur zu streicheln, zu küssen, und sie ging in Flammen auf. Aber auch wenn er es begonnen hatte, so hatte sie es wundervoll zu Ende geführt. Und über einen gemeinsamen Höhepunkt gejubelt. Sie hatte Rafael stöhnen gehört, kurz bevor er ihren Schrei mit dem Mund zum Verstummen brachte und sie beide erschauerten.

Sie schlief ein und wachte auf, als Rafael sie streichelte und mit der Zunge eine Brustspitze reizte. Mikayla war sofort erregt und bog sich ihm entgegen. Er ließ den Mund höhergleiten, liebkoste ihren Hals, dann küsste er sie leidenschaftlich. In einer einzigen geschmeidigen Bewegung rollte er sich auf den Rücken und trug sie mit sich, sodass Mikayla rittlings auf seinen Hüften saß. Sie lächelte ihn im ersten Licht des Tagesanbruchs an. Jetzt war die Reihe an ihr, Rafael zu reizen und zu verlocken, bevor sie ihn tief in sich aufnahm und hart ritt, bis er aufstöhnte.

Hinterher zog er sie an sich und schob ihr das zerzauste Haar aus dem Gesicht.

„Ich hoffe, du hast für die nächsten Stunden nichts Großartiges geplant", sagte sie langsam.

„Hast du etwa keine Lust, einen flotten Spaziergang den Strand entlang zu machen? Wie wäre es, wenn wir in der Lagune schwimmen gehen oder einen Satz Tennis spielen?", neckte Rafael sie.

„Zimmerservice um acht", bat Mikayla, während er ihr den Rücken streichelte.

„Halb neun", sagte Rafael, küsste sie auf den Hals und ließ den Mund zu ihrer Schulter gleiten.

„Gut." Mikayla schloss die Augen. Sie ahnte nicht, dass Rafael wach lag und sie betrachtete, während sie schlief.

Sie wachte auf, als der Zimmerkellner klingelte und das Frühstück hereinbrachte. Während sie einen Morgenmantel anzog, stellte Rafael alles auf den Tisch. Er hatte die Vorhänge geöffnet, und sie hatten eine klare Sicht aufs Meer. Mikayla trank erst ein Glas Orangensaft, dann aß sie Cornflakes mit Obst und hielt sich bei Toast und Kaffee auf, während Rafael eine große Portion Rührei mit Bacon und Tomaten verzehrte.

Nach dem Frühstück duschten sie, zogen sich an und gingen über die Fußgängerbrücke zum Palazzo Versace. Nachdem sie sich den Hotelkomplex angesehen hatten, kehrten sie zum Sheraton zurück und legten sich an der Lagune unter einem großen Sonnenschirm auf Liegen.

Es ist herrlich erholsam, dachte Mikayla, während sie den Blick über die Lagune gleiten ließ. Das dahinterliegende offene Meer verstärkte noch das Gefühl von Abgeschiedenheit und Zeitlosigkeit. Sie konnte die Augen schließen und sich vorstellen, mit Rafael am Ende der Welt zu sein.

9. KAPITEL

Möchtest du hier im Hotel zu Mittag essen oder dich in die Tedder Avenue wagen?", fragte Rafael.

Mikayla setzte sich auf und nahm die Sonnenbrille ab. „Letzteres."

Die Tedder Avenue hatte sich seit ihrem letzten Besuch verändert und war jetzt ein Gebiet mit schicken Cafés, in denen die gesellschaftliche Elite bei Kaffee und Espresso saß und die vorbeiziehende Parade ebenso betuchter Urlaubsgäste beobachtete. Die Gold Coast förderte einen lässigen Lebensstil, der weit entfernt war vom hektischen Betrieb in der Großstadt. Die Wohnhäuser waren bunt, hatten exotische Namen und waren im toskanischen, griechischen, karibischen und französischen Stil gebaut. Prachtvolle Villen standen am Ufer des Nerang River. Die weißen Sandstrände waren ein Traum. Hier kann man wundervoll Urlaub machen, dachte Mikayla.

Rafael wählte ein Restaurant, dessen Spezialität Meeresfrüchte waren, und Mikayla und er genossen sautierte Garnelen, Austern und Hummer mit verschiedenen Salaten.

Er bestellte Champagner, und sie blickte ihn fragend an. „Feiern wir irgendetwas?"

„Das Leben." Rafael hob nachdenklich lächelnd sein Glas und stieß mit ihr an. „Ist das nicht eine Feier an sich?"

Ja, räumte Mikayla stumm ein. Sie wusste, dass er das Wochenende nur zu diesem Zweck organisiert hatte. Eine Zeit lang teilte sie sein Leben. Dann würden sie wieder getrennte Wege gehen, und für sie würde nichts mehr wie früher sein. Würde sie ihn einfach so verlassen können, wenn der Moment kam? Warum tat schon der Gedanke daran weh?

Mit jedem Tag, mit jeder Nacht in Rafaels Armen wurde es ein bisschen schlimmer, an den Abschied zu denken. Mikayla befürchtete, dass nur er imstande war, ihr zu geben, was sie brauchte. Es ging nicht allein um Sex, sondern um ihr Herz, ihre Seele, alles, was sie ausmachte … und mehr.

Konnte es Liebe sein?

Himmel, nein. Sie fantasierte einfach etwas zusammen, ließ zu, dass ihre Gefühle ihren Verstand beherrschten.

Oder nicht?

Sich in Rafael Velez-Aguilera zu verlieben war so ähnlich, wie von einer Klippe zu springen. Überleben war unmöglich. Aber wenn sie ihn verließ, würde es das Schwierigste sein, was sie jemals hatte tun müssen.

Und er? Konnte er zu einer anderen weiterziehen, ohne noch einmal nachzudenken? Die Frauen würden Schlange stehen, um ihre Stelle einzunehmen, und Sasha würde diese Schlange anführen.

Wahrscheinlich würde er nach wenigen Wochen vergessen, dass überhaupt eine Mikayla Petersen existierte!

„Noch Champagner?"

Sie blickte ihr leeres Glas an und konnte sich nicht erinnern, es ausgetrunken zu haben. „Ja, bitte."

Es kam äußerst selten vor, dass sie mehr als ein Glas trank, und Rafael kniff nachdenklich die Augen zusammen, während der Ober ihnen beiden nachschenkte.

Nach dem Mittagessen schlug er eine Fahrt durchs Hinterland vor. Sie fuhren zum Mount Tamborine, sahen sich in den kunstgewerblichen Läden um, kehrten auf einen Drink in eines der malerischen Cafés ein und fuhren über Canungra zur Küste zurück. Es war schon dunkel, als sie wieder im Hotel ankamen. Sie duschten, zogen sich an und liefen über die Fußgängerbrücke zum Jachthafen, um in einem Restaurant zu essen, das für seine Küche berühmt war. Bis fast elf genossen sie das Essen, den Wein und die wundervolle Aussicht, dann gingen sie zurück ins Hotel und gaben sich einem langen, süßen Liebesspiel hin, das Mikayla fast dazu brachte, vor Freude zu weinen.

Am Sonntag standen sie spät auf, gingen zu einem gemütlichen Brunch nach unten ins Hotelrestaurant und sonnten sich danach eine Weile auf Liegen an der Lagune. Am frühen Nachmittag machten sie eine Fahrt durch einige der vielen Kanäle und waren rechtzeitig zurück, um sich in Ruhe umzuziehen, zu packen und zum Flughafen zu fahren.

Es war ein wundervolles Wochenende und genau das, was ich gebraucht habe, dachte Mikayla, als sie in der Abendmaschine nach Sydney saßen. „Danke."

Rafael nahm ihre Hand und hob sie an den Mund. „War mir ein Vergnügen."

Erst bei Tagesanbruch sagte er ihr, dass er an diesem Morgen nach Melbourne fliegen werde und von dort aus zu weiteren Geschäftsverhandlungen nach Adelaide, Brisbane und Perth.

„Wie lange wirst du weg sein?", fragte Mikayla, während sie nach einem ungestümen Liebesspiel willensschwach und bebend in seinen Armen lag.

„Drei oder vier Tage." Rafael küsste sie. „Vermiss mich."

O ja, das würde sie. Jeden Tag, jede Nacht. Besonders nachts. „Vielleicht", sagte sie und protestierte, als Rafael sie ins Ohrläppchen biss. „Das tut weh."

„Sollte es auch."

Sie rächte sich, indem sie mit der Zunge seine Brustwarze reizte.

Er rollte sich auf den Rücken und zog Mikayla auf sich. „Du willst spielen, ja?"

„Ich denke, du solltest deine Kräfte schonen."

Er lachte rau und küsste sie hart auf den Mund. „Ah, Sorge um meine Gesundheit. Wie rührend." Er ließ die Hand über ihren Körper gleiten, gab ihr einen Klaps auf den Po und hob Mikayla von sich herunter auf die Matratze. „Es wird Zeit, dass ich dusche, mich anziehe und zum Flughafen fahre."

Mikayla schlief, als Rafael aus dem Badezimmer kam, und sie wachte auch nicht auf, während er sich anzog. Er zögerte einen Moment lang, ging zum Bett und sah sie an. Fast bedauerte er, auf Geschäftsreise gehen zu müssen. Er beugte sich hinunter und schob ihr sanft das Haar aus dem Gesicht, dann verließ er das Zimmer.

Mikayla sagte sich, sie würde es genießen, selbst über ihr Leben bestimmen zu können, solange Rafael nicht da war. Doch schon die erste Nacht allein im Bett bewies, dass sie sich irrte. Verdammt, sie vermisste es, von ihm umarmt zu werden, seinen Körper an ihrem zu spüren. Sie vermisste den Sex. Aber am schlimmsten war, dass sie ihn vermisste. Folglich verbrachte sie eine unruhige Nacht, und beim Aufwachen am nächsten Morgen war sie wild entschlossen, die Auswirkungen von Rafaels Abwesenheit möglichst gering zu halten.

Sie rief Maisie an und lud sie ein, bei ihr zu übernachten. Damit war der Dienstagabend gerettet. Für den Mittwochabend würde sie Sammy einladen. Sie hatte ihm ein Essen im Restaurant versprochen, wenn er im Vorexamen gut abschnitt, und das hatte er getan. Das ließ den Donnerstag übrig. Vielleicht könnte sie mit Maisie und einigen gemeinsamen Freunden ins Kino gehen. Zwischen Schule, Unterrichtsvorbereitung, Zensieren und einem aktiven gesellschaftlichen Leben würde sie keine Zeit haben, an den dynamischen Mann zu denken, dem es gelungen war, ihr Herz zu erobern.

Am Dienstagnachmittag ging Mikayla in den Supermarkt, nahm sich einen Einkaufswagen und füllte ihn mit allem, was auf ihrer Liste stand. Nicht, dass Kühlschrank und Vorratsraum leer waren, aber sie hatte keine Milch und kein Brot mehr und brauchte frisches Obst und Gemüse für das Gericht, das sie an diesem Abend für Maisie und sich kochen wollte.

Um kurz vor fünf war sie wieder zu Hause. Sie stellte die Schultasche ab, brachte die Lebensmittel in die Küche und begann mit den Vorbereitungen.

Maisie klingelte um sechs am Tor. Mikayla wischte sich die Hände ab, drückte die Auslösetaste und ging zur Haustür.

„Mensch! Das ist ja … echt klasse“, sagte Maisie, als sie die Eingangshalle betrat. „Bekomme ich einen Rundgang durch diese Luxusvilla?“

„Klar, warum nicht? Lass uns ein Glas Wein trinken, dann essen wir, und hinterher führe ich dich herum“, schlug Mikayla vor.

Es war nett, mit einer alten Freundin zusammenzusitzen und ungezwungen zu plaudern. Das Essen war gut, und Mikayla lächelte über Maisies begeistertes Lob.

„Du liebst ihn, stimmt’s?“

Die Frage kam völlig unerwartet. Es dauerte einen Moment, bis Mikayla die Sprache wiedergewann. „Kein Kommentar.“

„He, ich bin es, Maisie. Deine Freundin, erinnerst du dich?“

Mikayla stand auf und begann, den Tisch abzuräumen.

„Du würdest nicht hier bei ihm wohnen, wenn du ihn nicht lieben würdest."

Wahre Freundschaft hatte auch Nachteile. Die Freundin hielt sich nicht zurück und kannte einen zu gut. „Ich versuche gerade, mich damit abzufinden", sagte Mikayla leise.

Das Haus und die Gartenanlagen fanden Maisies Beifall. Nach der Besichtigungstour tranken sie Kaffee, sahen sich zwei Videos an und gingen spät ins Bett.

Mikayla schlief schlecht. Sie stand beim Morgengrauen auf, duschte, zog sich an, ging nach unten und beschäftigte sich mit dem Unterrichtsplan für diesen Tag. Rafael hatte nicht angerufen, aber andererseits hatte sie das auch nicht von ihm erwartet. Sie hatte seine Handynummer und könnte ihn anrufen. Nur, was sollte sie sagen? Ich vermisse dich?

„Hallo, du bist früh auf."

Mikayla sah auf und erwiderte Maisies Lächeln. „Kaffee ist fertig." Sie schob ihre Sachen in die Schultasche und deckte schnell den Tisch. „Was möchtest du zum Frühstück?"

Maisie nahm die Glaskaraffe von der Warmhalteplatte der Kaffeemaschine und schenkte zwei Becher ein. „Was immer du isst."

„Wie wäre es, wenn wir am Donnerstagabend ins Kino gehen?", fragte Mikayla bei Cornflakes mit Obst.

Maisie lächelte spöttisch. „Du vermisst ihn."

„Ja."

„Okay. Wir essen vorher, ja? Ich suche das Café aus, du bestimmst den Film?"

„Abgemacht."

Eine halbe Stunde später stieg jede in ihr Auto, und sie fuhren nacheinander die Auffahrt hinunter.

Niemand in der Schule sollte wissen, dass ihn seine Lehrerin in englischer Literatur zum Abendessen ausführte. Das war Sammy ungemein wichtig, und deshalb bemühte er sich im Unterricht geflissentlich um Normalität.

Mikayla würde sich in dem Restaurant in der Innenstadt mit ihm treffen. Er hatte kategorisch abgelehnt, sich von ihr abholen zu lassen, und würde mit der Bahn kommen. Das Telefon klingelte, gerade als sie fertig angezogen war, und sie nahm im Schlafzimmer ab.

„Mikayla."

Rafaels Stimme verwandelte sie in ein Nervenbündel. „Hallo."

„Irgendwelche Probleme?"

„Alles ist bestens." Himmel, bekomm dich in den Griff! „Wo bist du?"

„Perth. Wenn die Verhandlungen hier gut laufen, nehme ich den Flug am Freitagnachmittag."

„Okay."

„Nur okay, Mikayla?", fragte er humorvoll.

Sie zahlte es ihm mit gleicher Münze heim. „Das Haus ist einsam ohne dich." Sein heiseres Lachen brachte sie noch mehr aus dem Gleichgewicht.

„Ich bin versucht zu verlangen, dass du morgen früh mit der ersten Maschine zu mir kommst."

„Ich habe einen Job, weißt du noch?"

„Du kannst dir wegen Krankheit freinehmen."

„Nein, kann ich nicht."

„Mach keine Pläne für Freitagabend."

Mikaylas Herz schlug schneller. „Okay."

„Wir müssen mal an deinem Wortschatz arbeiten", sagte Rafael spöttisch. „Auch wenn Reden nicht das ist, was ich im Sinn habe. Gute Nacht, *pequeña.*"

Es dauerte einen Moment, die erotischen Bilder zu verdrängen, die ihr im Kopf herumgingen, dann nahm sie ihre Handtasche, zog Pumps an und verließ das Haus.

Sammy wartete schon auf sie, und sie verbarg ihre Überraschung. In schicken schwarzen Jeans, einem weißen Hemd mit Krawatte und Lederjacke sah er älter aus als sechzehn. Das Haar hatte er zum Pferdeschwanz gebunden. „Du siehst super aus", begrüßte sie ihn und hielt sich gerade noch davon ab, ihn mit einer Umarmung in Verlegenheit zu bringen.

„Sie auch."

„Wollen wir sofort zum Tisch gehen?"

Der Oberkellner kam zu ihnen, und Sammy bestätigte die Reservierung. Mikayla wollte „gut gemacht", sagen, wagte es aber nicht.

Er las sorgfältig die Weinkarte, zog Mikayla zu Rate und bestellte einen Chardonnay. Die Speisekarte erhielt ebenso viel Aufmerksamkeit, und Mikaylas Augen funkelten ein bisschen, als sie ihre Wahl traf und ihn bat zu bestellen.

„Ich möchte Ihnen dafür danken, dass Sie dies für mich tun", sagte er. „Kein anderer Lehrer würde sich die Mühe machen." Er blickte sie unverwandt an. „Warum Sie?"

„Weil ich an dich glaube."

„Falls wir in Kontakt bleiben, kann ich ja vielleicht Sie zum Abendessen einladen, wenn ich die Abschlussprüfung bestehe?"

„Sehr gern", erwiderte Mikayla freundlich.

Sie waren fast mit dem Hauptgang fertig, als ein attraktives Paar an ihrem Tisch vorbeiging.

„Mikayla?"

Es war Sasha, mit Enrico im Schlepptau. Mikayla konnte kaum glauben, dass sie bei all den guten Restaurants in Sydney dasselbe gewählt hatten. „Sasha, Enrico", sagte sie höflich und deutete auf ihren Gast. „Sammy D'Alvecchio."

„Was für eine Überraschung, Darling. Rafael ist geschäftlich unterwegs, stimmt's?"

„Ja."

Sasha warf Sammy einen Blick zu, dann nickte sie Mikayla zu. „Viel Spaß."

„Sie können sie nicht leiden", flüsterte Sammy, sobald Sasha und Enrico weitergingen.

„Hat man es gesehen?"

„Nein. Ich komme jeden Tag im Unterricht dazu, in Ihrem Gesicht zu lesen, deshalb habe ich es bemerkt."

„Bin ich so schlimm?"

„Sie sind die beste Lehrerin, die ich jemals hatte. Wenn Ihnen irgendjemand Schwierigkeiten macht, lassen Sie es mich einfach wissen."

„Danke", erwiderte Mikayla ernst.

Sie bestellten ein Dessert, hielten sich beim Kaffee auf, und es war nach zehn, als sie die Rechnung bezahlte.

„Ich fahre dich nach Hause", sagte Mikayla auf dem Bürgersteig vor dem Restaurant.

„Ich nehme die Bahn."

„Sammy …"

„Sie wissen, dass ich in einer schlechten Gegend wohne. Ich will nicht, dass Sie abends allein von dort losfahren. *Capisce?*"

„Dann bringe ich dich zur Bahnstation."

„Ich begleite Sie zu Ihrem Auto. Danach gehe ich zum Bahnhof."

Mikayla wollte widersprechen, doch ihr war klar, dass es zwecklos war.

Er berührte ihre Hand. „Ich kann mir selbst helfen."

Fünf Minuten später stieg sie ins Auto und öffnete das Fenster. „Machs gut, Sammy."

Er lächelte herzlich. „Danke für heute Abend."

Sie wartete, bis er außer Sicht war, dann fuhr sie vom Parkplatz. Der Anrufbeantworter blinkte, als sie nach Hause kam, und sie drückte den Knopf.

„Mikayla, Darling. Sasha. Mir hat dein junger Liebhaber gefallen, Schätzchen, aber ich bezweifle, dass sich Rafael darüber amüsieren wird."

Und du kannst es kaum erwarten, es ihm zu erzählen, dachte Mikayla. Sie wollte dabei sein und sehen, was Sasha für ein Gesicht machte, wenn sie erfuhr, dass der angebliche „junge Liebhaber" ein sechzehnjähriger Schüler war.

Mikayla schlief schlecht. Als der Wecker klingelte, stand sie auf, duschte, zog sich an, frühstückte schnell und fuhr in die Schule, wo sie einen Tag ohne Zwischenfälle im Unterricht verbrachte. In der Mittagspause rief Maisie an und bestätigte die Verabredung für den Abend. Sie trafen sich in einem schicken Café, von dem aus sie ein großes Kinozentrum zu Fuß erreichen konnten, und ließen sich mit dem Essen Zeit, bevor sie sich die Verfilmung eines Klassikers von Jane Austen ansahen. Die Ausstattung war sehr schön, die Schauspieler waren hervorragend und die Dialoge geistreich. Maisie und Mikayla genossen jede Minute und lachten über einen witzigen Höhepunkt des Films, während sie das Kino verließen.

„Kaffee?", fragte Maisie.

Mikayla wollte nicht, dass der Abend allzu schnell endete. „Ja, warum nicht?"

Sie gingen in ein Café, bestellten und saßen bis fast Mitternacht zusammen, dann trennten sie sich und fuhren nach Hause.

Der Freitag war ein strahlend schöner Tag. Mikayla hatte das Gefühl, dass sich jede Stunde dahinschleppte. „Der Flug am Freitagnachmittag" besagte nicht viel, da sie nicht einmal wusste, mit welcher Gesellschaft Rafael flog. Unsicher, ob er da sein würde oder nicht, fuhr sie nach Hause.

Nicht, wie sie feststellte. Sie unterdrückte die Enttäuschung, ging in die Küche, nahm den am Morgen vorbereiteten Aprikosen-Hähnchen-Auflauf aus dem Kühlschrank und schob ihn in die Mikrowelle. Es ist verrückt, so nervös zu sein, schalt sie sich, während sie nach oben ins Schlafzimmer ging, um zu duschen und sich etwas anderes anzuziehen. Im Lauf des Tages war die Anspannung immer größer geworden, und Hitze durchflutete sie bei dem Gedanken, was die Nacht bringen würde.

Mikayla zog sich aus, stellte die Wassertemperatur ein und betrat die Duschkabine. Sie shampoonierte sich die Haare, spülte den Schaum aus, griff nach der Seife und begann, sich zu waschen.

„Warum lässt du mich das nicht machen?"

10. KAPITEL

Beim Klang der vertrauten Stimme entglitt ihr die Seife. Mikaylas Augen wurden groß, als Rafael in die Duschkabine kam. „Du bist wieder da", sagte sie unsicher. Er umfasste ihr Gesicht, küsste sie besitzergreifend und verlangend, dann packte er sie an den Schultern und zog Mikayla fest an sich. Sie schmiegte sich an ihn und jubelte über seine Erregung.

Er ließ eine Hand tiefergleiten, erforschte den Teil von ihr, der so gut auf seine Berührung reagierte, brachte sie zum Höhepunkt und spürte, wie sie erschauerte.

Mikayla streichelte ihm die muskulösen Schultern und die Hüften, während sie eine Brustwarze mit dem Mund liebkoste. Es war nicht fair, dass Rafael völlig die Kontrolle hatte.

Lange überließ er sie ihr nicht. Er hob Mikayla hoch, drang tief in sie ein, verharrte kurz, dann zog er sich zurück und stieß immer wieder zu. Als sie sich seinem Rhythmus anpasste, steigerte er das Tempo.

„Das war vielleicht ein Empfang!", sagte Rafael hinterher.

Sie waren noch vereint, und Mikayla bewegte sich ein bisschen, schob ihm die Finger ins Haar, hielt seinen Kopf fest und küsste ihn leidenschaftlich.

„Gierig", sagte Rafael, als er wieder sprechen konnte.

Sie spürte, wie er in ihr hart wurde. Diesmal bestimmte sie das Tempo. Es war langsam, mit sanftem Streicheln, zärtlichen Küssen und der wiegenden Bewegung zweier Körper, die perfekt harmonierten.

Es dauerte eine Weile, bis sie sich gegenseitig einseiften, den Schaum abspülten, die Duschkabine verließen, sich abtrockneten und Bademäntel anzogen.

„Hast du Hunger?"

„Ich nehme an, du sprichst von Essen?", fragte Rafael und freute sich darüber, dass Mikayla rot wurde.

„Natürlich." Sie bemühte sich, die Fassung wiederzugewinnen. „Ich habe einen Auflauf in der Mikrowelle. Ein Baguette zu rösten und einen Salat zu machen, geht schnell."

Sie fütterten sich gegenseitig, und das Abendessen wurde ein sinnlicher Genuss, denn jeder Bissen war eine Verheißung dessen, was bald folgen würde.

„Ich glaube, ich sollte öfter wegfahren", sagte Rafael spöttisch.

Mikayla stand auf und begann, den Tisch abzuräumen.

„Lass es", befahl Rafael. Er zog sie auf seinen Schoß und drückte den Mund an ihren Hals. „Ich habe dich vermisst."

Es war so etwas wie ein Eingeständnis, und sie nahm es für bare Münze. Ihr hatte die Trennung auch nicht gefallen. Das große, leere Haus. Schlimmer noch war es gewesen, allein im Bett zu liegen, sich nicht an ihn schmiegen zu können, nicht von ihm gereizt und verführt zu werden, bis sie vor Verlangen brannte. Sie konnte es nicht aussprechen. Sie hatte zu viel Angst davor, was er in ihre Worte vielleicht hineinlesen würde. Stattdessen umfasste sie sein Gesicht und begann einen zärtlichen Kuss, der lange dauerte, bis Rafael schließlich mit ihr in den Armen aufstand und sie zurück ins Schlafzimmer trug.

Sie liebten sich die ganze Nacht, abwechselnd sanft und ungestüm, und gingen erst nach Mittag wieder nach unten. Mikayla fiel ein, Rafael nach seiner Reise zu fragen.

„Alles ist gut gelaufen. Aber ich muss vielleicht später in diesem Monat noch einmal für einige Tage nach Brisbane fliegen." Er lächelte über ihre Enttäuschung, die sie nicht schnell genug hatte verbergen können.

„Ich habe Sammy zum Abendessen in ein Restaurant in der Innenstadt eingeladen, während du weg warst", sagte sie.

„Wahrscheinlich war er ziemlich beeindruckt."

Mikayla lächelte flüchtig. „Ja. Ich habe Maisie hier übernachten lassen. Ich hoffe, du hast nichts dagegen." Alles banaler Kram, doch ihr fiel kein geistreiches Gesprächsthema ein.

„Warum sollte ich etwas dagegen haben?" Das Telefon klingelte, und Rafael ging fluchend abnehmen.

Mikayla verrührte Eier, machte zwei Omeletts, steckte Weißbrotscheiben in den Toaster und kochte Kaffee. Rafael beendete das Gespräch, als sie gerade das Essen auf den Tisch stellte.

„Ich muss einige Stunden im Arbeitszimmer einschieben", sagte er.

„Das ist okay. Ich habe noch Aufsätze zu benoten und den Unterricht für nächste Woche vorzubereiten."

Für den Rest des Wochenendes gingen sie nicht aus dem Haus. Es war ungeheuer erholsam, nichts vorzuhaben. Sie sahen sich Videos an, und als Mikayla mit ihrer Arbeit fertig war und Rafael noch mehr Zeit am Computer verbringen musste, las sie ein neu erschienenes Buch über den gemeinsamen Unterricht von behinderten und nichtbehinderten Kindern.

Am Sonntagabend empfand sie ein gewisses Bedauern, denn der Montag würde nicht nur den Alltagstrott in der Schule bringen, sondern auch die erste von vielen gesellschaftlichen Einladungen in den folgenden Wochen. Sie würden zu einer Filmpremiere gehen, zu einer Ausstellung in einer renommierten Kunstgalerie und einem Cocktailempfang für einen Würdenträger, der die Stadt besuchte. Sasha erschien bei keiner der Veranstaltungen.

Vielleicht ist sie verreist, überlegte Mikayla, während sie neben Rafael im Salon einer prachtvollen Villa am Hafenufer stand, in der die Renommierparty des Abends stattfand. Mikayla erkannte manche Gäste wieder, und bald wurde sie in ein Gespräch über das gegenwärtige Schulsystem verwickelt, das sie hart beurteilte. Vertieft darin, ihre Ansicht zu vertreten, bemerkte sie erst nach dem Ende der lebhaften Diskussion, dass Sasha inzwischen gekommen war.

„Rafael."

Sasha Despojoa sah in einem fast nicht vorhandenen Abendkleid so perfekt aus, dass Mikayla bei ihrem Anblick den Atem anhielt. Umwerfend war nicht ganz treffend.

Während Rafael mit routiniertem Charme reagierte, gab sich Enrico kultiviert und charismatisch, und Mikayla wunderte sich über die gesellschaftlichen Spiele dieser Leute, die daran gewöhnt waren, in einer Farce mitzuwirken, die Abneigung und Eifersucht verbarg.

„Ich hoffe, deine Geschäftsreise war ein Erfolg, Darling", sagte Sasha und legte Rafael verführerisch lächelnd die Hand auf den Arm. „Anscheinend hat dich Mikayla nicht vermisst. Enrico und ich haben sie bei einem heimlichen Abendessen mit einem sehr gut aussehenden jungen Mann ertappt." Sasha warf Mikayla einen gehässigen Blick zu, während sie auf Rafaels Reaktion wartete.

Er zog die Augenbrauen hoch und betrachtete sie nachdenklich.

„Sammy D'Alvecchio ist ein sechzehnjähriger Schüler, der beim Vorexamen als Bester in seiner Klasse abgeschnitten hat", sagte Mikayla gelassen. „Der Preis war ein Abendessen mit mir in einem Restaurant meiner Wahl." Sie machte eine kleine Pause, blickte Sasha durchdringend an und holte zum vernichtenden Schlag aus. „Es war nicht notwendig, Sammy oder mich zu beleidigen, indem Sie eine Nachricht auf dem Anrufbeantworter hinterlassen und ihn als meinen jungen Liebhaber bezeichnen."

„Er sah wie mindestens zwanzig aus, Darling", protestierte Sasha und schmollte affektiert.

„Das tun viele Sechzehnjährige, wenn sie die einheitliche Schulkleidung nicht tragen", erklärte Mikayla.

„Ich glaube, Sie verheimlichen, was wirklich vorgeht", sagte Sasha.

„Was für einen Grund sollte ich haben?", fragte Mikayla. „Sie sind an unserem Tisch stehen geblieben, und ich habe Ihnen Sammy vorgestellt."

„Lass es dabei bewenden, Sasha", schlug Enrico vor und führte sie weg.

„Sammy sah an dem Abend offensichtlich besonders gut aus", sagte Rafael spöttisch.

„Kaum wiederzuerkennen." Mikayla blickte ihn ruhig an, während er ihr die Wange streichelte.

„Sasha muss weiterziehen."

„Sie will dich aber nicht aufgeben. Enrico ist nur ein Köder, und ich bin entbehrlich."

Rafael lächelte. „Was hältst du davon, früh schlafen zu gehen?"

Ihr Herz schlug schneller. „Wie früh?"

„Noch eine Stunde, dann können wir uns verabschieden, ohne Anstoß zu erregen."

„So bald?"

Er lachte leise und nahm ihre Hand. „Machen wir die Runde, ja?"

Um kurz vor elf dankten sie dem Gastgeber und seiner Frau und verließen die glanzvolle Party in Elizabeth Bay. Nach Woollahra war es nicht weit, und sie waren schnell zu Hause.

Rafael schloss die Tür zwischen Garage und Eingangshalle ab und legte sich Mikayla über die Schulter.

Sie schlug ihm mit der Faust spielerisch in die Rippen. „Höhlenmenschtaktik, oder was?“

Im Schlafzimmer ließ Rafael sie herunter und küsste sie so eingehend, dass sich eine lodernde Hitze in ihrem Körper ausbreitete. Kleidungsstücke wurden in aller Eile abgelegt und achtlos auf den Boden geworfen. Ohne viel Umstände zu machen, zog Rafael sie aufs Bett in ein wildes, primitives Liebesspiel. Es wurde eine Leidenschaft, die keine Grenzen kannte, und Mikayla erwiderte sie und nahm es mit ihr auf. Beide waren nur noch zwei in ihr Verlangen vertiefte Menschen ohne Zeitgefühl und Orientierungssinn.

Später lagen sie eng umschlungen da, eingelullt in die Nachwirkungen von umwerfendem Sex. Du lieber Himmel, war es für Rafael genauso gewesen? War auch er von so stürmischen Gefühlen verzehrt worden und vor Hitze vergangen? Mikayla konnte nicht denken und sich nicht bewegen. Zumindest noch nicht. Das Wort „befriedigt“ bekam eine völlig neue Bedeutung.

Rafael ließ die Finger beruhigend von ihrer Schulter zur Hüfte gleiten, bis sich ihre Atmung allmählich normalisierte, dann küsste er sie so zärtlich, dass Mikayla fast weinen musste.

Es wäre einfach, zu sagen „Ich liebe dich“. Sie wollte es sagen. Aber mit der Freude, die Liebe zu erleben, kam das Wissen, dass ihre Liebe niemals erwidert werden würde. Weil ich nur die Bezahlung von Schulden in Naturalien repräsentiere, dachte Mikayla und lag noch wach, lange nachdem Rafael eingeschlafen war. Schließlich stand sie auf, zog einen Morgenmantel an und ging leise nach unten. Mondlicht schien durch die Terrassentür. In Gedanken versunken, blickte Mikayla nach draußen über die dunklen Gartenanlagen.

Mit jedem Tag wurde es schwieriger zu bleiben. Und was die Nächte betraf … Konnte sie es ertragen, weiter mit einem Mann zu schlafen, der sie nicht liebte? Neben ihm im Bett zu liegen und sich emotional von ihm zu distanzieren? Noch zwölf Monate mit dem Mann zu verbringen, den sie von ganzem Herzen liebte, und dann zu gehen? Es war jetzt schon schlimm genug. Sie bezweifelte, dass sie es in einem Jahr ohne seelische Verletzungen überstehen würde.

„Kannst du nicht schlafen?“

Mikayla zuckte erschrocken zusammen und zitterte ein bisschen, als Rafael ihr die Arme um die Taille legte und sie an sich zog. Sie sehnte sich verzweifelt danach, sich an ihn zu lehnen und seine Kraft in sich aufzunehmen.

„Was ist los, Mikayla?“ Er drehte sie herum, sodass sie ihn ansehen musste.

„Dies ... Du und ich ...“, sagte sie unglücklich. „Wenn es zu Ende ist, ziehe ich wieder in eine Wohnung und führe mein Leben weiter.“ Ohne dich, dachte sie und spürte, dass ein Teil von ihr zerbrach.

Rafael kniff die Augen zusammen. „Muss es unbedingt enden?“ Verdammt, er wollte Mikayla in seinem Haus haben, seinem Bett. Seinem!

„Wie kann es anders ausgehen?“ Jede Nacht erinnerte sie deutlich daran, wie schwierig es sein würde, ihn zu verlassen. Jeden Morgen quälte sie sich damit ab, dass es wieder eine Nacht weniger war, die sie noch gemeinsam verbringen würden. Rafael war alles. Ihr Herz, ihre Seele. Kein anderer Mann konnte an ihn heranreichen.

„Was, wenn ich dich bitten würde zu bleiben?“

Weiter die Rolle der Geliebten spielen? Sich ständig bewusst sein, dass er von einer anderen Frau in Versuchung geführt werden könnte? Immer darauf warten, dass er ihr sagte, sie solle gehen? Mikayla wusste, dass sie es nicht ertragen würde. Sie unterdrückte ein bitteres Lachen. Du lieber Himmel, allein darüber nachzudenken tat so weh, als würde ihr Herz von einer Lanze durchbohrt. „Für wie lange, Rafael?“, fragte sie tapfer. „Bis du mich satt hast?“

Er streckte die Hand aus und berührte ihre Wange. „Komm wieder ins Bett.“

„Sex ist keine Lösung.“

„Um zu schlafen, *querida.*“ Er hob sie hoch und trug sie zurück nach oben ins Schlafzimmer. Jetzt war nicht der richtige Moment, um ihr zu sagen, dass er am Mittag geschäftlich nach Brisbane und von dort aus weiter nach Townsville und Cairns fliegen würde. Das konnte bis zum Morgen warten.

11. KAPITEL

Rafael verließ das Flugzeug, zog die Reisetasche vom Band, durchquerte die Ankunftshalle und winkte ein Taxi heran. Nach dem langen Flug und mehrtägigen anstrengenden Geschäftsverhandlungen war er fix und fertig. Er brauchte eine Dusche, einen kalten Drink und Mikayla. In dieser Reihenfolge.

Umgekehrt, wenn er ehrlich war, denn er hatte die halbe Nacht gearbeitet, um das Geschäft abzuschließen und einen Tag früher nach Hause fliegen zu können. Verdammt, er hatte Mikaylas schlanken, durchtrainierten Körper vermisst, ihren Duft. Er wollte sie berühren, sie beobachten, während er sie zum Höhepunkt brachte, und sie dann hart und schnell nehmen. Danach würde er es langsam und sinnlich angehen und sich darüber freuen, wie sie sich ihm entgegenbog, während sie ihn nach Herzenslust genießen ließ.

Verdammt, seine Erregung war eine primitive Macht. Er bewegte sich und versuchte, eine gewisse Kontrolle zu behalten.

Zu dieser Zeit abends war wenig Verkehr, und sie kamen gut voran. Ungeduldig löste Rafael den Mechanismus der Tore aus, und sie fuhren die geschwungene Auffahrt hoch. Vor dem Haus stieg Rafael aus, drückte dem Taxifahrer einen Geldschein in die Hand und lehnte es ab, auf Wechselgeld zu warten.

Die Alarmanlage war eingeschaltet. Wahrscheinlich war Mikayla schon im Bett, vielleicht schlief sie sogar. Rafael lächelte bei dem Gedanken, sie zu wecken, während er die Treppe hochging und das Schlafzimmer betrat.

Sofort spürte er, dass irgendetwas nicht stimmte. Er drückte den Lichtschalter. Angst durchflutete ihn, als er das leere Bett sah. Er blickte auf die Uhr. Vielleicht war sie mit Maisie zusammen ausgegangen …

In diesem Moment entdeckte er den Briefumschlag, der auf dem Nachttisch lag. Mit wenigen schnellen Schritten war er dort, riss den Umschlag auf und las die kurze Nachricht, die Mikayla ihm hinterlassen hatte.

Die Kleidungsstücke, Geschenke, alles, was er ihr gekauft hatte, lag in Schubladen oder hing im Schrank. Der Scheck, den sie an den Brief geheftet hatte, war eine weitere Beleidigung. Rafael durchlebte eine ganze Skala von Gefühlen. Ärger, Frustration, kalte Wut, Hilflosigkeit. Verdammt, es war Mitternacht. Nicht, dass ihn das davon abhielt, einige Anrufe zu machen. Dann ging er nach unten in den Computerraum, schickte E-Mails ab und forderte einige Gefälligkeiten ein. Antworten würde er erst am Morgen bekommen, und er ging wieder nach oben, duschte lange heiß und fiel ins Bett.

Rafael schlief schlecht. Bei Tagesanbruch stand er auf, zog einen Morgenmantel an, nahm die ersten Anrufe entgegen, tätigte selber noch einige und sah nach, ob E-Mails eingegangen waren. Dann zog er sich an, stieg in den Mercedes und fuhr in die Innenstadt.

Mikayla seufzte erleichtert, als die letzte Unterrichtsstunde zu Ende war. Mit einem platten Reifen hatte der Tag schon schlecht angefangen, dann war sie im Verkehr stecken geblieben und zu spät zur Schule gekommen, und von da an war es stetig bergab gegangen. Dazu kam noch ihre Nervosität, die mit jeder Stunde schlimmer geworden war. Bald würde Rafael zu Hause ankommen und ihren Brief finden.

Sie nahm ihre Bücher und Unterlagen, schob alles in die Schultasche, ging nach draußen auf den Flur, verließ das Gebäude durch den Haupteingang und machte sich auf den Weg zum Parkplatz.

„Ich trage Ihre Tasche."

Mikayla lächelte und überließ sie Sammy. „Danke."

„Ich habe etwas für Sie." Er steckte die Hand in die Hosentasche, wartete, bis niemand in der Nähe war, dann zog er ein kleines Paket heraus und gab es ihr. „Es ist nichts Besonderes. Ich möchte nur, dass Sie es bekommen." Er versuchte, finster zu blicken, aber es gelang ihm nicht. „Weil Sie mich zum Abendessen eingeladen haben."

Mikayla war gerührt und sagte es ihm.

„Öffnen Sie es zu Hause."

Sie verstand und schob es in ihre Jackentasche. „Danke. Ich werde das Geschenk in Ehren halten."

„Ihr Freund ist hier."

Mikayla blieb fast das Herz stehen, als sie Rafael sah, der lässig an der Motorhaube seines Autos lehnte. Er sollte noch nicht zurück sein.

„Sind Sie okay?"

Verdammt, was konnte sie schon sagen? „Ja."

„Hatten Sie Streit oder so etwas?"

Oder so etwas. Mikayla musste sich anstrengen, normal zu atmen, während sie sich Rafael näherte.

Sammy sprach als Erster. „Hallo, Rafael."

Rafael hatte ein Lächeln für ihn übrig. „Sammy."

„Nett, Sie wiederzusehen."

Rafael nickte. „Tu mir einen Gefallen, und geh", sagte er sanft. „Ich muss allein mit Mikayla sprechen."

Sammy blickte zwischen den beiden hin und her, dann konzentrierte er sich auf ihr blasses Gesicht. „Ist das okay?"

„Ja." Nein, war es nicht, und Sammy sah es ihr offensichtlich an. Sie bemerkte seine Unsicherheit, bevor er sich umdrehte und den Parkplatz verließ.

„Steig ins Auto, Mikayla."

Du lieber Himmel, Rafael war furchterregend. Seine Gesichtszüge waren maskenhaft starr, und es fiel ihr schwer, seinen finsteren Blick zu erwidern. „Das hatten wir schon."

„Tja, dann haben wir es eben noch mal", sagte Rafael spöttisch.

Sie wollte nicht mit ihm allein sein. Wenn er sie berührte, würde sie weich werden, und das durfte einfach nicht passieren. Sie hob herausfordernd das Kinn. „Wir treffen uns in dem Café in Double Bay, wo wir das erste Mal zusammen Kaffee getrunken haben."

Rafael hätte ihr am liebsten den Hals umgedreht. Stattdessen nickte er und stieg in sein Auto.

Es herrschte dichter Verkehr, und Mikayla brauchte länger als sonst, um das zentrumsnahe Viertel der Reichen und Berühmten am Hafen zu erreichen. Noch länger dauerte es, eine Parklücke zu finden. Sie musste eineinhalb Häuserblocks laufen, und Rafael wartete schon an einem Tisch auf dem Bürgersteig.

„Kaffee oder ein kaltes Getränk?" Er stand auf und zog ihr einen Stuhl heraus.

Mikayla setzte sich. „Einen Milchkaffee, bitte."

Er rief einen Ober, bestellte für sie beide und setzte sich wieder.

Übernimm du die Kontrolle!, befahl sie sich. „Du hast meine Nachricht gelesen."

Rafael unterdrückte seine Wut. „Hast du wirklich geglaubt, du könntest davonlaufen und dich vor mir verstecken?", fragte er gefährlich leise.

„Wenn ich mich verstecken wollte, würde ich einen falschen Namen benutzen und wäre auf der Autobahn unterwegs in einen anderen Bundesstaat." Der Ober brachte Rafaels Espresso und ihren Milchkaffee. Mikayla riss ein Zuckertütchen auf und streute die Körnchen auf den Schaum.

Rafael lehnte sich zurück und blickte sie unverwandt an. „Du möchtest also einfach wegwerfen, was zwischen uns ist?"

„Sex?"

Er zog die Augenbrauen hoch. „Wollen wir es noch mal versuchen? Diesmal ohne Wortspiele?"

„Ich weiß nicht, was du meinst."

„Doch", erwiderte er ruhig. „Tust du. Erklär mir, warum du gegangen bist."

„Wir sind hier nicht im Gerichtssaal."

Rafael lächelte spöttisch. „Du kennst mich gut genug, um zu wissen, dass ich auf einer Antwort bestehen werde."

„Ich habe keine Zeit. Ich fange in einer halben Stunde mit der Arbeit an."

Sein Blick wurde härter. „Nein."

Mikayla stand auf. Sie war restlos bedient. „Noch eine Nacht mit dir hätte mich umgebracht. Dumm, wie ich bin, und obwohl ich mich sehr bemüht habe, es nicht zu tun, habe ich mich in dich verliebt." Du lieber Himmel, lass mich jetzt nicht in Tränen ausbrechen!, dachte sie. „Du wolltest eine Erklärung? Du hast sie bekommen." Ohne ein weiteres Wort drehte sie sich um und flüchtete. Sie rannte zwischen den Autos hindurch über die Straße, nahm eine Abkürzung durch eine Gasse, lief noch eine Straße entlang zu ihrem Auto, startete den Motor und brauste davon, als wäre der Teufel hinter ihr her.

Zwanzig Minuten später stellte sie den Mini ab und ging ins Restaurant. Sie begrüßte ihren Arbeitgeber, band sich eine Schürze um und begann, die Tische zu decken.

Es war ein mörderischer Abend. Das Restaurant war voll, die Gäste verlangten eine schnellere Bedienung, ein Mann beschwerte sich lautstark, als sie Kräuter- statt Knoblauchbrot servierte, und dann verwechselte Mikayla auch noch zwei Bestellungen, was ihr einen Schwall von Beschimpfungen einbrachte.

Konzentrier dich, befahl sie sich wiederholt, während sie ihr Bestes tat, die Gäste zufriedenzustellen. Die Stunden schleppten sich dahin, und ihr Lächeln wurde immer gezwungener. Noch schlimmer, ihr Arbeitgeber meinte anscheinend, das Schichtende um dreiundzwanzig Uhr bedeutete, mindestens noch dreißig Minuten länger zu bleiben, und zwar ohne Bezahlung. Um halb zwölf ging Mikayla in die Küche, band die Schürze ab und machte sich auf den Weg zu ihrem Auto, das sie zwei Straßen weiter geparkt hatte.

Um Mitternacht hielt sie vor dem Haus, in dem sie ein Zimmer gemietet hatte. Der Lärm aus dem Nachbarhaus ließ sie fast laut aufstöhnen. Eine Party? Sie wollte heiß duschen und ins Bett. Es sah nicht danach aus, als würde sie viel Schlaf bekommen.

Nach dem Duschen fühlte sie sich ein bisschen besser. Erst als sie ihre Sachen ordentlich aufhängte, fiel ihr ein, dass sie Sammys Geschenk in die Jackentasche gesteckt hatte. Sie zog es heraus und packte es vorsichtig aus. In einer kleinen Schachtel lag eine Rosenknospe aus Kristallglas mit einem Stängel aus Gelbgold. Gerührt befestigte sie die Brosche am Revers der Jacke. Sammy würde das Schmuckstück am nächsten Tag sehen und wissen, wie viel ihr das Geschenk bedeutete.

Sie war so müde, dass sie eigentlich trotz des Krachs sofort hätte einschlafen müssen. Stattdessen lag sie hellwach da und horchte auf die Musik und das Geschrei aus dem Nachbarhaus. Als es nebenan um halb zwei endlich ruhig wurde, nützte das auch nichts. Sie warf sich bis drei Uhr hin und her, schlief dann irgendwann ein und wachte um sieben wie gerädert auf. Sie ging in die Gemeinschaftsküche, aß schnell Cornflakes mit Obst und trank eine Tasse Kaffee, dann holte sie ihre Umhängetasche und fuhr zur Schule.

Mikayla schaffte es irgendwie, den Tag durchzustehen. Noch nie war sie so dankbar gewesen, als die letzte Unterrichtsstunde vorbei war. Sie könnte sich ins Lehrerzimmer zurückziehen und beginnen, Klassenarbeiten zu zensieren, aber sie beschloss, zur nächsten Bucht zu fahren, sich in den Schatten eines Baums zu setzen und die frische Luft zu genießen.

Die Sonne tat ihren Augen weh, und Mikayla setzte die Sonnenbrille auf, bevor sie sich auf den Weg zum Schulparkplatz machte. Zwei Schüler grüßten sie, und ein Kollege wünschte ihr ein schönes Wochenende. „Danke, gleichfalls", erwiderte sie lächelnd, ging auf den für sie reservierten Stellplatz zu und sah, dass dort nicht ihr Mini, sondern ein silberfarbener Mercedes stand. Was in aller Welt …? Gerade als sie den Wagen erkannte, wurde die Fahrertür geöffnet, und Rafael stieg aus. „Wo ist der Mini?", fragte Mikayla aufgebracht.

„In meiner Garage."

„Du hast kein Recht …"

„Steig ein, Mikayla."

„Ich denke ja nicht daran!"

„Ich bin nicht sonderlich abgeneigt, dir hier eine Szene zu machen", sagte Rafael unverfroren. „Zehn Sekunden."

Mikayla entschied sich für Würde. Während der Fahrt zu seinem Haus in Woollahra warf sie ihm nicht einmal einen verstohlenen Blick zu.

Sobald Rafael in der Garage neben dem Mini anhielt, stieg Mikayla aus.

„Lass uns im Haus reden, ja?"

„Ich habe keine Zeit …"

„Doch." Er drückte die Fernbedienung, und das Garagentor rollte lautlos hinunter. „Dein Job in dem Restaurant in Darlinghurst existiert nicht mehr."

„Du hast herausgefunden, wo ich arbeite, und …" Mikayla war minutenlang sprachlos. „Das kannst du nicht machen!", rief sie dann empört.

„Ich habe es schon getan." Rafael ging zu der Tür, die ins Haus führte, und schloss sie auf.

„Ich hasse dich!"

Er lächelte sarkastisch. „Ich nehme an, im Moment tust du das wirklich."

Mikayla wollte ihn schlagen. Mit zusammengekniffenen Augen beobachtete sie, wie Rafael zurück zum Mercedes ging, den Kofferraum öffnete und zwei Reisetaschen und einen Karton mit Büchern heraushob. „Woher wusstest du …?"

„Wohin du geflüchtet bist? Das ist doch wohl klar."

Es waren wahrscheinlich nur einige Telefongespräche und die Hilfe eines Privatdetektivs nötig gewesen. Deswegen war sie nicht so wütend. Sie regte sich darüber auf, dass er zu dem Haus gefahren war, in dem sie jetzt wohnte, und sich unter dem Deckmantel der Freundschaft oder Verwandtschaft Zutritt zu ihrem abgeschlossenen Zimmer verschafft hatte. Mikayla atmete tief ein, um sich zu beruhigen. Sie zeigte auf ihre Sachen. „Du kannst sie in den Mini stellen."

„Daraus wird nichts."

„Und ob!" Sie ging auf Rafael los und schlug mit den Fäusten auf ihn ein, überallhin, wo sie einen Treffer landen konnte. Dann besann sie sich auf ihre Erfahrung und wurde hinterlistig. Vergeblich, denn Rafael blockte jeden Schlag ab und verhinderte schließlich weitere Versuche, indem er sie sich einfach über die Schulter legte und ins Haus ging.

„Lass mich hinunter!" Mikayla zielte auf einen empfindlichen Teil seines Körpers, doch Rafael packte ihr Handgelenk.

„Kein Foulspiel, *pequeña.*"

„Und was, zum Teufel, tust du?", stieß sie fuchsteufelswild hervor, während er mit ihr die Eingangshalle durchquerte und das Arbeitszimmer betrat. Er ließ sie hinunter, und sie hörte, wie er die Tür zumachte, dann das Klicken, als das Schloss einrastete. „Du schließt uns ein?"

„Fürs Erste, ja."

Mikayla warf ihm einen wütenden Blick zu, während sie ihren Rock hinunterzog und sich durchs zerzauste Haar fuhr. „Ich könnte dich wegen Entführung vor Gericht bringen!"

„Versuch es."

„Ich verlange, dass du mich gehen lässt."

„Nein."

Rafaels unbeugsamer Wille war der Tropfen, der das Fass zum Überlaufen brachte. „Warum?", rief sie und blinzelte Tränen der Wut weg. „Was willst du denn noch von mir? Du hast doch schon alles bekommen."

Das berührte ihn mehr als alles andere. Er drückte sie sanft in einen Sessel und lehnte sich gegen den Schreibtisch. „Dich", sagte er leise. „Nur dich." Ihr gequälter Blick betonte das abgehärmte Gesicht und ließ die Augen dunkler erscheinen. Rafael wollte sie schütteln. „Hast du in der vergangenen Nacht überhaupt geschlafen?"

Mikayla zuckte die Schultern. „Ein bisschen."

„Ich schätze, du hast nicht zu Mittag gegessen."

Sie hatte nicht die Absicht, ihm zu verraten, dass er recht hatte. „Rafael ..."

„Hast du im Ernst geglaubt, du könntest sagen ‚Ich habe mich in dich verliebt' und dann einfach davonlaufen?", fragte er kühl.

„Du wolltest eine Erklärung, warum ich gegangen bin", erwiderte Mikayla gespielt tapfer. „Ich habe dir eine gegeben."

„Und hast Reißaus genommen."

„Was hast du denn erwartet? Sollte ich bleiben, mich von dir demütigen lassen und deine Belustigung ertragen?" Hilfloser Zorn durchflutete sie, und ihre Augen funkelten gefährlich. „Kannst du dir überhaupt vorstellen, was es mich gekostet hat, es dir zu sagen?", fragte sie heftig. „Du, der abgebrühte, arrogante, extrem selbstbewusste Unternehmer, der seine Gefühle völlig unter Kontrolle hat. Und ich, die sexuell Unerfahrene. Ich hatte keine Chance, stimmt's?" Mikayla stand auf. „Ich dachte, ich könnte ein Jahr lang die Geliebte spielen und dann einfach gehen." Sie lachte selbstironisch. „Gefühlsleben intakt und frei." Wie dumm sie gewesen war.

Rafael blickte sie unverwandt an. „Was hat dich veranlasst zu glauben, ich würde dich demütigen oder belustigt sein?"

„Du kannst jede Frau haben, die du willst. Sasha steht nur an der Spitze einer Schlange von willigen Frauen, die es nicht erwarten können, in dein Bett zu springen. Ich war ..."

„Ein amüsanter Zeitvertreib?"

„Ja."

„Deiner Ansicht nach würde ich dich also beiseiteschieben, ohne auch nur zu überlegen?" Rafael gab ihr keine Gelegenheit zu antworten. „Ich habe in Cairns die halbe Nacht gearbeitet, um das Geschäft abzuschließen und einen Tag früher nach Hause fliegen zu können. Warum wohl, Mikayla?"

„Der Sex ist gut."

Rafael hielt sich gerade noch davon ab, sie an sich zu ziehen, den Schreibtisch frei zu machen und ihr zu zeigen, wie gut. „Aber für den Zweck genügt jede andere Frau auch?"

„Ich denke schon."

„Verdammt!", stieß er hervor. „Wofür hältst du mich eigentlich?"

Mikayla konnte ihm nicht antworten.

Er presste die Lippen zusammen. „Ich will nicht leugnen, dass Rachsucht und ein Verlangen nach Gerechtigkeit eine Rolle gespielt haben, als ich dein aufopferungsvolles Angebot angenommen und mich rechtlich mit einem Vertrag abgesichert habe, der zu meinen Gunsten abgefasst war." Er musterte sie eingehend und lächelte schwach, als er sich an ihre Unschuld erinnerte. „Ich habe bald darauf entdeckt, wie aufopferungsvoll. Und mit deinem Handeln, deinem Benehmen hast du mich gezwungen, mein ursprüngliches Urteil zu revidieren. Du bist willensstark und stolz. Und wie du gesagt hast, der Sex ist gut. Aber es ist mehr als das." Er sah sie ruhig und nachdenklich an. „Viel mehr. Für uns beide."

Mikayla stand völlig still und wagte kaum zu atmen, unfähig, seinem Blick auszuweichen. „Sasha …"

„Sasha ist … war", verbesserte sich Rafael grimmig, „eine angenehme Freundin, die eine dauerhafte Beziehung wollte. Ich wollte nicht. Ende der Geschichte." Er beugte sich über den Schreibtisch, öffnete eine Schublade, nahm ein Dokument heraus und drückte es Mikayla in die Hand. „Lies das."

Sie sah es an, dann blickte sie ihm in die Augen.

„Lies es einfach, Mikayla", befahl er scharf.

Das Dokument bestand nur aus zwei Seiten, und die Klauseln waren kristallklar. Es war von Rafael unterschrieben und von seinem Anwalt notariell beglaubigt. Der ursprünglich von Rafael Velez-Aguilera und Mikayla Petersen unterzeichnete Vertrag wurde für nichtig erklärt, und Mikayla Petersen wurde von der Rückzahlung der Schulden entbunden, die Joshua Petersen gemacht hatte. „Warum?“

„Weil ich nicht will, dass irgendetwas zwischen uns steht.“

Sie hätte erleichtert sein sollen. Stattdessen empfand sie nur eine unglaubliche innere Leere. „Das hättest du nicht tun müssen“, sagte sie zittrig. „Ich hätte dir jeden Cent zurückgezahlt.“

„Deine Rechtschaffenheit steht außer Frage.“ Rafael machte einen Schritt auf Mikayla zu. „Du hast dich geweigert, Geld von mir anzunehmen. Sogar in New York hast du keine der Banknoten angerührt, die ich für dich in den Safe gelegt habe. Ich habe dir nur sehr wenige Kleidungsstücke gekauft, und die hast du alle zurückgelassen.“ Er schob die Hände in die Hosentaschen. „Zusammen mit einem Scheck über den größten Teil des Gehalts, das du in den vergangenen drei Monaten verdient hast.“

„Es sollte die erste Rate auf das Geld sein, das ich dir schuldete.“

„Ich habe den Scheck gegengezeichnet und auf deinen Namen bei der Bank eingezahlt.“ Rafael unterdrückte mühsam seinen Ärger. „Kannst du dir überhaupt vorstellen, wie es war, nach Hause zu kommen und festzustellen, dass du weg bist?“ Er fluchte. „Sei dankbar dafür, dass es Mitternacht war und ich keine Möglichkeit hatte, dich vor Tagesanbruch aufzuspüren.“

Mikayla sagte kein Wort. Sie konnte kaum noch atmen und beobachtete starr, wie sich Rafael durchs Haar fuhr und es sehr attraktiv zerzauste.

„Ich glaube, ich hätte dich umgebracht, wenn ich dich eher gefunden hätte“, sprach er grimmig weiter. Das Telefon klingelte, und er meldete sich gereizt, stellte einige Fragen, hörte zu, pflichtete dem Anrufer bei, beendete das Gespräch und ließ den Blick über Mikayla gleiten. Sie sah so zerbrechlich aus, dass er Angst hatte, sie würde kaputtgehen, wenn er sie berührte. Er lächelte sie an, nahm ihre Hand und hob sie an den Mund.

Mikayla war so nervös wie ein Teenager beim ersten Date, und das war lächerlich. Sie hatte drei Monate mit dem Mann zusammengelebt, in einem Bett mit ihm geschlafen und umwerfenden Sex mit ihm gehabt. Um Himmels willen, warum sollte sie nervös sein?

„Vertraust du mir?"

„Rafael …"

Er legte ihr den Zeigefinger auf den Mund. „Antworte einfach mit Ja oder Nein."

„Ja."

„Ich möchte dich um etwas bitten."

Bitte mich nicht, weiter deine Geliebte zu sein!, dachte Mikayla verzweifelt. Sie würde es nicht ertragen können.

„Heirate mich."

Sie hörte die Worte, aber es fiel ihr schwer, sie aufzunehmen. „Das kannst du nicht ernst meinen." Er tat es. Sie sah ihm in die Augen und erkannte den festen Vorsatz, die Festlegung und noch etwas, was zu deuten ihr fast Angst machte. Gefühle überwältigten sie und wurden zu stark, um sie zu beherrschen.

Rafael fluchte leise. „Weine nicht."

„Tue ich nicht", sagte sie, doch schon liefen ihr die Tränen über die Wangen. Sie wischte sie gereizt mit den Handrücken weg und sah Rafael zittrig an.

„Ich liebe dich."

Er küsste sie so unglaublich zärtlich, dass sie neue Tränen wegblinzeln musste.

„Du hast mein Herz, meine Seele. Ich gehöre dir, für den Rest meines Lebens." Er führte sie zur Tür und schloss auf, dann hob er Mikayla hoch und trug sie die Treppe hinauf. Oben im Schlafzimmer ließ er sie hinunter und zog sie an sich.

Lieber Himmel, das fühlte sich gut an. So gut. Seine Wärme, sein Duft … Es war, als würde sie nach einer langen, einsamen Reise nach Hause kommen.

„Was hältst du von Paris?"

Mikayla legte ihm die Arme um die Taille und schmiegte sich an ihn. „Da wollte ich schon immer mal hin."

Rafael lächelte über ihren Kopf hinweg und dachte an die beiden

Flugtickets in der Schreibtischschublade unten im Arbeitszimmer. „Eine Hochzeit im kleinen Kreis?“

„Nur einige enge Freunde.“

„Sonntag.“

Mikayla sah auf. „Welchen Sonntag?“

„An diesem Wochenende, *querida.*“

„Aber wir können nicht ...“

„Doch, wir können“, unterbrach Rafael sie und ließ ihr keine Zeit, nachzudenken. „Ich habe den Standesbeamten und den Partyservice bestellt, und am Montag fliegen wir nach Paris.“

„Sonntag?“, wiederholte Mikayla schwach.

Er küsste sie, leidenschaftlich diesmal. „Hast du etwas dagegen einzuwenden?“

„Nein.“

Er knöpfte ihre Bluse auf und schob sie ihr von den Schultern, während er mit dem Mund ihren Hals liebkoste. „Du hast etwas vergessen.“

Mikayla war mit seinen Hemdknöpfen beschäftigt. „Was?“

Ihr BH fiel zu Boden, und Rafael ließ die Hände zu ihren Hüften gleiten. „Du hast nicht Ja gesagt.“

Sie nahm sich den Gürtel vor, öffnete die Hose und schob die Hände unter seinen Slip. „Hm ...“ Sie tat so, als würde sie überlegen, während sie Rafael reizte, dann stöhnte sie auf, weil er die empfindliche Mulde an ihrem Hals mit der Zunge berührte. „Ja.“

Er ließ den Mund zu einer Brust gleiten. „Dafür sollte ich dich bestrafen“, sagte er und saugte an der hart gewordenen Spitze, bis Mikayla um Gnade flehte. „Ich habe arrangiert, dass du zwei Wochen Urlaub aus dringenden familiären Gründen nehmen kannst.“

Mikayla hielt die Hände vorübergehend still. „So?“

Sie schob ihm den Slip hinunter, und Rafael unterdrückte ein Stöhnen, als sie nach ihm griff.

„Wie aufmerksam von dir.“ Sie umfasste ihn, drückte sanft, liebkoste und hörte ihn scharf einatmen. Im nächsten Moment rang sie selbst nach Atem, denn Rafael suchte ihren Mittelpunkt, streichelte sie geschickt, brachte sie zum Höhepunkt und fing ihren Schrei mit einem Kuss auf. Sie hatte sich gerade wieder ein bisschen gefasst, da begann er von Neuem, sie zu erregen, und diesmal zog sie ihn ungeduldig hinunter aufs Bett.

Es war schnell und ungestüm, fast, als könnten sie nicht genug voneinander bekommen. Nachdem sie sich die Zeit genommen hatten, sich zu erholen, genossen sie ein langsames, süßes Liebesspiel. Sie umarmten sich sanft, und ihre Seufzer erfüllten die Luft, während sinnliche Wonnen an die Stelle rasender Leidenschaft traten.

Am Sonntag war schönes Wetter. Die Sonne strahlte vom blauen Himmel, an dem nur wenige kleine Wolken trieben. Maisie und Sammy standen neben Rafaels Anwalt, als der Standesbeamte Mikayla und Rafael traute.

Mikayla trug ein elfenbeinfarbenes Seidenkostüm mit dazu passenden Pumps und einen modischen Hut, der eine breite Krempe hatte und mit Seidenbändern geschmückt war. Rafael sah in einem dreiteiligen dunklen Anzug wundervoll aus. Sie legten das Ehegelübde ernst und feierlich ab, außer dass Mikaylas Stimme ein bisschen zitterte, nachdem ihr Rafael einen mit Diamanten besetzten Trauring und anschließend als Verlobungsring einen prachtvollen birnenförmigen Solitär an den Finger gesteckt hatte.

Hinterher ließen sich die wenigen Gäste das feine Essen und den ausgezeichneten Champagner auf dem Rasen schmecken. In langsam ineinander überfließenden kräftigen Gold-, Rot- und Lilatönen ging die Sonne unter, und die Gäste verabschiedeten sich. Rafael hob Mikayla hoch und trug sie ins Haus. Er nahm ihr den Hut ab, dann küsste er sie so gründlich, dass ihr schwindlig wurde.

Das Summen der Sprechanlage störte, und Rafael ließ Mikayla widerwillig los. „Das wird der Fahrer der Limousine sein." Er küsste sie noch einmal flüchtig, dann sah er auf. „Ich hole unsere Koffer aus dem Arbeitszimmer."

Die Hotelsuite in einem oberen Stockwerk mit Rundblick über den Hafen von Paris war wunderschön. Mikayla drehte sich zu Rafael um, erkannte die Erregung, die Leidenschaft, das Verlangen, und lächelte boshaft. „Wollen wir zu Abend essen?"

„Später."

„Zimmerservice?" Mikayla lachte leise. „Irgendwann?", neckte sie Rafael, als er auf sie zukam.

„Hast du Hunger?"

Sie legte ihm die Arme um den Nacken. „Nur nach dir." Sie schmiegte sich an ihn, spürte das Pulsieren seines Körpers und küsste Rafael sehnsüchtig. „Du wirst immer der Einzige für mich sein."

Er umfasste ihr Gesicht, und sein Blick verriet eine solche Fülle von Gefühl, dass Mikayla dahinschmolz.

„Du bist mein Leben. Meine große Liebe." Rafael küsste sie, dann löste er den Mund flüchtig von ihrem. „Alles."

– ENDE –

Rosemary Badger

Ein unerwartetes Happy End

Roman

Aus dem Amerikanischen von
Trixi de Vries

MIRA®

1. KAPITEL

Dieser verflixte Jack Saunders!

Kelly McGuire ging langsam am Strand von Bargara entlang, der an der subtropischen Queenslandküste von Australien gelegen war, und verwünschte den Mann, der ihr das Geschäft ruiniert hatte. Es wehte eine steife Brise, und sie musste sich gegen den Wind stemmen. Die Hände hatte sie in die Hosentaschen ihrer Jeans geschoben und das lange mahagonifarbene Haar mit einem Schal zu bändigen versucht, der genau die Farbe ihres leuchtend gelben Pullovers hatte. Sie wollte vermeiden, dass der Frühjahrssturm es zu sehr zerzauste.

Besorgt biss sie sich auf die Lippe. Ihre wenigen Ersparnisse waren fast aufgebraucht. Wenn sie nicht bald einen Job fand, würde sie wohl auch das alte Strandhaus aufgeben müssen, das sie mit viel Glück hatte mieten können. Sogar diese halb verfallene Hütte gehörte diesem Mann!

Sie blieb vor der Tür der kleinen Bruchbude stehen, die fast völlig verborgen war hinter knorrigen Sträuchern und hohen Bäumen. Etwas entfernt standen unübersehbar vierundzwanzig nagelneue, sehr elegante Häuser inmitten wunderschön angelegter Gärten, die sie ständig daran erinnerten, was dieser unglaublich reiche, mächtige Geschäftsmann mit ihr gemacht hatte.

Und sie hatte ihm sogar noch dabei geholfen! Das war am schlimmsten. Wenn sie sich ihrer Sache doch nur nicht so sicher gewesen wäre, hätte Saunders kaum so leichtes Spiel mit ihr gehabt. Ach, sie hätte wirklich klüger sein können, als Robin Hood zu spielen, um die Schwachen vor dem einflussreichen, mächtigen Mann in Schutz zu nehmen! Kelly seufzte und ging zurück zur Hütte. Hätte ich doch nur meinen Mund gehalten, dachte sie verzweifelt.

Dabei hatte alles ganz harmlos angefangen. Das ist die Chance meines Lebens, hatte sie gedacht, als Saunders die landschaftliche Gestaltung seiner exklusiven Häuser ausgeschrieben hatte. Durch die Beteiligung an einem so bedeutenden Projekt würde ihr noch junges Unternehmen gewaltigen Auftrieb bekommen, und der Ruf, eine großartige Gartenbauarchitektin zu sein, würde ihr vorauseilen. Kelly hatte ihr Angebot eingereicht, einige gebrauchte Geräte gekauft, die sie dringend benötigte, einen jungen Hilfsgärtner eingestellt und die Daumen gedrückt, dass ihr Angebot akzeptiert würde.

Doch der lukrative Auftrag ging an eine große Gartenbaufirma in Brisbane! Nicht ein einziger Einheimischer war auch nur in Erwägung gezogen worden. Kelly hatte sich genauso betrogen gefühlt wie sie, mit dem Unterschied, dass sie sich die Behandlung nicht bieten ließ und bei jeder Gelegenheit gegen diese Ungerechtigkeit protestierte. Sie gab Interviews im Radio und schrieb Leserbriefe. Schon bald wurde sie für ihren Mut bewundert, sich gegen Jack Saunders zur Wehr zu setzen, „den mächtigen Investor von außerhalb, der die Einheimischen ausbeutet und ihnen dann auch noch fremde Firmenkonglomerate vor die Nase setzte".

Ihre plötzliche Berühmtheit hatte auch etwas Gutes: Man bot ihr so viele Jobs an, dass sie noch einen zweiten Aushilfsgärtner hatte einstellen müssen. Die Leute konnten es kaum erwarten, ihre Gärten von ihrem neuen Idol in Ordnung bringen zu lassen. Sie hatte mit ihren sechsundzwanzig Jahren entbehrungsreiche Zeiten hinter sich, um ihr Studium zu finanzieren und sich selbstständig machen zu können. Endlich trugen die Mühen Früchte!

Doch ihre Glückssträhne war mit einem Mal zu Ende. Kelly hatte sich auf Saunders umstrittenem Bauland zu einem Interview bereit erklärt, das im Rahmen der abendlichen Fernsehnachrichten gesendet werden sollte.

„Hätte ich doch nur abgelehnt", dachte sie, als sie den gewundenen Pfad zur Hütte entlangging. „Wenn ich doch nur nicht so erpicht darauf gewesen wäre, noch einige gezielte Salven auf Jack Saunders abzufeuern!"

Das Interview sollte um vierzehn Uhr aufgezeichnet werden. Kelly gab ihren beiden jungen Angestellten noch einige Anweisungen für die Gestaltung des Gartens eines älteren Ehepaars, wischte sich die Hände an einem alten Lappen ab, setzte sich einen breitkrempigen Strohhut auf und steckte das blaue T-Shirt in die Umhängetasche, bevor sie in ihren altersschwachen Lieferwagen stieg und fröhlich zur Baustelle fuhr.

Außer dem Fernsehteam, das aus einer attraktiven jungen Journalistin und einem jungenhaften Kameramann bestand, wartete noch jemand auf sie. Ein Hüne mit markanten Gesichtszügen, der einen dunkelblauen maßgeschneiderten Anzug trug. Sein strahlend weißes Hemd bildete einen Kontrast zu seinem sonnengebräunten Teint. Die Seidenkrawatte in verschiedenen Blautönen rundete das Bild eines ausgesprochen beeindruckenden Mannes ab. Kelly hatte ihn bisher nur von Weitem gesehen und noch nie ein Wort mit ihm gewechselt. Trotzdem wusste sie sofort, wer er war: Jack Saunders! Wenigstens hätte sie nun endlich Gelegenheit, ihm ins Gesicht zu sagen, was sie von ihm hielt!

Der Lieferwagen kam direkt neben der kleinen Gruppe zum Stehen. Kieselsteine wirbelten auf und schlugen gegen Saunders' Hosenbeine. Ärgerlich blickte er hinunter. Kelly nahm den Strohhut ab, fuhr sich durch die mahagonifarbene Lockenpracht, stieg aus und lächelte ihn betont herausfordernd an.

Er war jünger, als sie gedacht hatte, wahrscheinlich Anfang dreißig. Sein Haar war pechschwarz, an der Seite gescheitelt, dicht, glänzend und fiel ihm in die hohe Stirn. Er hatte die faszinierendsten blauen Augen, die sie je gesehen hatte, und einen sinnlichen Mund. Der Mann strahlte so viel Macht und Stärke aus, dass es ihr beinahe Angst machte.

„Sie sind also Kelly McGuire“, bemerkte er abfällig.

Kelly straffte die Schultern und erwiderte im gleichen Tonfall: „Und Sie müssen Jack Saunders sein!“ Als sie den prüfenden Blick seiner dunkelblauen Augen auf sich spürte, stieg ihr das Blut in die Wangen. Lass dich von ihm nicht aus der Ruhe bringen, ermahnte sie sich schnell.

Doch als er sie interessiert musterte – das schimmernde Haar, das ihr in ungebändigten Locken über die schmalen Schultern fiel, die kleinen festen Brüste, die sich unter dem dünnen T-Shirt deutlich abzeichneten, die schmale Taille, die langen schlanken Beinen –, spürte Kelly, dass ihr Herz heftig pochte.

Und als er den Blick seiner blauen Augen einen Moment lang auf ihren roten Lippen ruhen ließ, bevor er ihr wissend in die zornig funkelnden grünen Augen sah, war Kelly klar, dass sie diesem Mann nicht gewachsen war. Hilflos stand sie vor ihm, ärgerte sich über seine unverblümte Musterung und verachtete sich selbst, weil sie sich das gefallen ließ, statt ihm vors Schienbein zu treten!

Saunders ließ sich das Ruder nicht aus der Hand nehmen. Er bestimmte, wo das Interview stattfinden sollte, nicht vor dem neuen Häuserkomplex, wie es die Journalistin vorgeschlagen hatte, sondern dort, wo die Gartenbauarbeiten in vollem Gange waren. Denn wegen dieser Arbeiten seien sie schließlich hier, bemerkte er und sah Kelly vielsagend in die Augen. Als er ihnen den Weg zeigte, ließ er sein überhebliches Gehabe fallen und setzte dafür seinen Charme ein.

Er ist eine Spur zu nett, dachte Kelly, während sie hinter den anderen herging. Es ärgerte sie, dass sich die Journalistin und der Kameramann von seiner tiefen Baritonstimme einlullen und von seinem strahlenden Lächeln einwickeln ließen. Saunders zählte gerade die vielen Vorzüge seiner Anlage auf. Widerlich, dachte Kelly. So fantastisch ist sie ja nun auch wieder nicht. Doch sie wusste, dass sie sich etwas vormachte.

Es roch nach Mörtel, Gips und Farbe, als sie auf Holzplanken an den Luxushäusern entlanggingen. Jedes hatte sein eigenes Flair. Kelly kannte sie alle nur zu gut, denn sie hatte Tage, ja sogar Wochen damit verbracht, hübsche kleine Gärten für sie zu entwerfen.

Saunders blieb vor einer Gruppe von Casuarinabäumen stehen, deren Zweige mit den langen silbernen Nadeln sich sacht im Seewind wiegten. Dahinter parkten einige weiße Transporter mit der Aufschrift: Erstklassige Landschaftsarchitekten. Landschaftsarchitekten? Du liebe Zeit! Kelly hoffte, dass sie Saunders ein Vermögen berechneten.

Der Fotograf schulterte seine Kamera und fing den Komplex ein. Saunders nickte zufrieden und gab der Journalistin ein Zeichen. Daraufhin räusperte sie sich und blickte gehorsam in die Kamera.

„Die Landschaftsgestaltung dieser fantastischen neuen Siedlung direkt am Strand von Bargara ist sehr umstritten. Der lukrative Job ging an eine Gruppe von Architekten aus Brisbane. Neben mir stehen jetzt Mr. Jack Saunders, der Bauherr dieser Luxushäuser aus Brisbane, und Miss Kelly McGuire, eine Gärtnerin, die hier in Bargara wohnt und eine Kampagne gegen Mr. Saunders geführt hat. Miss McGuire hat öffentlich bemängelt, dass Jack Saunders die ortsansässigen Unternehmen bei der Auftragsvergabe einfach übergangen hat." Die Journalistin lächelte Saunders charmant zu und fragte in einschmeichelndem Tonfall: „Warum haben Sie unsere Unternehmer vor Ort nicht berücksichtigt, Mr. Saunders?"

Kelly presste wütend die Lippen zusammen, als sie sich das Interview ins Gedächtnis zurückrief. Zunächst hatte Jack Saunders sich lobend über die Angebote geäußert, die er bekommen hatte. „Das Problem war, dass die Betriebe vor Ort weder die Erfahrung noch die Mittel hatten, die für eine Aufgabe von solcher Größenordnung nun einmal erforderlich sind." Er hatte sich Kelly zugewandt und sie nachsichtig angelächelt. „Miss McGuire hat den Umfang der erforderlichen Arbeiten falsch eingeschätzt." Er hatte resigniert geseufzt. „Sie schien der Auffassung zu sein, mit Rasenflächen, einigen Bäumen, Sträuchern und Blumenbeeten sei die Aufgabe gelöst." Die Journalistin und der Kameramann hatten geschmunzelt, Kelly war rot geworden.

„Das ist nicht wahr", entgegnete sie aufgebracht und merkte sofort, dass er nur auf diese Reaktion gewartet hatte.

„Ach, wirklich, Miss McGuire? Und was ist mit der Bewässerung? Wie sieht es mit der Beleuchtung aus?"

„Nun ja, sicher, aber ich meine, also … ich habe nicht …"

„Und wie steht es mit Filtern?" Jack Saunders hatte sie energisch unterbrochen. „Haben Sie daran gedacht? Oder an eine Bewässerungsanlage? Was ist mit Spielplätzen, Grillvorrichtungen, mit vorschriftsmäßig angelegten Wegen? Von Swimmingpools, Tennis- und Squashplätzen ganz zu schweigen. Davon stand in Ihrem Angebot kein Wort, Miss McGuire."

Geduldig wartete er auf ihre Antwort, doch Kelly blickte ihn nur hilflos an. Es hatte ihr die Sprache verschlagen!

„Sieh an", meinte er langsam. „Plötzlich haben Sie gar nichts mehr zu sagen?" Er zog einen großen Umschlag aus seiner Brusttasche. Darin steckte das schriftliche Angebot, mit dem sie sich so viel Mühe gegeben hatte.

„Miss McGuire, Sie sind Gärtnerin, und nach dem zu urteilen, was ich gelesen habe, sogar eine außerordentlich gute, mit viel Fantasie." Sein Tonfall wurde barsch. „Aber Sie sind keine Landschaftsarchitektin, die in der Lage wäre, das gesamte Projekt zu verwirklichen, wie es die Ausschreibung verlangte. Hier geht es um einen Millionenkomplex, Miss McGuire. Amateure kann ich dabei nicht gebrauchen."

Er drückte ihr den Umschlag in die zitternde Hand und sorgte dafür, dass sie ihn auch festhielt. Eine sehr überzeugende Geste, wie ungerecht die Anschuldigungen gewesen waren, die sie gegen ihn erhoben hatte. Die hübsche Journalistin brachte das auch in ihrer Schlussbemerkung zum Ausdruck, bedankte sich herzlich bei Saunders, bedeutend kühler bei Kelly und gab dem Kameramann ein Zeichen.

Das Interview war vorbei, doch der Albtraum sollte erst anfangen!

Saunders war offensichtlich mit dem Interview sehr zufrieden gewesen, hatte sich angeregt mit der Crew unterhalten und sie in ein Haus geführt, wo der Kameramann wieder drehte. Kelly konnte sich über seine Dreistigkeit nur wundern. Der Mann hatte es allein ihr zu verdanken, dass er für sein Millionen-Projekt Gratiswerbung machen konnte. Und was war der Dank? Er machte sie zum Gespött der ganzen Stadt!

Verletzt und mutlos machte Kelly sich auf den Rückweg zu ihrem Lieferwagen. Saunders hatte ihr keine Gelegenheit gegeben, zu erklären, dass sie und die anderen Geschäftsleute der Stadt angenommen hatten, er würde Subunternehmer für die verschiedenen Arbeiten an seinem Komplex beauftragen. Nun war es zu spät. Er hatte die Journalistin und den Kameramann um den Finger gewickelt. Sicher würde er auch die Fernsehzuschauer auf seine Seite bringen.

Kelly öffnete gerade die Tür ihres Lieferwagens, als jemand sie bei den Schultern fasste und herumdrehte. Und Kelly blickte direkt in faszinierend blaue Augen.

„Lassen Sie mich sofort los!" Kelly hielt die Luft an und versuchte, sich zu befreien. Jack dachte gar nicht daran. „Haben Sie mich nicht verstanden? Sie sollen mich loslassen!"

„Gleich. Nachdem wir uns unterhalten haben."

„Unterhalten?" Sie meinte, sich verhört zu haben. Sie funkelte ihn mit ihren grünen Augen zornig an. „Wie können Sie es wagen, das zu verlangen, nachdem Sie mich eben vor laufender Kamera fertiggemacht haben?"

Er zuckte die Schultern. „Mir blieb keine Wahl. Sie haben bekommen, was Sie verdient haben."

„Sie haben mich unmöglich gemacht!"

„Sie wurden langsam zur Plage."

„Das darf nicht wahr sein! Ich habe lediglich meine Meinung gesagt, weil ich eine Chance wollte."

„Warum sind Sie damit nicht zu mir gekommen, Kelly McGuire?", erkundigte er sich scharf. „Sie hätten sich bei mir persönlich beschweren sollen, statt die Medien einzuschalten."

„Wenn ich darin einen Sinn gesehen hätte, hätte ich das auch getan. Ihr Großbauunternehmer seid doch alle gleich. Ihr nehmt und gebt niemals etwas zurück."

Seine Augen glitzerten vor Zorn. „Offensichtlich haben Sie die Angewohnheit, aus der Luft gegriffene Beschuldigungen von sich zu geben, Miss McGuire. Ich kann Ihnen verraten, dass fast alle Baumaterialien, die ich für meine Häuser verwendet habe, am Ort eingekauft worden sind. Wenn möglich, habe ich Handwerker aus der Gegend engagiert, mein Bautrupp, Ingenieure und Architekten haben bis zur Fertigstellung des Projekts Häuser und Wohnungen hier gemietet oder sind in Motels abgestiegen."

Saunders schwieg kurz, ehe er fortfuhr: „Sie haben Lebensmittel, Kleidung, Benzin und Geschenke für ihre Familien hier gekauft und haben Geld in Kinos und Restaurants gelassen. Wenn man dann noch Steuern und Abgaben hinzurechnet, wird wohl deutlich, Miss McGuire, wie sehr die Stadt von uns profitiert hat." Offensichtlich erwartete er von ihr nun eine Entschuldigung.

Doch Kelly dachte gar nicht daran. Sicher, einige Leute hatten gut an Jack Saunders' Projekt verdient, sie selbst hatte jedoch genauso wenig zu ihnen gezählt wie ihre Kollegen. Allerdings musste sie zugeben, durch ihre Proteste und den damit verbundenen Bekanntheitsgrad Aufträge bekommen zu haben. Aber das hatte sie ihrer Eigeninitiative, und nicht Jack Saunders zu verdanken.

„Wie schade, dass Ihre Großzügigkeit sich nicht auf den Gartenbau erstreckt hat“, entgegnete sie und sah ihn vernichtend an.

Sie denkt offensichtlich gar nicht daran, sich zu entschuldigen, dachte er und hätte sie am liebsten geschüttelt.

„Ja, sehr schade“, erwiderte er und ließ die Hände langsam an Kellys Armen herabgleiten.

Kelly versuchte vergeblich, sich zu befreien. Er verstärkte seinen Griff und zog sie unvermittelt an sich. Wenn sie wütend war, waren ihre grünen Augen noch schöner. Jack beugte sich vor, als wolle er Kelly küssen. Das Herz klopfte ihr bis zum Hals.

„Unterlassen Sie diese Art von Effekthascherei in Zukunft, Kelly“, sagte er leise, bevor er sie losließ. „Kümmern Sie sich lieber um Ihre eigenen Angelegenheiten, und lassen Sie andere Leute ihre Arbeit tun.“

„Wollen Sie mir etwa drohen, Mr. Saunders? Wenn Sie das wagen, dann …“ Weiter kam sie nicht, denn er strich sanft über ihre Lippen, was ihr die Sprache verschlug.

„So ist es besser!“ Zwei Grübchen machten sein Lächeln noch faszinierender. „Wissen Sie, was eine wirklich gute Idee wäre?“, fragte er fröhlich.

„Dass Sie die Stadt verlassen?“, meinte sie zornig.

„Aber nein.“ Er umfasste ihr Kinn und zwang sie, ihn anzuschauen. „Wenn wir uns das Interview gemeinsam ansehen würden.“ Seine Augen blitzten vergnügt. „Wie wär's, Miss McGuire? Bei Ihnen oder bei mir? Wir könnten unser Zusammensein sogar ausdehnen“, schlug er anzüglich vor. „Was halten Sie davon?“

„Sie können mir mal im Mondschein begegnen!“ Kelly stieg in ihren Lieferwagen und fuhr mit durchdrehenden Reifen davon, sodass Jack Saunders wieder von Kieselsteinen getroffen wurde. Doch er schien es nicht einmal zu bemerken. Er lächelte vor sich hin, lockerte seine Krawatte, knöpfte den Kragenknopf seines blütenweißen Hemdes auf und steckte die Hände in die Hosentaschen. So lebendig hatte er sich schon lange nicht mehr gefühlt!

Kelly beobachtete ihn im Rückspiegel und ärgerte sich. Sie war sicher, dass er fröhlich vor sich hin pfiff. Dieser arrogante Kerl! Scharf bog sie jetzt um die Ecke, froh, aus seinem Blickfeld verschwunden zu sein.

Doch das half auch nicht viel. Angespannt saß sie am Steuer. Als endlich Feierabend war, stellte sie sich nicht wie jeden Tag als Erstes unter die Dusche, bevor sie sich etwas zum Abendessen machte, das sie meistens auf dem Balkon ihrer kleinen Zweizimmerwohnung mit Blick aufs Meer einnahm, sondern ging direkt ins Wohnzimmer. Dort schaltete sie den Fernseher ein und wartete auf die Sechsuhrnachrichten.

Der erste Bericht handelte vom Schicksal der Zuckerrohrplantagenbesitzer, die mit den fallenden Weltmarktpreisen für Zucker zu kämpfen hatten, danach ging es um Vandalismus in der Nachbarstadt Bundaberg. Kelly wollte schon aufatmen, denn die Sendung war fast vorbei, und offensichtlich war der Beitrag gestrichen worden. Doch sie hatte sich zu früh gefreut. Die Redaktion hatte das Interview bis zum Schluss aufgehoben, sozusagen als krönenden Abschluss.

Verglichen mit Jack Saunders' eleganter Erscheinung und der makellosen Aufmachung der Journalistin, wirkte Kelly wie ein Teenager mit ihren Jeans, dem T-Shirt und den Arbeitsstiefeln. Auch ihre Locken hatten noch nie so ungebändigt ausgesehen und waren ihr ins Gesicht gefallen, hatten aber nicht verbergen können, dass sie zunächst selbstbewusst und zuversichtlich dreinblickte, dann trotzig und herausfordernd.

Erbarmungslos zeigte die Kamera auch, wie zornig Kelly Jack Saunders anfunkelte. Später sah man sogar, wie sie sich nervös durchs Haar strich, als sie erfolglos versuchte, seine einfache Frage zu beantworten. Jack Saunders hatte sie zur Närrin gemacht, zur Unruhestifterin, und das war noch schlimmer.

Die Leute, die sie am meisten unterstützt hatten, wandten sich zuerst gegen sie. Auf der Straße wurde sie angepöbelt und beschuldigt, dem „ganz großen Geschäft" im Weg zu stehen. Offensichtlich war plötzlich jeder Einwohner von Bargera überzeugt, wie sehr die Stadt von Jack Saunders' Projekt profitiert hatte. In den folgenden Tagen wurden ihr alle bereits erteilten Aufträge entzogen, und neue gingen nicht ein. Schließlich sah sie sich gezwungen, ihre beiden Hilfsgärtner zu entlassen und die geliebte Wohnung zu vermieten, um die Hypothekenzinsen bezahlen zu können.

Das Apartment war ihr erstes richtiges Zuhause gewesen, seit sie im Alter von zehn Jahren zur Vollwaise geworden und von einer Verwandten zur nächsten geschoben worden war. Diese heruntergekommene alte Hütte, in der sie jetzt wohnte und von deren Wänden die Farbe blätterte, schien ihre eigene Verzweiflung widerzuspiegeln. Resigniert stieg Kelly die abgetretenen Stufen zur Veranda hinauf.

Sie blieb stehen, als sie einen Wagen parken und eine Tür zuschlagen hörte. Bewegungslos verharrte sie auf der Stufe und lauschte – bereit zur Flucht.

So reagierte sie immer, wenn sie Jack Saunders' elegantes graues Jaguar-Cabrio auf der Auffahrt zu seinem Luxuskomplex hörte. Wenn sie von der Hütte zu weit entfernt war, um unbemerkt hineinschlüpfen zu können, suchte sie schnell Schutz hinter einem Baum oder einer Düne. Kelly konnte den Anblick des Mannes nicht ertragen, außerdem wollte sie ihm nicht die Genugtuung geben zu sehen, wie sich sein Benehmen vor der Kamera auf ihr Leben ausgewirkt hatte.

Normalerweise musste sie sich nicht lange verstecken. Saunders machte nur Stippvisiten bei den Landschaftsarchitekten, um zu schauen, wie sie mit den Arbeiten vorankamen, dann eilte er wieder davon. Doch die waren gestern abgeschlossen worden, und Kelly hatte keine Ahnung, wie viel Zeit er mit der Bewunderung der fertigen Anlage verbringen würde.

Sie hörte seine Schritte auf dem gepflasterten Weg neben der Hütte. Diesmal lief Kelly nicht davon. Ihre wenigen Ersparnisse waren aufgebraucht, die Miete war fällig, und sie musste schließlich weiterleben. Sie konnte es sich nicht mehr leisten, sich vor ihm zu verbergen.

Auch in Jeans und einem schwarzen Wollpullover sah Jack Saunders einfach umwerfend gut aus, das musste sie trotz ihrer Abneigung gegen ihn zugeben. Der Wind blies ihm das schwarze Haar aus der Stirn. Eigentlich wirkte er eher wie ein durchtrainierter Athlet, gar nicht wie ein Unternehmer.

Kelly ging die letzten Stufen hinauf und lehnte sich über die Verandabrüstung. Hoffentlich bemerkt er mich und spricht mich an, dachte sie aufgeregt.

2. KAPITEL

Jack wusste, dass Kelly auf der Veranda der alten Strandhütte stand. Er hatte sie gesehen, als er den Gartenweg betrat. Lächelnd beschloss er, sie zu ignorieren und die Anlage abschließend zu inspizieren.

Da die Landschaftsgestaltung nun beendet war, konnte er die Häuser zum Verkauf anbieten. Zwölf hatte er schon verkaufen können, bevor sie überhaupt gebaut waren, und für die anderen hatte er auch verschiedene Anfragen erhalten. Durch die Medienberichte waren die Leute auf seine Siedlung aufmerksam geworden. Er würde auch für die restlichen Gebäude schnell Interessenten finden.

Sein Gewinn würde enorm sein. Die Strandgrundstücke hier in Bargara, das ganz in der Nähe der weltberühmten Rumstadt Bundaberg lag, waren unglaublich günstig gewesen, viel preiswerter als weiter südlich. Und er war so vorausblickend gewesen, vor Jahren mehrere hundert Hektar Land an der Nordostküste zu erwerben, als die Preise noch niedriger gewesen waren.

Wenn sich der Wohlstand der Sunshine Coast nach Norden ausbreitete, würde er die Großinvestoren von seiner eigenen Strandvilla aus begrüßen können. Das hatte er lange vorher so geplant. Die Häuser in Bargara waren erst der Anfang. Sobald er erst sein Land hier und auf den Whitsunday Islands am Great Barrier Reef bebaut hatte – wo er auf einer der Inseln bereits mit der Errichtung eines Feriendorfes begonnen hatte –, würde es weitere Siedlungen geben, die noch luxuriöser sein würden als diese hier.

Jack war nicht besonders stolz auf das, was er erreicht hatte, und Glück spielte bei seinen Geschäften auch keine Rolle. Intelligenz, Risikobereitschaft und das Wissen, was machbar war und was nicht, hatten ihn ganz nach oben katapultiert. Er war jetzt vierunddreißig, Multimillionär und hatte Geschäftsverbindungen auf der ganzen Welt.

Kelly ließ den großen Mann, den sie zutiefst verabscheute, nicht aus den Augen. Gerade untersuchte er einen jungen Baum etwas genauer und runzelte die Stirn. Daraufhin zog er ein Notizbuch aus seiner Jeanstasche und schrieb etwas auf.

Aha, dachte Kelly, seine Landschaftsgestaltung ist wohl doch nicht so perfekt! Sie hielt jedes Mal den Atem an, wenn Saunders ein Blumenbeet, einen Strauch oder einen Baum genauer betrachtete und sich etwas notierte. Nachdem er die Inspektion beendet und sie immer noch nicht bemerkt hatte, wusste Kelly, dass sie den ersten Schritt machen musste. Sicher würde er direkt nach Brisbane fahren, und sie würde ihn vielleicht nie wiedersehen.

Sie atmete tief durch, stieg die Treppe hinunter und ging auf ihn zu. Er hatte die Hände in die Jeanstaschen gesteckt und sah nachdenklich aufs Meer hinaus.

Kelly blieb ein Stück von ihm entfernt stehen, weil sie ihn nicht stören wollte. Der Wind hatte aufgefrischt und zerrte an ihrem gelben Schal, der schließlich auf den gepflegten grünen Rasen fiel und knapp neben Jack Saunders liegen blieb. Kelly stockte der Atem. Sie wagte nicht, den Schal aufzuheben. Ob Saunders ihn wohl bemerkt hatte?

Sie musterte sein markantes Profil. Er war wirklich unglaublich attraktiv! Es ärgerte Kelly, dass sie sich wieder von seinem guten Aussehen ablenken ließ.

Jetzt bückte Jack sich, hob den Schal auf, drehte sich um und hielt ihn ihr hin. Zögernd griff sie danach, ihre Hand zitterte leicht, als sie seine Finger streifte. Die flüchtige Berührung ließ sie erschauern.

„Danke“, flüsterte Kelly heiser und steckte den Schal in ihre Jeanstasche, ohne Jack anzuschauen.

„Es überrascht mich, Sie zu sehen“, sagte er, und sein Tonfall war so merkwürdig, dass Kelly nun doch aufblickte. Ihre Wangen röteten sich, als sie das amüsierte Glitzern in seinen Augen bemerkte, und sie wurde noch verlegener, als er leise hinzufügte: „Normalerweise geben Sie sich doch alle Mühe, mir aus dem Weg zu gehen.“

„Wie … wie meinen Sie das?“, fragte sie stockend. Offensichtlich hatte er ihr Versteckspiel bemerkt. Sie hätte sich denken können, dass ein Mann wie er seine Augen überall hatte. So würdevoll wie möglich, entgegnete sie: „Ich bin Ihnen nicht ausgewichen.“

„Nein?“

„Nein.“

„Was haben Sie dann getan?“

„Nun, ich wollte nur …?“

„Vermeiden, dass ich Sie sehe?“, fragte er und lachte leise, als er die Antwort in ihrem verlegenen Blick las. „Sie wollten mir aus dem Weg gehen, indem Sie in meine Strandhütte zogen, die nur wenige Meter von meiner Siedlung entfernt liegt?“ Er legte ihr die Hand auf die Schultern und zog sie an seine breite Brust. Sein Mund war nur wenige Zentimeter von ihren Lippen entfernt.

Verwirrt sah sie Jack an. Mehrere Sekunden lang schauten sie sich nur wortlos in die Augen.

„Ich möchte die Wahrheit hören, Kelly“, verlangte er leise. „Warum sind Sie in meine Strandhütte gezogen?“

Kelly schluckte. Nun war der Zeitpunkt gekommen, ihm zu erzählen, wie sehr ihr das Interview geschadet hatte. Jetzt musste sie ihn um Hilfe – um einen Job – bitten! Aber sie brachte kein Wort heraus.

Vielleicht lag es am Ausdruck seiner Augen. Las sie Mitleid oder Besorgnis darin? Sie wusste es nicht. Aber sein Mitleid wollte sie nicht. Dazu war sie zu stolz. Sie schüttelte den Kopf und befreite sich aus Jacks Griff, als sie entsetzt bemerkte, dass ihr die Tränen kamen. Im nächsten Moment eilte sie davon.

„Kelly, warte!“

Sie lief schneller, rannte an einer Baumgruppe vorbei, über den Strand und die Stufen zur Hütte hinauf. Schnell riss sie die Tür auf und ließ sie hinter sich zufallen. Dabei flog der Schlüssel aus dem Schloss. Kelly kniete sich hin, um ihn im Halbdunkel zu suchen. Plötzlich hörte sie Schritte auf der Veranda und erstarrte vor Schreck.

Die Tür ging auf, und Jack Saunders stand da. Im Zwielicht des Spätnachmittags nahm sie nur die Umrisse der großen Gestalt wahr. Er lächelte flüchtig, als er Kelly mit dem Schlüssel in der Hand auf dem Boden sah und ihre Absicht erkannte. Langsam kam er in die Hütte, machte die Tür hinter sich zu, half Kelly auf, nahm ihr den Schlüssel aus der Hand und steckte ihn ins Schloss, bevor er sich umschaute.

Zuletzt war er hier gewesen, als er vor Jahren die Hütte mit dem Land erworben hatte, das er jetzt bebaut hatte. Die Rollos waren vergilbt und löchrig, der Holzfußboden nackt wie die kahlen Wände.

Neben der Tür stand ein alter Sessel, der mit einem sauberen weißen Badelaken bedeckt war. Am anderen Ende des Raums befand sich eine wackelige Spüle mit einem Wasserhahn. Eine leuchtend rote Kühlbox stand auf der Ablage daneben. Tisch und Stuhl machten die Küche komplett. Weitere Möbel gab es nicht.

Im Nebenraum lag eine Matratze auf dem Boden, daneben waren Gartenmagazine ordentlich aufgestapelt. Kleider hingen an Garderobenhaken. Die Inspektion hatte nur wenige Sekunden gedauert, Zeit genug für Kelly, sich wieder zu fangen.

Sie stand am Fenster, die letzten Sonnenstrahlen, die sich durch das Rollo stahlen, ließen ihr Haar flammend rot aufleuchten. Jack konnte sich an der Schönheit nicht sattsehen und fragte sich, wie sich das Haar wohl anfühlen würde, wenn er es durch seine Finger gleiten ließe.

„Warum bist du weggelaufen?“ Seine tiefe Stimme durchbrach die Stille.

„Warum bist du mir gefolgt?“, fragte sie leise.

„Ich habe zuerst gefragt.“

Sie zuckte die Schultern. „Ich bin nicht weggelaufen. Mir war nur kalt. Ich wollte nach Hause.“

„Nach Hause?“ Er schüttelte den Kopf und beobachtete sie genau. „Dies ist nicht dein Zuhause. Dein Zuhause ist eine sehr hübsche Wohnung am Strand.“

Erstaunt blickte Kelly ihn an. „Woher weißt du das?“

„Spielt das eine Rolle?“

„Ja.“

„Es war nicht schwer, das in dieser kleinen Stadt herauszufinden. Außerdem weiß hier jeder, wo Kelly McGuire wohnt.“

„Wohnte“, berichtigte Kelly ihn sofort. „Jetzt lebe ich …“ Sie sah sich in der baufälligen Hütte um. „Hier.“

Jack begegnete ihrem Blick. „Ich muss zugeben, dass ich überrascht war, als der Makler mich fragte, ob ich die Hütte vermieten würde. Zuerst habe ich abgelehnt, aber als ich erfuhr, dass du sie unbedingt haben wolltest, habe ich es mir anders überlegt. Warum eigentlich nicht, habe ich mich gefragt.“

„Ja, warum nicht?“ Am liebsten hätte sie ihn wegen seines arroganten Blickes geohrfeigt. Stattdessen fügte sie mit zuckersüßer Stimme hinzu: „Und mich hat erstaunt, dass ich eine Kaution zahlen musste und fünf Dollar mehr die Woche.“

„Ach, ich hatte gedacht, die Miete für deine Wohnung würde schon genug einbringen.“

Kelly konnte sich nur mit Mühe beherrschen. „Setz dich doch“, sagte sie gezwungen und wies auf den Sessel. „Ich hole uns etwas zu trinken.“

„Danke, das ist nett“, antwortete Jack, erstaunt über ihre plötzliche Gastfreundschaft. Vorsichtig ließ er sich auf dem Sesselrand nieder, stützte die Ellbogen auf die Schenkel, die Hände locker verschränkt und sah Kelly zu.

Das Haar fiel ihr ins Gesicht, als sie eine Flasche Limonade aus der Kühlbox holte. Ungeduldig strich sie es hinters Ohr. Geschickt und anmutig füllte sie zwei hohe Gläser und stellte die Flasche zurück in die Kühlbox. Wieder fiel ihr das Haar ins Gesicht, und Jack lächelte amüsiert, als sie es wieder zurückstrich.

Als Kelly bemerkte, dass er sie beobachtete, schlug ihr Herz auf einmal heftiger. Hastig griff sie nach den beiden Gläsern und reichte Jack ein Glas Limonade, bevor sie den Stuhl heranzog, sich rittlings daraufsetzte und Jack ansah.

Jack hob sein Glas. „Prost!“ Er trank es in einem Zug leer und stellte es auf den Boden. Dann rutschte er etwas tiefer in den Sessel.

„Ist es bequem genug?“, fragte Kelly lächelnd, als er plötzlich das Gesicht verzog. Sie wusste genau, dass er mit der hinterhältigen Sprungfeder Bekanntschaft gemacht hatte, hob ihr Glas und trank einen Schluck Limonade.

„Du meine Güte! Woher hast du denn dieses Ungetüm?“, erkundigte sich Jack und versuchte vergeblich, eine bequemere Sitzposition zu finden.

„Der Sessel war schon da, als ich eingezogen bin.“ Sie trank noch einen Schluck. „Also gehört er dir.“

Er sah sie finster an. „Hast du jemals in diesem Ding gesessen?“

„Ein einziges Mal.“ Sie blickte Jack unschuldig an.

„Es ist lebensgefährlich. Du solltest den Sessel zur Entrümpelung geben."

„Das könnte dir so passen. Wo sollen denn meine Gäste sitzen? Außerdem würdest du mir seinen Wert von der Kaution abziehen, wenn er nicht mehr da wäre."

„Das reicht!" Unvermittelt stand Jack auf, war mit zwei Schritten bei ihr und sah sie durchdringend an.

Sein Blick war so fesselnd, seine Ausstrahlung so erotisch, dass Kelly erschauerte. Sie errötete tief und schaute hilflos zu Boden.

„Du hast es wirklich faustdick hinter den Ohren." Er nahm ihr das Glas aus der Hand, stellte es auf den Tisch und umfasste ihr Gesicht, ohne eine Sekunde den Blick von ihr abzuwenden.

Kelly wusste, dass er sie gleich küssen würde, und sie konnte nichts dagegen tun. Unwillkürlich öffnete sie die Lippen, sehnte sich, seinen sinnlichen Mund auf ihrem zu spüren. So erregt war sie in ihrem ganzen Leben noch nicht gewesen. Er streichelte zärtlich ihren Hals, liebkoste ihren empfindlichen Nacken und ließ die Finger durch die seidigen Locken gleiten. Kelly lehnte sich zurück, schloss die Augen und wartete hingebungsvoll auf seinen Kuss.

„Du bist so schön, Kelly", flüsterte er rau an ihrer Wange. „So temperamentvoll, so bezaubernd."

Sie legte ihm die Arme um den Nacken und fuhr ihm durch das schwarze Haar. Als Jack sie endlich küsste, erwiderte sie seinen Kuss mit der gleichen verzehrenden Leidenschaft. Er ließ die Hände unter ihren Pullover gleiten und erforschte ihren Rücken, ihre Taille, bevor er ihre Brüste berührte. Kelly stöhnte verzückt.

Daraufhin hob Jack sie hoch und trug sie ins Schlafzimmer. Kelly schmiegte sich hingebungsvoll an ihn. Vorsichtig legte er sie auf die Matratze und zog Kelly den Pullover aus, bevor er über ihren flachen Bauch strich, die Jeans aufknöpfte und den Reißverschluss hinunterzog.

Dieses Geräusch und das Gefühl, wie der raue Jeansstoff über ihre Hüften gezogen wurde, ließen Kelly zur Besinnung kommen. Ernüchtert blickte sie Jack in die Augen.

„Was fällt dir eigentlich ein?", fragte sie entsetzt und stieß ihn heftig zurück. Rasch zog sie sich die Jeans wieder hoch, zog den Reißverschluss wieder zu, knöpfte sie zu, griff hastig nach ihrem Pullover und zog ihn sich rasch über. Sie eilte ins Wohnzimmer, um sich wieder zu fangen. Jack stand inzwischen an der Tür und musterte Kelly wütend.

Wie hatte ihr die Situation nur derart entgleiten können? Er hatte sie angefasst, gestreichelt, geküsst und eine Leidenschaft in ihr geweckt, die sie nie für möglich gehalten hätte.

Und genau das war das Problem! Bisher waren ihre Beziehungen eher lauwarm und bedeutungslos gewesen, und sie war immer froh gewesen, wenn sie vorbei waren. Bis jetzt hatte sie auch geglaubt, dass man jemand wirklich lieben musste, um eine erfüllende Liebesbeziehung zu haben. Nun hatte Jack Saunders sie auch noch ihrer Illusionen beraubt! Sie liebte ihn nicht, sie hasste ihn! Kelly presste die Hände an die Schläfen.

„Verschwinde!", flüsterte sie heiser.

„Ich denke gar nicht daran." Jack kam langsam auf sie zu.

Kelly wich zurück. „Bitte", flehte sie. „Du darfst nicht ..."

„Ich darf nicht mit dir schlafen?" Er schüttelte den Kopf und fügte kühl hinzu: „Der Zauber des Moments ist leider verflogen."

Er stand vor ihr, so unglaublich männlich, unbeschreiblich stark und attraktiv. Habe ich sein Haar durcheinandergebracht?, fragte sie sich schockiert. Als ihr sein frischer männlicher Duft in die Nase stieg, wich sie noch einen Schritt zurück. Jack hatte sie verhext!

„Es ... es tut mir leid", sagte sie hilflos und wandte verlegen den Blick ab. „Ich ... ich wollte das nicht."

Durchdringend sah er sie an. „Nein?"

„Nein", flüsterte sie.

„Und was wolltest du dann?"

„Nichts."

Er lachte ungläubig. „Komm schon, Kelly, das nehme ich dir nicht ab. Du hast auf mich gewartet. Irgendetwas musst du also gewollt haben."

Dann hatte er sie also die ganze Zeit auf der Veranda gesehen und einfach ignoriert, damit sie den ersten Schritt tat. „Du glaubst doch nicht, ich hätte dich verführen wollen?“

Er lachte verächtlich. „Hast du das wirklich nicht vorgehabt? So eine willige Partnerin, wie du es warst, findet ein Mann nur selten.“

Sie funkelte ihn wütend an. „Du bist widerlich!“

Jack packte sie am Handgelenk. „Schluss mit den Anschuldigungen! Jetzt wollen wir uns ernsthaft unterhalten. Was ist mit deinem Geschäft passiert?“

Als ob er das nicht selbst wüsste! „Dein fantastischer Fernsehauftritt hat es ruiniert.“

„Du warst selbst daran beteiligt, Kelly. Mir war klar, dass dich deine spitze Zunge noch ins Unglück stürzen würde.“

„Das ist doch wohl die Höhe!“ Kelly war außer sich vor Zorn. „Du hast dich so verhalten, dass ich keine Gelegenheit hatte, meinen Standpunkt zu vertreten.“

„Du hattest schon zu viel gesagt“, erwiderte er heftig und machte eine abwehrende Geste, als Kelly aufbegehren wollte. „Aha, deine Geschäfte gehen also schlecht. Das hatte ich mir schon gedacht.“ Er fuhr sich nachdenklich durchs Haar. „Keine Angst, das wird sich bald wieder ändern. Die Leute haben ein kurzes Gedächtnis, man wird dir verzeihen. Die Frage ist nur: wann?“

Kelly holte tief Luft, vergaß ihren Stolz und hoffte, Jack würde nicht von ihr verlangen, um eine Stelle zu betteln.

„Wenn ... wenn du mir einen Job geben würdest, würden die Leute denken, zwischen uns sei wieder alles in Ordnung, und es sei alles nur ein Missverständnis gewesen. Und das war es schließlich auch. Ich dachte, du würdest Subunternehmer einstellen, sonst hätte ich dir niemals ein Angebot gemacht.“

Er dachte nach und sah sie fragend an. „An welche Art von Job hast du denn gedacht?“

Hoffnung keimte in ihr auf. „Ich habe ein Diplom in Naturwissenschaften, mit den Hauptfächern Biologie und Botanik. Das erzähle ich dir nur, um dir meine Qualifikation zu beweisen. Und du selbst hast gesagt, ich hätte Temperament und Fantasie.“

„Ich erinnere mich. Und nun hast du vielleicht die Güte, mir meine Frage zu beantworten: An was für eine Art Job denkst du?“

Es fiel Kelly schwer, zu antworten. „Als du vorhin die Landschaftsanlage begutachtet hast, ist mir aufgefallen, dass dir einige Sträucher und andere Pflanzen offensichtlich nicht gefallen." Sie räusperte sich. „Ich könnte diejenigen, die dir missfallen, austauschen und mich auch sonst um die Anlage kümmern."

Nun war es heraus. Sie hatte ihn um Hilfe gebeten. Mit angehaltenem Atem wartete sie auf seine Reaktion.

„Tut mir leid, du hast dich getäuscht. Ich finde die Anlage, so wie sie ist, gut."

„Das stimmt nicht."

„Doch."

„Ich habe deine Miene gesehen, als du etwas in deinem Notizbuch notiert hast. Du warst ärgerlich."

Er lachte leise, als er den Block hervorzog. „Du hast meinen Gesichtsausdruck falsch gedeutet. Im Gegensatz zu dir bin ich kein Botaniker." Er schob ihr das geöffnete Buch in die Hand. „Manchmal erinnere ich mich nicht mehr an die Namen von Pflanzen, die mir besonders gut gefallen. Deshalb habe ich mir die auf den Schildern aufgeführten Namen aufgeschrieben."

Kelly betrachtete ungläubig die schwungvolle Handschrift. „Bauhinia blakeana", las sie. Und „Metrosideros" und „Dampiera". Das waren ja ihre Lieblingspflanzen!

„Aber ich könnte mich doch um alles kümmern", bat sie. „Begießen, Unkraut jäten …"

„Das macht alles die Firma, die den Auftrag bekommen hat."

„Ach so", flüsterte sie und schluckte. „Dann gibt es also gar nichts zu tun für mich?"

„Ich fürchte nein."

Kelly gab ihm schnell das Notizbuch zurück und wandte sich um. Doch er hatte die in ihren Augen schimmernden Tränen bereits gesehen und runzelte die Stirn. Vielleicht bin ich doch zu hart mit ihr umgesprungen, dachte er besorgt.

„Ich baue ein Feriendorf auf den Whitsundays", sagte er leise. „Dort könntest du einen Job bekommen."

Kelly drehte sich langsam um. Sie konnte es kaum glauben. „Wirklich? Meinst du das ehrlich?“ Als sie die Antwort in seinen Augen las, hätte sie ihn am liebsten umarmt. Stattdessen griff sie nach seinen Händen und umschloss sie. „Danke, Jack. Vielen, vielen Dank! Ich werde eine der besten Gärtnerinnen sein, die du jemals beschäftigt hast.“

„He, Moment mal. Ich habe gesagt, ich habe einen Job für dich, nicht, dass ich dich als Gärtnerin engagieren will. Die Bauarbeiten haben kaum begonnen, bis zur Anlage der Gärten werden noch einige Monate vergehen. Und außerdem werde ich dieselbe Firma engagieren wie hier.“

Verwirrt sah Kelly ihn an. „Aber du hast doch gerade gesagt …“

„Ich habe etwas von einem Job gesagt.“

„Was ist das für ein Job?“

„Wie steht es um deine Kochkünste?“

„Meine Kochkünste?“

Er nickte. „Du kochst bestimmt ziemlich gut, oder? Schließlich bist du eine Frau.“

So eine chauvinistische Bemerkung hätte sie ihm gar nicht zugetraut. Leicht verärgert ließ sie seine Hände los. „Vermutlich“, antwortete sie leise.

Jack hatte ihren Stimmungsumschwung glücklicherweise nicht bemerkt. „Im Moment sind nur zwei Männer da, die die Baustelle vorbereiten, aber nächste Woche wird die ganze Truppe eintreffen. Und dann brauche ich jemand, der sich um ihr leibliches Wohl kümmert.“

Das wäre ja eine richtige Schufterei! Kelly sah sich schon an riesigen Kochtöpfen stehen, mitten auf einer fast unbewohnten tropischen Insel. Vor ihrem geistigen Auge liefen Bilder ab: Kartoffelberge, die geschält werden sollten, Stapel schmutziger Teller, die gespült werden mussten, angebrannte Töpfe und zu allem Überfluss Mückenschwärme, die sie piesacken würden. Jack musste sie genauso hassen, wie sie ihn hasste!

Immerhin, es wäre besser als gar kein Job. „Und wie sieht es mit dem Gehalt aus?“, fragte sie unsicher.

Ihr stockte der Atem, als er ihr die Summe nannte. Großartig! Sie würde die Hypothek doppelt so schnell zurückzahlen können und hätte noch Geld auf dem Konto. Es würde natürlich harte Arbeit sein, aber sei's drum. „Okay", sagte sie und versuchte, sich ihre Erleichterung nicht anmerken zu lassen. „Wann soll ich anfangen?"

„In einer Woche. Ich hole dich hier ab. Die Insel ist nur mit dem Flugzeug zu erreichen. Ach ja, und wenn dein Vertrag als Köchin ausläuft, würde ich mir gern deine Vorschläge zur Landschaftsplanung anhören. Vielleicht könnte ich dich bei meinen kleineren Projekten einsetzen."

Kelly strahlte. Das wurde ja immer besser! Hoffentlich träume ich nicht, dachte sie.

„Danke", sagte sie. „Das wäre schön."

Sein Lächeln ließ ihr Herz pochen. „Dann habe ich also eine Köchin?", fragte er.

„Ja."

Er schaute ihr tief in die Augen, bevor er sein Notizbuch herauszog und eine Telefonnummer aufschrieb. Er riss den Zettel heraus und gab ihn Kelly.

„Unter dieser Nummer kannst du mich erreichen", erklärte er. „Du hast eine Woche Zeit, es dir gründlich zu überlegen, Kelly." Jack ging zur Tür, öffnete sie und drehte sich noch einmal um. „Wenn du erst einmal auf der Insel bist, gibt es kein Zurück mehr", fügte er warnend hinzu.

3. KAPITEL

Das kleine, ultraleichte zweisitzige Sportflugzeug glitt unter den weißen Schäfchenwolken dahin. Die Landschaft unter ihnen war einfach atemberaubend schön.
Dunkelgrüne Zuckerrohrfelder machten goldfunkelnden Sandstränden Platz, an denen sich die Wellen brachen. Der Ozean glitzerte blau. Je weiter nördlich sie am Great Barrier Reef entlang auf die Whitsundays zuflogen, desto intensiver wurde die Farbe des Meeres, bis es schließlich türkis aussah und die Strände eine gleißend weiße Farbe annahmen.

Trotz der bezaubernden Aussicht vergaß Kelly nicht eine Sekunde lang, wer der Pilot des Flugzeugs war: Jack Saunders, attraktiver denn je in seiner beigen Hose und dem weinroten kurzärmeligen Seidenhemd. Hier oben – umgeben von blauem Himmel und vereinzelten Wölkchen, die an ihnen vorbeiglitten – schienen sie ganz allein zu sein, gefangen in einer wunderschönen, mystischen und exotischen Welt. Und das war nicht nur aufregend, sondern auch beängstigend.

Immer wenn Jacks breite Schultern sie streiften, zuckte Kelly zusammen. Geschah dies wirklich ohne Absicht? So eng beieinander waren ihre Sitze schließlich auch nicht! Doch sie behielt ihren Verdacht für sich und konzentrierte sich lieber auf die hinreißende Landschaft.

Hin und wieder brach Jack das Schweigen, um Kelly auf die Städte und Siedlungen aufmerksam zu machen, die sie gerade überflogen – Gladstone, Rockhampton, Mackay. Kelly nahm es höflich zur Kenntnis. Sie war entschlossen, ihre Beziehung nicht persönlich werden zu lassen – er war der Boss, sie seine Angestellte. So einfach war das. Er brauchte eine Köchin, sie eine Stelle. Das war alles. Und wenn der Job getan war, würde er sich einige ihrer Gartenentwürfe anschauen!

Doch als er sie auf Delfine hinwies, die ausgelassen emporsprangen und dann wieder in die Wogen eintauchten, vergaß Kelly ihre Zurückhaltung und war so fasziniert von dem vergnügten Spiel, dass Jack leise lachte und die Maschine etwas hinunterbrachte, damit Kelly einen besseren Blick hatte.

Er kreiste mehrmals über den Delfinen, die eine richtige Show für sie abzogen: Sie sausten rückwärts auf den Schwanzflossen, sprangen immer wieder in die Luft, tauchten durch die Wellen und schienen vergnügt zu ihnen emporzulachen. Nachdem die Vorstellung beendet war, hüpften sie auf den Schwanzflossen davon und schienen sich gleichzeitig zu verbeugen. Kelly applaudierte begeistert und rief Jack begeistert zu: „War das nicht fantastisch?"

Er lächelte. „Ja, das war es."

Sie freute sich, dass ihm das Spiel der Delfine auch so gut gefallen hatte, es machte sie glücklich, diese Eindrücke mit ihm geteilt zu haben.

Jack sah sie von der Seite an. Ihre strahlenden grünen Augen hatten fast die Farbe des Meeres tief unten. Die ungebändigten mahagonifarbenen Locken fielen ihr über die Schultern und umrahmten ihr Gesicht mit den rosigen Wangen. Die weißen Zähne blitzten, wenn sie lächelte.

Kelly bemerkte, dass seine dunkelblauen Augen glänzten, als er sie so intensiv ansah, als wolle er sich ihr Aussehen für immer einprägen. Hastig wandte sie den Blick ab und rutschte unbehaglich auf dem Sitz hin und her. Dieser Mann berührte sie auf merkwürdige Weise. Während der vergangenen Woche hatte sie jeden Gedanken an ihn erfolgreich verdrängt und sich so gut wie möglich auf den neuen Job eingestellt. Aber in der kleinen Sportmaschine war sie sich seiner Nähe nur allzu deutlich bewusst.

Die Woche war schnell vergangen. Zuerst hatte Kelly mit ihrer Bank vereinbart, doppelt so hohe Raten für ihre Eigentumswohnung zurückzuzahlen, dann hatte sie ihre Gartengeräte überholen und einlagern lassen. Das allein hatte sie mehrere Fahrten nach Bundaberg gekostet. Außerdem hatte sie die Strandhütte gründlich gereinigt, um sie in tadellosem Zustand an den Makler übergeben zu können, damit der keinen Grund hatte, sich bei Jack zu beschweren.

Abends war sie zu erschöpft gewesen, um sich darüber Gedanken zu machen, ob sie dem Job oder ihrem neuen Arbeitgeber überhaupt gewachsen sein würde.

Doch jetzt konnte sie nichts von diesen beunruhigenden Gedanken ablenken. Es ist doch nur natürlich, dass du unsicher bist, sagte sie sich. Du weißt ja nicht, was auf dich zukommt. Wahrscheinlich fragt Jack sich selbst, ob es richtig war, mich einzustellen. Aber ein verstohlener Blick bewies ihr das Gegenteil.

Jack Saunders war die Ruhe selbst. Besonnen lenkte er das Sportflugzeug über den Ozean. Ob sie sich seinen verlangenden Blick nur eingebildet hatte? Aber er war ihr doch richtig unter die Haut gegangen!

Jack spürte anscheinend, dass sie ihn musterte. Lächelnd wandte er sich ihr zu. „In wenigen Minuten sind wir da. Direkt vor uns liegt die Whitsunday-Passage, gleich können wir sie sehen. Die Gewässer sind ruhig und geschützt, gut geeignet zum Segeln und für Vergnügungsfahrten."

Kelly nickte. Er tat so, als wäre nie etwas zwischen ihnen gewesen. Schön, dann würde sie das Gleiche tun! Sie richtete sich in ihrem Sitz auf.

„Fliegst du gern?", fragte er wie beiläufig.

„Ja", antwortete sie nicht ganz wahrheitsgemäß. Sie überlegte, wann sie sich je so unbehaglich gefühlt hatte.

„Mir macht das Fliegen unglaublichen Spaß", sagte er begeistert. „Besonders, wenn ich Pilot dieses kleinen Sportflugzeugs bin. Es ist viel wirtschaftlicher als ein Auto und viel leichter zu steuern. Insgesamt habe ich drei Maschinen auf der Insel. Sie sind wirklich ihr Geld wert."

„Wie schön."

Jack warf ihr einen belustigten Blick zu. „Schade, dass du nicht fliegen kannst."

„Woher willst du das wissen?", fragte sie herausfordernd.

„Hast du denn einen Pilotenschein?"

„Nein." Sie kam sich auf einmal albern vor und sah aus dem Fenster.

„Normalerweise setze ich den Pilotenschein voraus, wenn ich jemand einstelle, der in einer abgelegenen Gegend arbeiten soll. Es macht sich bezahlt, Angestellte mit vielen Talenten zu beschäftigen."

Ach ja?, dachte sie unbehaglich. Ich bin nur im Gärtnern gut, jedenfalls bin ich keine ausgebildete Köchin, wahrscheinlich koche ich nicht einmal besonders gut. Sie hätte nie im Traum daran gedacht, sich mit Kochen einmal den Lebensunterhalt verdienen zu müssen.

Das Flugzeug beschrieb einen Bogen um die vierundsiebzig Inseln, die zu den Whitsundays auf dem atemberaubenden Great Barrier Reef gehören. Jede Insel mit den sich im Wind wiegenden Palmen war unglaublich schön. Weiße Sandstrände lagen am kristallklaren Korallenmeer – der paradiesischen See.

Jack zählte einige beliebte weltbekannte Feriensiedlungen auf. Er wusste, wann sie gebaut worden waren, welcher Typ von Leuten dort seinen Urlaub verbrachte und welche Schwierigkeiten bei der Fertigstellung aufgetreten waren. Diese Probleme wollte er vermeiden. Kelly wurde langsam ruhiger, als sie ihm aufmerksam zuhörte. Es wird schon alles gut gehen, dachte sie, obwohl sie sich gefühlsmäßig gar nicht so sicher war.

„Auf meiner Insel wird es selbstverständlich keine Rodungen geben“, führte Jack gerade aus. „Das größte Haus mit Speisesaal und Freizeiteinrichtungen wird dort gebaut, wo am wenigsten wächst. Und was wir an Vegetation beseitigen müssen, pflanzen wir an anderer Stelle wieder an.“

„Aber was ist mit den Gästezimmern? Du wirst doch bestimmt viele Bäume fällen müssen, um ein Hotel zu bauen?“

Jack schüttelte den Kopf. „Nein, ich baue ja kein Hotel, sondern kleinere Häuser auf Pfählen zwischen den Bäumen. Die Häuser werden weit auseinander liegen, sodass die Gäste ungestört ruhen, schwimmen, in der Sonne liegen oder die Insel erforschen können. Sie sollen den Eindruck gewinnen, allein zu sein in ihrem eigenen Inselparadies.“

„Das klingt wundervoll.“ Kelly seufzte. „Ich kann mir gut vorstellen, dass Manager, Reiche, Berühmtheiten, die ständig der Öffentlichkeit ausgesetzt sind, den Luxus völliger Abgeschiedenheit zu schätzen wissen. Wahrscheinlich treffen sie nur zu den Mahlzeiten im Speisesaal auf andere Leute.“

„Aber nur, wenn sie es wollen. Sie können natürlich in ihren Häusern auch selbst kochen oder sich dort etwas von den Angestellten zubereiten lassen. Das bleibt ganz den Gästen überlassen.“

Kelly beugte sich plötzlich vor und sah angestrengt aus dem Fenster. „Welche ist denn unsere ...“ Sie wurde rot und verbesserte sich schnell. „Deine Insel?“

„Wir landen bald“, sagte er und ließ sich nichts anmerken. „Wenn du möchtest, fliege ich einmal um sie herum, damit du einen Überblick bekommst.“ Fragend sah er sie an.

„O ja, bitte“, antwortete Kelly begeistert. Ihre Augen leuchteten, als die schönste der Inseln vor ihnen auftauchte. Jedenfalls fand sie sie am schönsten. Jack ging langsam weiter hinunter, und Kelly bot sich ein Anblick, den sie nicht mehr vergessen würde.

Majestätisch erhob sich die grüne Insel aus den weißen Korallenriffen, die durch das türkisblaue Meer schimmerten. Ein Wald hoher Palmen, deren Wedel sich in der leichten Meeresbrise wiegten, erstreckte sich von der sanft ansteigenden Hügellandschaft bis hinunter an die weißen Strände. Am anderen Ende der Insel befanden sich einige kleine Gebäude. Aus der Luft sahen sie wie Spielzeughäuser aus.

„Das sind vorübergehende Unterkünfte“, erklärte Jack, als sie den Komplex überflogen. „Momentan haben wir Schlaf- und Duschgelegenheiten für etwa dreißig Männer, die meisten von ihnen sind junge Lehrlinge und Arbeiter. Wenn es nötig wird, werden wir weitere Gebäude errichten. Es ist deine Aufgabe, für diese Männer zu kochen. Rechts davon ist das Büro oder Verwaltungsgebäude, wie Max es gern nennt“, fügte Jack lachend hinzu. „Dahinter liegt die Ambulanz und dort stehen auch die Wohnwagen für die Architekten, Ingenieure und Vorarbeiter. Um die brauchst du dich nicht zu kümmern, sie sind Selbstversorger.“

Ein lang gestrecktes weißes Flachdachgebäude, das etwas abseits stand, machte einen interessanten Eindruck. Es war von einer großzügigen Einfriedung umgeben.

„Und wozu dient das große Haus dort?“, fragte Kelly neugierig.

„Das ist deine Domäne.“

Kelly schluckte. „Das ist die Küche?“

„Und der Speisesaal.“

Sie war schockiert. Das Gebäude war groß genug, eine ganze Armee zu beherbergen! Im Moment waren es dreißig Männer, aber es würden wahrscheinlich noch weitere dazukommen. Du meine Güte, dachte sie verzweifelt, ich werde nicht in einem Topf rühren müssen, sondern in hunderten! Wie soll ich das nur schaffen? Warum hatte sie sich die harte Realität nicht eher vor Augen geführt?

„Ich werde jetzt landen, aber du kannst dir ja später alles in Ruhe ansehen", sagte Jack. „Leg deinen Sicherheitsgurt an."

Kelly war plötzlich so nervös, dass diese einfache Aufgabe sie schlicht überforderte. Ohne die holprige Landebahn aus den Augen zu lassen, die sich bedrohlich näherte, griff Jack nach dem Gurt und ließ ihn einschnappen. Als sie seine warme Hand spürte, wurde Kelly noch nervöser.

Die Jabiru setzte auf der Sandbahn auf und rollte langsam aus. Jack meinte stolz: „Dieses kleine Flugzeug könnte auf einer Münze landen."

Kelly war aschfahl geworden. „Bestimmt."

Forschend sah er sie an. „Was ist los?", fragte er und zog sie an sich. Obwohl sie wusste, dass er sie nur beruhigen und trösten wollte, schlug ihr Herz heftig. Sie musste sich zusammenreißen, um sich nicht an ihn zu schmiegen. Mit seiner freien Hand streichelte er zärtlich ihre Wange und schob ihr das Haar zurück, wie sie es selbst in der Strandhütte getan hatte. Kelly schloss die Augen und versuchte verzweifelt, die schwindelerregenden Gefühle zu unterdrücken.

„Ist ja alles gut, es ist vorbei", sagte er beruhigend und tröstete sie, als sei sie ein kleines verängstigtes Kind. „Ich muss zugeben, dass eine selbst angelegte Landebahn einschüchternd auf Unerfahrene wirken kann." Sie spürte seinen warmen Atem auf ihrer Wange und wurde noch aufgeregter. „Aber sie ist viel sicherer, als sie aussieht. An der frischen Luft wird es dir gleich besser gehen."

Als er ihren Sicherheitsgurt löste, zuckte sie zusammen. Glücklicherweise merkte er es nicht, weil er gerade die Tür öffnete. Eine frische Tropenbrise wehte sofort ins Cockpit und spielte in Kellys seidigem Haar.

„Schon besser?", fragte Jack, der ihre wunderschöne Mähne bewunderte.

„Ja, danke", erwiderte sie leise.

„Gut." Er lächelte und berührte wieder ihr Haar, als könne er gar nicht genug davon bekommen. Mit seinen blauen Augen beobachtete er fasziniert, wie die seidigen rotbraunen Strähnen durch seine Finger glitten. Kelly richtete sich auf und löste sich von ihm. Er lächelte spöttisch und zog die Hand zurück.

„Reiß dich zusammen", befahl er. „Schwäche und Unsicherheit kannst du dir nicht leisten, wenn eine Kompanie hungriger Männer auf dich angewiesen ist." Er stieß die Tür weiter auf und sprang hinaus.

Kelly beobachtete, wie er ums Flugzeug herumging. Hilfe, dachte sie in einem Anfall von Panik. Was habe ich mir da nur eingebrockt? Aber wenn sie Jack enttäuschte, würde er sich niemals ihre Landschaftsplanungen anschauen oder sie bei seinen kleineren Projekten beschäftigen!

Er streckte ihr die Hände entgegen, um ihr aus der Maschine zu helfen, doch Kelly saß nur reglos da. Er unterdrückte ungeduldig einen Fluch, umfasste ihre schmale Taille und hob Kelly mühelos aus der Maschine. Dann stellte er sie ab und holte ihre beiden kleinen Koffer heraus. Am liebsten wäre sie sofort wieder in die Jabiru gestiegen und nach Hause geflogen.

Der Wind bauschte ihren weißen Rock auf und enthüllte ihre langen schlanken Beine. Außerdem spielte er in ihrem seidigen Haar, entblößte ihren schlanken Nacken und presste die kurzärmelige Bluse an ihre vollen Brüste. Jack sah sie verlangend an. Sie wirkte unschuldig und verführerisch zugleich.

„Du musst dir etwas Praktischeres anziehen, wenn wir da sind", sagte er mit einer Stimme, die keinen Widerspruch duldete. Daraufhin ging er zu einem unter Eukalyptusbäumen geparkten Jeep hinüber und verstaute die Koffer auf dem Rücksitz. Da Kelly keine Anstalten machte, ihm zu folgen, lehnte er sich ironisch lächelnd an den Wagen und wartete.

In diesem Moment wurde ihr klar, dass er Bescheid wusste. Er erriet, dass sie glaubte, dem Job nicht gewachsen zu sein. Sie sah es an seinem Blick und seiner ganzen Körperhaltung. Fast schien es, als warte er nur darauf, dass sie davonlief. Aber wohin sollte sie denn? Es gab kein Entrinnen! Kelly schluckte und ging langsam auf ihn zu. Einen guten Meter vor ihm blieb sie stehen.

Schweigend blickten sie sich an. Kelly hatte den strahlend blauen Himmel und den weißen Strand hinter sich, Jack den Jeep. Die Atmosphäre war zum Zerreißen gespannt. Jack hob die Hand und winkte Kelly zu sich.

Ihr wurde heiß. Vorsichtig machte sie einen Schritt, dann noch einen. Betont stolz hob sie den Kopf und lächelte so strahlend wie möglich, sog die Luft genießerisch ein und atmete langsam wieder aus.

„Wunderbar“, seufzte sie, scheinbar hingerissen, und machte noch einen tiefen Atemzug. „Es gibt doch nichts Besseres als frische, saubere Inselluft. Hier muss ich mich ja wohlfühlen.“

Er zog spöttisch die dunklen Augenbrauen hoch. „Dann bleibst du also?“

Sie sah ihn gespielt verblüfft an. „Aber selbstverständlich!“

Er stieß sich vom Jeep ab, umfasste ihr Kinn und zwang sie, ihn anzuschauen.

„Du hast wunderschöne Augen“, sagte er. „Sie sind sehr ausdrucksvoll. Einige Male habe ich beobachtet, wie sich ihre Farbe verändert. Im Moment sind sie dunkelgrün wie das samtige Moos in den Bergen des Tasmanischen Hochlands.“

Kelly blickte ihn verwirrt an. Ein Kompliment hatte sie nun wirklich nicht erwartet. Schon gar nicht verbunden mit einem so romantischen Vergleich.

„Danke“, erwiderte sie schüchtern.

„Nein, ich muss mich bedanken. Mir ist nämlich aufgefallen, dass deine Augen diese Farbe annehmen, wenn du lügst.“

„Wenn ich ...“ Kelly wurde blass.

„Es wird dir hier nicht gefallen, du wirst die Arbeit hier hassen“, erklärte er ruhig.

Er hatte so leise gesprochen, dass Kelly ihre Bedeutung zunächst gar nicht erkannte. Doch als sie begriff, was er meinte, schnürte ihr die Angst fast die Kehle zu. „Ist ... ist das deine Absicht?“, fragte sie stockend. „Willst du, dass ich mich hier schlecht fühle?“

„Meine Absicht war, eine Köchin zu engagieren“, fuhr er sie wütend an. „Ich habe dir eine Woche Bedenkzeit gegeben. Da du dich nicht gemeldet hast, ging ich davon aus, dass du den Job annimmst.“ Er funkelte sie zornig an und umfasste ihr Handgelenk. „Ich habe dir von Anfang an gesagt, es gibt kein Zurück. Hatte ich mich nicht klar genug ausgedrückt?“

Kelly schauderte. „Doch, das hast du“, stieß sie hervor.

Durchdringend sah er ihr in die Augen, ehe er Kelly losließ. „Gut, dann steig jetzt in den Jeep.“

Doch Kelly blickte ihn nur wortlos an. Erst jetzt ging ihr die Bedeutung seiner Worte richtig auf: Es gab kein Zurück. Sie saß in der Falle!

„Sofort!“, herrschte er sie an.

Kelly schluckte und gehorchte. Jack setzte sich ans Steuer und ließ den Motor an. „Leg den Sicherheitsgurt an“, befahl er.

Sie griff nach dem Gurt und zog. Nichts passierte! „Er hängt fest.“

Jack stöhnte ungeduldig auf, zog den Gurt mühelos hinunter, legte ihn um Kellys Schulter und ließ ihn einschnappen. Kurz darauf fuhren sie durch den weißen Sand. Eigentlich wäre es sehr schön gewesen, wenn die Atmosphäre nicht so angespannt gewesen wäre. Kurz darauf lenkte Jack den Jeep auf eine Straße, die zu einem Gebäude führte. Davor hielt er an. Ein anderer Wagen parkte vor der Veranda. Jack sprang hinaus.

„Steig aus!“, befahl er.

Kelly hob stolz den Kopf, ignorierte die neugierigen Blicke der umstehenden Männer und stieg aus, wobei sie Jacks ausgestreckte Hand geflissentlich übersah. Sie brauchte seine Hilfe nicht. Jack fluchte unterdrückt und holte aus dem Jeep ihre Koffer, die er ziemlich unsanft auf dem Holzboden der Veranda abstellte.

„Dies ist das Verwaltungsgebäude.“ Er sah sie so vorwurfsvoll an, dass Kelly fast die Beherrschung verlor. Doch sie riss sich zusammen.

„Max wird sich um dich kümmern“, fügte Jack gefährlich leise hinzu. Sie fröstelte. Das klang wie eine Drohung!

Sie hastete die drei zur Veranda führenden Stufen hoch, ging an ihren Koffern vorbei und stieß die Tür auf. Hinter ihr verschwand der Jeep und wirbelte eine Staubwolke auf.

Hoffentlich war Max ein halbwegs umgänglicher Typ und sah auf den ersten Blick, dass sie als Köchin ungeeignet wäre. Vielleicht würde er sie für einen anderen Job empfehlen.

Auf diese Weise würde sie wenigstens nicht das Gesicht verlieren und hätte immer noch die Chance, Jack ihre Landschaftsentwürfe zu zeigen!

4. KAPITEL

Verwaltungsgebäude war eine etwas hochgegriffene Bezeichnung für ein Haus mit einem spärlich möblierten Empfangsbereich, einem hinter dem Tresen liegenden Büro und einem weiteren Raum im Hintergrund. Man musste über rohe Holzplanken gehen. Wände und Decke bestanden aus an den Nahtstellen zusammengeklebten Glasfaserplatten.

Zwei schwarze, unbequem wirkende Stühle standen direkt an der Wand. Anscheinend sollten sich Besucher hier nur kurz aufhalten. Tageslicht fiel nur durch die weit geöffneten beiden Vorder- und Hintereingänge. Ein riesiger Ventilator hing von der Decke und wirbelte unermüdlich die warme Luft herum.

Der Tresen, durch den ein enger Gang hindurchführte, grenzte den Empfangs- vom Arbeitsbereich ab. Eine kräftige Frau mittleren Alters saß an einem großen Schreibtisch, auf dem sich die Akten türmten. Ihr kurzes braunes, von grauen Strähnen durchzogenes Haar war seitlich gescheitelt und wurde mit einer großen schwarzen Lederspange zusammengehalten. Die Frau trug verblichene Jeans und eine kurzärmelige rote Bluse mit Karomuster. Die Füße steckten in robusten Schuhen, auf der Spitze ihrer langen Nase saß eine randlose Brille, die jeden Moment hinunterzurutschen drohte.

Ein Faxgerät neben ihr druckte gerade eine Nachricht aus. Die Frau überflog das Papier und redete gleichzeitig ununterbrochen in den Telefonhörer, den sie sich zwischen Schulter und Kinn geklemmt hatte. Gleichzeitig tippte sie blitzschnell auf der Computer-Tastatur. Kelly beobachtete sie fasziniert und wagte nicht, sie zu stören. Die Frau sah zwar nicht gerade wie eine Sekretärin aus, arbeitete aber für zwei!

„He, Miss, was stehen Sie da herum und starren mich an? Sagen Sie mir, was Sie wollen.“

Es dauerte einen Moment, bevor Kelly erkannte, dass sie gemeint war. Die Frau hatte den Hörer aufgelegt und sah sie über den Brillenrand hinweg mit ihren braunen Augen neugierig an. Verlegen lächelnd ging Kelly zum Tresen.

„Mr. … Mr. Saunders hat mich gerade hier abgesetzt", begann Kelly zögernd. Der forschende Blick der Frau hatte sie eingeschüchtert. Hatte die Sekretärin sofort erkannt, dass Kelly keine besonders gute Köchin war und nicht das Zeug dazu hätte, dreißig hungrigen Männern anständige Mahlzeiten vorzusetzen?

„Ich weiß. Das war nicht zu überhören."

Kelly wurde noch verlegener. „Ja, also … Jack, ich meine Mr. Saunders …" Sie korrigierte sich schnell, als sie den missbilligenden Blick der Sekretärin auffing, der es offensichtlich nicht behagte, dass eine neue Angestellte den Boss mit dem Vornamen anredete. Kelly seufzte und fügte hinzu: „Mein Name ist Kelly McGuire und Mr. Saunders sagte, ich solle mich an Max wenden."

„Ach, tatsächlich?" Die Frau nahm ihre Brille ab, legte sie sorgfältig zusammen und platzierte sie auf dem Schreibtisch.

Kelly nickte und begegnete so fest wie möglich dem Blick der Sekretärin. „Wo ist er denn eigentlich?"

„Wer?"

„Max."

„Sitzt genau vor Ihnen."

Kelly sah sie verwundert an. „Sie sind … Max?"

„Höchstpersönlich." Max amüsierte sich über Kellys Erstaunen. „Eigentlich heiße ich Maxine. Aber jeder nennt mich Max. Gefällt mir, ehrlich gesagt, auch besser. Maxine passt nicht zu mir." Sie sah Kelly noch immer prüfend an. „Also, warum hat der Boss Sie zu mir geschickt?"

Kelly zögerte. Max gehörte offensichtlich zu der Sorte Frauen, die sich durch nichts aus der Ruhe bringen ließen und alles möglich machten. Man musste nur wollen, lautete deren Devise.

„Er sagte, Sie würden sich um mich kümmern."

Max zog überrascht die Augenbrauen hoch, griff nach ihrer Brille und putzte sie am Blusensaum. „Normalerweise kümmert er sich selbst um seine Damen."

„Wenn es Ihnen zu viele Umstände macht, werde ich meine Unterkunft auch sicher selbst finden. Sie müssen mir nur kurz den Weg beschreiben und dann …"

Max stand auf und streckte sich ausgiebig. Sie hatte eine bemerkenswert gute Figur. Eigentlich sieht sie sehr würdevoll aus, dachte Kelly bewundernd. „Zu Fuß ist es zu weit, besonders in dieser Hitze, und eine kleine Pause könnte mir sowieso nicht schaden. Davon abgesehen, zahlt es sich nicht aus, sich den Anweisungen des Chefs zu widersetzen."

Kelly nickte seufzend. „Das kann ich nur unterstreichen."

„Sie haben ihn wohl schon verärgert, oder?" Max lachte leise. „Das habe ich mir gleich gedacht, als ich den Aufstand da draußen hörte." Sie griff nach einem breitkrempigen Hut, wie ihn Viehzüchter in Australien trugen, und setzte ihn auf, bevor sie um den Tresen ging und neben Kelly stehen blieb. „Haben Sie viel Gepäck?"

„Zwei kleine Koffer. Sie stehen draußen auf der Veranda."

Trotz Kellys Protest nahm Max beide Koffer und lud sie in den vor der Tür geparkten Jeep. Kelly setzte sich neben Max auf den Beifahrersitz. Der Zündschlüssel steckte wie bei dem Wagen, der an der Landebahn gewartet hatte. Auf einer Insel brauchte man offensichtlich nicht zu befürchten, bestohlen zu werden. Wohin sollten die Diebe auch entkommen?

Der Jeep schoss am Unterkunftsgebäude und den kleinen Häusern vorbei. Mehrere Männer winkten ihnen zu, und Max drückte jedes Mal temperamentvoll auf die Hupe. Man merkte sofort, dass sie eine gute Autofahrerin war, die gern zügig fuhr. Kelly fühlte sich zwar sicher, war jedoch froh, den Sicherheitsgurt angelegt zu haben. Sonst wäre sie bestimmt schon in hohem Bogen aus dem Jeep katapultiert worden. Innerhalb weniger Minuten hatten sie auch die Wohnwagen hinter sich gelassen und fuhren einen schmalen holprigen Pfad entlang, der in einen Wald führte.

Es war völlig unmöglich, sich bei der wilden Fahrt zu unterhalten. Daher fragte Kelly Max auch nicht, wohin sie sie brachte. Allerdings wunderte sie sich sehr, dass sie sich immer mehr von dem Verwaltungsgebäude entfernten. Zum Glück hatte Max ihr Angebot abgelehnt, allein zur Unterkunft zu gehen. Die tropische Hitze und die schweren Koffer hätten den Marsch sehr unangenehm gemacht.

Der Jeep jagte auf eine schattige Lichtung zu, wo ein luxuriöser

Wohnwagen in einem kleinen Palmenhain am Ufer einer wunderschönen Bucht stand. Vom Vorzelt aus hatte man einen Ausblick auf den Strand, dessen weißer Sand einen herrlichen Kontrast zu dem in verschiedenen Türkistönen schimmernden Wasser bot.

Max hielt neben dem Wohnwagen an, Kelly sprang hinaus und blickte sich aufgeregt um. Die Unterkunft war so fantastisch – sogar mit eigenem Strand – dass sie liebend gern auch tausend Männer versorgt hätte, wenn Jack Saunders das von ihr verlangte.

Max hob Kellys Koffer aus dem Jeep und ging zum Wohnwagen. Wieder lehnte sie Kellys Hilfe ab. „Die Tür ist offen", sagte sie mit ihrem angenehmen Queenslandakzent und trug das Gepäck hinein, während Kelly die überwältigende Aussicht genoss.

Die Palmen wiegten sich sanft in der tropischen Brise, die Wellen schlugen leicht an den friedlichen weißen Sandstrand. Am strahlendblauen Himmel war keine einzige Wolke zu sehen. Einfach paradiesisch! Und der Wohnwagen war Luxus pur!

Küche, Ess- und Wohnbereich waren supermodern eingerichtet. Es gab sogar einen kleinen Geschirrspüler, einen Fernseher, ein Radio und Telefon. Auf dem Esstisch stand ein großer Korb mit frischen tropischen Früchten. Die braune Ledercouchgarnitur sah ausgesprochen gemütlich aus. Auf den Beistelltischchen standen geschmackvolle Lampen. Das Schlafzimmer war mit einem französischen Bett, Kleiderschränken und angrenzendem Badezimmer ausgestattet. Der unglaubliche Luxus überwältigte Kelly fast.

„Das ist ja sensationell hier", rief sie, setzte sich aufs Bett und strich vorsichtig über die vermutlich sündhaft teure blaue Satintagesdecke. „Das hatte ich nicht erwartet, Max. Ich sah mich schon auf einer Liege in einer Wellblechhütte übernachten."

Max warf den Kopf zurück und wollte sich ausschütten vor Lachen. „Sie sind unbezahlbar, Kelly", sagte sie, sobald sie sich etwas beruhigt hatte. „Packen Sie doch Ihre Sachen aus und legen sich danach ein wenig hin. Sie sehen ziemlich erschöpft aus."

„Das würde ich gern tun." Genau das brauchte Kelly jetzt. Sie war seit morgens um fünf Uhr auf den Beinen, und die Anspannung der vergangenen Stunden, ganz zu schweigen von der Ungewissheit der vergangenen beiden Monate, forderten nun ihren Tribut. Kelly hatte den Eindruck, sie könnte glatt eine Woche durchschlafen. Sie stand auf, warf einen letzten sehnsüchtigen Blick auf das gemütliche Bett und schüttelte bedauernd den Kopf. „Aber das kann ich jetzt nicht. Ich muss ans Mittagessen denken."

Max lachte. „Der Kühlschrank ist voll, falls sie Hunger haben. Ich habe die Sachen vor einer Stunde hineingelegt."

„Doch nicht für mich, Max. Für die anderen."

Max runzelte die Stirn. „Welche anderen?"

„Na, für den Bautrupp natürlich."

„Den Bautrupp?" Wieder lachte Max. „Zerbrechen Sie sich nur nicht Ihren hübschen Kopf über die Männer. Schlafen Sie lieber ein wenig. Bis später."

Kelly sah dem Jeep nach, der in einer Staubwolke verschwand, und genoss die würzige Inselluft. Die Kokospalmen wiegten sich in der warmen Meeresbrise, ein Schwarm bunter Papageien, Loris mit leuchtendem limonengrünem Körper, scharlachroter Brust, gelbem Halsband und königsblauem Köpfchen, kreischten zwischen den Wedeln. Kelly lächelte glücklich.

Einen Moment lang vergaß sie, wie müde sie war, dachte nicht an ihre Sorgen und verdrängte die zermürbenden Gefühle, die sie empfand, seit sie Jack Saunders zum ersten Mal begegnet war. Die Anspannung war noch größer geworden, seit sie für ihn arbeitete. Nun war sie seine ausgesprochen gut bezahlte Angestellte!

Der Komfort des Wohnwagens hatte Kelly überrascht. Sie hatte es ehrlich gemeint, als sie Max gestanden hatte, nicht so einen Luxus erwartet zu haben. Der Wohnwagen, die wunderschöne Umgebung hatten Kellys Herz höherschlagen lassen. Es schien, als habe Jack sich bemüht, etwas an ihr gutzumachen. Dabei hätte er sie in einem der Quartiere unterbringen können. Vielleicht hätte sie sich sogar ein Zimmer mit Max teilen müssen.

Aber nein, er hatte dafür gesorgt, dass sie ihre eigene Komfortunterkunft bekam! Hier konnte sie sich nach einem langen anstrengenden Tag in aller Ruhe entspannen. Sie war Jack wirklich dankbar, nicht nur für ihr Heim in wunderschöner Umgebung, sondern auch für den

Job und die anschließende Möglichkeit, über ihre Vorstellungen von Landschaftsplanung zu sprechen. Am liebsten hätte sie sich sofort bei ihm bedankt.

Kelly würde ihm versprechen, hart zu arbeiten, sich alle Mühe geben, die Männer zu versorgen. Sie würde sich für ihr bisheriges Verhalten entschuldigen und dafür sorgen, dass seine Leute nie erfuhren, dass sie gar keine ausgebildete Köchin war. Und Jack Saunders sollte eines Tages zu ihr sagen, sie eingestellt zu haben sei das Klügste gewesen, was er je getan habe.

Die bunt gefiederten Papageien flogen davon, und Kelly seufzte zufrieden, als sie in den Wohnwagen zurückkehrte. Ob sie Max' Ratschlag befolgen und sich ein wenig hinlegen sollte? Oder sollte sie sich lieber umziehen und sofort mit den Vorbereitungen fürs Mittagessen beginnen? Kelly stand unschlüssig da. Max war offensichtlich der Ansicht, sie sollte sich etwas entspannen, bevor die harte Arbeit anfing.

Doch nicht Max war ihr Chef, sondern Jack! Das durfte sie bei aller Dankbarkeit nicht vergessen – nicht eine Sekunde lang! Jack erwartete von ihr, für sein Team zu kochen. Nun, sie würde ihn nicht enttäuschen. Oh nein. Es spielte keine Rolle, wie müde sie war oder wie nervös, weil sie zum ersten Mal in ihrem Leben nicht nur für sich selbst und einige Freunde kochen musste, denen es ganz gleichgültig war, was sie ihnen vorsetzte, solange die Unterhaltung gut war. Hauptsache, Jack Saunders würde mit ihr zufrieden sein!

Kelly warf einen Blick auf die kleine Armbanduhr, die sie an ihrem schlanken Handgelenk trug. Es war noch sehr früh. Viel zu früh fürs Mittagessen. Wahrscheinlich würde es sowieso nur einen Salat geben, und den könnte sie im Handumdrehen zubereiten.

Sie hatte Zeit, ihre Sachen auszupacken, zu duschen und sich vielleicht wirklich einige Minuten lang hinzulegen, damit sie ausgeruht aussah, wenn sie ihren neuen Arbeitsplatz betrat. Sie würde sich wie eine Köchin kleiden. Sicher war noch genug Zeit, sich erst einmal in der Küche umzusehen, bevor sie den Salat zubereiten würde. Dazu wollte sie Brot, Butter und Aufschnitt servieren. Kelly hatte ihren Entschluss gefasst, knöpfte ihre Bluse auf dem Weg zur Dusche auf und blieb vor dem breiten Bett stehen.

Sie hatte sich ja bereits hingesetzt, um zu sehen, ob es bequem war. Ja, an der Matratze war nichts auszusetzen, hart und fest, wie sie es gern hatte. Nur auf einer guten harten Matratze konnten sich ihre Muskeln nach einem anstrengenden Arbeitstag entspannen. Aber um ganz sicher zu sein, ob das Bett auch wirklich bequem war, musste man sich hinlegen. Kelly zog die Schuhe aus und streckte sich auf dem Rücken aus. Himmlisch! Sie entspannte sich sofort. Die Kokosnusspalmen raschelten in der sanften Meeresbrise, und die Wellen klatschten rhythmisch ans Ufer. Es war paradiesisch. Kelly fielen die Augen zu.

Nur fünf Minuten, dachte sie schläfrig, dann packe ich meine Sachen aus, dusche, ziehe mir etwas Praktisches an, woran Jack nichts auszusetzen haben kann, und … ach, Jack, ich bin ihm wirklich dankbar …

Kelly runzelte im Schlaf die Stirn. Das war ja ein schrecklicher Lärm! War das ein Jeep oder ein Motorrad? Merkwürdig, das passte gar nicht in ihren Traum. Der Lärm hörte einfach nicht auf. Unruhig warf Kelly den Kopf hin und her. Das Haar hatte sich wie ein Fächer über ihr Gesicht gebreitet. Endlich wurde es wieder still, und Kelly träumte glücklich weiter. Sie lächelte im Schlaf.

Im Traum trug sie ein elegantes weißes Abendkleid und stand vor einem großen Publikum auf der Bühne. Fernsehkameras waren auf sie gerichtet, und Scheinwerfer blendeten sie. Im Arm hielt sie einen riesigen Strauß roter und weißer Rosen. Sie lächelte, winkte ins Publikum und warf den Menschen Kusshände zu. Alle waren aufgestanden, um sie zu feiern, klatschten begeistert und riefen immer wieder ihren Namen. Sie hatte nämlich Jack Saunders' Auszeichnung „Beste Köchin des Universums“ erhalten.

Jack stand neben ihr. In seinem Smoking sah er einfach atemberaubend aus. Im Scheinwerferlicht wirkte sein Haar blauschwarz. Er klatschte und war genauso begeistert wie das Publikum. Strahlend lächelte er Kelly zu. Als sie ihn schüchtern ansah, erriet sie an seinem Blick, wie stolz er auf sie war. Vor Freude hätte sie die ganze Welt umarmen können! Immer wieder rief er ihren Namen. „Kelly! Kelly! Kelly!“

„Kelly!“

Ihren langen seidigen Wimpern zuckten. Langsam öffnete sie die Augen. Jack stand vor ihr, hatte sie an den Schultern gepackt. Verschlafen und glücklich lächelte sie ihn an. „Hallo“, flüsterte sie verträumt und streichelte seine Wange, bevor sie die Hand an seinem Nacken entlanggleiten ließ, bis sie auf den Kragen seines weinroten Seidenhemdes stieß. „Du trägst ja deinen Smoking gar nicht mehr“, bemerkte sie enttäuscht.

Jack griff nach ihrer Hand. Diese heftige Bewegung erschreckte Kelly, und im nächsten Moment war sie hellwach. Jack musterte sie finster, das Lächeln, das sie soeben noch verzückt hatte, war verschwunden. Verwirrt blickte Kelly ihn an, bevor sie begriff. Sie hatte nur geträumt! Die Auszeichnung, das elegante Kleid, die wunderschönen Rosen, das begeisterte Publikum, Jacks stolzer Blick, das war alles nur ein Traum gewesen. Das wütende Glitzern seiner Augen sagte ihr, dass das Märchen vorbei war. Sie musste sich wieder der harten Wirklichkeit stellen.

„Was fällt dir eigentlich ein?“, fragte er zornig. „Ich kehre dir eine halbe Stunde lang den Rücken zu, und du schleichst dich hier herein und schläfst!“ Er schüttelte den Kopf, als sei ihm das unbegreiflich, dann zog er Kelly hoch. „Ich hatte gedacht, der Job sei dir wirklich wichtig.“

„Ist er ja auch.“

Er musterte sie verächtlich. „Wenn dies deine Arbeitsauffassung ist, sollte ich dich auf der Stelle feuern.“

„Warum tust du es dann nicht?“ Kelly funkelte ihn herausfordernd an. „Ich will nicht für dich arbeiten. Das habe ich nie gewollt. Ich habe dich nur um einen Job gebeten, weil ich nicht mehr weiterwusste. Und diesen Job habe ich nur des Geldes wegen angenommen.“

Einen Moment lang war es totenstill. Jack zog sie grob an sich, packte sie erneut bei den Schultern und schien Kelly mit seinem Blick durchbohren zu wollen.

„Du kannst mir glauben, dass ich nichts lieber täte, als dich ins nächste Flugzeug oder ins nächste Boot zu setzen. Aber das wäre zu einfach. Daher muss ich mir dieses Vergnügen versagen.“

Er ließ sie so plötzlich los, dass Kelly taumelte und aufs Bett zurückfiel. Hastig setzte sie sich auf und sah Jack zornig an.

„Warum musst du dir das Vergnügen versagen? Du tust doch sonst auch, was dir Spaß macht."

Eine andere Frau hätte angesichts dieses wütenden Mannes wahrscheinlich klein beigegeben – aber nicht Kelly! Sie beobachtete, wie er die Hände zu Fäusten ballte, sie wieder entspannte und wieder ballte. Sein Mienenspiel sprach Bände, und Kelly erkannte, wie sehr er um seine Beherrschung rang und was passieren würde, wenn er sie verlor.

Er blickte auf ihren Blusenausschnitt. „Vielleicht hast du recht", sagte er sarkastisch. „Ich bin wirklich nicht in der Lage, mir etwas zu verwehren, besonders dann, wenn es mir so verführerisch dargeboten wird." Mit beiden Händen strich er über den Spitzenrand ihres BHs.

Kelly saß reglos da und sah Jack an. Ein Schauer der Erregung lief ihr über den Rücken. Es war unglaublich, wie leicht er in Kelly leidenschaftliche Gefühle wecken konnte. Als sie jedoch seinen spöttischen Blick bemerkte, fing sie sich wieder.

Kelly sprang auf, Tränen der Scham traten ihr in die Augen. Sie stieß Jack mit aller Kraft aus dem Weg, lief ums Bett, wandte Jack den Rücken zu und knöpfte sich hastig die Bluse zu. Sie konnte es nicht glauben, als sie merkte, dass er sich auf dem Bett ausstreckte. Auf ihrem Bett! Was fiel ihm eigentlich ein?

Sie wirbelte herum und funkelte ihn wütend an, als er sich die Kopfkissen zurechtrückte. Voller Abscheu hörte sie ihn genüsslich stöhnen und sah, wie er zufrieden die Hände über der Brust faltete und die Augen schloss. In ihrem ganzen Leben war Kelly noch nie so zornig gewesen.

„Verschwinde!", rief sie aufgebracht. „Hast du nicht gehört? Du sollst augenblicklich verschwinden!"

„Ich hab's vernommen", antwortete er ruhig, ohne die Augen zu öffnen.

Sie funkelte ihn hilflos an. „Dann geh endlich!"

„Hm." Er gähnte herzhaft.

„Du verknüllst die Tagesdecke!"

„Sie ist knitterfrei."

„Das ist mir egal. Ich will nicht, dass du auf der Decke liegst."

„Dein Pech."

Jetzt reichte es Kelly. Sie riss ihm ein Kissen unter dem Kopf fort, doch Jack packte sie bei den langen Locken und zog Kelly an sich. Sie sahen sich schweigend an, dann drückte er Kelly mit dem Rücken aufs Bett, beugte sich über sie und hielt sie gefangen.

„Ich sollte dich jetzt nehmen", stieß er hervor. „Mit dir schlafen und dich danach hinauswerfen." Wut und Verlangen spiegelten sich in seinem Gesicht. „Du bist ein ganz ausgekochtes Weib, das es nur aufs Geld abgesehen hat!" Leiser fügte er hinzu: „Sehr verführerisch, wie du da halb bekleidet auf meinem Bett gelegen und auf mich gewartet hast."

Unvermittelt ließ er sie los und richtete sich angewidert auf. „Ich mache dir einen Vorschlag: Wenn ich dich will, sage ich es dir. Dann kommst du her ... und danach bezahle ich dich. Wie viel du bekommst, hängt davon ab, wie du dich anstellst." Er lächelte kalt. „Je besser deine Liebeskünste, desto besser die Bezahlung. Wir werden es Überstunden nennen."

Er strich ihr über die glühende Wange und ließ seine Hand bis zum Dekolleté gleiten. „Aber vergiss nicht: Nur, wenn ich dich rufe. Ich habe sehr viel zu tun, und auch du wirst sehr beschäftigt sein." Er stand auf und zog sie hoch. „Es versteht sich natürlich von selbst, dass du meine Männer in Ruhe lässt!"

Er führte sie am Ellbogen aus dem Schlafzimmer hinaus, durchs Wohnzimmer und blieb erst stehen, als er ihre Koffer neben der Tür stehen sah.

„Jetzt erzähl mir nur nicht, du hast gedacht, ich würde dir erlauben, zu mir zu ziehen?", fragte er ungläubig.

„Nein, natürlich nicht", antwortete Kelly stockend. „Das Ganze war ein Irrtum."

Er funkelte sie wütend an. „Das war es allerdings!" Er ließ sie los, griff nach den Koffern und hielt Kelly die Tür auf. Dann warf er das Gepäck in den Jeep, wartete, bis Kelly eingestiegen war, und fuhr sie zum Verwaltungsgebäude.

Diesmal nahm er die Angelegenheit selbst in die Hand. Rasch ging er, die Koffer in beiden Händen, mit Kelly die Stufen zur Veranda hinauf und zog sie ins Büro, stieß die Tür hinter sich mit dem Fuß zu und stellte die Koffer ab. Max stand an ihrem Schreibtisch und sah ihnen erstaunt entgegen.

„Ich weiß nicht, was sie dir erzählt hat, Max, und ich will es auch gar nicht wissen. Gib ihr ein Zimmer im Unterkunftsgebäude und zeig ihr die Küche." Er warf Kelly einen erbosten Blick zu und fügte ärgerlich hinzu: „Sie hat uns alle schon genug Zeit gekostet."

„Die Küche?" Max verstand die Welt nicht mehr. Fragend sah sie die kreidebleiche Kelly und dann den zornigen Jack an. „Aber ich dachte … ich hatte angenommen …" Max machte eine hilflose Geste. „Verflixt!"

„Es ist nicht Ihre Schuld, Max", sagte Kelly beruhigend. „Sie haben mich für seine Freundin gehalten." Kelly griff nach ihren Koffern und ging hocherhobenen Hauptes zur Tür. „Ich finde den Weg zur Unterkunft schon allein, danke. Das Mittagessen wird in Kürze serviert."

5. KAPITEL

Die heiße Mittagssonne brannte unbarmherzig vom wolkenlosen Himmel herab, was nicht gerade zu Kellys Wohlbefinden beitrug. Sie stand in der Mitte des Platzes, umklammerte die Koffergriffe und blicke sich verloren um. Ein Pritschenwagen nach dem anderen fuhr ins Camp, setzte Arbeiter ab und raste wieder davon, vermutlich um weitere Kollegen abzuholen. Einige Männer musterten Kelly mit unverhohlener Neugierde, andere grinsten, zwinkerten ihr zu und stießen ihre Kumpel vielsagend an.

Kelly wusste, was das zu bedeuten hatte. Offensichtlich dachten sie auch, dass sie die neueste Eroberung des Chefs war, die ihm im Camp die Langeweile vertrieb. Sie fragte sich, wie viele Frauen in den vergangenen Jahren zu den verschiedenen Baustellen geflogen worden waren, um sich von Jack verwöhnen zu lassen. Und was die Männer betraf: Die würden noch schnell genug erfahren, dass Kelly McGuire hier als Köchin ihren Lebensunterhalt verdiente und nicht die Gespielin des Chefs war.

Die Mittagshitze, die neugierigen Blicke, der feine Sand, der bei jedem Schritt in ihre Sandaletten rann, dies alles trug zu Kellys Unbehagen bei. Außerdem stand sie mit dem Rücken zum Verwaltungsgebäude, und die Unterkünfte lagen dahinter.

Sie hätte durch die Hintertür verschwinden sollen! Nun war ihr gekonnter Abgang vergeblich gewesen, denn sie musste zurückgehen. Wahrscheinlich hatte Jack sie die ganze Zeit beobachtet. Sie meinte sogar, seine bohrenden Blicke im Rücken zu spüren. Egal, sie konnte hier nicht länger herumstehen, das Essen musste vorbereitet werden.

Kelly drehte sich um, ging aufs Verwaltungsgebäude zu, ohne es auch nur eines Blickes zu würdigen, ließ es links liegen und setzte ihren Weg durch den weißen Sand fort, bis sie die Stufen zu einer Veranda hinaufging. Von einem Flur gingen die hellgrün gestrichenen Türen der einzelnen Räume ab.

Aber sie wusste ja gar nicht, welches Zimmer sie beziehen sollte! Ach, sie hätte doch auf Max warten sollen. Meine Güte, es war wirklich unerträglich heiß. Kelly setzte die Koffer ab und fuhr sich mit dem Handrücken über die feuchte Stirn. Ihr Gesicht war von Hitze und Anstrengung gerötet, kleine Locken klebten an ihren Wangen. Was würde sie jetzt für eine kühle Dusche geben! Auf der anderen Seite des Camps läutete eine Glocke.

Sie wollte gerade hastig nach ihren Koffern greifen, als Jack sie zur Seite drängte, im Vorübergehen das Gepäck aufhob und kurz angebunden sagte: „Hier entlang."

Mit großen Schritten ging er bis ans Ende des Flurs und blieb vor der letzten Tür stehen, holte einen Schlüsselbund aus seiner Hosentasche, steckte einen der Messingschlüssel ins Schloss und öffnete schwungvoll die Tür.

Kelly eilte ihm nach und blieb auf der Schwelle stehen. Sie war noch ganz geblendet von dem gleißenden Sonnenlicht, ihre Augen mussten sich erst an die Dunkelheit im kleinen Zimmer gewöhnen. Sie zuckte zusammen, als eine Aluminiumjalousie knarrend hochgezogen wurde.

Jack stand am Fenster, im Gegenlicht wirkte er richtig unheimlich. Er lächelte kühl. „So hattest du dir dein Zimmer wohl nicht vorgestellt, oder?"

„Im Gegenteil", entgegnete Kelly zuckersüß, als sie den Blick durchs Zimmer schweifen ließ. „Genau so habe ich es mir vorgestellt."

In dem kleinen, spartanisch möblierten Raum befand sich ein schmales Metallbett mit blauer Matratze, auf der ein Plastiksack mit Decken, Kopfkissen und Bettwäsche lag. Am Fenster stand ein kleiner Schreibtisch, darauf ein Tischventilator und eine Leselampe. Davor befand sich einer dieser unbequem aussehenden Stühle, die ihr schon im Verwaltungsgebäude aufgefallen waren. Auf dem Stahlspind konnte man trotz des neuen Farbanstrichs viele Initialen lesen. Auf dem Fußboden lag kein Teppich, und die Wände waren nackt.

„Fantastisch! Fast so gut wie die Strandhütte. Und ich muss nicht einmal Kaution oder Miete zahlen!"

Amüsiert stellte Kelly fest, wie verlegen Jack bei ihrem Ausruf geworden war. Er wollte sie mit der Unterbringung in diesem kargen Zimmer bestrafen, das war offensichtlich. Es war wohl sonst für Lehrlinge oder junge Arbeiter gedacht, die ihre Frustration schon mal an den Möbeln ausließen. Hier konnten sie nichts zerstören.

„Vermutlich“, sagte Kelly fröhlich, als sie den einen Koffer aufs Bett legte und ihre Kulturtasche herausholte, „sind die Waschräume gleich um die Ecke. Ich werde mich rasch frisch machen, bevor ich in die Küche gehe.“

Jack baute sich vor ihr auf. „Höre ich richtig? Du willst dich frisch machen?“, fragte er ungläubig.

Kelly nickte. „Ja, findest du das so ungewöhnlich bei der Hitze?“

Jack riss ihr wütend die Tasche aus der Hand und warf sie aufs Bett. „Weißt du eigentlich, dass Max jetzt in der Küche deine Arbeit macht?“

„Wieso das denn?“ Max hatte doch schon mehr als genug zu tun. Kelly senkte verlegen den Blick. „Ja, dann muss ich natürlich auf meine Erfrischung verzichten.“

Er ließ sie bis zur Tür gehen, bevor er Kelly an der Hand festhielt und zurückzog. „Nein, so ein Opfer kann ich nicht annehmen.“ Er griff nach der Kulturtasche und drückte sie Kelly in die Hand. „Geh zum Waschraum.“

Daraufhin verließ er eilig das Zimmer und ging den Flur entlang.

„Es ist alles deine Schuld!“, rief sie hinter ihm her.

Er drehte sich langsam um. „Natürlich.“

„Aber es ist wahr.“ Sie stand an der Tür, atmete tief durch und fügte hastig hinzu: „Wenn du Max gesagt hättest, dass ich erwartet werde, hätte sie mich niemals für eine deiner ... deiner Damen gehalten und mich zu deinem Liebesnest mit dem französischen Bett und der ordinären blauen Satintagesdecke gebracht!“

„Es scheint dir aber gefallen zu haben“, behauptete er anzüglich.

„Aber nur, weil ich dachte, es sei meine Unterkunft.“ Stolz warf Kelly die roten Locken zurück. „Ich hätte nicht im Traum daran gedacht, dort hineinzugehen, wenn ich gewusst hätte, dass es dein Wohnwagen ist.“

„Meiner und der meiner Damen.“ Er musterte sie bedeutungsvoll. „Aber um die brauche ich mich ja nicht mehr zu kümmern“, fügte er fröhlich hinzu. „Nicht, solange du hier bist und Überstunden machst.“ Er warf einen Blick auf seine Armbanduhr. „Natürlich können wir erst mit den Überstunden anfangen, wenn du deinen eigentlichen Job getan hast."

Kelly wartete, bis Jack verschwunden war, dann versperrte sie von außen ihre Zimmertür mit dem kleinen Schlüssel, den er auf den Schreibtisch gelegt hatte, und eilte zum Küchenkomplex. Schon von Weitem hörte sie junge Männerstimmen aus dem Speisesaal, der an die Küche angrenzte. Als sie durch die mit Fliegengitter versehene Tür kam, verstummten die Gespräche.

Die Küche war rechts. Max saß auf einem Hocker über die Arbeitsplatte gebeugt. Beunruhigt rief Kelly: „Max! Ist alles in Ordnung?"

Max sah auf. Sie hatte in einer Zeitschrift gelesen und blickte Kelly nun über den Rand der Brille hinweg an. „Ja, natürlich. Wieso nicht?"

„Ich … ich dachte, Sie wären vielleicht ohnmächtig geworden. Es ist so heiß hier." Sie legte ihr die Hand auf die Schulter. „Es tut mir leid, dass Sie für mich einspringen mussten. Es wird nicht wieder vorkommen."

Max legte die Zeitschrift aus der Hand und betrachtete Kelly forschend. Sie bemerkte, wie nervös, ja, wie verzweifelt sie aussah. Max konnte man nichts vormachen. Sie wusste, dass zwischen dieser wunderschönen jungen Frau und dem Chef etwas war.

„Das Mittagessen hatte ich ziemlich schnell vorbereitet", erklärte Max. „Aufschnitt, Salat und Brote." Sie stand auf und reckte sich. „Zum Nachtisch gab es Eis mit Früchten. Übrigens habe ich Wegwerfgeschirr benutzt", fügte sie lächelnd hinzu. „Es gibt also nichts zu spülen. Nun entspannen Sie sich mal, Kindchen. Die Arbeit ist getan."

„Danke, Max", sagte Kelly. „Bei Ihnen klingt das alles so einfach." Sie betrachtete die makellos saubere Küche. Die Arbeitsplatten aus rostfreiem Stahl glänzten, der große schwarze Gasherd funkelte nur so, genau wie die Töpfe und Pfannen, die an Wandhaken hingen. Plötzlich hörte man Stühlerücken aus dem Speisesaal. Offensichtlich machten sich die Männer wieder auf den Weg zur Arbeit.

Kelly sah sich in der gut ausgestatteten Küche um. Das also war nun ihr Reich! „Ich werde es schaffen", erklärte sie. „Ich weiß, dass ich es kann."

„Ja, man gewöhnt sich an alles“, meinte Max heiter, griff nach ihrer Zeitschrift, rollte sie zusammen und klemmte sie sich unter den Arm. „Es hat mir nichts ausgemacht, heute für Sie einzuspringen.“ Sie ging zur Tür, drehte sich dort aber noch einmal um. „Die Verwechslung vorhin tut mir leid.“

Verlegen senkte Kelly den Blick. „Das war nicht Ihre Schuld, Max. Man hätte Ihnen mein Eintreffen ankündigen sollen, statt mich ohne Vorwarnung bei Ihnen abzuliefern.“

Max lachte. „Ich wusste seit einer Woche, dass Sie kommen.“

Ungläubig blickte Kelly sie an. „Seit einer Woche?“ Der arrogante Kerl hatte ihr doch eine Woche Bedenkzeit gegeben. Offensichtlich war er davon ausgegangen, dass sie nicht zu den Frauen gehörte, die ihre Meinung änderten.

„Aber warum …?“

„Warum ich Sie zu seinem Wohnwagen gebracht habe?“ Max lachte wieder. „Als ich Ihren Namen, Kelly McGuire, in meinen Terminkalender schrieb, stellte ich mir eine dicke, gemütliche Köchin vor. Irgendwann standen Sie plötzlich vor mir. Da habe ich einfach nicht geschaltet. Ich habe sie angeschaut und sah eine hübsche junge Dame vor mir. Deshalb habe ich Sie zum Wohnwagen des Chefs gebracht. Danach habe ich mir keine Gedanken mehr gemacht, bis Sie beide in mein Büro gestürmt kamen und mir zu verstehen gaben, wie es sich wirklich verhält.“

Kelly wusste vor Verlegenheit nicht, wo sie hinschauen sollte. Ob sie diesen beschämenden Vorfall wohl jemals vergessen würde? „Na ja, so etwas passiert vielleicht mal. Aber er hätte mich wenigstens zu Ihnen führen und Ihnen erklären können, dass ich die neue Köchin bin.“ So leicht wollte Kelly Jack nicht davonkommen lassen!

„Wahrscheinlich hat er das nicht für nötig gehalten.“ Max zuckte die Schultern. Wieder fragte sie sich, was zwischen dem Chef und dieser temperamentvollen Frau war. „Allerdings hat er mich gebeten, Ihnen zu zeigen, wo die Vorräte sind.“ Mit der Zeitschrift deutete sie auf zwei große Schranktüren. „Das ist die begehbare Speisekammer. Dort finden Sie Tee, Kaffee, Kakao, Konserven, Mehl und was Sie noch für jede Mahlzeit brauchen.“

Kelly öffnete die Türen, um sich selbst zu überzeugen. Die Regale waren voll. Danach zeigte Max ihr den Kühlraum. Kelly fuhr erschrocken zurück, als sie die riesigen Säcke sah, die fast so groß waren wie sie selbst und Kartoffeln, Möhren, Rüben und Zwiebeln enthielten. Außerdem gab es Käse in großen Blöcken, Kästen voller Äpfel, Orangen, Bananen, Mangos, Papayas, Ananas, Tomaten, Gurken, Avocados, Salatköpfe.

Max machte die Tür wieder zu und ging mit Kelly zum Tiefkühlraum, der in verschiedene Bereiche aufgeteilt war. In einer Abteilung lagerten riesige Bratenstücke vom Rind, Schwein, Lamm und Hammel. Darüber hinaus gab es Koteletts, Steaks, Fleisch zum Schmoren und Fisch und Geflügel. In einer Ecke standen große mit Eiswürfeln gefüllte Plastiksäcke, Eimer mit Speiseeis, Kuchen, Pasteten, Böden für Obstkuchen und Fruchtsaftkonzentrate.

Die beiden Frauen zitterten vor Kälte, als sie aus dem Tiefkühlraum herauskamen. „So, ich glaube, das Wichtigste habe ich Ihnen gezeigt", meinte Max, sobald sie wieder in der heißen Küche standen. „Sie werden sich hier bald bestens zurechtfinden."

Kellys Blick fiel plötzlich auf eine Tafel, die neben dem Grill hing. Ein Bleistift baumelte von einem Nagel. Max ging hinüber und klopfte auf die Tafel.

„Das sind die Essenszeiten. Um sechs Uhr gibt es Frühstück, halb zehn ist Kaffeepause, Mittag gibt es um zwölf, die Teepause ist um drei, und Abendessen wird um sechs serviert. Wenn die Männer später noch einen Snack wollen, können sie sich selbst bedienen. Stellen Sie einfach Brot, Butter, Marmelade, Kekse und Kuchen für sie bereit. Oder andere Sachen, die übrig geblieben sind." Sie drehte sich zu Kelly um. „Im Moment arbeiten dreißig Männer hier, aber bis zum Abendessen werden noch zehn weitere Arbeiter eintreffen. Bis zum Wochenende sollte diese Zahl gleich bleiben. Wenn sich doch Änderungen ergeben, werde ich Ihnen rechtzeitig Bescheid sagen." Max blickte auf die Wanduhr, die über der Spüle hing. „Ich habe noch einige Minuten Zeit, bevor ich mich wieder an den Schreibtisch setzen muss. Ziehen Sie sich doch schnell um. Ich warte hier solange."

Das ließ Kelly sich nicht zweimal sagen. Sie rannte zu ihrem Zimmer, griff nach der Kulturtasche, eilte zum Waschraum und machte sich frisch. In ihrem Zimmer schlüpfte sie in Baumwollshorts, eine weite, ärmellose weiße Bluse und blaue Stoffschuhe. Das Haar bändigte sie mit einem weißen Band. Sie verzichtete auf Make-up und hastete zurück zur Küche.

„Das ging ja schnell." Max lachte amüsiert. „Aber Sie sollten in dieser Hitze nicht so rennen. Das ist zu anstrengend."

Kelly stand an der mit Fliegengitter versehenen Tür und beobachtete, wie Max zügig den sandigen Platz überquerte, um zum Verwaltungsgebäude zu gelangen. Bei jedem Schritt wirbelten ihre schweren Arbeitsstiefel Sandwolken auf. Ein Wassertankwagen fuhr langsam auf und ab, um den Platz zu befeuchten. Doch der Kampf gegen den feinen Sandstaub war nicht zu gewinnen. Ein tief gebräunter Mann mit gelbem Stahlhelm saß am Steuer eines Jeeps, der gerade vor dem Verwaltungsgebäude anhielt.

Kelly wusste sofort, dass es Jack war. Er hatte das weinrote Hemd und die beige Hose mit Bluejeans und einem schwarzen T-Shirt vertauscht. Gewandt sprang er aus dem Jeep und rief Max etwas zu, die gerade im Gebäude verschwinden wollte. Sie unterhielten sich einige Minuten lang. Kelly konnte zwar nicht hören, was gesprochen wurde, wusste jedoch, dass es um sie ging.

Misstrauisch beobachtete sie die Szene. Sicher fragte Jack Max aus, und die versicherte ihm, sie habe Kelly pflichtbewusst gezeigt, wo sie in der Küche alles finden würde. Max nickte lebhaft, anscheinend war sie mit allem einverstanden und konnte nichts Negatives über Kelly berichten. Na, das würde Jack sicher missfallen! Kelly lächelte vor sich hin. Die gute alte Max!

Plötzlich drehte Jack sich um und entdeckte Kelly, die ihn und Max noch immer beobachtete. Ihr Lächeln verschwand augenblicklich, denn sie ahnte, dass er ihre Gedanken erraten hatte. Am liebsten wäre sie auf der Stelle in die Küche gelaufen und hätte so getan, als sei sie sehr beschäftigt.

Doch sie konnte sich nicht von der Stelle rühren. Wie gebannt sah sie Jack entgegen, der mit langen Schritten auf sie zukam. Den gelben Stahlhelm hatte er aus dem Gesicht geschoben, sein Blick hielt sie gefangen. Er öffnete die Tür, Kelly wich zurück und schaute ihn an. Eingehend musterte er sie, betrachtete das zusammengebundene Haar, die weite ärmellose Bluse, die Bermudashorts, und auch die praktischen Stoffschuhe schienen sein Wohlwollen zu finden. Er nahm den Stahlhelm ab und legte ihn auf einen Stuhl. Erst dann begann er zu reden.

„Ich habe mit Max gesprochen", bemerkte er unnötigerweise. „Sie sagte mir, wie dankbar du ihr bist, weil sie dich vertreten hat."

Hatte er etwa geglaubt, sie hätte das nicht zu würdigen gewusst? Kelly ärgerte sich. „Selbstverständlich bin ich ihr dankbar."

Er überhörte Kellys Einwurf und fuhr fort: „Sie teilte mir auch mit, dass sie dir die Küche und die Vorratsräume gezeigt und dich auf die Essenszeiten aufmerksam gemacht hat. Stimmt das?"

„Das weißt du doch selbst."

„Schön, und worin liegt dann das Problem?", fragte er.

„Es gibt kein Problem", erwiderte Kelly heftig. „Obwohl du das anzunehmen scheinst. Sonst würdest du wohl kaum wie ein Kater hier umherstreichen, der sich schon die Pfoten leckt, weil ihm die arme kleine Maus gleich in die Falle gehen wird."

„Als arme kleine Maus habe ich dich nie gesehen", sagte er lächelnd. „Und ich glaube auch nicht, dass du leicht zu fangen bist." Sein Lächeln war einfach umwerfend. Nervös wich Kelly zurück. Als Jack das bemerkte, runzelte er die Stirn. „Fürchtest du dich vor mir, Kelly?", fragte er sanft.

Verwirrt bemerkte sie, wie besorgt er auf einmal klang. Hatte sie wirklich Angst vor ihm? Er war zwar groß und kräftig, aber daran lag es nicht, dass sie sich in seiner Gegenwart so ausgeliefert vorkam.

Es lag an dem Blick, mit dem er sie manchmal ansah. Er schaute ihr so tief in die Augen, dass es sie auf merkwürdige Weise berührte.

Und es hing damit zusammen, wie er sie manchmal anlächelte. So wie jetzt. Ihr Herz klopfte dann jedes Mal heftig.

Ja, und es lag auch an dem Kuss in der Strandhütte, an der Art, wie er sie zärtlich gestreichelt hatte. Kelly erinnerte sich noch genau, wie es gewesen war, als er sie im Wohnwagen liebkost hatte.

Hatte sie wirklich Angst vor ihm?

Ja, sogar sehr! Sie fürchtete sich vor der Anziehungskraft, die er auf sie ausübte, und hatte Angst, seinem Charme zu erliegen. Sie wusste einfach nicht, was sie dagegen tun sollte. Und am beängstigendsten war, dass sie nicht einmal wusste, ob sie sich überhaupt wehren wollte.

Diese Überlegungen hatten nur einige Sekunden gedauert, jedoch lange genug, Kelly zu verunsichern.

„Ich soll mich vor dir fürchten?" Sie lachte gezwungen. „So eine alberne Frage. Wie kommst du nur darauf? Also wirklich, Jack! Natürlich habe ich keine Angst vor dir!"

Sein Lachen war so ansteckend, dass Kelly mit einstimmte und fragte: „Habe ich etwa zu heftig protestiert?"

„Ein wenig vielleicht. Aber ein bisschen Furcht kann gar nichts schaden, ganz im Gegenteil." Er griff nach ihren Händen, die verglichen mit seinen ganz klein und zerbrechlich wirkten. Kelly versuchte zu ignorieren, wie aufgeregt ihr Herz klopfte, wie ihr Schauer der Erregung über den Rücken liefen. Sie war so damit beschäftigt, dass sie gar nicht darauf achtete, wie sie den leichten Druck seiner Hände erwiderte.

„Ich bin zwar ein strenger, aber sehr gerechter Chef", erklärte er sanft, aber ernst. „Wir sollten unsere anfänglichen Missstimmigkeiten vergessen, Kelly." Sein zärtliches Lächeln ließ sie wie Wachs dahinschmelzen. „Ich möchte nicht, dass du dich vor mir fürchtest", fuhr er leise fort.

Sie schüttelte den Kopf. „Nein, ich habe keine Angst vor dir", erklärte sie.

Er legte ihr die Arme um die Taille, und als Kelly sich an ihn schmiegte, strich er ihr zärtlich die Locken aus dem Gesicht. Dann beugte er sich vor und küsste sie flüchtig auf den Mund. Kelly folgte ihren Empfindungen und schmiegte sich noch enger an ihn. Wie sehr sehnte sie sich nach seinen Liebkosungen.

„Ich mag es nicht, wenn ich einige meiner Angestellten strenger behandeln muss", flüsterte er an ihren Lippen. „Aber leider ist das manchmal nötig." Er küsste sie sanft auf die Mundwinkel. Kelly erschauerte. „Und es geschieht auch nur, wenn eine bestimmte Angestellte beispielsweise Privatinteressen verfolgt."

Er knabberte zärtlich an ihrem Ohr. „Dann muss ich ihr natürlich Angst einjagen." Kelly war so hingerissen von seinen Liebkosungen, dass sie nicht sofort erfasste, was er eigentlich meinte.

Als sie die Bedeutung seiner Worte begriffen hatte, befreite sie sich aus der Umarmung. Ungläubig sah sie ihn an. Hatte sie sich verhört? „Wie bitte?"

Jack lachte verächtlich. „Du hast mich schon verstanden", stieß er hervor.

Kelly schüttelte verstört den Kopf. Ihre wunderschönen grünen Augen verrieten, wie verletzt sie war. „Du … gemeiner Kerl", flüsterte sie, den Tränen nahe.

Wortlos blickte Jack sie an, griff nach seinem Helm und sagte dann kühl: „Übermorgen beginnen die eigentlichen Bauarbeiten. Momentan sind die Männer noch damit beschäftigt, sich auf der Insel zurechtzufinden und ihre Maschinen aufzustellen. Das ist nicht weiter anstrengend. Daher benötigen sie auch nur leichte Mahlzeiten."

Durchdringend sah er sie an. Willenskraft, Energie und Rücksichtslosigkeit spiegelte sich in seinen Augen. Diese Eigenschaften hatten Jack ganz nach oben gebracht. Dieser Mann würde sich von niemandem aufhalten lassen.

„Aber ab übermorgen brauchen sie nahrhaftes Essen und geregelte Mahlzeiten. Du darfst also an nichts sparen. Wenn du Hilfe benötigst, wende dich an Max. Sie wird jemand für dich finden."

„Danke", antwortete Kelly kühl und unpersönlich. Sie hatte sich wieder gefangen. „Aber das wird nicht nötig sein. Ich komme auch allein zurecht."

„Dann fang jetzt lieber an. Die Männer werden gleich ihren Nachmittagstee trinken wollen."

„Wieso das denn? Sie haben doch eben erst zu Mittag gegessen", rief Kelly und hätte sich im nächsten Moment am liebsten auf die Zunge gebissen. „Okay, ich werde mich sofort an die Arbeit machen."

„Gut." Sein harter Blick ließ sie schaudern. „Und ich brauche dir wohl nicht zu sagen, dass du keine Zeit mehr haben wirst, an der Tür zu stehen und Leute anzustarren."

Verlegen senkte Kelly den Blick. „Ich habe niemand angestarrt, sondern lediglich Max beobachtet."

„Warum?"

„Das weiß ich nicht."

„Merkwürdig. Na ja, Max sitzt jedenfalls inzwischen an ihrem Schreibtisch." Er machte die Tür auf und ging hinaus. Über die Schulter blickte er zurück und sagte: „Am besten du stellst dich jetzt an deinen Herd."

„Sofort, Chef", erwiderte Kelly höflich, verfluchte ihn jedoch innerlich. Gleich fühlte sie sich viel besser!

6. KAPITEL

Der Speisesaal war das reinste Tollhaus. Die jungen Arbeiter, viele von ihnen Lehrlinge und noch Teenager, führten sich auf, als seien sie im Ferienlager. Sie waren direkt vom Arbeitsplatz in den Speisesaal gestürmt, ohne sich auch nur die Hände gewaschen zu haben. Sie waren staubig und schmutzig und rochen nicht besonders angenehm. Beim Tee hatten sie sich noch benommen, waren höflich und fast ein wenig schüchtern gewesen. Aber jetzt kannten sie Kelly und führten sich wie eine Schar wilder Jugendlicher auf. Einer wollte den anderen noch übertreffen.

Sie rannten zwischen Speisesaal und Küche hin und her, stießen Stühle um, zogen Schubladen auf, inspizierten sämtliche Schränke, nahmen sich heraus, was ihnen gerade gefiel, rissen Pakete auf, schütteten den Inhalt auf den Arbeitsplatten aus, und sie machten sich über Kelly lustig, die vor dem riesigen Grill fast umkam vor Hitze und sich die Arme bereits an dem heißen spritzenden Fett verbrannt hatte, in dem sie die Hamburger briet.

Kelly versuchte, die Jugendlichen aus der Küche zu werfen, bat sie, nicht alles aufzureißen und zu verschütten, sondern sich im Speisesaal an die Tische zu setzen. Als das alles nichts half, griff sie verzweifelt nach einem riesigen Topf und hämmerte mit einem Esslöffel dagegen. Der ohrenbetäubende Lärm übertönte alle anderen Geräusche.

„Verschwindet auf der Stelle aus dieser Küche!“, schrie Kelly. „Sofort. Habt ihr mich verstanden?“ Wieder schlug sie gegen den Topf und funkelte die jungen Männer wütend an. „Wenn ihr nicht in zehn Sekunden aus meiner Küche verschwunden seid und euch friedlich an die Tische gesetzt habt, könnt ihr sehen, woher ihr euer Abendessen bekommt. Von mir jedenfalls nicht! Und Snacks für später könnt ihr auch abschreiben.“

Erstaunt stellte sie fest, wie schnell die Burschen die Küche verlassen hatten. Sie stellten die umgestoßenen Stühle wieder auf und setzten sich gehorsam hin. Kelly folgte ihnen in den Speisesaal und schwang drohend den Löffel.

„Das ist schon viel besser. So, und sobald ihr mit dem Essen fertig seid, beseitigt ihr gefälligst das Chaos, das ihr in der Küche angerichtet habt. Und wenn sich irgendeiner von euch noch einmal hier hereinwagt, bevor ich den Gong geschlagen habe ...“ Sie schlug dreimal laut gegen den Topf. „Dann werde ich euch zum Gemüseputzen verdonnern.“ Sie warf einen furchteinflößenden Blick in die Runde. „Habt ihr das verstanden?“

Die jungen Arbeiter nickten eifrig. Kelly kam näher. Jedes Wort unterstrich sie mit einem Wedeln des Löffels. „Und ab morgen setzt sich keiner zum Abendessen an den Tisch, bevor er nicht geduscht hat und saubere Freizeitkleidung trägt. Ist das klar?“

Sie nickten auch diesmal, aber einige von ihnen schauten unbehaglich zur Tür. Kelly folgte ihren Blicken. Jack stand im Speisesaal und blickte drohend drein. Kelly wurde rot und ließ den Löffel sinken. Du liebe Zeit, wie lange mochte er schon dort gestanden und zugehört haben? Jedenfalls lange genug, um die Männer einzuschüchtern. Sonst hätten sie ihren Anweisungen sicher nicht so ohne Weiteres zugestimmt.

„Haben Sie Probleme mit der Disziplin, Miss McGuire?“, fragte er leise und kam langsam näher.

Kelly sah ihm verlegen entgegen. „Nein, nein. Ich habe alles im Griff. Es gibt keine Probleme.“

„Die jungen Männer benehmen sich also?“

„Ja, das sieht man ja.“

„Schön.“ Er ging langsam um die Tische herum und musterte jeden Arbeiter streng. Schuldbewusst erwiderten sie seinen Blick. „Aufsässigkeit toleriere ich nämlich nicht. Wer sich hier oder auf der Baustelle danebenbenimmt, wird sofort an die Luft gesetzt. Damit das klar ist.“

Er zog die Augenbrauen hoch und deutete mit dem Kopf zur Küche. Offensichtlich wollte er Kelly unter vier Augen sprechen. Niedergeschlagen ging sie hinter ihm her. Sie hatte sich von den jungen Männern, die jetzt brav an den Tischen saßen, überrumpeln lassen. Hoffentlich war damit ihre Arbeit als Köchin nicht schon zu Ende!

Verärgert betrachtete Jack das Chaos in der Küche. Kelly wurde noch niedergeschlagener. Selbst ein Wirbelwind hätte nicht mehr Schaden anrichten können.

„Was ist passiert?", fragte Jack leise mit kaum unterdrücktem Zorn.

Kelly schüttelte den Kopf und biss sich auf die Lippe. Sie kämpfte mit den Tränen. „Ich weiß es selbst nicht. Sie waren auf einmal außer Rand und Band."

„Offensichtlich haben sie ausprobiert, wie weit sie bei dir gehen können." Tröstend streichelte er ihre Wange. „Ist alles in Ordnung mit dir?"

„Ja, ja, danke. Mir ist nichts passiert."

Er ließ den Blick wieder übers Schlachtfeld wandern und ließ ihn dann auf Kellys Topf und Löffel ruhen. Plötzlich lächelte er sie aufmunternd an. „Du hast dich tapfer geschlagen. Ich glaube kaum, dass sie dir noch einmal Ärger machen werden. Sogar mir hast du Angst eingejagt", fügte er lachend hinzu.

Kelly stellte den Topf auf der Arbeitsplatte ab und legte den Löffel daneben. „Wahrscheinlich war es wirkungsvoller, als einen Pistolenschuss in die Luft abzugeben."

Jack lachte. „Viel besser!" Gleich darauf wurde er ernst. „Sollte so etwas trotz allem wieder passieren, musst du mich sofort verständigen, Kelly. Du darfst das nicht allein durchstehen." Er imitierte ihren furchteinflößenden Tonfall. „Ist das klar?"

Kelly lächelte und nickte gehorsam. „Jawohl, Boss."

Sein leises, belustigtes Lachen ließ ihr Herz höher schlagen. Schüchtern sah sie ihn an.

„Bist du sicher, dass du keine Hilfe haben möchtest? Wenigstens für die Vorbereitungen zum Abendessen."

„Nein, danke. Ich komme schon allein zurecht." Sie ließ den Blick über das Durcheinander wandern. „Ich kann mir nicht vorstellen, dass so etwas noch einmal passiert. Und wenn doch, werden dreißig Männer das Chaos höchstpersönlich beseitigen!"

„Aber du musst mir versprechen, die Sache nicht selbst in die Hand zu nehmen", sagte Jack eindringlich. „Ich möchte sofort über jeden Vorfall informiert werden."

„Okay", versprach sie und brachte ihn glücklich zur Tür. Sein

Lob tat ihr wirklich gut! Jack blickte die jungen Männer noch einmal warnend an, ehe er den Speisesaal verließ. Als er die Tür hinter sich schloss, ging ein hörbares Aufatmen durch den Raum. Kelly eilte zurück zur Küche, türmte die Hamburger auf großen Platten auf und stellte sie auf die Tische.

„Für jeden sind drei Stück da", sagte sie und lächelte den jungen Arbeitern aufmunternd zu. „He, nun macht nicht so lange Gesichter. Zum Nachtisch gibt es Puddingtörtchen und Eis. Die Kalorien werden gleich wieder verbrannt, wenn ihr die Küche aufräumt", fügte sie gut gelaunt hinzu.

Max kam zweimal vorbei, Jack dreimal, um zu sehen, ob die Aufräumaktion nach Plan verlief. Seine Anwesenheit genügte, um den jungen Männern zu verstehen zu geben, dass sie gegen ihn keine Chance hatten. Er war der Herr der Insel!

Als Kelly spätabends endlich mit ihrer Arbeit fertig war, zitterte sie vor Erschöpfung. Im Mondschein ging sie langsam zu ihrer Unterkunft, nahm Nachthemd, Handtuch und Kulturtasche und machte sich auf den Weg zu den Duschen.

Die Waschräume waren heiß und feucht und rochen nach Shampoo, Seife und Zahnpasta. Mehrere benutzte Handtücher lagen auf Bänken und auf dem Fußboden. Kelly hob sie auf und hängte sie auf Holzhaken, die an der Wand befestigt waren. Dann suchte sie sich eine Kabine aus, zog sich aus und duschte lauwarm. Das tat gut! Später bezog sie das Bett in ihrem Zimmer, öffnete das Fenster, stellte den Wecker und legte sich hin.

Doch sie konnte nicht schlafen. Sie war noch zu aufgewühlt von den Ereignissen des Tages und der ungewohnten Arbeit. Ihre Beine schmerzten vom langen Stehen am Herd, und die Verbrennungen an den Armen, die die Fettspritzer verursacht hatten, taten weh. Außerdem war es viel zu heiß und stickig im Zimmer, trotz des weit geöffneten Fensters und des Ventilators, der eigentlich für angenehme Kühle sorgen sollte.

Es half alles nichts, sie konnte einfach nicht einschlafen. Ärgerlich stand Kelly wieder auf, zog sich ihren Bademantel über und ging hinaus. Kurze Zeit später schlenderte sie am Meeresufer entlang. Es tat gut, im kalten Wasser zu waten. Allmählich entspannte sie sich. Die leichte, lauwarme tropische Brise kühlte ihre heißen Wangen und spielte in ihrem Haar. Von Zeit zu Zeit bückte sich Kelly, um Wasser auf die verbrannte Stelle am Arm zu spritzen.

Sie kannte sich weder auf der Insel noch am Strand aus, sondern war einfach den Weg zum Meer hinuntergegangen, um zu waten. Die Palmenwedel raschelten in der leichten Brise. Irgendwann wurde sie müde, zögerte jedoch, in ihr stickiges kleines Zimmer zurückzukehren. Wie gern hätte sie sich in den Sand gelegt, die Augen zugemacht und geschlafen.

Unerwartet tauchte eine kleine vom Wind geschützte Bucht vor ihr auf und ließ den Sandstrand unvermittelt enden. Ein etwa ein Meter hoher Felsen ragte direkt am Ende des Strandes aus dem Wasser. Silbergrau leuchtete er im Mondschein.

Ohne zu zögern, kletterte Kelly hinauf. Er fühlte sich warm und glatt unter ihren Füßen an. Sie zog Bademantel und Nachthemd aus, legte das Bündel sorgfältig auf den Felsen und stellte sich aufrecht hin. Sie genoss es, wie die leichte Brise ihren Körper liebkoste. Schließlich ließ Kelly sich in die Fluten gleiten.

„Ich würde ja mitschwimmen, aber ich bin gerade erst aus dem Wasser herausgekommen."

Zuerst dachte sie, sich Jacks Stimme nur eingebildet zu haben. Wahrscheinlich war sie so erschöpft und übermüdet, dass ihre Fantasie ihr einen Streich spielte. Sie strich sich das Haar zurück und versuchte, auf der anderen Seite der Bucht etwas zu erkennen. Kelly riss die Augen auf, als sie Jack am Strand stehen sah – nass und nackt!

Er lächelte, als er aufreizend langsam nach einem Handtuch griff, es sich um die schlanken Hüften schlang und an der Seite verknotete. Dann ging er um die kleine Bucht herum, sah zu Kelly hinunter und lächelte sie verführerisch an.

„Ach, du bist es nur, Kelly. Ich dachte, es wäre eine Meerjungfrau."

„Sehr witzig." Sie deutete auf ihr Bündel, das neben ihm lag. „Würdest du mir bitte meinen Bademantel reichen?"

Er betrachtete ihre Sachen und machte es sich auf dem Felsen bequem. „Was willst du denn mit dem Bademantel? Du bist doch gerade erst ins Wasser gegangen", fragte er rau.

„Ich will ihn aber haben."

Lächelnd schüttelte er den Kopf. „Sei nicht albern. Nun bist du so weit gelaufen, um in meiner Bucht zu schwimmen, da wirst du doch ..."

Kelly hielt die Luft an. „In deiner Bucht?" Ungläubig sah sie ihn an. „Sie gehört dir?" Tatsächlich, als sie an seinen breiten Schultern vorbeisah, konnte sie im silbernen Mondschein die kleine Veranda seines Wohnwagens sehen.

Jack lachte leise. „Tu doch nicht so! Das weißt du ganz genau!" Er strahlte sie an. „Und ich bestehe darauf, dass du in Ruhe schwimmst. Schließlich hast du einen anstrengenden Tag hinter dir." Er lehnte sich auf dem Felsen zurück. „Ich werde dir zusehen, damit dir auch nichts passiert."

„Ich möchte aber nicht, dass du mich beobachtest."

„Natürlich möchtest du das. Sonst wärst du wohl kaum zu meiner Bucht gekommen."

Unglaublich, wie eingebildet dieser Mann ist, dachte Kelly. Laut sagte sie: „Ich hatte keine Ahnung, dass ich dich hier treffen würde." Sie wurde rot, als sie seinen zweifelnden Blick sah. „Das musst du mir glauben. Ich bin schließlich zum ersten Mal an diesem Strand. Max hatte mich vorhin im Jeep zu deinem Wohnwagen gebracht. Wir sind durch ein ziemlich unwegsames Gelände gefahren und nicht am Strand entlang.

Also gut", fügte sie hinzu. „Wenn du es unbedingt wissen willst: Ich habe mich nur entschlossen, noch einen Spaziergang zu machen, weil ich nicht schlafen konnte."

„Weil du nicht allein schlafen konntest, meinst du." Er nickte verständnisvoll. „Das kann ich verstehen. Mir geht es manchmal auch so." Er streckte die Hand aus. „Also gut", meinte er seufzend. „Du kannst mit mir schlafen."

Kelly ignorierte die ausgestreckte Hand und besonders seine unverschämte Einladung. „Ich konnte nicht einschlafen", fuhr sie kurz angebunden fort, „weil meine Nerven überreizt waren. Irgendwann habe ich beschlossen, einen Spaziergang am Strand zu machen, um mich zu entspannen."

„Das ist immer gut", pflichtete Jack ihr ernst bei. „Aber es gibt noch bessere Methoden, sich zu entspannen."

„Ja, und ich bin überzeugt, du kennst sie alle."

„Ich gebe mir Mühe, mich auf dem Laufenden zu halten."

„Wie schön für dich."

Durchdringend blickte er sie an.

Hastig schaute Kelly woanders hin. „Würdest du mir jetzt bitte meinen Bademantel reichen?"

„Bist du sicher, dass du nicht schwimmen möchtest?"

„Ganz sicher."

„Würdest du es dir anders überlegen, wenn ich wieder ins Wasser kommen würde?" Entsetzt beobachtete sie, wie er aufstand und das um die Hüften geschlungene Handtuch aufzuknoten begann.

„Ganz bestimmt nicht. Und wage es nur nicht, dein Handtuch abzulegen!" Mit versagender Stimme fügte sie hinzu: „Bitte gib mir jetzt endlich meinen Bademantel."

Jack hob ihn hoch und reichte ihn Kelly. Als sie danach greifen wollte, nahm er ihre Hand und zog Kelly hoch. Das Wasser perlte von ihrem nackten, im Mondschein glänzenden Körper.

„Du gemeiner Kerl", stieß sie hervor und entriss ihm den Bademantel.

Jack lachte leise vor sich hin, wurde aber sofort ernst, als er die kleinen Brandblasen an Kellys Armen sah. „Was ist das denn?", fragte er besorgt.

„Ach, nichts weiter. Überhaupt nichts." Sie streifte sich eilig den Bademantel über und band den Gürtel zu.

Jack packte sie an den Händen und schob trotz heftiger Gegenwehr die Ärmel hoch. „Das sind ja Verbrennungen!", rief er entsetzt. „Wie ist das denn passiert?"

„Es sind Fettspritzer von den Hamburgern, die ich gebraten habe." Sie zog die Ärmel wieder hinunter und steckte die Hände in die Taschen.

„Und wie hast du die Verbrennungen behandelt?"

Sie zuckte die Schultern. „Gar nicht."

„Gar nicht? Das darf ja wohl nicht wahr sein! Weißt du denn nicht, dass sich solche Brandwunden leicht entzünden?"

„Es sind doch nur kleine Bläschen."

Jack musterte sie aufgebracht. „Sag mal, Kelly, bist du wirklich so naiv? Selbst der kleinste Kratzer kann sich in den Tropen innerhalb weniger Stunden entzünden." Er zog ihr die Hände aus den Taschen und rollte die Ärmel wieder hoch, um die Arme genauer zu untersuchen. Vorsichtig strich er über die verletzte Haut. „Du hast Glück gehabt. Die Brandblasen sind nicht aufgeplatzt, und ich sehe keine Spuren von Entzündungen." Er streifte die Ärmel wieder hinunter. „Aber das kann sich ändern." Er zog Kelly mit sich. „Ich habe einen Erste-Hilfe-Kasten im Wohnwagen."

Kelly versuchte heftig, sich zu befreien. „Nein", rief sie in Panik. „Ich verspreche, morgen früh zur Krankenstation zu gehen. Ganz bestimmt. Gleich nach dem Aufstehen." Die Erinnerung an ihren Aufenthalt im Wohnwagen vor wenigen Stunden war zu beschämend.

„Kommt nicht infrage. Diese Verbrennungen müssen sofort behandelt werden." Er bückte sich, hob Kellys Nachthemd auf, klemmte es sich unter den Arm, ohne auf Kellys Proteste zu achten, und zog sie den schmalen Pfad zu seinem Wohnwagen hinauf. Dort schaltete er die Innenbeleuchtung ein. Nervös sah Kelly sich um. Das Geschirr vom Abendessen war gespült und trocknete auf der Ablage.

Es musste eine einsame Mahlzeit gewesen sein, denn Kelly entdeckte nur einen Teller, ein Glas, ein Messer, eine Gabel. Jack öffnete einen Schrank und zog einen schwarzen Kasten heraus. Wahrscheinlich war das die Erste-Hilfe-Ausrüstung.

„Zieh den Bademantel aus", befahl Jack schroff.

Schützend legte Kelly die Hand auf den Knoten des Gürtels. „Ich denke gar nicht daran!"

Jack wurde allmählich ungeduldig. „Ich muss mir die Brandblasen genauer ansehen und Salbe darauf streichen. Wie soll ich das denn machen, wenn deine Arme verhüllt sind?"

„Ich kann mich selbst eincremen", sagte Kelly und streckte eine Hand aus. „In meinem Zimmer. Bitte gib mir die Tube."

„Stimmt, du könntest es selbst tun, aber es wäre mir lieber, wenn ich es machen würde. Dann wüsste ich dich gut versorgt und könnte ruhiger schlafen.“ Er strahlte sie an.

„Ich kann mich allein versorgen.“

„Offensichtlich nicht. Denn sonst würde diese Unterhaltung gar nicht stattfinden.“ Er seufzte tief auf, und zum ersten Mal bemerkte Kelly, wie müde er aussah. Auch er hatte einen langen, anstrengenden Tag hinter sich.

„Du … du hast mein Nachthemd. Ich trage nichts unter dem Bademantel.“

„Dein Nachthemd liegt auf dem Stuhl, hier neben dir.“ Er hob es auf und reichte es ihr. „Geh in mein Schlafzimmer und zieh dich um.“

Kelly eilte hinaus, ignorierte das große Bett, zog den Bademantel aus, schlüpfte in ihr weißes, ärmelloses Baumwollnachthemd und zog den Bademantel wieder über. Als sie wieder in die Küche kam, hatte Jack sich einen schwarzen Seidenmorgenmantel angezogen, den er locker verknotet hatte. Er sah umwerfend sexy aus!

„Setz dich hin!“, befahl er und wies auf einen der zwei Stühle, die er nebeneinandergestellt hatte. „Und zieh endlich diesen verflixten Bademantel aus!“

Kelly gehorchte widerstrebend, setzte sich vorsichtig auf die Stuhlkante und legte sich den Bademantel auf den Schoß. Jack ließ sich auf dem anderen Stuhl nieder und griff nach der antiseptischen Salbe. Sie schloss die Augen, hielt den Atem an, als sie die angenehm kühlende Salbe auf der verbrannten Haut spürte. Vorsichtig und gleichmäßig verteilte er das Antiseptikum. Kellys Hände ruhten auf dem seidigen Morgenmantel, der Jacks Schenkel bedeckte.

„So“, sagte er schließlich rau. „Du kannst die Augen wieder aufmachen, Kelly.“

Kelly gehorchte. „Bist du sicher …“ Sie fuhr sich mit der Zunge über die Lippen. „Bist du sicher, dass es reicht?“

„Ganz sicher.“ Er nahm ihre Hände und küsste sie zärtlich, wobei er Kelly tief in die Augen schaute. Sie schluckte. „Ich fahre dich zurück“, sagte Jack unvermittelt.

Daraufhin stand er schnell auf, schraubte die Tube zu und steckte sie in die Bademanteltasche, bevor er Kelly hochzog und ihr in den Frotteemantel half. Jack ermahnte sie, die Brandblasen morgens noch einmal einzucremen. Sie nickte. Erst als sie beide beim Jeep standen, meinte sie beunruhigt: „Du kannst mich nicht zurückfahren. Man könnte uns sehen oder den Jeep hören."

Er zuckte die Schultern. „Das bezweifle ich. Aber warum wäre das denn so schlimm?"

Sie sah ihn an. „Wir haben beide kaum etwas an."

Jack lachte vergnügt. „Und du möchtest nicht, dass die Leute einen falschen Eindruck bekommen?"

„Genau."

„Okay." Er lächelte zärtlich und streichelte ihre Wange. „Dann bringe ich dich zu Fuß zurück. Wir gehen am Strand entlang."

Ihr Herz pochte. Stockend sagte sie: „Das ... das ist nicht nötig."

„Doch, das ist es."

Schweigend gingen sie am Strand entlang, den der Mond in ein silbernes Licht getaucht hatte. Es schien das Selbstverständlichste auf der Welt zu sein, dass sie mitten in der Nacht gemeinsam unterwegs waren. Jack hatte nicht versucht, ihre Hand zu halten, aber von Zeit zu Zeit berührten sich ihre Hände, und jedes Mal erschauerte Kelly. Am Ende des Pfades blieben sie stehen, und Kelly sah hoch. Die Sterne am Himmel spiegelten sich in ihren Augen. Sie ging einen Schritt auf Jack zu. Die Lippen hatte sie leicht geöffnet, als erwartete sie, geküsst zu werden.

„Gute Nacht", flüsterte sie. Hinter ihr schlugen die Wellen leise ans Ufer.

„Gute Nacht." Jack beugte sich vor und gab ihr einen flüchtigen Kuss auf die Wange. „Kümmere dich um die Brandblasen."

Daraufhin drehte er sich um und ließ sie einfach stehen. Kelly sah ihm nach, bis er um eine Biegung verschwand. Tränen liefen ihr die Wangen hinunter. Sie hob die Hand und berührte die Stelle, die er geküsst hatte.

7. KAPITEL

Kelly schien die Temperatur von über vierzig Grad im Schatten nichts auszumachen. Das Haar steckte unter ihrem alten Strohhut, und sie trug ein weißes ärmelloses T-Shirt und verblichene Jeansshorts. Die Sandaletten hatte sie abgestreift. Fröhlich pflanzte sie vor dem Küchenfenster Petunien auf einem Beet an.

Die Pflanzen, die sie mit den in der Küche benötigten Sachen bestellt hatte, waren gestern Morgen mit dem Boot eingetroffen. Kelly hatte sie in ihrem Zimmer versteckt, bis Jack in Sydney war, wo er den Rest der Woche zubringen würde. Sie wollte ihn überraschen. Außerdem sollten die Blumen ihn an sein Versprechen erinnern.

Sie summte leise vor sich hin und konnte vorübergehend die anstrengende Küchenarbeit vergessen. Allmählich wurde es langweilig, immer die gleichen Gerichte zu kochen: Steaks, Koteletts, Braten und Gulasch und natürlich Kartoffeln und Gemüse. Einmal hatte sie den ganzen Tag damit verbracht, Rindfleischstücke in Würfel zu schneiden, zu marinieren und die Würfel mit Zwiebeln, Tomaten und Pfeffer auf einhundertzwanzig Bambusspieße zu schieben. Dazu hatte sie Reis und Salat serviert.

Sie fühlte sich in der täglichen Routine zwischen Spüle, Herd und ihrem Zimmer gefangen. Nur auf dem Weg von den Unterkünften zur Küche und zurück kam sie an die frische Luft. Kelly vermisste ihre eigentliche Arbeit, die damit verbundene Kreativität, die Herausforderung, ein brachliegendes Stück Land in eine wunderschöne Gartenanlage zu verwandeln. Und ihr fehlte die Begeisterung der Kunden, wenn sie sahen, was Kelly für sie kreiert hatte. Wenn sie nachts ins Bett fiel und sich vor Erschöpfung kaum noch bewegen konnte, dachte sie an Jacks Versprechen. Nur so fasste sie wieder Mut für den nächsten Tag.

„Was um alles in der Welt ist denn hier los?“, fragte eine tiefe Stimme hinter ihr.

Kelly fuhr herum. In der Hand hielt sie eine junge Pflanze, die sie gerade setzen wollte. Missbilligend sah Jack Kelly an. Er trug eine beigefarbene Hose und ein blaues kurzärmeliges Seidenhemd. Kelly sprang schuldbewusst auf und klopfte sich die Erde von den Knien.

„Wieso bist du nicht in Sydney?“, fragte sie unbesonnen.

Er blickte sie aus zusammengekniffenen Augen an. „Aha, das habe ich mir doch gedacht! Wenn die Katze aus dem Haus ist, dann tanzen die Mäuse auf dem Tisch.“

Kelly errötete. „Gar nicht wahr! Ich versuche nur, meinen Arbeitsbereich etwas zu verschönern.“ Sie schluckte. Hoffentlich verbot er ihr das kleine Vergnügen nicht. „Ich brauche etwas Hübsches, Buntes, was ich gern anschaue.“

„Wie bitte?“, fragte er ungläubig. „Du weißt ja nicht, was du redest, Mädchen. Sieh dich doch mal um! Du befindest dich hier auf einer der schönsten Inseln der ganzen Welt. Viele Menschen würden sonst etwas dafür geben, nur einmal von so viel Schönheit umgeben zu sein.“

„Ich … ich weiß. Aber von meinem Küchenfenster aus kann ich davon nichts sehen. Ich schaue nur auf diesen grauen staubigen Platz.“

Er dachte darüber nach und betrachtete die Setzlinge. „Und womit willst du deine … deine neue Umgebung gießen?“ Er sah ihr in die Augen. „Oder hast du daran etwa noch gar nicht gedacht?“

Bis die riesigen unterirdischen Wassertanks eingelassen waren, waren sie auf Regenwasser angewiesen, das in Tonnen aufgefangen wurde. Überall hingen Anschläge, dass man sparsam mit dem Wasser umgehen sollte. Dieses kostbare Gut zum Bewässern ihrer Pflanzen zu verwenden, war völlig undenkbar. Das wusste Kelly.

„Spülwasser“, antwortete sie prompt. „Ich gieße die Pflanzen mit Spülwasser.“

Jack sah sie verblüfft an. „Mit Spülwasser?“

Kelly lachte amüsiert. „Jetzt müsstest du dein Gesicht sehen! Aber es ist wirklich möglich, das Wasser zu verwenden, denn das Spülmittel ist biologisch abbaubar und schadet den Pflanzen nicht. Im Gegenteil, es wirkt gleichzeitig als Dünger.“

Nachdenklich rieb Jack sich das Kinn und betrachtete den kleinen Garten. „Wie es scheint, hast du an alles gedacht“, bemerkte er nach einer Weile. „Sogar daran, so lange zu warten, bis ich fort bin. Jedenfalls glaubtest du, ich sei fort."

Kelly senkte schuldbewusst den Blick. Sie kam sich ein wenig albern vor.

„Hast du wirklich befürchtet, ich könnte dir diese kleine Freude verderben, Kelly? Warum sollst du denn nicht deine Blumen pflanzen, wenn dir so viel daran liegt?", fragte er leise.

Kelly sah ihn hilflos an. Wie gern hätte sie ihm den wahren Grund für ihre gärtnerischen Aktivitäten genannt! Doch sie traute sich nicht. Vielleicht befürchtete sie, er würde sein Versprechen nicht halten, weil er sie doch für ungeeignet hielt, die Landschaftsgestaltung eines seiner kleineren Projekte zu übernehmen. Und nur dieses Versprechen hielt sie noch hier, sonst würde sie nicht von morgens bis abends in der Küche schuften.

„Ich ... ich ..."

„Sag schon! Hast du das wirklich befürchtet?"

Sie nickte unglücklich. „Ja", flüsterte sie.

Bestürzt sah Jack sie an und seufzte schwer. „Aha. Na, wenigstens hattest du keine Angst, ich würde sie wieder ausgraben lassen, nachdem du sie erst einmal gesetzt hattest."

Kelly beobachtete, wie er den Platz überquerte und in den wartenden Jeep stieg. Als Jack die Tür öffnete, konnte sie die Aktentasche auf dem Beifahrersitz und den Koffer auf dem Boden sehen. Jack fuhr Richtung Flugfeld und verschwand hinter einer dichten Staubwolke. Als die Jabiru über sie hinwegflog, stand Kelly noch immer in ihrem kleinen Garten. Sie beschattete die Augen mit der Hand und sah dem kleinen Flugzeug nach. Tränen verschleierten ihren Blick.

Als Jack zehn Tage später über die Insel flog, rechnete er damit, Kellys Garten in voller Blütenpracht zu sehen. Allerdings hatte er nicht erwartet, dass überall kleine Beete angelegt worden waren. Er glaubte, seinen Augen nicht zu trauen, als einer seiner alten, mürrischen Ingenieure vorsichtig das Unkraut aus dem Blumenbeet entfernte, das vor seinem Wohnwagen angelegt worden war. Und dort war ja Max, die gerade Spülwasser auf die Blumenpracht schüttete. Jack lachte vergnügt und schüttelte den Kopf. Das musste man Kelly lassen: Sie hatte Talent. Der Gebäudekomplex sah jetzt viel schöner aus.

Kellys Herz schlug sofort höher, als sie das Flugzeug übers Camp fliegen hörte. Sie hatte gerade noch einmal nach den riesigen Stücken Rinderbraten gesehen, die im Ofen brutzelten. Das Fleisch war fast gar. Sie warf einen kurzen Blick auf die Küchenuhr. Viertel nach fünf – in einer Dreiviertelstunde würde der Speisesaal voll sein. Im nächsten Ofen bräunten Kartoffeln und Kürbisse auf flachen Blechen. Kelly senkte die Temperatur etwas, damit das Essen nicht anbrannte.

Die Schüsseln standen bereits im Wärmer, die Tische im Speisesaal waren gedeckt. Trotzdem überzeugte Kelly sich noch einmal, ob sie auch nichts vergessen hatte. In einer Schublade hatte sie große bunte Tischtücher gefunden. Heute Abend sahen die Tische besonders festlich aus mit den roten Tischdecken, dem glänzenden weißen Geschirr und den Bestecken.

Jeder Tisch war mit einer kleinen Vase bunter Petunien dekoriert, die Kelly in ihrem kleinen Garten gepflückt hatte. Und Max hatte auf Kellys Bitten bunte Reiseposter vom Festland mitgebracht, die nun die Wände verzierten. Die weißen Glühbirnen hatte Kelly mit Lampen vertauscht, die ein sanfteres Licht verstrahlten. Der Speisesaal wirkte nun richtig gemütlich. Wenn Jack jetzt hereinkäme, dachte Kelly stolz, würde er glauben, in einem Edelrestaurant zu sein.

Allerdings erwartete sie gar nicht, dass er gleich hereinspazieren würde. Zunächst würde er sich bei Max melden, dann bei seinen Bauingenieuren und Architekten. Das tat er immer, wenn er längere Zeit fort gewesen war. Und dann würde er wahrscheinlich direkt zum Wohnwagen gehen, um sich von der anstrengenden Geschäftsreise auszuruhen. Aber vielleicht würde er heute ja doch kurz vorbeikommen und sich lobend über die bunten Blumenbeete äußern.

Die anderen waren jedenfalls alle begeistert und hatten jetzt so eine Art Freizeithobby. Kelly beugte sich über einen der Tische und strich verträumt über eine Blüte. Manchmal flog Jack nach Airlie Beach hinüber, dem größten Feriengebiet an der Whitsunday-Küste. Von Max wusste sie, dass er dort ein Haus besaß, und nun fragte sie sich, ob er wohl auch einen Garten hatte.

Schließlich seufzte Kelly und verbannte energisch jeden Gedanken an Jack. Sie musste sich auf die nächste Mahlzeit konzentrieren. Das

Kochen an sich ist nicht weiter schwierig, dachte sie. Aber zeitlich alles genau zu berechnen war nicht einfach. Jede Mahlzeit war eine neue Herausforderung. Allerdings hatte sie inzwischen so viel Praxis, dass ihr vieles bereits schneller von der Hand ging.

Sie wischte sich mit dem Saum der langen Schürze, die ihren gelben Einteiler bedeckte, die Schweißperlen von der Stirn. Es war wirklich unglaublich heiß in der Küche!

Laut Zeitplan musste sie jetzt die Apfelkuchen aus dem Tiefkühlraum holen und in den Ofen schieben. Dann wären sie gar, wenn die Männer mit dem Hauptgang fertig waren. Kelly stieß die schwere Tür zum Tiefkühlraum auf. Die kalte Luft, die ihr entgegenschlug, tat ihr gut. Kelly knipste das Licht an, zögerte jedoch plötzlich hineinzugehen. Sie wusste gar nicht, wie oft sie schon etwas aus dem Tiefkühlraum geholt hatte, ohne sich etwas dabei zu denken. Aber auf einmal hatte sie Angst.

Was wäre, wenn die Tür plötzlich hinter ihr zufiele? Dann war sie eingesperrt! Niemand würde sie vermissen, bis die Männer zum Essen kamen.

Und das war erst in einer knappen Dreiviertelstunde! Konnte man in dieser Zeit erfrieren? Nervös blieb sie an der offenen Tür stehen. Vielleicht nicht, aber mit Sicherheit würde sie Frostbeulen davontragen. Der bloße Gedanke, irgendwo eingesperrt zu sein, war schlimm genug, aber die Vorstellung, langsam zu erfrieren, war einfach grauenhaft.

Verzweifelt sah sie sich nach einem Gegenstand um, mit dem sie die Tür aufhalten konnte, während sie die Apfelkuchen holte, und entdeckte den Besen. Ja, das müsste gehen. Sie klemmte ihn fest, sodass die Tür nicht zufallen konnte, und betrat den Tiefkühlraum.

Die eisige Luft raubte ihr fast den Atem. Kelly lief, so schnell sie konnte, zu dem Bereich, wo die Nachtische lagerten, lud sich ein Dutzend Apfelkuchen auf den Arm, rannte in die Küche zurück und legte das Gebäck auf der rostfreien Ablage ab. Geschafft, dachte sie erleichtert.

„Sag mal, bist du von allen guten Geistern verlassen?“

Kelly fuhr erschrocken herum, als sie den anklagenden Tonfall hörte.

Durch den eiskalten Nebel, der aus dem Tiefkühlraum in die heiße Küche drang, erkannte sie in dem großen Mann Jack. Er trug ein kurzärmeliges grünes Hemd und eine braune Hose. Kellys Herz klopfte vor Freude, als sie ihn an der Tür stehen sah. Offensichtlich war er direkt vom Flugfeld zu ihr gekommen, bevor er die anderen aufsuchte. Jetzt stürmte er heran, stieß den Besen zur Seite und knallte die Tür zum Tiefkühlraum zu.

„Wie kannst du nur so verantwortungslos handeln?“, fragte er wütend. „Der Tiefkühlraum ist doch keine Klimaanlage!“

„Aber das weiß ich doch. Ich habe nicht ...“

„Wie lange stand die Tür offen?“

„Nicht lange, nur ...“

„Sei still!“ Er neigte den Kopf zur Seite und lauschte den Motorgeräuschen. Kelly hielt die Luft an und horchte ebenfalls.

„Klingt ganz normal“, sagte sie schließlich, nachdem sie einige Sekunden angestrengt gelauscht hatte.

Diese Bemerkung machte Jack gleich wieder wütend. „Tatsächlich?“, fragte er sarkastisch. „Sehr beruhigend. Und was weißt du, bitte schön, von Motoren?“

„Ziemlich viel“, antwortete sie kühl. „Du hast wohl vergessen, dass ich meine eigene Firma mit meinen eigenen Maschinen hatte.“

„Dann solltest du eigentlich wissen, dass du die Tür nicht geöffnet lassen darfst, weil der Motor dadurch zu stark belastet wird.“ Jack musterte Kelly zornig. „Was glaubst du wohl, wie lange sich die Lebensmittel in dieser Hitze halten würden? Wie konntest du nur so dumm und nachlässig sein?“

Tränen der Verzweiflung standen in ihren Augen. „Warum wirfst du mich nicht hinaus, und die Sache ist erledigt?“, fragte sie schluchzend. „Du willst mich ja gar nicht hierhaben. Das wolltest du nie. Du warst nur darauf bedacht, dein schlechtes Gewissen zu beruhigen.“

Sein Ärger verflog so schnell, wie er gekommen war. Bestürzt fuhr Jack sich durchs Haar. „Ich denke nicht daran, dich an die Luft zu setzen, Kelly. Das wäre viel zu einfach. Für uns beide.“

Sie wandte sich ab, um sich mit dem Schürzensaum die Tränen zu trocknen. „Wenn du glaubst, ich würde kündigen, hast du dich geirrt.

So leicht werde ich es dir nicht machen“, sagte sie und schluchzte erneut.

Jack sah, wie ihre Schultern bebten, erkannte, wie sie vergeblich versuchte, sich zusammenzureißen. Unter der langen Schürze waren ihre langen schlanken Beine kaum zu sehen. Woher hat sie dieses unmögliche Ding nur, fragte sich Jack. Er steckte die Hände in die Hosentaschen und ärgerte sich über sich selbst. Wieso war er nur in die Küche gekommen? Und wieso hätte er Kelly am liebsten tröstend an sich gezogen?

„Ich ... ich hatte Angst“, flüsterte Kelly unvermittelt.

„Wie?“ Jack legte ihr die Hände auf die Schultern und drehte Kelly langsam zu sich herum. Ungläubig blickte er ihr in das tränenüberströmte Gesicht.

Sie biss sich auf die Lippe und fügte leise hinzu: „Ich weiß, dass es albern klingt. Schließlich gehe ich ja jeden Tag unzählige Male in den Tiefkühlraum, aber ...“ Sie warf einen ängstlichen Blick dorthin, bevor sie fortfuhr. „Wenn die Tür zugefallen und ich eingesperrt gewesen wäre ...“

„Hast du sie deswegen festgeklemmt?“, fragte er.

Kelly nickte und sah ihn an. Nervös spielte sie mit den Schürzenbändern, die sie sich zweimal um die Taille geschlungen hatte, bevor sie sie vorn zur Schleife gebunden hatte. „Nur für einen Augenblick, während ich die Apfelkuchen herausgeholt habe.“ Sie deutete auf den Stapel auf der Ablage.

Er schüttelte den Kopf. „Warum hast du denn nicht gesagt, dass du dich fürchtest?“ Sanft nahm er ihr Gesicht in beide Hände und wischte die Tränen fort. „Wieso mussten wir uns erst streiten?“

„Du hast mir ja keine Chance gegeben, alles zu erklären“, antwortete sie leise.

„Nein.“ Er seufzte. „Du hast recht. Aber wenn man dir eine Chance gibt, schlägst du ja gleich Kapital daraus. Wie kommt es zum Beispiel, dass sich dein kleiner Garten übers gesamte Camp ausbreiten konnte?“

Kelly blickte Jack forschend an. Erfreut stellte sie fest, dass er offensichtlich gar nichts gegen die Blumenbeete hatte, denn er lächelte.

„Das ist nun einmal so", erklärte sie. „Blumen breiten sich gern aus, wenn sie gut behandelt werden."

Unvermittelt griff Jack nach Kellys Hand und ging mit ihr zum Tiefkühlraum, wo er auf die Riegel der massiven Tür deutete. „Das sind Sicherheitsriegel", erklärte er. „Die Tür lässt sich auch problemlos von innen öffnen. Du brauchst also keine Angst mehr zu haben."

„Bestimmt nicht?", fragte Kelly, die noch immer nicht ganz beruhigt war.

„Bestimmt nicht." Er zeigte ihr, wie einfach und sicher das System war, und bestand darauf, dass sie es selbst mehrmals ausprobierte, um ihr die Angst zu nehmen.

„Und wenn nun das Licht ausfällt, während ich im Kühlraum bin, und ich im Dunkeln den Weg zur Tür nicht finden kann?", fragte sie besorgt.

„Die Batterie für die Lampe hält sich drei Jahre lang. Und sie ist ganz neu."

„Aber sie könnte doch einen Defekt haben."

„Wir haben sie geprüft, bevor wir sie eingesetzt haben."

„Und wenn die Innenverriegelung klemmt?"

„Das ist bisher noch nie passiert."

Kelly sah ihn erschrocken an. „Aber es könnte passieren, oder? Willst du das damit sagen?"

„Nein, das habe ich damit nicht gemeint." Jack schien langsam die Geduld zu verlieren. „Ich verwende diese Art von Tiefkühlräumen seit Jahren auf meinen Baustellen. Bisher ist noch nie eine Panne passiert."

„Eine Panne?" Kelly lief ein kalter Schauer über den Rücken. „Zu erfrieren nennst du eine Panne?"

Er seufzte und schloss energisch die Tür zum Tiefkühlraum. „Wo ist eigentlich deine Schutzkleidung?"

„Was für eine Schutzkleidung?" Zögernd strich Kelly über ihre Schürze. „Die meinst du wahrscheinlich nicht?"

„Selbstverständlich nicht!" Er ließ den Blick suchend durch die Küche wandern. „Mantel, Hut und Stiefel natürlich."

„Das soll ich alles hier drinnen tragen?" Kelly war völlig verwirrt.

„Mach dich nicht lächerlich! Doch nicht in der Küche, sondern wenn du in den Tiefkühlraum gehst. Es ist eine reine Vorsichtsmaßnahme. Kein Wunder, dass du so gereizt bist. Du hast dich extremen Temperaturschwankungen ausgesetzt."

Kelly biss sich auf die Lippe und ärgerte sich, daran nicht selbst gedacht zu haben. „Ich habe keine Schutzkleidung mitgebracht", erklärte sie schließlich schuldbewusst.

„Max wird dir die Sachen besorgen."

Wortlos nickte Kelly und senkte den Blick. Wenn Jack ihr diesen Fehler ankreidete, wäre die harte Arbeit der vergangenen Wochen vergeblich gewesen. Er würde nie sein Versprechen halten! Sie war so mit sich selbst beschäftigt, dass ihr das amüsierte Aufblitzen in Jacks Augen entging.

„Hör auf, mir etwas vorzuspielen, Kelly", warnte er sie unvermittelt.

Erschrocken sah sie ihn an. „Wie meinst du das?"

„Du spielst hier das ergebene, pflichtbewusste Dienstmädchen. Die Rolle passt nicht zu dir."

Erstaunen malte sich auf ihrem Gesicht. „Ich ... ich habe gar nicht ..."

„Und sag Max, sie soll Schürzen mitbringen, die dir passen. In diesem Ding siehst du schrecklich aus."

Kelly errötete. „Ich dachte, du magst es, wenn man ergeben und pflichtbewusst ist."

„Aber nicht bei dir. Bei dir wirkt es unnatürlich."

„Aber ich kann bescheiden sein", begehrte sie auf. „Und pflichtbewusst auch!"

Er lachte. „Das wird sich herausstellen."

„Aber das musst du doch wissen! Wer schuftet denn den ganzen Tag in der heißen Küche? Wenn das nicht ergeben und pflichtbewusst ist!"

„Nichts von beidem, sondern schlicht und einfach dein Job, Kelly."

„Aber ein demütigender Job."

Jack wurde ärgerlich. „Sei froh, dass du ihn hast!"

Nur mit Mühe konnte Kelly ihre Wut zügeln. „Nur, damit du es weißt, Jack Saunders: Du hast recht. Ich habe dir die ergebene Köchin vorgespielt. Was auch immer du zu mir sagst oder mich zu tun zwingst – du wirst mich nie wirklich demütig sehen. Das verspreche ich dir."

Lauter fügte sie hinzu: „Ich schäle hundert Säcke Kartoffeln, spüle tausend Teller, scheuer Töpfe, schlafe in einem spartanisch eingerichteten Zimmer und fühle mich trotzdem nicht klein. Vielleicht möchtest du auch wissen, warum das so ist?"

„Ich kann die Antwort kaum erwarten", erwiderte er trocken.

„Weil ich eine Überlebenskünstlerin bin." Ihre Augen blitzten triumphierend.

Jack sah sie herausfordernd an. „Noch ist dein Job hier nicht beendet."

Das machte Kelly nur noch zorniger. Ihre Augen schienen Funken zu sprühen, als sie beobachtete, wie Jack zur Spüle ging und sich ein Glas Wasser holte. Wieso schwitzte er eigentlich in der heißen Küche nicht? Keine einzige Schweißperle stand auf seiner Stirn. Er hob das Glas an die Lippen und trank es aus, füllte es erneut und leerte es wieder in einem Zug. Kelly schaute ihm fasziniert zu. Sie konnte den Blick einfach nicht von diesem umwerfend attraktiven Mann losreißen.

In seiner Gegenwart kam ihr die riesige Küche ganz klein vor. Er nahm ihr die Luft zum Atmen, die Atmosphäre war wie elektrisiert. Kelly war es, als würde sie von einer unsichtbaren Macht beherrscht, die sie merkwürdig schwach machte. Jack übte eine magische Anziehungskraft auf sie aus.

Er spürte, was für eine Wirkung er auf sie hatte, setzte langsam das Glas ab und drehte sich genauso langsam zu ihr um. Gebannt beobachtete sie, wie er sich flüchtig über den Mund fuhr, ohne den Blick von ihr abzuwenden. Dann streckte er die Hand aus, strich Kelly zärtlich über die Wange, die leicht geöffneten Lippen, den Hals und über die Brust. Kelly erschauerte vor Verlangen, schämte sich ihres überwältigenden Gefühls und bemerkte erstaunt, dass Jack genauso erregt war wie sie.

Sie sah ihm in die Augen, die dunkel vor Verlangen waren, und stöhnte auf, als er sie an sich zog. Erregt legte sie ihm die Arme um den

Nacken, fuhr ihm durch das dichte schwarze Haar und drängte sich an ihn. Endlich küsste er sie fordernd. Und sie erwiderte den Kuss voller Leidenschaft. Er zog sie noch fester an sich, streichelte ihren Rücken, presste ihre Hüften gegen seine, und Kelly stöhnte auf vor Lust.

In diesem Moment kochte auf dem Herd ein Topf über. Es roch nach angebranntem Gemüse. Jack reagierte schnell, schob Kelly von sich, zog den Topf von der Flamme und stellte das Gas ab.

Kelly griff nach einem Lappen und versuchte erschrocken, den Herd schnell wieder sauberzumachen. Als sie dabei versehentlich mit Jack zusammenstieß, fuhr sie verlegen zurück. Jack schien nichts zu bemerken. Gelassen schüttete er das angebrannte Gemüse in eine Schüssel.

Wie kann er einfach so tun, als sei nichts geschehen, fragte sich Kelly. Wieso geht er einfach darüber hinweg, dass durch unsere leidenschaftlichen Küsse fast das ganze Essen verdorben wäre? Sie nahm die Schüssel, um sie in den Wärmer zu stellen.

„Ach du meine Güte“, stöhnte sie entsetzt, als sie die verkohlten Möhren sah. „Das kann ich doch niemandem anbieten. Sieh doch nur, sie sind ganz schwarz! Du erwartest doch wohl nicht von deinen Männern, verbranntes Gemüse zu essen, oder?“

„Selbstverständlich nicht!“ Jack griff nach einem Handtuch und trocknete sich die Hände ab. „Du wirst wohl neues aufsetzen müssen.“

Sein kühler Tonfall brachte Kelly in Rage. Unsanft stellte sie die Schüssel auf die Arbeitsfläche. „Das wäre alles nicht passiert, wenn du nicht in der Küche aufgetaucht wärst“, bemerkte sie zornig.

„Wahrscheinlich nicht.“ Sorgfältig hängte er das Handtuch wieder auf.

Nun reichte es Kelly. „Ich will dich nicht in meiner Küche haben. Ich will nicht, dass du mich bei meinem Job störst. Und ich will nicht, dass du mir noch ein einziges Mal zu nahe kommst!“ Sie hämmerte mit ihren kleinen Fäusten auf ihn ein. „Hast du mich verstanden?“, schrie sie. „Ich will meine Ruhe haben!“

Er hielt ihre Hände fest und sah Kelly durchdringend an. „Du lügst, Kelly.“ Mit der anderen Hand umfasste er ihr Kinn. „Deine Augen sind auf einmal moosgrün."

Unvermittelt ließ er Kelly los und steckte die Hände in die Hosentaschen. „Aber in einem hast du recht: Niemand sollte jemand anderen bei der Arbeit stören. Ich hoffe, dass du dich daran hältst. Allerdings habe ich es mir zur Regel gemacht, meine Angestellten von Zeit zu Zeit aufzusuchen, um zu sehen, wie sie zurechtkommen, und um dafür zu sorgen, dass anfängliche Schwierigkeiten sofort aus dem Weg geräumt werden. Das beste Beispiel ist dein Problem mit dem Tiefkühlraum." Arrogant zog er die Augenbrauen hoch. „Stimmst du mir zu?"

„Ich …" Sie wandte den Blick ab und schüttelte hilflos den Kopf. Es traf sie zutiefst, dass er nur zu ihr gekommen war, um seiner Sorgfaltspflicht als Chef nachzukommen.

„Nun?", fragte er leise nach.

„Ich stimme dir zu", flüsterte sie unglücklich.

„Gut." Er war zufrieden. „So, und falls du keine weiteren Probleme hast, würde ich jetzt gern gehen, denn ich habe zu tun."

„Sonst … komme ich mit allem klar", antwortete sie stockend und überlegte, was er wohl sagen würde, wenn sie ihm verriete, dass seine unglaubliche Anziehungskraft ihr größtes Problem wäre!

„Dann verlasse ich dich jetzt." Versöhnlich fügte er hinzu: „Das Essen duftet übrigens köstlich."

Kelly sehnte sich danach, ihn zurückzurufen. Wie gern hätte sie ihm für seine Geduld mit ihr gedankt. Nun brauchte sie keine Angst mehr zu haben, im Tiefkühlraum eingesperrt zu werden. Am liebsten hätte sie Jack etwas zu essen angeboten. Er würde sich wahrscheinlich nicht zu den jungen Arbeitern setzen wollen, aber sie könnte ihm ein Tablett herrichten, das er mit in seinen Wohnwagen nehmen könnte. Es sollte sich nach so langer Abwesenheit nicht auch noch selbst etwas kochen müssen! Das Essen reichte für alle, trotz der angebrannten Möhren.

„Jack! Warte doch!" Sie hob die lange Schürze hoch, um nicht zu stolpern, und lief ihm nach. Erst an der Tür holte sie ihn ein. „Ich habe gerade überlegt, ob …"

Sie verstummte hilflos, als sich ihre Blicke trafen und sie sofort wieder von Jacks erotischer Ausstrahlung in den Bann geschlagen wurde. Nervös fuhr sie sich mit der Zunge über die Lippen.

„Ja, also, ich habe mich gerade gefragt …" Sie hörte mitten im Satz auf. Nein, sie konnte ihm nichts zu essen mitgeben. Das wäre eine Spur zu aufmerksam und damit zu gefährlich!

Er könnte der Geste zu viel Bedeutung beimessen. Und das durfte nicht geschehen. Es war alles ganz unbedeutend. Ach, die Temperaturschwankungen haben mich ganz durcheinandergebracht, dachte Kelly unwillig. Wie hätte sie sonst auch nur einen Augenblick lang vergessen können, dass dieser Mann ihre Existenz zerstört hatte? Sollte er sich doch seine Mahlzeiten selbst kochen. Oder verhungern, das wäre ihr auch egal. Bei dem Gedanken daran, was sie fast getan hätte, wurde ihr ganz schwindlig. Sie schluckte einige Male, bevor sie wagte weiterzusprechen.

„Also, ich habe überlegt, ob du es ernst gemeint hast, dass ich neue Möhren aufsetzen soll."

„Selbstverständlich habe ich das ernst gemeint!"

Gut, sehr gut! Er hatte zu seinem alten, arroganten Tonfall zurückgefunden. Sie war froh, ihm nichts zu essen angeboten zu haben. Zum Glück hatte sie sich gerade noch rechtzeitig gefangen.

Sie knuffte ihn kumpelhaft. „Der strenge, aber gerechte Chef hat gesprochen, oder?"

Das schien ihm nicht zu gefallen. Aber das störte sie nicht. Sie war gerade einer sehr großen Gefahr entronnen, doch das musste sie natürlich für sich behalten.

„Was hast du vor, Kelly?", fragte er gefährlich leise.

„Nichts. Ich wollte ganz sichergehen. Ich habe ja nur selten Gelegenheit, mit dir zu sprechen, weil du immer so beschäftigt bist. Und ich möchte doch gern alles richtig machen."

Er zog die Augenbrauen hoch und fasste Kelly bei den Schultern. „Beruhige dich, Kelly! Du machst das ganz prima." Langsam ließ er die Hände an ihren Armen hinabgleiten. Bei der Berührung richteten sich die empfindlichen Härchen auf. „Wir leben hier alle auf ziemlich engem Raum zusammen, Kelly", bemerkte er. „Die ‚Buschtrommeln' funktionieren sehr gut. Jeder weiß von dem anderen, was er tut und was er lässt."

Er ließ sie los, sah ihr jedoch tief in die Augen, als er leise fortfuhr: „Selbst wenn ich auf der anderen Seite der Insel bin, weiß ich, was du den Männern zu den verschiedenen Mahlzeiten serviert hast. Und ich höre, wie du gekleidet bist, was du gesagt hast, wie du es gesagt hast. Mir wird nur sehr wenig verborgen bleiben, Kelly."

Unbewusst strich sie sich über die Arme. „Ja, das ist vielleicht ganz gut so", erwiderte sie atemlos. „Falls ich oder jemand anders dich brauchen sollte."

„Falls du mich brauchen solltest, Kelly", bestätigte er ernst. Sein geheimnisvoller Blick ließ ihr Herz höherschlagen.

Wie konnte sie ihn hassen und in der nächsten Minute so gernhaben? Kelly verstand sich selbst nicht. Und im nächsten Moment kam ihr genau das über die Lippen, was sie sich geschworen hatte, nicht zu sagen. „Soll ich dir ein Tablett fertigmachen, das du mit in deinen Wohnwagen nehmen kannst?"

Falls ihn das Angebot überrascht hatte, verbarg er es gut. „Nein, danke. Ich bin in einer der Feriensiedlungen zum Abendessen verabredet."

Kelly wurde blass. „Verabredet?"

Er nickte. „Mit zwei Architekten, die für mich arbeiten." Jack warf einen Blick auf seine Armbanduhr. „Ach, du liebe Zeit. Ich muss mich beeilen, in einer Stunde muss ich dort sein."

Kelly hatte vor Erleichterung ganz weiche Knie bekommen. Alle seine Architekten waren Männer! „Ja, das ist ein Problem, wenn man der Chef ist: Man hat niemals Feierabend." Sie lachte unsicher.

Zärtlich strich er ihr zum Abschied über die Wange. „Stimmt", sagte er.

Die Männer saßen beim Hauptgang, als Kelly die Jabiru über die Insel fliegen hörte. Draußen war es finster. Jack war zwar ein erfahrener Pilot, trotzdem fröstelte Kelly beunruhigt. Es war kein angenehmer Gedanke, Jack über der dunklen See zu wissen.

Wenig später kam Max mit einem weißen baumwollgefütterten Plastikmantel, Hut und Stiefeln in die Küche. Diese Sachen sollte Kelly anziehen, wenn sie in die Kältekammer musste. Darüber hinaus hatte Max ihr neue Schürzen mitgebracht, die etwas besser passten.

Die beiden Frauen unterhielten sich angeregt über die Blumenbeete. Max war ganz verrückt nach ihrem kleinen Garten.

Später räumte Kelly die Tische ab, spülte Geschirr, scheuerte die Töpfe, wischte die Fußböden und erinnerte sich an Jacks heiße Küsse. Wenn sie sich bei dem Gedanken an ihn erwischte, wurde sie wütend auf sich selbst und versuchte, sich abzulenken. Was er wohl mit seinen Architekten zu besprechen hatte?

Zunächst würde Jack wahrscheinlich mit den Männern an der Bar sitzen und mit ihnen über Belangloses plaudern. Was würde er zum Abendessen bestellen? Bestimmt etwas Ausgefalleneres, als sie ihm kochen konnte. Trotzdem war sie froh, ihm ein Tablett mit Speisen angeboten zu haben. Sie wusste, dass er sich darüber gefreut hatte.

Gegen neun Uhr stellte Kelly noch einen Snack für die Arbeiter hin, räumte auf, aß schnell selber etwas und war eine Stunde später mit allem fertig. Sie war erschöpft, doch statt in ihr Zimmer zu gehen, beschloss sie, die Tische fürs Frühstück zu decken. Dann habe ich morgen früh mehr Zeit, dachte sie und warf wieder einen ängstlichen Blick aus dem Fenster. Der Himmel sah bedrohlich aus.

Sobald sie die Tische gedeckt hatte, überlegte Kelly, was sie sonst noch vorbereiten konnte. Komisch, dass sie bisher nie daran gedacht hatte! Sie füllte Orangensaft in Krüge und stellte sie in den Kühlschrank, nahm einige Laibe Brot aus dem Tiefkühlraum und legte sie zum Auftauen auf die Arbeitsplatte. Danach stellte sie Haferflocken bereit, füllte einen großen Topf mit Wasser und setzte ihn auf den Herd, damit sie sich das am Morgen ersparen konnte. Im Kühlraum holte sie die Eier und legte den Frühstücksspeck daneben. Mehr konnte sie für morgen früh nicht vorbereiten.

Doch, etwas gab es noch zu tun. Sie könnte in den Regalen noch Ordnung machen. Das hatte sie eigentlich schon am ersten Tag tun wollen, bisher aber keine Zeit dazu gefunden. Es war frustrierend, nach den Sachen suchen zu müssen, weil sie völlig durcheinander herumlagen. Also erledigte Kelly auch diese Aufgabe. Danach setzte sie sich auf einen Hocker und blätterte in Rezeptbüchern, die Max ihr gegeben hatte. Doch Kelly nahm gar nicht auf, was sie da las, weil sie zu angestrengt lauschte.

Die Jabiru landete kurz vor Mitternacht. Wenige Minuten später hörte Kelly den Jeep. Sie war unglaublich erleichtert! Nun stand sie auf, reckte und streckte sich, stellte die Kochbücher zurück, schloss die Fenster in der Küche und im Speisesaal und öffnete die Tür in dem Moment, als der Jeep anhielt und Jack heraussprang.

Mit langen Schritten kam er auf sie zu. Kelly stockte fast der Atem, als er zu ihr in die Küche kam. Er trug eine weiße Smokingjacke, ein weißes Hemd und eine schwarze Hose. Die obersten Hemdknöpfe waren aufgeknöpft, die Fliege war gelockert. Die sanfte Meeresbrise spielte in seinem Haar. Er sah so umwerfend sexy aus, dass Kelly schlucken musste.

„Ich hatte noch Licht in der Küche gesehen. Warum bist du noch auf, Kelly?", fragte er besorgt und griff nach Kellys Händen. „Du siehst erschöpft aus. Ist etwas schiefgegangen?"

Sie schüttelte den Kopf. „Nein, nichts."

„Was tust du dann noch hier? Es ist fast Mitternacht."

„Ich habe aufgeräumt."

„Bis jetzt?" Verständnislos schüttelte er den Kopf, doch sein zärtliches Lächeln ging ihr unter die Haut. Warum kann er nicht immer so liebevoll sein, fragte sie sich sehnsüchtig. „Hast du auf mich gewartet?", erkundigte er sich rau und strich ihr das Haar aus dem Gesicht.

Hatte sie das getan? Ja, ganz offensichtlich! Sie hatte jede nur erdenkliche Entschuldigung gefunden, um die langen einsamen Stunden bis zu seiner sicheren Rückkehr auszufüllen.

„Ja", antwortete sie wahrheitsgemäß. „So muss es gewesen sein."

Bildete sie sich das nur ein, oder zitterte seine Hand etwas, als er Kelly übers Haar strich?

„Das ist schön", bemerkte er rau. „Sehr, sehr schön." Er umfasste ihr Kinn und schaute ihr tief in die Augen. „Aber das hättest du nicht tun sollen. Du siehst so müde aus. Du müsstest in deinem Bett sein."

„Ich weiß, aber ich habe mir Sorgen gemacht."

„Sorgen?" Er schien ehrlich verblüfft. „Etwa meinetwegen?"

„Ja." Sie fröstelte – trotz der warmen Tropennacht. „Du bist in der Dunkelheit geflogen."

„Ach, Kelly!" Er seufzte und zog sie an sich. „Deine Angst vorm

Fliegen hatte ich ganz vergessen."

„Das Flugzeug ist so klein", erinnerte sie ihn.

„Es ist ganz sicher. Das habe ich dir doch gesagt." Er zog sie noch enger an sich, und obwohl sie wusste, dass er sie nur trösten wollte, schmiegte sie sich an ihn und seufzte zufrieden.

Und im nächsten Moment roch sie es!

Roch das schwere, süßliche Damenparfüm! Es haftete auf Jacks Hemd, dem Kragen und den Ärmeln seiner Smokingjacke. Kelly rümpfte die Nase, befreite sich aus seinen Armen und sah ihn fassungslos an. Sie fühlte sich schrecklich verletzt und hintergangen.

Jack wollte sie wieder an sich ziehen, doch sie wich zurück. Verwirrt zog er die Augenbrauen hoch. „Was ist denn plötzlich los?"

„Nichts. Ich bin nur müde. Du hast ja selbst gesagt, wie erschöpft ich aussehe. Ich muss jetzt wirklich ins Bett gehen."

Er fuhr sich durchs Haar, seufzte tief auf und nickte. „Du hast völlig recht. Ich sollte dich nicht aufhalten." Jack legte ihr schützend den Arm um die Schultern. „Ich bringe dich zu deinem Zimmer", fügte er leise hinzu.

„Nein", rief sie erschrocken. „Ich finde es schon allein." Sie schüttelte seinen Arm ab und hastete zum Unterkunftsblock. Immer wieder stolperte sie in der Dunkelheit. Es war stockfinster, nicht einmal der Mond schien. Hinter ihr wurde die Jeeptür zugeworfen, dann hörte sie auf einmal Schritte hinter sich und begann zu laufen.

Doch Jack holte sie ein und drückte ihr eine Taschenlampe in die Hand. Im Schein der Lampe sah Kelly, wie wütend er war. Offensichtlich wollte er etwas sagen, überlegte es sich jedoch anders, drehte sich auf dem Absatz um und ging zurück zu seinem Jeep.

8. KAPITEL

Kelly hörte den Jeep davonfahren. Der Lichtkegel der Taschenlampe erhellte ihren Weg, dennoch kam sie im feinen Sand immer wieder ins Rutschen. Endlich hatte sie das Gebäude erreicht, stieg die Stufen zur Veranda hinauf, lief den Flur entlang, bis sie vor ihrem Zimmer stand, das sie rasch aufschloss. Atemlos lehnte sie sich von innen gegen die Tür. Ihr war, als habe sie einen Marathonlauf hinter sich. Es dauerte einige Minuten, bis sie wieder normal atmete. Mühsam tastete sie nach dem Lichtschalter. In dem grellen Licht wirkte das Zimmer noch unfreundlicher. Kelly ging zum Fenster, öffnete es und stellte den Ventilator an. Die heiße, stickige Luft wurde aufgewirbelt, schon bald war es wenigstens etwas kühler. Kelly ließ sich aufs Bett sinken und schlug die Hände vors Gesicht.

Warum hatte es sie so verstört, dass Jack nach Damenparfüm gerochen hatte? Was ging es sie an, wenn seine Kollegen und er das Angenehme mit dem Nützlichen verbanden? Und wieso hatte es sie so schockiert, obwohl sie wusste, dass er dem anderen Geschlecht sehr zugeneigt war? Er hatte das nie bestritten. Und warum hatte er wohl seinen Wohnwagen so weit abseits von allen anderen Unterkünften aufgestellt, wenn er nicht geplant hatte ... Besucherinnen zu empfangen? Hatte Max sie nicht selbst für eine seiner Freundinnen gehalten? Warum also fühlte sie sich hintergangen? Das ergab doch keinen Sinn! Was ihr Chef tat, war allein seine Sache.

Ob er eine Affäre hatte? Vielleicht war er gar nicht zu einem Geschäftsessen geflogen, sondern hatte sich mit der parfümierten Dame getroffen? Hatte er sich ihretwegen so in Schale geworfen? Schmerzlich berührt, stöhnte Kelly leise auf. Jack war sein eigener Herr, der tat, was ihm gefiel, und den andere Leute nicht interessierten.

„Und zu denen gehöre ich", sagte Kelly laut und seufzte, als sie langsam wieder aufstand, Nachthemd, Handtuch und Kulturtasche zusammensuchte und duschen ging. Jacks nächtliche Ausflüge waren seine Sache, sie hatte sich um ihren Job zu kümmern. Sie spürte ein dumpfes Gefühl in der Magengegend. Hoffentlich weiß Jack, dass ich mich nur so merkwürdig benommen habe, weil ich müde und erschöpft war, dachte sie, bevor sie einschlief.

Lautes Klopfen an der Tür weckte sie. Im ersten Moment wusste sie gar nicht, wo sie war. Das Klopfen wollte einfach nicht aufhören. Eine energische Stimme rief: „Kelly! Wach auf!“

Jack! Wieso klopfte er mitten in der Nacht an ihre Tür? Ihr Herz schien einen Schlag lang auszusetzen. Überstunden, dachte sie entsetzt. Er glaubt doch nicht im Ernst, dass ich ... dass wir ...

„Kelly! Mach die Tür auf!“

Sie sprang aus dem Bett und lief zur Tür. Zitternd stand sie davor und wusste nicht, was sie tun sollte. Als Jack die Aufforderung wiederholte, flüsterte sie heiser: „Was willst du?“

„Schließ die Tür auf!“

„Nein. Verschwinde!“

Die Tür erzitterte, als Jack wieder heftig dagegenklopfte. Kelly öffnete sie einen Spaltbreit. „Pst!“, flüsterte sie besorgt. „Du weckst ja das ganze Camp auf.“

„Das ganze Camp ist wach.“

Erstaunt sah sie ihn an. „Wieso? Was ist denn los?“

„Das wollte ich ja gerade von dir erfahren“, rief er aufgebracht. „Wieso bist du nicht in der Küche und machst Frühstück?“

Sie sah ihn ungläubig an. Träumte sie vielleicht noch? Hier stand er vor ihrer Tür und trug seine Arbeitskleidung.

„Frühstück?“ Kelly lachte unsicher. „Mitten in der Nacht? Bist du verrückt?“

Offensichtlich war das die falsche Reaktion, denn er riss die Tür auf, kam ins Zimmer, stieß die Tür mit dem Stiefel wieder zu und musterte Kelly von oben bis unten.

„Du bist ja noch nicht einmal angezogen“, herrschte er sie an, als sein Blick auf ihr dünnes Nachthemd fiel. „Geh wieder ins Bett! Max wird für dich einspringen.“ Er musterte Kelly noch einmal vernichtend, schüttelte den Kopf und stürmte hinaus.

Kelly hob ihren Reisewecker hoch und stellte ungläubig fest, dass sie die Weckzeit falsch eingestellt hatte. Sechs Uhr statt fünf Uhr! Als Jack wenige Minuten später von seinen Arbeitsplänen aufblickte, die er gerade mit den Bauingenieuren besprach, sah er Kelly zur Küche laufen. Sie trug weiße Shorts, ein blaugestreiftes T-Shirt und weiße Segeltuchschuhe. Ihr langes mahagonifarbenes Haar wehte im Wind. Jack schaute auf die Uhr und lächelte verstohlen. Sie hatte es in acht Minuten geschafft, und er hatte ihr insgeheim zehn gegeben!

Das Frühstück wurde nur wenige Minuten später als sonst serviert, denn glücklicherweise hatte Kelly am Abend zuvor ja schon alles vorbereitet. Trotzdem war sie niedergeschlagen. Sie hatte so hart gearbeitet, alles allein gemacht, jede Hilfe abgelehnt, weil sie Jack beweisen wollte, wie gut und zuverlässig sie in diesem Job war, damit ihm klar war, wie gut sie erst in ihrem erlernten Beruf sein würde, wenn er ihr nur die Chance geben würde, das zu beweisen.

Wie oft war sie nahe daran gewesen, alles hinzuwerfen, weil sie geglaubt hatte, es nicht mehr ertragen zu können, den ganzen Tag in der heißen Küche zu verbringen, jeden Tag die gleichen Arbeiten zu erledigen. Ihre Hände waren rau geworden vom täglichen Spülen, und trotzdem hielt sie durch.

Sie hatte sogar kleine Blumenbeete angelegt, um Jack an sein Versprechen zu erinnern. Wenigstens hätte er sie wissen lassen können, dass er es nicht vergessen hatte. Die ganze Zeit hatte sie eigentlich nur auf ein Wort des Lobes gehofft. Warum konnte Jack ihr keinen Mut machen? Doch nichts Aufmunterndes war über seine Lippen gekommen. Wahrscheinlich würde sie nie ein gutes Wort von ihm hören.

Und jetzt kam auch noch die andere Sorge dazu: Kelly hatte auf ihn gewartet, hatte Angst um ihn gehabt. Dann war er endlich gekommen, und sie hatte das Parfüm gerochen. In ihrem ganzen Leben hatte sie sich noch nie so hintergangen gefühlt! Es war furchtbar. Jetzt war es ihr unangenehm, so heftig reagiert zu haben. Sie hoffte nur, Jack eine Weile nicht sehen zu müssen, damit sie Zeit hatte, sich wieder zu fangen.

Inzwischen würde Jack den Vorfall hoffentlich vergessen. Wenn er auf der Baustelle arbeitete, hatte er ja genug andere Dinge im Kopf. Am beschämendsten war allerdings, dass er heute Morgen an ihre Tür geklopft hatte, weil das Frühstück nicht fertig war. Und sie hatte gedacht, er wäre gekommen, um sie zu lieben! Schrecklich, am liebsten würde sie ihre Sachen packen und die Insel verlassen, bevor sie noch mehr anstellte.

Aber das ging nicht – noch nicht. Dazu war sie zu stolz. Zuerst musste sie Jack beweisen, dass sie die beste Köchin war, die er je eingestellt hatte – und die beste Angestellte. Und wenn sie das erreicht und sich unersetzbar gemacht hatte, Jack ihr jedoch noch immer nicht eins seiner Landschaftsprojekte überlassen wollte, würde sie kündigen! Der arrogante, herrische Boss würde dann schön in der Klemme sitzen! Sollte er sie doch auf Knien anflehen, zu bleiben!

Aber sie würde ihm einen Korb geben. Jawohl! Sie stellte sich vor, wie sie vor seinem Schreibtisch saß und sich in Ruhe Jacks Vorschläge anhörte: Ich zahle dir doppeltes Gehalt. Du brauchst nicht mehr so lange zu arbeiten. Wie wäre es mit zwei Hilfskräften? Möchtest du vielleicht einen Geschirrspüler haben? Eine Klimaanlage? Frühstück ans Bett? Sag, was du möchtest, Kelly. Du sollst es haben. Was meinst du dazu?"

„Nein, danke", würde sie antworten.

Kelly summte vor sich hin, als Jack kurz vor acht Uhr in die Küche kam. Obwohl es bereits sehr heiß war, wirkte Kelly noch ganz frisch. Heiter stellte sie das gespülte Frühstücksgeschirr zurück.

„Ich hätte nicht gedacht, dich so gut gelaunt zu sehen", sagte Jack überrascht.

„An so einem wunderschönen Morgen muss man doch einfach fröhlich sein. Findest du nicht?"

„Na, so wunderschön hat der Morgen ja nicht angefangen", gab er vorsichtig zu bedenken.

„Stimmt. Tut mir leid." Es gelang ihr, einigermaßen zerknirscht auszusehen. Insgeheim war sie froh, dass Jack die vergangene Nacht nicht erwähnt hatte. „Es wird nicht wieder vorkommen." Sie deutete auf einen mit einem sauberen weißen Geschirrtuch bedeckten Berg auf der Arbeitsplatte. „Ich habe Blaubeer-Muffins für die Kaffeepause gebacken. Damit die Männer wieder versöhnt sind, weil sie einige Minuten auf ihr Frühstück warten mussten."

„Da werden sie sich bestimmt freuen", meinte Jack und fragte sich, was Kelly diesmal im Schild führte.

Sie nahm das Geschirrtuch vom Gebäck. Vorsichtig hielt sie den Finger gegen eins der goldbraunen Stücke. „Sie sind schon abgekühlt." Kelly reichte Jack eins. „Möchtest du es probieren?", fragte sie sanft.

Plötzlich wurde Jack an den Garten Eden erinnert, wo Eva Adam den verhängnisvollen Apfel angeboten hatte. Misstrauisch nahm Jack das Gebäckstück und biss hinein. Es zerging auf der Zunge. „Hm, köstlich!"

Kelly gab ihm noch eins und schenkte ihm eine Tasse Kaffee ein. Wenn dies zur Gewohnheit wird, dachte sie, wird er es vermissen, wenn ich fort bin. Sie lächelte, während sie seine Tasse zum zweiten Mal füllte.

„Wegen der Kaffeepause bin ich eigentlich hergekommen", sagte Jack. „Wir haben am anderen Ende der Insel mit den Bauarbeiten begonnen und würden viel Zeit verlieren, wenn wir die Männer zu jeder Zwischenmahlzeit ständig hin und her fahren würden."

„Stimmt. Zeit ist Geld. Ich habe schon verstanden. Weißt du, ich packe einfach alles in einen der Jeeps und bringe es zur Kaffee- und Teepause hinaus auf die Baustelle."

Anerkennend sah Jack sie an. Wirklich bemerkenswert! Genau das hatte er anordnen wollen.

„Du wirst dadurch natürlich mehr Arbeit haben ...", gab er zu bedenken, doch Kelly schüttelte lächelnd den Kopf.

„Im Gegenteil. Es erspart mir Arbeit. Wenn die Männer nicht hier essen, brauche ich auch nicht aufzuräumen, wenn sie wieder fort sind. Außerdem wird es mir ganz guttun, aus der Küche herauszukommen", fügte sie strahlend hinzu.

Jack war begeistert, dass Kelly sofort bereit war, ihm zu helfen. Besonders nach ihrem merkwürdigen Benehmen am Abend zuvor. Er zeichnete eine Skizze, wie sie zur Baustelle gelangen würde, und verabschiedete sich danach.

Kellys Lächeln verschwand sofort, nachdem er die Tür hinter sich geschlossen hatte. Was erwartete er eigentlich von ihr? Sie sollte das zweite Frühstück auf der Baustelle servieren und das Mittagessen um zwölf fertighaben? Wie sollte sie das nur schaffen? Und nachmittags war es das Gleiche.

Energisch unterdrückte sie aufkommende Panik. Eigentlich war dies genau die Gelegenheit, auf die sie gewartet hatte. Nun konnte sie beweisen, welch eine hervorragende Arbeitskraft sie war. Und Jack selbst hatte ihr die Gelegenheit dazu gegeben. Das machte die Sache noch besser.

Jack würde mit seinen Ingenieuren ebenfalls auf der Baustelle sein. Kelly war zwar nicht verantwortlich, für deren leibliches Wohl zu sorgen, doch sie würde es trotzdem tun. Schinkenbrote wären bestimmt genau das Richtige. Und natürlich die Blaubeer-Muffins. Tee und Kaffee dazu, Kuchen und frisches Obst. Ein abwechslungsreiches zweites Frühstück. Wenn sie eher gewusst hätte, dass die Mahlzeit auf der Baustelle gereicht werden sollte, hätte sie noch Hähnchen gebraten. Aber das konnte sie ja morgen tun.

Kelly hetzte sich in der heißen Küche ab, schmierte Brote, packte sie ein, machte Tee, Kaffee und Fruchtsaft, goss die Getränke in große Thermoskannen, holte die Kuchen aus dem Tiefkühlraum, das Obst aus dem Kühlraum und baute schließlich alles auf Tabletts auf, stellte Pappteller und -becher dazu, legte Servietten dazu und was sie sonst noch brauchen würde.

So, das war erledigt. Nun deckte sie noch schnell die Tische fürs Mittagessen, warf Suppenfleisch in einen riesigen gusseisernen Topf, fügte Lorbeerblätter hinzu, Sellerie, Zwiebeln, goss alles mit Wasser auf und stellte den Herd an. Dann holte sie einen der Jeeps, belud ihn, wusch sich Gesicht und Hände und bürstete sich das Haar. Als sie wieder in die Küche kam, hatte die Suppe gerade zu kochen begonnen. Kelly stellte die Flamme kleiner, griff nach Jacks Skizze und machte sich auf den Weg. Bald würde niemand hier mehr ohne sie auskommen können!

Es war ganz leicht, den Jeep zu steuern, und es machte Kelly sogar Spaß, zur Baustelle zu fahren. Die Suppe köchelte auch allein vor sich hin, sie brauchte also nicht dabeizustehen.

Diese Insel war wirklich wunderschön. Kelly genoss die bezaubernde Landschaft mit den weißen Sandstränden und der üppigen Vegetation. Sie würde die Stille, die Einsamkeit und die Schönheit der Insel vermissen. Die Strecke, die Jack ihr beschrieben hatte, ging über verschiedene Hügel.

Immer wieder hielt Kelly auf den Anhöhen an, um zu sehen, ob sie auch noch auf dem richtigen Weg war. Von hier aus hatte man einen herrlichen Blick auf die sich im Wind wiegenden Kokospalmen, das tiefblaue Meer, das in der Sonne glitzerte, und den Sandstrand, an den sanft die Wellen schlugen. Glücklicherweise war Jacks Karte so gut, dass Kelly sich nicht ein einziges Mal verfuhr.

Der Baulärm wurde immer lauter, gleich müsste sie am Ziel sein. Rasch warf sie einen Blick auf die Armbanduhr. Du liebe Zeit, schon zwanzig nach neun! In zehn Minuten fing die Kaffeepause an. Kelly gab Gas. Sie wollte nicht zu spät kommen, denn dann wäre ihr Plan schon fehlgeschlagen.

Die Männer hielten sich an die Vorschriften, möglichst wenig Vegetation zu zerstören, es gab nur eine kleine Lichtung. Man konnte jetzt schon sehen, dass sich die Gebäude in die natürliche Insellandschaft einfügen würden. Genau, wie Jack es versprochen hatte.

Kelly fuhr langsam auf die Baustelle und parkte den Jeep im Schatten. Sie hatte einen Platz gefunden, wo das zweite Frühstück serviert werden konnte: Im Schatten von Eukalyptusbäumen auf einer Grasfläche. Die Männer würden sich auf dem weichen Gras ausstrecken und in Ruhe frühstücken können. Sie begann, auszuladen, und sah sich suchend um.

Doch Jack war nirgends zu entdecken. Wirklich ein Jammer, dachte sie. Es wäre zu schön gewesen, wenn er meinen Triumph mit eigenen Augen gesehen hätte. Aber die Männer würden ihm sicher von ihrem Frühstück im Freien erzählen.

Vom Strand schallten plötzlich aufgeregte Rufe herüber. Die Männer stellten die Maschinen aus, legten ihre Arbeitsgeräte nieder und liefen den Weg durch die dichte Vegetation zum Strand hinunter. Kelly hatte auf einmal eine schreckliche Ahnung. Auch sie ließ alles stehen und liegen und folgte den Männern.

Ein Behelfsanleger aus Stahl – viel breiter und länger als der, über den die Vorräte fürs Camp entladen wurden – führte aufs Meer hinaus. Daneben lag ein Schleppkahn, der bedrohliche Schlagseite hatte. Auf dem Anleger stand ein riesiger gelber Kran, der eine unhandliche Baumaschine vom ächzenden Schleppkahn hob.

Wie ein Lauffeuer sprach sich die Nachricht herum, dass ein Kabel gerissen sei und der Kranführer das schwere Stahlseil nicht mehr kontrollieren konnte. Die unförmige Baumaschine schwang unberechenbar in der Luft hin und her. Jack stand auf dem Anleger, rief dem Kranführer Befehle zu und gestikulierte wild. Das gerissene Kabel schnellte zurück und versetzte die Maschine in heftige Schwingungen. Es sah lebensgefährlich aus.

Die Männer am Strand verstummten. Sie waren angewiesen worden, in sicherem Abstand zu bleiben, denn die schwere Baumaschine konnte jeden Moment auf den Strand stürzen. Die Angst der Männer war deutlich spürbar. Kelly musste entsetzt beobachten, wie Jack auf die Plattform des Krans sprang und langsam hinaufzuklettern begann. Die schwingende Maschine verfehlte ihn um Haaresbreite. Kelly schrie. Daraufhin legte einer der Vorarbeiter ihr beruhigend den Arm um die Schultern.

„Seien Sie still! Lenken Sie ihn um Gottes willen nicht ab. Und ihr geht alle weiter zurück. Die Maschine kann jeden Moment herabstürzen", fügte er, an seinen Bautrupp gewandt, hinzu.

Der verzweifelte Ton in seiner Stimme verängstigte Kelly noch mehr. Entsetzt beobachtete sie, wie Jack immer weiter hinaufkletterte, das Stahlseil schwang immer stärker hin und her, und die Maschine schwebte jetzt so dicht neben Jack, dass der Luftzug ihm den Stahlhelm vom Kopf riss. Geistesgegenwärtig hatte der Vorarbeiter Kelly den Mund zugehalten, um ihren schockierten Aufschrei zu ersticken, als der Schutzhelm hinunterfiel und mit einem lauten Klatschen im Wasser landete.

Es war ein Wunder, dass Jack die Kranspitze erreichte. Er rief dem Kranführer unter sich Befehle zu, die der verzweifelt zu befolgen versuchte. Langsam, Zentimeter um Zentimeter, schob Jack sich auf dem schmalen horizontalen Stahlbalken vor, der hin und her schwang. Langsam näherte er sich dem losgerissenen Seil. Immer wieder rief er kurze Befehle oder beschrieb mit energischen Gesten, was der Kranführer tun sollte. Die schwere Maschine war bedrohlich nahe.

Jack zog einen Schraubenschlüssel aus dem Werkzeuggürtel, den er um die Hüften geschnallt trug, rief dem Kranführer etwas zu, und gemeinsam brachten sie schließlich den Kranarm unter Kontrolle. Nach und nach ließ das Schwingen nach und hörte dann ganz auf. Langsam und vorsichtig wurde die Maschine gesenkt, bis sie endlich sicher auf dem Anleger stand. Jack schob sich auf dem Stahlarm zurück, ließ sich am Kranturm herunter und stand kurze Zeit später wieder sicher auf der Plattform.

Die Männer klatschten vor Begeisterung und Erleichterung, warfen sogar jubelnd ihre Hüte in die Luft. Einige Männer liefen zum Ufer, um Jacks Stahlhelm aus dem Wasser zu fischen. Jetzt erst ließ der Vorarbeiter Kelly los, die langsam auf die Knie fiel. Ihre Kehle war völlig ausgetrocknet, als habe sie die ganze Zeit geschrien.

Jack ließ sich von der Begeisterung der Männer nicht weiter beeindrucken, sondern wischte sich die Hände an einem Lappen ab und unterhielt sich mit dem Kranführer und den Bauingenieuren, die zu ihm gekommen waren. Gemeinsam inspizierten sie den Kran und das Stahlseil.

Die anderen Männer hatten sich wieder beruhigt und gingen lachend zur Baustelle zurück. Als einige sich bei Kelly erkundigten, wo ihr zweites Frühstück bliebe, rappelte sie sich mühsam auf. Sie stand noch unter Schock und konnte nicht begreifen, wie unbefangen die Männer zur Tagesordnung übergehen konnten. Begriffen sie denn nicht, dass Jack in Lebensgefahr geschwebt hatte? Sie behandelten den Vorfall, als gehöre er zur Routine ihrer Arbeit.

Mit zitternden Händen wischte Kelly sich den Sand von den Knien, während sie Jack unverwandt beobachtete. Er hatte sein Leben riskiert. War ihm das überhaupt klar gewesen?

Jack blickte auf und runzelte die Stirn, als er Kelly reglos dastehen sah. Ihre Augen wirkten unnatürlich groß in dem kreidebleichen Gesicht. Hastig wechselte er einige Worte mit dem Vorarbeiter, der ihr den Mund zugehalten hatte, wirkte noch ärgerlicher und ging eilig auf sie zu.

Kelly schaute ihm entgegen. Alles wirkte auf einmal so unwirklich. Jacks blaues Jeanshemd hing über den schwarzen Arbeitsshorts, mehrere Knöpfe waren abgerissen. Gesicht und Hände waren ölverschmiert, das Haar wirr. Und doch hatte er noch nie anziehender, ja liebenswerter ausgesehen. Als er vor ihr stehen blieb, hätte sie ihn am liebsten umarmt und gestreichelt, um sich selbst zu überzeugen, dass er unversehrt geblieben war.

„Du hättest nicht zum Strand kommen sollen, Kelly", sagte er streng, doch dabei strich er ihr zärtlich über die bleiche Wange.

„Die Show wollte ich mir nicht entgehen lassen", erwiderte sie leise.

„Die ist jetzt vorbei." Ruhig ließ er den Blick über ihr blasses Gesicht gleiten.

„Wirklich?" Ihre Stimme klang fast schrill. „War das alles? Keine Zugabe? Kein großes Finale? Nichts?"

Ärger blitzte in seinen Augen auf. „Nein." Unsicher fuhr er sich durchs Haar. „Mach keine Szene, Kelly. Bring den Männern lieber ihr Frühstück."

„Du bist ja so gut darin, Befehle zu erteilen", entgegnete sie aufgebracht. „Warum hast du nicht einem deiner Männer befohlen, auf den Kran zu klettern?" Ihre Stimme drohte zu versagen. „Warum musstest du es selbst tun?"

„Weil ich der Boss bin. Ich würde meine Männer nie in Gefahr bringen."

„Und wenn dir etwas passiert wäre?" Tränen glitzerten in ihren Augen. „Was würde dann aus deinen Leuten werden? Wer würde ihnen Arbeit geben? Wer würde sie bezahlen?"

Jack fuhr zurück, als habe sie ihn geschlagen. „Aha", stieß er hervor. „Daher weht also der Wind." Er lachte bitter. „Das hätte ich mir ja denken können. Die Sorge, die Tränen, sie galten gar nicht mir, sondern dir selbst." Wieder lachte er auf. „Keine Angst, Kelly, ich beabsichtige, ein langes Leben zu führen. Du wirst dein Gehalt schon bekommen." Er musterte sie mit eisigem Blick. „Und nun setz dich in Bewegung, und verdien dir dein Geld!"

Kelly schluchzte unterdrückt auf, drehte sich um und stolperte den Pfad zur Baustelle entlang. Jeder Schritt fiel ihr schwer, denn sie sehnte sich danach, umzukehren und Jack wissen zu lassen, wie dankbar sie war, dass ihm nichts passiert war. Aber nach ihren Äußerungen gerade würde er ihr wohl kaum glauben. Aber sie hatte doch nicht ahnen können, dass er ihr das abnehmen würde! Er dachte tatsächlich, sie habe sich nur deshalb so um ihn geängstigt, weil sie befürchtete, kein Gehalt zu bekommen, wenn ihm etwas zustieße. Hielt er sie wirklich für so herzlos?

Kelly zitterte noch immer unter dem Eindruck des eben Erlebten. Erst nachdem sie mehrmals tief durchgeatmet hatte, hatte sie sich so weit beruhigt, dass sie zum Jeep gehen konnte. Die Männer hatten sich schon selbst bedient und genossen ihr Frühstück im Freien.

Sie wartete, bis sie fertig waren, damit sie die Reste im Wagen verstauen und zum Camp zurückfahren konnte. Verzweifelt hoffte sie, Jack würde zu seinen Männern kommen. Sie wollte ihn noch einmal sehen, um sich zu überzeugen, dass es ihm wirklich gut ging.

Irgendwann wurde ihr klar, dass sie ihn nicht mehr zu Gesicht bekommen würde. Offensichtlich hatte er beschlossen, mit den Ingenieuren am Kran zu arbeiten. Niedergeschlagen packte Kelly belegte Brote, frisches Obst und Saft in eine Kühlbox, griff nach einer Thermoskanne mit Kaffee und drückte einem jungen Lehrling die Sachen in die Hand. „Bring das zu den Männern am Strand. Aber schärf ihnen ein, dass ich Kühlbox und Thermoskanne zurückhaben will."

Wieder im Camp, sah Kelly nach der köchelnden Suppe, fügte Gewürze hinzu, Gemüse und Nudeln. Dann streute sie geriebenen Käse und Schnittlauch auf achtzig Scheiben Brot. Sie bereitete Fruchtsäfte vor, beschloss, zum Nachtisch Schokoladenkuchen mit Erdbeersoße zu reichen, und lud schließlich den Jeep aus.

Während sie sich in der heißen Küche abhetzte, verfolgten sie die ganze Zeit die schrecklichen Bilder von Jacks Aktion. Es war furchtbar! Kelly musste einsehen, wie unrealistisch ihr Plan war. Sie konnte ihn nicht in die Tat umsetzen! Jack würde keine Schwierigkeiten haben, Ersatz für sie zu finden. Er zahlte sehr gut, und auf einer herrlichen tropischen Insel zu arbeiten war ebenfalls ein Anreiz.

Allerdings würde er ihren Nachfolger nicht von heute auf morgen einstellen können. Nein, dachte Kelly, ich kann ihn nicht im Stich lassen. Es wäre unfair. Also beschloss sie, noch einen weiteren Monat für ihn zu arbeiten. Danach würde sie kündigen. Mit einer Frist von zwei

Wochen. Länger als einen Monat würde sie nicht brauchen, um zu beweisen, was für eine gute Arbeitskraft sie war. Und dann würde sie gehen. Sie schluckte. Aber sie würde es mit Anstand tun.

Um zwölf Uhr trafen die Männer zum Mittagessen ein. Die Gespräche drehten sich ausschließlich um Jacks Heldentat. Es war schrecklich für Kelly, ständig an diesen Albtraum erinnert zu werden. Noch nie war sie so erleichtert gewesen, als die Männer schließlich wieder abgeholt wurden. Wenige Minuten später kam Jack in die Küche – in der einen Hand die Kühlbox, in der anderen die Thermoskanne. Kelly spülte gerade das Geschirr. „Wo soll ich die Sachen hinstellen?“, fragte er kurz angebunden.

Kelly sah nicht einmal auf. Es kostete sie alle Mühe, zu überspielen, wie sehr ihr Herz klopfte. „Dort drüben am besten“, antwortete sie.

„Wo genau?“, wollte er ärgerlich wissen.

Sein barscher Ton trieb ihr die Tränen in die Augen. „Auf die Arbeitsplatte beim Herd“, sagte sie undeutlich.

Sie hörte, wie er die Sachen abstellte. Daraufhin kam er zur Spüle, griff nach einem Glas, füllte es mit Wasser und trank es aus. Kelly spürte seine Blicke im Rücken. Nachdem er noch ein Glas getrunken hatte, spülte er es aus und stellte es zurück an seinen Platz. Dann ging er wieder.

Kelly setzte sich auf einen Stuhl und versuchte, sich zu beruhigen. Das Herz schlug ihr bis zum Hals.

Später kam Max herüber und half ihr beim erneuten Beladen des Jeeps. Diesmal für den Nachmittagstee. „Sie essen wie die Scheunendrescher, oder?“ Max lachte und schob eine Kühlbox in den Jeep.

„Scheint so.“ Kelly stöhnte lustlos, als sie die nächste Kühlbox danebenstellte.

„Ich habe gehört, es gab Aufregung am Anleger“, bemerkte Max betont beiläufig.

Kelly zögerte. „Ja, das stimmt.“

„Hattest du alles im Griff?“

Kelly räusperte sich. „Hat jemand etwas anderes behauptet?“

„Allerdings!“ Max lachte. „Sie haben erzählt, du hättest getobt und geschrien.“

Kelly errötete tief. „Hat Jack das gesagt?"

„Nein, Eddie. Er behauptet, er habe dir den Mund zuhalten müssen." Tröstend legte sie Kelly den Arm um die Schulter. „Du darfst dir so etwas nicht zu Herzen nehmen, Kindchen. Das passiert auf Baustellen immer wieder. Aber der Boss weiß, was er tut. Er ist schon auf vielen Bohrtürmen herumgeturnt, und die sind viel höher als dieser Kran. Ich gebe zu, dass es beängstigend aussieht, aber man gewöhnt sich daran." Aufmunternd klopfte sie Kelly auf den Rücken.

Kelly lächelte gezwungen. „Du hast sicher recht."

Doch sie hatte nicht die Absicht, sich je daran zu gewöhnen. Das könnte sie gar nicht! Nachdem das letzte Tablett im Jeep verstaut war, setzte Kelly sich ans Steuer.

„Max", sagte sie langsam. „Ist es eigentlich sehr leicht, eine Köchin oder einen Koch für ein Baucamp zu finden?"

„Ganz im Gegenteil. Es ist sogar fast unmöglich."

Erstaunt blickte Kelly sie an. „Unmöglich? Wirklich?"

„Ja, so ist es." Max schob die Hände in die Jeanstaschen und lehnte sich an den Jeep. „Selbst wenn dies hier erst einmal eine Luxusanlage für reiche Urlauber ist, wird es nicht leicht sein." Sie ließ den Blick über das Camp wandern. „Und wenn man gutes Personal gefunden hat, ist es schwierig, es auch bei der Stange zu halten."

„Wirklich?" Kelly konnte es kaum glauben. Das hatte sie nun wirklich nicht erwartet. „Aber wieso?"

„Ja, weißt du ..." Max seufzte. „Die Anziehungskraft einer tropischen Insel verfliegt schnell. Spätestens nach einigen Monaten. Die Einsamkeit und die Isolation wirken bedrückend auf die Menschen."

Kelly richtete sich auf. „Dann war der Boss bestimmt sehr froh, dass ich die Stelle angenommen habe, oder?"

„Ich weiß nur, dass ich erleichtert war, als er es mir erzählte."

„Und was ist mit Jack? Wie hat er reagiert?" So schnell ließ Kelly nicht locker.

„Er wirkte sehr zufrieden."

„Wirklich?"

„Wir hatten mit viel Mühe einen Mann gefunden, der im Prinzip bereit war, für den Bautrupp zu kochen. Aber nach langen Verhandlungen ist er in letzter Minute abgesprungen. Behauptete, krank geworden zu sein." Die Verachtung für dieses Verhalten war Max deutlich anzumerken.

„Der Boss muss ja außer sich vor Zorn gewesen sein", überlegte Kelly leise, als wäre Max gar nicht mehr da. „Und auf der verzweifelten Suche nach einem anderen Koch."

Kein Wunder, dass er ihr den Job angeboten hatte, noch dazu mit einem Gehalt, dem man einfach nicht widerstehen konnte, und einem Versprechen, das Jack anscheinend nicht halten wollte. Er hatte gar nicht daran gedacht, ihr aus der Klemme zu helfen, wie sie in ihrer Naivität gedacht hatte. Und bestimmt hatte er keine Schuldgefühle gehabt, weil er ihr Unternehmen in den Ruin getrieben hatte. Nein, er hatte sie nur benutzt, hatte ihre verzweifelte Lage ausgenutzt. Er hatte sie zur Lösung seiner eigenen Probleme gebraucht!

Das war bitter. Besonders, wenn sie daran dachte, wie sehr sie befürchtet hatte, dem Job nicht gewachsen zu sein, und wie schnell sie widerspruchslos seinen Befehlen gehorcht hatte. In der heißen, stickigen Küche hatte sie bis zur Erschöpfung geschuftet, ohne auch nur einmal zu murren. Und das alles nur, um einmal ein lobendes Wort von ihm zu hören. Und die ganze Zeit war er unglaublich erleichtert gewesen, überhaupt eine Köchin zu haben. Das war wirklich der Gipfel!

Einmal hatte sie voller Angst auf ihn gewartet, dann war sie völlig verstört gewesen, weil er nach Parfüm gerochen hatte. Kelly dachte an den Vorfall heute Morgen. Sie war außer sich gewesen vor Sorge, ihm könnte auf dem Kran etwas passieren. Unmittelbar danach hatte sie Jack keine Schwierigkeiten mehr machen wollen. Das durfte ja alles nicht wahr sein!

Nein, so ging es nicht. Sie würde doch ihren ursprünglichen Plan ausführen. Sollte er doch in der Klemme sitzen!

Als sie Max' merkwürdigen Blick auffing, riss sie sich schnell zusammen. „Ja, er muss sehr zufrieden gewesen sein mit sich, als ich den Job angenommen habe. Ein Camp braucht schließlich einen Koch!"

„So ist es!" Max blickte Kelly forschend an. „Warum willst du das eigentlich alles wissen?", fragte Max und lachte unbehaglich. „Hast du vor, den Boss um eine Gehaltserhöhung zu bitten?“

Kelly fuhr zusammen und sah Max verärgert an. „Wie kommst du denn darauf?“

Max musterte sie erstaunt. Was war heute nur los mit Kelly? „Schon gut, Kindchen, das sollte ein Scherz sein“, sagte sie beruhigend.

„Ich finde das gar nicht komisch.“ Kellys Hände zitterten, als sie den Motor anließ und davonraste.

Sie ließ eine sehr nachdenkliche Max zurück.

9. KAPITEL

Die Nörgeleien der Lehrlinge und jungen Arbeiter hatten ganz allmählich angefangen, wurden jedoch immer schlimmer. Zunächst hatten sie nur um Extraportionen gebeten – Kartoffeln, Nachtisch, Kaffee –, aber Kelly merkte bald, dass es gar nicht um Extraportionen ging. Das waren nur Ausflüchte, um abends länger im Speisesaal bleiben zu können, bevor die jungen Männer in ihre kargen Zimmer gehen mussten.

Sie waren alle stets frisch geduscht und trugen saubere Sachen zum Abendessen. Außerdem betraten sie den Speisesaal erst, wenn Kelly den Gong schlug. Doch schließlich ließen sie sich mit dem Essen so viel Zeit, dass sie noch immer im Speisesaal saßen, wenn es um neun Uhr Zeit für den Snack war. Sie stritten sich und zogen einander auf.

Kelly beobachtete dieses Verhalten mit wachsender Sorge. Um die jungen Männer zu beschäftigen, bat sie um Freiwillige, die für sie den Fußboden fegten, die Tische abräumten, abtrockneten und Ähnliches. Doch diejenigen, die sich dazu meldeten, wurden von ihren Kollegen derartig verspottet, dass sie es bald wieder aufgaben und sich mit ihnen stritten.

Da braute sich unübersehbar etwas zusammen. Die Männer hatten sich an ihre harten Jobs gewöhnt und langweilten sich in ihrer Freizeit, weil sie sich nicht ausgelastet fühlten. Die Jungen – wie Kelly sie manchmal liebevoll nannte – vermissten ihre Freunde und Familien. Da sie Mitleid mit ihnen hatte, beschloss sie, etwas für sie zu tun, bevor sie kündigte. Sie brachte es nicht übers Herz, sie unglücklich zurückzulassen, nachdem sie sich so lange um sie gekümmert hatte.

„Ich muss Jack sprechen“, sagte Kelly im Verwaltungsgebäude zu Max. „Könntest du mir bitte einen Termin geben?“

„Bist du sicher, dass es etwas Wichtiges ist?“

„Sonst wäre ich kaum hier, Max.“

„Ja, gut, aber du weißt ja, wie beschäftigt der Boss ist. Sein Zeitplan ist furchtbar eng. Im Moment ist er zu einer Besprechung mit seinen Architekten in Brisbane. Also, wenn es wirklich absolut dringend ist, ein Notfall sozusagen, bei dem ich nicht helfen kann, werde ich versuchen, dir einen Termin zu geben. Aber nur dann."

„Ich habe nicht die geringste Absicht, ihm die Zeit zu stehlen", entgegnete Kelly schroff. „Wie wäre es mit heute Abend, wenn er zurückkommt?"

„Das wird sehr spät sein."

„Wie spät?"

„Mitternacht bestimmt."

„Kannst du ihn erreichen?"

„Selbstverständlich."

„Dann richte ihm bitte aus, dass ich am Flugfeld auf ihn warte. Sag ihm, es sei zwar kein Notfall, aber trotzdem sehr wichtig. Wir können uns auf dem Rückweg zum Camp unterhalten. So verliert keiner Zeit."

„Hm, na ja." Max seufzte. Als sie Kellys entschlossene Miene sah, wusste sie, dass sie sich nicht vertrösten lassen würde. „Also gut, ich mache ihm den Vorschlag. Mal hören, was er dazu meint. Aber versprechen kann ich nichts. Sei also nicht enttäuscht, wenn er sich nicht darauf einlässt. Ihm wird bei seiner Rückkehr vieles durch den Kopf gehen. Und wie ich ihn kenne, wird er die ganze Nacht an den Änderungen arbeiten, die er seinen Architekten vorgeschlagen hat."

Max schüttelte den Kopf. „Der Mann gönnt sich keine Minute Ruhe", fügte sie besorgt hinzu. „Aber egal, ich werde dir auf alle Fälle Bescheid sagen", versprach sie.

Später informierte Max Kelly, dass Jack ein Treffen am Flugfeld abgelehnt habe, da es sich nicht um einen Notfall handelte. Allerdings ließe er ausrichten, er würde versuchen, in den nächsten Tagen einen Gesprächstermin zu finden.

Kelly war außer sich über diese Abfuhr. Jack ging ihr seit Wochen aus dem Weg, redete nur mit ihr, wenn es unbedingt nötig war, und auch dann war sein Tonfall kühl und reserviert. Aber dieses Mal durfte er ihr nicht aus dem Weg gehen, er musste sie einfach anhören! Langeweile und Unzufriedenheit unter den Arbeitern konnte gefährlich sein auf einer Baustelle. Kelly ignorierte die Nachricht einfach, setzte sich abends um Viertel vor zwölf in einen der Jeeps und fuhr zum Flugfeld hinaus.

Die Sterne funkelten wie Diamanten am Himmel, der sich wie ein schwarzer Samtteppich über den Tropen wölbte. Das Zirpen der Grillen trug noch zu Kellys Vorfreude bei, Jack zu sehen. War es nicht romantisch, ihn vom Flugzeug abzuholen, noch dazu um Mitternacht? Und besonders, nachdem er das Treffen abgelehnt hatte!

Ein großes Känguru sprang plötzlich in kurzer Entfernung vor ihr auf den unbefestigten Weg. Nur mit Mühe konnte Kelly den Wagen noch rechtzeitig anhalten. Quietschend und rutschend kam er zum Stehen. Das Tier blinzelte kurz in die Scheinwerfer und beschloss, weiterzuhüpfen.

„Vielen Dank, Sportsfreund!" Kelly legte den Gang ein und schoss schnell an dem Känguru vorbei, bevor es sich entschied, wieder auf die Straße zu springen.

Kurz darauf stellte sie den Wagen neben dem Jeep ab, mit dem Jack morgens zum Flugfeld gefahren war, und sah nervös auf ihre Armbanduhr. Es war kurz vor Mitternacht. Am Himmel standen so viele Sterne, dass sie die Lichter, die sich bewegten, zunächst gar nicht bemerkte. Doch dann hatte sie das kleine Flugzeug entdeckt. Sofort begann ihr Herz heftig zu klopfen. Jack würde bald landen.

Die Jabiru kam immer tiefer. Kelly kniff die Augen zu und sah erst wieder hin, nachdem Jack sicher aufgesetzt hatte. Die Tür wurde geöffnet, und er stieg aus, den Lederaktenkoffer unterm Arm. Er hatte seinen Schlips gelockert, das leichte Tweedjackett hing locker über der Schulter.

Kelly stieg aus und wartete am Jeep. Ihr seidiges Haar umrahmte ihr hübsches ovales Gesicht und fiel ihr auf die nackten Schultern. Der Wind zerrte am Rock ihres weißen Kleides mit den Spaghettiträgern und bauschte ihn auf. Doch all das entging Kelly. Sie hatte nur Augen für ihn. Ihre ganze Welt drehte sich nur um den Mann, der vor dem Flugzeug stand. Wie sehr sehnte sie sich nach ihm.

Kelly vergaß den eigentlichen Grund ihrer Anwesenheit. Sie wollte diesen erschöpften Mann nur sicher zu seinem Wohnwagen bringen, ihm eine Tasse Kaffee und ein Brot machen, seine Schläfen und seine Schultern massieren, die Hände spielerisch durch sein dichtes schwarzes Haar gleiten lassen und sich an ihn schmiegen …

Jetzt hatte Jack sie entdeckt. Es entging Kelly, dass er ärgerlich die

Lippen zusammenpresste und wütend die Schultern zuckte. Und auch die Frauenstimme, die ihm etwas zurief, bemerkte sie nicht. Daher traf es Kelly völlig unvorbereitet, als er sich plötzlich umdrehte und einer attraktiven, lachenden Blondine im hellen Abendkleid aus dem Cockpit half.

Kelly blieb wie vom Blitz getroffen stehen. Die ganze Welt um sie her schien einzustürzen. Ihr drohte das Herz stillzustehen, und sie fühlte sich schrecklich elend.

Jack wandte seinen Blick keine Sekunde von Kellys Gesicht, als er mit seiner Begleiterin auf sie zukam. Sie flüsterte Jack etwas zu, erhielt jedoch keine Antwort. Als die beiden näher kamen, roch Kelly plötzlich etwas Bekanntes. Das Parfüm! Schmerzlich berührt, zuckte sie zusammen.

In diesem Moment erkannte sie die schockierende Wahrheit. Sie liebte Jack! Er hatte sie verletzt, erniedrigt, ihre Existenz zerstört, dennoch liebte sie ihn bedingungslos.

Jetzt wusste sie, warum sie ihren Stolz überwunden und ihn um einen Job gebeten hatte: Weil sie gewusst hatte, dass er nach Brisbane abreisen würde, und Angst gehabt hatte, ihn nie wiederzusehen. Jetzt war ihr klar, weshalb sie den Posten als Köchin angenommen hatte, jedenfalls nicht des Geldes und nicht des Versprechens wegen.

Nein, sie hatte sich die ganze Zeit etwas vorgemacht. Sie hätte auch ohne Bezahlung für ihn gearbeitet, nur um in seiner Nähe zu sein. Auch die Wochen in der Strandhütte in Bargara hatten nur dem Zweck gedient, ihn von Zeit zu Zeit zu sehen, wenn er seine neuen Häuser inspizierte.

Kein Wunder, dass sie vor Angst fast gestorben wäre, als er auf dem Kran herumgeklettert war. Der Gedanke, ihrem Liebsten könnte etwas zustoßen, war einfach zu grauenhaft gewesen. Er brauchte sie nur anzuschauen, und sie schmolz wie Wachs dahin. Kein Wunder, dass er sie so leicht verletzen konnte. Und … und kein Wunder, dass sie sich unersetzlich machen wollte. Kelly war den Tränen nahe. Das war nur ihr verzweifelter Versuch gewesen, dem Mann, den sie von ganzem Herzen liebte, zu überzeugen, dass auch er sie liebte.

„Kelly, das ist Amanda Geering, eine unserer besten Architektinnen." Jacks kühler Tonfall riss Kelly aus ihren Gedanken. „Kelly ist unsere Köchin", erklärte er. Bevor Amanda etwas sagen konnte, schob er sie hinüber zum Jeep und half ihr hinein. Jackett, Aktenkoffer und Amandas kleinen Koffer verstaute er auf dem Rücksitz, bevor er sich Kelly zuwandte. Scheinbar ruhig, beobachtete sie alles. Bestimmt war er sehr wütend auf sie.

„Ich kann nicht glauben, dass Max vergessen hat, dir meine Nachricht auszurichten", sagte er mürrisch und zog Kelly am Arm zum anderen Jeep.

„Sie hat es nicht vergessen."

Er nickte ärgerlich. „Das habe ich mir gedacht. Du hast also ihre Anweisungen einfach ignoriert."

„Nicht ihre." Kelly schluckte. „Deine."

„Aha." Seine dunkelblauen Augen sprühten vor Zorn. „Dann schieß mal los. Ich hoffe für dich, dass es wichtig ist." Er öffnete die Wagentür, half Kelly hinein und setzte sich neben sie.

„Also, was ist los?" Er seufzte. „Wo liegt das Problem?"

Kelly hatte den Eindruck, ersticken zu müssen. Er war ihr so nah, an den Schultern spürte sie seinen Arm, sein harter Schenkel presste sich an ihr Bein. Der verführerische Duft seines Aftershaves betörte sie. Rasch senkte sie den Blick, sah angestrengt auf ihre Hände. Hoffentlich hatte er nicht schon in ihren Augen gelesen, was mit ihr los war. Die Stille war bedrückend, doch Kelly traute sich einfach nicht zu sprechen oder Jack anzuschauen.

„Nun?", fragte er ungeduldig und warf einen vielsagenden Blick auf seine Armbanduhr. „Ich kann hier nicht die ganze Nacht herumsitzen, Kelly. Was ist so wichtig, dass du es mir sofort mitteilen müsstest?"

„Ich … ich kann jetzt nicht darüber sprechen", flüsterte sie heiser.

„Wieso nicht?", stieß er heftig hervor. „Du konntest es doch offensichtlich gar nicht abwarten, mit mir zu reden. Und nun erzählst du mir, du könntest es nicht?" Ärgerlich schüttelte er den Kopf.

„Es … es tut mir leid. Aber ich fühle mich auf einmal so schlecht", flüsterte sie.

Beunruhigt befühlte er ihr die Stirn. Diese Geste war so sanft und besorgt, dass es Kelly fast das Herz zerriss. Jack öffnete die Tür, stieg aus und fasste Kelly bei der Hand. „Du fährst mit uns mit. Ich lasse den anderen Wagen morgen früh abholen."

„Nein!" Ihr erstickter Aufschrei klang angsterfüllt. Sie riss sich los und lehnte sich zurück.

Nun wusste Jack überhaupt nicht mehr, was er davon halten sollte. „Was ist denn jetzt wieder los?"

„Ich ... ich will selbst zurückfahren."

„Du bist zu krank, um dich zu unterhalten, aber nicht krank genug, um den Wagen zu fahren? Also wirklich, Kelly, das ergibt keinen Sinn. Komm", fügte er mit sanfter Stimme hinzu und griff wieder nach ihrer Hand. Doch Kelly zuckte verängstigt zusammen. Jetzt war Jack ernsthaft besorgt. „Was ist los?"

„Nichts!", antwortete sie schnell.

Er beugte sich vor, umfasste ihr Kinn und sah ihr forschend in die Augen. „Treib es nicht zu weit, Kelly", warnte er leise. „Du weißt, was passiert, wenn man mich provoziert."

Da war es um ihre Selbstbeherrschung geschehen. „Und mir passt es nicht, wenn man mir jedes Mal, wenn ich dich sprechen will, sagt, dass ich mich gedulden soll", schrie sie.

Der Jeep fuhr mit einem gewaltigen Satz an und wäre Jack beinahe über die Füße gerollt. Er sah dem davonjagenden Wagen ungläubig nach. Laut fluchend setzte Jack sich ans Steuer des anderen Jeeps und verfolgte Kelly. Amanda wusste nicht, wie ihr geschah!

Im Rückspiegel entdeckte Kelly verschwommen die Scheinwerfer des Wagens. Die Tränen strömten ihr über die Wangen. Jetzt trat sie das Gaspedal ganz durch und raste die Straße entlang. Hoffentlich kam ihr nicht wieder ein Känguru in die Quere! Sie nahm die nächste Kurve viel zu schnell und wäre fast umgekippt, doch in letzter Sekunde fing sich der Jeep wieder und raste weiter. Die Scheinwerfer im Rückspiegel waren nur noch kleine Punkte, und Kelly wusste, dass Jack die Verfolgung aufgegeben hatte.

Trotzdem dachte sie nicht daran, langsamer zu fahren. Mit Höchstgeschwindigkeit fuhr sie zum Camp und parkte vorm Unterkunftsgebäude. So schnell sie konnte, rannte sie zu ihrem Zimmer und schloss sich ein. Sie lehnte an der Tür, bis sie Jack vorbeifahren hörte. Erst dann warf sie sich aufs Bett und wurde von schrecklichen Bildern gepeinigt: Jack mit Amanda in seinem Doppelbett.

Kelly hatte keine Ahnung, wie lange sie so dagelegen hatte. Sie wusste nicht einmal, ob sie eingeschlafen war. Doch auf einmal hörte sie, wie jemand die Tür aufschloss. Vergeblich versuchte sie, sich aufzurichten. Die Tür ging auf, Jack kam ins Zimmer und schloss hinter sich ab. Nicht eine Sekunde lang ließ er Kellys tränenüberströmtes Gesicht aus den Augen.

Verzweifelt versuchte sie aufzustehen und wäre fast aus dem Bett gefallen. Jack sah wütend aus. Er lächelte kalt, nahm seine Krawatte ab, ließ sie in seiner Hand baumeln, ging zum offenen Fenster und schloss es mit lautem Knall. Als Kelly vor ihm stand, wurde er noch zorniger.

„Zieh dich aus", befahl er leise.

„Wie bitte?" Ihr stockte der Atem. Zitternd wich sie zurück.

„Du hast gehört, was ich gesagt habe." Er legte ihr spielerisch die Krawatte um den Nacken und zog Kelly an sich. „Ich werde jetzt tun, was ich gleich am Anfang hätte tun sollen." Der Schlips glitt zu Boden, als Jack die dünnen Spaghettiträger über ihre Schultern streifte und den Reißverschluss aufzog. Das weiße Kleid fiel zu Boden. Kelly trug nur noch ein Seidenhöschen.

„Bitte tu das nicht!", flehte Kelly und hielt schützend die Arme vor die Brust.

„Was soll ich nicht tun? Dies vielleicht?" Er packte ihr Handgelenk und umfasste mit seiner freien Hand ihre Brust.

„Oder dies?" Er beugte sich vor und küsste sie hart und verlangend auf den Mund, bevor er ihren Hals mit Küssen bedeckte.

„Oder ist es dies, was ich nicht tun soll?" Mit diesen Worten hob er sie hoch und legte sie aufs Bett. Die ganze Zeit hielt er sie mit seinem Blick gefangen. Jetzt knöpfte er sich langsam das Hemd auf und schob es von den breiten Schultern. Fasziniert beobachtete Kelly sein Muskelspiel. Nachlässig warf er das Hemd auf den Schreibtisch, bevor er nach der Gürtelschnalle griff.

Kelly konnte einfach den Blick nicht abwenden, und sie wollte es auch gar nicht. Jack hatte eine fantastische Figur, muskulös, nicht ein überflüssiges Gramm Fett! Er war herrlich gebaut! Sie musste sich zusammenreißen, sonst hätte sie ihre Hände ausgestreckt, um über den glatten sonnengebräunten Körper zu streichen, die Konturen der Muskeln nachzuziehen und das seidige schwarze Haar auf der breiten Brust zu spüren.

Sie vergaß, wie sehr er sie verletzt und erniedrigt hatte, vergaß das Versprechen, das er sicher nicht halten würde, und sie vergaß Amanda! Verzweifelt versuchte sie, ihr Verlangen vor ihm zu verbergen, und schloss die Augen. Doch es war zu spät. Er hatte schon erkannt, wie sehr sie ihn begehrte. Jack lachte leise, legte sich zu Kelly aufs Bett und begann, sie zu streicheln.

Jack gab ihr alles, was er einer Frau je gegeben hatte, liebkoste ihren Körper, küsste sie, bis sie vor Erregung aufschrie und nach mehr verlangte. Nun gehörte sie ihm! Und nachdem alles vorbei war, stützte er sich auf und lächelte Kelly an. Ihre großen Augen blickten zärtlich, ihre Wangen waren leicht gerötet, Haarsträhnen klebten ihr an der Stirn. Und ihre Lippen waren geschwollen von seinen heißen, leidenschaftlichen Küssen.

„Alles in Ordnung?“, flüsterte er und strich ihr zärtlich das Haar aus dem Gesicht.

„Ja“, antwortete sie glücklich und streichelte seine Wangen, bevor sie mit dem Finger sanft die Konturen seiner Lippen nachzeichnete. „Jetzt bist du dran“, fügte sie heiser hinzu. „Leg dich auf den Rücken.“

Und Jack entdeckte zu seinem grenzenlosen Vergnügen, dass auch Kelly nicht für halbe Sachen war. Sie gab ihm alles. Danach lagen sie sich erschöpft in den Armen, bis Jack schließlich aufstand, nach seinem Hemd griff, Kelly aus dem Bett zog und ihr das Hemd um die Schultern legte. Dann nahm er ein Handtuch, das praktischerweise über einer Stuhllehne hing, und schlang es sich um die Hüften. „Jetzt gehen wir schwimmen“, sagte er und fügte jungenhaft lächelnd hinzu: „Um uns abzukühlen.“ Er fasste Kelly bei der Hand und führte sie zur Tür.

„Aber wenn uns nun jemand sieht?“, flüsterte Kelly nervös, während er die Tür aufschloss.

„Um diese Zeit schlafen alle. Und wenn uns doch jemand sieht, macht es auch nichts. Wir gehen doch nur schwimmen. Was ist denn schon dabei?“ Er drückte ihr beruhigend die Hand.

Sie musste ihm nur in die Augen sehen, schon war alles ganz einfach. „Du hast recht. Es ist wirklich nichts dabei.“

Träumte sie vielleicht nur? Hatte Jack sie wirklich leidenschaftlich und besitzergreifend geliebt und wollte jetzt halb nackt mit ihr zum Schwimmen gehen?

Hand in Hand machten sie sich auf den Weg zum Meer, während alle anderen Leute schliefen. Es war wunderbar und so romantisch! Und Kelly war unbeschreiblich glücklich.

Am Strand streifte Jack sich das Handtuch ab und legte es in den warmen Sand. Da stand er nun im Mondschein – groß, sonnengebräunt, nackt – und sah aus wie ein griechischer Gott.

Oh, wie sehr liebte sie ihn. Sie wollte es ihm so gern sagen, wollte ihre tiefen Gefühle ausdrücken, doch sie war so überwältigt von ihrer grenzenlosen Liebe zu diesem Mann, dass Worte nicht reichten, um ihre Empfindungen zu beschreiben. Wenn sie ihm doch nur die Sterne vom Himmel pflücken und ihre Liebesbotschaft in den Sand schreiben könnte! Dann, nur dann würde er wissen, wie tief sie für ihn empfand.

„Komm, Kelly“, drängte er sanft.

Sie wich jedoch plötzlich zurück, als er ihr das Hemd ausziehen wollte. Den Kopf gesenkt, hielt sie schützend die Hände vor das Hemd. Ihre Gefühle waren so überwältigend, sie konnte sie nicht mehr für sich behalten.

„Sei nicht so schüchtern, Kelly.“ Er zog sie an sich. „Wir haben keine Geheimnisse voreinander.“

Keine Geheimnisse? Ihre Liebe zu ihm war ein Geheimnis. Sie sehnte sich danach, ihm alles zu verraten, ihre Gefühle, ihr Glück mit ihm zu teilen. Aber irgendetwas hielt sie zurück. Aber was? Wovor fürchtete sie sich?

Besitzergreifend ließ er die Hände unter ihr Hemd gleiten und streichelte sie. Vergeblich versuchte sie, das sofort aufflammende Verlangen zu unterdrücken. Doch das Feuer der Leidenschaft loderte bereits. Sie liebte ihn, begehrte ihn, und sie konnte nichts dagegen tun. Aber das wollte sie auch gar nicht.

Das Hemd glitt langsam von ihren Schultern in den Sand. Kelly stieß es ungeduldig fort und schmiegte sich an Jack. Zärtlich legte sie ihm die Arme um den Nacken. An ihrer Wange spürte sie sein heftig klopfendes Herz. Sinnlich streichelte sie seinen Rücken.

„Kelly!" Er stöhnte, zog sie eng an sich und küsste sie verlangend. Vorsichtig zog er sie in den warmen Sand und flüsterte, wie leidenschaftlich er sie begehre. Die Wellen schlugen sanft ans Ufer, Mond und Sterne leuchteten über ihnen und waren die einzigen Zeugen ihrer Liebe.

Später standen sie sich am Ufer gegenüber, sahen sich an, ohne sich zu berühren. Ihre nackten Körper schimmerten im Mondlicht, die Wogen umspielten ihre Füße. Jack atmete tief ein und seufzte glücklich. Er legte den Kopf zurück und betrachtete die funkelnden Sterne, ohne sie richtig wahrzunehmen. Dann schaute er Kelly wieder an. Er wollte sie wieder lieben, sein Verlangen nach ihr schien unstillbar.

Er atmete tief durch und zwang sich, woanders hinzusehen. Doch es hatte keinen Zweck. Er fühlte, wie Kelly ihn anschaute, spürte den Blick ihrer grünen Augen wie eine Liebkosung.

Sekundenlang sahen sie sich wieder an, dann wandte Kelly sich plötzlich ab und lief ins Meer. Lächelnd beobachtete Jack, wie sie vergnügt schwamm und durch die Wellen tauchte. Einladend leuchtete ihr makelloser Körper im Mondschein.

„Komm jetzt raus, Kelly. Das ist genug."

Sie sah ihn erstaunt an. „Warum soll ich schon herauskommen? Willst du denn nicht auch schwimmen?"

„Nein."

„Aber es war doch deine Idee, schwimmen zu gehen!" Elegant tauchte sie in die nächste Welle.

„Ja, schon … aber es ist schon so spät."

„Ach, komm, nur eine Minute." Spielerisch ließ sie sich im Wasser treiben und lächelte Jack strahlend zu. Noch nie hatte sie so schön ausgesehen. „Oder kannst du etwa nicht schwimmen?", fragte sie im

Spaß. „Sag mal, kneifst du vielleicht?“

Sein warnender Blick verriet ihr, dass er nicht auf ihre Spiele eingehen würde. Aber damit hatte sie auch gar nicht gerechnet. Sie wollte nur Zeit gewinnen, denn die zauberhafteste Nacht ihres Lebens sollte noch nicht zu Ende gehen!

Jack griff nach dem Handtuch, schlang es sich um die Hüften und verknotete es, bevor er das Hemd aufhob und es Kelly reichte.

„Das Wasser ist fantastisch. Am liebsten würde ich ewig schwimmen.“

„Ich verlier langsam die Geduld, Kelly.“

Sie drehte sich auf den Bauch und lächelte Jack zu. „Freiwillig komme ich nicht. Du musst mich schon holen.“ Sie lachte verführerisch.

Es dauerte einige Sekunden, bevor Jack darauf reagierte. „Es wird dir noch leidtun, wenn ich das tue.“

„Wie sehr denn?“, fragte sie neckend.

Jack ließ Handtuch und Hemd fallen und stürzte sich ins Meer. Kelly schrie begeistert auf, als sie ihn mit langen Zügen auf sich zukraulen sah, und wartete, bis er sie fast erreicht hatte, bevor sie in die nächste Welle tauchte. Plötzlich wurde sie aus dem Wasser gehoben und sah hinunter in tiefblaue Augen.

Einen Moment lang ließ er sie über sich schweben und betrachtete fasziniert, wie ihr das Wasser in kleinen Bächen über den Körper lief, dann ließ er sie hinunter, aber nicht, um sie an sich zu ziehen, sondern um sie sich über die Schulter zu legen. Damit hatte Kelly nicht gerechnet. Doch alles Strampeln und Schreien half nichts, Jack brachte sie zum Strand und ließ sie in den weichen Sand gleiten.

„Ungefähr so leid“, sagte er schließlich triumphierend, als sie zu seinen Füßen im Sand lag.

„Spielverderber!“

Jack lachte und half ihr hoch. Dann holte er das Hemd und legte es ihr um die Schultern, bevor er Kelly zärtlich auf die Nasenspitze und dann auf den Mund küsste. Schließlich schob er sie in Richtung Pfad zum Camp. „Geh gleich ins Bett!“, ordnete er an.

Verwirrt sah Kelly ihn an. „Kommst du denn nicht mit?“

„Nein, ich gehe schwimmen."

Es tat ihr weh, ihn in die Wellen tauchen zu sehen. Doch nach wenigen Momenten gab sie nach, hielt sich das Hemd zu und ging langsam zurück zu ihrem Zimmer. Dort zog sie es aus, rollte Jacks andere Sachen hinein, streifte sich den Bademantel über und ging hinaus auf die Veranda. Sie war entschlossen, vor Jack zu verbergen, wie sehr er ihre Gefühle verletzt hatte. Schon bald wurde sie unruhig. Wo bleibt er denn so lange, fragte sie sich.

Niemand sollte allein schwimmen gehen, überlegte sie. Ich hätte dableiben sollen! Als er kurz darauf aus dem Schatten auftauchte, atmete sie erleichtert auf.

„Du hattest recht", sagte er fröhlich, als er auf sie zukam und vor dem Verandageländer stehen blieb. Seine weißen Zähne blitzten auf, das schwarze Haar war nass, sein makelloser Körper duftete nach Salzwasser und frischer Luft. „Das Wasser war wirklich herrlich."

„Wie schön! Du warst so lange im Meer, dass ich schon dachte, es wäre dir etwas passiert. Was hätte ich dann hiermit machen sollen?" Sie warf ihm das Kleiderbündel hinunter. „Mein Handtuch kannst du behalten. Gute Nacht." Sie drehte sich um, verschwand hocherhobenen Hauptes in ihrem Zimmer und schloss die Tür hinter sich.

Jack lächelte, schob sich das Bündel unter den Arm und ging fröhlich pfeifend zum Jeep. Auch Kelly lächelte, als sie ihn pfeifen hörte.

Ihr Liebster war glücklich!

Sie löschte das Licht, als Jack den Motor anließ.

10. KAPITEL

Kelly war schon lange wach, als ihr Wecker klingelte. Sie hatte geträumt, Jack habe sie gebeten, seine Frau zu werden. Natürlich hatte sie Ja gesagt. Und nun lag sie lächelnd im Bett und dachte über ihre Flitterwochen nach. Die Sonne ging gerade über der türkisblauen See auf, tauchte den Strand in ein sanftes Rosa, als Kelly zur Küche hinüberging. Aus der Richtung, wo die Gästewohnwagen standen, drangen Stimmen an ihr Ohr. Das ist ja merkwürdig, dachte Kelly. Normalerweise schlafen die doch noch alle.

Max hielt Amanda Geering ein Frühstückstablett hin. Amanda stand im eleganten schwarzen Morgenmantel mit weißem Kragen und Manschetten an der Tür. Ihr blondes Haar wehte im Wind. Überglücklich setzte Kelly ihren Weg zur Küche fort. Amanda hatte einen eigenen Wohnwagen und hatte nicht bei Jack übernachtet!

Nicht einmal die Nörgeleien der Männer konnten Kelly die gute Laune verderben, sie erinnerten sie nur daran, dass sie vergessen hatte, das Problem mit Jack zu erörtern. Ach, ich werde es ihm sagen, wenn er kommt, dachte sie und machte sich daran, das Frühstücksgeschirr zu spülen. Sicher würde er sie gleich in der Küche besuchen.

Doch zunächst erschien Amanda. Sie trug einen beigefarbenen Safarianzug und stürmte mit dem Frühstückstablett in die Küche.

„Ach, sieh an! Sie sind ja noch hier“, fauchte sie ohne jede Begrüßung.

Kelly musterte sie überrascht. „Warum sollte ich nicht hier sein?“

„Warum?“ Amanda stellte das Tablett so heftig auf die Arbeitsplatte, dass das Geschirr klirrte. „Jack war gestern Nacht ausgesprochen wütend auf sie, und ich übrigens auch. Es passt mir nicht, in einem offenen Jeep durchgeschüttelt zu werden, nur weil der Fahrer hinter einem albernen Mädchen her ist.“ Kalt blickte Amanda sie an. „Er ist zu Ihrem Zimmer gegangen. Ich nehme doch an, um Sie hinauszuwerfen.“

Kelly errötete verlegen. „Er hat mich nicht hinausgeworfen.“

„Das sehe ich!“ Sie warf Kelly einen vernichtenden Blick zu und fügte anzüglich hinzu: „Sie müssen viel mehr für ihn sein als die Köchin für seine Angestellten."

Das ließ Kelly sich nicht bieten. „Verlassen Sie bitte sofort meine Küche!", verlangte Kelly und trocknete sich die Hände an der Schürze ab.

Amanda lachte verächtlich. „Ich habe wohl einen Nerv getroffen." Sie wies auf das Tablett. „Max hat mir heute Morgen das Frühstück gebracht. Aber ab morgen erwarte ich, dass Sie mir um Punkt fünf Uhr zwei Scheiben Vollkornbrot, leicht getoastet ohne Kruste, eine Schale frisches Obst mit Magermilchjoghurt, eine Kanne heißen Tee nur mit Zitrone, ohne Milch und montags und donnerstags ein weichgekochtes Ei bringen. Weichgekocht! Können Sie das behalten, oder soll ich es aufschreiben?"

Kelly war außer sich vor Wut. „Schreiben Sie es lieber auf!"

Ärgerlich funkelte Amanda sie an. „Gibt es hier irgendwo Papier und Bleistift?"

„In der Schublade hinter Ihnen."

Amanda kritzelte die Liste auf einen Block, riss den Zettel ab und reichte ihn Kelly. „Hier!"

Kelly nahm den Zettel höflich entgegen, las die Liste sorgfältig durch, holte ein neues Tablett und belud es mit einem Laib Vollkornbrot, Bananen, einer reifen Papaya, Äpfeln, Orangen, einem großen Becher Magermilchjoghurt und sechs Eiern, bevor sie die Liste noch einmal mit den Sachen auf dem Tablett verglich und zufrieden nickte. Dann reichte sie es Amanda.

„Teebeutel, Geschirr und Bestecke sind in Ihrem Wohnwagen. Dort finden Sie auch einen Toaster, Teekessel, einen kleinen Kühlschrank und eine Kochplatte. Ich verstehe gar nicht, wie Sie das alles übersehen konnten. Sie stehen doch deutlich sichtbar in der kleinen Küche." Sie lächelte über Amandas zornige Miene und fügte freundlich hinzu: „Einen schönen Tag wünsche ich noch."

Amandas Hände zitterten vor Wut, als sie das Tablett hinaustrug. „Das werde ich Jack erzählen", versprach sie giftig.

„Davon gehe ich aus." Kelly drehte sich um und widmete sich wieder dem Abwasch. Doch auch ihre Hände zitterten.

Zehn Minuten später kam Jack in die Küche. Kelly sah ihm glücklich entgegen. Er trug Arbeitskleidung – verblichene Jeans und ein dunkelblaues T-Shirt und blickte Kelly mehrere Sekunden lang an, bevor er fragte: „Wie geht es dir heute Morgen?"

„Danke, gut", antwortete sie atemlos und strich sich das Haar zurück. „Und wie geht es dir?", erkundigte sie sich schüchtern. Sie strahlte glücklich und kam näher, weil sie sich danach sehnte, in seinen Armen zu liegen und von ihm geküsst zu werden.

Doch er versuchte nicht einmal, sie zu berühren. „Ich habe von dem Vorfall zwischen dir und Amanda gehört."

„Ja ... wirklich?", fragte Kelly zögernd.

„Ich muss sagen, es hat mir gar nicht gefallen."

„Mach dir keine Sorgen", beruhigte sie ihn liebevoll. „Ich komme schon allein mit Amanda zurecht."

„Es hat mir nicht gefallen, wie du dich verhalten hast."

„Ich?"

„Amanda ist eine hervorragende Architektin und älter als du. Wie kannst du es wagen, dich zu weigern, ihr Frühstück zu machen?"

„Das habe ich ja gar nicht. Ich meine, ich hätte es nicht getan, wenn sie mich höflich darum gebeten hätte."

„Wenn sie was?", stieß er ungläubig hervor. „Sag mal, was glaubst du eigentlich, wo du hier bist? Im Mädchenpensionat? Wir befinden uns hier auf einer Baustelle. Und du bist die Köchin!"

Verletzt blickte Kelly ihn an. Bedeutete ihm Amanda so viel und sie selbst ihm so wenig, dass er sofort Partei für Amanda ergriff und die wundervolle Nacht vergaß, die sie miteinander verbracht hatten?

„Willst du damit sagen, du bist damit einverstanden, dass Amanda mich herumkommandiert und mich wie ein ... ein Dienstmädchen behandelt?"

„Natürlich nicht! Ich erwarte lediglich, dass du ihr ein wenig Respekt entgegenbringst. Habe ich mich klar genug ausgedrückt?" Als Kelly schwieg, hakte er nach. „Hast du mich verstanden?"

„Ja", flüsterte sie.

„Du wirst Amanda jeden Morgen um fünf Uhr Frühstück bringen, wie sie es erwartet. Ist das klar?"

Eine Welt schien für Kelly zusammenzubrechen. Doch sie zwang sich, Jack anzusehen. Ihre Augen verrieten, wie tief verletzt sie war. „Nein, das ist nicht klar."

„Was ist daran nicht klar?", fragte er ungeduldig.

„Dass ich plötzlich jeden Morgen um halb fünf aufstehen soll, wenn ich sowieso schon Tag und Nacht arbeite. Und nur, um jemandem Frühstück zu bringen, der die Möglichkeit hat, es sich im Wohnwagen selbst zuzubereiten. Das ist mir nicht klar."

Nachdenklich massierte Jack sich den Nacken. „Keine Angst, Kelly. Ich werde dafür sorgen, dass dir die Zeit extra vergütet wird, die du benötigst, um Amanda zufriedenzustellen."

Und was ist mit mir?, dachte sie bitter. Kelly holte tief Luft, um die plötzliche Übelkeit zu bekämpfen. „Da wir gerade beim Thema Überstunden sind: Ich frage mich natürlich, ob mir die Zeit großzügig vergütet wird, die ich mit dir verbracht habe? Die Überstunden, die ich eingelegt habe, um dich zufriedenzustellen."

Er zuckte zurück, als habe sie ihn geschlagen. Einen Moment lang glaubte Kelly, tiefen Schmerz in seinem Blick zu erkennen, doch sie musste sich getäuscht haben, denn sein Tonfall war eisig. „Ach, das willst du also?"

Nein, ich will deine Liebe! Sie konnte die Tränen kaum noch zurückhalten. „Ich habe nie einen Zweifel daran gelassen, dass mir Geld am wichtigsten ist."

Er lachte bitter. „Das stimmt. Und ich habe mein Versprechen nicht vergessen, dich großzügig für Überstunden zu bezahlen." Er umfasste heftig ihr Kinn, um Kelly zu zwingen, ihm in die Augen zu schauen, in denen sie Verachtung las. „Du hast dir das Geld wirklich verdient." Unvermittelt ließ er sie los, als ob er ihren Anblick nicht länger ertragen könnte, und ging wortlos zur Tür.

Kelly stolperte zu einem Stuhl und ließ sich darauf sinken. Sie war völlig fertig! Krachend fiel die Tür zu, und Kelly wusste, dass Jack sie aus seinem Leben, aus seinem Herzen verbannt hatte. Wie aus weiter Ferne nahm sie die alltäglichen Geräusche wahr, hörte den tropfenden Wasserhahn, den Tankwagen, der den Sandboden des Camps befeuchtete, und beugte sich vor.

Schützend presste sie die Arme gegen den Bauch, um den Schmerz zu unterdrücken, und wiegte sich hin und her. Immer wieder flüsterte sie Jacks Namen, bat um Verzeihung, versicherte verzweifelt, sie habe ihre grausamen Worte nicht ernst gemeint.

Schließlich zwang sie sich aufzustehen, ging zur Tür, durch den Speisesaal und hoffte, Jack draußen zu sehen. Der Tankwagen war noch immer unterwegs, Max stand auf der Veranda des Verwaltungsgebäudes und wartete darauf, dass der Wagen vorbeifuhr, damit sie fegen konnte. Jeeps mit Arbeitern, die unterwegs zur Baustelle waren, und schwere, mit Geräten beladene Laster hatten bereits tiefe Reifenspuren im feuchten Sand hinterlassen. Es war eine alltägliche Szene, die sich jeden Morgen wiederholte. Nur für Kelly war auf einmal alles ganz anders. Nichts würde jemals wieder so sein wie bisher.

Jack verließ gerade das Verwaltungsgebäude. Er hatte sich den gelben Schutzhelm aufgesetzt und gab Max eine kurze Anweisung.

Max nickte, stellte den Besen an die Wand und eilte zurück ins Büro. Als Jack hochsah, bemerkte er Kelly an der Tür. Die Tränen liefen ihr übers Gesicht, und ihr Herz krampfte sich vor Verzweiflung zusammen.

Jack ging die Stufen hinunter auf den wartenden Jeep zu. Kelly schluchzte auf und rannte quer über den Platz.

„Jack!“

Er fuhr zusammen, bevor er sich langsam umdrehte und beobachtete, wie sie auf ihn zugelaufen kam. Ihr Haar wehte im Wind, das Gesicht war tränenüberströmt. „Ja? Was ist los?“, fragte er kühl.

Sein Tonfall traf sie, doch sie riss sich zusammen. „Ich … ich habe dir immer noch nicht gesagt, warum ich gestern Abend am Flugfeld auf dich gewartet habe.“

„O doch!“ Er lächelte bitter. „Du wolltest dir etwas dazu verdienen.“

„Bitte nicht, Jack“, flehte sie. „Ich weiß nicht, warum ich das behauptet habe. Aber du musst mir glauben, dass ich es nicht so gemeint habe. Wirklich nicht.“ Die Stimme versagte ihr. „Die vergangene Nacht war so … so …“

„Einträglich?“

„Etwas ganz Besonderes!“ Verzweifelt fügte sie hinzu: „Kannst du es denn nicht begreifen, Jack? Verstehst du denn nicht? Ich … ich liebe dich, Jack. Ich liebe dich so sehr.“

Amanda kam aus dem Verwaltungsgebäude. Unter dem Arm trug sie zusammengerollte Entwürfe. Kelly wandte den gehetzten Blick von dem Mann ab, den sie über alles liebte, und sah zu Boden. Sie war sicher, dass Amanda ihr Geständnis gehört und Jacks kühle, gleichmütige Reaktion bemerkt hatte.

„Wir sprechen uns nach Feierabend“, erwiderte Jack kurz angebunden. „Ich erwarte dich um sieben Uhr in meinem Büro.“

Kelly nickte und wich zurück, als er sich ans Steuer setzte und sich hinüberbeugte, um die Beifahrertür für Amanda zu öffnen. Die warf ihr ein amüsiertes Lächeln zu, aber das war Kelly nun auch egal. Sie würde Jack heute Abend sehen, und nur das zählte!

Es war der längste Tag in Kellys Leben. Sie erledigte alle Routinearbeiten wie immer, doch ihre Gedanken spielten verrückt. Mal sah sie der abendlichen Verabredung mit Jack hoffnungsvoll entgegen, dann wieder mit Grauen. War es richtig gewesen, ihm ihre Liebe zu gestehen? Würde er ihr nun sagen, dass er sie liebe? Würde er den Vorfall mit Amanda als Missverständnis betrachten und Kelly gestehen, dass er nur Augen für sie habe und Amanda ganz unwichtig sei?

In der nächsten Minute befürchtete Kelly, er habe sie nur in sein Büro bestellt, um sie an die Luft zu setzen. Immer wieder ermahnte sie sich, mit dem Schlimmsten zu rechnen, doch sie wollte die Hoffnung einfach nicht aufgeben.

Nach dem Abendessen weichte Kelly das Geschirr ein und lief zu ihrem Zimmer. Was sollte sie nur anziehen? Wenn sie etwas Romantisches, Verführerisches wählte, könnte Jack das als aufdringlich ansehen. Auf der anderen Seite wollte sie den Eindruck vermeiden, zu ihrer Henkersmahlzeit gekommen zu sein.

Schließlich entschied sie sich für den Mittelweg und wählte einen hellblauen Rock mit gleichfarbigem Top, bevor sie ihre weißen Sandaletten zurechtstellte. In dieser Aufmachung würde sie attraktiv, aber nicht aufreizend, sondern nur eine kleine Spur sexy wirken.

Kelly legte noch frische Wäsche dazu, zog sich aus, schlüpfte in ihren Bademantel, griff nach einem Handtuch und ging duschen.

Fünf Minuten vor sieben Uhr musterte sie sich im Spiegel. Ihre Augen strahlten, Haar und Teint leuchteten. Es war, trotz aller Ängste und Zweifel, nur zu offensichtlich, dass sie verliebt war.

Vor dem Verwaltungsgebäude stand ein Jeep, als Kelly pünktlich auf die Minute vor der Tür stand. Sie war geschlossen. Ob ich anklopfen soll?, fragte sich Kelly. Normalerweise war die Tür offen, und Kelly ging einfach hinein, wenn sie wusste, dass Max im Büro war. Aber jetzt war Max schon längst in ihrem Wohnwagen, ruhte sich aus, aß zu Abend und sah fern. Sie hatte sich ein tragbares Fernsehgerät besorgt.

Kelly versuchte, durchs Fliegengitter etwas zu erkennen. Der Empfangsbereich war verlassen und lag im Dunkeln. Doch im Hintergrund fiel Licht durch einen Türspalt. Mit klopfendem Herzen drückte Kelly den Griff hinunter, öffnete die Tür und ging hinein.

Es war ein merkwürdiges Gefühl, in diesem Raum zu sein, ohne dass Max an ihrem überfüllten Schreibtisch saß. Alles war unnatürlich ruhig. Kelly lauschte angespannt, doch es war wirklich kein einziges Geräusch zu hören. Auf Zehenspitzen schlich sie auf den Lichtschein zu, hob die Hand und klopfte leise.

„Herein!“, sagte eine tiefe Stimme sofort.

Kellys Herz klopfte zum Zerspringen, als sie die Tür aufstieß, die in das kleine Büro führte. Wie angewurzelt blieb sie auf der Schwelle stehen.

Jack saß in einem Drehstuhl am Schreibtisch und sah ihr entgegen. In den Händen hielt er einen Rechenschieber, die Beine lagen auf der Kante des alten Schreibtisches, der auch schon bessere Tage gesehen hatte. Jack balancierte den Rechenstab zwischen den Zeigefingern und blickte Kelly unverwandt an. Sein Haar war noch feucht, offensichtlich hatte er gerade geduscht. Er sah umwerfend attraktiv aus in seinem weißen Seidenhemd und der beigen Hose.

„Wie lange willst du denn noch da herumstehen?“, fragte er ungeduldig.

Kelly errötete. Er wies mit dem Rechenstab auf den vor dem Schreibtisch stehenden Stuhl. Unsicher kam sie näher. Jacks Blick versetzte ihren Körper in Aufruhr.

Obwohl der Stuhl höchstens einen halben Meter von der Tür entfernt stand, dachte sie, sie würde ihn niemals erreichen. Fast war ihr, als spielten sich ihre Bewegungen in Zeitlupe ab, und sosehr sie sich auch bemühte, sie konnte einfach nicht schneller gehen, sonst hätten ihre Beine ihr den Dienst versagt. Als sie sich schließlich setzte, vermied sie sorgfältig Jacks Blick und schlug die Beine übereinander, stellte sie jedoch sofort parallel zueinander, damit er ihre Knie nicht sehen konnte.

Der Drehstuhl quietschte, als Jack das Gewicht verlagerte, und dieses plötzliche Geräusch erschreckte Kelly so sehr, dass sie hochfuhr und unterdrückt aufschrie.

„Fang an!", befahl Jack.

„Womit?", fragte sie verwirrt.

Ungeduldig fuchtelte er mit dem Rechenstab in der Luft herum. „Mir zu erklären, warum du meine Anweisungen missachtet und mich am Flugfeld erwartet hast."

In seiner Stimme schwang weder Liebe noch Zuneigung mit. Seine ganze Haltung, kühl und von oben herab, verriet, was Kelly den ganzen Tag befürchtet hatte. Er hatte sie nicht in sein Büro bestellt, um mit ihr über ihr Liebesgeständnis zu sprechen oder ihre Befürchtungen Amanda betreffend, wie sie insgeheim gehofft hatte.

Er liebte sie nicht, und es war ihm ganz gleichgültig, was sie für ihn empfand. Nein, er hatte sie zu sich beordert, um ihr Problem zu besprechen und es aus der Welt zu schaffen, damit er sich nicht mehr mit ihr auseinandersetzen musste. Ihr Traum war von einer Minute zur nächsten wie eine Seifenblase zerplatzt.

„Nun rede schon endlich, zum Donnerwetter noch mal!"

„Die jungen Männer werden unruhig", stieß Kelly unvermittelt hervor.

Jack lächelte ironisch. „Ich will dir ein Geheimnis verraten: die älteren Männer auch."

Sie überging die anzügliche Bemerkung und fuhr sich nervös mit der Zunge über die Lippen. „Ich ... ich möchte etwas dagegen tun."

„Und woran hattest du gedacht?" Bedeutungsvoll ließ er den Blick über ihren Körper wandern.

Kelly wurde rot. „An Spiele."

Er zog die Augenbrauen hoch. „Spiele? Klingt ... vielversprechend."

Die Tränen traten ihr in die Augen und ließen sie unnatürlich hell schimmern. Kelly wusste nicht mehr weiter und sprang auf. „Warum tust du mir das an?", stieß sie mit versagender Stimme hervor, schluchzte unterdrückt und lief blindlings zur Tür.

„Bleib hier!", herrschte er sie an und schwang die Beine von der Schreibtischkante. „Komm sofort zurück und sprich weiter."

Obwohl Kelly einige Male tief durchatmete, war sie noch immer sehr nervös und vor allem furchtbar verletzt. Sie riss sich zusammen. Vorsichtig setzte sie sich auf die Stuhlkante.

„Ich ... ich glaube, die Jungen vermissen ihre Familien ... ihre Freunde", sagte sie langsam und deutlich. „Sie langweilen sich und werden immer unruhiger."

Jack runzelte die Stirn. „Haben sie dich etwa belästigt?"

„Nun, also, ja, ich meine nein, vielleicht ein wenig."

Ärgerlich sah er sie an. „Was denn nun?"

Verzweifelt suchte sie nach den richtigen Worten. Sie wollte den jungen Männern das Leben ja erleichtern und es ihnen nicht noch schwerer machen. Ach, es ging aber auch alles schief!

„Sie sind jung und temperamentvoll. Es wäre gut, wenn sie einen Ausgleich hätten. Etwas, worauf sie sich nach der Arbeit freuen können – nach Feierabend und an ihren freien Tagen." Sie hatte das hastig hervorgebracht, damit sie es schnell hinter sich hatte.

Jack sollte über das Problem Bescheid wissen, bevor sie das Camp verließ, den Job aufgab und Jack den Rücken kehrte. „Ich ... ich fürchte, wenn nicht bald etwas geschieht, könnten sie anfangen, sich zu prügeln, und dann gibt es Verletzte. Vielleicht werfen sie auch einfach den Job hin und verschwinden von der Insel", fügte sie traurig hinzu.

„Ich verstehe." Er runzelte die Stirn und lehnte sich nachdenklich zurück. Den Rechenstab hielt er noch immer in der Hand, ernst sah er Kelly an, als er über ihre Worte nachdachte. „An welche Spiele hattest du gedacht?"

„Cricket, Softball, Beachvolleyball für ihre freien Tage. Sie könnten am Strand spielen. Auf die Art und Weise würden sie überschüssige Energie verbrauchen und könnten so viel Lärm machen, wie sie möchten, ohne die anderen Arbeiter zu stören."

Er nickte zustimmend. „Und abends?"

„Abends könnte man Bingo anbieten. Oder Monopoly und Scrabble."

In seinen Augen blitzte es amüsiert auf. „Bingo?"

Er lachte, als sie nickte, und plötzlich sah die Welt schon wieder ganz anders aus. Es wird alles gut werden, dachte Kelly glücklich. Er begrüßt meinen Plan und findet meine Vorschläge gut. Sie sprudelte fast über vor Freude.

Am liebsten wäre sie aufgesprungen, zu ihm gelaufen, hätte sich auf seinen Schoß gesetzt und Jack geküsst, bis sie beide keine Luft mehr bekommen hätten. Und dann hätte sie ihm wieder ihre Liebe gestanden und ihm verraten, dass sie ohne ihn nicht mehr leben könne …

„Ja, und später könnten wir es mit Theaterspielen versuchen", fuhr sie begeistert fort und sah ihn liebevoll an.

„Theater? Du meine Güte!"

Sein amüsiertes Lachen wirkte unglaublich beruhigend auf sie. Kelly beugte sich vor, ihre grünen Augen blitzten vergnügt, als sie die Hände auf den Schreibtisch legte.

„Du bist also wirklich einverstanden?"

„Allerdings. Keine Frage. Die Vorschläge sind prima und es wirklich wert, ausprobiert zu werden." Er blickte ihr tief in die Augen. „Vielen Dank, dass du die Initiative ergriffen hast. Ich bewundere so etwas. Leider kommt es heutzutage viel zu selten vor."

Kelly war stolz und glücklich über seine anerkennenden Worte. Er neigte sich vor und legte seine Hände neben ihre. Wie gern hätte sie sie genommen und an ihr heißes Gesicht gepresst und geküsst!

„Nimm gleich morgen früh den Schleppkahn nach Airlie Beach und kauf alles Nötige ein", schlug er vor. „Du hast den ganzen Tag frei. Etwas Abwechslung hast du dir wirklich verdient. Max wird dich vertreten und dir eine Kreditkarte aushändigen."

„Danke", flüsterte sie dankbar, doch ihr Dank galt weder seinem

Entgegenkommen noch dem freien Tag, sondern schlicht der Tatsache, dass er sie nicht fortschickte.

Erneut schaute er ihr tief in die Augen, doch plötzlich nahm sein Gesicht einen maskenhaft starren Ausdruck an. Und Kelly musste verwirrt beobachten, wie er aufstand, zur Tür ging und sie ihr aufhielt.

Er wies sie aus dem Zimmer! Sowie die Besprechung vorbei war, wollte er sie nicht mehr sehen. Irgendwie schaffte sie es, aufzustehen und an ihm vorbeizugehen. Draußen fiel hinter ihr die Tür zu. Mühsam schleppte Kelly sich zu ihrem Zimmer.

Die ganze Nacht warf sie sich ruhelos im Bett hin und her. Die Liebe zu Jack hielt sie gefangen. Kelly wusste, dass sie ihm den Rücken kehren sollte, aber sie konnte es nicht. Sie liebte ihn zu sehr. Und Liebe kannte keinen Stolz.

Um halb fünf Uhr stand sie schließlich auf, ohne auch nur eine Minute geschlafen zu haben, überquerte den Platz, der noch im Dunkeln lag, und machte in der Küche Frühstück für Amanda, das sie um fünf Uhr zu ihrem Wohnwagen brachte. Später erzählte sie den Männern im Speisesaal, sie habe einen freien Tag, sagte ihnen auch, warum, und erklärte, dass Max sie vertreten würde.

Kurz darauf kam Max mit Amandas Tablett in die Küche. Sie hatte das Frühstück nicht angerührt. Kelly sah es, biss sich auf die Lippe, sagte aber nichts.

„Was ist eigentlich heute mit euch allen los?“, fragte Max. „Du siehst völlig übernächtigt aus, Amanda packt ihren Koffer und flüchtet nach Sydney, und der Boss ist so schlecht gelaunt, wie ich ihn in all den Jahren noch nie gesehen habe. Unglaublich!“

Kelly stockte der Atem. „Amanda reist ab?“

„Ja, zum Glück!“

„Ist der Boss deshalb so … so schlecht gelaunt? Weil sie verschwindet?“

Max zuckte die Schultern. „Keine Ahnung. Ich weiß nur, dass er angeordnet hat, dich hier zu vertreten, dir diese Kreditkarte für die Sportgeräte zu geben, die du offensichtlich für die Männer kaufen willst, und das ist alles. Übrigens eine ausgezeichnete Idee.“ Max überreichte Kelly die Firmenkreditkarte. „Ich bin heilfroh, heute nicht im Verwaltungsgebäude arbeiten zu müssen, das kannst du mir glauben. Der Boss führt sich wirklich wie ein altes Ekel auf. So kenn' ich ihn gar nicht."

Kelly schluckte. „Es muss mit Amandas Abreise zu tun haben. Wahrscheinlich ... fehlt sie ihm schon jetzt", fügte Kelly mühsam beherrscht hinzu. Um die Tränen zu verbergen, die ihr in die Augen getreten waren, drehte sie sich schnell um, band sich die Schürze ab und lief aus der Küche.

Max sah ihr zu und kratzte sich nachdenklich am Kopf. „Inselkoller", sagte sie leise. „Irgendwann erwischt es jeden. Entweder es ist das, oder ...!" Plötzlich fiel es ihr wie Schuppen von den Augen. „Aha!"

11. KAPITEL

Der Schleppkahn glitt friedlich durch die ruhigen, kristallklaren Gewässer der Whitsunday-Passage. Kelly lehnte an der Reling und verglich Jacks Trauminsel mit den Nachbarinseln, an denen sie vorbeifuhren. Sie waren zwar auch alle wunderschön, doch keine war so außergewöhnlich wie seine. Sie war etwas ganz Besonderes, weil sie ihm gehörte!

Segelboote, Luxusjachten, Kreuzfahrtschiffe, Katamarane und kleine Fischerboote waren auf dem türkisfarbenen Meer unterwegs. Keine einzige Wolke stand am strahlendblauen Himmel. Die frische, salzige Meeresbrise blies Kelly das Haar ins Gesicht, und als das Boot in Shute Harbour anlegte, hatte sie wieder etwas Farbe auf den Wangen.

Kelly ging an Land und hörte auf einmal Gelächter und laute Stimmen hinter sich. Die Stimmen kannte sie doch! Überrascht fuhr sie herum und sah in vier strahlende Gesichter.

„Was macht ihr denn hier, Jungs?", fragte sie streng. Als ihr Blick auf den Schleppkahn fiel, ging ihr ein Licht auf. „Ihr habt euch an Bord geschlichen!"

„Heute ist unser freier Tag, und wir wollten bei der Auswahl der Sportgeräte helfen."

Kelly glaubte nicht eine Sekunde lang, dass sie nur deswegen mit zum Festland gekommen waren. Außerdem hegte sie den Verdacht, die jungen Männer seien ohne Erlaubnis unterwegs. Doch zurückschicken konnte sie sie nicht, der Schleppkahn fuhr erst um drei Uhr nachmittags zurück.

„Also schön." Sie gab widerwillig nach. „Aber ihr bleibt den ganzen Tag bei mir. Habt ihr verstanden? Ich möchte nicht, dass ihr irgendetwas anstellt."

Sie stiegen in den Bus, der sie innerhalb weniger Minuten in Airlie Beach absetzte, einem Küstenstädtchen mit fantastischem Blick auf die Whitsundays. Obgleich es noch viel zu früh zum Mittagessen war, bestanden die jungen Männer darauf, vorm Einkaufen essen zu gehen. Kelly gab nach und ging mit ihnen in ein Schnellrestaurant, aus dem sie sich prompt absetzten!

Kelly ärgerte sich zwar, weil sie auf den Trick hereingefallen war, zwang sich jedoch zur Ruhe. Was sollte schon passieren – am helllichten Tag in einer Kleinstadt? Hoffentlich würden sie wenigstens rechtzeitig an der Bushaltestelle sein, um das Drei-Uhr-Boot zu erreichen.

Gegen zwei Uhr hatte Kelly alle Einkäufe erledigt und dafür gesorgt, dass die Sportgeräte zur Insel gebracht wurden. Neben der Bushaltestelle fand sie ein kleines Café, wo sie sich einen Cappuccino bestellte und in einem Buch blätterte. Es enthielt einige lustige Einakter, die man vielleicht aufführen könnte.

Doch sie konnte sich nicht konzentrieren. Immer wieder sah sie auf die Uhr und fragte sich, wo die Lehrlinge nur blieben. Sie fühlte sich verantwortlich für sie. Seit ihrem Verschwinden aus dem Schnellrestaurant hatte sie sie nicht mehr gesehen. Wenn sie den Bus verpassten, würden sie auch das Boot nicht bekommen. Und der nächste Schleppkahn lief die Insel erst am folgenden Tag wieder an. Jack würde außer sich sein vor Wut.

Kelly wurde immer nervöser. Als der Bus schließlich eintraf und die ersten Leute einstiegen, wusste sie nicht, was sie machen sollte. Umso größer war ihre Erleichterung, als die Lehrlinge kurz darauf auf den Bus zugingen. Allerdings wich dieses Gefühl größter Sorge, als sie merkte, dass die Männer sternhagelvoll waren!

Der Fahrer ließ sie nicht einsteigen, sosehr Kelly ihn auch anflehte und versprach, auf die Männer aufzupassen. Die Lehrlinge fingen an zu pöbeln und beschimpften den Busfahrer. Schließlich kam es zu einem Handgemenge. Kelly geriet zwischen die Fronten, als sie versuchte, den Kampf zu beenden. Inzwischen hatte jemand die Polizei gerufen, die die vier Lehrlinge und Kelly in eine Grüne Minna stießen und zur Wache fuhren. Dort wurden sie auf der Stelle angezeigt. Kelly rief im Verwaltungsgebäude an und hoffte, Max würde sich melden. Doch die war natürlich in der Küche und bereitete das Abendessen vor. Stattdessen meldete sich Jack.

„Wo bist du?", brüllte er ungläubig in den Hörer.

So schnell er konnte, machte er die Jabiru startklar und flog zum Festland hinüber. Kelly durfte die Zelle verlassen, in die man sie gesperrt hatte, und wurde von einem Polizisten zum Empfangsbereich geführt. Jack, der eine graue Hose, ein weißes, am Kragen offenes Hemd und ein dunkelblaues Sportsakko trug, stand am Tresen und unterhielt sich mit dem Sergeant. Als Kelly hereingeführt wurde, drehte er sich um und schaute sie an.

Rasch senkte sie den Blick. Es war ihr unerträglich, dass der Mann, den sie über alles liebte, sie so sah. Sie schämte sich entsetzlich.

Ihr weißer Rock und die gelbe Bluse waren verknittert und schmutzig, ihr Haar war zerzaust, und beim Versuch, den Kampf zu schlichten, hatte sie einen Absatz verloren. Der Polizist führte sie am Ellbogen zum Tresen. Kelly zitterte wie Espenlaub und wäre am liebsten im Erdboden versunken.

Jack zog das Jackett aus und legte es ihr fürsorglich um die Schultern. „Du brauchst keine Angst zu haben", sagte er beruhigend. „Die Anzeige gegen dich wurde zurückgezogen."

„Danke", flüsterte sie und fügte unsicher hinzu: „Und was ist mit den Jungen?"

„Sie müssen sich später vor Gericht verantworten. Aber jetzt sind sie auf dem Rückweg zur Insel und fühlen sich ziemlich elend und unglücklich. Geschieht ihnen recht!"

Er legte Kelly den Arm um die Schultern und führte sie hinaus. Ach, war das eine Wohltat, wieder an der frischen Luft zu sein! Jacks silbergraues Jaguar-Cabrio parkte am Straßenrand. Den Wagen hatte sie zuletzt in Bargara gesehen! Das war ja eine halbe Ewigkeit her!

Jack öffnete den Schlag und half ihr ins Auto. Kelly sank auf den Sitz und kuschelte sich in Jacks Sakko. Sie zitterte noch immer so sehr, dass Jack trotz des warmen tropischen Abends die Heizung anstellte. Die Fahrt verlief schweigend. Als Jack vor einem herrschaftlichen Haus auf einer Anhöhe parkte, von der aus man den ganzen Hafen überblicken konnte, dachte Kelly, er habe noch etwas zu erledigen, bevor er zum Flugplatz fuhr.

Er stieg aus, ging um den Jaguar herum und öffnete ihr die Tür. Kelly sah ihn unbehaglich an und wich zurück.

„Bitte, ich möchte da nicht hineingehen", bat sie. „Ich sehe doch schrecklich aus."

„Es ist mein Haus, Kelly", erklärte er ruhig, griff nach ihrer Hand und hielt sie schützend fest.

„Dein Haus?" Kelly ließ sich aus dem Wagen ziehen. So sah also sein Haus aus. Sie hatte oft versucht, es sich vorzustellen, hatte davon geträumt, es sich eines Tages anschauen zu dürfen. Aber sie hatte nicht mehr geglaubt, dass sich dieser Traum erfüllen würde.

„Ich bin nicht der Typ, der sein Leben lang im Wohnwagen lebt", erklärte er, während er sie den gepflasterten Weg hinaufführte und vor einer soliden Eichentür stehen blieb. „Wenn die Feriensiedlung fertig ist, werde ich das Haus verkaufen, oder …" Er sah ihr tief in die Augen und zuckte die Schultern. „Oder es behalten."

Ein Butler öffnete die Tür. Im Hintergrund stand ein Dienstmädchen mittleren Alters, das sich sofort um Kelly kümmerte. Sie hatte den Eindruck, man habe sie bereits erwartet. Hoffentlich wusste das Personal nicht, wo Jack sie abgeholt hatte! Sie warf Jack einen hilflosen Blick zu, doch er bemerkte es nicht, weil er gerade damit beschäftigt war, seine Post durchzusehen. Sie lag in der Halle auf einem antiken Dielentisch.

„Bitte folgen Sie mir", sagte das Dienstmädchen freundlich. „Ich zeige Ihnen Ihr Zimmer."

„Mein Zimmer?", wiederholte Kelly verwirrt. „Aber ich …"

Jack drehte sich um und runzelte die Stirn. „Tu, was man dir sagt, Kelly!" Er nahm den Brief und ging einen langen, breiten, spärlich beleuchteten Korridor entlang, gefolgt von seinem Butler. Kelly hörte eine Tür aufgehen und wieder zufallen und wandte sich dem wartenden Dienstmädchen zu, das sie neugierig anschaute. Komisch, dachte Kelly. So etwas habe ich doch schon einmal erlebt!

Sie ließ sich einen Korridor in entgegengesetzter Richtung entlangführen. Kelly bemerkte luxuriös eingerichtete Zimmer, die jedoch irgendwie leblos und unbewohnt wirkten. Sie fröstelte und zog das Jackett enger um sich. Gut, dass es ihr keiner weggenommen hatte!

Es ging eine breite, leicht geschwungene Treppe hinauf und einen weiteren Flur entlang. Die flauschigen Teppiche schluckten jedes Geräusch. Endlich blieb das Dienstmädchen stehen, öffnete eine Tür und ging hinein. Kelly folgte ihr zögernd.

Was für ein Schlafzimmer! Es war sehr groß, hatte elfenbeinfarben gestrichene Wände, war mit einem weißen Teppich ausgelegt, auf dem großen Doppelbett lag eine aprikosenfarbene Tagesdecke, die zu den Vorhängen passte. Durch eine weitere Tür gelangte man ins Badezimmer, und vom Balkon aus hatte man einen herrlichen Blick auf die Whitsundays. Überwältigt war Kelly mitten im Zimmer stehen geblieben, während das Mädchen ihr ein Bad einließ, bevor es ihr einen blauen Frotteemantel reichte.

„Ziehen Sie den an, und geben Sie mir Ihre Sachen", sagte sie freundlich. „Bis Sie gebadet und sich etwas ausgeruht haben, sind sie wieder wie neu. Mr. Saunders erwartet Sie um acht Uhr zum Abendessen auf der Terrasse."

Völlig verwirrt nahm Kelly den Frotteemantel, ging ins Badezimmer, zog sich aus und reichte dem Dienstmädchen ihre Sachen. Obwohl ihr das alles etwas merkwürdig vorkam, ließ sie sich dankbar ins nach Rosen duftende Schaumbad sinken und entspannte sich langsam.

Erst nach einer knappen Stunde kam sie wieder heraus, trocknete sich ab und föhnte sich das Haar. Sie benutzte auch die Kosmetika, die man offensichtlich für sie bereitgestellt hatte. Im Schlafzimmer entdeckte sie ihre Sachen, die tatsächlich wie neu aussahen. Man hatte sogar ihren Schuh repariert!

Sie zog sich an und musterte sich im Spiegel. Ihre Augen hatten wieder den alten Glanz. Offensichtlich, weil Jack in der Nähe war. Irgendwo in diesem riesigen, ruhigen Haus. Und gleich würde sie ihn auf der Terrasse sehen!

Fünf Minuten vor acht erschien das Dienstmädchen, brachte Kelly zur Terrasse und verschwand diskret wieder. Jack stand am Geländer und blickte aufs Meer hinaus. Als habe er ihre Anwesenheit gespürt, drehte er sich um und sah sie an. Das Herz klopfte Kelly bis zum Hals. So hatte er sie noch nie angeschaut – es war, als wolle er sie in Erinnerung behalten, als würde er sie zum letzten Mal sehen.

Und dann wusste Kelly auf einmal Bescheid. Jack hatte sie hierher gebracht, um sich von ihr zu verabschieden. Dass er sie aus den Klauen der Polizei hatte befreien müssen, hatte das Fass zum Überlaufen gebracht! Dies war nun das Abschiedsessen. Oder besser gesagt, die Henkersmahlzeit. Er wollte sie noch einmal so richtig verwöhnen, um ihr den Abschied zu versüßen. Und dabei hatte Kelly sich ausgemalt, sie würde diejenige sein, die kündigte!

Jack sah sie die ganze Zeit an, das blütenweiße Hemd bildete einen Kontrast zu seinem sonnengebräunten Teint. Wortlos erwiderte Kelly den Blick. Der Ausdruck in ihren Augen verriet, wie verzweifelt sie war.

Sie war so am Boden zerstört, dass sie nicht einmal die frische Meeresbrise bemerkte, die in ihrem Haar spielte. Jack stieß sich vom Geländer ab und ging langsam auf sie zu. Nicht eine Sekunde lang ließ er sie aus den Augen.

„Frierst du?", fragte er sanft, als interessiere es ihn wirklich. Kelly schüttelte den Kopf. Nein, ihr war nicht kalt, ihr war auch nicht heiß, sie fühlte überhaupt nichts mehr, war wie benommen. Schweigend nahm Jack ihre Hand und führte Kelly zu einem kleinen runden, herrlich gedeckten Tisch. Die Silberbestecke funkelten im Kerzenlicht.

Das Abschiedsessen hat wirklich Stil, dachte Kelly unglücklich und setzte sich, als er ihr den Stuhl zurechtrückte, bevor er ihr gegenüber Platz nahm, eine Champagnerflasche aus dem antiken Sektkühler aus Sterlingsilber nahm und die Gläser füllte.

Kelly überlegte, wann er wohl die Kündigung aussprechen würde, beim Essen oder hinterher? Sie hob das Champagnerglas und trank einen Schluck. Der Butler servierte Avocadohälften mit Garnelen und zog sich dann diskret zurück.

„Ich habe beschlossen zu kündigen", stieß Kelly hervor. Niemals würde sie es ertragen können, wenn er sie an die Luft setzte, ihr mitteilte, dass er sie nicht brauchte. „Ich werde auch gar nicht auf die Insel zurückkehren", fügte sie verzweifelt hinzu. „Max kann meine Sachen nachschicken."

Jack hörte sich das ruhig an und spießte eine Garnele auf. „Du glaubst doch nicht im Ernst, dass du mir so leicht davonkommst."

Kelly trank hastig einen Schluck Champagner, um sich zu beruhigen. Offensichtlich hielt er eine Kündigung für eine zu milde Strafe für das Vergehen, sich in ihn verliebt zu haben und ihm das auch noch zu sagen. Anscheinend wollte er sie noch mehr quälen. „Wie meinst du das?", fragte sie stockend.

Er sah ihr tief in die Augen. „Du bist mir noch etwas schuldig, Kelly McGuire", antwortete er leise.

„Ja, ich weiß. Ich hätte dir mindestens eine Woche Zeit geben sollen, um Ersatz für mich zu finden, aber … aber ich kann nicht. Es tut mir leid." Sie senkte unglücklich den Kopf.

„Das meinte ich gar nicht."

Sie blickte schnell auf, als sie seinen merkwürdigen Tonfall hörte. „Was dann?"

„Du stehst in meiner Schuld, für das, was du getan hast."

„Was habe ich denn getan?" Sie wurde blass, als sie zu erraten meinte, wovon er sprach. „Sie … sie wird schon zurückkommen."

Jack runzelte die Stirn. „Sie?"

„Amanda", flüsterte Kelly.

Verwirrt blickte er sie an. „Warum sprechen wir über Amanda?"

„Möchtest du das denn nicht?"

„Du liebe Zeit, natürlich nicht!"

„Aber du liebst sie doch", entgegnete Kelly überrascht.

Er lachte. „Du musst verrückt sein. Amanda ist bestimmt die ungeliebteste Person diesseits des Pazifiks."

Kelly glaubte ihren Ohren nicht zu trauen. „Max hat mir doch erzählt, wie schlecht gelaunt du heute Morgen wegen ihrer Abreise warst."

„Ich hatte zwar schlechte Laune, aber bestimmt nicht wegen Amandas Abreise. Schließlich habe ich die Frau höchstpersönlich an die Luft gesetzt."

„Wirklich?"

„Das hatte ich schon lange vor. Sie ist schon immer sehr schwierig gewesen, aber inzwischen ist sie völlig unausstehlich geworden. Ständig legte sie sich mit meinen Angestellten an. Sie ist zwar eine hervorragende Architektin, doch was nützt das, wenn sie nicht mit Menschen umgehen kann? Ich habe sie gefeuert, als sie sich heute Morgen bei mir über dein Frühstück beschwerte." Er nahm sein Glas und lehnte sich zurück. „Können wir jetzt vielleicht zum Thema zurückkommen?"

Kelly wusste nicht, was sie sagen sollte. Er liebt Amanda nicht, dachte sie. Er liebt sie nicht! Erst jetzt nahm sie die leise romantische Musik im Hintergrund wahr. „Ja, also, ich stehe in deiner Schuld, weil du mir einen Job gegeben hast."

Jack hob das Glas und sah sie über den Rand hinweg an. „Es ist etwas ganz anderes", meinte er geheimnisvoll und strahlte vielsagend.

Kelly schüttelte den Kopf, sie war den Tränen nahe. Es war ihm zu verdanken, dass sie ihre Wohnung behalten konnte und Geld auf der Bank hatte. „Du hast mich aus der Zelle befreit", flüsterte sie. „Und dafür gesorgt, dass die Anzeige gegen mich zurückgezogen wurde."

Jack stand auf, kam um den Tisch herum und wischte Kelly sanft eine Träne von der Wange. „Du bist schuld, dass ich mich in dich verliebt habe", gestand er rau.

Ungläubig sah sie ihn an. „Ist das wahr?"

„Es ist wahr."

„Du bist in mich verliebt?"

„Bis über beide Ohren." Er lächelte zärtlich, als er sie an sich zog und sanft ihr Gesicht umfasste. Diesmal verbarg er seine Gefühle nicht. Das erkannte sie an seinen Augen, hörte es an seinem leidenschaftlichen Tonfall.

„Ich glaube, ich liebe dich schon seit dem Interview in Bargara. Und vorher habe ich mich für dich interessiert, als ich ständig in der Zeitung las, was du über mich sagtest." Er blitzte sie amüsiert an. „Dein Mut und deine Kühnheit waren unglaublich. Und als du dann in dem alten Jeep angefahren kamst und mich mit deinen wunderschönen grünen Augen so kämpferisch ansahst, hätte ich dich am liebsten sofort mitgenommen und geliebt." Er beugte sich vor und küsste sie zärtlich.

„Oh, Jack!" Kelly konnte ihr Glück kaum fassen. „Ich habe so lange darauf gewartet, dass du das endlich sagen würdest."

Er strich ihr das Haar aus dem Gesicht. „Ich hätte es dir schon viel eher gestanden, aber bis heute Morgen dachte ich, du wärst nur an Geld interessiert. Du glaubst gar nicht, wie weh mir das getan hat."

Tränen traten ihr in die Augen. „Das war doch nur eine Schutzbehauptung! In der Nacht, als ich aufgeblieben bin und auf dich gewartet habe, roch ich Parfüm an deinem Jackett, und ich war so verletzt, so eifersüchtig. Aber ich weiß erst, wie sehr ich dich liebe, seit ich am Flugfeld auf dich gewartet habe. Und dann ... dann roch ich wieder dieses Parfüm. Es war Amandas. Ich war so unglücklich, dass ich am liebsten gestorben wäre."

Jack schüttelte den Kopf und streichelte zärtlich Kellys Wange. „Warum hast du denn nichts gesagt? Ich hätte dir doch alles erklären können."

„Ich hatte Angst."

Hand in Hand ging er mit ihr zu einer Holzbank am Rande der Terrasse. Von hier aus überblickte man den Hafen. Jack setzte sich hin und zog Kelly auf seinen Schoß. „Von jetzt an möchte ich, dass wir keine Geheimnisse mehr voreinander haben, Kelly. Du kannst mich immer alles fragen, was dich beschäftigt, und ich verspreche, es genauso zu halten. Ich möchte nicht, dass einer von uns jemals wieder so leidet. Versprichst du mir das, mein Liebling?"

„Ja, das verspreche ich", flüsterte sie.

„Gut." Erleichtert zog er sie an sich.

Kelly lehnte sich etwas zurück, damit sie sein Gesicht sehen konnte. „Und wie war das nun mit dem Parfüm?"

Er lachte amüsiert. „Amanda gehörte zu den Architekten, mit denen ich zum Abendessen verabredet war. Als sie ihre Handtasche öffnete, hat sie das Parfüm vergossen. Ich weiß auch nicht, wie sie das geschafft hat. Ich habe ihr mein Taschentuch geliehen, um es abzutupfen, und es hinterher wieder eingesteckt." Er zog Kelly wieder an sich. „Kommst du dir jetzt nicht ein wenig albern vor, mein Liebstes?", flüsterte er an ihrem Mund.

Als Kelly schwieg, umfasste er ihr Kinn und sah ihr tief in die Augen. „Du möchtest wissen, warum ich dir heute Morgen nicht gesagt habe, dass ich dich liebe. Stimmt's?"

Sie nickte traurig, als sie daran dachte, wie unglücklich sie gewesen war. „Du warst so kalt und abweisend, dass ich dachte ..."

„Ich weiß!" Es zerriss ihm fast das Herz, sie so traurig zu sehen. „Ich wollte dir so gern glauben, aber deine Augen schimmerten moosgrün, und ich dachte ..."

„Du dachtest, ich würde lügen?“ Sie schrie leise auf. „O Jack, ich war so unglücklich.“

„Ich war auch schrecklich unglücklich.“ Er umfasste ihr Gesicht und sah sie zärtlich an. „Ich liebe dich, Kelly. Du bist die Frau, die ich immer gesucht habe. Aber ich hätte nie gedacht, dass ich dich eines Tages finden würde. Ohne dich kann ich nicht mehr leben. Du bist mein Ein und Alles!“

Kelly schmiegte sich an ihn und spürte, wie heftig sein Herz klopfte.

„Als du nicht auf dem Drei-Uhr-Boot warst, bin ich fast verrückt geworden vor Sorge, dir könnte etwas passiert sein.“ Er schauderte. „Ich wollte gerade losfliegen, um dich zu suchen, als du anriefst. Bitte, Kelly, so etwas möchte ich nicht noch einmal durchmachen. Versprich mir, immer bei mir zu sein. Ich liebe dich so sehr, und ich möchte, dass du meine Frau wirst.“ Er schob sie leicht von sich. „Und jetzt sag bloß nicht Nein“, fügte er drohend hinzu.

„Niemals. Ich möchte deine Frau werden, Jack, ich liebe dich so sehr, dass es … wehtut.“

Jack liebt mich, dachte sie glücklich. Er hat mich die ganze Zeit geliebt! Sie küsste ihn leidenschaftlich.

„Dich einzustellen war das Klügste, was ich je getan habe“, flüsterte er.

Kelly lächelte. Auf diese Worte hatte sie lange gewartet.

Jack stand auf und zog Kelly mit sich, um ihr den Garten zu zeigen. „Weißt du noch, dass ich dir versprochen habe, mir anzuhören, was du für Landschaftspläne hast, wenn dein Job als Köchin zu Ende ist?“

„Ja.“

„Dann sieh dich um, mein Schatz. Dies hier ist unser Garten.“ Er lächelte sie liebevoll an. „Und ich höre dir gespannt zu.“

– ENDE –

Miranda Lee
Liebesreise nach Australien
Band-Nr. 15009
8,95 € (D)
ISBN: 978-3-89941-371-7
432 Seiten

Howard / Green / Kemp
Liebesreise nach Schottland
Band-Nr. 15024
8,95 € (D)
ISBN: 978-3-89941-512-4
432 Seiten

Gordon / Hamilton / George
Liebesreise in die Toskana
Band-Nr. 15023
8,95 € (D)
ISBN: 978-3-89941-511-7
448 Seiten

Braun / Mather / Morgan
Liebesreise nach Mexiko
Band-Nr. 15026
8,95 € (D)
ISBN: 978-3-89941-514-8
384 Seiten

Goodman / Stephens / McCallum
Liebesreise auf die Balearen
Band-Nr. 15025
8,95 € (D)
ISBN: 978-3-89941-513-1
416 Seiten

Mortimer / Ker / Peters
Liebesreise nach Mallorca
Band-Nr. 15008
8,95 € (D)
ISBN: 978-3-89941-368-7
400 Seiten

Wentworth / Field / Mayo
Liebesreise auf die
Kanarischen Inseln
Band-Nr. 15019
8,95 € (D)
ISBN: 978-3-89941-509-4
416 Seiten

Spencer / McMahon / Darcy
Liebesreise in die Karibik
Band-Nr. 15010
8,95 € (D)
ISBN: 978-3-89941-374-8
448 Seiten